# 有一种幸福
# 叫感恩

林清玄等 著
黎娜 主编

中国华侨出版社
北京

图书在版编目 (CIP) 数据

有一种幸福叫感恩 / 林清玄等著；黎娜主编 . —北京：中国华侨出版社，2010.9（2018.6 重印）

ISBN 978-7-5113-0638-8

Ⅰ.①有… Ⅱ.①林… ②黎… Ⅲ.①故事—作品集－世界 Ⅳ.① I14

中国版本图书馆 CIP 数据核字（2010）第 164984 号

## 有一种幸福叫感恩

| 作　　者： | 林清玄等 |
|---|---|
| 主　　编： | 黎　娜 |
| 责任编辑： | 文　丽 |
| 装帧设计： | 李艾红 |
| 文字编辑： | 黎　诺 |
| 美术编辑： | 张军莲　盛小云 |
| 经　　销： | 新华书店 |
| 开　　本： | 720mm×1010mm　1/16　印张：24　字数：332 千字 |
| 印　　刷： | 北京德富泰印务有限公司 |
| 版　　次： | 2010 年 10 月第 1 版　2019 年 3 月第 8 次印刷 |
| 书　　号： | ISBN 978-7-5113-0638-8 |
| 定　　价： | 39.80 元 |

中国华侨出版社　北京市朝阳区静安里 26 号通成达大厦 3 层　邮编：100028
法律顾问：陈鹰律师事务所
发 行 部：（010）58815874　　　传　真：（010）58815857
网　　址：http://www.oveaschin.com　　E－m a i l：oveaschin@sina.com

如果发现印装质量问题，影响阅读，请与印刷厂联系调换。

# 前言

感恩，是一种歌唱生活的方式，它来自对生活的爱与希望；它是一种最美的心态，是人生幸福的源泉。感恩父母，感谢他们把我们带到人间，让我们品尝到世间的苦辣酸甜；感恩伴侣，感谢他们与我们同甘共苦、冷暖相知，因我们而变得背渐驼、体渐宽；感恩孩子，感谢他们让我们担起了责任，让我们率先垂范；感恩朋友，感谢他们为我们分担痛苦、与我们相知相惜，让我们不再孤单……感恩可以让世界充满美好的气息，让生活充满明媚的阳光。感恩是构建和谐社会的基础，和谐社会离不开感恩。

拥有一颗感恩的心，我们的生命才会充满温馨；常存一颗感恩的心，我们的灵魂才会更加纯净。感恩的人生，是幸福的人生；感恩的观念，是智慧的财富；感恩的心灵，是无穷的宝藏；感恩的习惯，是为人处世的榜样。一个懂得感恩的人，一定是具有良好修养的人，一个真诚待人的人，一个有情有义的人，一个内心富有的人。一个懂得感恩的人，终会幸福。

不知感恩是因为麻木，不懂感恩是因为无知，不会感恩是因为迷茫，不能感恩是因为软弱。一本好书可以让颓废的心灵得到鼓励，让忧伤的心灵得到抚慰，让迷惘的心灵得到指引，是打开心门的钥匙。这是一本关于感恩的温馨之书，是送给父母、孩子、亲友和自己的最好的人生礼物，是温润心灵、感动一生的经典读本。本书精选了100余个凝聚着人间至情至性的关于父爱、母爱、亲情、友情、爱情的故事，文笔质朴无华、情感炽热动人。

一篇文章影响一生，一则故事感动一生，一种关爱珍藏一生。书中的文章和故事将告诉你尘世的温情，家庭的温暖；告诉你幸福来自人的内心，来自人与人之间的关爱。在体例编排上，本书注重艺术理念和文化底蕴的有机融合，清新的版式与生动的文字相结合，营造出一个舒适轻松的阅读空间。

　　岁月在不经意间从身边划过，在你身心疲惫的时候，驻足下来，翻开本书，安静地领悟感恩的祝福，在一篇篇文字的述说中感受爱的流淌，感悟生命中最真诚、最质朴的爱，收获心灵上的安宁，忘记生活里的烦恼，在向爱致敬的同时，更加珍爱自己的生命，珍惜父母、亲友、爱人陪伴在生命里的每一天，在感恩中完成蜕变。

　　生命中每一个日子都应该是美丽的，生命中每一分钟都应该是充满希望的。学会感恩，让无力者有力，让有力者有爱，让有爱者幸福。当你合上本书时，希望感恩的种子已经在你心里播种、生根、发芽……以感恩的心去面对生命中的每一位有缘人。

# 目录
Contents

## 第一篇 感恩父爱

期待父亲的笑 / 林清玄 ............ 2
父爱之舟 / 吴冠中 ............ 5
几件小事 / 叶至诚 ............ 7
多年父子成兄弟 / 汪曾祺 ............ 8
父亲的画面 / 刘墉 ............ 10
父 亲 / 周而复 ............ 12
酒 / 贾平凹 ............ 14
很是惭愧，父亲 / 舒婷 ............ 16
父亲的自行车 / 余杰 ............ 21
父爱无形 / 刘东伟 ............ 23
吾父之爱 / 秦文君 ............ 28
麻袋里的父爱 / 曾丽蓉 ............ 29
父亲的儿子 /（美）比尔·海威 ............ 31
金色的小提琴 / 思维 ............ 32
给父亲的借条 / 银存 ............ 34
两个苹果 / 雷建军 ............ 37
关于一只熊猫的爱的碎片 / 颜歌 ............ 38
卖报纸的父亲 / 刘晓峰 ............ 41
药里有种成分叫父爱 / 邓军清 ............ 43
一元钱的死结 / 佚名 ............ 45
和父亲约会 / 洪玲 ............ 47
雪中花 /（美）琼·安德森 ............ 49
鲜花中的爱 /（美）佳迪·库尔特 ............ 51
一个活得最苦的父亲 / 沈克俭 ............ 52

哑　父 / 佚名 ……………………………………………… 56
父子行 / 李健 编译 ………………………………………… 60
带血的手指 / 秦家满 ……………………………………… 65
中尉的微笑 / 蒋平 ………………………………………… 67
独臂父亲 / 村长千金 ……………………………………… 68
爱的另一种方式 / 陈蓉 …………………………………… 71
父亲为我蒙耻 / 张运涛 …………………………………… 72
递给父亲一支烟 / 希翼 …………………………………… 74
认识父亲 / 戎林 …………………………………………… 76
父　亲 / 乔黎明 …………………………………………… 79
父爱如山 / 雨蝉 …………………………………………… 81
发给老爹的短信 / 王学亮 ………………………………… 85
那只伸向我的手 / 惠青 …………………………………… 87
父　亲 /（美）罗斯腾 …………………………………… 89
没有父亲的父亲节 / 佚名 ………………………………… 92
金子做成的儿子 / 瑞克 …………………………………… 94
父亲的请帖 / 乔叶 ………………………………………… 96
父　亲 / 徐钟佩 …………………………………………… 98
我是父亲"摸"大的 / 佚名 ……………………………… 100
布衣父亲 / 张曼菱 ………………………………………… 102

## 第二篇　感恩母爱

忆母亲 / 肖复兴 …………………………………………… 108
我·地坛·母亲 / 史铁生 ………………………………… 110
远去了，母亲放飞的手 / 刘心武 ………………………… 113
卖米粉汤的女孩 / 廖阅鹏 ………………………………… 115
最后一盘磁带 / 佚名 编译 ……………………………… 117
母亲的勋绩 /（西班牙）狄森塔 ………………………… 120
大爱不爱 / 洋娟 …………………………………………… 123
母亲桥 / 刘桂瑶 …………………………………………… 124
崇高的母性 / 黎烈文 ……………………………………… 125

三件 99 块 / 王文华 ......................................................... 129
母亲关掉电视那天 /（美）本·卡森 ................................. 131
母亲是船也是岸 / 韩静霆 ................................................. 133
母亲为孩子而活 /（苏）尼古拉·马申科 ........................... 136
紫竹鞭子 / 张燕阳 ............................................................. 140
从 13 岁开始享受自由 /（美）安妮·兰伯特 ..................... 142
爱的教育 / 佚名 编译 ....................................................... 144
母亲传给我两滴水 / 陈志宏 ............................................. 146
母亲的手 / 庄因 ................................................................. 148
与众不同的妈妈 /（美）珍玛丽·库根 ............................... 150
妈妈哭泣的那一天 /（美）杰拉德·莫尔 ........................... 152
妈妈的梦 /（美）贝蒂·麦克法兰 ....................................... 155
天底下最美的母亲 / 马德 ................................................. 157
生命之桥 / 邓军清 ............................................................. 159
童心与母爱 / 佚名 编译 ................................................... 160
因为爱你 / 朱慧琪 ............................................................. 162
雪落无痕，真爱无声 / 龙显祺 ......................................... 164
我们是怎样过母亲节的 / 凌山 编译 ............................... 167
樱桃树下的母爱 / 檀小鱼 编译 ....................................... 170
生命的姿势 / 阿兵 ............................................................. 172
疯　娘 / 佚名 ..................................................................... 173
信念·希望·爱 /（俄）奥列格·舍斯京斯基 ..................... 177
母　亲 / 陈江平 ................................................................. 180
母亲的消息 /（日）三浦哲郎 ............................................. 182
我的妈妈，流泪的妈妈 / 徐芳 ......................................... 185
打给母亲的电话 / 王皓 ..................................................... 188
娘是世上那个最亲你的人 / 王小艾 ................................. 193
妈妈，我的世界你最懂 / 高茜 ......................................... 197
母亲在公共汽车上的表现 / 王晓莉 ................................. 200
枕头底下的信 / 艾草 编译 ............................................... 202
七个铜板 /（匈牙利）莫里兹 ............................................. 203

## 第三篇　感恩亲情

温　馨 / 梁晓声 …………………………………… 208
离家时候 / 叶广芩 ………………………………… 212
爷　爷 / 余杰 ……………………………………… 215
雪 / (美) 大卫·科波菲尔 ………………………… 217
妹妹的信 / 刘贤冰 ………………………………… 221
保罗的礼物 / 熊江华 编译 ………………………… 223
脚下的路 / 陈华文 ………………………………… 225
清明的怀念——写给我的父亲母亲 / 马继红 …… 229
布头和她的同居密友 / 瑰宝 ……………………… 232
漂泊的灵魂 / 海若 ………………………………… 236
爱与身体一起生长 / 杨洋 ………………………… 239
奶　奶 / (美) 雷·布莱德伯里 …………………… 244
藏在牙膏里的爱 / 子沫 …………………………… 247
爷爷的毡靴 / (苏) 普里什文 ……………………… 249
我与姐姐 / 杨海蒂 ………………………………… 251
外婆的刀削面 / 林树森 …………………………… 254
姐姐将我团团围住 / 蒋成红 编译 ………………… 257
飞翔的雪鹞 / 佚名 编译 …………………………… 259
月饼带去我的思念和爱 / 吴郁纯 ………………… 262
养父的生日 / 谷建田 ……………………………… 264
雪落无声 / 谢华良 ………………………………… 266
阿婆谣 / 杨燕群 …………………………………… 270
妹妹的"情书" / 玄圭 编译 ………………………… 273
一朵玫瑰花 / 谢沁珏 ……………………………… 275

## 第四篇　感恩真情

真实的塑料花 / (美) 刘墉 ………………………… 278
看自行车的女人 / 梁晓声 ………………………… 280
第六朵水晶莲 / 小羽 ……………………………… 284
考场恋人 / 南雪 …………………………………… 287

| | |
|---|---|
| 高原的茶花 / 滕利娜 | 291 |
| 偶然和必然 / 佘小惠 | 294 |
| 生命的碎片 / 关键 | 299 |
| 露天电影院 / 闲愁 | 302 |
| 布鲁塞尔松饼的天空 / 陈庆祐 | 304 |
| 永远的第一名 / 光一 | 307 |
| 汤水一生 / 梅友 | 311 |
| 他托起我的手臂 / 睡醒的雪 | 314 |
| 叫一声父亲很沉重 / 姜燕 | 316 |
| 幸福是用胡萝卜雕刻出的花朵 / 马芳花 安喜悦 | 320 |
| 梦中之屋 / 绿云 编译 | 323 |
| 栀子花开 / 陌上花开 | 326 |
| 飞越仇恨的天空 / 曾莉 | 328 |
| 来喝一杯茶 / (法) 蓬草 | 331 |
| 单行道逆行 / 颜开 | 335 |
| 和你抢巧克力的人 / 郭宇宽 | 338 |
| 一颗颗星星都是爱 / 卢瑶 | 340 |
| 用一个火锅煮幸福 / 烟罗 | 342 |
| 那年春天的玉兰花 / 文轩 | 346 |
| 聆听爱心的涓涓流泻 / 伊人 | 348 |
| 两碗牛肉面 / 佚名 | 352 |
| 踩在肩上的感动 / (新西兰) 聂茂 | 353 |
| 滴水之恩 / 唐敏 | 356 |
| 小妖的浪漫动画 / 木文枚 | 358 |
| 喷泉里的两枚硬币 / (英) 乔伊斯·斯达克 | 361 |
| 爱的方式 / 段漠 | 363 |
| 给仇人一块面包 / 寒心血 | 365 |
| 布拉格的故事写在树叶上 / 于筱筑 | 367 |

## 第一篇

# 感恩父爱

# 期待父亲的笑

林清玄

父亲躺在医院的加护病房里，还殷殷地叮嘱母亲不要通知身在远地的我，因为他怕我在台北工作担心他的病情。还是母亲偷偷叫弟弟来通知我，我才知道父亲住院的消息。

这是父亲典型的个性，他是不论什么事总是先为我们着想，至于他自己，倒是很少注意。我记得在很小的时候，有一次父亲到凤山去开会，开完会他到市场去吃了一碗肉羹，觉得是很少吃到的美味，他马上想到我们，先到市场去买了一个新锅，然后又买了一大锅肉羹回家。当时的交通不发达，车子颠簸得厉害，回到家时肉羹已冷，又溢出了许多，我们吃的时候已经没有父亲形容的那种美味。可是我吃肉羹时心血沸腾，特别感到那肉羹人生难得，因为那里面有父亲的爱。

在外人的眼中，我父亲是粗犷豪放的汉子，只有我们做子女的知道他心里极为细腻的一面。提肉羹回家只是一端，他不管到什么地方，有好的东西一定带回给我们，所以我童年时代，父亲每次出差回来，总是我们高兴的时候。他对母亲也非常的体贴，在记忆里，父亲总是每天清早就到市场去买菜，在家用方面也从不让母亲操心。这三十年来我们家都是由父亲上菜市场，一个受过日式教育的男人，能够这样内外兼顾是很少见的。

父亲是影响我最深的人。父亲的青壮年时代虽然受过不少打击和挫折，但我从来没有看过父亲忧愁的样子。他是一个永远向前的乐观主义者，再坏的环境，也不皱一下眉头，这一点深深地影响了我，我的乐观与韧性大部分得自父亲的身教。父亲也是个理想主义者，这种理想主义表现在他对生活与生命的尽力，他常说："事情总有成功和失败两面，但我们总是要往成功的那个方向走。"

由于他的乐观和理想主义，他成为一个温暖如火的人，只要有他在就没有不能解决的事，这使我们对未来充满了希望。他也是个风趣的人，再坏的情况下，他也喜欢说笑，他从来不把痛苦给人，只为别人带来笑声。小时候，父亲常带我和哥哥到田里工作，这些工作启发了我们的智慧。例如，我们家种竹笋，在我没有上学之前，父亲就曾仔细地教我怎么去挖竹笋，怎么看地上的裂痕才能挖到没有出青的竹笋。20年后，我到行山去采访笋农，曾在竹笋田里表演了一手，使得笋农大为佩服。其实我已20年没有挖过笋，却还记得父亲教给我的方法，可见父亲的教育对我影响多么大。

> 父亲应该以道理和期望来引导孩子，应该是忍耐和宽容，而不是威胁和独裁，应让正在成长的孩子感到自主权限的日益增加，并最终允许他成为自己的主人而与父亲的权威相分离。
> ——（英）洛姆

也由于是农夫，父亲从小教我们农夫的本事，并且认为什么事都应从农夫的观点出发。像我后来从事写作，刚开始的时候，父亲就常说："写作也像耕田一样，只要你天天下田，就没有没收成的。"他也常叫我不要写政治文章，他说："不是政治性格的人去写政治文章，就像种稻子的人去种槟榔一样，不但种不好，而且常会从槟榔树上摔下来。"他常教我多写些于人有益的文章，少批评骂人，他说："对人有益的文章是灌溉施肥，批评的文章是放火烧山；灌溉施肥是人可以控制的，放火烧山则常常失去控制，伤害生灵而不自知。"他叫我做创作者，不要做理论家，他说："创作者是农夫，理论家是农会的人。农夫只管耕耘，农会的人则为了理论常会牺牲农夫的利益。"

父亲的话中含有至理，但他生平并没有写过一篇文章。他是用农夫的观点来看文章，每次都是一语中的，意味深长。

有一回我面临了创作上的瓶颈，回乡去休息，并且把我的苦恼说给父亲听。他笑着说："你的苦恼也是我的苦恼，今年香蕉收成很差，我正在想明年还要不要种香蕉，你看，我是种好呢，还是不种好？"我说："你种了40多年的香蕉，当然还要继续种呀！"

他说："你写了这么多年，为什么不继续呢？年景不会永远坏的。""假如每个人写文章写不出来就不写了，那么，天下还有大作家吗？"

我自以为比别的作家用功一些，主要是因为我生长在世代务农的家庭。我常想：世上没有不辛劳的农人，我是在农家长大的，为什么不能像农人那么辛劳？最好当然是像父亲一样，能终日辛劳，还能利他无我，这是我写了十几年文章时常反躬自省的。

母亲常说父亲是劳碌命，平日总闲不下来，一直到这几年身体差了还常往外跑，不肯待在家里好好地休息。父亲最热心于乡里的事，每回拜拜他总是拿头旗、做炉主，现在还是家乡清云寺的主任委员。他是那种有福不肯独享，有难愿意同当的人。

他年轻时身强体壮，力大无穷，每天挑二百斤的香蕉来回几十趟还轻松自如。我最记得他的脚大得像船一样，两手摊开时像两个扇面。一直到我上初中的时候，他一手把我提起还像提一只小鸡，可是也是这样棒的身体害了他，他饮酒总不知节制，每次喝酒一定把桌底都摆满酒瓶才肯下桌，喝一打啤酒对他来说是小事一桩，就这样把他的身体喝垮了。

在60岁以前，父亲从未进过医院，这三年来却数度住院，虽然个性还是一样乐观，身体却不像从前硬朗了。这几年来如果说我有什么事放心不下，那就是操心父亲的健康，看到父亲一天天消瘦下去，真是令人心痛难言。父亲有五个孩子，这里面我和父亲相处的时间最少，原因是我离家最早，工作最远。我15岁就离开家乡到台南求学，后来到了台北，工作也在台北，每年回家的次数非常有限。近几年结婚生子，工作更加忙碌，一年更难得回家两趟，有时颇为自己不能孝养父亲感到无限愧疚。父亲很知道我的想法，有一次他说："你在外面只要向上，

做个有益社会的人，就算是有孝了。"

母亲和父亲一样，从来不要求我们什么，她是典型的农村妇女，一切荣耀归给丈夫，一切奉献都给子女，比起他们的伟大，我常觉得自己渺小。我后来从事报道文学，在各地的乡下人物里，常找到父亲和母亲的影子，他们是那样平凡，那样坚强，又那样伟大。我后来的写作里时常引用村野百姓的话，很少引用博士学者的宏论，因为他们是用生命和生活来体验智慧，从他们身上，我看到了最伟大的情操，以及文章里最动人的情愫。

我常说我是最幸福的人，这种幸福是因为我童年时代有好的双亲和家庭，青少年时代有感情很好的兄弟姐妹，中年有了好的妻子和好的朋友。我对自己的成长总抱着感恩之心，当然这里面最重要的基础是来自我的父亲和母亲，他们给了我一个乐观、善良、进取的人生观。我能给他们的实在太少了，这也是我常深自忏悔的。有一次我读到《佛说父母恩重难报经》，佛陀这样说："假使有人，为了爹娘，手持利刀，割其眼睛，献于如来，经百千劫，犹不能报父母深恩。""假使有人，为了爹娘，百千刀战，一时刺身，于自身中，左右出入，经百千劫，犹不能报父母深恩……"读到这里，不禁心如刀割，涕泣如雨。这一次回去看父亲的病，想到这本经书，在病床边强忍着要落下的泪，这些年来我是多么不孝，陪伴父亲的时间竟是这样的少。

有一位也在看护父亲的郑先生告诉我："要知道你父亲的病情，不必看你父亲就知道了，只要看你妈妈笑，就知道病情好转，看你妈妈流泪，就知道病情转坏，他们的感情真是好。"为了看顾父亲，母亲在医院的走廊打地铺，几天几夜都没能睡个好觉。父亲生病以后，她甚至还没有走出医院大门一步，人瘦了一圈，一看到她的样子，我就心疼不已。

我每天每夜向菩萨祈求，保佑父亲的病早日康复，母亲能恢复以往的笑颜。

这个世界如果真有什么罪孽，如果我的父亲有什么罪孽，如果我的母亲有什么罪孽，十方诸佛、各大菩萨，请把他们的罪孽让我来承担吧，让我来背父母亲的孽吧！

但愿，但愿，但愿父亲的病早日康复。以前我在田里工作的时候，看我不会农事，他会跑过来拍我的肩说："做农夫，要做第一流的农夫；想写文章，要写第一流的文章；做人，要做第一等的人。"然后觉得自己太严肃了，就说："如果要做流氓，也要做大尾的流氓呀！"然后父子两人相顾大笑，笑出了眼泪。

我多么怀念父亲那时的笑，也期待再看父亲的笑。

# 父爱之舟

吴冠中

是昨夜梦中的经历吧,我刚刚梦醒!

朦胧中,父亲和母亲在半夜起来给蚕宝宝添桑叶……每年卖茧子的时候,我总跟在父亲身后,卖了茧子,父亲便给我买枇杷吃……

我又见到了姑爹那只小渔船。父亲送我离开家乡去投考学校以及上学,总是要借用姑爹这只小渔船。他同姑爹一同摇船送我。带了米在船上做饭,晚上就睡在船上,这样可以节省饭钱和旅店钱。我们不肯轻易上岸,花钱住旅店的教训太深了。有一次,父亲同我住了一间最便宜的小客栈。夜半我被臭虫咬醒,遍体都是被咬的大红疙瘩。父亲心疼极了,叫来茶房,掀开席子让他看满床乱爬的臭虫及我的疙瘩。茶房说没办法,要么加点钱换个较好的房间。父亲动心了,但我年纪虽小却早已深深体会到父亲挣钱的艰难。他平时节省到极点,自己是一分冤枉钱也不肯花的,我反正已被咬了半夜,只剩下后半夜,也就不肯再加钱换房子……

恍恍惚惚我又置身于两年一度的庙会中,能去看看这盛大的节日确实无比的快乐,我欢喜极了。我看各样彩排着的戏人边走边唱,看高跷走路,看虾兵、蚌精、牛头、马面……最后庙里的菩萨也被抬出来,一路接受人们的膜拜。卖玩意儿的也不少,彩色的纸风车、布老虎、泥人、竹制的花蛇……父亲回家后用几片玻璃和彩色纸屑等糊了一个万花筒,这便是我童年唯一的也是最珍贵的玩具了。万花筒里那千变万化的图案花样,是我最早的抽象美的启迪者吧!

父亲经常说要我念好书,最好将来到外面当个教员……冬天太冷,同学们手上脚上长了冻疮,有的家里较富裕的女生便带着脚炉来上课,上课时脚踩在脚炉上。大部分同学没有脚炉,一下课便踢毽子取暖。毽子越做越讲究,黑鸡毛、白鸡毛、红鸡毛、芦花鸡毛等各种颜色的毽子满院子飞。后来父亲居然从和桥镇上给我买回来一个皮球,我快活极了,同学们也非常羡慕。夜晚睡觉,我将皮球放在自己的枕头边。但后来皮球瘪了下去,必须到和桥镇上才能打气,我天天盼着父亲上和桥去。一天,父亲突然上和桥去了,但他忘了带皮球。我发觉后拿着瘪皮球追上去,一直追到栋树港,追过了渡船,向南遥望,完全不见父亲的背影。到和桥有十里路,我不敢再追了,哭着回家。我从来不缺课,不逃学。读初小的时候,遇上大雨大雪天,路滑难走,父亲便背着我上学,我背着书包伏在他背上,双手撑起一把结结实实的大黄油布雨伞。他扎紧裤脚,穿一双深筒钉鞋,将棉袍的下半截撩起扎在腰里,腰里那条极长的粉绿色丝绸汗巾可以围腰两三圈,还是母亲出嫁时的陪嫁呢。

初小毕业时,宜兴县举办全县初小毕业会考,我考了总分七十几分,属第二等。我在学校里虽是绝对拔尖的,但到全县范围一比,还远不如人家。要上高小,必须到和桥去念县立鹅山小学。和桥是宜兴的一个大镇,鹅山小学就在镇头,是当

年全县最有名气的县立完全小学，设备齐全，教师阵容强，方圆二十里之内的学生都争着来上鹅山。因此要上鹅山高小不容易，须通过入学的竞争考试，我考取了。由于学校离家很远，因此我要住在鹅山，要缴饭费、宿费、学杂费，书本费也贵了，于是家里籴稻，卖猪，每学期开学要凑一笔不小的钱。钱，很紧，但家里愿意将钱都花在我身上。我拿着凑来的钱去缴学费，感到十分心酸。父亲送我到校，替我铺好床被。他回家时，我偷偷哭了。这是我第一次真正心酸地哭，与在家里撒娇地哭、发脾气地哭、吵架打架地哭都大不一样，是人生道路中品尝到的新滋味。

第一学期结束，根据总分，我名列全班第一。我高兴极了，主要是可以给父亲和母亲一个天大的喜讯了。我拿着级任老师孙德如签名盖章，又加盖了县立鹅山小学校章的成绩单回家，路走得比平常快，路上还取出成绩单来重看一遍那紧要的栏目：全班六十人，名列第一。这对父亲确是意外的喜讯，他接着问："那朱自道呢？"父亲很注意入学时全县会考第一名的朱自道，他知道我同朱自道同班。我得意地、迅速地回答："第十名。"正好缪祖尧老师也在我们家，他也乐开了："茅草窝里要出笋了！"

我唯一的法宝就是考试，从未落过榜，我又要去投考无锡师范了。为了节省路费，父亲又向姑爹借了他家的小渔船，同姑爹两人摇船送我到无锡。时值暑天，为躲避炎热，夜晚便开船，父亲和姑爹轮换摇橹，我在小舱里睡觉。但我也睡不好，因确确实实已意识到考不上的严重性，自然更未能领略到满天星斗、小河里孤舟缓缓夜行的诗画意境。船上备一只泥灶，自己煮饭吃，小船既节省了旅费，又兼做宿店和饭店。只是我们的船不敢停到无锡师范附近，怕被别的考生及家长们见了嘲笑。

老天不负苦心人，我考取了。送我去入学的时候，依旧是那只小船，依旧是姑爹和父亲轮换摇船，不过父亲不摇橹的时候，便抓紧时间为我缝补棉被，因我那长期卧病的母亲未能给我备齐行装。我从舱里往外看，父亲那弯腰低头缝补的背影挡住了我的视线。后来我读到朱自清先生的《背影》时，这个船舱里的背影便也就分外明显，永难磨灭了！不仅是背影时时在我眼前显现，我对鲁迅笔下的乌篷船也永远是那么亲切，虽然姑爹小船上盖的只是破旧的篷，远比不上绍兴的乌篷船精致，但姑爹的小渔船仍然是那么亲切，那么难忘……我什么时候能够用自己手中的笔，把那只载着父爱的小船画出来就好了！

庆贺我考进了颇有名声的无锡师范，父亲在临离无锡回家时，给我买了瓶汽水喝。我以为汽水必定是甜甜的凉水，但喝到口，麻辣麻辣的，太难喝了。店伙计笑了："以后住下来变了城里人，便爱喝了！"然而我至今不爱喝汽水。

师范毕业当个高小的教员，这是父亲对我的最高期望。但师范生等于稀饭生，同学们都这样自我嘲讽。我终于转入了极难考进的浙江大学代办的工业学校电机科，工业救国是大道，至少毕业后职业是有保障的。幸乎？不幸乎？由于一些偶然的客观原因，我接触到了杭州艺专，疯狂地爱上了美术。正值那感情似野马的年龄，为了爱，不听父亲的劝告，不考虑今后的出路，毅然沉浮于茫无边际的艺术苦海，去挣扎吧，去喝一口一口失业和穷困的苦水吧！我不怕，只是不愿父亲和母亲看着儿子落魄潦倒。我羡慕过没有父母、没有人关怀的孤儿、浪子，自己只属于自己，最自由，最勇敢。

……醒来，枕边一片湿。

# 几件小事

叶至诚

我今年六十二岁了,拿不好筷子了,人家拿筷,拇指上一只,食指上一只,吃起来,两只筷平行地向碗里伸去,或扒或拣,灵活方便;我却是拇指、食指和中指合捏一双筷,想要吃什么,交叉着两只筷子往菜碗里伸。妻子取笑我说:"人家吃菜是拣的,你吃菜是叉的。"还跟小孙女讲:"不要学你爷爷,你爷爷拿筷多难看。"我就接着说:"是啊,我爸爸妈妈从来没管过我怎么拿筷子,我自小就没学会。"

还有一件我无论如何干不好的事,就是写毛笔字。参加什么会议,看到会场门口摆着墨盘、毛笔、签到簿,我心里就嘀咕:"又得出一回洋相了。"好不容易毕恭毕敬把名字写上,自己再不敢多看一眼,只好出门不认货,掉头就走。这当然要怪我自己从小没下功夫练过,然而父亲却从来也没问过我毛笔字写得怎么样这件事。直到后来我学着写散文了,父亲也只管我稿子写得是不是清楚,不管我的字是不是好看。

父亲也有管着我的事,譬如让我递给他一支笔,我随手递过去,不想把笔头交在了父亲手里,父亲就跟我说:"递一样东西给人家,要想着人家接到了手方便不方便,一支笔,是不是脱下笔帽就能写;你把笔头递过去,人家还要把它倒转来,倘若没有笔帽,还要弄人家一手墨水。刀子剪子这一些更是这样,绝不可以拿刀口刀尖对着人家:把人家的手戳破了呢?"直到如今,我递任何东西给别人,总是把捏手的一边交给对方,报纸书本也让人家接到手就能看。

冬天,我走出屋子没把门带上,父亲在背后喊:"怕把尾巴夹着了!"次数一多,不必再用这么长的句子,父亲只喊:"尾巴,尾巴!"就这样渐渐养成了我冷天进出屋子随手关门的习惯。另外,父亲还告诫我开关房门要想到屋里还有别人,不可以砰的一声把门推开,砰的一声把门带上,要轻轻地开,轻轻地关,我也从此遵循到现在。

后来我想:父亲不管我的,都是关系我个人的事,在这方面,父亲很讲民主,给我极大的自主权,有时候在我喜爱的事情上帮我一把,譬如为我儿时集邮册页的楠木夹板雕刻篆字题签,给我们手足三个修改文章,等等;而父亲管我的,都是涉及我和他人之间的关系的事,在我以外,更有他人,要时时处处替他人着想。

抗战期间,父亲在《开明少年》上发表过两篇谈教育的卷语,一篇叫《习惯成自然》,另一篇叫《要养成好的习惯》,主要说的就是父亲管着我的那层意思。

值此父亲逝世一周年之际,记下这些小事,也算是对他的怀念吧。

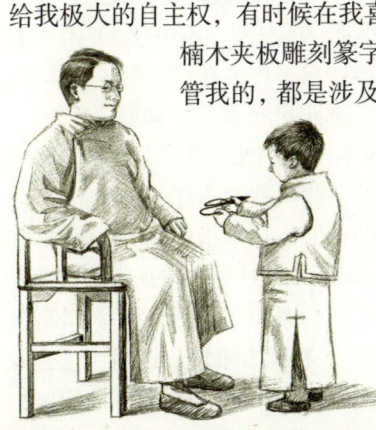

# 多年父子成兄弟

汪曾祺

　　这是我父亲的一句名言。

　　父亲是个绝顶聪明的人。他是画家，会刻图章，画写意花卉。图章初宗浙派，中年后治汉印。他会摆弄各种乐器，弹琵琶，拉胡琴，笙箫管笛，无一不通。他认为乐器中最难的是胡琴，看起来简单，只有两根弦，但是变化很多，两手都要有功夫。他拉的是老派胡琴，弓子硬，松香滴得很厚——现在胡琴的松香都只滴了薄薄的一层。他的胡琴音色刚亮。胡琴码子都是他自己刻的，他认为买来的不中使。他养蟋蟀，养金铃子。他养过花，他养的一盆素心兰在我母亲病故那年死了，从此他就不再养花。我母亲死后，他亲手给她做了几箱子冥衣——我们那里有烧冥衣的风俗。按照母亲生前的喜好，选购了各种花素色纸做衣料，单夹皮棉，四时不缺。他做的皮衣能分得出小麦穗、羊羔、灰鼠、狐腋。

　　父亲是个很随和的人，我很少见他发过脾气，对待子女，从不疾言厉色。他爱孩子，喜欢孩子，爱跟孩子玩，带着孩子玩。我的姑妈称他为"孩子头"。春天，不到清明，他领一群孩子到麦田里放风筝。放的是他自己糊的蜈蚣（我们那里叫"百脚"），是用染了色的绢糊的。放风筝的线是胡琴的老弦。老弦结实而轻，这样风筝可笔直地飞上去，没有"肚儿"。用胡琴弦放风筝，我还未见过第二人。清明节前，小麦还没有"起身"，是不怕践踏的，而且会越踏越长得旺。孩子们在屋里闷了一冬天，在春天的田野里奔跑跳跃，身心都极其畅快。他用钻石刀把玻璃裁成不同形状的小块，再一块一块逗拢，接缝处用胶水粘牢，做成小桥、小亭子、八角玲珑水晶球。桥、亭、球是中空的，里面养了金铃子。从外面可以看到金铃子在里面自在爬行，振翅鸣叫。他会做各种灯。用浅绿透明的"鱼鳞纸"扎了一只纺织娘，栩栩如生。用西洋红染了色，用上深下浅的通草做花瓣，做了一个重瓣荷花灯，真是美极了。在小西瓜（这是拉秧的小瓜，因其小，不中吃，叫作"打瓜"或"骂瓜"）上开小口挖净瓜瓤，在瓜皮上雕镂出极细的花纹，做成西瓜灯。我们在这些灯里点了蜡烛，穿街过巷，邻居的孩子都跟过来看，非常羡慕。

　　父亲对我的学业是关心的，但不强求。我小时了得，国文成绩一直是全班第一。我的作文，时得佳评，他就拿出去到处给人看。我的数学不好，他也不责怪，只要能及格，就行了。他画画，我小时也喜欢画画，但他从不指点我。他画画时，我在旁边看，其余时间由我自己乱翻画谱，瞎抹。我那时对写意花卉还不太会欣赏，只是画一些鲜艳的大桃子，或者我从来没有见过的瀑布。我小时字写得不错，他倒是给我出过一点主意。在我写过一阵《圭峰碑》和《多宝塔》以后，他建议我写写《张猛龙》。这建议是很好的，到现在我写的字还有《张猛龙》的影响。

> 父爱可以牺牲一切，包括自己的生命。
> ——（意）达·芬奇

我初中时爱唱戏，唱青衣，我的嗓子很好，高亮甜润。在家里，他拉胡琴，我唱。我的同学有几个能唱戏的。学校开同乐会，他应我的邀请，到学校去伴奏。几个同学都只是清唱。有一个姓费的同学借到一顶纱帽，一件蓝官衣，扮起来唱《珠砂井》，但是没有配角，没有衙役，没有犯人，只是一个赵廉，摇着马鞭在台上走了两圈，唱了一段"群坞县在马上心神不定"便完事下场。父亲那么大的人陪着几个孩子玩了一下午，还挺高兴。我17岁初恋，暑假里，在家写情书，他在一旁瞎出主意。我十几岁就学会了抽烟喝酒。他喝酒，给我也倒一杯。抽烟，一次抽出两根，他一根我一根。他还总是先给我点上火。我们的这种关系，他人或以为怪。父亲说："我们是多年父子成兄弟。"

我和儿子的关系也是不错的。我戴了"右派分子"的帽子下放张家口农村劳动，他那时从幼儿园刚毕业，刚刚学会汉语拼音，用汉语拼音给我写了第一封信。我也只好赶紧学会汉语拼音，好给他写回信。"文化大革命"期间，我被打成"黑帮"，送进"牛棚"。偶尔回家，孩子们对我还是很亲热。我的老伴告诫他们："你们要和爸爸'划清界限'。"儿子反问母亲："那你怎么还给他打酒。"只有一件事，两代之间，曾有分歧。他下放山西忻县"插队落户"。按规定，春节可以回京探亲。我们等着他回来。不料他同时带回了一个同学。他这个同学的父亲是一位正受林彪迫害，搞得人囚家破的空军将领。这个同学在北京已经没有家，按照大队的规定是不能回北京的。但是这孩子很想回北京，在一伙同学的秘密帮助下，我的儿子就偷偷地把他带回来了。他连"临时户口"也不能上，是个"黑人"。我们留他在家住，等于"窝藏"了他，公安局随时可以来查户口，街道办事处的大妈也可能举报。当时人人自危，自顾不暇，儿子惹了这么一个麻烦，使我们非常为难。我和老伴把他叫到我们的卧室，对他的冒失行为表示很不满。我责备他："怎么事前也不和我们商量一下！"我的儿子哭了，哭得很委屈，很伤心。我们当时立刻明白了：他是对的，我们是错的。我们这种怕担干系的思想是庸俗的。我们对儿子和同学之间的义气缺乏理解，对他的感情不够尊重。他的同学在我们家一直住了40多天才离去。

对儿子的几次恋爱，我采取的态度是"闻而不问"。了解，但不干涉。我们相信他自己的选择，他的决定。最后，他悄悄和一个小学时期的女同学好上了，结了婚。有了一个女儿，已近7岁。

我的孩子有时叫我"爸"，有时叫我"老头子"，连我的孙女也跟着叫。我的亲家母说这孩子"没大没小"。我觉得一个现代化的、充满人情味的家庭，首先必须做到"没大没小"。父母叫人敬畏，儿女"笔管条直"，最没有意思。

儿女是属于他们自己的。他们的现在和他们的未来，都应由他们自己来设计。一个想用自己理想的模式塑造自己的孩子的父亲是愚蠢的，而且，可恶！另外，作为一个父亲，应该尽量保持一点童心。

# 父亲的画面

刘 墉

人生的旅途上，父亲只陪我度过最初的9年，但在我幼小的记忆中，却留下非常深刻的画面，清晰到即使在32年后的今天，父亲的音容仍仿佛在眼前。我甚至觉得父亲成为我童年的代名词，从他逝去，我就失去了天真的童年。

最早最早，甚至可能是两三岁的记忆中，父亲是我的溜滑梯，每天下班才进门，就伸直双腿，让我一遍又一遍地爬上膝头，再顺着他的腿溜到地下。母亲常怨父亲宠坏了我，没有一条西装裤不被磨得起毛。

父亲的怀抱也是可爱的游乐场，尤其是寒冷的冬天，他常把我藏在皮袄宽大的两襟之间，我记得很清楚，那里面有着银白色的长毛，很软，也很暖，尤其是他抱着我来回走动的时候，使我有一种居高临下的优越感。我一生中真正有"独子"的感觉，就是在那个时候。

父亲宠我，甚至有些溺爱。他总专诚到衡阳路为我买纯丝汗衫，说这样才不致伤到我幼嫩的肌肤。在我四五岁的时候，突然不再生产这种丝质的内衣。当父亲看着我初次穿上棉质的汗衫时，流露出一片心疼的目光，直问我扎不扎？当时我明明觉得非常舒服，却因为他的眼神，故意装作有些不得劲的样子。

母亲一直到今天，还常说我小时候会装，她只要轻轻打我一下，我就抽搐个不停，且装作上不来气的样子，害得父亲跟她大吵。

确实，小时候父亲跟我是一国，这当中甚至连母亲都没有置身之处。我们父子常出去逛街，带回一包又一包的玩具，且在离家半条街外下三轮车，免得母亲说浪费。

傍晚时，父亲更常把我抱上脚踏车前面架着的小藤椅，载我穿过昏黄的暮色和竹林，到萤桥附近的河边钓鱼，我们把电石灯挂在开满姜花的水滨，隔些时在附近用网子一捞，就能捕得不少小虾，再用这些小虾当饵。

我最爱看那月光下，鱼儿挣扎出水的画面，闪闪如同白银打成的鱼儿，扭转着、拍打着，激起一片水花，银粟般飞射。

我也爱夜晚的鱼铃，在淡淡姜花的香气中，随着沁凉的晚风，轻轻叩响。那是风吹过长长的钓丝，加上粼粼水波震动，所发出的吟唱；似乎很近，又像是从遥远的水面传来。尤其当我躲在父亲怀里将睡未睡之际，那幽幽的鱼铃，是催眠的歌声。

当然父亲也是我枕边故事的述说者，只是我从来不曾听过完整的故事。一方面因为我总是很快地入梦，另一方面由于他的故事都是从随手看过的武侠小说里摘出的片段。也正因如此，在我的童年记忆中，"踏雪无痕"和"浪里白条"，比白雪公主的印象更深刻。

真正的白雪公主，是从父亲买的《儿童乐园》里读到的，那时候还不易买到这种香港出版的图画书，但父亲总会千方百计地弄到。尤其是当我获得小学一年级演讲比赛冠军时，他高兴地从海外买回一大箱立体书，每页翻开都有许多小人和小动物站起来。虽然这些书随着我13岁时的一场火灾烧了，我却始终记得其中的画面。甚至那涂色的方法，也影响了我学生时期的绘画作品。

父亲不擅画，但是很会写字，他常说些"指实掌虚"、"眼观鼻、鼻观心"这类的话，还买了成叠的描红簿子，把着我的小手，一笔一笔地描。直到他逝世之后，有好长一段时间，每当我练毛笔字，都觉得有个父亲的人影，站在我的身后⋯⋯

父亲爱票戏，常拿着胡琴，坐在廊下自拉自唱，他最先教我一段苏三起解，后来被母亲说"什么男不男、女不女的，怎么教孩子尖声尖气学苏三？"于是改教了大花脸，那词我还记得清楚：

"老虽老，我的须发老，上阵全凭马和刀⋯⋯"

父亲有我时已经是40多岁，但是一直到他51岁过世，头上连一根白发都没有。他的照片至今仍挂在母亲的床头。82岁的老母，常仰着脸，盯着他的照片说："怎么越看越不对劲儿！那么年轻，不像丈夫，倒像儿子了！"然后她便总是转过身来对我说："要不是你爸爸早死，只怕你也成不了气候，不知被宠成了什么样子！"

是的，在我记忆中，不曾听过父亲的半句叱责，也从未见过他不悦的表情。尤其记得有一次蚊子叮他，父亲明明发现了，却一直等到蚊子吸足了血，才打。

母亲说："看到了还不打？哪儿有这样的人？"

"等它吸饱了，飞不动了，才打得到。"父亲笑着说，"打到了，它才不会再去叮我儿子！"

32年了，直到今天，每当我被蚊子叮到，总会想到我那慈祥的父亲，听到啪的一声，也清清晰晰地看见他左臂上被打死的蚊子和殷红的血迹⋯⋯

# 父 亲

周而复

提着一只提箱，手里拿着几本破书，带着一颗22岁流浪者的心，慢慢地走进北站，我又踏上了归途。

几年来在外边度着浮萍似的生活，连我自己也不晓得我的方向，忽儿飘到东，忽儿飘到西，随着一阵阵没有方向的风。有时给一阵令人不能有个预防的狂风，无情地把我沉到水的底层，使我望不见天，望不见我的周边。闷在水的底层，窒息得不能呼吸。有时给一阵叫人寒心的暴风，把我吹到一个被人忘记了的地方，几乎使我不能够再看到难以忘怀的朋友；在我陷在绝望的深渊的时候，给我以安慰的是我那年老的父亲。

每次我从外边回来的时候，几乎全都是在晚上，也许是因为我爱在黑暗里过生活的缘故吧。一个人孤独地走进古老的城市，正如我一个人孤独地离别这古老的城市一样。夜已深了，死寂锁着这古老的城市，静悄悄的，古老城市里的人们全都睡觉啦。

踏着昔日的旧径，一步给我一个新奇：古老的城市全都变了样子。在深夜里，我这熟稔而又陌生的客人归来，连守夜的警察，都向我投以惊诧的眼光，像是想在我身上寻找出异样来。我，还不是和以前的我一样吗？默默地，我低头向家里的路上走去，轻轻地，迈着夜一样静的步子。

走着，走着，在淡黄色的路灯下面转过来，拐进一条幽暗而静穆的巷了，破旧的皮鞋在铺着石板的路上加速地往前走着，很快就看见立在右边的青墙门。那青灰色已块块脱落了的门墙，是我的家啊。

本想走上去就没命地一个劲儿敲门，然而走到家门前的时候，愣住了。敲门的勇气，不知怎么的悄悄地溜走了。跳下台阶，凝视着那条修长的、夜一样深的巷子。在黑暗里，泄下来一点儿的灯光下，我数着儿时的足迹，唤起一件件往事，在那青灰色的墙门里，有着我更多的记忆，有着比蜜还甜的更多的记忆。

悬念着他们该早已睡觉了吧。我这一敲门，不会把他们惊醒吧？在黑夜里他们睡得很熟，给我这夜游者闹醒了，有点儿不应该啊。但是我的归来，不也可以给他们以惊喜吗？莫名其妙地，我的手，在门上通通地敲了数下。等了好一会儿，渐渐地我听见仿佛有人在里面问了。

"是哪个？"

"我。"

"二弟，你回来了啊！"

我在门外边用鼻子唔了一声。在静悄悄中，慢慢传来匆忙的脚步声，哥霍地把门开了，问我："怎么这才回来？"

我点点头，径向里面去了。披着衣服的母亲也从里面迎出来，听见是我的

脚步声，高声地问我："是你啊，二，我说是你回来了，他们还不相信呢。"随着母亲的谈话，我三步当作两步地向里走去。家里的人的睡眠，都为我惊扰了。他们都起来了，自不必说；即使早早上床睡觉的父亲，听见我的声音，晓得的确是我回来了，也在床上预备着起来。我连忙走到床前面，想请他老人家不要起来，可他却固执地要起来，于是我说："爸爸，天一会儿就亮啦，明天再起来吧，有什么话我坐在您床边来谈不好吗？"

父亲却不理会，他把帐子挂了起来，笑嘻嘻地望着我饱受风雨的憔悴的脸，坐在被窝里穿袜子和衣服。我即刻坐过去，叫他不必起来，起来会着凉的。他不但仍旧固执着要起来，而且把衣服穿得特别快——一眨眼的工夫，他很敏捷地就跳下床来，然后才回答我一句话："没事。"

走过去，我帮忙和他代扣着衣服的纽扣，他的手按抚着我的头，我低着的头抬起来，他像欣赏一件艺术品似的望着我，惊异地问我：

"你瘦多了吗？"

"啊，我看并不瘦嘛。"我骗他。

可是他不受我的骗，而解释给我听："自然你自己不觉得啦，你自己每天看见不显啊。"

我不再强辩，可是他也不再问下去了，转换了话题，问我怎么这时候才到家，为什么不早来，刚才坐了什么车子来的，在路上吃东西没有，现在要饿了……一连串地问我，不让别人有和我谈话的机会。他们都围着我们两个人，一声不响的，只是母亲向我们两个人抛过两句话来："二，肚子饿了吧？吃点儿什么东西呢？家里还有饭，还是拿两个蛋炒饭吃吧？"

母亲的话刚讲完，父亲突然气了起来："你们这半天干什么，饭还没弄好来给他吃？肚子要给你们饿坏了啊。"他们听见父亲的申斥，母亲他们不舍地去弄饭来给我吃。我和父亲两个人在屋子里，我巡视着屋子里的所有：依旧和昔日没什么两样，父亲对于我回来的那种热忱，是一种描绘不出来的爱。每次回来，我都像是他失而复得的至宝，总得叫我坐在他的面前好久好久，絮絮地同我细谈着家常，描绘着我出门后的一切家里和亲戚友人的情况，一件件地告诉我，毫不厌烦地从头到尾说给我听，有时还加一些评语。此外，便要我详详细细地说出我过去在外边的生活，那些没有收到家中的钱的日子怎样打发过去的——这些都要慢慢地讲出来给他听，好像说出来能给他以安慰似的，即使小到连我自己也早已忘记了的事，他也来问我。我的一切，如果说是有个把人记挂着的，那便是我的父亲了。

当他们把饭弄好来给我吃的时候，他还是和我不断地谈着，话语似一条流不完的河流，潺潺地流着；在他有了皱纹的脸上，堆满了笑容。等到他们催我们睡觉的时候，我们也不愿上床。后来我怕他着凉，有意装出疲倦的样子，他才叫我先睡，明天早上上茶馆吃点心去。

今天，像往日一样的，我又从外边回来了，旧宅固然已经给别人住去，而父亲的遗像也已悬挂在屋子的中央，昔日一见我回来的欢容，而今到哪里去了呢？

爸爸，我的爸爸呵！

# 酒

贾平凹

我在城里工作后，父亲便没有来过，他从学校退休在家，一直照管着我的小女儿。我从前的作品没有给他寄过，姨前年来，问我是不是写过一个中篇，说父亲听别人说过，曾去县上几个书店、邮局跑了半天去买，但没有买到。我听了很伤感，以后写了东西，就寄他一份，他每每又寄还给我，上边用笔批了密密麻麻的字。给我的信上说，他很想来一趟，因为小女儿已经满地跑了，害怕离我们太久，将来会生疏的。但是，一年过去了，他却未来，只是每一月寄一张小女儿的照片，叮咛好好写作，说："你正是干事的时候，就努力干吧，农民扬场趁风也要多扬几锨呢。但听说你喝酒厉害，这毛病要不得，我知道这全是我没给你树个好样子，我现在也不喝酒了。"接到信，我十分羞愧，便发誓再也不去喝酒，回信让他和小女儿一定来城里住，好好孝顺他老人家一些日子。

但是，没过多久，我惹出一些事情来，我的作品在报刊上引起了争论。争论本是正常的事，复杂的社会上却有了不正常的看法，发展到作品之外的一些闹哄哄的什么风声雨声都有。我很苦恼，也更胆怯，像乡下人担了鸡蛋进城，人窝里前防后挡，唯恐被撞翻了担子。茫然中，便觉得不该让父亲来，但是，还未等我再回信，在一个雨天他却抱着孩子搭车来了。老人显得很瘦，那双曾患过白内障的眼睛，越发比先前呆滞。一见面，我有点慌恐，他看了看我，就放下小女儿，指着我让叫爸爸。小女儿斜头看我，怯怯地刚走到我面前，突然转身又扑到父亲的怀里，父亲就笑了，说："你瞧瞧，她真生疏了，我能不来吗？"

父亲住下了，我们睡在西边的房子，他睡在东边的房子。小女儿慢慢和我们亲热起来，但夜里却还是要父亲搂着去睡。我叮咛爱人，什么也不要告诉父亲，一下班回来，就笑着和他说话，他也很高兴，总是说小女儿的可爱，逗着小女儿做好多本事给我们看。一到晚上，家里来人很多，都来谈社会上的风言风语，谈报刊上连续发表批评我的文章，我就关了西边门，让他们小声点，父亲一进来，我们就住了口。可我心里毕竟是乱的，虽然总笑着脸和父亲说话，小女儿有些吵闹了，就忍不住斥责，又常常动手打屁股。这时候，父亲就过来抱了孩子，说孩子太嫩，怎么能打，越打越会生分，哄着到东边房子去了。我独自坐一会儿，觉得自己不对，又不想给父亲解释，便过去看他们。一推门，父亲在那里悄悄流泪，赶忙装着眼花了，揉了揉，和我说话，我心里越发难受了。

从此，我下班回来，父亲就让我和小女儿多玩一玩，说再过

> 父母之于子也，生之，育之，保之，教之，故为子者有报父母恩之义务。
> ——梁启超

一些日子，他和孩子就该回去了。但是，夜里来的人很多，人一来，他就又抱了孩子到东边房子去了。这个星期天，一早起来，父亲就写了一个条子贴在门上："今日人不在家"，要一家人到郊外的田野里去逛逛。到了田野，他拉着小女儿跑，让叫我们爸爸，妈妈。后来，他说去给孩子买些糖果，就到远远的商店去了。好长时间，他回来了，腰里鼓囊囊的，先掏出一包糖来，给了小女儿一把，剩下的交给我爱人，让她们到一边去玩。又让我坐下，在怀里掏着，是一瓶酒，还有一包酱羊肉。我很纳闷：父亲早已不喝酒了，又反对我喝酒，现在却怎么买了酒来？他使劲用牙启开了瓶盖，说："平儿，我们喝些酒吧，我有话要给你说呢。你一直在瞒着我，但我什么都知道了。我原本是不这么快来的，可我听人说你犯了错误了，不知道到底是什么情况，怕你没有经过事，才来看看你。报纸上的文章，我前天在街上的报栏里看到了，我觉得那没有多大的事。你太顺利了，不来几次挫折，你不会有大出息呢！当然，没事咱不寻事，出了事也不要怕事，别人怎么说，你心里要有个主见。人生是三劫四劫过的，哪能一直走平路？搞你们这行事，你才踏上步，你要安心当一生的事儿干了，就不要被一时的得所迷惑，也不要被一时的失所迷惘。这就是我给你说的，今日喝喝酒，把那些烦闷都解了去吧。来，你喝喝，我也要喝的。"他先喝了一口，立即脸色彤红，皮肉抽搐着，终于咽下了，嘴便张开往外哈着气。那不能喝酒却硬要喝的表情，使我手颤着接不住他递过来的酒瓶，眼泪唰唰地流下来了。

喝了半瓶酒，然后一家人在田野里尽情地玩着，一直到天黑才回去。父亲又住了几天，他带着小女儿便回乡下去了。但那半瓶酒，我再没有喝，放在书桌上，常常看着它，从此再没有了什么烦闷，也没有从此沉沦下去。

# 很是惭愧，父亲

舒婷

似乎是上天的安排，母亲去世时我刚成年，难以面对死亡的猝然掠夺，因有父亲的百般呵护，打击虽然如雷轰顶，心里终究没有留下太多阴影。去年初父亲溘然离去，我四十好几，仍然如婴失乳，几近崩溃。此时我已为人妇做人母，责任、亲情一身，三股绞缆虽然断二，犹存一股牢牢维系，我才能够继续沉浮世事，不致迷失。

父亲是长子，我哥哥一生下就是长房长孙，光宗耀祖有望，祖父摆香案感谢上苍。从此老人们眼中心中只有老哥。我出生那天并无祥云瑞雾，女未大就已不中留，与受冷落的母亲被接到外公家将息。父亲终于畅所欲言，抱我在故宫路的深宅大院示威游行，口中念念有词："女神，我的女神！"

常常自怨自艾："老哥是香火，命根子；小妹是尾仔，娇娇女；唯我掐头去尾，居中的孩儿讨人嫌。"父亲哈哈大笑，点着我的脑门揭短："就你最淘，麻烦最多，从小到大没少气我。"

斗嘴是一回事，父亲最宠我，我俩心照不宣。

带我上街，大马路不走，非在沟沿蹦蹦跳跳；进植物园，大门不入，非要爬墙翻栏杆；别人的女儿乖乖树下捡落果，我却骑着一颤二颤的枝丫攀龙眼；去海边玩沙子，略一分神，我便溜走，在礁牙上滑一跤，小臂被锋利的牡蛎壳划开半尺长的血口子。父亲用他的大手帕扎紧，吓出一头汗水。五岁大的小人儿，以为又闯了大祸，咬牙不哭，把嘴唇都咬破了。别的我都可以抵赖，唯此事因小臂伤痕依旧，只好顾左右而言他。

母亲十八岁结婚，二十五岁生我妹妹时，从纤细脆弱发展到珠圆玉润，似乎为日后独挑一家重担完成体质上的储存。有父亲宽大的肩膀遮挡时，母亲可以无名地感伤，心神恍惚，手捧一本西方小说，优雅地临窗蹙眉凝思。而我们三兄妹撒欢父亲膝前，据说我时常熟门熟路眨眼间就爬到他脑袋上。同事问父亲："你大女儿和这三个小的年岁相差有十岁吧？"父亲很开心："啊不，那是我太太。"同事恍然，凑近耳边："难怪与孩子们不亲，是续弦的吧？"

父亲作为右派补遗，使他工作的银行终于完成运动指标。他胸戴大红花，空着双手，在爆竹声中被匆匆塞上大卡车，说是劳动改造八个月，一去就是八年。父亲从西装笔挺的银行家谪贬为忍气吞声的囚徒，赤膊在三明露天煤矿挖煤，熬过铁丝网、岗哨、臭虫、大跃进和三年自然灾害，挣扎生存下来。亲情是父亲的首要精神支柱，其次是他的天性豁达乐观，然后是他少小离家求学求职，反哺年迈体衰的父母，扶持弟妹，荫护娇妻幼子所逼出来的自救能力。

说母亲是娇妻一点不夸张，在教会女校里，她曾是钢琴、书法、插花和服装设计的高才生。要说理财持家，父亲有多精明能干，母亲就有多糊涂。天塌下来之后，哥哥早已被祖母接管，我原就是外婆的心肝，母亲决心带着妹妹自己谋生。那个年头里，知识妇女要找份高尚职业，非会计别无他途。毫无数字概念的母亲打起算盘也许和弹钢琴一样悦耳，但她赔钱比挣钱多，还要流水般往劳改营寄炒面、猪油、衣服鞋袜，甚至极稀罕极昂贵的蛋糕。父亲收到包裹，心疼母亲的不切实际，更加珍惜地把长了寸长绿毛的蛋糕放在瓦片上烤烤吃了，奇怪的是不闹肚子。

某一天母亲又失账十五块，环视家徒四壁，顺手抓起一本相册，携着妹妹搭车回厦门娘家。由大姨将赔款汇去。在厦门还是当会计，直到她病逝，她都在忍受这份磨人的、与天性格格不入的工作。

父亲保存的家书中有一封署名是妹妹，另有括弧说明是我代笔，半文半白老气横秋，那时我上二年级，已经在啃《红楼梦》。还有一封是我的"鸡毛信"，因丢失学校图书馆的借书，需赔偿五块钱，于是向父亲求援。记得我很快收到回信，先急不可耐抖出那五块钱，松了一口气，接着欣赏起写着"佩瑜我儿亲收"的信封，毕竟是完全属于我的第一封信。至于信纸上写的无非是钱来之不易啦，好好读书啦，照顾妹妹啦等为父之言，我其实不记得了。小小年纪就已见钱眼开，真不好意思。

八年的时间，我从一个惹祸不断的小淘气包长成桀骜不驯的少年。考中学之前，我在家附近的巷口，遇见一个皮肤黧黑，皱纹像刀刻的男人，他把一手帕包的鸡蛋使劲往我怀里塞，说："功课紧张，补补身体。"我推开他，逃回家，气急败坏禀告外婆。外婆叹气："那是你爸爸，可怜你都不记得他了。"

印象中的父亲总是头发三七分，梳得油光水滑，雪白西装，白皮鞋，风度翩翩的呀，怎么会这样？衣服破旧也罢，头发枯槁也罢，偏偏内八字脚，还穿一双搽了白粉的力士鞋，白得刺眼而俗气，仿佛对往日好时光的谄媚和贿赂。

外婆家的洋楼处于厦门九条巷的八卦中心，我变换路线神出鬼没躲避我的亲生父亲，劳心劳力，竟然还能考上厦门一中。

周末在中学门口守候的不是父亲了，是哥哥。这几年来，学习优秀沉默懂事的哥哥是我们的偶像，由他代父亲来做统战工作，果然立竿见影。我永远不会忘记哥哥一手牵我一手拉妹妹，走向凤凰树夹荫的中山公园，远远先看见那双簌簌掉粉的白力士鞋，路标一样显眼，父亲在公园门口望眼欲穿。我们已经知道了这是父亲唯一允许自己的奢侈，平时干苦力，他趿拉着一双破军鞋。

父亲被改造掉的不仅有白西装、发蜡，还有家庭和公职。他期满回家之前，母亲经不起领导和社会压力，已和父亲协议离婚。带哥哥一起住鼓浪屿祖母家的父亲，幸运地碰上个颇通情达理的居委会，不仅很快介绍了一份重体力劳动给他，一年后满街都是戴高帽的牛鬼蛇神，有"政治污点"的父亲每天如履薄冰，却侥幸逃过此劫。

> 在社会给予人类的一切馈赠中，有什么能胜过父母的关爱呢？
> ——（古罗马）西塞罗

渴望阖家破镜重圆，忍受心中痛苦的父亲，拉起载货板车。从火车站到渡口约五公里，拉一趟挣八毛钱，每天两趟，四个来回，可以得一块六，不算少。上午和下午点心都是豆浆四分加馒头三分，渡轮一毛钱，午餐半斤米饭菜两毛，这已去掉五毛二，还要扣去刮风下雨的损失。最重要的是不能生病。点心和午饭都是最低限度的体力补充，须知他每天拉数百斤重物，步行二十公里，又有多年胃病史。现在父亲的算盘拨来拨去虽然只有两位数，要在小数点后面节省零头，仍须发挥聪明才智哩。偶尔空车返回时，有人搬家求载个家具什么的，就有非法的额外收入。三五毛钱罢，虽然最多只有两块钱，已是天上掉下肉包子，父亲便大大破费买半斤红糖饼干，泡一杯茶末，怡然自得给自己压惊。

一分钱磨盘大的父亲，在火车站看到一位中年教师，拎件半新的绒衣向路人求抵押九块钱。他丢了火车票，急于回老家探母病，父亲拍出十块钱，用清秀的隶书写下自己的姓名地址，说："钱借你，方便时还我，这也是血汗钱。穿上衣服吧，天冷。"那人不久即把钱邮来，同时还有一包裹，是上品红菇和笋干。

我身上那么一点江湖义气，可以说是父亲的遗传。

当我齐整细密的乳牙脱落，继而长出一口杂乱无章的板牙，祖母微微颔首：是姓龚的没错。外婆便不无惋惜着：怎么越长越像她父亲！接着在我身上显现的基因全与母系有关：近视眼、神经衰弱、瘦骨伶仃，以及无可救药的逻辑混乱。有外婆的庇护，我每月用于买冰棒、租连环画、看电影，包括丢失的钱，大概比爸爸的零用钱还多，可不到月底我就要算计妹妹的存钱。

外婆替父亲养育了不谙世事好做白日梦的小妻子，父亲感激不尽。然而体验过严酷生存斗争的父亲，眼看我母亲一经风暴就迅速凋谢，痛心疾首决意要他的小女儿翅膀硬一些。他很想让我们知道，他领我们上动物园，给我们买新式铅笔盒，送生日小礼物的钱是怎么挣来的；又不忍让小姊妹俩在尘土飞扬的马路上，跟在他身后推车上坡。即使他舍得，还要先杀了我外婆哩。

其实我的哥哥和堂弟们，都自觉自愿当过父亲的义勇军。

父亲经常载货的木材公司看中父亲一手好算盘，请他当仓管员，正式评了个二级工。重操财政旧业的父亲虽不必再马拉松竞走，但要清点原木和各种型号的模板，劳动仍然繁重。他说服我们姊妹俩暑假里到他工作的露天堆场去帮忙，拾捡遍地的碎木块。

不一会儿，我们的手指扎了刺，头发上脸蛋上沾满汗水和锯木屑，我因为捉一只绿色大蚂蚱，袖子扯裂了，飘飘扬扬，翅膀一样。父亲脸上一直喜气洋洋。他犒赏我们六分钱一碗的花生浆和八分钱的大肉包。工作轻松有趣，点心好吃，还给外婆带回一麻袋折价的刨木花。父亲那样骄傲地介绍我们给他的工友；兴致勃勃带我们参观肮脏不堪的综合办公室，在他的糙木写字台上有我们的全家福；

以及，父亲看我们狼吞虎咽时不觉咂着嘴的那份满足。

我似乎没有从父亲的精心策划中得到什么社会实践教育，但很可能从这一天起，我们完全认同了父亲。

上山下乡运动的铁扫帚把我们兄妹全赶到上杭山区。父亲收拾好东西，准备接通知随时与我们相聚。我们得知他的想法，吓坏了。在我们看来，举家迁来当农民，我们连回厦门探亲的机会也没有，招工更不要想。于是写信发电报竭力阻止。我们的恐慌影响不了父亲。他在三明劳改那八年，条件更恶劣都挺过来了，他可以照顾孩子们，并且实现他梦寐以求的家人团聚。

木材公司按兵不动，父亲努力挣工资，轮到他源源不断给我们寄包裹。我们这个知青点都是应届生，学生气很重，六个人一锅吃饭，财产公开。有次父亲寄了个十五公斤重的木条箱，几个男孩拿扁担翻山去公社扛回来。我照例把包裹往厨房大柜一扔，轮到谁烧饭，谁就伸手掏去。几天后接父亲信，说包裹里不但有三个梨还有月饼，方晓得不知不觉已过了中秋。赶快把包裹倒出来，梨流着黑水，月饼尚有希望，活学活用父亲当年烤蛋糕的经验，六个同伴围在大锅边煎月饼。月饼和鼻子都有点酸，每个人很仔细地把饼屑送进嘴里。

插队期间我开始写诗。写过一首《我想有个家》，只记得其中几句："哥哥吹笛子／爸爸爱喝茶／葡萄棚下妈妈养鸡鸭。"多年以后父亲还念叨，说这是我最好的诗可惜丢了，没有发表。

我再往下写的诗，就没有这么好看了，糟糕的是还流传出去，被谱成吉他曲。父亲虽然担忧，但经验告诉他，在淳朴的山民之间，我其实比较安全。我回城时外婆已去世，爸爸为我们姊妹设法租到祖母楼下一间十二平米的卧室，他和哥哥仍然住祖母客厅边。我进了工厂当炉前工，高温、重体力、三班倒，十分辛苦。一边失眠发烧一边夜夜读书写作，人瘦得只有四十二公斤。我临街的八角房开始有文学青年来往，高谈阔论弄得路人皆知。

父亲和我开诚布公，要我烧掉诗稿，说写那样的诗非常危险。我年轻气盛，拧着脖子："你就当没有我这女儿好了。不是还有哥哥妹妹吗？"

父亲亲身体会过土改、"反右"、"四清"、"文革"历次运动，他叹息着走开去："你以为你出了事，我和你哥哥妹妹还能安然无恙吗？"

劝阻无望，父亲只好接受，而且全力支持。为了加强营养，他不惜把他和我的伙食分出来另过（妹妹工作在福州）。祖母见父亲变着花样给胃口刁钻的我煲汤，替哥哥生气："哼，宠出个女儿王！"其实连祖母给哥哥做两个荷包蛋，哥哥都要偷偷留一个给我。菜炒好了，父亲在我窗外逡巡，等我放下笔再叫吃饭。我唯一的家务是洗自己的衣服，连被子都是父亲戴上老花眼镜纤的。可以说当闺女时，我好像连厨房都很少进去。

嫁人时我已是专业作家，公公婆婆丈夫儿子，现代都市里可算大家庭了。买菜做饭带孩子，还有自虐式又洗又涮的洁癖，每天蓬头垢脸心浮气躁，何来诗情画意？常有亲友夸我而今做得一手好菜，有乃父之风。父亲心里难过，背地说我

丈夫："我养一个诗人女儿，你家得一管家媳妇。从前为了让她专心工作，连茶都要我替她斟好的。"

右派平反父亲即办了退休手续，虽然未补发三十年工资，但他原先的工资级别就很高，随着厦门经济发展，他的退休金水涨船高，日子一天天滋润起来。

"可惜你母亲不能起死回生！"父亲遗憾着。

我也曾试着劝父亲寻个老伴，他摇头。我们未成家时，他怕委屈我们；儿女们分巢而居，他又担心家里有了不相干的人，我们有陌生感不愿回娘家。哥哥嫂嫂极孝顺，十七八年来住一起，锅盘都会交碰，他们却不曾跟老人顶撞过。小侄女成了父亲的精神支柱、生活中心和开心果。地位旁落的我心有不甘："老爸，你逢人夸的是嫂嫂不夸我也罢，有好吃的准是岚岚优先也罢，直到现在你都时常修理我，怎没听见你说岚岚一个不字？"

热爱生活的父亲（现在流行说法是重视生活质量）一旦手头宽绰，首先发扬光大的是他的美食天性。祖传的春卷、韭菜盒、红焖猪蹄、蟹粥、鱼糜凤尾虾，一一真材实料精工细作起来；又"克隆"人家酒宴名肴，朋友饭桌偷艺，篡改旅行中见习的南北风味；甚至手持一部古龙的武侠小说，依样画葫芦仿真一品"翡翠鸡"。每个周末召集儿孙们回去品尝，在我们中间掀起烹饪比学赶帮超。向来不拿锅铲的妹妹，短期突击，竟独树几帜招牌菜如香酥鹌鹑、家常卤面等，获父亲眉开眼笑奖。哥哥近水楼台，兼收集名家菜谱，每每有惊人表现，尤其嫂嫂打下手的时候。

精力充沛的父亲没有浪费晚年的美好时光。他以武侠小说为指南，独自访遍名山胜水；身上背的照相机不断更新换代，拍扬眉吐气的自己，拍躲着镜头的孩子们，还主动拍亲戚朋友的，花钱冲洗后挨家挨户去分发；他培植的新晶玫瑰曾是我的嫁妆，而他引为骄傲的"十八学士"茶花，则是我千辛万苦从德化连泥带盆运回的；他养的黄莺宛转娇啼得心花怒放，一只老鹦鹉，在父亲去世后得了失语症，寂寞时宁愿装猫叫。

父亲很以诗书传家为骄傲，对我详尽讲解族谱，其中不少传奇，可惜当时兴之所至，不及使用录音机。祖父收藏的金石书画，"文革"里几乎损失殆尽，侥幸箱底犹压几张伯祖父的扇面（伯祖父以画菊闻名，早年在日本举办过个人展）。父亲以此为基础，四处求画，大多友情出演，毕竟财力有限。几件精品，父亲临终交给我，说唯此留我纪念。现挂在我的客厅，朝夕相伴。

父亲劝我焚稿时，他自己其实手痒，写了不少格律诗。晚年他自号篯斋老人，辑诗成册，题《篯斋诗笺》，为访客问友必备礼品之一。有段时间他忙于参加"中华诗词学会"，在海内外发表诗词，入选这里那里的选本。父亲自有一帮文朋诗友。我有时回娘家，见三四青年，团团围坐，听父亲引经据典传授诗词格律。

有次文章写一半，挂电话问父亲，"及笄之年"是几岁，父亲回答了。电话放下十分钟，父亲抱着大《辞海》来我家，再跟我说"弱冠"，说"而立"，顺便摇头说我"家学不足"。

# 父亲的自行车

余杰

有人说，10岁的小孩子崇拜父亲，20岁的青年人鄙视父亲，40岁的中年人怜悯父亲。然而，对我来说，父亲是我一辈子都崇拜的人。

父亲是建筑师。工地上所有的工人都怕他，沙子与水泥的比例有一点儿差错都会招来父亲的痛斥。然而，父亲在家里永远是慈爱的，他的好脾气甚至超过了母亲。在县城里，父亲的自行车人人皆知，每天早午晚，他风雨无阻地骑着吱吱嘎嘎的破车接送我和弟弟上下学。那时，我和弟弟总手拉着手跑出校门，一眼就看见站在破自行车旁穿着旧蓝色中山服的、焦急地张望着的父亲。一路上，两个小家伙唧唧喳喳地说个不停，而父亲总是能一心两用，一边乐滋滋地听着，一边小心翼翼地避过路上数不清的坑坑洼洼。等到我上了初中，父亲的车上便少了一个孩子；等到弟弟也上了初中，父亲便省去了一天两趟的奔波。可父亲似乎有些怅然若失，儿子毕竟一天天长大了。

收到大学录取通知书的那天，我兴奋得睡不着觉。半夜里听见客厅有动静，起床看，原来是父亲，他正在台灯下翻看一本发黄的相簿。看见我，父亲微微一笑，指着一张打篮球的照片说："这是我刚上大学时照的！"照片上，父亲生龙活虎，眼睛炯炯有神，好一个英俊的小伙子！此刻，站在父亲身后的我却蓦然发现，父亲的后脑已有好些根白发了。

父亲一出世便失去了父亲，惨痛的经历使他深刻地意识到父亲对儿子的重要性。因此，在他的生活里，除了工作便是妻儿，他不吸烟不喝酒，不钓鱼不养花，在办公室与家的两点一线间生活得有滋有味。辅导儿子的学习是他最大的乐趣。每天的家庭作业父亲一道道地检查，认认真真地签上家长意见，每次家长会上他都被老师称赞为"最称职的家长"。母亲告诉我一件往事：我刚一岁的时候，一次急病差点儿夺去了我的小命。远在千里之外矿区工地的父亲接到电报时，末班车已开走了，他跋山涉水徒步行了一夜的山路，然后冒险攀上一列运煤的火车，再搭乘老乡的拖拉机，终于在第二天傍晚奇迹般地赶回了小城。满脸汗水和灰土的父亲把已经转危为安的我抱在怀里，几滴泪水落到我

的脸上,我哇哇地哭了。"那些山路,全是悬崖绝壁,想起来也有些后怕。"许多年后,父亲这样淡淡地提了一句。

父亲是个不善于表达感情的人,与父亲在一起沉默的时候居多,我却能感觉出自己那与父亲息息相通的心跳。离家后收到父亲的第一封来信,信里有一句似乎漫不经心的话:"还记得那辆破自行车吗?你走了以后,我到后院杂物堆里去找,发现它锈成一堆废铁了。"我想了好久,在一个阳光灿烂的早晨给父亲回信:"爸,别担心,那辆车每天晚上都在我的梦里出现呢。我坐在后面,弟弟坐在前面,您把车轮蹬得飞快……"

> 一个做父亲的,当他生养了孩子的时候,还只不过是完成了三分之一。他对人类有生育人的义务,他对社会有培养合群的人的义务,它对国家有造就公民的义务。
> ——(法)卢梭

## 父爱无形

刘东伟

那天天气不太好,凌晨便下起雨来。我赶到省立医院时,姐姐和爸妈早已到了那里。姐姐说父亲刚拍了片,她们正在等结果。

半个小时后,结果出来了。当大夫拿着报告单向我们走来时,突然一道闪电闪过,接着是一声沉闷的雷声,我觉得这也许不是个好的征兆。果然,化验结果是肺癌!

不知为什么,面对这突来的不幸,我心里竟然非常平静。望着晕倒的母亲和惨然变色的姐姐,我心头竟泛起一股快意。

大夫走到我面前,让我在手术单上签字。我指着一旁悲痛欲绝的姐姐说:"你找她吧,我可做不了主。"姐姐擦了擦泪水,双手紧紧握住大夫的手,恳求道:"大夫,请你无论如何也要治好我爸爸,他这一生太不容易了,我们不能没有他啊!"

大夫用手拍了拍姐姐的肩膀:"你放心,治病救人是医生的本职,我们一定会尽力的。"

下午,父亲便上了手术台。手术的时间很长,母亲因为体弱多病,留在旅馆。我和姐姐在手术室外候着。姐姐不时地从门缝中向里看,并双手合十祈祷着什么。我斜坐在走廊的连椅上,许多往事浮上心头。

那时,我们一家还在东北,姐姐刚升了初中,但我知道她平时学习很差,怎么能考上初中?村子里有一位优秀的老教师,他非常喜欢聪明伶俐的我。一天,我去他家里玩,他摸着我的头说,你姐姐要是有你一半的聪明就好了。我平常看不起姐姐,总觉得她笨头笨脑的,从不和她玩。于是我说,但人家考上了初中。老教师眼睛一眨,问我:"你也以为姐姐是考上的?"我说:"难道不是吗?"但我脑子一转,很快又说:"我也奇怪呢,她是不是走了后门?"老教师赞许地看着我说:"你猜对了,你姐姐的成绩差了四十多分,是你爸托我找校长说的,那个中学的校长是我的老同学,很给我面子啊。"我一听就更看不起姐姐了。晚上,我和姐姐一起在灯下做作业,姐姐突然被一道题难住了,她抓耳挠腮半天也没想出来,我忍不住讽刺她:"不要脸,自己没本事上什么初中,怎么不留级啊?"姐姐红着脸说:"是咱爸让我念的。"我说:"爸让你念你就去啊,你不觉得丢人吗?这次中考考了多少,是不是倒数第一?"姐姐急得泪都掉下来了,她辩解着说:"是第五十七名。"我说:"你班有多少个学生啊?"姐姐说:"五十七。"我哈哈讥笑:"那你不是倒数第一是多少?"姐姐羞得脸色一阵红一阵白,突然眼球翻白,从椅子上栽到地上。爸爸和妈妈在外面听到了,忙跑进来,妈妈使劲地掐着姐姐的人中,爸爸忙跑出去喊村里的大夫。大夫来了后，给姐姐打了一针，姐姐才渐渐缓了过来。

那夜，父亲打了我。我不明白他为什么对我发这么大的火，而他从来就没有打过姐姐，甚至连一句大声的训斥也没有。他每次下班后，总是要把姐姐揽在怀里，关切地问候几句。我想起平常他和妈妈对姐姐的疼护，再想想自己，似乎连姐姐十分之一的关爱也没得到，从小我就是穿着姐姐的旧衣服长大的。从那时起，我便对父亲有了一股怨恨，我觉得他太偏心了，我一直弄不明白，他为什么对我和姐姐不一样？

后来，大约是我念初中的时候，我偶尔从父母的对话中听到了一件意想不到的事。本来像我这么大的孩子，是要读书的，但因母亲染病在身，常年需要吃药，所以父亲就断了我的求学路。那天，我和姐姐从街上回来，刚进家门，就听到父亲大声说："干脆不让二丫头念了，叫她在家帮你干点活。"母亲叹声说："咱们虽然只有一个亲骨肉，但不能太偏向哪个啊，一定要让她们像亲姐妹一样。"

我心里反复琢磨母亲的话意，突然明白了，原来我们不是亲姐妹，原来我不是亲生的，怪不得他们对我和姐姐一直不一样。一时，委屈、悲愤、孤独万般滋味涌上心头。我扭头向外跑去，沿着大街一路狂奔。当时，我什么也不想了，只觉得自己活在这个世上是多余的，没人疼爱，没人照顾，我的亲生父母到底在哪里？姐姐随后追了上来，她一直追到村外，才追上了我。她一把抱着我的头说："好妹妹，以后我会当你是亲妹妹看待的。"

初中毕业，我们一家迁回了山东老家。我主动放弃了学业，一半原因是母亲需要照顾，一半原因是家里经济条件有限，难以供应两个高中生。我看懂了父母眼神中的语言，我不想让他们为难，心知他们迟早也要提到这件事，我何不顺着他们的心思？可笑的是姐姐并不是他们眼中的"凤"，她辜负了爸妈的殷切期望，并没有"飞"起来。父母见姐姐一事无成，便开始东奔西走给她找工作，找完工作又找婆家。后来便给他找了个小木匠嫁了，做了只会"下蛋"的"母鸡"。可是我，我只比姐姐小几岁啊，难道我就不需要工作，不需要嫁人？

"吱呀"一声，手术室的门开了。姐姐一声大叫，把我的思绪拉了回来，我只觉得胸前冰凉，低头一看，衣襟全湿了。我抹一把脸颊，我想那不是为父亲哭的，而是我想及自己身世时的酸楚的泪水。医生说手术正常。医生的话很让姐姐宽慰，我却或多或少有些失望，难道我在诅咒父亲吗？我不敢承认，但也不想否定。

从此，父亲便与医院结下了不解之缘。为了让父亲活下去，家里将积攒了多年的积蓄拱手送给院方。父亲以后的日子简直单调而无味，放疗——化疗——放疗——化疗！姐姐却整天忙得不可开交，不是求医问药，就是为筹钱奔波。几个月下来人黑了几分，瘦了两圈。有一次，我说："姐，我几乎认不出你来了，你要是再罩上一条毛巾，准和乡下佬差不多。""是吗？"姐姐愕然，"有这么夸张吗？"说着到镜子前一照，轻声说："还真是的，我都快不认识自己了。"

父亲的样子比姐姐还"滑稽"，颧骨高高的，头发因化疗早已掉光了，若不

是眼珠子还在转悠，活像一具骷髅。一看到他的样子，我就忍不住想笑。我一想笑，姐姐就挡在我前面。我心想，我就是要笑给他看的，你挡着干啥，怕他难受吗？

的确，父亲受的罪够大的，想必化疗放疗的滋味不好受，手术时，在走廊里都能听到他痛苦的呻吟。而且化疗后的一两天内，受药物的刺激，父亲常伴有剧烈的恶心与呕吐。每当看到父亲捂紧肚子卧在床上的样子，我就有一种莫名的兴奋。但我还是不敢太放肆了，于是把目光挪开，去欣赏窗外草坪上的红花绿草。

父亲在住院期间，基本上是姐姐照顾的。姐姐忙里忙外，好像从不知什么叫疲倦。晚上，我蒙眬醒来，常看到她静静地坐在床前，有时还握着父亲的手，放在自己的心口上。我几乎要被她父女之间的真情感动了，也就越发不能忍受被冷落的滋味。初秋的风从窗口悄然掠进，姐姐给熟睡的父亲掖了下被角。我缩在角落里，下意识地抱紧双臂。姐姐跑前跑后的，虽没感动我，却让与父亲同病房的一位"难友"大发感慨："多好的闺女啊！"父亲这位"难友"早进来几天，他只有一个远房的侄子照顾，但那家伙又不勤快，就无怪他羡慕父亲了。

半年之后，父亲的病情稳定了下来，于是出了院。我在老家待了几天，见父亲已能照顾自己，便托故回到乐陵。姐姐仍不放心，就留在老家。

因为给父亲看病，姐姐荡尽了所有家财，甚至还欠了一屁股债。那天下着雨，我正在家里看电视，门一开，姐姐冲了进来。她满头湿发披散着，像一个女鬼，把我给吓了一跳。她说："爸爸又厉害了，刚去了医院，医生说还得化疗，还要花几千块。"我冷漠地说："是吗，那就花吧。"姐姐一脸愁相说："你看，姐手头上哪还有钱啊。"我顿时明白了她的来意，语气变得冰冷："好了，你不用说了，我这也不是银行，我的条件你又不是不知道，刚买了房子，你总不能让我去卖房吧。"姐姐叹了声，再没说什么，扭头便走了。后来，听说她连夜冒雨凑了几千块，至于她在谁家借的，我懒得去问。

父亲生病期间，我简直像个外人，已习惯冷冷地看着姐姐为父亲熬汤喂药，甚至解大小便。父亲病重时期，大小便已失禁，有一次大便在床上了。闻到异味，我直感一阵呕吐，厌恶地走了出去。姐姐却忙上前拖起父亲的身子，仔细地拭净他身上的污物，又迅速地换了床单、被子，忙到最后，直弄得手上、胳膊上污了一片，额头全是汗。父亲毕竟被癌魔缠上了，任他怎么挣扎，终于还是无济于事；任姐姐怎么求神拜佛，老天爷还是"没睁眼"，病后不到两年，他向生存了六十二载的世界留恋地看了最后一眼，便缓缓闭上了眼睛。他在生命弥留之际，把我和姐姐的事说了出来。

那天，已经半月不发一言、不进粒米的父亲，突然开了口。他向我招招手，叫我过去。我虽然心中对他充满了怨恨，但看到他被癌魔折磨得不成人形，也怪可怜他的，于是顺从地走过去，尽量放柔声音说："爸，你觉得好些了吗？"父亲吃力地伸出他那只瘦得皮包骨的手，紧紧地攥

一个父亲胜过一百个教师。
——（英）赫伯特

有一种幸福叫感恩

第一篇 感恩父爱

二五

住我，我清晰地感觉到他的心情异常激动。他慈祥地望着我。我从未见过那种温和的眼神，只觉心头一热。父亲吁了一下说："孩子，我一直瞒着你一件事，其实……你和大丫不是亲姐妹……"

我默默地低下头，父亲的坦诚虽然迟了些，但对一个生命随时都可能结束的老人，我在心里原谅了他。我说："爸，我早就知道了。"父亲"啊"了一声，显然出乎意料。他接着说："那是三十年前，我下班的时候，听到路旁有婴儿的啼哭声，忙奔了过去，发现那个婴儿脸蛋冻得发紫，被遗弃在铁路上，她浑身已经冰凉……

"我把她抱回家中，你妈妈喂了她一些奶粉，她才渐渐安顿下来，当时，我和你妈妈虽然不住地埋怨她的亲生父母心肠狠，但看到她长得挺喜人的，也非常开心。谁知到半夜时，她突然发起烧来。我和你妈妈急坏了，我用自行车驮着你妈妈，你妈妈把她裹在自己的怀里，忙去了医院。医生说，孩子有先天性心脏病，让我们做好思想准备，如果不尽早进行治疗，这孩子恐怕活不了三个月。后来，我曾想把孩子再次扔掉，因为那时家里的经济情况也不好，就靠我一个人的工资。但你妈妈看着孩子可怜，狠不下这个心来，她说终归是一个小生命啊。

"最后，我和你妈妈决定，无论受多大的苦，也要把孩子的命保下来。孩子整整住了一年院，为了拉扯她，我和你妈妈三年没有吃上一块肉，很多时候只是啃点凉干粮，连咸菜也没有。你妈妈为了攒足孩子的住院费用，每天步行到十几里外的纺织厂干临时工。有一次我发现你妈妈的脚心带着血痕，我拿起她的鞋一看，原来她的鞋子早已磨破了底。

"孩子长到三四岁时才停了药，病情也稳定了，但医生说孩子的心脏弱，不能受打击，所以直到现在，我和你妈妈也不敢把她的身世说出来，怕她心里承受不了……"

我听着听着，忍不住落下了眼泪，我激动地说："爸，我知道，我小时候害你们吃了许多苦，长大后我不会再拖累你们，我也知道，您对我的养育之恩，我一直还没有报答。"

父亲黯然地摇摇头，说："你猜错了。"他把姐姐拉到身边，伸手抚摩着她的头发，轻轻地说："这些年来，我从未骂过你一句，打过你一巴掌，你本是个苦命的孩子，我怎忍让你脆弱的心灵再受到什么伤害？我死之后，你们姐俩一定要像亲姐妹一样互相照顾……"

我愕然道："你……你说什么？姐姐她……"

父亲叹了一声，说："那个婴儿就是你姐姐啊。"姐姐也愣了，她呆了半晌，突然哇地一声扑在爸爸身上，叫道："不，你是我的亲爸爸啊。"我觉得脑袋嗡的一下全是空白，霎时思想、理智、灵魂、意识全然离壳而去。天哪，这些年来，我浑浑噩噩到底做了些什么！我猛地抱住父亲，号啕大哭："爸爸，您不能死啊，我不会让您死的。"

父亲极力将身子向床头靠靠，对我说："从小爸爸对你关爱不够，你……你

怪爸爸吗？"

　　我眼里噙着泪珠，使劲地摇头。父亲宽慰地笑了，他轻轻地抚摩着我的头。我觉得从他的手上有一股暖流涌到心中，弥漫到我全身，又浸出了眼眶，缓缓淌至唇边。我紧握着父亲的手，贴在自己的脸上，哽咽着什么也说不出。然而，我再也无法疼爱我的父亲了——就在我知道了我和姐姐的身世之谜后不久，他永远离我们而去了。埋葬了父亲，亲友们陆续离开了墓地。我执意留了下来。我想再静静地陪父亲一会儿，默默地看着父亲睡熟了，安歇了，再回去。旷野寂寂，杨柳依旧，父亲安在？我跪在坟前，默默地望着那一丘黄土，心中充满了悔恨和悲伤。父亲啊父亲，我知道，你一直对我隐藏着自己的父爱，这些年来，虽然你很少关心过我、呵护过我，但我相信，你一定是爱我的。可我……我诅咒过你，怨恨过你，在你最需要女儿照顾的时候冷漠过你，背弃过你，你原谅我吧……

　　微风拂过，我仿佛看到父亲微笑着站在面前，缓缓地抚摸着我的秀发。他虽然不说话，但我却读懂了他那慈爱的眼神。在父亲的目光里，我读懂了一种博大的亲情，那是一种江海般宽大的胸怀，一种升华的父爱！我缓缓起身向远处望去，忽然觉得父亲还没有死，这里埋葬的只是他的躯体，而他的灵魂仍然活在我心中。我相信他那双慈爱的眼睛，仍关注着我的生活，贯穿我的一生。

# 吾父之爱

秦文君

　　我父亲年轻时当过兵打过仗，脸颊上有条弹片划破的伤疤。他有张发黄的旧照，那时他一身戎装，抽着烟，正在沉思，是个英俊潇洒的年轻军官。在我的童年时代，这张照片成为我最大的骄傲，连我亲密的女伴都万分珍惜它。直到今天，我仍感觉穿军服的男子最富有气概，因为那能寻到我父亲当年的某种风采。

　　然而，父亲现在已经老得白发苍苍了，而且瘦瘦的，丝毫找不见昔日的辉煌。节假日全家团聚，看见父亲突然从谈话圈退出去了，他只当听众，偶然在空隙中和弟弟互相把烟扔来扔去。有时，我往家拨电话，接电话的总是父亲，但说上三两句话，他总会讷讷地说，让你妈妈听。接下去，是母女俩喋喋不休地亲亲密密地说些琐碎的体己话，父亲则静静地极有耐心地在一边等。

　　父亲的爱有些特别，母亲常说他从未给子女洗过尿布，从未参加过家长会……在众多的"从未"中，父亲黯然失色。他总是默认这一切，从无二话。但有一次，他突然提起，我出生的那天，他激动无比，跑到外面买了个鲜红的闹钟。后来再听到那些"从未"，我眼前就会冒出那只红闹钟，它像父亲的爱心一般炽烈。我成年后，偶尔晚上归家迟了，会发现父亲站在黑暗的弄口等待。日深年久，直到如今，有时夜归，走在黝黑的暗道上，我仍会产生一种被人担心的温暖感，尽管我早已离开了父亲的庇护，有了自己的小巢。

　　记得临出嫁时，父亲叮咛我说："不要去责备你喜欢的人。"我体会到，那话里明明白白地包含了父亲的信念。父亲正是用这种方式充分给别人自由。我刚进小学时，不喜欢有规律的生活，常常逃学，母亲让父亲押送我去学校，父亲则不。他让我申诉逃学的理由，我断断续续地说，在家好，下雨天能收集雨水，平时能喂养小鸟，能用面粉团捏有趣的小丑。父亲说，那你就天天在家吧。但是，一个星期，我在家呆腻了，逃也似的飞奔学校而去，很快就成为发奋的学生。至今，我常常会后怕，假如父亲当年强拽我去学校，我也许会永远厌倦读书的。

　　父亲已经离休，并且从未想过再出去干一番事业。他就是那种淡泊的人，不强求别人，也不强求自己，似乎从没有心急火燎追求东西。父亲爱好文学，很能欣赏，评价也在行，但他从不投入，保持着对爱好的神秘感。在我最彷徨的时候，父亲淡淡地说，你可以试着把想法写下来。我采纳了，后来那些想法纷纷印成铅字了。父亲收藏我的小说，有时看到杂志广告，他会候准杂志出版的日期去购买。他一遍一遍读，熟悉我写的每一个字。有一次我告诉父亲，我已写了一百多万字，他沉默了一会儿，说，别拼命写。

# 麻袋里的父爱

曾丽蓉

几年前，我初中毕业后，带着自己的梦想和亲人的希望，来到县里上高中，单独一个人租房生活，这是我第一次远离家乡和父母。

一天，冷风刺骨，往年南方很少见的大雪肆虐乱飞，真正的寒天到了。教室里的我们一个个冻得直搓手跺脚，说话时一团团白气从口里冒出来。放学了，我们一个个紧了紧衣衫，低着头快步往家赶。

"放学啦，小侠。"父亲眼角带笑。

"爸，你怎么来了？还有客车跑吗？"我意外地发现等在屋外面的老父亲。

"我们那里没下雪，车子到了瓢井才看见下雪的。天冷了，你们放假都还要补习，我给你送点东西来。"

"来很久了吧，怎不去学校找我拿钥匙？外面这么冷！"我看着脸色本来就蜡黄，此时由于受冻脸色已变成青灰色的父亲。

"将（刚）来一会，我怕到学校找你影响你听课，所以……"

"快进屋吧，爸。"我打断父亲的话，心里明白其实父亲是担心自己扛着那两个麻袋的乡巴佬相给女儿丢脸。

"爸，这都是些什么呀，这么两大袋！"我奇怪地问。

"一袋是大米、面条和家里舂的一点糯米粑。另一袋里面，是干枯了的竹片，给你发（生）火用。你一个人烧煤，火爱熄灭，天又冷，用这个发（生）火会快一点，它接火快。"

父亲边说边把那些吃的拿出来放好。

"那竹片就不要取出来了，用时再拿。"我不在意地说。事后我才想起，那是上次父亲来时，我煤火熄灭了，老生不起来，肚子又不听话地咕咕直叫，父亲让我跟他去小粉馆里吃了一碗热气腾腾的米粉。第二天，我良心发现去给父亲配了一把钥匙。父亲走后的第二天中午，我放学回来，炉子冰冷，火又熄灭了。我又冷又饿又急，赶紧找出焦炭准备生火，可隔壁几间屋都没人，找不到火种。一个冷战过后，想到父亲带来的竹片。

打开麻袋，一小捆、一小捆的干枯竹片整整齐齐地躺着。我掏出来几小捆，一片大约有五寸长，五分宽。我点燃火，一会儿就烧了起来。看着熊熊燃起的火舌，我冰冷的身心都异常温暖。父亲的形象随着红红火火的炉子越来越清晰、高大！

父亲只要出差就要给我买东西，大到裙子衣物小到发卡袜子。当同学们夸我穿的衣服裙子好看时，我心里美滋滋的。但当我说是父亲去外地出差买的时，她们一个个更是惊叹不已，都羡慕我有一个这么好的父亲。她们的父亲从来没给她

们买过衣物什么的，更别说发卡袜子了，这好像都是母亲的事情。其实她们心里也希望父亲不只是大处着眼，她们很想要这种点点滴滴的父爱。此时我的心里不只

> 如果想让孩子长成一个快乐、大度、无畏的人，那这孩子就需要从周围的环境中得到温暖，而这种温暖只能来自父母。
> ——（英）罗素

是美了，更是感动！父亲给不起我城里人的阔气，却给我那春雨般的父爱！父亲从没有豪言壮语要怎么样怎么样，平时他话很少，很普通务实，他来一次就要帮我把暂缺的生活用品添补上，比如鸡蛋味精酱油，香皂洗衣粉，牙膏牙刷，他听别人说牙刷最好一个月换一次。要是没了油他还去买肉来熬油，精瘦的，撒上盐巴后，再放到滚烫的油里过一过，嘱咐我记得吃免得坏掉。还有他发现那些煤炭块太大，就用锤子把它们全打成鸡蛋那么大的，让我好烧火，因为我用的是小炉子。父亲来一次总是忙忙碌碌的，很少坐下来休息。他是希望自己能为我把什么都做了，让我一心一意读书。还有尽管父亲把我需要的几乎都买齐了，但临走时他还是要给我些钱，有整的零的，整的我好存放，零的我好用，不用去换零钱。父亲还说我正在长身体又读书动脑，没油没蛋没肉吃不行，要注意吃好穿暖，衣服不够就添，不用担心家里。其实由于种种原因，家里一直很缺钱，我上初三时已是债台高筑。父亲长年累月一件天蓝色中山装，哦，还有一件黑色的半大衣，那是哥哥上大学时穿不要了的。家里别说鸡蛋、肉，就是猪油都经常断顿；生病不去看，那是家常便饭。由于病情一再累积，后来父亲病情突变差点就提前走了。就是现在想起来我也忍不住一阵悲从中来，鼻子痒痒的，心里直想哭。

我清楚地记得，那时的父亲干瘦干瘦的，额上的皱纹犹如刀刻，头发与年龄不相称地白了一大半，脸色灰黑蜡黄。可只要哥哥和我有需要，他无论如何都要尽量满足我们，如果不能满足或是不能让哥哥和我太满意，他就好自责好不安，经常半夜三更睡不着起来抽旱烟解闷。随着袅袅升起的烟雾，父亲的皱纹越来越密，两眼越来越深陷。别看这些竹片那么不值钱，作用也不大，可那是父亲从一百多里外的家乡带来的，是父亲在忙碌的工作之余一片一片地收集，一片一片地折断，扎成一小捆一小捆，再一小捆一小捆放入麻袋，然后从几里外的山村搬到小镇来上车，到了城里又从几里外的汽车站亲自搬到我住的小屋里的。城里虽然有人力平板车，但父亲舍不得花钱雇，当然电三轮他就更不会坐了。看看红红的火焰，再注视那些不起眼，雨水淋湿又晾干的有点丑陋的小小竹片，泪水顺着脸颊滴到了那小小竹片上，朦胧中我仿佛看见父亲正佝偻着腰，一片片地打理，一捆捆地理齐，然后呼哧呼哧地运到小镇，再从汽车站气喘吁吁地运到我这里，布满皱纹的额头上满是晶莹的汗水。竹片虽然轻但多，那是整整一大麻袋！况且还稍带有另一袋沉甸甸吃的啊！

然而，这整个事件在别人看来不仅傻气，而且竹片本身也很丑陋，但片片都浸透了深深的父爱，浓浓的亲情啊！她是那么细致绵长！那么真诚淳朴！那么可爱美丽！

我噙着眼泪把没烧完的那些竹片，用心理齐后再仔细装入麻袋。

# 父亲的儿子

〔美〕比尔·海威

父亲身穿一条灯芯绒裤子和一件我十年级时穿不下的衬衫站在我门前。他是来帮我装一只污物碾碎机的。

小时候,总觉得父亲只是家里一个拥有特权的长期房客。我和母亲都很书生气,多愁善感。而父亲是个一辈子没有失眠过的乐天派。和世上的许多父子一样,我们老是斗,而且没有停战的时候,我们父子之间的冷战从我少年时期开始一直持续到我1973年离家上大学为止。他以前当过海军战斗机飞行员,他相信世上的一切问题,包括被家人溺爱、萎瘪瘪没精神的儿子,都可以以纪律手段来处理。

作为家里的男孩子,家人对我寄予厚望。我最怕把成绩单带回家。父亲看着那些"C",总是摇摇头,懊丧地说:"我不会考出这种成绩。我要是有你这样的脑瓜子,肯定比你强。"曾经有一段时间,我们八年级男生在班上的地位高低往往取决于他的头发长短。谁头发长,谁就会让人刮目相看。可是,每到星期六,父亲就押着我上理发店,威风凛凛地对手握剪子的师傅说:"够梳就行了!"我闭上眼睛,为的是不让他看到我的眼泪。

我离家上了大学,可是父亲仍然占据着我的脑海。做任何事情我都会听到父亲的声音。直到我看见自己的文章印成铅字的时候,我才感到渐渐脱离了父亲的掌心,开始拥有了自己的生活。

现在,我疑惑,站在我面前的这位74岁的老人就是当年追打我,把我吓得屁滚尿流的巨人吗?他曾经对我的职业颇不以为然:"那活能赚钱吗?"如今,每当有人错把他当成"作家"比尔·海威时,我的职业成了他的自豪。我们就像来自敌对阵营的退伍老兵,征战多年后终于握手言欢了。过去的冲突已经遥远似梦。

不久前,我和父亲一起吃午饭。父亲告诉我,部队会为他免费火化,骨灰也由他们负责撒到海里去。我觉得心中有什么东西碎了。我哽咽着说:"我会为你撒骨灰的。"

"比尔,"他不知道说什么好,"我只是不想让你背上这个包袱。"

我想告诉他,我要背这个包袱,这是我与生俱来的权利。但我说不出话来,只是伸出手,握住了父亲的手。

# 金色的小提琴

思维

从海利记事开始，每天吃过晚饭，在乐团工作的父亲就会拿起那把金色的小提琴，拉一曲悠扬的《爱的女神》。这时，母亲总会用浸了栀子花和薄荷叶的水洗她那一头漂亮的栗色长发，然后抱着海利，轻轻地和着父亲的节奏唱歌……

海利7岁那年，母亲因为肺病而永远地离开了他们。父亲好像在一夜之间变成了另一个人，他那双深邃的蓝眼睛充满了忧郁的神色。好几次夜深人静的时候，海利还看见父亲在房间里默默地擦拭着那把金色的小提琴，一遍又一遍。

不久，父亲所在的乐团因为资金周转不灵而解散了，一家人的生活开始变得窘迫不堪。

日子一天天过去，海利也长大了。海利18岁那年，考取了剑桥大学。在一次舞会上，他结识了一个漂亮的女朋友——蒂娜，她的父亲是伦敦一家大公司的董事长。当他告诉她，他母亲的曾外祖母是欧洲王室的公主时，蒂娜的眼睛里立刻闪烁出兴奋的神色，她马上和他谈论书中读到的王冠、钻石、宴会和爱情，说那是她向往的一切。说不清是虚荣还是自卑，海利没有继续给她讲自己现在的家庭，讲那个破旧的小院和父亲那有点儿微驼的背。

海利把自己有女朋友的事情告诉了父亲，他说恋爱的开销很大，所以他不得不去打好几份工。父亲很快来信了，他说他最近已被提升为主管，加了薪水，以后可以给海利寄更多的生活费，要海利不要太苛刻自己。

暑假到了，海利随蒂娜到她在伦敦的家。金碧辉煌的别墅让海利有种眩晕的感觉。当蒂娜高兴地向父母介绍海利是贵族的后代时，蒂娜父亲的眼中露出了怀疑的眼神，他说："相信你的家庭也能为我女儿提供优雅而舒适的生活环境。也许明天晚上我们可以和你父亲一起进餐。"海利的心沉了下来，他想起了母亲曾说过的话："你爸爸当初就是爱上了我的一头长发。而我，就是爱上了他拉小提琴的样子。"

失落之中，海利忽然想起那把产自意大利的金色小提琴，那是当年母亲舍弃繁华的上流社会而追随父亲时唯一的嫁妆。应该是一件价值不菲的古董，海利激动起来，如果卖了它，说不定有一大笔钱可以让他成为上流社会的一员。

等父亲上班后，海利从父亲的卧室里找出小提琴，来到古董行请人鉴定。"哦，天哪！"哈里森先生激动地说，"它产自300多年前意大利的克利蒙那！这把小提琴价值连城！"

忐忑不安的海利知道父亲这一关并不好过。"爸爸，蒂娜的家族是不会接受平民子弟的，而且，您也好久没有用过它了……"父亲的脸抽动了一下，他沉默

了好久，说："你准备什么时候卖掉它？"

"明天下午！哈里森先生会亲自来我们家取它，支票已经开给我了，足够我们买一栋新房子……"

海利忽然很害怕蒂娜全家知道自己的父亲只是个普通职员，他含糊地说："那没什么了。今天晚上他们家要在一家酒店举行宴会，希望……希望我能去。"父亲没有再说什么，他转身走进了房间。望着父亲孤单的身影，海利的心中涌出了一股苦涩的滋味。

蒂娜家真的很阔绰，他们包下了整个酒店，十分隆重。当西装革履的海利和身穿银色晚礼服的蒂娜走入会场的时候，人们都用羡慕的眼神看着这一对金童玉女，不时有妇人窃窃私语："他们真是般配，听说蒂娜的未婚夫也是富家子弟呢！"灯光暗淡了下来，华丽的舞池中央只剩下了海利和蒂娜。在悠扬的小提琴声中，他们翩翩起舞。一曲舞毕，司仪向大家介绍道："刚才为我们拉这一曲的是敏斯特老先生，他在我们酒店工作了4年，每天晚上都会为我们带来美好的享受。遗憾的是，明天他就要离开了，今晚是他的最后一次演奏。下面他将为我们演奏动人的《爱的女神》。"灯光渐渐明亮起来，一位清瘦的老人向四周鞠了一躬，然后拿起一把金色的小提琴开始深情地表演。是父亲！海利的泪水几乎是在一瞬间汹涌而出。他忽然明白了一切：父亲为供他上大学，白天要拼命工作，晚上还要来这里演奏，他那双坚韧的臂膀就是这样累垮的啊！

海利拨开拥挤的人群，向父亲走去。老人含着眼泪望着儿子，手里还紧紧握着那把金色的小提琴。在众人诧异的目光中，海利骄傲地挽起了父亲，大声说："这就是我的父亲。这么多年，他安慰我说他在公司里提升了，其实他一直都在这里用这把小提琴为我提供学费，而我还毫不知情。我不是富家子弟，但我的父亲却让我知道了什么叫富有。那是不带任何功利的感情，也是我值得终身感激的感情！"说完，他挽着年迈的父亲，背上那把金色的小提琴，昂首走出了酒店的大门。"爸爸，"海利无限感激地对父亲说，"这把金色小提琴，我会永远替您保存！"

# 给父亲的借条

银 存

我16岁离开家,从此,就没有惦记过回去。我天生不太念旧,母亲说我心狠,我也自以为是,我在过去的那十几年里真没把那间生养了我的屋子当回事,虽然里面有父亲和母亲。

26岁那年,我拿出十年的积蓄和丈夫注册了一家公司,没想到,就在丈夫坐火车去广州进货的途中,那凝结着我和丈夫十年汗水和泪水的钱被人给偷了。看着丈夫一脸落魄,靠在厨房的角落里闷头抽了一下午的烟,我不忍心再责怪他。公司已经开张了,而钱,没了着落。

从没有处心积虑地考虑过钱的我开始四处张罗钱。

周围的朋友,有钱的倒有几个,平时关系也不错,喝酒吃饭从来不会忘了我们,在一起拉呱吹牛那是经常的。麻将桌上更是张弛有度。本以为一个电话过去,就凭着平时的关系,区区几万块钱,还是小菜的。可是想象是美好的,现实是残酷的,应了我丈夫那句话:"咱是小庙里的菩萨——不会有多少香的。"

确实,朋友之间是不能谈钱的,人家在电话那头支吾着,我就是傻子,也知道那是推辞。

这时,窗外的天是暗的,就快夜了。

半夜里,听风从窗外呼啸而过,刮得顶上的遮阳棚呼啦啦地响,和衣躺在床上,毫无睡意。想遍了周围的人,思量过后怕被再拒绝,实在丢不起那个脸了。最后只剩一条活路了——回老家问父母借。

第二天,搭上了回家的车,一路颠簸到街上,然后步行四公里,乡间的土路雨天是泥泞,晴天是灰尘。没心情搭理村头狗的狂吠,也没心情欣赏田野里农人收割的喜悦。等我到了家门口,已是蓬头垢面。门开着,但家里没有人,隔壁婶子告诉我,爸爸和妈妈在田里割稻子,要到中午吃饭的时候才回来。婶子说父亲临走的时候盼咐,要她等太阳出来的时候把我家的稻子担出来在场地上晒。婶子扬起簸箕,给我垒了小小的一担,我上肩,却怎么也挑不起来。婶子朝我笑笑,一窝身,挑到肩上,那边,我跟上去,把担子里的稻子扬到场地上。婶子说:"你们现在的年轻人,肩膀嫩得很啦。"我心头一丝羞愧。

我问婶子:"这几年的生活可好?"婶子笑笑答:"还好。"

我揪着的心放下了一半。

晚上,母亲特地为我做了几个不错的小菜,父亲拿出我带回来的白酒,破例,父女俩对饮了几杯。饭后,母亲借口串门出去了。父亲盘腿坐在凉床上,架起水烟,呼噜了几口,然后望望我:"说吧,啥事?"

父亲太了解我了。

我坐在那里，望了望父亲，父亲已经老了，黝黑，干瘦，脸上橘子皮似的皱纹向下耷拉着，眼角有几道深深的沟，一直朝太阳穴的方向隐去。头发还是那么短，不过是白的多，黑的少，昏黄的灯光把他佝偻的影子在墙上勾勒得老长，老长……

父亲又用烟锅点了点我，有点儿不耐烦："说吧。"

我低头瞅着自己的脚尖。这么多年了，从来没向父亲开过口。总以为他把我养大已经不易，他都这么老了，我怎么再好意思开口？

我对父亲说："没事。就回来看看你。"

"有啥事就说，别闷在心里。啊，我还没死，啥事还能替你做主。"

"没事，就是好多年没回来，实在想看看你们，你别想岔了。我能有啥事啊？"

父亲又吸溜了一口，说："那好，多住几天吧。"

借口想出去转转，从家里逃了出来。到无人处，拿手机给丈夫打了个电话，告诉丈夫，我实在没办法向父亲开口。电话那头，半天没声音……

我又拨了个电话给婆婆，平时，她最疼她的儿子。现在他儿子遇到这点挫折，我想婆婆不会拒绝吧？电话打通，刚和婆婆说到丈夫的钱被偷了，婆婆那头就说起了现在他们老两口生活多么困难啊，况且我们已经分家另住了，还有就是手头有两个钱也还要防老啊之类的。孩子在她那放着，又没有收我们生活费啦。我没敢再开口，轻轻合上电话。

用袖子擦干不争气的泪，回转身，父亲就站在我身后……

至今，农村人还有个习惯，把现钱全藏家里。

母亲从缝着的枕头里面拆出来厚厚的一大叠票子，父亲沾着口水一张张点着，一百的放一堆，五十的放一堆，然后是二十、十块、五块、两块、一块，还有许许多多的毛票。终了，他把自己衣服口袋里仅余的几块钱也给添兑了进去。我给他拿笔记着，一共是贰万肆仟陆佰叁拾玖块四毛。母亲拿过来一块头巾，把一堆钱裹了进去，塞进我皮包里。父亲说："娃，我就这么多了，你先拿去，剩下的，你俩也别着急，过几天我就给你送去。我还当是什么烦人事，不就是缺俩钱嘛，你老子没死，凭着张老面子，会有办法的。"

第二天，我告别父亲，回城里。

以后的两天里，我和丈夫一筹莫展，我不知道父亲能给我多大的期望，虽然他说得轻松，但是五万块钱，对个大字都不识几个的老实巴交的农民来说，能是个小数目吗？

两天后的下午，父亲来了电话：钱已经借到了，一共三万，托村口的二伯给带了来，只要去汽车站拿就行，自己就不过来了，路费得花好几块，不划算。

如今，这么多年眨眼就过去了。父亲也越发老了。春节前头，我和父亲商量，让他们搬到城里和我们一起住。父亲摇头，说乡下清闲、自在，还有帮老乡亲。

过年的那几天假期里，我埋头在父亲的老屋帮他收拾东西，把他拾掇来的东

西放整齐，不经意打开那集满灰尘的大箱子，却发现，箱底压着好几张借条，都已经泛黄了。忙问母亲家里还欠谁的钱，母亲呵呵一笑，说："这不还是当年你要钱的时候，你父亲问人家借的。后来，你们把钱还了，人家也把借条给你父亲了。你父亲就收了起来，你们不经常回来，你父亲有时候就念叨。人家外人说你对我们不好，你父亲就说：'咋不好呢，她生活难着呢，这不，当年还借了我这么些钱。等她日子好了，自然就回来了。'"

我忙背对母亲，抹去眼角的泪水。

这就是我的父亲，这么多年了，我没给过他什么，甚至他想念儿女的时候，也就是把当初的借条拿出来在他的那帮老兄弟面前炫耀一下，说明他的孩子还记挂着他，至少还会求到他。这就是一个做父亲的伟大。

我拿起笔，郑重地在父亲的借条后面又加上：今女儿借父亲壹百万元整，用下半辈子对他和母亲的呵护来还。然后折叠起来，依旧放回原先的地方。

我对母亲说："我以后每个礼拜都会回来看你们的。"

母亲说："别常回来，我们会厌你的，工作重要啊。"转瞬又说："若是有空，那就回来。"

我笑笑，走出里屋，对正在门口和邻居唠嗑的父亲说："妈让我以后别回来。"

父亲说："啊？我这就找她算账去……"

我站在门口看着，笑着，很心安。

后来，和父亲闲谈的时候说起借条的事，父亲说："那时候，本以为你心狠，不要我和你妈了，后来你回来，即使是借钱，我也觉得好，至少，你还是我的女儿，你为难的时候还能想到我这个当父亲的，还会想到你有这个家。保留那些借条，是自己安慰自己啊，怕你还了钱以后，又像以前一样没了踪影了。那些借条，让我和你妈还有个念头，还有个期望。别的不求，只期望你心里还有我们。"

现在，有时候单位加班，礼拜天回不了家，打电话给父亲。父亲就说："你给我记清楚，你借我的钱，加利息有一百多万，你回家一趟，就算还一万，少回家一趟，就加一万利息，你自己看着办吧。"

我要还父亲的债。我庆幸给了父亲一百多万的希望，也希望他把利息涨高点，以后，我没饭吃的时候，天天去他那儿还债，还顺便带着孩子丈夫一起去蹭饭。

# 两个苹果

雷建军

记忆中父亲少言、寡笑，儿时的我一直坚信父爱没有母爱来得那么温柔体贴，要不然，怎么只有《世上只有妈妈好》这首歌呢？二十多年来，父子情就这么微妙地维系着。然而，就在去年，我终于明白了我的想法是那么的错，让我悔恨而又无地自容。

儿时的家庭相当贫困，两兄弟读书，给家里造成很大的压力，为了维持家庭生活，父母相继漂泊在南国都市打工。每年春节，我都只能到广东过年。尽管我知道，在广东过年是同样的无聊，缺乏家中的那种气氛。况且，随着年龄的增长，这过年便觉得更没滋味，想想无非就是一天不停地忙于应酬各种来客的拜访。年轻的我总喜欢洒脱，无所牵累，就连行李包都是简之而简，超过了本身的负荷就感觉诸多不便。那年也是照例，2001年，是我参加工作的第一年，学校刚放假，我一刻不停，匆匆踏上南下的列车。时间也就在无聊中度过，大年初六，我就决定返回家乡，一来会会多年未见的朋友，二来趁此机会办点儿私事。父亲执意挽留，说回家去也没事，家中无人，又不方便，我不置可否，又强撑了两天。初九，我再也坐不住了，父亲这回没再吭声，只是咕噜了几句，便骑着那辆旧单车出去了，不久便提了一大袋东西，说是带在路上吃，我当时不知为啥，忽然冒出了一句："提那干嘛，现在坐车的人多，提着多碍事。"便接过他手中的东西摔在了桌上。这时我发现父亲愣了一下，当时站在一旁不知所措，只是使劲儿地搓着双手，嘴里只是"噢噢"两句，我想起刚才的话说得过重了些。

启程时间到了，父亲催我上路，并且主动提着我的旅行包，到马路边，一见公共车，父亲又使劲儿地伸手示意汽车司机停车。但春节期间，每辆汽车都爆满，根本不理会这些在路边挥手的客人，过了好几辆都是如此。我只得和父亲说："还是我一个人等吧，您那里还有事。"父亲执意不肯，说："这边你不熟，司机会宰客。"好不容易等到一辆"老爷车"，父亲便大步走上去，跟司机一番讨价还价。我当时还觉得父亲的确很迂，闹了半天，无非就是一块钱差价。要上车了，父亲嘱咐我要小心，到家后便挂个电话报安。汽车走了很远，我还看着父亲站在马路边，望着汽车。汽车行走在宽阔的马路上，我突然感觉包里有两个硬硬的东西，急忙打开行旅包，见里面放着两个又大又红的苹果，里面还有一张字条："儿子，我知道你喜欢洒脱，但这两个苹果还是带着上路吧，以便解渴。"望着这张纸条，我的眼泪便往下流。

那天晚上，坐在车上，我的脑中不断回忆父亲的身影：头顶着烈日，驼着背，在那使劲儿地挥着镐头，嘴里在不停地哼哈哼哈……

# 关于一只熊猫的爱的碎片

颜歌

### 自行车上的歌

是他教我唱歌的。坐在他破旧自行车的前杠上一起穿越整个小镇回家，然后我们唱歌，啦啦啦，啦啦啦，不成调子，但声音洪亮。我毫不怀疑，有一段时间我们成为小镇中除拾破烂儿的张二外，另一对最受人瞩目的疯父女。都是一些古老的歌曲，多年以后我甚至羞于在人前唱起，或许也忘记了是什么歌曲。但是我始终记得这个：我们两个一起唱歌，大声唱歌，无比欢愉，没有烦恼。

某一年的十二月三十日，我们在回家的路上遭遇了本镇规模最大的一场堵车。我们从南街跑到北街，穿越每一条可能的小巷，但是哪里都被堵得水泄不通。于是他丢下自行车，把我举上脖子上，从人群中一步步地挤出去——我被高高举起来，只能俯瞰那些人群。就这样，突出重围。

多年以后，我们依然会一次又一次地谈起那一天，十二月三十日，本镇规模最大的一场堵车，我毫发无损，而他狼狈不堪地挤破了一件衬衣。

### 旅途中的汗衫

他很胖，缺乏运动，就像一只养尊处优的熊猫。每一个假期，我们都会一起经历一场狼狈的旅行。一般是夏天，他穿同一件汗衫，而且必定是从当地买来的很丑的纪念文化衫。衣服湿了又干，干了又湿，臭得任何人都避而远之。

有一年长江涨水不通航，我们被迫流落到武汉。那真是我记忆中最为炎热的夏天，我一直躲在旅店里面吹空调。他一次次跑出去，烈日下面的大胖子，问火车票，问飞机票，问什么时候通航。

最后还是去了黄鹤楼，被他拖去的。他爬到楼上突然诗兴大发，旁若无人地开始大声朗诵诗歌。他念起诗歌来的时候，就以为自己是李白，小眼睛在厚镜片后面闪闪发光，不管别人惊讶的眼光，也不管我尴尬得想要跳楼。

后来终于回家了，挤在一列装了不知道多少人的火车上，我累得要死，靠在他身上一路大睡。半途醒来，看见可怜的"熊猫"大汗淋漓地睁着小眼睛给我打扇。我问他要睡吗，他笑着说不困。

### 试卷上的小意外

现在我要很羞愧地谈到他的职业，他就是出语文考试卷的人。我必须承认这真是我童年的一个噩梦。每次期中或者期末语文考试，我必定早早交卷一路狂奔

> 一个高尚的人，如果有个像他自己一样的儿子，其乐一定不亚于他自己生命的延续。
> ——（英）理·斯梯尔

回家，免得被我愤怒的可怜的同学撕成碎片。

他经常出人意料地在试卷上搞一些比如梨花什么时候开、小麦哪里先成熟之类的天怒人怨的语文考试题目。我回去骂他，他就嘿嘿一笑，他说这都不会，这是生活常识。

那时候，我常常想，他要是不出题了多好。现在，我依然这样想，特别是当我看见他在深夜一两点还坐在电脑前面一支接一支地抽烟的时候。有时候，我问他为什么要接那么多工作，他装得很高尚地说，他不接工作，怎么赚钱？不多赚钱，我怎么买衣服臭美？

他居然把我描绘得如此卑劣，我很愤怒。于是我常常坐在他旁边像特务一样监视着他，直到他终于投降上床睡觉。

## 错位的礼物

他是一个总体来说很抠门的男人。据说当年和我妈谈恋爱的时候，只给她买过一枚七分钱的毛主席徽章。这让我一方面为我妈不值，另一方面又疑惑他对我一贯的慷慨是否包含了某种不可告人的恶毒目的。

很小的时候，他给我买过一个芭比娃娃，忘记多少钱了，反正很贵。我很喜欢那个娃娃，每天放学都绕路到商场去"瞻仰"。他发现了，就买来送给我，感动得我在很长一段时间内，说起这事就要眼泪汪汪。

但他显然没有对我的礼物报以同样的感激。我卖稿子赚了钱就给他买衣服。某一段时间，我狂热地喜欢给他买一个北欧牌子的男装，因为模特穿起来很帅。他总是狂喜地接过去，但穿了一次就束之高阁。每次我看见他又把穿了"几万年"的破衣服穿出来，就很愤怒地问他为什么不穿我给他买的那些。他闪烁其词老半天，最后终于对我吐露那些衣服没有口袋。没有口袋在哪里放打火机？他说得理直气壮。

他给我另一种礼物就是书。无论他去哪里出差，都会去当地最偏僻的角落给我买很多盗版书回来。然后献宝一样翻给我看，配以详细的说明解释。有一段时间，我写一个关于西晋的长篇小说，他就到处去给我买中国古代民俗服饰之类的怪书。奇丑的封面，怪怪的味道，粗糙的纸张，都是我最厌恶的盗版。但是，很有用。

他出差的时候还会偶尔给我买些衣服。就像我给他买的衣服好看得他不敢穿那样，他给我买的衣服难看得我从来都不敢穿出去。偏偏他就会一次次问我怎么还不穿，我只好拍马屁地对他说，我要等到一个重大的好日子穿。

然后就像每一个故事一样，这个重大的好日子在本世纪结束之前都是不会到来的。

## 一个秘书的理想

他的另一个工作就是当我的秘书。这份工作包括：把我所有的手写稿打到电脑上去和改错别字、标点；收集关于我的所有的资料——这一点我觉得他过分婆妈——用一个一个文件袋装起来；把那些需要寄的合同、身份证、复印件还有别的杂七杂八的东西寄出去；在我写稿子到心情不好的时候，好言相劝带我出去，晚上给我做夜宵、端茶、送水、削苹果。

作为报答，我会在某一天良心过意不去时洗碗一次。他于是到处向别人夸耀说我洗的碗顶呱呱，厨房干净得他都不敢进去云云。

他对我的所有夸奖，我都是从别人那里听到的。在此之前，我从未想到他会觉得我是一个如此不错的姑娘。这个发现同样让我精神振奋了好几个月。

但时间证明，他和我的审美取向越来越不同了。他从不看完我的任何小说，也不会看完我推介给他的任何书和电影。他喜欢的就是端坐在电脑前面，编写各种密卷、正卷，哄骗那些还没脱离苦海的孩子们掏钱。

到最后，就像我对他的骗钱生涯报以极大的愤怒一样，他也对我的写作事业产生了巨大的抵触情绪。他常常问我可不可以不写东西了。接着，他对我讲述他的愿望，那便是我安稳地大学毕业，找一份稳定的工作，然后嫁一个好男人——像他那样的好男人，他强调——每个星期回家看他一次。然后，他还像任何一个封建迷信的老太婆那样，对我细细列举那些死于非命的写作者，他说不是每个文学青年都可以安享天年的，快回头是岸！

## 爸爸，我爱你

妈妈生病以后，他在医院走廊隐秘的尽头，像一个孩子那样号啕大哭。那时候，我抱着他胖胖的身体拍他的肩膀，就像我还是一个孩子时，他常常安慰我的那样。我没有哭。是的，因为他哭了所以我没有哭。我只是抱着他，告诉他说，一切都会过去的，一切都会好起来的。

就像那些共同回忆中的旅程，爸爸，我向你保证它们必然会继续下去，我会和你一起走遍所有我们能去的地方，新疆、西藏、普罗旺斯，任何你想要去的地方。

他造就了我的一切恶习，比如好吃懒做、生活邋遢、买盗版书，总是想要不停地跑出去受罪烧钱。他也帮助我形成了一些美德，比如尊重、平和、宽容，最重要的，就是如何去爱。

而这些，都是写给我的父亲，那个我最爱的男人。无论如何，我想要尽我所能，让他成为世界上最幸福最快乐的一只熊猫。

## 卖报纸的父亲

刘晓峰

早晨天还没亮，父亲就起床了，把头天晚上蒸好的两个馒头和装满冷开水的塑料瓶子悄悄放进绿色的挎包里，背起匆匆离开了家。

父亲卖报有几年了。我多次劝他别去卖报，退休了就在家里享享清福吧。他总是说："等你成家以后，我就不卖了。"我不明白父亲为什么会这样说。报纸批发站距家很远，父亲总是风雨无阻地第一个到达。

送报车一到，早已等候的报贩就蜂拥而上，将一摞摞的报纸争先恐后地往自己的挎包里塞。他们当中有下岗工人、进城打工的农民、辍学的小孩。父亲挤不过他们，只好站在一边。批发报纸的老板挺照顾父亲，每次都给父亲留着一摞。

拿到报纸后，报贩们就迅速四散开去，在大街上吆喝起来。父亲通常不在大街上卖报，因为街上的报贩太多，他把报纸拿到在市区和市郊间往返的铁路通勤列车上去卖——父亲是铁路退休工人。

车上报贩不多，只有两三个，比起大街上来说报纸要好卖得多。父亲左手腕托着一张硬纸壳，上面交错叠放着各种报纸，在上下班的职工和旅客当中不停地来回穿梭和吆喝叫卖。

通勤车比起正式旅客列车来说，既破旧又肮脏。冬天车厢里直灌着凛冽刺骨的寒风，父亲的双手长满了冻疮，裂开了冰口；夏天车厢被烈日烤得发烫，父亲的衬衣上有一圈圈泛黄的汗渍，豆大的汗珠从满是皱纹的脸上淌下来。列车沿途有六个站。为了多卖几份报纸，每次列车徐徐进站还未停稳，父亲就从车上跳到站台上，趁停车的几分钟，向站台上候车的旅客和列检所、信号楼、候车室正在当班的铁路员工卖报。

通勤车经常停车不靠站台，健壮敏捷的年轻人上下车都感费劲，何况像父亲这样上了年纪、手腕托着报纸、肩上背着挎包的老人。下了车跨过钢轨还得爬高高的站台。父亲站在路基上爬不上去，就只好先把托着的报纸和挎包推上站台，然后用双手支撑在站台的水泥地面上，抬起右腿颤巍巍撩上去，接着埋下头伛偻着腰，身子向左微倾，几乎贴在地上，使尽全身的力气慢慢地爬上站台。

若遇列车交汇，父亲还得在站台上等着其他列车进站后，向刚刚下车的旅客匆匆兜售。有时，为了从一个站台转到另一个站台，争抢时间，父亲还得从一节节车厢腹部底下钻越。当列车重新启动时，又笨拙地跳下车。这是非常危险的动作，弄不好身子就会卷入车体底下，被滚动的

有其父必有其子，每一棵好树必然结出好果子。
——（英）兰格伦

车轮碾成齑粉……

　　父亲的早餐都是在车厢里忙里偷闲吃的。我每天也要乘通勤车上班，时常在车厢中遇见父亲。有几次我看见父亲气喘吁吁地坐在一旮旯椅子上，左手捏着干冷的馒头，右手握着塑料瓶，一口馒头一口水，艰难地咀嚼着，不时用衣袖擦去脸上的汗珠。看见父亲疲乏的模样，我心里酸酸的，就对父亲说："我来帮你卖吧。"父亲摇了摇头，慈爱地说："好好去上你的班吧！别耽误工作。"父亲每天早上天不亮出门，中午回到家里随便刨几口饭后小憩一会儿，下午又出门卖报，直到暮色苍茫才蹒跚回到家里。天天如此来回奔波着，似乎不知疲惫。

　　有一天，我告诉父亲我准备结婚了，父亲非常高兴。他从旧柜子的抽屉里取出一个包裹，一层层打开，拿出一张存折郑重地递给我，语重心长地说："孩子呀！我和你妈妈都已经老了，没有什么东西送给你，这里有三万块钱，是我的退休工资和多年卖报纸的钱积攒下来的，你拿去用吧！再加上你自己存的钱，到单位附近买一套房子。今后你们小两口好好生生地过日子吧！"霎时间，一股热流涌上心头，我止不住自己的伤感，眼眶噙满了泪水，转过头悄悄拭干——我终于明白了父亲以前说过的那句话。自从我结婚以后，父亲就再也没有卖报了。

# 药里有种成分叫父爱

邓军清

听母亲说,我是痦生,从小体质就弱,稍微受点风吹草动就会发烧,而一发烧,喉咙便开始肿大,直至不能进食。

这样,背着我上医院打青霉素便成了父亲每天做农活前要做的第一件事。

由于长期使用青霉素,我的体内对其逐渐产生了抗体,以至后来发烧时,医生用药的剂量由五六针增加到二三十针。

医生还告诉父亲,我的这种病是从母体带来的一股热毒,根本没法根治。但父亲从来就不相信。为了治好我的病,没多少文化的他竟买了一些中医药方面的书籍自个研究起来。他对母亲说:"既然医生说孩子身上带了一股热毒,我们就挖一些清凉解毒的草药去一去孩子身上的火气。"

在我的记忆中,那段日子父亲刚忙完农活,就扛着锄头到离家十多公里的公子山去挖草药。听父亲说药性好的草药一般都长在深山里,有时为了寻找到书里所描述的药,他必须先砍掉一大片荆棘才能找到。

有一次,到了晚上9点钟,父亲依然没有回家,六神无主的母亲便拉着我们兄妹几个点着火把去寻找父亲。当我们来到公子山的半山腰时,父亲听到了我们的呼喊。原来,父亲为了去采一些悬崖边上的金银花,一不小心踏空了,从一棵松树上摔了下去。父亲当时呼救了好几次,却没有一个人听到。

当一家人把父亲拉上悬崖时,父亲的脸上、身上到处都被划出一道道深深的血印,被摔伤的左手红肿得像个刚出锅的包子,胖乎乎的,却死死攥着一些采来的金银花。看到全家人,一天未进食的父亲笑了:"我还以为要在这个悬崖脚下待上两三天呢!"父亲一笑,脸上那些刚刚凝固的血疤又拉出了几滴鲜红的血液,顺着脸往下流。回家的路上,除了父亲,全家人都是边走边哽咽。

父亲摔伤的左手,半个月才消肿、痊愈。但就在这期间,父亲还坚持去公子山挖草药。

很快地,父亲从山上挖回的树根和采回的树藤,摆满了家里的整个后院。

看到这些根根草草,母亲很是担心,生怕父亲挖回来的药,不仅治不好我的病,还会把我的身体毒坏。父亲也有同样的担心,于是一副药熬好后第一个喝的总是没病的父

> 父母之爱在于在孩子面前揭示他们亲眼看见的、亲身感受的幸福生活的真正源泉。
> ——（苏）苏霍姆林斯基

亲，他喝下去如果没事，第二天才会让我喝。

一次，父亲在喝完一种新药后上呕下泻，呕得两个眼圈直凹陷下去，没过几天整个人都消瘦了一圈。心疼的母亲结果把父亲的药罐子藏了起来，再也不让父亲去研究草药了："你这样，不仅孩子的病没有治好，还把自己身体搞垮了，以后一家人怎么活呀！"

固执的父亲并没有因此而选择放弃，等母亲出去做农活了，他又开始用家里的饭锅煮他的草药。

精诚所至，后来我一犯病，竟然真的不用打针了，只要喝了父亲熬制的中草药，就会奇迹般地慢慢好起来。慢慢地，父亲的药也变成了我们当地的一种秘方，不仅可以治好我从母体内带来的热毒，还可以医治其他孩子因火气引发的一些疾病。

就这样，父亲的草药一直伴随着我成长，直到我后来到离家几百里的城市求学，才离开了父亲的药罐子。

在学校里，我发烧时只能往学校的医务室跑。一次，因发烧引起扁桃体发炎，喉咽痛得无法吃进一点东西，在医务室打了整整一个星期的点滴也不见好转，吓得班主任连忙给父亲打电话。

第二天凌晨两点多，迷迷糊糊的我突然听到外面有人敲门，宿舍里的同学打开门，我看到被雨淋透的父亲给我送药来了。父亲是连夜乘火车于凌晨一点到达学校所在的城市的，此时公共汽车也停开了，父亲就一个人提着一袋药，匆匆走了20多里的夜路来到学校。

由于是深更半夜，宿舍没有热水，父亲给我喝完药以后就上床睡觉了。不知是我身体烧得发烫，还是父亲一路上吹着冷风，我只觉得他那双瘦小的脚一阵冰凉，当我把他两只脚掖在腋下的时候，两滴眼泪情不自禁地流了下来。

第二天，父亲又得赶回家，在上车前父亲乐哈哈地告诉我，现在他的药加了一种保鲜剂，熬好的药用可乐瓶子装着放一个月都没事！

看着父亲的笑脸，我陷入了沉思。我想：父亲配制的草药之所以能药到病除，里面除了父亲用心良苦寻找的各种药材以外，其中一定还有一种特别的成分，那就是——父亲对我的深深的爱！

# 一元钱的死结

佚名

我无数次拒绝面对它，面对这个已缠绕我半生的死结。喊出去最痛的一嗓子，但那面墙倒了，再没有回音。如一粒石子坠入深渊，一直掉下去，无声。

我不知道父亲能不能原谅我，今生永无知道的可能了。

24年来，我没有和任何人谈起过，也没有以任何方式记录过。我回避它，本能地、无助地、绝望地回避它。但它从没离开过我，它像一缕不死的魂魄，绕着我的灵魂巡视。它潜入我的梦乡幻变成一个个无所不能的巨大而恐怖的怪兽，逼迫着我，令我窒息。午夜梦回时，它固执地敲开我的心门，提醒它的存在。我知道此生我已没有能力摆脱它，直到死。

这是个死结，双环锁的另一把钥匙已被带到另一个世界。如果可能我真想请求上帝放我到时光隧道里与父亲一晤，我不贪婪，只要一分钟。告诉他那一元钱是我拿去的，和姐姐买了蜜枣吃。父亲知道我这么多年魂牵梦萦地找他来坦白，想必会原谅我的。但我没有这个机会听他亲口说了。

那钱，被放在父亲的手提包里带回来。散乱的一元纸币，那么多！来不及细想，我飞快地拿走了一张。我想去买蜜枣吃。

随母亲去买菜的路上有个小卖部。母亲买油盐酱醋时，我站在高高的柜台下，望着那些装糖果的大玻璃瓶舍不得走开。那里面有我爱吃的伊拉克蜜枣，上次母亲给我买过，甜甜的，又干又酥。它是称重的，一毛钱大约可以买两粒。

后来我知道那钱是系里老师交到父亲这儿订什么东西用的，每人一元。我看到父亲清点钱数时焦急的样子，他反复数了数那叠并不算厚的钞票，把一个空空的手提包翻了又翻。他很沮丧，绞尽脑汁回忆收钱的过程。我看到他和母亲仔细地分析可能哪个环节出了问题……

那时候大学教师月工资不过三四十元。一元钱，我用草纸袋装回来半袋子蜜枣呢。

我快要急哭了，我知道自己犯了大错。

首先，那是别人的钱，我的行为和偷有什么区别？

其次，会不会有一位叔叔或阿姨让父亲心生疑惑？

一生正直善良的父亲从不肯轻易怀疑谁。但面对解释不了的事实他的烦躁是明摆着的。

他怎么都不会想到这件事是他一贯乖巧听话的小女儿干的。

我感到羞愧难当，良心备受谴责。

我没有勇气坦白自己的行为。

几年后，父亲病了。这一病就再没好起来。

最初只当是感冒发烧，并没觉得有什么异样。去医院看也被当作一般炎症了，吃药，退烧，又发烧，又吃药……如此反复几回发现不对了，再去检查，肝癌晚期！母亲陪侍父亲去上海治病，我在家里伺候还有一个月就高考的姐姐，年幼的弟弟被暂时送到北京姥姥家里。姐姐考完就走了，我留下参加中考，三天之后我也赶去上海。那年我不到15岁，第一次独自乘火车。

当我赶到医院看到躺在病床上的父亲时，我吓坏了。这个瘦得皮包骨头的人是我那高高大大的父亲吗？我战战兢兢地喊了声爸爸，惶惑得六神无主。

床头的病例记录写着肝硬化，那是医生故意瞒他的。我们谁都没告诉父亲他患了绝症，但父亲其实早已知道，只是他也不说。我们默契地守着这个不是秘密的秘密，只怕一旦捅开这层纸悲痛便再也无法遏止。我不敢看父亲，尤其不敢单独面对他，我不知道那时候我该说什么。

那件事情憋在心里几年了，突然意识到再不说就没有机会了。我不知道父亲对那次事件是否依然记忆犹新，但我确信说出来他会记起的，毕竟那个年代和钱打交道的事情不多。我知道不该让他带着疑虑离去，但父亲病成这样……我惧怕他因此而对我失望。这个失望会被带走，我将再没有机会挽回。

我是他最宠的女儿，生下来时长得很像他，大奔头，深深的眼睛。都记事了父亲还抱着我，院子里的叔叔羞我，这么大了还让爸爸抱。我不害臊，很骄傲。

爸爸，我还不到15岁。我真的不懂怎样面对您的离去。我不懂我该做什么能做什么。我不懂死亡究竟意味着什么。我是个羞于表达的孩子，许多感情藏在心里说不出口。如果我知道从此我将和您两世相隔永不再见，如果我知道后来的我有多么懊悔多么遗憾，爸爸，无论如何我要把想说的话都说出来。我要告诉您我是那么那么的爱您，那么那么的敬重您崇拜您。我要让您放心，我一定会是个有出息的孩子，我一定会照顾好妈妈。我要向您承认错误，几年前您包里少的那一元钱是我拿去的，我和姐姐买了蜜枣吃……

爸爸，我知道错了，我再也没有犯过同样的错误。您那么疼我，一定会原谅我的，一定。

我是有机会说这些话的，但是我不懂得说。

父亲反过来安慰我们，他说别担心，他还会回到讲台上的。我低了头假装有事走出病房，终于再也止不住悲伤，对着走廊的墙壁放声大哭。

父亲，如果您有在天之灵，您会知道您走后留给女儿的是怎样的缺憾和痛苦。您会知道您的离去让我在后来的情感生涯里是怎样固执地寻找着父爱。您会知道女儿只身闯海南，受尽磨难，只为牢牢记住了您走前对母亲说的话。您说，你要对旋子好些，三个孩子里她最孝顺，你将来老了是要靠她的。

我没有辜负您的信任，父亲。

父亲，我相信您是有魂魄留在这世上牵挂着女儿的。您看到我流泪的文字了吗？您肯原谅我吗？

托个梦给我吧，父亲。

# 和父亲约会

洪玲

结婚十年后，我发现了一种别出心裁的方法，可以让爱的火花永葆新鲜。

不久以前，我和另一位男士约会，其实那还是我丈夫的主意，有一天他说："我知道你很爱他。"

我很惊讶，立刻争辩道："但我爱的是你呀！"

"我知道，但你也爱他呀！"

我丈夫要我去看的男士是我的父亲。他已经"寡"居了九年，然而忙碌的工作和身为人妻人母的责任，令我招架无力，分身乏术，以至很少有时间和他见面。那晚，我打电话给他，邀请他第二天和我一起吃晚饭和看电影。

"有什么事吗？这段时间你还好吗？"他声音颤颤地说。父亲是那种认为那么晚打电话，又突然邀请他，一定不会有什么好事的人。

"我想如果有机会和您单独约会，一定别有一番情趣！"我郑重其事地重复了一遍。

他想了一会儿，然后说："我非常乐意！"

那个星期五下班之后，我开车去接他，心里有些紧张又有些不安，因为从未尝试过这样的约会。当我到达时，我看到父亲对这样的约会，似乎也有一点儿紧张和不安。他在门口等着，身上穿着半吊子风衣，里面的那件羊毛衫还是最后一次庆祝结婚纪念日时母亲给他买的呢！他的头发还特意上了发乳，脸上的笑容，像天使一般。上了车后，他得意扬扬地说："我告诉了我的朋友，我要和我的女儿出去约会，他们都很羡慕，迫不及待地要听听我们约会的情形。"

我们去了一家虽不豪华，但十分雅致、温暖舒适的餐厅，父亲挽住了我的臂弯，好像一个骄傲的王子一般。坐定后，我必须帮他看菜单点菜，因为他是老花眼，只有斗大的字才能看得见。用餐用到一半时，我抬起头来，看见父亲正凝视着我，嘴角带着怀旧的笑容说："记得你小的时候，总是我为你看菜单的。"

"那现在您正好休息，轮到我为您服务了。"我帮父亲夹了一块他爱吃的里脊肉，对视着他

的眼神说。我们一面享受晚餐，一面聊天，聊得很愉快，谈了许多近几年来各自生活中的一些事。我们聊得太久了，没赶上看电影。我送他回到家门口，他说："我要再次和你一起外出，但下次让我做东，好吗？"我答应了。

回家后，丈夫问我："你的晚餐约会如何？"

"非常有意思，比我想象的好多了！"我回答。

半个月后，父亲因心脏病猝发而去世。这件事发生得太突然了，让我完全措手不及。

不久以后，我收到了一封信，里面是上次我和父亲约会的那家餐厅的一张收据，上面有一张纸条写着："我已先付了账，因为我确定自己不可能再有机会去了，但我还是付了两个人的账——你和你的丈夫。你绝对想不到那一晚的约会对我来说有多么大的意义，我永远爱着你，亲爱的女儿！"

从那一刻起，我深深体会到：一定要及时说"我爱你"，并且要常常挤出时间给我们所爱的人。世上没有任何事比你的家庭更重要，多花时间和他们在一起，因为这事绝不能拖延到"以后有时间再说"。

家庭，永远是值得依恋的港湾；亲情，永远是芸芸众生不变的依恋。

# 雪中花

(美)琼·安德森

那是一个秋日的上午,我与丈夫刚刚搬入第一幢属于我们自己的房子。向窗外望去,我看到父亲正在前院的草坪上神秘兮兮地忙碌着。我的父母就住在附近,听说我们搬家,父亲经常跑过来帮忙。"你在那里忙什么呢?"我高声问道。

他笑着抬起头来:"我要给你一个惊喜。"我了解父亲,他所制造出的惊喜可谓千奇百怪。自己经营批发业的他,经常会利用边角废料自制出一些有意思的东西。我小的时候,他仅用几个轮子和滑车就给我们做成了一套体育器材。还有一次我在家里举行万圣节晚会,他做了个南瓜灯,并将其绑在扫帚把上,然后躲在门外的灌木丛里,等客人来敲门时,他就会突然将绑有南瓜灯的扫帚把伸到客人面前,把他们吓一大跳。

而那一天我一再追问,父亲却不愿透露详情,也因为我正忙着整理新居,最后就将父亲的惊喜忘到了脑后。

直到隔年的3月初,在一个天色阴沉浓云密布的日子,我站在窗前望着草坪上仍然散落着的一片片不再洁白的积雪,无奈地在心中想着:这严冬为何还迟迟不肯离去呢?

突然我看到一堆积雪上竟神奇地浮现出一抹粉红,难道是我产生了幻象吗?我瞪大了眼睛仔细察看,在院子的另一边分明还有一点淡蓝,它们给沉寂已久的大地增添了生气,我拿起外套急不可待地要跑出去看个究竟。原来那是一些藏红花,错落有致地散布在前院的草地上,有藕荷色的、淡蓝色的、浅黄色的和我最喜欢的粉红色,娇小的花朵在凛冽的寒风中摇摆。这一定就是父亲要给我的惊喜吧!他知道冬日的昏暗与凄凉经常会令我的心情抑郁,还有什么比这小花更能适时地带给我一片生机呢?我胸中充满了一股暖意,不仅是为了自己在这残冬时节能有鲜花相伴,更因为自己有一位如此深知我心的父亲。

此后每年的早春,父亲种下的藏红花都会如期开放,而每次藏红花绽放时,我就会想起父亲常常用以鼓励我的那句话:艰难的日子即将过去,坚持下去,不要气馁,光明就要来临。

也许是因为疏于管理,过了几年后藏红花开得不如以往那样茂盛了,渐渐地,我们的院子里就再也看不到藏红花了。我怀念那有藏红花相伴的日子,但是那一阵子我特别忙碌,加上我对园艺又一窍不通,想叫父亲再重新种一些球茎。但每日被生活的琐事与工作的繁杂所困,最终还是将这件事放在了一边。

几年之后父亲突然去世,全家人沉痛万分,依赖于坚强的信念,我们才能面对这突如其来的打击。虽然我知道父亲依然会在冥冥之中陪伴着我们,但我仍然

格外的思念他，想到他今后再不能给我带来惊喜，再不能帮我种植那解除抑郁的藏红花，更是伤心不已。

又过了4年，在一个阴沉凄冷的早春午后，我忙完公务开车回家，突然感到自己的心情是那样的沮丧，我知道一定是冬季抑郁症再一次袭来，这似乎已成为每年必经的一段痛苦日子，但这一次我却觉得好像还有一些别的原因。

稍后我想起那一天是父亲的生日，不禁又开始追忆起父亲在世时的生活态度以及他一直所秉持的信念。有一次我曾看到他将自己身上的大衣脱下来送给无家可归的人。他经常还会与经过批发商店门前的陌生人聊天，一旦得知他们穷困潦倒，饥寒交迫，便会将他们带回家里饱餐一顿。但此刻我却禁不住要怀疑，父亲现在的情况如何？他好吗？他现在在什么地方？难道真的会有传说中幸福的天国吗？

但紧接着我又为自己的疑虑产生了一种罪恶感，我意识到有时坚持信念竟是如此的困难。

不知不觉我已经到了家，走下车，我习惯性地扫了一眼那仍然死气沉沉的草地，然而我突然愣住了，就在那泥泞的草地与早已变为灰色的积雪当中，迎着凄冷的寒风，赫然挺立着一朵粉红色的藏红花。

而这时距父亲为我种植藏红花已经18年之久了呀！这一株球茎怎么会在深埋于泥土之中这么多年后，才发芽开花呢？难道这又是父亲在冥冥之中给我的惊喜吗？难道他是要借这朵小花向我传达某种含义吗？父亲的话又在耳边回响起来：坚持下去，不要气馁，光明就要来临。我激动得泪水模糊了双眼。

那朵粉红色的藏红花虽然仅仅绽放了一天，但却坚定了我终生的信念。

## 鲜花中的爱

〔美〕佳迪·库尔特

父亲头一次送我鲜花是我 9 岁那年。那时,我参加了 5 个月的踢踏舞学习班,准备迎接一年一度的音乐会。作为新生合唱队的一员,我感到激动、兴奋,但我也知道,自己貌不出众,毫无动人之处。

真叫人大吃一惊,就在表演结束来到舞台边上时,我听见有人喊我的名字,而且往我怀里放了一束芬芳的长梗红玫瑰。我默默地望着那朵朵红得像滴血似的玫瑰,它们在一枝洁白的满天星衬托下,静静地绽放着独特的美丽和清香。我的脸儿通红通红的,注视着脚灯的另一边。那儿,我父母笑吟吟地望着我,使劲儿鼓掌。

一束束鲜花伴随着我跨过人生的一座座里程碑,而这些花是所有花中的第一束。

快到我 16 岁生日了,但这并不是一件值得快乐的事,我身材肥胖,没有男朋友。可是我好心的父母要给我办一个生日晚会,这使我越发痛苦。当我走进餐厅时,桌上的生日蛋糕旁边有一大束鲜花,比以前任何一束都大。

我想躲起来。由于我没有男朋友送花,所以我父亲送了我这些花。16 岁是迷人的,可我却想哭。我最要好的朋友弗丽在一边小声说:"有这样的好父亲,真运气!"我情不自禁地捧起了那一束玫瑰,整个身心都沉浸在那怡人的馥郁中,花香弥漫成一团透明的雾气,细细密密地浸润着我的心田。我哭了。

时光荏苒,父亲的鲜花陪伴着我的生日、音乐会、授奖仪式、毕业典礼。

大学毕业了,我将开始一番新的事业,并且马上就要做新娘了,父亲的鲜花标志着他的自豪,标志着我的成功。这些花带给我的不仅是欢乐和喜悦。父亲在感恩节送来艳丽的黄菊花,圣诞节送来茂盛的百合,生日送来鲜红的玫瑰。后来有一次父亲将四季鲜花扎成一束,祝贺我孩子的生日和我们搬进自己的新居。

我的好运与日俱增,父亲的健康却每况愈下,但直到因心脏病与世长辞,他的鲜花礼物从不曾间断过。终于有一天,父亲从我的生活中逝去了,我将我买的最大最红的一朵玫瑰花放在他的灵柩上。在以后的十几年里,我时常感到有一股力量催促我去买一大束花来装点客厅,然而我终于没去买。我想,这花再也没有过去的那种意义了。

> 父母的心,是最仁慈的法官,是最贴心的朋友,是爱的太阳,它的光焰照耀着、温暖着我们心灵深处。
> ——〔德〕马克思

# 一个活得最苦的父亲

沈克俭

20世纪60年代,他是一个政治上的"疵品"(1957年反右时戴上了一顶右派帽子),但他想娶妻,仅仅为了生子。60年代,她经过婚姻的失败,精神走向崩溃的边缘,偶然的机会,她认识了他。一个是政治上的"疵品",一个遭遇了生活的不幸,凑合着过日子。没有婚纱,也没有鞭炮;没有娘家人,也没有婆家人。他们在一个废弃的鸡舍里成了一个家。

还真灵,他如愿以偿,第二年生了一个姑娘,第三年生了一个儿子。

孩子的降生,没有带来欢乐。妻子总是愁眉不展,想着痛心的往事,精神恍惚,特别关注男人与女人的那种事。她紧盯着自己的男人。

妻子不能照料孩子,他把两个孩子抱到自己工厂的托儿所。冬天,在敞着篷盖的通勤车上,他用棉大衣裹着两个冻僵了手的孩子,背着奶瓶、饭盒、尿布,用自己的脊梁挡住呼啸而过的寒风。夏日,他带一块雨布,为孩子挡烈日遮风雨。在车间里,他既是技术员又是挡车工,一到哺乳时间,他像孩子妈妈一样,飞快地走进托儿所,手执奶瓶,喂了女儿再喂儿子。他是工厂里唯一的一个哺乳父亲,车间主任颁发了特别许可证。

孩子在长大,进了小学。正是"文化大革命"如火如荼的季节,也是人性疯狂的季节。该是孩子们参加红小兵的年龄了。由于父亲的右派身份,他的孩子没有参加红小兵的资格,他无奈地对女儿说:"是爸爸对不起你们。"愧疚的心情超过女儿委屈的眼泪。女儿天真地说:"爸爸,你不当右派好吗?同学们也不会叫我狗崽子了。"他的鼻子酸了,心碎了。

为了孩子有一个好的前程,他拼命地劳动,用汗水冲洗灵魂。甚至想像王杰、欧阳海那样舍己救人,以明心迹。他常常干了一个8小时,又干一个8小时,还要千方百计搞技术革新。工人师傅最善良,看到他这样地改造,评选他为"学习毛选积极分子"。军代表说:"你们车间没有人了,评他当积极分子?"他不气馁。

为了生活,他要挖菜窖、脱泥坯、盖煤棚。这是60年代每一个普通人家都要做的家务事。他来自上海,是一个标准的文弱书生,却熟练地操起了那些重活。一次,他刚垒起一垛泥墙,被一夜的暴雨冲塌了,看到辛辛苦苦脱好的泥坯浇成了泥饼,他哭了,对着还不到5岁的儿子说:"儿子,快快长大吧!爸爸实在太累了。"他的身体难以支撑政治和生活的两座大山,但心中燃烧着期望的火把,就是:"儿子,快快长大吧!"

> 既然真正的保姆是母亲,则真正的教师便是父亲。
> ——(法)卢梭

没有钱，不算苦，80年代以前，大家都穷，反正凭票买东西。政治的歧视，才是真正的苦，右派属于敌我矛盾，人人与你划清界限的日子并不好过，连夫妻吵架也骂："你个臭右派，想翻天？"他就是经常听到这些捅心窝的骂声，出自睡一铺炕的妻子的口。

生活的折磨，常常使他提心吊胆，妻子得了幻觉性精神失常，有时把菜刀压在枕头底下，说是为了驱鬼，他就不敢入睡，怕妻子把他也当成了鬼。睁着眼睡觉劳心又劳神，他终于成了瘦骨嶙峋的小老头，只有深陷的眼窝里那双明亮的眼睛，证明他刚刚进入而立之年。

工厂的党委书记出于怜悯，劝他离婚，很同情地对他说："快离了吧！看把你折腾成那个样子，我们看不过去。"他摇摇头，看着幼小的女儿，低声说："兴许岁数大了会好一些，待孩子长大了再说吧！"就这样，他把一切的希望都寄托在孩子的身上。

斗转星移，"文化大革命"结束了，万恶的"四人帮"垮了台。十一届三中全会之后，中国掀起了平反冤假错案的高潮。1979年2月，错划右派通知书和一张迟来的文凭送到了他的手里，他一手拉着女儿，一手拉着儿子，高兴地逢人便说："共产党好！"这个迟到的信任，在他生命的历程中，整整晚来了22年。

孩子们在长大，女儿考进了干部管理学院，两个星期没有回家了，杳无音信，那个年代还没有手机。他乘公共汽车到很远的市郊，再徒步好几里到学校看望女儿，手里拎着女儿爱吃的咸菜。女儿正趴在床上写入党申请，高兴地对父亲说："爸爸，你帮我写一份吧！"回到家，他冥思苦想，站在女儿的角度，写出了一份入党申请，第二天就送到了女儿手里，还叮嘱："自己抄一份吧！要工整地写。"

儿子下决心要留学日本，每天下班后去学习日语。不管春夏秋冬，不管夜多深，他总是等着，儿子进了家，看着儿子狼吞虎咽地吃晚饭，他才安心地躺下。儿子考上了日本国立福井大学，真的要远走高飞了。那是一个细雨蒙蒙的早晨，儿子背起行李下了楼，车开走了，他却急速上了楼，摸摸儿子温热的被褥，泪水流了下来。不会抽烟的他，第一次拿起了一支"红塔山"，在烟雾缭绕中麻醉着自己。父亲的牵挂永远和儿子一起飘飞，一年一度的祈祷和着极乐寺悠扬的钟声也飞到了东瀛。

儿子去了日本，他调到了北京，天各一方。女儿不甘心守着精神不正常的母亲，给父亲写了一封长信，表示也要出国留学，信中说："爸爸，你尚有5年的辉煌，可是，我们还有一辈子的路要走，你不能把母亲这个包袱甩给我们。"他的眼湿润了，是妻子的病闹得女儿心烦意乱，还是预见到她所在公司的衰败，女儿是铁了心，非出国不可。他绞尽脑汁把女儿、女婿送到了大洋彼岸。当他与女儿挥手告别时，意识到自己的孤独，在打发身边无亲人的日子的同时，要陪伴精神病的妻子一起走向老态和死亡。

他走马上任中纺物产集团的总裁，这是中国纺织行业最大的公司之一。他夜以继日地工作着，公司上市A股证券市场，又操持着上市H股证券市场；公司盖

起了一座10层办公大楼，他看到资产增值的报表，甜在心头。可是，每当回到空旷的家，一种思念儿女的孤独袭击着他的心；一份惦记牵挂妻子的负疚使他惶恐不安。他明白，若妻子也到北京，他的工作就干不成了，四邻也别想安宁。他不得不让一个残疾的侄儿陪伴着，度过6年的老总生涯。

退休，对他是一种解脱，像驾辕的一匹老马松了套，可以自由自在地漫步嚼草，可以闲适地俯视世界。他回到了妻子的身边，指望用自己的柔情似水化开妻子幻觉连连的心，但他失败了，妻子的病更重了。一天，她自己提出要去精神康复医院治疗，期望医生把身上的鬼揭下来。他护送她住进了精神康复中心的病房，买了医院食堂的小灶饭卡，又不放心，天天从家里端着菜，裹在大衣里贴在心口上，乘坐一个多小时的公共汽车，送到医院的病房。每当迎着早春的寒风，踏着待融的残雪走出医院的大门时，他幻想着自己为什么不得精神病呢？又一想，他真的得了精神病，谁来照顾她？又有谁来照顾自己呢？他蹒跚着在车流中穿行，看着男男女女们急匆匆地向各自的目标走去，他迷惘地、机械地走着，直到华灯初上、家家团圆晚餐的时刻，还不想回家。其实，他早已失去了"家"的感觉，他常常对人说："什么是家？有温馨的地方才是家。"这是他渴望中的呐喊。

妻子的住院，给女儿带来了牵挂。女儿问父亲："是不是爸爸你硬把妈妈送到精神病院的？"一句话刺痛了他的心，他高声地对女儿说："是你母亲自己要去的，我可以把她病房的电话号码告诉你，你和你妈直接通话嘛。"当大洋彼岸的女儿第二天告诉他，是女儿冤枉了他时，他哽咽得一句话也说不出来。放下电话，他像受了委屈的孩子一样，放声大哭。他厮守着、期待着，残酷地阉去一切欲望，竟换来女儿对父亲的疑虑。

儿子的女儿在美国出生了，皆人欢喜，他逢人便说："我有了一个美国籍的孙女。"大洋彼岸的儿子也戏谑地张扬："我是一个大孝子，为我爸爸生了一个女儿，抱回国内让我爸爸妈妈照看，免得他们孤独。"他像欢迎外宾那样亲自到北京接孙女，他的朋友们列队在哈尔滨机场上等候，家里早有一班人等着，包括新雇的保姆。他喜悦的心情溢于言表，喝了两杯啤酒后，踉踉跄跄地送走了客人，指望从此历史翻开新页，妻子看到隔代人会回心转意，精神上驱病除鬼，老夫妻守着孙女，过不吵闹的日子。

愿望常常变成失望，孙女刚刚回国4天，保姆坚持要回家，说是晚上老奶奶喊鬼，吓得她毛骨悚然。孩子的啼哭是正常的运动，他的妻子硬说是得了邪病，要把孩子撵走。他失望到了极点，匆匆忙忙把孙女抱到朋友家。为了避免妻子的无理取闹，他只好说："孙女去了姥姥家。"从此，他一个年近古稀的老人，一颗心掰成了碎块。小孙女要照看，精神病老伴的折磨要承受，大洋彼岸儿女的苦和累几倍地压在他心上。小孙女感冒发烧，他情愿不是孙女而是自己；精神病老伴幻觉有鬼，他多么想把自己变成厉鬼为妻子驱邪除鬼；儿女们在国外睡地铁、当苦力，他怨恨自己没有给儿女积攒出国深造的学费。他常想只要儿女们能活得好，哪怕自己去死也行。他明白，做父亲的代替不了儿子，儿子的路让儿子自己

去走。这样一个父亲，注定是活得最苦的父亲。

他明知苦海无边，却默默地等待着更苦的日子。

到浴池里，他看人家儿子搀扶老爸洗澡，一遍又一遍地擦洗着，嘴里还喃喃叮咛，像哄小孩子一样的温柔。他想到了自己，羡慕的眼光里渗出混浊的泪，独自走向滚烫的水池。

他在医院的长廊里，看到很多老年人安详地坐在那里，望着儿女们为他们排队、挂号、候诊、划价、交款、取药，他却独自一个人排在长长的队伍里，排完一处又一处。两条站得麻酸的腿多么希望有一根拐杖支撑起他疲惫的身心，他在透支着生命。

在除夕之夜，家家围着爷爷奶奶、父亲母亲除旧迎新，喷香的饭菜，大馅的饺子，蜜一样的年糕，还有说不尽的祝福，发不完的压岁红包。他只能等候在电话机旁，有话对自己的儿子女儿说，话到嘴边就哽咽，他望眼欲穿地等待祝福，手里捏着发不出去的压岁红包。

他渐渐地感到了老的沉重，等待着一个不可知的命运。他喃喃地告诫自己，下一辈子只当儿子，不做父亲。

# 哑 父

佚名

辽宁北部有一个中等城市——铁岭，在铁岭工人街街头，几乎每天清晨或傍晚，你都可以看到一个老头儿推着豆腐车慢慢走着，车上的蓄电池喇叭发出清脆的女声："卖豆腐，正宗的卤水豆腐！豆腐咧——"

那声音是我的。那个老头儿，是我的爸爸。爸爸是个哑巴。直到二十几岁，我才有勇气把自己的声音放在爸爸的豆腐车上，替换下他手里摇了几十年的铜铃铛。

两三岁时我就懂得了有一个哑巴爸爸是多么的屈辱，因此我从小就恨他。当我看到有的小孩儿被妈妈使唤着过来买豆腐却拿起豆腐不给钱不给豆儿就跑，爸爸伸直脖子也喊不出声的时候，我不会像大哥一样追上那孩子揍两拳，我伤心地看着那情景，不吱一声，我不恨那孩子，只恨爸爸是个哑巴。

尽管我的两个哥哥每次帮我梳头都疼得我龇牙咧嘴，我也还是坚持不再让爸爸给我扎小辫儿了。妈妈去世的时候没有留下大幅遗像，只有出嫁前和邻居阿姨的一张合影，黑白的二寸片儿，爸爸被我冷淡的时候就翻过支架方镜的背面看照片，直看到必须做活儿了，才默默地离开。

最可气的是别的孩子叫我"哑巴老三"（我在家中排行老三），骂不过他们的时候，我会跑回家去，对着正在磨豆腐的爸爸在地上画一个圈儿，中间唾上一口唾沫，虽然我不明白这究竟是什么意思，但别的孩子骂我的时候就这样做，我想，这大概是骂哑巴的最恶毒的表示了。

第一次这样骂爸爸的时候，爸爸停下手里的活儿，呆呆地看了我好久，泪水像河一样淌下来。我是很少看到他哭的，但是那天他躲在豆腐坊里哭了一晚上。那是一种无声的悲泣。

因为爸爸的眼泪，我似乎终于为自己的屈辱找到了出口，以致以后的日子里，我会经常跑到他的跟前去，骂他，然后顾自走开，剩他一个人发一阵子呆。只是后来他已不再流泪，他会把瘦小的身子缩成更小的一团，偎在磨杆上或磨盘旁边，显出更让我瞧不起的丑陋样子。

我要好好念书，上大学，离开这个人人都知道我爸爸是个哑巴的小村子！这是当时我最大的愿望。我不知道哥

哥们是如何相继成了家；不知道爸爸的豆腐坊里又换了几根新磨杆；不知道冬来夏至那磨得没了沿锋的铜铃铛响过多少村村寨寨……只知道仇恨般地对待自己，发疯地读书。

我终于考上了大学，爸爸头一次穿上1979年姑姑为他缝制的蓝褂子，坐在1992年初秋傍晚的灯下，表情喜悦而郑重地把一堆还残留着豆腐腥气的钞票送到我手上，嘴里哇啦哇啦不停地"说"着，我茫然地听着他的热切和骄傲，茫然地看他带着满足的笑容去通知亲戚邻居。当我看到他领着二叔和哥哥们把他精心饲养了两年的大肥猪拉出来宰杀掉，请遍父老乡亲庆贺我上大学的时候，不知道是什么碰到了我坚硬的心弦，我哭了。

吃饭的时候，我当着大伙儿的面儿给爸爸夹上几块猪肉，我流着眼泪叫着："爸，爸，你吃肉。"爸爸听不到，但他知道了我的意思，眼睛里放出从未有过的光亮，泪水和着散装高粱酒大口地喝下，再吃上女儿夹过来的肉，我的爸爸，他是真的醉了，他的脸那么红，腰杆儿那么直，手语打得那么潇洒！要知道，18年啊，18年，他从来没见过我对着他喊"爸爸"的口型啊！

爸爸继续辛苦地做着豆腐，用带着豆腐淡淡腥气的钞票供我读完大学。1996年，我毕业分配回到了距我乡下老家40华里的铁岭。

安顿好了以后，我去接一直单独生活的爸爸来城里享受女儿迟来的亲情，可就在我坐着出租车回乡的途中，车出了事故。

我从大嫂那里知道了出事后的一切——过路的人中有人认出这是老涂家的三丫头，于是腿脚麻利的大哥、二哥、大嫂、二嫂都来了，看着浑身是血不省人事的我哭成一团，乱了阵脚。最后赶来的爸爸拨开人群，抱起已被人们断定必死无疑的我，拦住路旁一辆大汽车，他用腿支着我的身体，腾出手来从衣袋里摸出一大把卖豆腐的零钱塞到司机手里，然后不停地划着十字，请求司机把我送到医院抢救。嫂子说，一生懦弱的爸爸，那个时候，显出无比的坚强和力量！

在认真地清理伤口之后，医生让我转院，并暗示哥哥们，我已没有抢救价值，因为当时的我，几乎量不到血压，脑袋肿得像个瘪葫芦。

爸爸扯碎了大哥绝望之间为我买来的丧衣，指着自己的眼睛，伸出大拇指，比画着自己的太阳穴，又伸出两个手指指着我，再伸出大拇指，摇摇手，闭闭眼，那意思是说："你们不要哭，我都没哭，你们更不要哭，你妹妹不会死的，她才20多岁，她一定行的，我们一定能救活她！"

医生仍然表示无能为力，他让大哥对爸爸"说"："这姑娘没救了，即使要救，也要花好多好多的钱，就算花了好多钱，也不一定能行。"

爸爸一下子跪在地上，又马上站起来，指指我，高高扬扬手，再做着种地、喂猪、割草、推磨杆的姿势，然后掏出已经空的衣袋儿，再伸出两只手反反正正地比画着，那意思是说："求求你们了，救救我女儿，我女儿有出息，了不起，你们一定要救她。我会挣钱交医药费的，我会喂猪、种地、做豆腐，我有钱，我现在就有4000块钱。"

医生握住他的手，摇摇头，表示这4000块钱是远远不够的。爸爸急了，他

> 家是父亲的王国，母亲的世界，孩子的乐园。
> ——（美）爱默生

指指哥哥嫂子，紧紧握起拳头，表示："我还有他们，我们一起努力，我们能做到。"见医生不语，他又指指屋顶，低头跺跺脚，把双手合起放在头右侧，闭上眼，表示："我有房子，可以卖，我可以睡在地上，就算是倾家荡产，我也要我女儿活过来。"又指指医生的心口，把双手放平，表示："医生，请你放心，我们不会赖账的。钱，我们会想办法。"

大哥把爸爸的手语哭着翻译给医生，不等译完，医生已是泪流满面——父亲那疾速的手的手势，深切而准确的表达，谁见了都会泪下！

医生又说："即使做了手术，也不一定能救好，万一下不来手术台……"

爸爸肯定地一拍衣袋，再平比一下胸口，意思是说："你们尽力抢救，即使不行，钱一样不少给，我没有怨言。"

伟大的父爱，不仅支撑着我的生命，也支撑起医生抢救我的信心和决心。我被推上手术台。

爸爸守在手术室外，他不安地在走廊里来回走动，竟然磨穿了鞋底！他没有掉一滴眼泪，却在守候的十几个小时间起了满嘴大泡！他不停地混乱地做出拜佛、祈求天主的动作，恳求上苍给女儿生命！

天地动容，我活了下来！但半个月的时间里，我昏迷着，对爸爸的爱没有任何感应。面对已成"植物人"的我，人们都已失去信心。只有爸爸，他守在我的床边，坚定地等我醒来！他粗糙的手小心地为我按摩着，他不会发声的嗓子一个劲儿地对着我哇啦哇啦地呼唤着，他是在叫："云丫头，你醒醒，云丫头，爸爸在等你喝新出的豆浆！"

为了让医生护士们对我好，爸爸趁哥哥换他陪床的空档，做了一大盘热腾腾的水豆腐，几乎送遍了外科所有医护人员，尽管医院有规定不准收病人的东西，但面对如此质朴而真诚的表达和请求，他们轻轻接过去。爸爸便满足了，便更有信心了。他对他们比画着说："你们是大好人，我相信你们一定能治好我的女儿！"这期间，为了筹齐医疗费，爸爸走遍他卖过豆腐的每一个村子，他用他半生的忠厚和善良赢得了足以让他的女儿穿过生死线的支持，乡亲们纷纷拿出钱来，而父亲也毫不马虎，用记豆腐账的铅笔歪歪扭扭却认认真真地记下来：张三柱，20元；李刚，100元；王大嫂，65元……

半个月后的一个清晨，我终于睁开了眼睛，我看到一个瘦得脱了形的老头。他张大嘴巴，因为看到我醒来而惊喜地哇啦哇啦大声叫着，满头白发很快被激动的汗水濡湿。爸爸，我那半个月前还黑着头发的爸爸，仅半个月，便似老了20年！

我剃光的头发慢慢长出来了，爸爸抚摸着我的头，慈祥地笑着，曾经，这种抚摩对他而言是多么奢侈的享受啊。等到半年后我的头发勉勉强强能扎成小刷子的时候，我牵过爸爸的手，让他为我梳头，爸爸变得笨拙了，他一丝一缕地梳着，

却半天也梳不出他满意的样子来。我就扎着乱乱的小刷子坐上爸爸的豆腐车改成的小推车上街去。有一次爸爸停下来，转到我面前，做出抱我的姿势，又做个抛的动作，然后捻手指表示在点钱，原来他要把我当豆腐卖喽！我故意捂住脸哭，爸爸就无声地笑起来，隔着手指缝儿看他，他笑得蹲在地上。这个游戏，一直玩到我能够站起来走路为止。

现在，除了偶尔的头疼外，我看上去十分健康。爸爸因此得意不已！我们一起努力还完了欠债，爸爸也搬到城里和我一起住了，只是他勤劳了一生，实在闲不下来，我就在附近为他租了一间小棚屋做豆腐坊。爸爸做的豆腐，香香嫩嫩的，块儿又大，大家都愿意吃。我给他的豆腐车装上蓄电池的喇叭，尽管爸爸听不到我清脆的叫卖声，但他是知道的，每当他按下按钮，他就会昂起头来，满脸的幸福和知足，对我当年的歧视竟然没有丝毫的记恨，以至于我都不忍向他忏悔了。

我常想：人间充满了爱的交响，我们倾听、表达、感受、震撼，然而我的哑巴父亲却让我懂得，其实，最大的音乐是无声的，那是不可怀疑的力量，把我对爱的理解送到至高处。

## 父子行

李健 编译

　　在一个饥荒年代，艾德罗与他的儿子乔伊从家乡迁往一个富足的地方去谋生，一路上途经的地方几乎都是一片荒凉，这使得他们经历了很多磨难，也尝尽了人间的辛酸。他们日夜兼程，但目的地依然显得那么的遥远。他们不能像别人那样坐着马车打发行程，因为艾德罗口袋里的钱不可能让他们有那种奢望。是的，对于艾德罗而言，作为一个父亲，使自己刚满12岁的儿子处于此种境况，他的感受是不可言喻的，可他有什么办法呢？在老家，他是一个公认的弱者，可以说一无是处，在一场灾难中他几乎失去了一切，而现在，他所拥有的只有乔伊了。所以他一路上从不让乔伊离开他半步，尽量地不让孩子受到任何的伤害，尽量地去爱他，他所能做到的恐怕也只有这些。然而，乔伊的行为似乎由于那场灾难而超越了他的年龄限制。他表现得很坚强，他从来没有提出过任何过分的要求。当然，这些他们并未言行于表。有时，父子之间大多都是这样的。

　　距离目的地还有一半路程时，他们来到一座城镇。这里好像与其他的地方不同，略显得有些繁华，他们甚至还得到了一些施舍。中午，他们填饱肚皮后，正待继续前行，这时，几辆色彩斑斓的马车从身边驶过，从上面的图案来看，它们是一个杂技团。此时，乔伊被探出车窗并不时挥动着帽子的小丑所吸引，他的视线随着马车的移动而移动着，以至父亲叫他，他都没有听见。马车在一个广场中停了下来，一个留着浓密胡子的胖老头正在指手画脚地吩咐人们架起围栏，搭上帐篷。乔伊不由自主地走了过去，父亲没有阻拦，而是默默地在后面跟着。行至围栏边，过了一会儿，乔伊抬头看了看父亲，又用手拉了拉他的衣角，然后小声地说："看这场杂技表演，可以吗？"

　　父亲没有回答。他好像是在思索着什么。是的，在家乡时，儿子一直就迷恋杂技，梦想着有朝一日能成为一名真正的杂技演员。他记得他只带儿子看过一场杂技表演，没有围栏没有帐篷，那只不过是乡里人组织的一场义演。就是从那时起，乔伊经常提出要看一次真正的表演。要知道，到大城市去看一场演出，对于乡下人来说，那是一种过分奢侈的生活，所以他一直没有满足孩子的要求。可此时，杂技团就在眼前，买了票就可以进去看个痛快。然而，艾德罗没有说出一句话，他用手摸了摸衣兜，然后无奈地摇了摇头，拉起儿子的手转身走去。孩子不住地回头，脚下拖起层层尘土。父亲脸上没有任何表情，但他眼中已流露出难以察觉的哀伤。

　　当两个人走到围栏拐角时，发现土道上积了很多污水，他们不得不从围栏里钻过，可在他们要从另一端钻出的时候，竟有一个人站在了围栏的边上。

这个人是杂技团的一个胖老头，他叼着一个黑色烟斗，挺着他那特有的大肚子，一脸严肃地说："先生，我在那边已注意你们很久了，我想……"

　　"您可不要误会，孩子是很想看这场表演。"他指了指路上的积水，"但……但我们并没有要偷偷溜进去的意思。"艾德罗神色慌张地解释道，并拉着乔伊从围栏下钻了出来。

　　胖老头会意地点了点头，而与此同时他的双眼还在不停打量着这一对父子，最终目光落在了乔伊的身上。胖老头走过去，用手摸了摸乔伊的双臂与胯骨，然后喃喃说道："没想到，在这儿还能遇到一块做杂技演员的上好材料！"他转身又对艾德罗说道："先生，我叫费斯勒，是这个杂技团的老板。如果您想让您的孩子做一名杂技演员，并不至于忍饥挨饿，那么，我可以满足您的愿望。"

　　乔伊听到这句话，眼中立刻出现了异样神采。可父亲却一把将他拽到身边："不，先生。我的儿子不能离开我。"他顿了顿："对不起，如果没有其他的事情，我想我们该上路了。"

　　"等等，先生。"费斯勒拦住去路说道，"我刚才听您说，您的孩子很想看这场表演，是吗？"

　　"啊……是的，可……"

　　"好了，跟我来，今天我就让你们看一场真正的杂技表演。不过您放心，我不会把您的儿子留下的。"说完，他转身朝围栏的门口走去。父子二人互相对望着。儿子眼中充满了恳求的目光。父亲终于说道："好吧，我同意。不过，我们只能看一小会儿。"乔伊听后，撒欢似的追着费斯勒去了。

　　费斯勒把他们安排在了一处非常适于观看表演的位置，等他要离开时，乔伊忽然提出要参观一下后台。费斯勒欣然同意了。乔伊临走时告诉父亲，给他看好座位，一会儿他就会回来。

　　其他座位上都已坐满了人，乔伊还是没有回来。这时，一个头戴草帽的男孩从人缝中挤了进来，看样子与乔伊年龄相当，他很有礼貌地问道："先生，请问，我可以坐在这里吗？""这里有人，孩子。你还是到别处去找座吧。"那孩子一脸可怜相，说："可别的地方都坐满了。您看这样行吗，我先坐在这里，等您的朋友来了，我再走开？"艾德罗似乎很为难，但最后他还是点了头。表演快开始时，乔伊回来了，当他看到坐在他位置上的男孩时，便责问起父亲。那个男孩很自觉地站了起来，说："对不起，我只是暂时坐在这里，马上就离开。"乔伊打量了一下这个男孩，说："不，不，你还是留下吧。我们可以挤一挤。"两个孩子相互"嘿嘿"一笑，然后在艾德罗左右分别坐了下来。

　　这场杂技表演得确十分精彩，以至艾德罗都被深深地吸引住了。小丑的滑稽使他捧腹大笑；走钢丝的惊险场面又使他屏住了呼吸，他真的好久没有这样快乐过了，以致那个戴草帽的男孩起身离去他都丝毫没有察觉。时间过得很快，不一会儿表演已接近了尾声。艾德罗拉起乔伊下了台阶，顺着表演场地的边缘走出了大门，并与儿子谈论着刚才的精彩之处。然而，当他的手不经意滑过衣兜时，

一种不祥的感觉油然而生。艾德罗在腰间胡乱地摸了几把，最后确定，他的钱袋不翼而飞了。他的额头上已渗出了冷汗，猛然间，他想起了曾坐在他身边的那个男孩，是的，肯定是他，不过，此刻那男孩已不知所踪了。艾德罗知道，他现在做什么也是徒劳的，可没有了那些钱，就等于被判了死刑。但他没有在儿子面前表露出丝毫的慌张，而只是装作在整理衣服的样子。过了一会儿，他突然对乔伊说："你看，孩子。我竟然忘了一件重要的事情，免费看了一场表演，不说声谢谢就走，是很不礼貌的。""是的，那我们赶紧去吧。"乔伊说道。"不……不，用不着这么兴师动众，我自己去就可以了。你趁机再去后台玩一会儿，我马上就去找你。"

乔伊极不情愿地去了后台。但艾德罗却没有向费斯勒道谢，而是对他说了丢钱的事。费斯勒听后，冷言说道："艾德罗先生，您要知道，我们从来不负责观众所丢失的财物，一向都是如此。"

"您听我说，我可没那个意思。我记得，演出前您曾对我说，我儿子是块做杂技演员的好材料……"

"你是想把他卖给我？"

"不，我怎么会把儿子卖给别人呢。我……我知道您是个好人，我只是想把他暂时托付给您，让他给您干些杂活什么的。我现在只有这条路了，如果他继续跟着我走，那……不过，等我有了钱，我肯定会报答您的。"

费斯勒犹豫了一下："这算什么？现在你把他留给我，等几年后，他什么都学会了，你再把他领走，那我还要他有什么用呢？"他略加思索片刻，然后从一个箱子里拿出了一叠钱："这样吧，这些钱你拿着上路，它足可以把你送到你想要去的地方，并还会有些剩余，你可以做些小买卖什么的。不过，这钱可是有利息的，逐年增加一倍。我给你留下一个地址，10年后，如果你有足够的钱来赎回你的儿子，就去这个地方，他们看到钱，自然会告诉你我们的下落；相反，如果到时你还是个穷光蛋，那么你永远也别想再见到你的儿子。"

艾德罗听后，艰难地选择着。最后，他终于伸出他那颤抖的手接过了那些钱，然后做了个深呼吸："好吧，就这样。不过，我决不会把儿子卖给你，不管是10年还是20年，我一定会赚到足够的钱。"他顿了顿："还有，我不想让我的儿子知道这件事的真相。到时，我把他领到街上，您在后面跟着，适当的时候，我会离开，你要以帮着去找父亲为由将他带走，并且，您还要发誓，永远地保守住这个秘密。"

费斯勒答应了他的要求，并发下了誓言。之后，艾德罗找到了乔伊，把他带出了杂技团。一切按计划进行着，他们来到街上最繁华的地段，乔伊在一个地摊前停下了脚步，并拿起一个木制小玩偶爱不释手。艾德罗为儿子买下了那个玩偶。乔伊很开心，可他哪里会知道，他们父子二人即将就此分离。终于，在一个拐角处，艾德罗躲进了一条小巷，当他看着儿子左顾右盼的样子，他的心几乎快要碎了，好几次他真想跑过去紧紧地将儿子抱入怀中，但他还是理智地忍住了。一会儿，费斯勒出现了。艾德罗在角落里看见他与乔伊交谈了片刻，随后便消失在了人流之中。

一个月后，艾德罗带着那笔钱与无尽的忧伤终于到达了那个富足繁华的城市。

由于他身负重担，从此发愤图强，没日没夜地工作。两年过后，他用从牙缝里省下来的积蓄加上那些没用完的路费做起了生意，其间，他曾几次濒临破产，但是他心中的那个信念始终没能让他倒下。10年，艾德罗整整省吃俭用过了10年，他已拥有了很多的财富，用来赎回儿子的数额只是其中的一小部分，他现在足可以去完成自己的使命，如期赴约了。

费斯勒没有骗他，当他依照地址找到那个地方，把钱呈现在那些人的面前后，他便得到了杂技团的下落。不过，令他感到惊奇的是，杂技团正巧还是驻扎在当年的那座城镇，那个广场，依旧是搭着帐篷，架着围栏。所不同的是，它的规模比起以前要大得多，而且一切显得是那么的朝气蓬勃。艾德罗怀着复杂的心情踏进了杂技团的大门，一个年轻英俊的小伙子迎面向他走来。

"先生，您有什么事吗？"小伙子很有礼貌地问道。

"是的，我是来找费斯勒先生的。请问他在哪儿？"

"对不起，先生，费斯勒先生不在这里。有什么事您可以对我说。"

"那么，你认识乔伊吗？他是不是在这里？"艾德罗略显得有些焦急。

小伙子用手指了指一个帐篷："看到那个最大的红色帐篷了吗？乔伊就在那里面。"说完，小伙子微笑着走开了。

帐篷里的空间很大，看台足以容下几百人。场地中有很多演员在排练，艾德罗就在这些人当中不住地搜寻着，最终，目光落在了一个身材瘦高的年轻人身上。年轻人身穿一件白色紧身衣，正在做着空中飞人的排练表演，他的动作优美连贯，表情坚定自信，他是全场的聚焦点，一流的杂技演员。艾德罗非常肯定，那个年轻人就是乔伊，虽然他现在已成年，但他的相貌并没有太大的变化。艾德罗强忍着内心的激动情绪向看台走去，在当年那个位置上坐了下来。少时，排练结束，乔伊从弹簧床上飞身落地，转头看到了艾德罗。乔伊吹了一声口哨，随即，演员们陆续走出了排练场，帐篷里顿时安静下来。

乔伊走到父亲身边坐下，他显得很冷静，在衣领中掏出了那个小玩偶，放在嘴唇旁轻吻了一下，然后说道："父亲，您终于来了。"

艾德罗的下巴在不停地抽搐着，声音已有些呜咽："孩子，我现在恳求你……原谅……你这个不称职的父亲吧！我……"

"不，父亲，不要说。事情从头至尾我都清楚。"

二人沉寂了片刻。

"这么说，费斯勒并没有保住这个秘密。"他拿起身边的钱箱，并打开了它，"你要知道，这不能全怪我，何况我已付出了代价。还记得当时坐在我们旁边的那个戴草帽的男孩吗？是他偷走了我们的全部财产。不过，我倒是很佩服他的，当时，他坐在我的左边，而我的钱却是在右边的口袋，该死的，他的技艺真是高超。"

"是的，他是挺可恨的。不过，

> 父母道德高尚，是子女健康的、生气勃勃的、精神丰富的生活保证。
> ——（苏）苏霍姆林斯基

这也许就是我们的命运。如果没有那个男孩偷了我们的钱，我想我们各自也不会走到这一步。您看，您与费斯勒的约定成为一种动力。使您克服了很多自身的缺点，事业成功，拥有了很多的财富。再说我，现在是这个杂技团的顶梁柱，实现了我儿时的梦想。试想，我们的钱没有丢，那么它也不会肯定就能把我们带到美好的前程。"

艾德罗略显得有些吃惊："从始至终，你都是这样想的吗？"

乔伊点了点头。

"可我们还是丢掉了一些东西。比如我对你的爱护与责任。"

乔伊站起身："您在这里别走开，我去一下马上就回来。"说完便向帐篷外走去。

艾德罗独自坐在看台上，回想着往日的一些情景。他并未察觉，此时一个人已站在他的身旁："先生，请问，我可以坐在这里吗？"

猛的，艾德罗抬起头。草帽，那个草帽。可戴草帽的竟是门口上碰到的那个小伙子。

"当然，现在这里没有人。"艾德罗说话有些不自然。

这时，乔伊走进来。三个人坐在一起，就像当年一样。艾德罗一脸狐疑："孩子，这究竟是怎么回事？"

"刚才您说的那个技艺高超的小偷就是他。"乔伊指了指那边的小伙子："他是费斯勒的儿子阿莱。"

艾德罗木讷地将目光转向阿莱。

阿莱耸了耸肩："先生，我可不是什么技艺高超的小偷。当时，是您的儿子把这个钱袋绕过您的后背递给我的。"他从怀中掏出了那个钱袋。

艾德罗接过一看，的确是他的钱袋，上面还有他的名字，而且，里面的钱分不少。他更加糊涂了："我……我不明白……"

"还记得表演未开始时，我去了后台吗？"乔伊说道，"当时，我对费斯勒先生说了我的愿望与我们的境况。您要知道，费斯勒先生可不是一个简单的人，他曾经主修过心理学。之后，他便给我们出了这个主意，他说，您一定会成功的。"说完，乔伊吹了一声口哨。一会儿，门口出现了一个年轻貌美的女人，怀里还抱着一个小男孩。乔伊搀扶起父亲，说："您说您失去了对我的爱护与责任。瞧，那是您的孙子，现在您可以把从我这里所失去的完全地用在他的身上。"

艾德罗走过去将那孩子抱入怀中，两行热泪顺着脸颊滚落而下。少时，他放下孩子，郑重地整理了一下衣服，说："我，我要去见费斯勒，不管他在哪儿。"

阿莱走过来，说："我想，您再也见不到他了。就在两年前，他离开了我们。"

"上帝。他没留下什么话吗？"

"他临终前说，如果您来了，让我转告您，说他没将这件事说给任何人听，他恪守了自己的诺言。"

这时，一阵铃声响起。一群孩子跑了进来，并大声叫着："表演快开始了，快呀，快去占个好位子……"

# 带血的手指

秦家满

8年前的那个冬天，让我刻骨铭心。

我父亲是个木匠，一年中很少有空闲的时间。那年冬天，劳累了近一年的父亲更是昼夜不停地劳作，以便用自己的辛劳换来我们兄弟二人的学费。

清楚地记得，那是一个星期天。当我还在睡梦中的时候，院子里就响起了清脆的电锯声。我起了床，推开屋门，一股寒风扑面而来。我哆嗦了一下。抬头望天，阴沉沉的。两只乌鸦在光秃秃的桐树上张望着，寒风一吹，它们就呱呱地叫着飞走了。

"妈，"我扣好衣服走进厨房，"这么冷的天，爸怎么在外面干活？"

"你们遇个星期天不容易，你爸怕吵醒你们。"

我的心里一阵感动："可这天多冷呐！"

"冷有啥法儿？你爸急着给你们挣学费，你没见他这几天腰都直不起来了？唉！"母亲叹息着说。

听了这话，我默默地走出厨房，注视着正在寒风中忙碌的父亲。

父亲弓着腰，两手按着木板缓缓地向前推着，飞散的锯末在风中抛撒着，不时地落到父亲的旧棉袄上，沾在父亲零乱的胡须上。父亲一次次匆匆地俯身，又一次次缓缓地直身。每一次起身，父亲都要捶捶后背。看到这里，我的鼻子一酸，泪水无声息地滑落下来。

泪光中，我已分不清哪是锯末，哪是白发，只看到点点银光在寒风中闪动着。

"小满，喊你哥起床吃饭。"母亲在厨房里喊。

我喊了哥，便去叫父亲："爸，吃饭吧。"

"你们先吃吧，只剩两块了。"父亲头也没抬。

印象中，这样的话父亲不知说过多少遍。我没有动，只想等父亲一块儿吃饭。

"啊！"忽然，我全身的血都凝固了。

"爸！"我冲向了父亲。

只见父亲左手握着右手……血淋淋地滚在地上。

见此情景，母亲手中的碗落在了地上，碎了，脸也一下子白了。"快！让你哥带着你爸上医院！"母亲抓起布片奔向父亲。我看到母亲的手哆嗦得厉害。

哥披着衣服推着自行车从屋里冲了出来："爸，快坐上，咱们走！"

"甭慌，你先把衣服穿好，外面太冷。"父亲嘱咐着哥，却完全忘了自己的疼痛。

望着哥和父亲匆匆而去的背影，我的泪水又一次无声地滑落下来。

父亲的另半截手指最终被截去了。医生说，不截去，要一年多的时间才可以

愈合。父亲坚决要求截，哥说啥也拦不住。

因父亲的伤，本来就穷困的家庭，更是雪上加霜。因为交不起学费，哥打算辍学。给父亲一说，父亲大怒："多大的事就退学，明天给你们钱！"第二天，父亲就请人帮忙，将家中的粮食卖了。当父亲用缠着纱布的手将钱递给我们的那一刻，我们兄弟二人都哭了。我知道，这钱是父亲用血汗换来的。

然而，我们家的厄运并没有结束。第二年夏天，父亲的手指又发炎了。原来粗心的医生将一片碎骨留在了父亲的伤口里，父亲不得不再一次动手术。看着日益拮据的家境，即将高中毕业的哥哥放弃了高考的机会，毅然辍学了。父亲的吵和骂也未能改变哥的决心。哥说："爸，你已供我上了高中，够我用了。"

那一刻，我看到父亲的眼中泪光闪闪，从不流泪的父亲在我们面前大哭起来："都怪我没本事啊，供不起你们上大学……"

时光荏苒，一晃8年过去了，日子也渐渐地好起来，可我怎么也忘不掉那段刻骨铭心的往事。特别是一到冬天，我仿佛又看到了父亲那血淋淋的断指和满脸的泪水……

# 中尉的微笑

蒋平

第二次车臣战争时，俄军攻陷了车臣的首府格罗兹尼。战斗进行得非常惨烈，为彻底消灭躲在旮旯里的反政府武装，俄军横扫之处，几乎片瓦无存。

一位刚从电话里得知自己已当上爸爸的俄军中尉，在经过一片瓦砾时，听到了一阵哭声。这是一个小女孩的声音，这声音让他马上想起自己还未见过面的女儿。尽管他知道，在车臣，经过的每一处建筑、面对的每一个市民都潜伏着危险，他还是示意手下在一边站着，不要惊吓了小女孩，自己则径直朝她走过去。

他看清了，这是一位五六岁的小女孩，她的父母显然在俄军猛烈的轰炸中丧生了。看着她那双惊恐的大眼睛，中尉的手不由自主地伸向胸前——那里有一包精美的奶油巧克力。这是他搜索藏匿在一家倒塌商场内的车臣武装分子时捡到的，准备带回去送给妻子和女儿。但现在他明白，面前这个小女孩更需要它。

中尉一边微笑着递上巧克力，一边轻轻地问她的名字。小女孩显然是给血腥的战争吓蒙了，惊恐地睁大双眼盯着中尉，同时使劲往墙角退缩。中尉微笑着上前，摸了摸她那张可爱的小脸蛋，正打算把巧克力塞给她后转身离开。小女孩忽然从身后的破书包里摸出一把手枪，熟练地对准他扣动了扳机……

这个故事之所以感人，就在于事后清点中尉遗物的时候，有两点令人永生难忘，其一是中尉脸上依旧挂着的慈父般的微笑，其二就是他手中还紧紧攥着那包尚未送出的巧克力。可以想象，就在遇害之前，他把小女孩当作自己的女儿了，心灵深处洋溢的父爱让他忘记了战争和危险。

# 独臂父亲

村长千金

突然间发现父亲老了,是在昨日为他祝完七十大寿后。坐在返程的车上,偶一回头,竟然发现父亲泥塑一般站在原地,向车子驶离的方向眺望着。他那瘦骨嶙峋的身躯、黧黑多皱的面容、颤巍巍的步履、迎面舞动的空袖管霎时勾起了我无限的悲怜和忧伤。虽明知花开花落,冬去春来是不可抗逆的自然规律,但我就是不明白,岁月为何竟这般无情,把父亲重塑成如此模样。

记忆的大门缓缓开启,关于父亲的点滴像一串散落在地的珍珠,我俯下身,用心线一颗一颗地串了起来。

父亲没有右臂!

从我记事起,所能见到的就是父亲那粗糙有力的左手以及让我充满好奇的空荡荡的右袖管。那时候我总喜欢把手伸进父亲的右袖管里摸,袖管却像个无底洞,永远也摸不到头。那时我总爱问父亲把那只手藏哪儿了,而父亲总是黯然神伤。后来,年龄渐长,才从奶奶口中得知,我尚在母腹时,可恶的病魔就夺去了父亲的右臂。

在那个刚刚解决了温饱问题的年代,一个生龙活虎的男人,一个需要养家糊口的男人陡失右臂,简直如同天塌地陷一般。父亲几乎丧失了生活下去的勇气,他无法面对已成残疾的自己,他想到了死。但是当他看到自己年迈的父母,看到我柔弱的、怀有身孕的母亲,看到我两个年幼的哥哥时,父亲的心被片片撕碎,他舍不得这个家,舍不得抛下我们啊!

那段时间,太阳似乎总是慢吞吞地升起,然后又急匆匆地落下,百草凋零,愁云惨雾笼罩着这个原本欢歌笑语的家。然而,父亲,他还是坚强地站起来了!

为了能尽快自理,父亲便从日常生活小事做起,逐渐地,他学会了用左手穿衣、用左手吃饭、用左手写字,甚至单手骑自行车……

苦难的日子似乎永远也熬不到头,转过年,我又呱呱来到这个世上,家里的生活更苦了。

记不清我长到第几个年头,反正那年的冬天好像特别冷。以前的乡下不像现在,几乎家家户户都用上了自来水,即使没有自来水,也有机井,那时生活用水完全靠肩挑。那天,外面飘着雪花,家里的水缸已是底朝天了,母亲还在别人家绣花,父亲偷偷担起了水桶,这是他病愈后第一次挑水。我扯着父亲的袖管,一步一滑地跟着父亲来到离家不远的那眼水井。当

> 父母应该鼓励儿女以他们自己的方式获得快乐,难道还有比这更好的方法吗?
> ——(英)塞缪尔·约翰逊

父亲用井绳把水桶放下井时，水桶与井水似乎故意跟父亲过不去，无论怎样用力摇动井绳，水桶依然在水里打着旋、翻着跟斗，就是不肯就范。不知过了多久，父亲终于制服了水桶。开始提水了，父亲的腰弯成九十度，左手用力一拉，独臂高高举起，停在半空中，再用左脚迅疾踩住井绳，然后再用力，再用脚踩住，两桶水就这样被一寸一寸地提了上来。父亲的手此时已是血迹斑斑，殷红的血染透了井绳，已被水打湿了的井绳和着血，不一会儿就结成了血冰！血冰啊！现在每每想起那根血染的井绳，想起那血冰，我的心依然在发抖，在作痛！

为撑起家的天空，父亲在身体刚恢复不久，就与母亲一起挑起了家庭生活的重担，辛苦经营着这个残缺而贫困的家。那是一种怎样的窘况啊：吞糠咽菜，食不果腹，衣不蔽体。多少个赤日炎炎的长夏，父亲头顶烈日，汗洒泥土，以其残疾之身为儿女刨来果腹之物。喝下肚的稀菜粥不一会儿就随着汗水排出，无奈的父亲在潮湿的田间躺下，为的是让腹中之物能够消化得慢一些，再慢一些。

在那个一个工分只值一毛甚至更少的年代，为了能够多挣些工分，父亲不顾自己病残之躯，谢绝了队长让他随妇女干活的好意，和那些身强力壮的叔叔伯伯们一起，推起了独轮小推车。当别人很快把粪筐装满，推起小车健步如飞时，父亲的粪筐却连一只都未填满。他拒绝了好心人的帮助，他说，你们帮得了我一时，帮不了我一世，我能行！父亲用那只不知磨破了多少次的左手，用并不粗壮的胳膊夹着铁锨，一下，两下，三下……用力地铲着粪土。终于，两只粪筐被填满了，汗湿的衣服却紧紧地贴在了父亲的后背上。

"我能行！"多么朴实的话语，却又是多么的掷地有声啊！也许正是这种精神，支撑着父亲度过那个艰难的岁月！

几度风雨，几度春秋。一晃，我们三兄妹已长大，也和正常人家的孩子一样，我们背起书包，进了学校。父亲虽然没有读过多少书，但十分崇尚知识。从我们上小学的第一天起，父亲就给我们制定了严格的奖罚政策：每门课以80分为基准，满80分，奖自制的"陀螺"一个；少一分，屁股上就得挨一顿鞋底。即使是现在，每当两个哥哥想起父亲的鞋底，仍感到心有余悸。

在严格要求我们学习的同时，父亲还时刻不忘教我们如何做人，他时常告诫我们，人穷志不能短。所以时至今日，我的记忆中仍然清楚地记得自己唯一一次挨打的情形。

那是一个夏日的午后，邻家孩子到我们家玩，她的手中拿着一根鲜嫩的黄瓜！我两眼放光，直勾勾地盯着，几次咽下就要流出的口水。二哥似乎看出我的心事，傍晚他带我到邻居的菜园中，偷偷地摘了一根小黄瓜塞给我，谁知刚咬了一口，还未来得及咽下，即被邻居发现，邻居跑到我家，向父亲告了我们兄妹一状。自知大事不妙的二哥，撒腿就跑，一溜烟便不见了踪影。逮不着二哥，父亲把气全撒到了我身上，他一把揪住我，不顾母亲的哀求及奶奶的怒斥，扒下我的裤子，抄起一根拇指粗的棍子，在我的屁股上狠狠地揍了起来。由于极度惊吓，我缩在奶奶的怀里，良久哭不出声来。当我好不容易缓过神时，"哇"的一声哭了起来，我不明白，为什么别家的菜园子里可以种西红柿、黄瓜，而我们家的偏要种玉米。晚上摸着我红肿的屁股，望着我泪痕斑驳的脸，父亲竟哽咽无语，泪水像开了闸的水渠般，纵横着倾倒在他瘦削的脸庞上。那年我七岁！

艰苦的岁月锻造着父亲钢铁一般的意志，凭着自己顽强不息的拼搏精神，父亲赢得了村民们的交口称赞。在那一年的村干部改选中，父亲成了百十来户人家的"领头羊"，他肩上的担子更重了。

当时我们村有个出了名的懒汉，人送外号"烂菜帮"，他的好吃懒做在我们那一带恐怕连三岁的孩子都能说出个八九不离十。为了帮助他，父亲煞费苦心，但收效甚微。有一年的大年三十晚上，家家户户都在吃饺子，放鞭炮，父亲由于放心不下"烂菜帮"一家，刚拿起筷子又放下了，他来到他们家。进门之后，父亲惊呆了，只见一张破得不能再破的饭桌前围坐着四个孩子，每个孩子的手里端着一碗米饭，细看之下才发现：所谓的一碗米饭，竟然用三分之二的地瓜干垫底！而他们夫妻碗里，则是黑乎乎的地瓜干！见到父亲，懒汉妻禁不住潸然泪下。此情此景实在令人心酸！父亲顾不得辈分，忍不住把"烂菜帮"一顿臭骂，然后跑回家，端来了水饺，捧来了白面大枣饽饽。饥肠辘辘的父亲看到懒汉的四个孩子风卷残云般地抢食了饺子，又抢吃饽饽时，父亲对"烂菜帮"说："记住，咱是爷们儿！是爷们儿，就要活出个样儿来！"

"是爷儿们，就要活出个样儿来！"父亲是这样说的，也是这样做的。由于出色的工作成绩，父亲连年被上级党委授予"优秀村支书"、"先进个人"等荣誉称号，大红奖状贴满了简陋的小屋，父亲笑了……

如今，父亲已年届花甲，岁月的葛藤已爬满父亲的额头、眼角，我们也各自成家立业了。每当儿孙绕膝、共享天伦时，我总能从父亲那菊花般的笑脸中读懂那里面的内容，那是一种满足，一种历经风雨、历经沧桑之后的满足。我那宝贝女儿也一如当年的我，总喜欢扯着父亲的袖管，稚声稚声地问，姥爷，你把手藏哪儿去了？父亲不再黯然，不再回避，他不胜其烦地讲给我女儿听……

父亲啊，在过去风风雨雨的岁月中，是您牵着儿女的手，一步步进入人生的殿堂，教我们如何学好本领，成为社会有用之人；教我们如何真情待人，成为大家喜欢之人；教我们如何果断处事，成为独立自主之人。您更以自己的行动告诉所有人：身残不可怕，可怕的是志残！

纵使是丹青高手，也难以勾勒出父亲您那坚挺的脊梁；即使是文学泰斗，也难以刻画父亲您那不屈的精神；即使是海纳百川，也难以包罗父亲您对儿女的关爱！

可敬的独臂父亲！

# 爱的另一种方式

陈 蓉

一个可爱的孩子走了,他是溺水死的。他出门的时候,对正在烧中饭的母亲说,他要到同学家复习功课。谁知他走出门后,就永远回不来了。

那天,他和同学做完了功课,没有回家吃饭,而是在河边玩耍,却不知为何掉入了河中。等到有人发现,他们已在河里躺了很久了。

孩子的父亲母亲在河边哭天喊地,但一切都晚了。孩子打捞上来后,发现他紧紧地抓着同学的手。他的父亲用了很大的劲儿也无法将他们分开。记者来了,注意到了这个情节,他判定孩子是救同学才死的,因为他拉着同学的手。

这是一件十分感人的事,报纸第二天就刊出了这则新闻。在很短的时间内,全县的人都知道了这个可敬的小男孩的名字。不久,学校授予他优秀少先队员的称号。许多人自发地到男孩的家中慰问,他们送去了自己的心意。还有那位同学的父母,更是在男孩的父母面前痛哭,他们说自己的孩子对不起男孩,更对不起他的父母。同样是父母,他们除了承受丧子之痛,又要承受良心上的不安。

这一切,对于男孩的父亲来说,是一种安慰。但是,他却时刻在怀疑,他认为孩子不会去救人,因为,孩子从小就很怕水,也不会游泳。他不会冒险跳入河中救同学。他想知道孩子是如何死的。带着疑问,他一次次走访河边的住户,询问是否有人目击,终于有人告诉他,有一个采桑的妇女可能知道。

他找到了那个妇女。妇女回忆说,那天她在摘桑叶,看到两个孩子在采桑葚,河边有一株野桑上结满了果实,我看到一个孩子欠身摘河面上的桑葚,另一个孩子用手拉着他。过了一会儿,她发现两个孩子不见了,她以为他们离去了。

男孩的父亲在河边找到了那株桑树,果然桑树上结满了果实,在树干上,有一个十分明显的断枝痕迹。

男孩的父亲什么都明白了:他的孩子并没有在水中救同学,而是一起掉下去的。他先到男孩的同学家里,向他的父母说明真相。然后又到报社说他们的报道错了。这种做法遇到了种种阻力,包括他们的亲属。

但是,他固执地一次又一次往报社和学校跑,请求公布孩子溺水的真相。他说,他不想让孩子在九泉之下有愧。

他的努力终于实现了,有关部门对此进行了更正。

现在,全县的人都知道这样一个可敬的父亲,他用自己的方式,用一颗晶莹剔透的心灵告诉我们怎样去爱孩子,即使他们永远不再回来。

> 不到自己做了父母的时候就不会了解父母对我们的爱。
> ——(法)比才

## 父亲为我蒙耻

张运涛

那年夏天我终于在学校出事了。

自从我步入这所重点高中的大门,我就承认我不是个好学生。我来自农村,并以此为耻辱。我整天和班里几个家住城市的花花公子混在一起,一起旷课,一起打桌球,一起看录像,一起追女孩子……

我忘记了我的父母都是农民,忘记了自己是一个多交了3200块钱的自费生,忘记了自己的理想,忘记了父母的期盼,只知道在浑浑噩噩中无情吮吸着父母的血汗。

那晚夜色很浓。光头、狗熊和我趁着别人在上晚自习的时候,又一次逃出了校门,窜进了街上的录像厅内,当我们哈欠连天地从录像厅钻出来时,已是黎明时分,东方的天际已微微露出了亮色。几个人像幽灵一样在校门口徘徊,狗熊说:"涛子,大门锁住了,政教处的李处长今天值班,要不翻院墙,咱上操前就进不去了!""那就翻吧,还犹豫个啥呀!"我回答道。

光头和狗熊在底下托着我,我使劲儿抠住围墙顶部的砖,头顶上的树叶在风的吹拂下哗啦啦地响,院内很黑,隐隐约约闻到一股臭气。我估计这地方大约是厕所,咬了咬牙,我纵身跳了下去。

"谁?"一个人从便池上站起来,同时一束明亮的手电照在我的脸上。唉呀!正是政教处的李处长,我吓得魂飞魄散,一屁股蹲在地上。

第二天,在政教处蹲了一上午的我被通知回家喊家长。我清楚地知道,一个对学生要求甚严的重点高中让学生回家意味着什么。我哪敢回家,哪敢面对我那面朝黄土背朝天的双亲!

在极度的惊恐不安中,我想起来我有一位远方亲戚,她与政教处一位姓方的教师是同学。我找到她家,战战兢兢地向她说明了一切,请她去给说情,求学校不要开除我,并哭着请她不要让我父亲知道这件事。她看着我情绪波动太大,于是就假装答应了。

次日上午,我失魂落魄地躺在宿舍里。我已经被吓傻了,学校要开除我的消息让我五雷轰顶。我脑子里一直在想:我被开除了,怎么办,怎么办,我该怎么办,我该怎样跟父亲说,我还怎样有脸回到家中……这时,门"吱"一声响,我木然地抬头望去——啊,父亲,是父亲站在我面前!他依旧穿着那件破旧的灰夹克,脚上那双解放鞋沾满了黄泥——他一定跑了很远很远的山路。

父亲一句话也没有说,只是默默地看着我。我看得出来,那目光中包含了多少失望、多少辛酸、多少无奈、多少气愤,还有太多太多的无助……

表嫂随着父亲和我来到了方老师的家里。我得到了确切的消息：鉴于我平时的表现，学校已决定将我开除。他们决不允许重点高中的学生竟然夜晚溜出去看黄色录像！已是傍晚，方老师留表嫂在家里吃饭。人家和表嫂是同学，而我们却什么也不是。于是，我和父亲跌跌撞撞走下了楼。

父亲坐在楼下的一块石板上喘着气。这飞来的横祸已将他击垮，他彻底绝望了。他把一生的希望都寄托在他的儿子身上，渴望儿子能成龙，然而，儿子却连一条虫都不是……想起父亲一天滴水未进，我买了两块钱的烙馍递给父亲。父亲看了看，撕下大半给我。我艰难地咽下那一小块——脸上的青筋一条条绽出。那一刻，我哭了，无声地哭了，眼泪流过我的腮边，流过我的胸膛，流过我的心头。

晚上，父亲和我挤在宿舍的床上。窗外哗啦啦一片雨声。半夜，一阵十分压抑的哭声把我惊醒，我坐起来，看见父亲把头埋进被子里，肩膀剧烈地耸动着。天哪，那压抑的哭声在凄厉的夜雨声中如此绝望，如此凄凉……我的泪，又一次流了下来。

早晨，父亲的眼睛通红。一夜之间，他苍老了许多。像做出重大决定似的，他对我说："儿啊，一会儿去李处长那里，爹让你干什么就干什么，你能不能上学就在这一次啦。"说着，爹的声音哽咽了，我的眼里也有一层雾慢慢升起来。

当我和父亲到李处长家里时，他很不耐烦："哎哎哎，你家的好学生学校管不了了，你带回家吧，学校不要这种学生！"父亲脸上带着谦卑的笑容，说他如何受苦受难供养这个学生，说他在外如何多苦多累，说他从小所经受的磨难……李处长也慢慢动了感情，指着我："你看看，先不说你对不对得起学校，对不对得起老师，你连你父亲都对不起呀！"

就在我羞愧地低着头时，突然，父亲扬起巴掌，对我脸上就是一记耳光。这耳光来得太突然，我被打蒙了。我捂着脸看着父亲，父亲又一脚踹在我的腿上，"你这个不争气的东西，给我跪下！"我没有跪，而是倔强又愤怒地望着父亲。

这时，我清楚地看到：我那50多岁的父亲，向30多岁的李处长，缓缓地跪下来……我亲爱的父亲呀，当年你被打成黑五类分子，你没有跪；你曾一路讨饭到河北，你也没有跪；你因为儿子上学而借债被债主打得头破血流，你仍然没有跪！而今天，我不屈的父亲呀，你为儿子的学业，为了儿子的前途，你跪了下来！

我"扑通"一声跪倒在父亲面前，父亲搂着我，我们父子俩哭声连在了一起……

两年后，我以752分的成绩，考入了华中师范大学。在拿到录取通知书那一天，我跪在父亲的面前，恭恭敬敬地磕了三个响头。

## 递给父亲一支烟

希 翼

　　父亲的烟龄有些年头了，眼看着他最近咳嗽得越来越厉害，我和母亲又一次旧话重提："把烟戒了吧！"父亲还是老样子，说戒烟就如同强迫他绝食一样："我还能活几年呀，你们就饶了我吧。"

　　母亲给我使了个眼色，我就把早准备好的话一股脑儿地倒了出来：什么尼古丁会致癌，一年因为吸烟而死的人占百分之多少……可父亲还是一副不痛不痒事不关己的样子。我扔出杀手锏："您自己吸烟不打紧，还强迫别人二次吸烟，危害更大。您看我都要高考了，您每次吸烟我都没法专心看书了……"

　　父亲是最疼我的，看着我愤愤不平的脸，带着几分无奈说："好吧，那我试试看吧。"我朝母亲挤挤眼——等的就是这句话，漫漫征程成功一半啦！

　　我和母亲立刻实施我们的强迫戒烟计划。首先是断了父亲的经济来源。我每天的任务是检查父亲的口袋，把钱全部"收缴归公"；中午上学时顺道把父亲的午饭送到他上班的工地；父亲一下班我就像小狗似的嗅他的衣服及手指，一旦发现烟味立刻执行惩罚手段——在他面前朗读有二十条之多的戒烟条令，决不手软，直到父亲认识到自己的错误为止。我还时不时地对父亲实施心理压力："您看都是因为要帮您戒烟，我才占用做作业的时间来监督您。我已经高三啦，时间很宝贵的！"我期望能通过这种"非人道"手段让父亲"良心发现"而戒掉烟瘾。

　　父亲还真不赖，一连三天都没让我们发现有"越轨"行为，尽管他总是下意识地摸摸口袋，还老是把棒状的东西夹在指间往嘴里送……

　　可是第四天，挑战来了。父亲的一位老朋友来看他，我给叔叔点上烟后，就把烟盒紧紧抓在手里。叔叔吸了两口，才发现父亲没点烟："老刘，怎么你戒烟啦？"没等父亲开口，我连忙接到："对呀，对呀！"父亲无奈地苦笑着点了点头。叔叔打了个哈哈："老刘还是你有毅力啊，我戒了几次也没戒掉。唉，我也不吸了，免得你眼馋！"父亲虽然笑着说没事没事，可我分明看见他的喉咙上下吞咽，哼，年过半百的父亲还跟小孩似的馋嘴！

　　叔叔走后，我收拾桌子时，突然发现那支被吸了一半的烟不翼而飞了。等父亲一回来，我就把手伸给他——"交出来！"父亲还在装傻："什么呀？""您再不交，我可要实施惩罚措施了，还要告诉妈妈！坦白从宽哦，您干了一辈子革命工作，这个道理应该懂吧。"我半威胁半调侃着父亲。他只好从衬衫的口袋里拿出那支快被揉碎了的烟，我不免为自己的聪明而有些得意扬扬："群众的眼睛可是雪亮的哦，想瞒过我？哼！"可后来，为这件事我一直后悔到现在。

　　眼看着要高考了，功课更紧了，我实在没有时间再监督父亲的戒烟行动了，

就全权交给了母亲。应该不错吧，因为我没有再见到父亲吸烟。那晚我复习完功课，经过父母房间时，听见他们还在说话，出于好奇，我就把耳朵凑了上去。"孩子马上要考大学了，她身体又不好，我想给她补补。你这烟就戒了吧！"这是母亲无奈的声音，"我知道也难为你了，你这一辈子也没啥嗜好，就好几口烟，可等过一段日子好些了，我再给你买几盒好烟……"

"要考上大学了，这学费还是一难啊！"这是父亲沉重的叹息声。

我从来不知道父亲戒烟的原因竟是因为我，低头想想父亲近一年来越抽越烂的牌子，想想父亲"这种烟劲大"的解释，想想父亲越咳越紧的嗓子，还有我对父亲所谓的"教育"……我的心真是愧疚到了极点。含着眼泪偷偷溜回了自己的小屋，打开书，我知道我无以回报父母的恩情，除了努力学习。

然而高考成绩单下来后，我蔫了，被分配到了南方一所大学。家里人却很高兴，我们这个村子好几年都没有出过大学生了，父母乐得合不拢嘴。我却为那一年几千块钱的学费担心。为了我上学家里已经是债台高筑了，我怎么忍心给父母已经弯下的腰上再加上一块重石？我决定复读，明年再考一所师范院校，因为师范院校每月有较高的生活补助。

我把自己的打算告诉父母，话还没有说完，父亲的脸色就变了："钱的事是我们大人该操心的，你小孩子懂什么？"这是父亲第一次朝我大发脾气，我没有反驳，第二天就到我们那座小县城里找了一份临时工。工作很辛苦，每天得待在高达四十多度的厨房里洗洗刷刷，还要忍受老板的白眼和呵斥。这些我都忍了，为了那个未了的心愿。

转眼就到了开学的日子，我和老板结了账，虽然被七扣八扣，可毕竟还落了一些，握着那薄薄的几张钞票，我欣喜异常……

我是一个人走的，父亲帮我捆好了行李，再三叮嘱路上要小心。甚至还有些可笑地托付一位旅客要他帮忙照顾我："孩子是第一次出门，您多费点心，照顾照顾她，多谢啦！""本来我和你妈也想到你的学校去看看，可我们都老啦，路上会受不了折腾，你就一个人去吧！"我没有戳穿父亲的谎言，我的学费还是他费劲口舌才从亲戚那里凑来的。

车要开了，我从早就准备好的袋子里掏出一条"红塔山"，拆开递给父亲一支。"爸，这是我给您买的。"父亲显然被这个突如其来的礼物给打蒙了，愣了老半天才颤巍巍地接过去，放在鼻端深深地嗅了嗅。一时间竟然老泪纵横："好好……"转过身去，咳嗽了几声，"我把烟戒了，我还想多活几年等你毕业哩！"说着，把那些烟小心地揣进怀里。

走了很远了，我看见父亲还在那里挥着袖子擦眼泪……这一幕，连同心酸深深地刻在了我的生命里，无论这一生我将离父亲多远，那份爱都会和我如影相随。

# 认识父亲

戎 林

我们对父亲是那样的熟悉，又是那样的陌生，陌生得许多做儿女的全然不理解父亲那颗炽热的心。我常听人说，父母对儿女们的感情是百分之百，而儿女对父母却总要打些折扣。我不知这话准确到何种程度，但我却目睹，多少可怜的父亲为儿女吃尽了天下苦，受尽了世间罪，有的为了儿女，宁愿献出属于自己仅仅一次的生命。

一位给我写过信的小读者在南京住院，动手术那天我也去了。当他被推进手术室以后，他的父亲像傻子似的呆立在走廊上，整整5个小时，屏息凝神，一动也不动。傍晚，手术车推出来了，当儿子猝然出现在他的面前时，这位48岁的父亲竟然往后一倒，当场晕死过去。医生们吓坏了，一边忙着照应刚动过手术的少年，一边抢救那位父亲，整个病房乱成了一锅粥。

少年的父亲是军人出身，他见过无数惊心动魄的场面，从来都是眼不眨心不跳。而此刻，面对着亲生骨肉，他再也不能控制自己。事后我问他，他说也不知是为什么，反正他不能看到儿子受罪。

我一直忘不了那年在唐山采访时听说的一件真实的事。地震袭来时，墙倒屋塌，一块沉重的水泥板从天而降，屋里一对年轻的夫妻跃然而起，头顶头，肩搭肩，死死地坚持着，不为别的，因为在他们身下有一个嗷嗷待哺的婴儿。当抢救人员赶来把婴儿抱走后，他们便再也无力支撑，水泥板轰然压下。

是谁给这对父母注入如此大的力量？是他们的儿女。儿女是父母生命的延续，为了这个延续，为了让儿女更好地活着，他们情愿献出自己的生命。世界上还有什么比这更加崇高和伟大？

也许有的儿女片面地理解"生命既然开始，便已经走向死亡"，他们毫不珍惜宝贵的生命，有意或无意识地将生命交给死神，轻而易举地就那么一甩手走了，但把父亲推进了无边的苦海。

我的一位同事是颇有影响的钢琴家，他的妻子早已离去。他和儿子相依为命地生活在一起，将一身艺术细胞传给儿子，把他拉扯成人，送进了剧院。儿子也挺争气，很快适应了紧张的剧院生活。不料在一次装台的义务劳动中从顶棚跌下，当场停止了呼吸。剧院院长把儿子的父亲接了去，问他有什么要求，那位几次从昏迷中醒来的父亲把头摇摇，说想到儿子出事的地点看看。

那是一个寂静的冬夜，院长叫人把剧场的大门打开，领着他走到台前。父亲实在憋不住，一下子扑倒在儿子摔下来的地方，再也无力站起。

整个剧场空空荡荡，无声无息，一只只椅背像大海的波涛，在这苦难的父亲

的胸中掀起了滔天的巨澜。至今，在那个家中，儿子住过的房间还完整地保留着。每天上班，父亲总得在门口轻轻说声："儿子，再见！"回来时又说一声："父亲回来了，儿子！"吃饭时，儿子坐过的桌边依然放着一双筷子，它正无声地向父亲诉说着他在另一个世界的一切。

> 人生真正的幸福和欢乐浸透在亲密无间的关系中。
> ——（科威特）穆尼尔·纳素夫

我一直不敢从离我住处不远的那条街上走，不为别的，只怕看到一位伫立在街头的老人。他几乎每天都在人们下班的时间站在那里，面对着澎湃的自行车和人流，眺望着，等待着，寻觅着他那早已离开人间的儿子。

他的儿子是我的朋友，在一家大公司工作。一个雷雨交加的夜晚，他在回家的路上碰上了一根断在地上的电缆，触电身亡。谁也不忍心把这个消息告诉他的父亲，最后还是我去了。

我以为老人会失声痛哭，其实没有，他没有一滴眼泪。我想也许是年纪大了，见得多了，泪水早已干涸。许久，那位父亲才喃喃地自语："不会的吧——"他不相信他那健壮如牛的儿子会突然离去，以为我在跟他开玩笑。

我不知老夫妻俩是怎样熬过那些揪心的日日夜夜的，只看见那位老父亲每日黄昏站在街头，目不转睛地盯着过往车辆。有好几次，竟突然大叫："下来，儿子！你给我下来！"

所有人都为之一震。

大年三十，街上行人稀少。老人仍在寒风中苦苦地等待。我真想上前安慰他几句，可走了几步却站住了。我能说什么呢？人世间还有什么语言能解除老人心中的痛苦？我默默地站着，远远地望着他那凄苦的身影，一直到夜幕降临，一直到除夕鞭炮四起的时分。

九泉之下的朋友，不知你可知道，你的父亲还在等你回去吃年饭呢！

父亲是伟大的，是坚强的。严酷的现实常常扭曲了父亲的情感，沉重的负担常常压得父亲喘不过气来。天灾人祸，狂风暴雨都被父亲征服了，是他用点点血汗，以透支的生命为儿女们开出了一条成功之路，也给自己带来无尽的欢乐。

但也有一些不谙世事的儿女们被花花世界所迷惑，有的甚至被投进了牢房，让青春定格在冰凉的小屋里。对此，他自己倒不感到什么，总是以为以后的路还长。可他们没想到，这给父亲带来了多么大的不幸与悲哀。我在采访中了解到一个中学生因犯盗窃罪而被捕，他的父亲与我是老相识，但碍于面子，一直瞒着我。他想儿子想得几乎发疯，实在迫不得已才来求我，想托我找找人，让他去狱中看看儿子。

我去了，看守所所长答应他们父子在二号房会面。

那是一间长方形的小屋，两头都有铁网，即使见面，也要相隔10米，望儿兴叹。

儿子见到父亲，大声呼唤，诉说自己的不幸，一声声像利刃剐着我的心。但父亲却神色木然，不住地点头、摇头。儿子哪里想到，当父亲第一次得知儿子被

捕的消息时，仿佛感到有一千面锣在耳边轰响，两只耳朵顿时发麻，接着便什么也听不见——他聋了！

聋子怎么能听见儿子的说话声呢？他只是不停地重复着："好好的，儿子！你好好的，啊——"

泪水爬满了他那苍老的面颊，流进那不停嚅动的嘴唇。

我告诉那少年，你父亲聋了，是为你才聋的。少年一下子蹲倒在地，一只手死死地抓住铁丝网，胳膊被划出了一道血口子，鲜血把袖子染得通红，看得出，他的心在流血。

那少年被遣送到长江边的一个农场服刑，他的父亲每个月都要到千里之外去看儿子。农场离车站还有10里，得走一个多小时。一次回来的路上，不知是碰上了风雨，还是因耳聋听不见汽车的鸣笛，父亲被一辆大卡车撞死在路旁。也不清楚那个不争气的儿子知道不知道。

父亲是一部大书，年轻的儿女们常常读不懂父亲，直到他们真正长大之后，站在理想与现实、历史与今天的交汇点上重新打开这部大书的时候，才能读懂父亲那颗真诚的心。

歌德说："能将生命的终点和起点联接到一起的人才是最幸福的人。"我想说，你那生命的起点是父母亲用血肉铸成的，它不仅属于你，也属于你的父母，属于整个人类。能把自己的生命和父母的生命，以及全社会连在一起的人才是最伟大的人。

# 父 亲

乔黎明

又该去上学了，我急忙收拾东西。

"要多少钱？"父亲坐在门槛上，问我。"要一百五。"我小声答。"够不够？"父亲又问。我本想说："不够。"但迟疑了一下，终于说："够。"

父亲好像看出了我的心思，说："我这里有二百块，你都拿去。到学校要舍得吃，不要节约，该用就用。有个三病两痛的，要及时看，不要拖。听到没？"

"嗯。"我一边接钱一边答。

"到学校去要专心读书，听到没？每回都拿恁多钱，你晓得农村挖两个钱不容易。今天的钱还是你爸爸昨天晚上到人家那儿去借的。"母亲在一旁说。

"你说些啥你？你看你说些啥。明娃都怎么大的人了，他自己还不晓得专心读书？这还要你紧说？钱，让他拿宽绰点儿，吃得好点儿，我看也没啥不好。家里没钱，没钱还有我哇，我晓得想办法。只要他好好读书，我砸锅卖铁都送！"父亲盯着母亲说。母亲就无话，去忙她的活了。

那时晨光正照着父亲那因过度劳累而过早苍老的脸。我鼻子陡地一酸，有些想哭。

"东西收拾好了没？"父亲问我。"收拾好了。"我小声答。

父亲就进屋背起我装满东西的背篓，说："走，我送一下你。哦，你还有啥东西忘在屋里头没？""没有啥了。"

一路上都无语。我觉得父亲的脚步就踏在我的心扉，沉沉作响。我一直都低头跟在父亲身边，没敢看父亲，怕父亲那一脸的岁月会碰落我的泪水。到了街上，父亲一看车还没来，就放好东西，然后对我说："你等着车，我去卖了辣子马上就来。"等了一会儿，车没来；父亲背着一个大背篓来了。"车还没来？"父亲问我，满脸的汗。

"没来。"我小声答。

"你的辣子刚才卖多少钱一斤？"有人问父亲。

"唉，便宜得很，才三块多点儿。"父亲答，一脸的苦。

我觉得有些东西在我眼眶里滚动，忙努力忍了忍，终没让它们滚落下来。又等了很久，车还是没来。街上的人都开始吃晌午饭了。我已饿了。

　　"饿了吗？"父亲问。还没容我回答，父亲又说："你看好东西，我去给你弄点吃的来。"说着朝一个饭店走去。不大一会儿，父亲就给我端来了一大碗热气腾腾的肉丝面。

　　"咸淡合适不？"父亲望着我，问。"合适。"我一边吃一边答。

　　我吃完了才想起父亲也没吃午饭，就说："爸爸，你也去吃一碗吧。"

　　"我不饿，早饭吃得多。"父亲说。他似乎还想努力笑一下，终没笑成。说完就拿过碗要去还。忽然，父亲又问我："吃饱了没？""饱了。"我发觉我的声音有些嘶哑，忙别过脸去。又等了好一阵，车还没来。"恁迟了，还没车，怕你上学要迟。"父亲说，一边朝车来的方向望。"爸爸，你回吧，我一会儿自己上车。"我劝父亲。"那哪儿要得。你恁多东西，一会儿车来了你自己能上？"父亲笑着说，"还是我多等会儿。""那你去买点儿东西吃？"我望着父亲，几乎是恳求。"那要得，我去买个锅盔吃。"父亲说着就向近旁的一个锅盔摊走去。锅盔很便宜，五毛钱一个。父亲拿起一个锅盔正要付钱，车来了。父亲忙放下锅盔朝我跑来，一边说："不买了，反正我可以回去吃饭；快，你快上车。我来放东西。"父亲说完就背起我的背篼往车顶棚上吃力地爬。我的泪水一下子就涌了出来……

　　我晓得还有十几里山路等着空腹的父亲一步一步地去量。我晓得父亲为了送我读书硬戒了十九年的烟。我也晓得我为了所谓的面子，曾多次伤了父亲的心！

## 父爱如山

雨 蝉

罗阳接完村长打来的电话以后，连忙往车站赶。

村长说父亲病了，如果不是很严重，父亲是不会让别人打电话叫罗阳回家的。上大学三年以来，罗阳这是第二次学期中途回家，第一次是母亲去世。可父亲总是要他一心学习，家里的事别管，天塌下一切有他顶着。

近来左眼皮一直跳个不停。昨晚在咖啡厅还不小心摔碎了杯子，尽管老板娘没说什么，罗阳还是让她在这个月的工资里扣钱。自己做错的事就要承担责任，父亲从小是这样教罗阳的。

父亲是一个地地道道的农民，一生没离开过那穷山山、穷沟沟，所见过的最大的城市也就是县城了。罗阳的爷爷生前是伪保长，因为做过不少坏事，新中国成立后被镇压了。当时奶奶挺着七八个月大的肚子，把爷爷草草葬了。

两个月后，父亲呱呱坠地。奶奶总算是给老罗家续上了一脉香火。奶奶是最后一代裹足的妇女，那三寸大的"金莲"让孤儿寡母吃过不少的苦头，也挨过常人没挨过的饿。父亲10岁就开始随大人一起下田地干农活，12岁那年，奶奶踮着"三寸金莲"战战兢兢地去山上拾柴火。结果摔断了脊柱，落得个半身不遂。父亲除了每天出工，还得找时间回家照料老娘，半年后，奶奶受不了病痛的折磨，也不忍心拖累儿子，一把剪刀结束了自己的生命。到父亲发现的时候，奶奶身上的血早已流干了。12岁的父亲在村里人的帮助下，砍回几棵松树，为奶奶做了一副棺材，葬在了他未曾谋面的父亲旁边。

因为家里穷，加之出身不好，父亲到22岁才得一大婶的说媒，娶了外村一个常年卧床不起的孤女子为妻，那就是罗阳的亲娘。罗阳懂事了，就知道母亲自做姑娘时就患有严重的风湿病，大多数时间都躺在床上。有了小罗阳以后，父亲肩上的担子更重了，即当爹又当妈的，忙完了外头的活，回家还要伺候妻儿。可是父亲从来没有怨过。儿子一天天长高，母亲的病更严重了，多处关节已严重变形，下床的机会更少了。罗阳在父亲的教导下，很小就知道做饭洗衣等家务事。

最让父亲开心的是罗阳一直书念得好，小学五年里，年年被评为优秀学生、三好学生。小学毕业又考上了县重点中学。父亲一直节俭地过着日子，一分一分地积攒着罗阳的学费。每逢假期，罗阳也会去15里地外的小镇上帮人打短工挣点学费。

6年的中学生活很快过去了，罗阳考上了武汉大学。接到录取通知书后的罗阳，两天都没敢告诉父亲。他知道家里的底细，这么些年来，全靠父亲一人支撑着这个家。罗阳要上学，母亲还要治病，这个家里唯一值钱的东西就是那台14寸的

> 需要激发孩子去注意父母间那些真实、美好的关系。
> ——（苏）马卡连柯

黑白电视机。那还是父亲怕母亲一人待在床上闷，花50块钱从别人手上买下来的。如今那几千元的学费对于他来说就是一个天文数字。谁知那天父亲做工回来后，乐得合不拢嘴，"阳儿，我今天在镇上遇见你班主任了。他说你被武汉大学录取了。怎么，前天你去学校没拿到通知书吗？"

"爸，我……我们家……"罗阳支支吾吾地说。

父亲过来拍拍儿子的肩膀，"好儿子，是怕家里没钱供你上大学是吧？不管怎么说，父亲就是砸锅卖铁、讨饭，也要让你去上大学。"

这以后的一个多星期里，父亲天天早早地起床了，嘱咐完罗阳在家照顾母亲，就扛着一条扁担，拿着柴刀上山去了。父亲砍回一担又一担的野竹子，那种野竹子在山上、田地埂上到处都有。以前砍的人多，现在年轻人都外出打工挣钱了，家里剩下的大多是老人和孩子。这野竹子也就越长越茂盛，到处一丛一丛的。不几天的工夫，父亲就砍回一大堆，他白天在外砍，晚上回家后就将竹子削净枝叶，扎成一捆一捆的。

有一天来了一辆拖拉机，把竹子全拉走了，父亲得了800元钱，喜得乐不可支。第二天，罗阳也坚决随父亲上山去砍竹子。那天午后，天空突然下起了大雨，罗阳正好送竹子回了家，可是父亲还在山上，那么大的雨，又雷电交加。罗阳不放心地戴着斗笠循原路寻上山去，只见父亲的衣服挂在一树枝上，早已被雨淋湿透了。四处没有父亲的身影，雨下得越发大了。罗阳连忙返回村子，喊来村长，左邻右舍，大家在一处山的垮崖下找到了父亲。父亲的腿摔断了，爬在一棵大树脚下，人已昏迷过去。

罗阳和村长一起迅速地把父亲送去了医院，经检查，父亲不只是摔伤了腿，脾脏也破裂了，需立即输血并手术治疗。罗阳交上了父亲卖竹子所得的800元钱。余下的1500元是村长帮着垫付的。

手术后三天，父亲就坚决要求出院。回到家里后，从不流泪的父亲放声大哭。罗阳抚着父亲的背说："爸，你别难过，我们再想办法。"

"阳儿，是爸对不起你。如今不但没有了学费，我们还落下了那么多的债。"父亲泪流满面，床那头的母亲也泪流满面。

罗阳完全放弃了上大学的念头了，他随一建筑队做小工，一天可得15元钱。然后买点儿肉回家炖汤给父亲补身子。

一天早上，家里来了个"不速之客"，是村长陪着一起来的，同行的还有一个戴眼镜的年轻人，背着相机。在村长的介绍下，一家人才知道，来者是镇上的镇长和县报社的记者。原来村长把他们一家的情况反映给了镇长。镇长说："再穷不能穷教育，再苦不能苦孩子，如果罗阳不能上大学，我这父母官当得愧。"

罗阳的事很快随报纸、电视传遍了整个县。不几天，镇长亲自陪同书记送来了3000元的助学金。县民政局在镇民政干事的陪同下送来了2000元的救济金。

罗阳母校送来了全校师生的两千多元的捐款。村长送来了全村父老乡亲凑的两千多元的捐款……

罗阳终于要上大学了,临行那天,父亲强撑着瘦弱的身子,把儿子送到了村口。"阳儿,放心地去吧,家里有我,你就别担心。好好地学习,记着那么多帮助过你的好人。"罗阳沉重地点头,挥泪告别家乡和送行的村长、父老乡亲们。

罗阳下了长途车,翻过一座山,又越过两道岗,小山村已遥遥在望。三年的大学生活,已让这个当初从这里走出去的山娃子多了许多的书生气。白净的肤色,瘦削的面庞,还有那透着文化气息的眼镜。凭着自己的努力,罗阳成了众多骄骄学子中出色的一位,他的成绩在系里一直名列前茅。学习之余,别人都在花前月下,酿造一个个美丽而又浪漫的爱情故事。可是罗阳没有那么多的时间去浪漫去多情,他的身影总在校园里匆匆走过。罗阳靠当家教和打钟点工挣的钱来供自己上大学。除了那一次无奈地接受资助以外,罗阳和父亲再也不要别人的捐赠了,他们只想凭自己的努力来完成罗阳的学业。

春节回家,罗阳发现母亲走后,父亲比以前衰老了许多,身子也明显地消瘦下去。可是父亲否认自己有不舒服的感觉。罗阳也只好默默地关心着,近两年,他一直不让父亲给他生活费,每次回家,他都会攒够下学期的费用给父亲看,这样父亲才会真正地放下心来。

3年的大学生活,罗阳过着一种凤凰涅槃般的日子。可是他感觉很开心,很充实。其实生活中如果少了许多的拼搏,他会感觉索然无味的。

才进村口,村长就得到明眼人的通报迎了出来:"罗阳,回来了啊!"

"是的,村长,我爸怎么了?"罗阳摘下眼镜抹了一把额上的汗水。

"回家喝口水再说吧,看你累的。"村长慈爱的眼光让罗阳心里暖烘烘的。这是一个好人,日后有机会我一定要报答他,罗阳心想。

村子里的人随着罗阳往那三间瓦房子聚集。还没进门,罗阳就呆了,屋檐上醒目的几框白山灰让他的心一下子吊上了半空。山里长大的孩子都知道,这种灰是用来和死者一起装棺的。他三两步跨进家门,堂屋里一张竹床上躺着他的父亲,一动不动地躺在那里。一如当年的母亲,消瘦的脸上透着青光,这哪是往日见着儿子喜笑颜开的父亲啊。罗阳的眼前一黑,被村长和旁人扶住了。

好一会儿,罗阳扑到父亲身上,"爸啊,你怎么了?怎么回事啊我的爸?"罗阳哭得天昏地暗,旁人没有一个不流泪的。父亲冰冷而又僵硬的身躯在罗阳的怀抱中摇晃。原本闭得紧紧的双眼竟睁开了很大的缝。几位老人和村长拉开了罗阳,"阳儿,你不能再哭了,看把你爸的眼睛都哭开了,孩子。"

山村里有一风俗,如果死者不闭眼的话,就不能投胎转世。这是人们最忌讳的。一位老爹递过一炷香,"孩子,给你爹上炷香吧,让他闭上眼,安心地走好。"

罗阳就着供桌上的菜油灯点燃了香,烟雾在他的眼前飘散开。罗阳向父亲重重地磕了三个头,把香插在灰筒里。又按老人们的指点跪至父亲身边,伸手去抚父亲的双眼。罗阳抬起手,轻轻地,像怕惊醒了熟睡的父亲一般,温热的手心抚

过父亲那冰凉的毫无表情的面庞。父亲的眼睛居然紧紧地闭上了，旁边的人都呼了口气。

罗阳几次问及父亲的死因，大家都避而不谈。直到父亲入土为安以后，那天晚上，村长在昏黄的灯光下告诉了罗阳一切。

那是一个月前，全国上下都搞献爱心献血的活动，当时村子里分了五个名额。村长回村后召开群众大会，动员大家义务献血，谁知道人们都不理解这种行为。大会都开过三天了，也不见有人自愿报名。正在村长一筹莫展之际，父亲主动找上门来报了名，并游说村子里另几位身强力壮的村民。那天抽血化验的时候，也是父亲第一个捋起衣袖。这几年，他一直念念不忘大家对自己家的帮助，一心想为人们做点儿什么。谁知道他的血最后检验不合格，他还沮丧地直叹息。

可是，7天后，县防疫站的人找到了父亲，并把他带走了。父亲回来后，村民发现他变得不言不语了。大家都议论纷纷，于是村长找他谈心，他也闭口不言。谁知三天后，父亲竟主动找上了村长，告诉他那次检查，自己的血液里查出了HIV，这是一种不治之症的前兆。村长劝他别太着急，慢慢想办法。第二天，村长就出村去了防疫站，他不相信这个结果，但是工作人员告诉他，这是真的，因为父亲三年前输了不洁的血，所以感染上了HIV，但是他目前只是感染期，并没有发病。

村长回家后又一再给父亲做思想工作，还说现在的医疗技术高，一定会有办法治疗的，谁知道没几天过去，父亲就自寻了短见。父亲不会写字，只在前一天晚上找上村长，说了一通这种病会给儿子带来的影响之类的话，村长以为他是心理太紧张，又想儿子的原因。谁知道第二天，发现他已喝农药自尽了。

罗阳一直沉默着，默默地流泪听完了村长的叙述后，没有多说什么，但是他明白父亲的良苦用心。父亲在自尽前一定经历过太多沉痛的思索。他是为了儿子才这样做的，他不想儿子因为有一个艾滋病的父亲，从此在人前抬不起头来。他也知道在这个社会上，唾沫是可以淹死人的。他还知道这种病是没法治的，起码现在还没有办法治疗。于是为了罗阳，他选择了死这条不归路。

按当地的风俗，罗阳在父亲的"头七"请来了道士，为父亲做了一场法事，全村的老人都来帮忙。第二天，罗阳一早再一次来到父母的坟墓前，面前那一堆黄土下，躺着他至亲的父母亲。想起村长转述的父亲的话："村长，我儿罗阳不只是我们家的骄傲，也是我们这个村子的骄傲，我不能毁了他啊！"

罗阳的泪不停地滴在面前的黄土上，黄土湿润了一大片。"父母亲，你们在天有灵的话，一定要常伴儿子左右。母亲，天堂里一定没病痛的缠绕。父亲，天堂里一定没有HIV的困扰。"

罗阳不停地磕头，一直不停地磕头……

## 发给老爹的短信

王学亮

  我和老爹的隔膜由来已久。小时候慑于他的威严；上学后再没有时间；工作了，我在省城，老爹在老家，每次回去都是匆匆忙忙的，和他老人家的交流少之又少。每当看到他如银的白发、微驼的背，内心深处充满感恩之情，我自认为和老爹之间的隔膜只能让我把对老爹的爱埋藏在心里，羞于表达。

  一切的改变源于几年前的父亲节那天醉酒后我发给老爹的短信。那几个月我一直穿梭在省城的大街小巷找工作。碰到现场招聘的，我就当场递交自己的个人简历；在网上看到"非约勿访"的招聘启事，我就邮寄个人的资料。接到笔试电话我就拿起我唯一的铅笔去参加；收到面试通知我就穿上我平常舍不得穿的新西服赴约。功夫负了有心人，当复印个人资料几乎花去我身上所有的细软、当我唯一的铅笔变成铅笔头、当我的新西服变成旧西服的时候，我还是没有找到所赖以安身立命的单位。

  疲于奔命的辛酸、"英雄无用武之地"的悲怆化成"男人哭吧哭吧不是罪"的歌声直刺我的耳膜。一瓶廉价的白酒在父亲节那天的晚上麻痹了我的神经，我控制不住对家的思念，竟然给老爹发了一条短信。我不敢打电话给家里，害怕酒后吐真言，没找到工作的事实只能给老爹老娘徒增伤感，他们也帮不了什么忙。再说，我不习惯于和老爹面对面甚至电话的交流。每次回家，见到老爹的第一句话都是："老爹，俺老娘去哪儿了？"每次往家里打电话的第一声问候都是："老爹，让我老娘接电话！"我不知道老爹每次见到我之后听到的第一句话、每次电话接到的第一声问候都是和老娘有关的，他该是怎样的伤感！我只知道儿子的近况还要通过老娘才能传达给老爹，我的心里满是愧疚。几个月来，生活的磨砺、生存的压力让我渐渐明白一个男人生活在这个世界上是多么的不易，和老爹的交流也就有了一个所谓的"共同语言"，于是，和老爹的隔膜就似有似无了。即使如此，我发给老爹的短信还是短得不能再短：老爹，我想您、想老娘和家了……不一会儿，我就收到了老爹的回复，老爹的回复也很短，比我给他发的短信还要短，只有四个字：我的儿子……看完短信我禁不住泪水模糊了双眼，老爹把他舐犊情深的爱都浓缩进了这四个字！接下来，又接到老爹的电话，老爹在电话里说，儿子，回来。休息一段时间再说……老爹的话语、声音、语气和腔调像极了《钢铁是怎样炼成的》中保尔的母亲说给保尔的话："我岁数大了……不管养多少孩子，一长

> 父亲——男人的作用是由他的责任心决定的。
> ——（苏）苏霍姆林斯基

大就都飞了……总要等你们生病了，受伤了，我才能见到你们……"

那次，老爹给我的电话打了很长时间，这很不符合他节俭的习惯。

我听话地回到了老家。我没想到，父亲节那天醉酒后的我发给老爹的短信竟然消除了我自认为的和老爹之间的隔膜。在家的那几天，我和老爹说了很多话，比我上学十多年以及工作几年和老爹说的话加起来还要多。我们像老朋友一样谈工作和生活……

也许是消除了和老爹的隔膜改变了我的心境，也许是老爹的生活经验和处世哲学给了我无限的动力，返回省城没多长时间我就找到了我满意的工作。

今年的父亲节，我专门请假回家看望老爹。闲来无事拿起老爹的手机把玩，无意间我看到了一条短信：老爹，我想您、想老娘和家了……我震撼了，给老爹的一条短信，老爹竟然整整保存了三年而没有删除！老娘说："你老爹现在越来越絮叨了，经常拿着手机给我读这条短信……"

晚上吃饭的时候，我端起酒杯给老爹敬酒。发自内心地想说点什么，可说出声的，只有几个字："老爹，那条短信……"我看到，老爹的眼睛发红，继而流出了眼泪。也许老爹没有听过"男人哭吧哭吧不是罪"的歌，他极力掩饰自己的真情流露，一只手擦了擦湿润的眼睛，另一只手颤抖着端起桌上的酒一饮而尽。

# 那只伸向我的手

惠青

28 岁结婚那年，我经常想起父亲比母亲大 27 岁的事，因为那就好像我和一个初生的婴孩结婚。也只有在那个年代，才会有像父母一样的婚姻。

我出生时，父亲已是五十高龄，和兄姐比起来，我更加得到父亲的疼爱，因为我是他痴痴盼来并最会撒娇的幺女儿。每次经过他身边，他就会伸出一双手，等我把手伸向他，他就会很疼爱地亲吻我的手，把手放在他的脸上搓摩。

结婚前曾有一天，家里仅剩下我和父亲，我突发奇想觉得从没有听过父亲唱歌，于是开始耍赖要他唱歌给我听，虽然已经 28 岁了，撒娇的功力依然让父亲抵挡不住。

父亲腼腆地清清嗓子，唱了一个他家乡民谣之类的歌曲，内容是说炒菜的过程，要放哪些作料等等。他唱得断断续续的："……蒜头要放齐……金菇、香菇统统各一两。"再加上有些食材好像台湾没见过，所以没有全听懂他唱什么，只了解个大意。

他直说喉咙不好了，唱得不好听了，脑子不行了，歌词记不全了。我回想起父亲曾说，他小时候在家乡放牛，其他放牛的孩子都喜欢听他唱歌，都会围在一起听他唱歌，他一唱就是好久好久。

我终于听到一个 80 岁的老人家，用多年以来口齿不清的嗓音，为我唱一首小曲。他让我听见一个遥远的过去、一个我从未历经的大时代、一种我小时候不能体会的深刻情感、一种对家乡的缅怀。我终于了解为什么当我刚学会说话，父亲就让我背诵他故乡的地址，因为那是他离家后唯一记得与家乡有关的重要事情。

随着震耳欲聋的鞭炮声，迎亲的队伍浩浩荡荡来到，好友们挡在房门口，讨新郎的红包。终于挨到了成亲的仪式，当我被一群人簇拥着往大厅行走时，听见母亲对父亲吼叫说："今天，你的小女儿要嫁人了，你听懂没有？"

随即，母亲又冲回我旁边细声说："等下行礼不要下跪，你穿礼服万一绊倒，会触霉头的。"我听得满头星星，什么下跪、触霉头的，我紧张得全都听不懂。

"新郎、新娘向父母亲行谢恩礼，一鞠躬——"我一听到这句，整个人都软了，也不记得母亲交代过的话，扑通一下就跪倒在地，丈夫没料到我来这一招，也连忙跪下，急智中媒婆改喊："二叩首，三叩首。"我们着着实实给父母亲磕了三个头。

抬起头来，我眼泪满眶，眼前模糊一片。突然，看见一个很熟悉的影子，在我眼前挥动，我赶紧擦了一下眼泪，顾不得凌晨 3 点起来化的妆。

映入眼帘的，是父亲伸向我的右手，不再像以前那么有力气，还因为中风而无法控制地颤抖，他等待我也向他伸出手，然后能够紧紧相握。

逐年失忆的父亲，其实不完全了解那天是我的婚礼，可能也没有意识到未来我就要住到婆家的事实，我想他也没真正体会我当时为他磕三个头的感谢心情。那双布满皱纹的手，只是因为看见女儿的泪眼便不假思索地、习惯性地向我伸出来。

有天，我兴冲冲拿起V8预备拍下父亲歌唱的画面，万一父亲突然开口唱了，我就只可以拍个只词片影了。

从镜头中看父亲的样子，似乎有一种距离感，好像他其实并不是在我面前的一种错觉。这时刚好小侄女经过他身旁，父亲一看到，便疼爱地将手伸向她……

这就是父亲表达疼爱的方式，他的大手永远是热的，这种体质遗传给他每一个孩子甚至孙儿。正当小侄女没有看见父亲的手，只是经过父亲的身边，想到我这里来玩录影机时，父亲的手就像是透过录影机的画面伸向我……

那只大手，更加的摇晃无力，手心微微向上，并仍不时有无法控制的颤抖。我发现，那只大手其实早已经不只是在付出了，他也正在期待着一份关爱、一份亲情的灌注。

我反省自己有多少次就这样经过那只手，没有和他相握，没有让父亲用脸搓摩我的手心和手背。我也曾经在青少年时期，对这样的接触有些尴尬而不知所措，但我最后就是习惯这样经过那只手了。

镜头中的父亲，发呆似的将手停在半空中许久，终于，他慢慢地放下他的手，任手垂在椅子的扶手上。父亲的表情很复杂，但也很镇定，好似他早已习惯这种忽略。

在回家的路上，我仍然无法抑制这种又是心疼又是心酸的感受。我不知道别人的父亲，是否也像我的父亲一样，喜欢握孩子的手、喜欢这么疼惜地亲吻孩子的手心和手背。但我知道，我也将是个如此疼爱孩子的母亲。

那天，我好好地看了看父亲的手，除了手背上又增加了数不清的斑点外，指甲也凹凸不平、灰灰斑斑的，甚至食指的第二个关节还有些凸起，使他的指头无法伸直。但是那只大手，还是和以前一样热乎乎的，而当我们的手相握时，他脸上温暖而满足的笑容，也是永远不会变的。

# 父 亲

(美)罗斯腾

安葬父亲后不久,对父亲的回忆——他的每一次大笑,每一声叹息——都像涓涓细流难以预测地在我的脑中流过。父亲为人坦率,没有一丝虚假或伪善。他的情趣纯真无邪,他的愿望极易满足。他从不将自己的意志强加于别人,他对闲言碎语深恶痛绝,从不知道什么叫怨恨或妒忌。我很少听到过他有什么抱怨,从未听到过他亵渎别人的话。在过去的50年里,我记不得他讲过低俗或恶意的话。

父亲很爱我母亲,对她总是体贴入微,并常为有这样一位美貌贤慧的妻子感到自豪。步入晚年后,他起床后的第一件工作便是煮咖啡(他煮得一手好咖啡),然后一边看报,一边呷着咖啡,等着母亲前来与他共享"少时夫妻老来伴"的欢乐。

我不知道还有谁比他更喜欢看报纸。他看起报纸来总是津津有味,即使一条新闻也细细品尝。在他看来,晨报重现着每日生活的新意,是奇迹与愚行的舞台。

父亲是个天才的"故事大王",常以逗别人大笑为乐。他总是将自己刚听到的最新笑话或故事讲给大家听。当我年幼时,他常用一些幽默故事和哑剧逗我。他或鼓着腮帮,或滴溜儿着眼珠,或模仿着一种走路姿势。他可以在你面前活灵活现地装扮出一个人物来。

他还常用诙谐的幽默引得我们捧腹大笑。有时他兴致勃勃地问:"你们猜今早我见到谁了?"

"谁?"

"邮递员。"

或者他伸出食指问:"你们知道为什么伍德罗·威尔逊不会用这根指头写字呢?"

"不知道。为什么?"

"因为这是我的指头。"

这些事听起来很荒唐,不是吗?不过你或许根本无法想象它给我带来的乐趣。然而在绞尽脑汁取乐一个小孩子的同时,父亲自己也感受到人世间的天伦之乐。

在我做了爸爸后,父亲又开始给他的孙子们讲他那幽默可笑的故事。

"唉,"他常叹道,"当我跟你们一般年纪时,我可以将手举这么高(他将手举过头顶),可是现在只能举到这儿(他将手举到肩膀那么高)。"

这时,孩子们总是皱眉挠头,绞尽脑汁寻想这是怎么回事。

"啊,是呀,"见孩子们仍在云里雾里,他又说,"我过去能举这么高,可现在却不行了——"

旋即,孩子们异口同声尖叫起来:"爷爷,可是您刚才还能举那么高呢!"

此时他便开心地大笑起来，要么拉过来在脸上猛吻，要么高高举过头顶，同时还夸奖说："哎呦，这些精灵鬼！"

幽默风趣是父亲的天性。来芝加哥定居后不久，他就去参加一所为外国人举办的夜校。老师问他："你可以就名词举一个例子吗？"

"门。"父亲回答说。

"很好。那么，请再举一例。"

"另一扇门。"他说。

父亲喜欢唱歌，并且唱得很不错，不过他的鼾声也如响雷。父亲打鼾，姐姐说呓语，整个屋子里彻夜不得安宁。父母对我的学习成绩很是满意。很小时，我就懂得拿上一本书就可以逃避干家务活。瞥见我看书时，他总是拍着我的脑袋瓜说："很好，你在往这儿积累知识！"他常对人类大脑所创造的奇迹赞叹不已。

在我11岁时，父亲开始教我下棋。六七个月后，当我第一次赢了他时，他高兴地直拍手，见人就讲，逢人便说。他热爱这个国家，视美国为一块宝地。

父亲过去曾是波兰一家纺织工厂的织袜工。定居美国后，他又织运动衫。20多岁时，他只身一人来到美国，后来才将我和母亲接了过去。在芝加哥，父亲每周要在一台笨重的织机上工作60多小时。他得在黎明前起床，在滴水成冰的季节，要乘一个多小时的车，8点前赶到工厂。下班回家后，他匆匆吃过晚饭，又在家里那台半旧不新的织机上工作。母亲决意开办一个"家庭工厂"，以解脱老板的摆布。

父亲从没什么野心。母亲则永不知足，精力充沛，富于心计。他俩干起活来如同一个小组：母亲负责设计、剪裁（她小时候在一家纺织厂干过），然后经销帽子、围巾等。父亲除了开机编织外，还搞采购。后来，他们雇了帮工，在离我家还有一段距离的地方开了个铺子。父亲是店主兼制造商，母亲站柜台。两人都是激进的工会会员，这种由工人一跃成为"老板"的地位变化使他们感到无所适从。我怎么也不会忘记父亲曾力劝四位雇员组织一个工会的情景——为提高工资举行罢工！雇员们死活不干，认为他们的报酬已经可观。他们还说："既然你觉得我们应该得到更高的报酬，你给我们增加一些不就得了？"

"噢，那不行，"他立即说，"难道你们不明白吗？如果只有我给你们增加了工资，那么我就无法和其他制造商竞争了。可是如果芝加哥所有的纺织工人都联合起来，并派一个代表团去要挟所有制造商，那么我们就不得不增加工资了。"他到底还是说服了他们。

若干年后，当我在大学上经济学课时，这荒谬的一幕总是在我的大脑中闪现。父亲交友甚广，却很少有知己密友。他十分钦佩自己所不具备的别人的优点：所受教育、分析能力和创造能力。他最崇尚直率的性格。他常情不自禁地赞美某某人"是个了不起的人物，实在了不起"。

父亲对大海有着深厚的感情。在密执安，在加利福尼亚和佛罗里达海滨，他不知度过了多少个美好时光。他不会游泳，因此从不到淹没膝盖的地方去。他坐

在海边戴着草帽看报纸，就像一个澡盆里嬉水的孩子，实在令人发笑。

丹尼·托马斯曾给我讲述了他父亲——一个身高体壮，妄自尊大的人——是如何去世的。临终前，老人朝天挥动拳头大喊："让死亡滚蛋吧！"

我父亲没能像他那样壮烈地死去。经过了一年的心脏病、咳嗽、肺气肿的折磨后，他身体极度虚弱，最后在氧气帐中悄然离去。每当想到"死亡"二字时，他表现出的不是大发雷霆，而是闷闷不乐。一次，母亲将他送到南天门医院，他抱怨说他脸上有点儿发痒。于是我带来了我的电动剃胡刀。在我给他剃胡须时，他问："你为何从纽约一直跑到密执安来了？""没有啊，"我撒谎说，"我碰巧来底特律开会，碰上了。""是碰上了！"他叹道。接着又笑着说："你可是我这一生中请过的最昂贵的理发师啊！"出院后，他憔悴难认了，走路得拄拐杖，还须我搀扶。我不禁想起了一句犹太谚语："父亲帮助儿子时，两人都笑了；儿子帮助父亲时，两人都哭了。"可我俩谁都没哭过，因为我总是滔滔不绝地谈论自己的工作、妻子、儿女以及工作计划，他对这些向来都百听不厌。我攒了一肚子听来的新故事——任何能使他暂从病痛中解脱出来的故事。在我讲故事时，他总是面带笑容，装出一副痛苦很快就会消失的样子，装出一副还有大量的时光交谈，还有数以千计的故事要讲的神态。我是在芝加哥的一家医院最后一次见到他的，当时他被放在氧气帐中，处于昏睡状态。我和妻子向他道别，他都没听见。我送他一个飞吻，以为他也没看见，然而他看见了。他点了点头，用满是皱纹、扭曲的脸做着怪相——以前当他说到"别为我担心"或"别等我"时常做这种鬼脸。接着，他费劲地伸出两根手指举到唇边，回报我一个飞吻。父亲是个和蔼可亲，通情达理的人，我爱他。

父亲去世后我每天都要进行长时间的游泳。我可以在水中尽情痛哭，当两眼通红地从水中出来时，别人还以为是水刺痛了眼睛。我不知道别人是否有过如此思念之情，和我在一起，父亲感到愉快，和父亲在一起，我感到幸福。父亲活在我的脑海里，他的音容笑貌时时涌进我的记忆。有时，我会情不自禁地脱口喊道："哦，爸爸，您真了不起！"

# 没有父亲的父亲节

佚名

每年一次的父亲节，我定会给父亲打个电话，或是请他饮餐茶，或是吃顿饭。有时想带点父亲喜欢的小礼品，但时时懒得动手，塞三五百元给老父："爸，饮餐茶也好，做麻将本也好，输了是我的，赢了归你！"老父定然开心，笑声震耳。这样的父亲节如今不再有。

父亲是今年清明"去"的，去得匆匆。从进医院到去世，仅仅15天。当他的心电图成一直线时，天上雷雨大作，我在大雨中送父亲进太平间，天地与我同哭。之后每一个清晨，我想起的第一个人，便是父亲。撕去5月的日历，我想到父亲节，竟夜夜失眠，不堪重负，着着实实地躺了10天。其间迷迷瞪瞪发烧时，便是重演与父亲的一幕幕往事。父亲节前一天，半夜起来，在房子里转悠，挑了一堆父亲喜欢的东西：铁观音茶、人参丸、深海鱼油一大堆，下意识是送给父亲过节的。礼物办齐，大哭了一场，物是人非，父亲节的礼物，连同"Happy Father's Day！"如今还可赠予谁？我始终不肯接受，今年的父亲节已没有了父亲！

而且，以后所有的父亲节，也不会再有父亲。有父亲的时候，不觉得父亲节有什么特别，总是马虎，以省时省力为要。没有了父亲，才想起，父亲节多伟大、多重要，应该为他花一个整天、花一个月。从来没有为父亲过一次隆重的父亲节，终身之憾！

世上有一百种人，便有一百种父亲。父亲爱我，爱得世上绝无仅有。在他的眼中，女儿是最乖、最重要的。女儿仅是一介书生，以笔为生。在父亲眼中，却如此神圣。怜惜女儿钱财的父亲有的是，连同女儿时间精力都怜惜的父亲唯我独有。

每次回家看父亲，吃完饭总想多聊聊天。父亲总说："晚了，快回家，明天你还要上班，爸知道你忙，回来吃个饭就好。"母亲急忙唠叨："哪有这样的爸，赶女儿走。"父亲总瞪着母亲说："你不知道女儿忙，要看书要写书，时间金贵！"母亲不晓得父亲对女儿的一番情意，我深深领情。让我难受的是每次打电话给父亲问安，还没开口，他就抢话："玉明，别太拼命，工夫长过命，爸总担心你身体，别太累，好了，你别煲电话粥了，爸知道你心中有我。"啪，电话挂了。

7年前，我婆婆去世，剩下公公一人。公公一辈子受婆婆伺候，连插电饭煲也不会。我和先生天天两头跑，给公公做饭。退休在家的父亲知道了，自动请缨，由他陪公公住。父亲原来在工厂大小是个官，却天天不耻躬身，为我公公做饭、洗衣甚至端洗脚水。1998年，公公老年痴呆症发作，走丢了好几回。我无奈把公公送回乡下。此时父亲已是肺气肿、哮喘、高血压多病缠身，却不放心公公，陪他下乡，住了一个多月。所有认识我公公的人，都说公公命好，有这么一门好亲家，

我心中清楚，父亲怕我累着，替我分忧。此心此情，无以为报。

　　1998年年底，父亲中风住院，我陪夜。父亲挣扎起来，一一对我交代后事。我哭着骂他："胡说什么，爸，你命长着呢，好多福没享，女儿还没孝敬过你，你舍得去，不会舍得女儿哭！"父亲两行浊泪横流。

　　父亲病情稳定，我又要出差。千里之外，夜夜难眠，只求上天保佑我父。上天真保佑我，父亲好得出奇，原来不灵便的手脚，竟好得一点儿痕迹也没有。父亲出院时照了个CT片，医生说，片子没有血栓迹象，恐怕不是脑血栓。不想不出半年，老父再度中风，而且并发心肺病，父亲入院第二天我就在病危通知书上签了字。拿着病危通知，失魂落魄地开始骂自己：多年来劳碌奔波，为小家庭，为小女儿，却极少顾及老父亲。觉悟已晚，只好拼命补偿：天天跑医院，挤每一分钟陪父亲。每次到病房，看着插着气管食管尿管针管的父亲，心如刀剜。我趴在老父的耳边叫："爸，玉明来了，我是玉明……"父亲很努力睁开眼看我，他已不能说话，我们对望着，千言万语，在眼中说。

　　父亲临走前两天，突然好转，我带女儿看他。老父指着我的手袋。我忙把纸笔递给他。他在纸上画了大半天，终不成字。大哥干过公安，有经验，猜测了半天，认为是"不要浪费"四字。我问父亲是否。父点头。哥说，爸不想我们为他花那么多医药费。我知道，除了这层意思，爸怕我天天跑医院，浪费太多时间。其实我应该内疚。明知老父已风烛残年，还让他为我操那么多心。我又为父亲做了什么？以为给老父三五百元，以为给老父买这买那，便是孝敬，其实我最欠的，是亲亲热热陪父亲说个话，高高兴兴让父亲开心。

　　悔之太晚。去年觉悟了，想让父亲到英国走走，看看小妹，手续办了一半，父亲身体每况愈下，已无法出远门。更改计划，去香港一游吧！母亲一再声明，父亲其实走路已经很艰难，绝对游不了香港。大哥出个主意，香港游不了，去澳门一天，澳门小，没有多少步路。结果旅游票还没买，父亲就一病不起撒手人寰。父亲带走多少遗憾？皆因我之不孝。前些天与朋友聚会，省外事办的一个朋友说了一个笑话，说日本有一种公司服务：专门请人假扮儿女、媳婿、小孙儿，到一些孤寡老人家里，亲亲切切称爸喊爷、聊天吃饭，使老人享受一番假亲情，之后收取不低的服务费。笑话讲完全场皆笑，唯我独哭。

　　其实父亲一生俭朴，不求奢华。假若苍天有灵，再给我一个父亲节，我只求同往年一样，与父亲饮餐茶，聊聊天。如果这个请求太过分，再省一点儿，让我拥着老父，只说一句"爸，父亲节快乐！"足矣。

# 金子做成的儿子

瑞 克

20世纪20年代，父亲还是个毛头小伙子，他离开老家山东去寻找财富。1949年以后，他在韩国的釜山市定居下来。

因为父亲曾在上海的一家贸易行做过学徒，所以他在韩国也靠这行起家。朝鲜战争结束以后，父亲的生意兴旺起来，那时他的照片都是意气风发、踌躇满志的，而我小时候的玩具则是父亲收集的派克笔。

情况在我一岁的时候发生了变化，我被诊断为小儿麻痹症。父亲给了我最精心的照顾，我们的釜山邻居都惊讶于父亲怎么舍得花那么多钱给我治病，即使在多年以后，他们也仍叫我"金子做成的儿子"。同样，他们也惊讶于父亲的财产突然消失得那么快。

## 父亲的钱被骗光了

在我刚患病不久，一个远房亲戚主动帮我找了几个医生，由此获得了父亲的信任。后来他把父亲介绍给一些人，这些人说服父亲投资在釜山建一家旅游饭店，就在这个八层大楼还没有盖好之前，我父亲发现他已经掉入了一个陷阱——那些人席卷他的钱后逃之夭夭，饭店被迫停工。我父亲也被迫变卖大部分财产还债。

一个雨天的下午，父亲被迫出门卖我家的电话，那副样子，我一生难忘，那时父亲50岁。

父亲的生意垮了，他也不再是当地华人社团的领导，唯一令他欣慰的是我们的房子保住了，全家人不至于流离失所。

好在，父亲凭他写的一手好字，打的一手好算盘，得以养活全家。他离开釜山，到其他城市做了会计。几年以后，母亲去世了，父亲回到釜山，找到一份为华人联合会收钱的工作。每天为收集这些微不足道的小数目，父亲疲于挤公共汽车，走街串巷，挨门挨户。给我印象最深的是，尽管父亲的工作很卑微，但他却非常在意自己的仪表。不管什么季节，什么天气，父亲总是穿着平展干净的外套和洗得雪白的衬衫，打着漂亮的领带。而到了晚上，父亲会坐在桌前全神贯注地整理当天的账目，他打算盘的速度极快，声音清脆悦耳，最后，他会欣慰地说："一分也不差。"

父亲就是这样使我们的生活十分安逸，尽管我们的家境贫寒，家里的收入一部分来自父亲有限的薪水，这个数字还不够他以前富有时和朋友吃一顿饭的钱，另外一部分收入靠出租房屋。

## 我开始怀疑父亲

我上中学时开始对父亲很不满意。一天，一位朋友告诉我他父亲在遭受失败后

又怎样东山再起的故事后，我对父亲更是瞧不起，我在头脑中种下了怀疑的种子：为什么父亲不能再重新开始？他那时刚50岁，正应是一个男人的事业高峰期啊。

我开始觉得父亲每天白天忙于收集小钱，晚上用算盘一分分算账的工作是多么无聊，多么没前途，我怀疑父亲是不是因为懦弱，没有勇气重新再来。

我也不能忍受父亲对我的那些老式说教，他担心我将来在社会上无法容身，总是教育我要谨慎小心。我想他这种对生活的悲观态度，一定是受人欺骗所致，他的说教让我很不以为然。两次激烈争吵后，我与父亲陷入冷战状态，彼此不说话。

18岁后，我到台湾去上大学，从此一直愚蠢不孝，直到许多年后，我自己也经历了许多事情，才又同父亲联系。幸运的是，我终于和父亲恢复了关系，而且就在那时，我意识到原来父亲一直都在等着我回去找他。

尽管我们生活在不同的地方，但我们尽可能地写信或见面，父亲总是说话很少，许多次我问他究竟被别人骗去多少钱，他只是笑笑，什么也不说，但我们之间却似乎更了解了。

一天下午，父亲读完我的信后午睡，从此再也没有醒来，他走的时候很平静，79岁。

### 我的关节中全是父亲的心血

没过多久，我终于真正地理解了父亲。那是我40岁时，自己的事业经受了一次严重的挫折，我投入了8年的心血，刚坐上主席的位置，公司却危机重重。我沮丧极了。

一天，给祖宗上香后，我仿佛觉得父亲站在了我的面前，拍着我的肩膀笑着说："我的好儿子，这没关系，你才40岁，还可以从头开始。"

慢慢地，我从低谷中走出来，重新开始了我的事业，最重要的是，我终于明白父亲为什么不告诉我他的王国是怎样变成碎片的，我终于明白为什么父亲在曾经拥有那么多财富后，能够满足于后来简单清贫的日子，我甚至明白了父亲为什么在做着收钱那么卑微的工作时还如此注意仪表。

那是因为一个热爱工作的人是不会为失误解释或寻求借口的，热爱工作的人即使在做最微不足道的工作时也会兢兢业业，热爱工作的人会永远抬起头往前走，无论顺境逆境。成功或失败在他们看来都是机会的问题。

一天我乘出租车与司机聊天时，知道他的女儿在1964年患了小儿麻痹症，"最初，我以为只是感冒，"司机说，"可后来，我发现她不能站立，一碰她的膝盖，她就会摔倒，我想，完了，是小儿麻痹症。"我想，司机接下去会说"她以后可怎么过呀？"但是，司机说的却是，"我想，我们要过一段节衣缩食的苦日子了。"

听着他讲这么多年来借了多少债务，我想起了父亲，当我生病时，他本来可以不用为我花那么多钱治病的，间接地因为我，父亲从家财万贯变成了一贫如洗。

我第一次意识到现在我同正常人看来并无区别的关节里原来有父亲这么多的金钱投入，有这么多的关怀与爱，我真是一个用金子做成的儿子啊。

这么想着，我的眼泪夺眶而出，滑过我的脸颊，我使劲儿忍住不让自己在出租车里哭出声来。

# 父亲的请帖

乔叶

父亲一直是我们所惧怕的那种人，沉默，暴躁，独断，专横，除非遇到很重大的事情，否则一般很少和我们直言搭腔。日常生活里，常常都是由母亲为我们传达"圣旨"。若我们规规矩矩照着办也就罢了，如有一丝违拗，他就会大发雷霆，"龙颜"大怒，直到我们屈服为止。

父亲是爱我们的吗？有时候我会在心底里不由自主地偷偷疑问。他对我们到底是出于血缘之亲而不得不尽责任和义务，还是有深井一样的爱而不习惯打开或者是根本不会打开？

我不知道。

和父亲的矛盾激化是在谈恋爱以后。

那是我第一次领着男友回家。从始至终，父亲一言不发。等到男友吃过饭告辞时，他却对他冷冷地说了一句：以后你不要再来了。

那时的我，可以忍耐一切，却不可以忍耐任何人去逼迫和轻视我的爱情。于是，我理直气壮地和父亲吵了个天翻地覆。——后来才知道，其实父亲对男友并没有什么成见，只是想要惯性地摆一摆未来岳父的架子和权威而已。可以说，在很大程度上，是我的激烈反应大大深化了矛盾，损伤了父亲的尊严。

"你滚！再也不要回来！"父亲大喊。

正是满世界疯跑的年龄，我可不怕滚。我简单地打点了一下自己的东西，便很英雄地摔门而去，住进了单位的单身宿舍。

这样一住，就是大半年。

深冬时节，男友向我求婚。我打电话和母亲商量。母亲急急地跑来了："你爸不点头，怎么办？"

"他点不点头根本没关系。"我大义凛然，"是我结婚。"

"可你也是他的心头肉啊。"

"我可没听他这么说过。"

"怎么都像孩子似的！"母亲哭起来。

"那我回家。"我不忍了，"他肯吗？"

"我再劝劝他。"母亲慌慌地又赶回去。三天之后，再来看我时，神情更沮丧，"他还是不吐口。"

"可我们的日子都快要定了。请帖都准备好了。"

母亲只是一个劲儿地哭。难怪她伤心，爷儿俩，她谁的家也当不了。

"要不这样，我给爸发一个请帖吧。反正我礼到了，他随意。"最后，我这样

决定。

一张大红的请帖上，我潇洒地签上了我和男友的名字。不知父亲看到会怎样，总之是不会高兴吧。不过，我也算是尽力而为了。我自我安慰着。

婚期一天天临近。父亲仍然没有表示让我回家。母亲也渐渐打消了让我从家里嫁出去的梦想，开始把结婚用品一件件地往宿舍里给我送。偶尔坐下来，就只会发愁：父亲在怎样生闷气，亲戚们会怎样笑话，场面将怎样难堪……

婚期前一星期，下了一场大雪。第二天一早，我一打开门，便惊奇地发现我们这一排宿舍门口的雪被扫得干干净净。清爽的路面一直延伸到单位的大门外面。

一定是传达室的老师傅干的。我忙跑过去道谢。

"不是我，是一个老头儿，一大早就扫到咱单位门口了。问他名字，他怎么也不肯说。"

我跑到大门口，门口没有一个扫雪的人，我只看见，有一条清晰的路，通向一个我最熟悉的方向——我的家。

从单位到我家，有两公里远。

沿着这条路，我走到了家门口。母亲看见我，居然愣了一愣："怎么回来了？"

"爸爸给我下了一张请帖。"我笑道。

"不是你给你爸下的请帖吗？怎么变成了你爸给你下请帖？"母亲更加惊奇，"你爸还会下请帖？"

父亲就站在院子里，他不回头，也不答话，只是默默地，默默地掸着冬青树上的积雪。

我第一次发现，他的倔强原来是这么温柔。

# 父 亲

徐钟佩

父亲在我 16 岁时逝世。在这 16 年中,我听见父母交谈的话,不到一百句,我也没见父亲进过母亲的房门。

我相信父亲是至死爱母亲的,但自我出生以来,母亲却扳起脸来,掷还了父亲对她全心的爱。父亲必然曾为此伤心过。可是我们却从未听他出过一次怨言,也没有看见他掉过一滴眼泪。

祖父母偏爱叔父,对父亲常加申斥。子女们偏爱母亲,对父亲淡然置之。母亲对他,更是冷若冰霜。在这冰天雪地里,父亲却是笑口常开,父亲把一生哀怨,化成一脸宽恕姑息的笑。

我自小就体会父亲的寂寞,父亲对我的纵容,这更加强了我对他的爱。我跟着他,走过镇上的茶楼酒肆,甚至他在入局时,我也站在他身旁,数着他的筹码。父亲的朋友常一看见他身旁的我就皱眉。

记不清什么时候,依稀是我小学将毕业时,父亲忽然放下酒杯,推开牌桌,在镇上的学校里找到工作。先是他早出晚归,其后索性搬出了家,在学校膳宿。父亲一直优柔寡断,我至今不知是一股什么力量,使他有决心搬出了这似家非家的家。从此父亲好像家里的一名长期客人,有时他回家时,正当家里开饭,我牵着父亲的手,拉他入座,他却笑着摇摇头:"我用过了。"

暑假放学,兄姐全回家,父亲也无课务,也在家用饭,只是依然住在学校。他知道二哥爱吃鲜鱼,三姐爱菱角,时常不惜走遍全镇去物色。父亲的一把芭蕉扇,一小圆桌桌面那样大。午餐时挥汗如雨,父亲老在我身边挥着他的大扇,全桌生风。入夜在后院纳凉,我躺在他身旁,听他讲母亲所谓"最不入耳的山海经"。听着听着,倦极沉沉睡去,小睡醒来,天上繁星闪烁,眼前一亮,是父亲在点灯笼。我坐起来,揉着惺忪双眼,问他:"您到哪里去?"父亲把灯笼对我脸上一照:"我回去。"

我送他到后门,依着门怅望着他的灯笼越行越远,犹如一点萤火。我一直不敢也不忍问:"您为什么不留在家里?"我外出读初中时,父母都已有白发,而存于两人间的隔阂,始终未因岁月变色,母亲主持家务,主持我们的教育。父亲在管不到家务和子女之余,退而独善其身。记得我第一次离家就学的那一天,清早去学校向父亲辞行。他的学校还未开学,庭院寂寂,在空旷的宿舍里,我看见父亲孤零零的一张床,他的同事都回家度假了。父亲在帐子里探出头来,笑说:"是你。"我说:"我要走了,学校开学了。"他沉默半响,才说:"你也要走了。"在我低着头走出校门时,父亲突然从后面赶来,他一手扣衣,一手把几张钞票塞

在我手里,我赶快还给他。"我有。"我说。"你留着吧!你还是第一次用爸爸的钱。"他脸上依然堆着笑,但不是宽恕姑息的笑,却是凄然欷然的笑。初中毕业回家,发现父亲已辞职,搬回家来,他的身体不允许他再执教鞭。那年暑假我和他同居一室,常听他咳嗽,夜半醒来,朦胧中喊他,他也总是醒着。母亲对他,依然不言不语。我因为过度同情父亲,几次出言顶撞母亲,母亲家法最严,有一次在盛怒之下,把我痛斥。我赌气老早上床,不出外乘凉,几声咳嗽,父亲也走进房来,他揭开我的帐子,把我的身子扳过来,低声说:"下次别再惹你母亲,她持家已够辛劳的了。"我把扇子掩住脸,停了一晌,他又说:"你母亲生性要强,我却一生无有显赫功名。"他又咳嗽了,我放下扇子,他那时敞着上衣,只见他胸前根根肋骨毕露。"如果有一天我死了,"他说,"你切莫又为我和他们伤了和气,我又几曾尽过为夫为父之责。"

就在那年秋间,我接到他的病电,星夜驰归,我要伏在他病榻前,重申我对他无底的爱,我要他知道他还有我,并没有寂寞一生。但我回去时,他却神志模糊,他没有看我一眼。

我伏在他榻上,等了三日三夜,我没有别的希冀,只希望在生死的长别前,再有机会让他爱抚地看我一眼,要他听我喊一声"爸爸"。但是他却昏迷不醒,我的呼唤,甚至母亲对他出奇的温柔,都唤不回他失去的生命。在他咽最后一口气时,床边家人环泣,他第一次也是最后一次享受了大家的爱和关切。

在他自知不起时,曾嘱三姐:"若如孝我,不必厚葬我,各人求心之所安。"他的自责引起了人人自愧。屋里哭声震耳,应该滴滴都是忏悔之泪。他临去的最后刹那,大家才发现了这位被遗弃了一生的老人——一切都太迟了。

# 我是父亲"摸"大的

佚名

我的家在一座小山村,父母都是地地道道的农民。而我却没有别的孩子那么"幸运",因为我是在受人歧视的目光中长大的,因为我的父亲是个盲人,母亲是个哑巴。

我是6个孩子中最小的一个。在我的脑海里,关于母亲的记忆几乎是空白的。因为在我不到1岁时,母亲就病逝了。我是没有眼睛的父亲既当爹又当妈一手拉扯大的。

从我记事时开始,父亲嘴里就没有一颗牙。每次吃饭父亲总是让我们先吃,而他吃剩下的锅巴,每次都吃得"嘎嘣嘎嘣"响。起先,我以为父亲生性刚强,越是没牙越是要吃硬东西,或者父亲喜欢吃锅巴。后来有一次我发现,父亲吃得满嘴是血,还皱着眉头,把满口的锅巴坚持着咽了下去。

原来,他是把粮食省给我们吃啊!

父亲为了让我们好好学习,从来不让我们帮他下厨。他常说,自己一辈子没有眼睛,也没有文化,可我们有眼睛,总不能看着我们当睁眼瞎啊!

有一天放学回来,我帮父亲淘米做饭,他不肯,让我去温习功课。我听他的话,就坐在他身边大声地背课文。背着背着,就听到"哗哗啦啦"的声音,接着就是一股浓烈的焦糊味。原来,炉火生着了,父亲眼睛看不见,将手伸进了冒着火的炉膛。我丢下书本心疼地跑过去对他说:"爸,以后我帮你生炉子⋯⋯"

他只摆手,"没事,看你的书去⋯⋯"

看着父亲被炭火烧红的右手,我的心直疼。后来,父亲手上的伤痕渐渐好了,只是我发现他的右手却没有了指纹。父亲自己看不见也不知道,可那没有指纹的手却永远地印在了我的心上。

冬夜,父亲用他的大手抱着我的脚给我取暖;夏夜,父亲摇着蒲扇给我驱蚊;在外面受了欺负,父亲又用他粗糙的双手抹去我屈辱的眼泪。我6岁那年,不小心被啤酒瓶扎伤了脚,伤口感染,脚上鼓起了一个大脓包,父亲怕我的脚留下残疾,那些日子,他每天晚上给我热敷给我按摩,直到痊愈。

哥哥姐姐们渐渐地离开了家,上学了,工作了,结婚了。我是最小的儿子,一直留在父亲身边照顾他。我就是父亲的眼睛。我18岁那年冬天,父亲得了一场大病卧床不起,我一直陪护在他身边,给他熬药给他喂饭,等着他好起来。

可就在那个当口儿,部队征兵来了。高中毕业时,我没有考上大学,当兵无疑是最好的出路了。可那时父亲躺在床上,最需要人照顾,我怎能忍心在他最需要我的时候离开他啊!我心里很矛盾,但不敢告诉父亲,就让错过这个当兵的机会成为自己终生的遗憾吧。

那天,父亲把我叫到身边,摸着我的头,语重心长地对我说:"友国,还记得我们家屋梁上的那个燕子窝吗?每年春天,燕子来了,在那上面垒窝,然后生

出一窝小燕子，小燕子长大了，就把它们放出去觅食。人也是一样，孩子们长大了，不能老待在家里，要出去经风雨见世面。我知道你想去当兵，去吧，像你哥哥一样，当兵就当一个好兵。"

就这样，我当上兵，走了。临走那天，我没有勇气和父亲说再见，一个人趴在那扇窗子外长久地看着病中风烛残年的老爹，眼泪"叭嗒叭嗒"直掉，我没敢哭出声来，在窗外给父亲磕了三个响头转身就走。

在部队的时候，我常想起父亲，想起他的那双手，那只没有指纹的右手，那只"摸"大我的手，那只扇了我一巴掌的手。

记得我上四年级那年，家里穷，交不起学费，父亲四处奔波借钱。"狗眼看人低"，那些有钱人哪里肯借，父亲着急上火得了一场病。一位同学给我出了个馊主意，让我买一个肉包子和一包老鼠药，药死一条狗卖了交学费。我觉得没有更好的办法了，只有瞒着父亲做。那天晚上，估计父亲睡着了，我轻轻地出了门。

"友国，这么晚了出去干什么？"谁知道，父亲喊住了我。

我支支吾吾半天，想着怎么撒谎。

父亲生气了，逼我说出了实话。

"友国，你到我跟前来。"父亲朝我招招手。

我走过去，坐在床头。父亲依然用那只慈善的手摸了摸我的头，突然停住，然后狠狠地打了我一巴掌，心疼地对我说："孩子，你这辈子要牢牢记住两句话，有毒的东西不能吃，害人的事情不能干。人穷不能志短！"

那是父亲第一次用他"摸"我的手打我，也是最后一次打我。那双"摸"大我的手啊！

在部队接到姐姐的电话，得知父亲去世的噩耗，我的第一个感觉就是天塌了下来。爸爸，你不能走啊，儿子还没来得及给你尽孝！

三天后，我赶回了老家。那是一个夏天，父亲的遗体在我到家的前一天已经火化。我还是没有见到父亲的最后一面。

"你们为什么不等我回来？你们为什么不让我见最后一眼？"我失去理智地叫喊，责问我的哥哥和姐姐。

按照家乡的风俗，子女们要为过世的老人守灵三天。我抱着父亲的骨灰盒跪了整整一夜。那一夜，我默默地为父亲哭泣，默默地为父亲祈祷，默默地和父亲对话，恍惚之间，我总感觉父亲还在用那双温暖的双手在抚摸着我。

父亲下葬那天。我到了墓地，总觉得不能让父亲就这样完全地离开我。我打开骨灰盒，从里面取出一块遗骨，我想把它放在我随身带的士兵证里——我要让父亲永远陪着我。

姐姐看见了，含着泪对我说："小弟，爸爸一辈子身体不健全，他带着终生的遗憾走了，你怎么也要让他老人家完完整整地走啊！"

而今，父亲离开我们已经整整十年了。我一直想写一篇诔文来祭奠我的父亲，每次写到父亲，总感觉父亲在摸着我，手中的笔总是显得无力，情感的语言总是匮乏，眼泪一次次地将稿纸打湿，脑子里一次次出现空白，炽热的情感又一次次地凝固……

# 布衣父亲

张曼菱

父亲已身罹重症。我陪着他在黄昏的校园里散步。

地有秋叶。他随口吟道："早秋惊落叶，飘零似客心。翻飞未肯下，犹言惜故林。"

我自幼就从父亲这里听妙语好词，至今半世纪，父亲已经83岁，可是仍是听不完道不尽，总有我不知和未闻的佳作佳话。

赏此落叶，父女俩一路讨论起中国文化中的"客"字与"客文化"。这当是中国流通者的记载。

为了求学，寻官，寻友，寻山河之妙，文化人到京城和文化胜地处流连为客。为了仕途，为了宦海沉浮，亦为了保土卫国，为了正义献身，人们又到边地和蛮荒中为客。而被多情女子所责备的"商人重利轻离别"，亦是为了商品的流动登上客旅。

我和父亲亦半生为客。

因为家贫，他骑马走出山乡后，考取所有可考的大学而无钱去上，只能上师范与银行学校。父亲在两校都是高才生。他作为毕业生代表讲话时，被作为金融家的校长缪云台看重，随之到富滇银行做了职员。父亲并不受宠若惊，相反，全班人中他是唯一不入国民党的。至新中国成立前夕，父亲爱国恋乡，不愿随缪去美，留了下来。

然而在一个不懂金融市场的时代里，父亲的直言和才能都受到了挫折。

在我系红领巾的时候，父亲就去了遥远的地方，到边地去办了银行学校，培养了无数的人。父亲回来探亲的时候，穿的鞋垫还是当地的女学生手签的。

20年后，我作为"老知青"考上大学的时候，父亲才从边地回来了。而我，又开始了新的"客居"京城的生涯，这是一种在古今都令文人可羡的"客"。

又是20年后，我回到家乡，大侄则在这一年考到上海去念书。于是，我家的"客运"就不断延续着。小侄也是要"出去"的命。我们一代代为"客"，一代比一代的客运强。

父亲说，就怕一代不如一代。我看，这在我家不会。

因为父亲的屈没,并不是一种单纯的淹没,而是一种潜沉。父亲将那青云之志,经纶之才,全心地传承给了我们。后代破土而出,有着年深月累的濡养,而非是"张狂柳絮因风舞"。

从我起,到我的小侄们,没进小学前,学的就是"天干地支"、"二十四节气"以及中国朝代纪年表,等等。更不用说唐诗宋词晋文章了。我六岁自读《聊斋》。《红楼梦》即是我的"家学",敢与"红学"研究生为对手。

寒门自有天伦乐。从小,我们三姐弟就比赛"查字典"。父亲出字,我们标出"四角号码"。书架上那一本《王云五大辞典》,带来无穷乐趣。我只知,父亲说的,发明者已到了台湾,这个人太聪明了!现在想,他的构想已经接近于电脑程序。

父亲给孩子的奖品是一块山楂糕,我是大的,自然常常吃糕。而弟弟将"牧童遥指杏花村"背成了"红头骡子戴钢盔",则成了我家永久的笑料,直传至小侄。

自上小学,老师们几无发现我有错别字。及上大学,我也敢与人打赌问典,而几不失误。直到今年文章中"在晋董狐笔,在齐太史简",竟被我键盘之误为"太子简",而为上海《咬文嚼字》杂志逮着。父亲即翻开书,指出原句,说:"为什么不打个电话来问?"

我那位"红学"研究生的男友发现,我这个女生较特别。等他陪我父亲逛了景山后,他说,父亲比我强多了,比他们有的老师还强,说我父亲是"杂家"。

那年,父亲走进故宫。宫中摆设,奇鸟异兽,他都能头头道来,何处何人何事历过,也都清楚,仿佛这里是他常来之地。去苏杭时也同样。这都是父亲的胸中丘壑,袖里乾坤。

自进京城后,我不断有幸与名师大儒结识。尊敬的长辈们总会问我:"你父亲是谁?"我明白,他们的意思,我的父亲也应当是他们一流中的人物。我的回答总是:"我父亲是无名布衣。"回家来一说,父亲说:"对,就是无名布衣。"父亲亦很高兴。因为在他的女儿身上,闪现出为人们器重的文化血缘。

在大学,我们班女生在一起吃饭,有人提出为某个为官的父亲干一杯。我也站了起来。我说,我要为我们在座的所有不为官的无名的父亲干一杯。愿他们因为有我们而有名。

我感到我出自寒士家世,也非常好,非常适合于我自强的天性。

父亲常对我说:"富贵富贵,富不如贵。富贵虽然相连。其实,富者并不一定高贵。"这使得我一生中的追求定了方向。我追求的是清贵,是"生当作人杰"。

父亲希望塑造的是英气逼人的辛弃疾,是才压群雄的李清照,总之是搏击掀发的一类风云中人,而非对镜理妆的红裙金钗。

因此,我才8岁,当我母亲要我扫地时,我会说出:"大丈夫处世,当扫除天下,安事一屋乎?"令父亲的朋友们笑掬。

中学时代,我写过"愿将织素手,万里裁锦绣"这样的诗句。凡教过我的语文老师,对我都另眼相看。父亲因此将我的气质奠定。

什么叫"光宗耀祖"?父亲对我们的教育就是利国安邦。当我在外求学和求

业的时候，父亲从来不曾打扰我和拖累于我什么。他并不要求我为"邻里称道"，他要求的是"一唱雄鸡天下白"。

自幼背的就是："屈平词赋悬日月，楚王台榭空山丘。"

父亲一生酷爱书法，有着出众的清骨。如果他稍有势力或虚名，必会被封为一"大家"的，但他从不为此而争于世。

就在父亲已知其病症时，写了一幅韩退之的《龙说》给我。他说，作家，就应该如龙吐气成云，云又显示出龙的灵。我发现我闯世界的运作方式，正是"龙"的方式，即"其所凭依，乃其所自为也。"

不知是父亲随时为我的行为方式找到历史的依据，还是我的行为潜在地被他规范过，假如不是有他"有所不为而后有所为"这样的告诫，以我这样的热情过盛，不知要搅和出多少事情。而"饱以五车书，行以万里路"，则从童年就指引我。我想象我当是昂首"黄河之水天上来"的李白与徐霞客。父亲告诉我，凡大文学家，都必须如此过来。

父亲的学习是不含任何功利的，甚至也不像我们要"考大学"要"写文章"。他学而不倦，不断有新的。我是站在他的肩膀上走路的，一直走到今天，我还是不断地要向他咨询，甚至有时候我可以将一个意象告诉他，请他提供我合适的典或词。

人们说我的文章"有英气"，有文化渊宿，这都是从父亲身上"剥削"而来的。他是离我最近的文化泉源。

父亲为布衣为寒士，是"骨子里的文化人"，比现在的许多正板的有头脸的文化人，更"是"。

那年，我与弟弟在滇西南的傣寨插队三年后，对知青的"招工"总算开始了。城里的家长与乡下的知青们都十分兴奋。那时候，知青的信特别多也特别重要。因为都是告知招工的消息，有的家长已找到了门路，委托了什么什么人，要孩子去找。

我也收到了父亲的厚厚的一封信。知青们都说："好啊，这下你爹准给你们找了很多门路了。"

我知道不会，也许是父亲的叮嘱，也许是告诉我们应该如何对待这些事情。

然而我也错了。

我亲爱的老爹从那滇西北写来这么一封厚厚的信，只字没提"招工"的事，通篇写的是"黄历"。

原来这一年，经历"文革"后的国家首次出了一本"黄历"。父亲开篇欣喜若狂，说这就对了，黄历是指导农时的，在中国农村人们世代靠黄历种地，都不出什么大错。祖先的智慧，怎么是"四旧"呢？

然后，父亲开始举例说明黄历的科学性，从天文到地理，从中到外，说明了闰年闰月的重要性，说明了地球与黄历的关系。并画有图，画有表。

最后，父亲指出，新出的这本黄历上有几个明显的错误，他要求立即纠正，

因为会影响农时。

信末,父亲说,这就是他写给出黄历的那个单位的长信,问我意见如何,父亲并说,如果我们这里买不到这本黄历,他将寄一本给我作参照。

走出知青茅屋,我只有仰天长叹。老天给我这样一位宝贝父亲,叫我如何向知青们解释?

我只有说,我父亲说,他现在还没有找到门路,正在找。

说真的,我对我的父母亲从来也没有抱过这类希望,弟妹也是。我们家家规就是:自靠自。

但这封信的力量是在另一个地方显示的。

那是在大家调动回城后,我一个人守着孤独的知青院落。在一个绝望的关头,压力袭来,我曾想背起书包越境走了。那时的知青出路就是去当"缅共",铤而走险。

然而,在收拾东西时,我又看见了这封父亲的信,黄历的信。父亲对祖国大地的执着深情,这种永世牵连的血脉,难道要从我这儿割断?

父亲在文化上是与我最近的,他这封信没有写给我的弟妹甚至母亲。

父亲将我当作了他的传人。

那时候还没有听到过"龙的传人"的话。

那时候我也还不知道,诸如陈寅恪先生这样的与中国大地永在一起的大人大典。

只有我的父亲在指引我。

我怎么能与这一切,与父亲,与黄历,成为陌路人?我怎能在一夜间背叛这一切?

不!我是为此而生的。我必须如父亲一样,哪怕流放边地,亦要心存社稷。

父亲就这样把我造成了一个"不爱国就要难受"的中国人。

这是父亲作为父亲的最大成功。这一成功,胜过我的成绩考上北大或者文章名扬四海,等等。

我的父亲是中国人的父亲。这是生我的父亲,亦是我精神血缘的父亲。

我常嘲笑道,父亲有一要职,即自任"民间书报检查官"。

就在我们家人都回到城里团聚后,国家开始复兴。父亲的这一自任官职便更是繁忙。记得有一年首次在国际上展出《红楼梦》的几幅绣锦。父亲拿着放大镜对着细小的画图整日研究。他告诉我们有若干严重错失。"十二钗"的人物数目不对。各人物相应的服饰与手中细物,如扇子,笔等,也有问题。他说这不行,有关中华文化瑰宝。

父亲写了纠正的信寄去。母亲让他出门顺路带几根葱来,他却说:"你那事重要还是我这事重要?"

寄出的信无回音,父亲整天企盼,话都少了。我们都不敢再问。终于有一天他舒畅了。他拿起报纸指给我们看,在那中缝里有几行小字,是对父亲意见的认可与向读者认错的。

父亲满意了。

父亲是文化的捍卫者。他为此而生，却并不以此"谋生"。比起许多"以文化为饭碗"却在毁坏文化的人，父亲是真人真文化。

父亲在他的家乡，在他的同龄人中，在他的书法家集体里，在他选上的老年大学中，都是佼佼者，常常表演剑术，朗诵自己作的诗，参加书法展览。在他的每一幅书法作品上，落款都是"古滇宁洲进德"。由于父亲这样的认故里，我曾随他回到老家去，拜望过父亲的中学老师，在父亲上过的中学里作过讲座。我永远是一个布衣——张进德的女儿。

在父亲一生中，他与文化相伴，超过了与亲人们的相伴。当然，父亲还有很多人在与他相伴，那年到海南，父亲提出要去苏东坡旧址，看那村庄茅舍。惜乎道路不好未成行。在文化的旅途中，秋叶也能与父亲相伴。

去年还乡，我开始了"西南联大"的艰巨工程。这件事受到北大恩师们赞同和各界称道。但我明白，走了50年，我仍踏在父亲的足迹上。

"西南联大"，这四字是自幼父亲告诉我的。潘光旦、闻一多、刘文典等人如何讲课，如何风范，是父亲自幼对我讲述过的。我的父母亲俱曾是西南联大的学生的学生，以后又是联大的校外生与追随者。这景仰早就种进了我的灵魂。

我有布衣的父亲，我有布衣的本色。

中华民族的文化命脉，正是靠着这世代的无名布衣传承于山河大地，子子孙孙，因此而植根于民间的。

在生命最后的深思时刻，父亲又再度为他一生的悲痛所冲击。他临走的三天前，在宣纸上最后用毛笔写了韩愈的《马说》：世先有伯乐而后有千里马。这句话，父亲是举着写好的条幅，含泪念给我听的。

他并不以为，儿女的成功能弥补他一生未酬的壮志。我考上北大时，父亲告诉我，他常自在深夜为自己愤愤而醒。有时他说："你们的成就不是我的。"

那年，一场风暴袭击我的人生。父亲曾寄信给我说："你是一个站着的人。"我常常在心底里，把这句话赠给我的布衣的父亲。他独立的人格，是留给儿女的最高财富。

那些天，面对病重的父亲，我想将明年出的一本书写一个献词，"献给我一生磨难的父亲——我是从他的肩膀上开始走步的"。可是父亲说，让我献给"恩师"。父亲引季羡林老人的话说：在世界各国文化中，只有中国是将"恩"与"师"放在一起的。而编辑小桃又说，这本书当是献给全国人民的，这就是父亲常说的"天下"了。

此文写作时，父亲尚在，不须我陪，要我去写作。此文定稿，父亲走了。

此生为人，我的高峰，将不是金堂玉马，亦不是名噪一时，而是得到父亲所拥有的那份"无位有品，无名有尊"的布衣文化之传承。

# 第二篇
# 感恩母爱

# 忆母亲

肖复兴

世界上有一部永远写不完的书，那便是母亲……

那一年，我的生母突然去世，我不到八岁，弟弟才三岁多一点儿，我俩朝父亲哭着闹着要妈妈。父亲办完丧事，自己回了一趟老家。他回来的时候，给我们带回来了她，后面还跟着一个不大的小姑娘。父亲指着她，对我和弟弟说："快，叫妈妈！"弟弟吓得躲在我身后，我噘着小嘴，任父亲怎么说就是不吭声。"不叫就不叫吧！"她说着，伸手要摸摸我的头，我扭着脖子闪开，就是不让她摸。

望着这陌生的娘俩，我首先想起了那无数人唱过的凄凉小调："小白菜呀，地里黄呀，两三岁呀，没了娘呀……"我不知道那时是一种什么心绪，总是忐忑不安地偷偷看她和她的女儿。

在以后的日子里，我从来不喊她妈妈。学校开家长会，我硬是把她堵在门口，对同学说："她不是我妈。"有一天，我把母亲生前的照片翻出来挂在家里最醒目的地方，以此向后娘示威。怪了，她不但不生气，而且常常踩着凳子上去擦照片上的灰尘。有一次，她正擦着，我突然向她大声喊着："你别碰我的妈妈。"好几次夜里，我听见父亲在和她商量，"把照片取下来吧！"而她总是说，"不碍事儿，挂着吧！"头一次我对她产生了一种说不出的好感，但我还是不愿叫她妈妈。

孩子没有一个是省油的灯，大人的心操不完。我们大院有块平坦、宽敞的水泥空场。那是我们孩子的乐园，我们没事便到那儿踢球、跳皮筋，或者漫无目的地疯跑。一天上午，我被一辆突如其来的自行车撞倒，重重地摔在水泥地上，立刻晕了过去。等我醒来的时候，已经躺在医院里了，大夫告诉我："多亏了你妈呀！她一直背着你跑来的，生怕你落下后遗症，长大可得好好孝顺呀……"

她站在一边不说话，看我醒过来伏下身摸摸我的后脑勺，又摸摸我的脸。我不知怎么搞的，第一次在她面前流泪了。"还疼？"她立刻紧张地问我。我摇摇头，眼泪却止不住。"不疼就好，没事就好！"

回家的时候，天已经全黑了。从医院到家的路很长，还要穿过一条漆黑的小胡同，我一直伏在她的背上。我知道刚才她就是这样背着我，跑了这么长的路往医院赶的。以后的许多天里，她不管见父亲还是见邻居，总是一个劲埋怨自己，"都赖我，没看好孩子！千万别落下病根呀……"好像一切过错不在那硬邦邦的水泥地，不在我那样调皮，而全在于她。一直到我活蹦乱跳一点儿事没了，她才舒了一口气。

> 梦中萦怀的母亲——你是我至上的阳光。
> ——（法）波德莱尔

没过几年，三年自然灾害就来了，只是为了省出家里一口人吃饭，她把自己的亲生闺女，那个老实、听话，像她一样善动的女儿托付给人家了，回来的路上她一边走一边叨叨："好啊，好啊，闺女大了，早点寻个人家好啊，好！"那时我实在是不知道人生的滋味儿，不知道她一路上叨叨的这几句话是在安抚她自己那流血的心。她也是母亲，她送走自己的亲生闺女，为的是两个并非亲生的孩子，世上竟有这样的后母？望着她那日趋弓起的背影，我的眼泪一个劲往外涌，"妈妈！"我第一次这样称呼了她。她站住了，回过头了，愣愣地看着我不敢相信这是真的。我又叫了一声"妈妈"，她竟"呜"的一声哭了，哭得像个孩子。多少年的酸甜苦辣，多少年的委屈，全都在这一声"妈妈"中融解了。母亲啊，您对孩子的要求就是这么少……

这一年，父亲因病去世了。她先是帮人家看孩子，以后又在家里弹棉花、攫线头，她就是用弹棉花攫线头挣来的钱供我和弟弟上学。望着她每天满身、满脸、满头的棉花毛毛，我常想亲娘又怎么样？从那以后的许多年里，我们家的日子虽然过得很清苦，但是，有她在，我们仍然觉得很甜美。无论多晚回家，那小屋里的灯总是亮的，橘黄色的火里是她跳动的心脏。只要她在，那个小屋便充满温暖，充满了爱。

我总觉得她的心脏会永远地跳动着，却从来没想到，在我刚大学毕业的时候，她却突然倒下了，而且再也没有起来。妈妈，请您在天之灵能原谅我们儿时的不懂事，而我却永远也不能原谅自己。我知道在这个世界上，我什么都可以忘记，却永远不能忘记您给予我们的一切……

世上有一部永远写不完的书，那便是母亲。

## 我·地坛·母亲

史铁生

地坛离我家很近，或者说我家离地坛很近，总之，只好认为这是缘分。15年前的一个下午，我摇着轮椅进入园中，它为一个失魂落魄的人把一切都准备好了。那时太阳循着亘古不变的路途正越来越大，也越来越红。在满园弥漫的沉静光芒中，一个人更容易看到时间，并看见自己的身影。自从那个下午我无意中进了这园子，就再没长久地离开过它。我一下子就理解了它的意图。正如我在一篇小说中所说的："在人口密聚的城市里，有这样一个宁静的去处，像是上帝的苦心安排。"

两条腿残废后的最初几年，我找不到工作，找不到出路，忽然间几乎什么都找不到了，我就摇了轮椅总是到它那儿去，仅为着那儿是可以逃避一个世界的另一个世界。我在那篇小说中写道："没处可去我便一天到晚耗在这园子里。跟上班下班一样，别人上班我就摇了轮椅到这儿来。""园墙在金晃晃的空气中切下一溜阴凉，我把轮椅开进去，把椅背放倒，坐着或是躺着，看书或者想事，撅一杈树枝左右拍打，驱赶那些和我一样不明白为什么要来这世上的小昆虫。"有时候待一会儿就回家，有时候就待到满地上都亮起月光。记不清都是在它的哪些角落里了，我一连几小时专心致志地想关于死的事，也以同样的耐心和方式想过我为什么要出生。现在我才想到，当年我总是独自跑到地坛去，曾经给母亲出了一个怎样的难题。

她不是那种光会疼爱儿子而不懂得理解儿子的母亲。她知道我心里的苦闷，知道不该阻止我出去走走，知道我要是老待在家里结果会更糟，但她又担心我一个人在那荒僻的园子里整天都想些什么。我那时脾气坏到极点，经常是发了疯一样地离开家，从那园子里回来又中了魔似的什么话都不说。母亲知道有些事不宜问，便犹犹豫豫地想问而终于不敢问，因为她自己心里也没有答案。她料想我不会同意她跟我一同去，所以她从未这样要求过，她知道得给我一点独处的时间，得有这样一段过程。她只是不知道这过程得要多久，和这过程的尽头究竟是什么。每次我要动身时，她便无言地帮我准备，帮助我上了轮椅车，看着我摇车拐出小院；这以后她会怎样，当年我不曾想过。

有一回我摇车出了小院，想起一件什么事又返身回来，看见母亲仍站在原地，还是送我走时的姿势，望着我拐出小院去的那处墙角，对我的回来竟一时没有反应。待她再次送我出门的时候，她说："出去活动活动，去地坛看看书，我说这挺好。"许多年以后我才渐渐听出，母亲这话实际上是自我安慰，是暗自的祷告，是给我的揭示，是恳求与嘱咐。只是在她猝然去世之后，我才有余暇设想。当我不在家里的那些漫长的时间，她是怎样心神不定坐卧难宁，兼着痛苦、惊恐与一

个母亲最低限度的祈求。在那段日子里——那是好几年长的一段日子，我想我一定使母亲做过了最坏的准备了，但她从来没有对我说过："你为我想想。"事实上我也真的没为她想过。那时她的儿子还太年轻，还来不及为母亲想，他被命运击昏了头，一心以为自己是世上最不幸的一个，不知道儿子的不幸在母亲那儿总是要加倍的。她有一个长到20岁上忽然截瘫了的儿子，这是她唯一的儿子，她情愿截瘫的是自己而不是儿子，可这事无法代替；她想，只要儿子能活下去哪怕自己去死也行。可她又确信一个人不能仅仅是活着，儿子得有一条路走向自己的幸福；而这条路呢，没有谁能保证她的儿子最终能找到。——这样一个母亲，注定是活得最苦的母亲。

> 人类最美的东西就是母爱，这是无私的爱。
> ——（日）武者小路实笃

有一次与一个作家朋友聊天，我问他学写作的最初动机是什么？他想了一会儿说："为我母亲，为了让她骄傲。"我心里一惊，良久无言。回想自己最初写小说的动机，虽不似这位朋友的那般单纯，但如他一样的愿望我也有，且一经细想，发现这愿望也在全部动机中占了很大比重。他又说："我那时就是想出名，出了名让别人羡慕我母亲。"我想，他比我坦率。我想，他又比我幸福，因为她的母亲还活着。在我的头一篇小说发表的时候，在我的小说第一次获奖的那些日子里，我真是多么希望我的母亲还活着。我又不能在家里待了，又整天整天独自跑到地坛去，心里是没头没尾的沉郁和哀怨，走遍整个园子却怎么也想不通：母亲为什么就不能再多活两年？为什么在她儿子就快要碰撞开一条路的时候，她却忽然熬不住了？莫非她来此世上只是为了替儿子担忧，却不该分享我的一点点快乐？她匆匆离我而去时才只有49岁呀！有那么一会儿，我甚至对世界对上帝充满了仇恨和厌恶。后来我在一篇题为《合欢树》的文章中写道："我坐在小公园安静的树林里，闭上眼睛，想上帝为什么早早地召母亲回去呢？很久很久，迷迷糊糊地我听见了回答：'她心里太苦了，上帝看她受不住了，就召她回去。'我似乎寻了一点安慰，睁开眼睛，看见风正从树林里穿过。"小公园，指的也是地坛。只是到了这时候，纷纭的往事才在我眼前幻现清晰，母亲的苦难与伟大才在我心中渗透得深彻。上帝的考虑，也许是对的。摇着轮椅在园中慢慢走，又是雾罩的清晨，又是骄阳高悬的白昼，我只想着一件事：母亲已经不在了。在老柏树旁停下，在草地上在颓墙边停下，又是处处虫鸣的午后，又是鸟儿归来的傍晚，我心里只默念着一句话：可是母亲已经不在了。把椅背放倒，躺下，似睡非睡挨到日没，坐起来，心神恍惚，呆呆地直坐到古祭坛上落满黑暗然后再渐渐浮起月光，心里才有点明白，母亲不能再来这园中找我了。

曾有过好多回，我在这园子里待得太久了，母亲就来找我。她来找我又不想让我发觉，只要见我还好好地在这园子里，她就悄悄转身回去，我看见过几次她的背影。我也看见过几回她四处张望的情景，她视力不好，端着眼镜像在寻找海上的一条船，她没看见我时我已经看见她了，待我看见她她也看见我了我就不去

看她,过一会儿我再抬头看她就又看见她缓缓离去的背影。我单是无法知道有多少回她没有找到我,有一回我坐在矮树丛中,树丛很密,我看见她没有找到我;她一个人在园子里走,走过我的身旁,走过我经常待的一些地方,步履茫然又急迫。我不知道她已经找了多久还要找多久,我不知道为什么我决意不喊她——但这绝不是小时候的捉迷藏,这也许是出于长大了的男孩子的倔强或羞涩?但这倔强只留给我痛悔,丝毫也没有骄傲。我真想告诫所有长大了的男孩子,千万不要跟母亲来这套倔强,羞涩就更不必,我已经懂了可我已经来不及了。

　　儿子想使母亲骄傲,这心情毕竟是太真实了,以致使"想出名"这一声名狼藉的念头也多少改变了一点形象。这是个复杂的问题,且不去管它了罢。随着小说获奖的激动逐日暗淡,我开始相信,至少有一点我想错了:我用纸笔在报刊上碰撞开的一条路,并不就是母亲盼望我找到的那条路。年年月月我都到这园子里来,年年月月我都要想,母亲盼我找到的那条路到底是什么。母亲生前没给我留下过什么隽永的哲言,或要我恪守的教诲,只是在她去世之后,她艰难的命运,坚韧的意志和毫不张扬的爱,随光阴流转,在我的印象中越加鲜明深刻。有一年,十月的风又翻动起安详的落叶,我在园中读书,听见两个散步的老人说:"没想到这园子有这么大。"我放下书,想,这么大一座园子,要在其中找到她的儿子,母亲走过了多少焦灼的路。多年来我头一次意识到,这园中不单是处处都有过我的车辙,有过我车辙的地方也有过母亲的脚印。

# 远去了，母亲放飞的手

刘心武

从1950年到1959年，我8岁到17岁。家里平时就我和母亲两人。回忆那十年的生活，母亲在物质上和精神上对我的哺育，都是非同寻常的。

物质上，母亲自己极不重视穿着，对我亦然，有得穿就行了；用的，如家具，也十分粗陋。但在吃上，那可就非同小可了，母亲做得一手极地道的四川菜，且不说她能独自做出一桌宴席，令父亲的那些见过大世面的朋友交口称誉，就是她平日不停歇地轮番制作的四川腊肠、腊肉等，也足以叫邻居们啧啧称奇。有人就对我发出警告："你将来离开了家，看你怎么吃得惯啊！"但是母亲几乎不给我买糖果之类的零食，偶尔看见我吃果丹皮、关东糖之类的零食，她总是要数落我一顿。母亲坚信，一个人只要吃好三顿正经饭，便可健康长寿，并且那话里话外，似乎还传递着这样的信念：人只有吃"正经饭"才行得正，吃零嘴意味着道德开始滑落——当然很多年后，我才能将所意会到的，整理为这样的文句。母亲在饮食上如此令邻居们吃惊，被一致地指责对我的"娇惯"和"溺爱"。但跟着还有令邻居们吃惊的事。那就是我家是大院中有名的邮件大户。如果那几十种报刊都是我父亲订的，当然也不稀奇，但我父亲其实只订了一份《人民日报》，其余的竟都是为我订的。邻居大妈不解地问我母亲："你怎么那么舍得为儿子花钱啊？你看你，自己穿得这么破旧，家里连套沙发椅也不置！"母亲回答得很坦然："他喜欢啊！这个爱好，尽着他吧！"

1959年，我被北京师范专科学校录取，勉勉强强地去报了到。我感到"不幸中的万幸"是这所学校就在市内，因此我觉得还可以大体上保持和上高中差不多的生活方式——晚上回家吃饭和睡觉。我满以为，母亲会纵容我"依然故我"地那样生活。但是她却给我准备了铺盖卷和箱子，显示出她丝毫没有犹豫过。母亲不仅把我"推"到了学校，而且，也不再为我负担那些报刊的订费，我只能充分地利用学校的阅览室和图书馆。

1960年春天，有一个星期六我回到家中，一进门就发现情况异常，仿佛在准备搬家似的……果不其然，父亲奉命调到张家口一所军事院校去任教，母亲也随他去。我呢？父亲和母亲都丝毫没有犹豫地认为，

我应当留在北京。问题在于：北京的这个家，要不要给我留下？如果说几间屋都留下太多，那么，为什么不至少为我留下一间呢？但父亲却把房屋全退了。母亲呢，思想感情和父亲完全一致，就是认为在这种情况下，我应当开始完全独立的生活。父亲迁离北京后的那周的星期六下午，我忽然意识到我在北京除了集体宿舍的那张床铺铺位，再没有可以称为家的地方了！我爬上去，躺到那铺位上，呆呆地望着天花板上的一块污渍，没有流泪，却有一种透彻肺腑的痛苦，难以言说，也无人可诉。

　　1969年春天，我在北京一所中学任教。就是那个春天，我棉被的被套糟朽不堪了，那是母亲将我放飞时，亲手给我缝制的被子。它在为我忠实地服务了几年后，终于到了必须更换的极限。于是我给在张家口的母亲写信要一床被套，这对于我来说是自然到极点的事。母亲很快寄来了一床新被套，但同时我也就接到母亲的信，她那信上有几句话我觉得极为刺心："被套也还得向我要，好吧，这一回学雷锋，做好事，给你寄上一床……"睡在换上母亲所寄来的新被套里，我有一种悲凉感：母亲给儿子寄被套，怎么成了"学雷锋，做好事"，仿佛是"义务劳动"呢？现在我才醒悟，母亲那是很认真很严肃的话，就是告诉我，既已将我放飞，像换被套这类的事，就应自己设法解决。她是在提醒我，"自己的事要尽量自己独立解决"。母亲将我放飞以后，我离她那双给过我无数次爱抚的手，是越来越远了，但她所给予我的种种人生启示，竟然直到今天，仍然能从细小处，挖掘出珍贵的宝藏来……谁言寸草心，报得三春晖！

# 卖米粉汤的女孩

廖阅鹏

路过市场，一阵米粉汤的香味飘过鼻端，我可以嗅得出其中夹杂芹菜、葱头、胡椒、猪油的气味。饥饿的胃肠忍不住唱起歌来。我走进小吃店，向锅前挥舞铲勺的小姐说："米粉汤一碗，油豆腐、肝连各一份。"

瘦削的小姐以僵硬的姿势转过身来，小小的眼睛看着我，紧闭的嘴唇嚅动了几下，没有发出声音。

我立刻明白了，她是一位轻度的智障者，刚才没听懂我点了哪些食物。

于是，我放慢了速度再说了一遍。

她点点头，慢慢转过身，开始捞米粉，摆芹菜……

我坐在那里默默地看着她，并猜测着她的年龄。20来岁吧，也许30岁。智障者的脸庞不容易看出年龄，也许时间观念对他们来说是个奢侈品。

一名妇人从店里走出来，亲切地对我说："马上就好了。"

她走到女儿身旁看了一下，拍拍女儿的背，有种鼓励的意味，又走进去了。

我的思绪邀游到神经医学的天地。许多人类的潜能透过不正常的患者显现出广大的可能性，比方说有人对数字敏锐无比，仿佛数字会说话、会向他打招呼，是一个活生生的生命；有人喝酒后，嗅觉大放异彩，成为《香水》一书里的主角葛奴乙；有些自闭症患者在很小年纪就拥有绝对的音感与惊人的音乐记忆力，可以听完一首曲之后立即准确地复弹出来。

我吃完米粉汤、油豆腐、肝连后，觉得味道还不错，配料、酱油都按照应有的分量放。

我掏出钱来，递给她，心里替她高兴。

她能工作，能帮家人分担劳务，"我是有用的人"这种感觉就使她觉得生命更有意义。

她接过那张红色的百元钞票，慢慢放进口袋里，脸上没有表情，头以奇怪的姿势晃了一两下，眼珠子跟着闪动，仿佛脑中的计算机正在高速运转。

我算过，她应该找我25元。

她的手探入口袋，然后掏出一张红色的百元钞票，又掏出一张红色钞票，再掏出一张50元，然后郑重地把三张钞票共250元放在我手上。

我惊呼一声，她真是我所见过的最慷慨的人。

笑一笑，我把钱放回她手上，说："找我25元就够了。"

她愣了一下，一时没有完全反应过来。

这时候，妇人快步走来，亲切地说："不好意思。"然后柔声对女儿说："给

这位先生 25 元。"

她嗯了一声，没有任何羞赧的神情，掏出三个硬币给我——这次是正确的组合——然后转身走进屋里。

妇人又亲切地说："不好意思，我女儿数学不好。"

我说："哪里，她能做这么多事已经很棒了。"

女儿又现身了，她走到我旁边，把一个硕大的苹果塞在我手上，并且奉送上一个有点儿古怪但绝对真诚的笑容。

真是太慷慨了，这个日本进口的苹果，果皮是鲜艳诱人的胭脂红，显然价值不菲。

我对她说："谢谢。"又对妇人说："这苹果还你，我不能收。"

妇人说："不可以的，你还给我的话，我女儿会痛苦一整天，所以一定要收。"

女儿猛力点头，仿佛妈妈正在叙述宇宙最高真理。

我摇头，说："这苹果比我的消费价值还高两倍，我不能收。"

妇人说："就算帮忙吧，你收了，我女儿会很快乐的。"

女儿又猛点头。

我走出小吃店，一只手捧进口苹果，另外一只手提了五包米粉汤、五份油豆腐、三份肝连，带回去与同事分享。唯有这样，才能让她的女儿快乐加倍，也让我的良心过得去。

# 最后一盘磁带

佚名 编译

此刻，医院里人头攒动，熙来攘往。我打开我的一个新病人的检查记录，一边看着一边朝她的病房走去。周围的喧嚷嘈杂分散了我的注意力，但我并没有因此而感到不快，反而觉得有些高兴。因为我的儿子埃里克刚刚拿回家一张令人大失所望的成绩单，而我的女儿香农则因为要获取驾驶执照的事又和我发生了不小的争执。我希望在接下来的8小时里，能够全身心地投入帮助病人的工作中去，因为我知道，与他们相比，我这一点烦恼实在是算不了什么。

我的这个新病人名叫丽贝卡，今年只有32岁，她得了乳腺癌，刚做过乳房切除手术，现在正进行化学治疗。一走进她的病房，我就看见有三个正"咯咯咯"欢笑着的天真活泼的小女孩将她围在中间。

这时候，我告诉丽贝卡说，从今天开始，她的护理工作将由我来负责。接着，她把她的家人——丈夫沃伦、6岁的鲁丝、4岁的汉娜和2岁的莫莉一一地向我做了介绍。然后，沃伦哄着孩子们让她们离开妈妈，并答应买冰激凌给她们吃，而且他还对丽贝卡说他和孩子们明天再来。

等他们都出门之后，我便用酒精为丽贝卡擦拭手臂，准备为她做静脉注射。她注视着我的手，神情紧张地笑着说："我想我必须要告诉你，我害怕打针。"

"你放心，不要紧张，当你还没有感觉到我打的时候就已经打完了，"我笑着对她说，"来，我数三下。"

这时，丽贝卡紧紧地闭上了眼睛，嘴里喃喃地祷告着，直到我给她打完针。然后，她微笑着紧紧地握了一下我的手说："能不能麻烦你在走之前把桌上的《圣经》拿给我？"

于是，我把那本已经翻得有些破旧的《圣经》拿给了她。

"《圣经》里有没有你最喜欢的篇章？"她一边接过《圣经》，一边问我。

"有，就是约翰福音第11章第35节《耶稣哭泣》。"

"哦，这一节读起来很令人感伤。"她说，"你为什么会喜欢这一节呢？"

"因为它使我感到距离耶稣更近，并且使我知道他也能体验到人类的悲哀与不幸。"说完，我走出房间，并轻轻地关上了房门。

丽贝卡若有所思地点了点头，接着就开始低头翻阅起《圣经》来。

在接下来的几个月里，我目睹了丽贝卡同化学治疗所带来的痛苦顽强抗争的情景。她住院的次数变得越来越频繁了，同时，她也更加牵挂、更加担心她的孩子们。而在这一段时间里，我仍旧在全力以赴、想方设法地对付我的孩子们。他们经常不是彻夜不归，就是把自己关在房间里。每当看到丽贝卡的女儿们环绕依

偎在她的身旁时，我都会情不自禁地怀念起我的孩子们曾经也像她们一样依偎在我身边的日子。对丽贝卡所采取的化学治疗一度似乎很起作用。但是，好景不长，没多久，医生们又在她的身体里发现了另一个恶性肿瘤。两个月之后，她的胸部X光透视显示癌已经扩散到了她的肺部，而且已经是晚期了。哦，上帝啊，请赐给我力量来帮助她熬过这场苦难吧！看着她痛苦的神情，我默默地为她祈祷着。

有一天，当我走进她的病房时，发现她正对着磁带录音机说话。见我进来，她连忙拿起一个黄色书写拍纸簿，递给我说："我正在为我的女儿们录音呢！"

我接过那个黄色书写拍纸簿一看，只见上面写着：开始上学、举行坚信礼仪式（基督教的一种在教堂中举行的接收洗礼教徒为正式成员的仪式）、进入16周岁、第一次约会、毕业。我还在想着应该如何帮助她面对死亡呢，她却已经在为她的孩子们的未来而未雨绸缪了。

通常，她都是利用清晨的那几个小时来录制磁带，因为在这段时间里，没有人来打搅她，她可以在没有任何干扰的情况下安安心心地录制磁带。在那些磁带里，录制的全都是他们的家庭故事以及她对孩子们的建议——她多么想把她对孩子们一生的爱都压缩到那宝贵的几个小时里啊！最后，当她把那个黄色书写拍纸簿上所列的每一个项目都录制完成之后，就把那些磁带都交给了她的丈夫。

每当我看到她在全神贯注地录制磁带的时候，我总是会想："如果我是她，我会说些什么呢？"也许是因为我总是喜欢问我的孩子们今天去哪里啦，都和谁待在一起啦的缘故吧，他们也总是对我开玩笑说我简直就像是一个联邦调查局侦探。每每这时，我总是想："我该如何向他们表达我对他们的爱和鼓励呢？"

一天下午，大约三点钟的时候，我接到了一个从医院打来的紧急电话。原来是丽贝卡要我立刻给她送一盒空白磁带去。"难道她有什么东西忘了录音了？"我有些纳闷。

当我走进病房的时候，就见她满脸通红，呼吸急促。我知道，此刻的她已经处于弥留之际了。于是，我立刻把磁带放进录音机，把话筒对准她的嘴。

"鲁丝，汉娜，莫莉——这是最重要的一盘磁带。"她一边说一边紧紧地抓住我的手，并且闭上了双眼，"也许有一天，你们的爸爸会给你们带回家一个新妈妈。请你们一定要让她感觉到你们对她特别亲密，并且要让她了解应该如何照顾你们。鲁丝，我的宝贝，千万不要忘了，每个星期二要帮助她把你的女童子军制服准备好；汉娜，记着要告诉她你吃面条不喜欢放酱汁，你要是不告诉她，她怎么能知道你不喜欢把它们放在一起吃呢？莫莉，如果再没有苹果汁喝的话，千万不要再生气了，你可以喝别的饮料啊。我亲爱的孩子们，不要太难过了，所有的悲伤都会过去的。要知道，耶稣也会伤心哭泣。他懂得我们为什么会悲伤，并且他会帮助你们重新变得快乐起来。记住，我亲爱的孩子们，我永远爱你们！"

说完，丽贝卡如释重负似的深深地叹了一口气。"谢谢你，南！你会替我把这盘磁带交给她们的，是吗？"她勉强地微笑着，喃喃地低语道。就这样，她说着说着就沉沉地睡着了。

"放心吧，丽贝卡，这盘磁带肯定会放给你的孩子们听的。"我一边将丽贝卡的毯子抚平一边想着。然后，我就立刻开着车向家中驶去。一路上，丽贝卡在最后一盘磁带中录下的话语不停地在我的耳畔回响着，于是，我想到了我的女儿香农也喜欢把酱汁和面条分开来吃，她的这个怪癖曾经多次惹我生气，但是现在看来，我却觉得它反而使她显得更加可爱了。

那天晚上，孩子们都没有出去。吃完加酱汁的意大利细面条之后，他们并没有立刻离去，而是和我围坐在一起，开心地交谈着，良久，良久，直到碟子上剩余的酱汁都放干了，他们还依依不舍地依偎在我的身边。就这样，我们畅谈着，没有怀疑，没有询问，也没有抱怨……

## 母亲的勋绩

〔西班牙〕狄森塔

骄阳似火，无情地烤着宽阔的马路——卡斯蒂利亚的一条官道。在这条道上，行人要想在路边找株小树来乘乘凉，或者找条小溪来解解渴，都是枉费气力。被晒焦的、贫瘠的田野，险峻的、起伏的丘陵——这就是苦于焦渴和酷热的大自然的景象，这就是陷于困倦和沉寂之中的大自然的景象。只是偶尔有一群小鹌鹑从割过的庄稼地里振翅飞起，扬起一团灰尘；大鹌鹑叫得很响，在空中一翻就不见了，而灰尘仿佛被阳光照穿了似的，金雨一般落到路上。

在8月闷热的傍晚，杳无人迹的马路和茫茫无际的田野显得格外荒凉。一小队穷苦的行人在缓缓地行进着，他们被酷热弄得疲惫不堪，给自己扬起的尘埃堵得喘不过气来，被灰尘遮得叫人看不清楚，宛如迷失在这片荒野里一样。

这一小队行人大概会使看到他们的每一个人都同情和心痛的；但是人们对这样的现象已经司空见惯，并不在意。人们指望上帝发慈悲，可上帝却往往冷眼相对。

一小队行人的成员是一个女人，三个孩子和一头毛驴。那个女人嘴巴似张非张，喘着大气，疲劳地缓缓地向前走着。她衣衫褴褛，满身灰尘，光着脚，抱着一个吃奶的婴儿。婴儿给包在一块打过补丁的破布里，两只小手揉着妈妈的乳房，拼命想挤出奶来，哪怕一滴也好。

那个女人年纪很轻，一双乌黑的眼睛闪闪发光，嘴巴鲜红的，雪白的牙齿长得很齐整，身材匀称挺秀。这一切都说明她先前是很漂亮的，可是极端的贫困改变了她的模样，使她未老先衰。她脸上的皮肤变粗了，布满了皱纹，一缕缕又脏又乱的头发粘在汗津津的额头上。

这个可怜的女人只有一双动人的乌黑的眼睛透露出往日的风韵，这双眼睛此刻正充满着爱，凝视着儿子那张黑黝黝的小脸。

跟在那个女人后面有气无力地走着的，是一头皮包骨的老毛驴，两只耳朵耷拉着，尾巴没精打采地拖着，满身污泥和杂草。搭在驴背上的两只筐里，在破布堆上，躺着两个孩子。他们彼此迥然不同！小的脸色红润，头往后仰着，睡得很香，在睡梦中不知笑什么。大的五岁左右，发着烧，在那不舒服的筐里翻来覆去，常常痛苦得嘴唇歪斜，睁着大而红肿的眼睛紧盯着母亲。

她是什么人呢？从哪儿来的？为什么要带着一个生病的孩子走在这杳无人迹的、被无情的太阳晒得火烫的大道上呢？

他们是什么人呢？

是一家无依无靠的吉卜赛人，他们在欧洲到处流浪，沿途乞食。

从哪儿来的？

是从最近的一个村子里来的，这个不幸的女人不敢在那个村子里歇一下脚，甚至也不敢舀一罐水，因为农民们吓唬说，如果她不立即离开他们的村子，就要把她这个女乞丐、巫婆、吉卜赛女人痛打一顿。因此她没有讨到一块面包，没有弄到一滴水，就带着生病的孩子走了。这会儿她转过身来，打老远又伤心又气愤地望着那清晰地矗立在地平线上的灰色钟楼。

那个生病的孩子，在当作床的筐里吃力地支起身子，把手伸向那个女人，轻轻地唤道："妈妈……"

那个吉卜赛女人浑身抖了一下，向孩子扑过去。

"怎么，亲爱的？"她低声说道，把吃奶的婴儿放在睡着的哥哥身旁，用双手搂住病孩的脖子。

"水！给我喝吧！我很想喝……这儿在火烧。"孩子用小手指指自己，难受地挺起胸部。

"水？"母亲惊恐地重复了一遍，"我到哪儿去弄呢，孩子？"

"喝，"孩子又要求道，"我想喝……"

他那干裂的嘴唇不由自主地微微张开，而在凝视着母亲的目光中含着那么多的失望和忧愁，她脸色发白，失声大哭。

她的儿子，她的亲骨肉，在向她祈求他生死攸关的援助，而她却无能为力。她无奈地朝瓦罐看了又看：瓦罐里空空如也。

她瞧了瞧天空，天空里一小片云彩也没有；又急切地望望像荒漠一般的大路、田野、草地、平原，一直到天边，都看不到一条小溪，也看不到一口水井。

正在遭灾受难的土地好像露出了它那干得变了样的嘴巴，对那个吉卜赛女人说道："给你儿子喝的水？这儿给谁喝的水也没有。让大家都跟我一样渴死吧。"

母亲将儿子紧紧搂在怀里，发狂似的反复说着："一滴没有，我一滴也没有……我到哪儿去给你弄到水呢，孩子？"

可怜的母亲！在这种荒野里只有一个水源——那就是满含泪水的眼睛。

吉卜赛女人蓦然满怀希望地露出了笑容：在不远的地方她看到了一所修路工的茅屋。窗子和门都关着，这说明主人们不在家。也许屋里还有什么人能帮她的忙吧？那个年轻的妇人奔到门前，疯狂地用拳头把门擂得砰砰直响，可是白敲，没有人答应。她已经筋疲力尽，再也没有力气敲，也没有气力喊了，她步履艰难地沿着墙走去，拐过屋角，出乎意料地看到地上满满的一钵子水，真是又惊又喜。她又看了一次，高兴得喘不过气来。她没有发觉有一只很大的牧羊狗正走近那个钵子。狗毛倒竖，龇牙咧嘴，眼睛里露出凶光。它一见女人，就发出呜呜的叫声。她抬头一看，猜到狗的意图，就扑上前去，与狗同时来到钵子跟前。在一刹那间，他们都愣住了，敌对地你看看我，我看看你。那个女人已经把手伸过去，可是牧羊狗抢在她前头一跳，趴在钵子上面，恶狠狠地露出牙齿。她根本没有想到退缩：她准备把水争夺过来。

"嘿，你也想！"她恨恨地嚷道，"瞧着吧，你得不到水的！"她朝着狗脸上打去。

狗一下子站立起来，咬住她的肩膀，把她弄翻在地。她又怒又痛，禁不住叫了一声，可没有惊慌，也没有退缩；她抓住敌人的喉咙，不知从哪儿来的一股天不怕地不怕的劲头，狠命地握紧了。

狗牙齿咬得越来越深了，可吉卜赛女人使出浑身力气，紧紧地卡住它的喉咙。这场搏斗时间很短促，没有声音，却很可怕：敌对两方在地上翻滚，极力要战胜对方。最后，狗呜呜叫着松开了牙齿，身子软了，倒在吉卜赛女人身旁，吉卜赛女人放开了手指。她脸色苍白，气喘吁吁，从地上爬了起来。她身上的衣服一块块地挂了下来，裸露的胸部和肩膀上很深的伤口裂了开来。她并没有感到痛，踢开了敌人的尸体，拿起夺得的钵子，就向儿子奔去。她并没有理会肩膀上流下来的鲜血，把水凑近病孩子的嘴巴，又亲切又温柔地笑着说道："喝吧，孩子，喝吧！亲爱的！"

# 大爱不爱

洋娟

大家都说母亲很惯着我,也许因为我是她最小的女儿吧,她出门总是带着我。

有一次,她出去参加什么活动,没有带我。回来时就给我们带回来两个面包。那是参加活动者的加餐,那时候的面包是稀罕物。我高兴得举着面包直蹦。正在这时,门外传来喧闹声,好多孩子在喊:"叫花子!叫花子!"我和母亲同时看见我家门外站着一个老人,衣着很脏,手里拄着一根棍子。一些孩子正往他身上扔石头。母亲转身回到屋里,走到橱柜边,打开门。我知道她要找什么,也知道她什么也不会找到。因为,我们早把东西吃光了。她站起来,回身看着我。我用乞求的眼神可怜兮兮地看着她的脸色。我知道她要干什么。果然,她从我手里夺过面包,一句话不说,出去给了那个老人。我看见那老人双手作揖,蹒跚着离去,身后仍然跟着一群孩子。事后她没有任何解释。

后来,当我长大成人,能够和她平等交谈的时候,我提起这件事情,问她为什么那么做。她说,你在家里,他在路上。那个面包对你来说只是解馋,而对那个老人却是解饿,或者救命。所以,她问我,解馋重要还是救命要紧?我无言以对。母亲一直到死,从来没有说过一次爱我。也许正如"大善不善",而她是"大爱不爱"吧!

前不久,我参加了一个聚餐会。同坐一桌的是几个家庭的成员,有大人也有孩子。当服务员小姐款款地端着一盘椒盐基围虾进来时,同桌的一个女孩突然拍着自己眼前的桌子说:"小姐,把盘子放我这!"

上菜的小姐一愣,环顾一圈就餐人的脸色。大家面面相觑,谁也没有说话。她便踌躇着把盘子放到了女孩面前。女孩便旁若无人地大吃大嚼起来。

女孩的妈妈坐在我身边,我想,她一定会对女孩说点什么吧?别人不好意思说,她还能不说?可是,直到聚餐结束,她都没有指责女孩一句。中间还特别疼爱地将女孩爱吃的其他菜夹到她的盘子里。原来,她压根就没感觉女儿这么做有什么不妥。这种母爱的无限包容,很让我心寒。聚餐的第二天,接到那个女孩母亲的电话,女孩因为吃多了椒盐油腻食物得了急性胰腺炎,正在医院抢救!她在电话里泣不成声,哭得人五内俱焚。我突然感激起我的母亲来。她永远也不会把我"爱"到胰腺去!甚至,她活着的时候,我连哭的权利都没有,她非常讨厌我爱哭的毛病。她临死的时候,看着我不停地流泪,她虚弱地睁开干涩的眼睛,对我说,你别哭了,人早晚都有这么一天,别把眼睛哭坏了……

她是从战场上死人堆里爬出来的,一生不轻易流泪。有一种母爱是即使子女犯了罪,她们的爱也一如既往。而我的母亲不会。西方关于爱的祷词是这么说的:爱是恒久的忍耐,又有恩慈……凡事包容,凡事忍耐,凡事盼望。爱是永不止息。爱就是神。而在我母亲那里,爱就是教育,别的都是扯淡。

# 母亲桥

刘桂瑶

那年初春的一个早晨，当我起床时，已经来不及从从容容地走上大路上学，我气急败坏地抄近路赶往学校。河上的冰看上去还没融化，我三步并作两步冲上冰面。刚刚走到河中央，"扑哧"一声，一处冰面塌落了，我的两条腿踏进了冷彻骨髓的河水里。

教室供暖不足，平常就十分阴冷，我穿着湿透的棉裤坐在椅子上，全身仿佛都麻木了，我沉默地挺着，脸和唇都变成了青紫色。

中午回到家，母亲很惊讶，却什么也没问，只是让我围着被褥坐在烧得热热的炕头上暖和，她蹲在火炉前为我烘烤棉裤。炉火灼灼，不时爆出响声来，而母亲却始终一言不发。当母亲把烘干的棉裤交给我时，眼圈有些红肿，不知是被炉火烘的，还是刚刚哭过。

那以后，有一两个月我没抄近路去上学。日子一天天过去，高考迫在眉睫。有一夜下了暴雨，清早上学时盼望母亲能关照几句，诸如要走大路千万别抄近路趟河之类，可母亲不停地忙前忙后，根本不理会跟随她转来转去的目光。于是我赌气地再一次来到那条河边。突然我发现有人早在暴涨的河水里放了一些大石头。那石头一块块紧密地挨着，水深的地方甚至是用好些石头垒起来的，石面高出水面数厘米，远远看去就像一座简陋的石桥。我踏石而过的时候，心里淌过一股莫名的感激。那天晚上回到家，我无意中看到母亲手上缠着白纱布，血透过来，红红的一片，惊问她为什么会受伤，母亲淡淡地回答道："不小心碰的。"站在一旁的妹妹抢着告诉我："妈妈的手是搬石头碰伤的。""妈搬石头干什么？"我不解地追问。"搬石头搭桥呀！"

那一瞬间，我的心轰响着，久久说不出一句话来。

那年9月，我踏过"母亲桥"去远方上大学。独在异乡漂泊，仍是母亲用无言的关注帮我度过每一次的疲惫和寂寞。渐渐地，我知道，母亲用青春搭起我的生命之桥，还执着地用希望和奉献为我搭起通向成功和幸福的桥。如今，河上的"母亲桥"已经为风雨侵蚀残旧，而在我成长的心灵中"母亲桥"却永远踏不断。

## 崇高的母性

黎烈文

辛辛苦苦在国外念了几年书回来，正想做点事情的时候，却忽然莫名其妙地病了，妻心里的懊恼、抑郁，真是难以言传。

睡了将近一个月，妻自己和我都不曾想到那时有了小孩。我们完全没有料到他会来得那么迅速。

最初从医生口中听到这消息时，我可真的有点慌急了，这正像自己的阵势还没有摆好，敌人就已跑来挑战一样。可是回过头去看妻时，她正在窥伺着我的脸色，彼此的眼光一碰到，她便红着脸把头转过一边，但就在这闪电似的一瞥中，我已看到她是不单没有一点怨恨，还显露出喜悦。

"啊，她倒高兴有小孩呢！"我心里这样想，感觉着几分诧异。

从此，妻就安心地调养着，一句怨言也没有；还恐怕我不欢迎孩子，时常拿话安慰我："一个小孩是没有关系的，以后断不再生了。"

妻是向来爱洁净的，这以后就洗浴得更勤；起居一切都格外谨慎，每天还规定了时间散步。一句话，她是从来不曾这样注重过自己的身体。她虽不说，但我却知道，即使一饮一食，一举一动，她都顾虑着腹内的小孩。

肚子一天天大起来，她所有的洋服都小了，从前那样爱美的她，现在却穿着一点样子也没有的宽大的中国衣裳，在霞飞路那样热闹的街道上悠然地走着，一点也不感觉着局促。

有些生过小孩的女人，劝她用带子在肚上勒一勒，免得孩子长得太大，将来难于生产，但她却固执地不肯，她宁愿冒着生命的危险，也不愿妨害那没有出世的小东西的发育。

妻从小就失去了怙恃，我呢，虽然父母全在，但却远远地隔着万重山水。因此，凡是小孩生下时需用的一切，全得由两个没有经验的青年去预备。我那时正在一个外国通讯社做记者，整天忙碌着，很少有工夫管家里的事情，于是妻便请教着那些做过母亲的女人，悄悄地预备这样，预备那样。还怕裁缝做的小衣给初生的婴儿穿着不舒服，竟买了一些软和的料子，自己别出心裁地缝制起来。小帽小鞋等物件，不用说都是她一手做出的。看着她那样热心地、愉快地做着这些琐事，任何人都不会相信这是一个在外国大学受过教育的女子。

医院是在分娩前四五个月就已定好了，我们恐怕私人医院不可靠，所以选择了一所很大的公立医院。这医院的产科主任是一个和善的美国女人。因为妻能说流畅的英语，每次到医院复查时，总是由主任亲自诊察，而又诊察得那么仔细！并且这美国女人答应将来妻去生产时，由她亲自接生。

因此，每次由医院回来，妻便显得更加宽慰、更加高兴。她是一心一意在等着做母亲。

> 人的嘴唇所能发出的最甜美的字眼，就是"母亲"，最美好的呼唤，就是"妈妈"。
> ——（黎巴嫩）纪伯伦

有时孩子在肚内动得太厉害，我听到妻说难过，不免皱着眉说："怎么还没生下地就吵得这样凶！"

妻却立刻忘了自己的痛苦，带着慈母偏袒劣子的神情，回答我道："像你喽！"

临盆的时期终于伴着严冬来了。我这时却因为退出了外国通讯社，接编了一个报纸的副刊，忙得格外凶。

现在我还分明地记得：12月25日那晚，12点过后，我由报馆回家时，妻正在灯下焦急地等待着我。一见面她便告诉我小孩怕要出生了，因为她这天下午身上有了血迹。她自己和小孩的东西，都已收拾在一只大皮箱里。她是在等我回来商量要不要上医院。

虽是临到了那样性命攸关的时候，她却镇定而又勇敢，说话依旧那么从容，脸上依旧浮着那么可爱的微笑。

一点做父亲的经验也没有的我，自然觉得把她送到医院里妥当些。于是立刻雇了汽车，陪她到了预定的医院。

可是过了一晚，妻还一点动静都没有，而我在报馆的职务是没人替代的，只好叫女仆在医院里陪伴着她，自己带着一颗惶忧不宁的心，照旧上报馆工作。临走时，妻拉着我的手说："真不知道会生下一个什么样子的小孩呢！"

妻是最爱漂亮的，我知道她在担心生下一个丑孩子，引得我不喜欢。我笑着回答："只要你平安，随便生下一个什么样子的小孩，我都喜欢的。"

她听了这话，用充满谢意的眼睛凝视着我，拿法国话对我说道：

"Oh！ merci！ tu es bien bon！"（啊！谢谢你！你真好！）

在医院里足足住了两天两夜，小孩还没生，妻等得简直不耐烦了。直到28日清早，我到医院时，看护妇才笑嘻嘻地迎着告诉我：小孩已经在夜里11点钟生下了，一个男孩子，大小都平安。

我高兴极了，连忙奔到妻所住的病房一看，她正熟睡着，做伴的女仆在一旁打盹。只一夜工夫，妻的眼眶已凹进了好多，脸色也非常憔悴，一见便知道经过一番很大的挣扎。

不一会儿，妻便醒来了，睁开眼，看见我立在床前，便流露出一个那样凄苦而又得意的微笑，仿佛在对我说："我已经越过了死线，我已经做着母亲了！"

我含着感激的眼泪，吻着她的额发时，她就低低地问我道："看到了小东西没有？"

我正要跑往婴儿室去看，主任医师和她的助手——一位中国女医生，已经捧着小孩进来了。

虽然妻的身体那样弱，婴孩倒是颇大的，圆圆的脸盘，两眼的距离相当阔，样子全像妻。

据医生说，发作之后三个多钟头，小孩就下了地，并没动手术，头胎能够这样要算是顶好的。

助产的中国女医生还笑着告诉我："真有趣！小孩刚出来，她自己还在痛得发晕的当儿，便急着问我们五官生得怎样！"

妻要求医生把小孩放在她被里睡一睡。她勉强侧起身子，瞧着这刚从自己身上出来的、因为怕亮在不停地闪着眼睛的小东西，她完全忘掉了近来——不，10个月以来的一切苦楚。从那浮现在一张稍稍清瘦的脸上的甜蜜的笑容，我感到她是从来不曾那样开心过。

待到医生退出之后，妻便谈着小孩什么什么地方像我。我明白她是希望我能和她一样爱这小孩的——她不懂得小孩越像她，我便爱得越切！

产后，妻的身体一天比一天好。从第三天起，医生便叫看护妇每天把小孩抱来吃两回奶，说这样对于产妇和婴孩都很有利的。瞧着妻睡在床上腼腆而又不熟练地，但却异常耐心地哺着那因为不能畅意吮吸而呱呱地哭叫起来的婴儿，我觉得那是人类最美的图画。我和妻都非常快乐。因着这小东西的到来，我们那寂寞的小家庭，以后将充满生气。我相信只要有着这小孩，妻以后任何事情都不会想做的。从前留学时的豪情壮志，已经完全被这种伟大的母爱驱走了。

然而从第五天起，妻却忽然发热起来。产后发热原是最危险的事，但那时我和妻一点都不明白，我们是那样信赖医院和医生，我们绝料不到会出毛病的。直到发热的第六天，方才知道病人再不能留在那样庸劣的医生手里，非搬出医院另想办法不可。

从发热以来，妻便没有再喂小孩奶，让他睡在婴儿室里吃着牛乳。婴儿室和妻所住的病房相隔不过几间房子，那里面一排排几十只摇篮里睡着全院所有的婴孩。就在妻出院的前一小时，大概是上午8点钟吧，我正和女仆在清理东西，虽然热度很高，但神志仍旧非常清楚的妻，忽然带着惊恐的脸色，从枕上侧耳倾听着，随后用没有气力的声音对我说道："我听到那小东西在哭呢，去看看他怎么弄的啦！"

我留神一听，果然有遥远的孩子的啼声。跑到婴儿室一看，门微开着，里面一个看护妇也没有，所有的摇篮都是空的，就只剩下一个婴孩在狂哭着。这正是我们的孩子。因为这时恰是吃奶的时间，看护妇把所有的孩子一个一个地送到各人的母亲身边吃奶去了，而我们的孩子是吃牛乳的，看护妇要等别的孩子吃饱了，抱回来之后，才肯喂他。

看到这最早便受到人类不平的待遇，满脸通红，没命地哭着的自己的孩子，再想到那在危笃中的母亲的锐敏的听觉，我的心碎了。然而有什么办法呢？我先得努力救那垂危的母亲。我只好欺骗妻说那是别人的一个生病的孩子在哭着。我狠心地把自己的孩子留在那些像虎狼一般残忍的看护妇的手中，用病院的救护车把妻搬回了家里。

虽然请了好几个名医诊治，但妻的病势是越加沉重了。大部分时间昏睡着，

稍许清楚的时候，便记挂着孩子。我自己也知道孩子留在医院里非常危险；但家里没有人照料，要接回也是不可能的，真不知要怎么办。后来幸而有一个相熟的太太，答应暂时替我们养一养。

孩子是在妻回家后第三天接出医院的，因为饿得太凶，哭得太多的缘故，已经瘦得不成样子，两眼也不灵活了，连哭的气力都没有了，只会干嘶着，并且下身和两腿生满了湿疮。

病得那样厉害的妻，把两颗深陷的眼睛睁得大大的，将抱近病床的孩子凝视了好一会儿，随后缓缓地说道："这不是我的孩子啊！医院把我的孩子换了啊！我的孩子不是这副呆相啊……"

我确信孩子并没有换掉，不过被医院糟蹋到这样子罢了。可是无论怎样解释，妻是不肯相信的。她发热得太厉害，这时连悲哀的感觉也失掉了，只是冷冷地否认着。

因为在医院里起病的6天内，完全没有受到适当的医治，妻的病是无可救药了，所有请来的医生都摇着头，打针服药，全只是尽人事。

在四十一二度的高热下，妻什么都糊涂了，但却知道她已有一个孩子；她什么人都忘记了，但却没有忘记她的初生的爱儿。她做着呓语时，旁的什么都不说，就只喃喃地叫着："阿囡！囡囡！弟弟！"大概因为她自己嘴里干得难过吧，她便联想到她的孩子也许口渴了，她有声没气地，反复地说着："囡囡嘴干啦！叫娘姨喂点牛奶给他吃吧……弟弟口渴啦！叫娘姨倒点开水给他喝吧……"

妻是从来不曾有过叫喊"囡囡"、"弟弟"、"阿囡"那样的经验的，我自己也从来不曾听到她说出这类名字，可是现在她却这样熟稔地、自然地念着这些对小孩的亲爱的称呼，就像已经做过几十年的母亲一样——不，世间再没有第二个母亲会把这类名称念得像她那样温柔动人的了！

不可避免的瞬间终于到来了！1月14日早上，妻在我的臂上断了呼吸。然而呼吸断了以后，她的两眼还是茫然地睁开着。直待我轻轻地吻着她的眼皮，在她的耳边说了许多安慰的话，叫她放心着，不要记挂孩子，我一定尽力把他养大，她方才瞑目逝去。

可是过了一会儿，我忽然发现她的眼角上每一边都挂着一颗很大的晶莹的泪珠。我在殡仪馆的人到来之前，悄悄地把它们拭去了。我知道妻这两颗眼泪也是为了她的"阿囡""弟弟"流下的！

# 三件 99 块

王文华

哥哥一家人带妈妈去淡水玩，回来后我问她玩了哪些地方、吃了什么东西。她没有说出著名的渔人码头或其他，反倒是兴奋地说："我帮你买了几条裤子！"原来是三件一套的内裤。虽然有"Burbefry"的格子花纹，牌子却叫作"Ciannetto"。

"是名牌吗？"妈妈问我。

"哇，是意大利的！"我假装兴高采烈地说。

她流露出骄傲的表情："我很会买吧，意大利的，三件才 99 块！"

周末时，妈妈常会到我家，帮我整理东西、洗洗衣服。每次来时，她总是要数落我一遍。"你发什么神经，用这么大的垃圾袋，76 升？你一个人住，哪来这么多垃圾？"

"唉呀，妈，没关系啦，反正垃圾袋很便宜嘛！"

"76 升的垃圾袋一包多少钱？"

"唉呀，几十块而已啦。"其实我根本不知道多少钱，敷衍敷衍她。

后来一个星期天中午，全家正和乐融融地吃午饭时，她突然冒出一句："我昨天去便利店问，他们说 76 升的垃圾袋一包要 342 块，你是骗我还是根本不知道多少钱？"我嚼着白饭，哑口无言。"300 多块买根本要丢掉的东西，你神经病喔！这么浪费，总有一天会身败名裂！"

妈妈不花钱买垃圾袋。因为她的世界垃圾其实不多。在有"环保"这个观念之前，妈妈已经在做"垃圾回收"。

"这么漂亮的领带，要丢掉啊？这个电脑键盘很好啊，擦一擦还可以用吧！"

我的垃圾被她收了回来，洗干净以后像新的一样，我放弃的理想被妈妈找了回来，她告诉我只要努力，终有一天我会闪闪发光的。

因为妈妈节省的个性，很多时候我们必须说善意的谎言。对于买的东西的价钱，特别是买给她的东西，要刻意说很低。对于自己的收入，要说得很高。但不管你买的东西多便宜，赚的钱再多，在妈妈的眼中，我们永远是浪费的。

出门时灯没关，浪费！一个人在家两个房间开冷气，浪费！喝矿泉水、坐商务舱、剩菜没吃完、订两份报纸、去健身房跑步、花钱请人打扫、洗衣粉倒太多、牙膏从前面挤、到机场坐计程车、西装穿一次就干洗、花钱买抹布而不用旧内裤，统统都是浪费。所以她宁愿胀得不舒服，也要把点的菜吃完；宁愿把好衣服的质料洗坏，也不送去干洗。所以需干洗的衣服，我们藏起来。上馆子吃晚饭，我们不吃午餐。

妈妈自己节省，对外人却很大方。她每个月催我按时交房租，好像她是房东：

"该给别人的就要给别人。"当然在我交了之后，她又要数落我租这么贵的房子。不过数落归数落，讲完了，她还是不放过任何一个付钱的机会。她跟哥哥一家人住一起，收报费的来，她付。送干洗的来，她付。全家人出去吃饭，我哥哥、大嫂、我自己从来没付过钱。

妈妈省那两三块的垃圾袋，但不省大钱。我和哥哥都读了9年私立中小学，那时学费一学期要1万多。我去美国念MBA，两年花了200万台币，全是爸妈一学期一学期、几千美元几千美元寄去的。我从来不需要开口，户头的余额永远足够。我在名校里高高在上，看不到爸妈身影后无数的卑躬屈膝。我曾经觉得：妈妈破旧的衣服让我在同学面前丢脸，她的讨价还价让我们在美丽的女店员面前尴尬。但她若不是这样，我哪能念我的MBA、做我的雅痞、搞那些生活品位？

妈妈花钱最多的时候，是爸爸生病的那两年。那时看护一星期的薪水就是1万多新台币。爸爸的丧礼上，妈妈坚持不收奠仪，亲朋好友好心仍然给的，统统集合起来捐给慈善机构。"这样，你爸爸就在别的生命中活了下来。"

妈妈的一生，都在寻找三件99块的东西。但我今天终于明白，她活得比我们谁都高贵。我从小就知道家里没有钱，也曾因此埋怨过爸妈。但现在回头看，从小到大，没有一次，是的，没有一次，我没有得到我想要的东西，我要的玩具，要的衣服，要的科系，要的人生，妈妈统统给了我。没有打折，只有更多。

# 母亲关掉电视那天

(美)本·卡森

1961年我上五年级时,学习成绩每况愈下,而我却满不在乎。

父亲早已去世。哥哥柯蒂斯和我与母亲住在底特律一所年久失修、狭小简陋的公寓里。由于年龄小,我根本就不知道母亲一个人靠给三户人家当女佣养家糊口有多难。

每天放学后,我们哥儿俩不是踢足球或打篮球,就是爬进邻居家果园去偷苹果,再不然闲得没事儿干,就用气枪打老鼠,直到夜幕降临后才回家去看电视。由于天天看,哪个频道演什么节目,我们俩了如指掌。那时,烈马嘶鸣、子弹呼啸的美国西部惊险片几乎成了我们哥儿俩每天必不可少的一道大菜。

然而有一天,我那只上过三年学的母亲索尼娅·卡森,在给主人打扫房间时发现了不少书。当晚回家后,她事先连一声招呼都没打,就把电视给关了。然后,她对我们说,过去她过于放纵我们,没有尽到母亲的责任,今后决心把我们俩培养成出类拔萃的社会栋梁。接着,她正儿八经地向我们宣布了两项决定:第一,打今儿起,不准我们俩看电视;第二,以后每人每周看两本书,并给她交一份读后感。

我们俩对母亲这一突如其来的举动和做法十分不满,说她的要求实在是有点儿太过分了,因为别的家长都让孩子看电视。尽管我们俩牢骚满腹一个劲儿地诉苦,但无济于事。随后,我们想,过不了两天,母亲就会把决定全都忘得一干二净;再说了,家里除了她那本《圣经》外一本书都没有,她让我们拿什么去读?想到这儿,我们俩好受多了。不料,从第二天起,母亲每天都抽空儿带我们到市图书馆去。尽管我和哥哥极不情愿,可也没法子,只好跟着她去。起初,我只是在儿童书架旁边来回转悠,根本就没心思看书。终于有一天,我无意中发现了一本《动物趣闻》,因为我挺喜欢动物,所以便从书架上取下来翻阅。此后,我渐渐迷上了有关动物方面的书。

我从头到尾一字不落地读完的第一本书叫《筑堤者》。这本书不仅详尽地介绍了河狸的生活习性,而且还生动地描绘了这种穴居河边的小动物如何用树的枝干为自己营造"门"开于水中的"小屋",并用树枝和泥土在其"住所"附近筑起水坝,以防水位降低后"大门"暴露出来。这些可爱的小动物在荒野那冰冷刺骨的河水中辛勤造"屋"筑堤的精神,使一向懒散的我自惭形秽。

此后,在书籍的大千世界里自由遨游的过程中,我不仅发现了恐龙,还知道了哺乳动物与爬行动物有什么区别。继而,我的兴趣又从动物转移到植物。当我对植物有了一定程度的了解后,又将精力放在岩石上:沿铁路线采集各种岩石标

本，带回家去，按照地质学教科书对这些岩石进行鉴定和分类。

我身上发生的一系列变化，母亲看在眼里喜在心头。由于我的学习成绩明显提高，以前一直认为我难成大器的老师也全部改变了对我的看法。

几年后，我和哥哥才发觉，母亲原来是个连我们每周交给她的读后感都看不懂的文盲。可她后来硬是凭借惊人的顽强毅力，刻苦自学，最终取得了中学毕业资格。

如今，柯蒂斯已成为工程师，而我则是巴尔的摩市约翰斯·霍普金斯儿童医疗中心的神经外科主任。回首往事，我简直无法相信，我竟会从一名学习吊儿郎当、成绩糟糕透顶的小学生，成为赫赫有名的耶鲁大学及密执安医学院的大学生，毕业后又被聘为神经外科负责人，并经常应邀到世界各地讲学和做各种疑难外科手术。我深知，自己身上所发生的剧变是从妈妈强行关掉电视那天开始的。

## 母亲是船也是岸

韩静霆

那年5月,我回到阔别多年的故乡,叩响了家门。隔门听到老人鞋子在地上拖沓的沉缓的声音,半响才是苍老的问话。"谁呀?""我。"终于还是迟疑着。母亲,母亲,您辨不出您的儿子的声音啦?您猜不出是您放飞二十三载的鸟儿归巢吗?门,吱吱地开一条窄缝儿。哦,母亲!母亲的眼睛!

那双眼睛,迟滞地抬起来。老人的两眼因为灶火熏,做活计熬,又经常哭泣,还倒睫,干涩涩的。下眼睑垂着很大的泪囊。那眼睛打量着穿军装的儿子,疑惑,判断,凝固着。真是不认识啦。

"妈妈!"我唤一声"妈妈",母亲眼里的光立即颤抖起来,嘴唇抖动着细小的皱纹,她问自己:是谁?是静霆啊?眼里便全是泪了。

母爱就是这样,她是人间最无私的、最自私的、最崇高的、最真挚最热烈最柔情最慈祥最长久的。母亲无私地把生命的一半奉献给儿子,自私地渴望用情爱的红绳把儿子系在身边,母亲含辛茹苦地教养儿女,夸大儿女的微小的长处,甚至护短。她的爱一直延续到离开人世,一直化成儿女骨中的钙、血中的盐、汗中的碱。母亲定定地望着我。我在这一刹那间忽然想到了在张家口,在坝上,在长江流域,在鲁东,都看到过的"望儿山",大概全世界无论哪儿都有"望儿山",都有天天盼望游子远归的母亲变成化石。母亲还在呆呆地望着我。那双蒙眬的泪眼啊!

蓦然想到了一周后如何离开,儿子到底是有些自私。我害怕到时候必得说一个"走"字,碎了母亲的心。记得十年前我匆匆而归,匆匆而去。临走的那个拂晓,我在梦中惊醒,听见灶间有抽泣的声音。披衣起身,见老母亲一边佝偻着往灶里添火,一边垂泪。

"妈,才4点钟,还早啊,你怎么就忙着做饭?"

"你爱吃葱花儿饼,你爱吃。"

如果儿子爱吃猴头熊掌,母亲也会踏破深山去寻的啊!回到家的日子,母亲一会儿用大襟兜来青杏,一会儿去买爆米花,她还把40岁的军人当成孩子。我受不住那青杏,受不住那爆米花,更受不住母亲用泪和面的葱花饼,受不住离别的时刻。

母亲原来是个性情刚烈、脾气火爆的人。她14岁被卖作童养媳。生我的那年,父亲被诬坐监。母亲领着父亲前妻遗下的一男一女,忍痛把我用芦席一卷,丢弃在荒郊雪地里,

女人固然是脆弱的,母亲却是坚强的。
——(法)雨果

多亏邻居大娘把我拾回，劝说母亲抚养。为了这个，我偷偷恨过母亲。孩提时遇有人逗我说："喂，你是哪儿来的？树上掉下来的吧？"我就恶狠狠地说："我是乱葬岗捡来的，她是后妈！"理解自己的母亲也需要时空，理解偏偏需要离别。印象里母亲似不大在意我的远行。我19岁那年离家远行，到北京读书。大学毕业正逢十年浩劫，我被遣到农场劳动。那个年月，我做牛拉犁，做马拉车，人不人鬼不鬼。清理阶级队伍的时候，人人自危。我足足有三个月没给家写信。母亲来信了，歪歪斜斜的别字错字涂在纸上。

"静霆，是不是你犯错误了？是不是你当了反革命啊？你要是当了反革命，就回家吧。什么也不让你干，我养活你……"我的泪扑簌簌落在信纸上。母亲，母亲，您的怀抱是儿子最后的也是最可靠的巢！你的双眸永远是我生命之船停泊的港湾！记得后来我回了一次家，您说："人老啦，才知道舍不得儿子远走。"说着声泪俱下。

可是你总是得走。你总得离开母亲膝下。你是个军人。可是你到底还是不敢看母亲佝偻的背和含泪的眼。你没有看母亲的泪眼，可是你的心上永远有她老人家的目光。

那时候我懂得了：母亲的目光是可以珍藏的。儿子可以一直把母亲的目光带到远方。

我搀着母亲走进了昏暗的小屋。屋子里有一种说不出的气味使我感到亲切，感到自己变小了，又变成了孩子。年逾古稀的父亲呆呆地拥被坐着，无言无泪，无喜无悲。父亲患脑血栓，瘫痪失语了。我看见母亲用小勺给父亲喂水喂饭；看见她用矮小笨拙的身体，背负着父亲去解手；看见她把父亲的卧室收拾干净。母亲就这样默默地背负着家庭背负着生活的重担而极少在信里告诉我家庭负担的沉重。

我心里内疚。不孝顺，你这个不孝顺的儿子！

可是你还得走。

转眼便是离家的日子！我不知怎么对母亲说离去这层意思，只是磨蹭着收拾行装。我能感觉到母亲的目光贴在我的脊背上。离别大约是人生最痛苦的了。记得，上次我探家回归的时候，吉普车一动，我万万没想到年迈的母亲竟然顺着门外的土坡，跄跄跑起来，追汽车，她喊道："你的腿有毛病！冷天可要多穿点啊！"

后来，母亲寄给我二十几双毛毡与大绒的鞋垫，真不知母亲那双昏花的眼睛怎能看见那样小那样密的针脚。

后来，母亲又寄给我一条驼绒棉裤，膝与臀处，都缀着兔皮。她哪里知道北

京的三九天也用不着穿这驼绒与兔皮的棉裤。它实在是太热了,只好搁在箱底。为了让妈妈的眼睛里有一丝欣慰,少几分担忧,我在回信中撒谎说——那条棉裤舒适至极,我穿着,整个冬天总是穿着。

谎言能报答母亲吗?可是天底下哪个儿女不对母亲说谎?

我对母亲撒谎说:我不久就会回来。我撒谎:您的儿媳妇和孙子都会来。我说也许中秋也许元旦也许春节一定会来……母亲默默地听着,一声不响。她的眼神却回答我:儿子,我——不——相——信!

我以为,最难的离别,当是游子同白发母亲的告别。见一回少一回啦,不是吗?临走那天,我实在不敢再看一眼母亲的白发和泪眼。我安排了许多同学和亲友来安抚母亲。车来了,我便逃之夭夭,匆匆忙忙跑出门,匆匆忙忙钻进吉普车。在车门关上的一瞬间,我,一个40岁的军人,竟呜呜地哭出了声。我忙把带泪的目光向车窗外伸展,可是——母亲没有出门来送她的儿子。她没有用眼泪来送行。

我不难想象老母亲此时此刻的心境。儿子从她身边离开了,她经不起这痛苦;一个军人告别家乡回军营去了,她必须承受这痛苦。哦,母亲,我知道,我还在您的眼睛里,您那盈满泪水的眼睛,永远是儿子泊船的港湾。可是您这个做军人的儿子,他那爱的小船,却必须远航到遥远的彼岸。

必须远航。是的,必须。

# 母亲为孩子而活

（苏）尼古拉·马申科

我的妈妈达尼娅还不到 18 岁就出嫁了。

我外公家有一位熟人，名叫马克西姆·卡尔马津，他住在离我外公家不远的诺沃尼科里斯克村。妻子病故后，留下三个小孩。星期天，他来到外公家找我妈妈，恳求妈妈嫁给他为妻，做三个没娘孩子的继母。

"达尼娅，你嫁给我吧！"马克西姆含着泪说，"到我家以后，我双手捧着你过日子。我恳求你嫁给我，不是为了我个人，而是为了三个可怜的孩子，没有母亲的关怀他们是活不了的……"妈妈从来也没有想过要做他的妻子，可是，现在……

"达涅奇卡（达尼娅的爱称），做孤儿的继母并不是什么丢人的事……"外公沉默了一会儿首先开口，"可你要和孩子们一起生活，拉扯他们长大成人。要三思而后行。不过，这是你自己的事，自己拿主意吧。"

"这门亲事不能做！"舅舅阿姨们齐声反对说，"干吗让小妹跳这个火坑呢？她在咱们家吃的苦比谁都多！"妈妈一声不吭，默默地穿上那件旧的连衣裙，和全家人一一告别后，吻了吻外公，走到卡尔马津跟前，微微一笑，低声说："咱们走吧！"

这件事发生在我出生前十年。妈妈和马克西姆两个人徒步向诺沃尼科里斯克村走去——起初是又高又密的芦苇丛中结了冰的弯弯曲曲的小路，而后是被白中透蓝的积雪所覆盖的无边无际的草地。

在太阳光的照射下，雪地上一闪一闪，像是散落着无数颗刺眼的小星星。他俩一路上又是回忆各自的伤心的往事，又是交流对今后美好生活的向往，因此，这十公里的路程对他们来说并不算远。傍晚时，他们走进了卡尔马津的家门。

两个小姑娘目不转睛地盯着未来的妈妈，目光温柔，充满了希望和信赖。两个小家伙叫妈妈进屋里去，可是，妈妈站在门槛外边，无力向前移动脚步。这时，两个小孩手拉着手，打着赤脚，踩着手工编织的粗麻地毯，哆里哆嗦一步一步向门口走来。妈妈蹲下身子，亲昵地抱住她们，搂到自己怀里。年龄较小的娜斯佳，终于叫了一声"妈妈"，放声恸哭起来，泉水般洁净的泪水把妈妈那颗少女的心和两颗受到创伤的童心一下子就连接到一起了。

很多很多年以后，有一天妈妈对我说："科里亚，不管谁生的孩子，只要他在受苦，对我来说就和亲生的孩子一样。"妈妈这句近似至理名言的话，迄今为止仍铭刻在我的心里。妈妈一只手拉着一个小女孩，慢慢走到摇篮跟前，俯下身子，久久地望着酣睡在里边的婴儿……

从那天起，他们幸福、愉快地生活在一起了。孩子们敬爱自己的新妈妈，丈夫对她赞不绝口，全村的人都把妈妈亲孩子的事迹传为美谈。

可惜，他们的好日子没能过多久。妈妈来到马克西姆家才一年，一场伤寒席卷了全村，近半数村民丧生，可怜的卡尔马津在我妈妈的精心护理下闭上了眼睛，妈妈和三个孩子则逃脱了灾难，幸免一死。

三个孩子失去生母，又死了生父，成了名副其实的孤儿。也正因如此，妈妈就越发地亲他们、疼他们。现在抚养孩子的重担完全落到了她一个人的肩上。妈妈拿出了全部力量，没日没夜地干活，为的是能让三个孩子在全村成为吃得最饱、穿得最干净的孩子……

万万没有料到，亡夫同族的几个远房亲属跑了出来，提出接管孩子和全部财产，不让孩子跟着妈妈，并粗暴地把妈妈赶出了家门。

痛苦归痛苦，总还得活下去。无情的打击使妈妈大病了一场。她的身体好些后，穿上马克西姆在世时给她买的那件新衣服，在村里一家小商店买了一些糖果、甜饼干，径直向诺沃尼科里斯克村走去——她想念三个可怜的孩子，没有那三个孩子，她简直就活不下去。虽然他们仅仅共同生活了一年多的时间，但他们已有了深厚的感情。妈妈边走边想，想了很多很多，不知不觉走到了马克西姆的家门口。她犹豫不决地在栅栏口站了一会儿，还是没有勇气走进去。妈妈转身来到隔壁一位大婶家，请她把孩子们叫过来见面，就这样，她被赶出门后第一次"秘密地"和孩子们见了面。不言而喻，母女见面后大哭了一场，她亲亲这个，吻吻那个，大人孩子哭泣得话也说不出来。妈妈要走了，和孩子们告别时，娜斯佳突然扑在妈妈怀里，双手搂着她的脖子——哭得死去活来，泣不成声地说："妈……妈妈，亲爱的妈妈……你别走啦……不能留下我们……不管呀！"

这时亡夫的几个亲属又跑过来，拼死拼活从妈妈怀里夺走了娜斯佳，连推带搡地把她撵出了门。

任何危险也没能吓倒妈妈，她用实际行动再一次证实了众所周知的一条真理：世界上再没有比母爱更强大的力量。仅仅几个月后，孩子们那几个所谓的监护人在妈妈伟大的母爱面前就乖乖举手投降了。后来妈妈来看孩子时，他们不仅不往外撵她，相反，他们喜形于色，表示欢迎，甚至提出情愿分给她一些遗产。可是，妈妈考虑到孩子们的利益，坚决拒绝了。后来，那几个监护人又恳求妈妈回来带着孩子们一块儿生活。这时，发生了一件大事，它彻底改变了妈妈的生活，否则，她肯定要回来和孩子们一块儿生活的。

新年前夕，远近闻名的优秀火车司机巴维尔·安德列耶维奇登门向妈妈求婚。巴维尔也是个鳏夫，妻子死后留下了三个女儿和一个男孩。为这门亲事他曾经托过不少人，今天亲自出马登门求婚了。巴维尔·安德列耶维奇心地善良、坦诚，为人老实、厚道，心灵手巧，什么活都会干：会开火车，会做衣服，会做木工活，会织渔网，会绣花……因此，村里人都称他是"万能手"。他走到妈妈跟前说："我一个人带着四个孩子实在没法过，达尼娅，我干的是连班活——开一天一夜火车，休息一天一夜。我一上班家里只留下几个孩子，没有人照管他们。这样的日子我再也过不下去了！达尼娅，到我家去，救救孩子们吧！"

> 母亲的爱是永远不会枯竭的。
> ——（苏）冈察尔

妈妈这次倒也干脆，二话没说——嫁给了巴维尔·安德列耶维奇。就这样，妈妈在20岁那年又一次做了四个孩子的继母。

妈妈经受了巨大的打击，忍受了非人的苦难，而且还要把这一切都深深埋藏在内心。仅仅是为了减轻别人的痛苦，她又一次牺牲了自己的幸福……啊，真不知道她的心里有多少善和美！

四个孩子很快就和她建立起感情，把她看成世界上最亲的人。全家六口人和睦相处，愉快、幸福。

一年后，妈妈生下了自己的第一个孩子，取名萨沙，后来生了瓦西里，几年后我出世了，可她心里还时刻牵挂着前夫的三个孤儿。三个孩子小的时候，妈妈三天两头带着好吃的东西看他们；待他们稍稍长大些以后，他们自己几乎每天都来我们家，后来，干脆住下不走了。这是妈妈一生中最幸福的一段时间。至今我也不明白：什么力量使妈妈把三个母亲生的十个孩子抚养得和亲生的孩子一样？她是用什么方法把我们十个孩子培养得终生像同胞兄弟一样互尊互爱呢？不能不说这是一个奇迹！我经常默默赞颂妈妈这一伟大的、高尚的功绩。可是，苦难却像影子一样寸步不离妈妈。在一个满天星斗的夏夜，灾难伴随着火车绝望的汽笛声又一次闯进了妈妈的生活。汽笛声震耳欲聋，好像世界上所有的声音顷刻间都汇集到了我家窗外。人们齐声喊道："发生了车祸！安德列耶维奇牺牲了！"

刚刚诞生在我们家中的幸福生活顷刻间又中断了，留下妈妈一个人，带着十个孤儿，好不凄惨。她当时还不满30岁，可她比成百个母亲经受的打击、吃的苦头、遭受的磨难的总和还要多几倍！而且前面等着她的将是更严峻的考验。

她做妈妈的历险生活只能说是刚刚开始。一个妇女，要负责十个孩子的吃、穿、教育，而且还是在20世纪30年代初的困难时期。在极端困难的情况下，经过顽强的斗争，第一批集体农庄终于诞生了。妈妈首先站出来，坚决而勇敢地报名加入了集体农庄。她在农庄喂猪，一干就是35年。天一亮就上工，天黑了才回家。日复一日，年复一年。她的双手整天和猪草打交道，手上磨出了厚厚的一层老茧，皮肤变粗糙了，到处裂着大口子，乍看上去，很像是春天刚翻过的土地。正是这双粗糙而神圣的手给我们吃、供我们穿、抚养我们长大成人。妈妈长期在四面透风的猪栏里从事着繁重的体力劳动，健康每况愈下，开始得病了。

无法计算，为了孩子们，妈妈用这双手一生中共剁过多少猪草，挖过多少泥土，洗过多少衣服，往集市上提过多少篮子苹果、李子、杜梨……她也曾对生活丧失过信心，陷入过绝望。她感到自己力不从心，坚持不下去了，实在没办法拉扯孩子们长大成人，因此，当孩子们入睡后，她一个人整夜整夜地流泪、哭泣，抱怨自己生来命太苦。

我记不清是在哪一年，魁梧、英俊的葛利高里在大门口碰见妈妈，对她说："达尼娅，我再也不忍心看着你受罪。这样下去，你坚持不了多久……"

"能坚持！"妈妈打断他的话，"我能坚持，因为抚养十个孩子长大成人的重任还没有完成！"

"让我到你家来吧！"葛利高里进一步明确表态说，"咱们俩合伙抚养这十个孩子。我早就爱上你了，想向你表白，可你这样的不幸……一生中老也顾不上谈情说爱。"

"葛利高里，现在来找我谈情说爱是不是有点晚了？"她用衣襟擦了擦眼睛继续说，"我觉得咱俩现在谈这些事都太晚了。"

可是妈妈并不知道，被现实生活里的种种不幸和磨难所压抑在内心深处的那种女性所固有的感情，突然像获得了自由，冲了出来，使她重新回到了充满惊怕和忐忑不安的青春年代。爱情使她判若两人——她对人更加关怀备至，更加殷勤周到，更加温存细腻。那时，我们破天荒第一次发现，我们的妈妈非常漂亮：白净的脸颊，乌黑发亮的两条大辫子，透亮的眼睛里似乎总在映射着蔚蓝的天空，苗条、挺直的身段，她全身都在散发着女性没有设防的迷人魅力。

她接受了葛利高里的求爱以后，立即把孩子们叫到一起商量：今后怎么生活？母亲和孩子们谈这个话题是非常困难的。妈妈和我们谈了一夜，她千方百计想说服我们让葛利高里来我们家一块儿生活。可我们谁也不同意。妈妈又是哭泣，又是恳求，我们还是没有让步。不懂事的孩子们的利己主义思想多么可怕呀！就这样，我们永远永远地断送了妈妈的爱情。不久战争爆发了。临出发去前线打仗之前，葛利高里来和我妈妈告别："达尼娅！我会回来的！你要顶住。打完仗，孩子们也就长大了，懂事了，他们会理解我们的。等着我吧，亲爱的，为了能和你再见面，我一定无情地、狠狠地打击敌人！"

葛利高里走到妈妈跟前，默不作声地站了一会儿。他突然像是感到今天是和亲人永别，紧紧抱住妈妈，边发狂地吻她边念咒语似的重复说："我一定会回来的！我一定会回来的，达尼娅！一定会回来的！你对我笑一笑，让我带着你的笑上前线，永远把它记在心里。它能鼓励我勇敢杀敌。你一定能看到我们战后的幸福生活！"

他走了，上了前线，再也没有回来。妈妈终身感到遗憾的是，眼看到手的幸福未能变成现实。每想起这件事，她就激动不安。

几十年过去了。有一天，妈妈毫无怨恨地对我说："孩子，你看，那时候你们不让我嫁给葛利高里，现在你们结婚的结婚，出嫁的出嫁，都建立了自己的小家庭，有了自己的孩子，而我整天坐在家里等呀，盼呀，盼着你们能回来看看我，哪怕只是回来和我坐一会儿，说几句话也好，我也就不感到孤独啦。可你们谁也不来信，也很少回来。我心里总在惦记着你们，整天坐立不安。我早就想让你们都回来，全家大团圆一次，看来，我最后这个美好的愿望永远也实现不了啦。你们工作忙，不可能同时从四面八方都回到妈妈这个家里来……"

我像童年时一样，搂住妈妈，羞愧得无地自容。我把脸紧紧贴在妈妈怀里，眼泪不禁夺眶而出。

"孩子，甭难受。不止咱一家是这样，现在大家都是这样。"这次妈妈倒竭力安慰起我来了。看来，还是俗话说得对："孩子们只想着自己，而母亲是为孩子而活。"

# 紫竹鞭子

张燕阳

许多年以后，我在冗繁的公务之余抽暇重回故里。我那些淳朴的乡亲们一提到我妈时，脸上总是写满感激与尊敬，"嘿嘿，李老师，可是个大好人呢！"乡野之人，肚里没有多少文墨，赞美一个人不会使用那些华丽优美的词藻，只是朴素的两个字：好人，却是对一个人最高的评价。在乡亲们的心目中，我妈是个有满脑子好文墨又善良和蔼乐于助人的知识女性，故而她在乡亲们中赢得一片好名声。

小时候，我一直搞不懂，有一副菩萨心肠的我妈，在教育自己的孩子时，却是严厉得近乎苛刻。

我妈有一根教鞭，紫竹做的，拇指粗细，二尺来长，天长日久与手掌摩娑，竹身紫亮光滑。我妈是个慈祥的老师，在她的教书生涯中，这根紫竹鞭子从未有一次真正落在一个学生的身上。但是，在我儿时的记忆中，这根紫竹鞭子曾有三次结结实实地打在我的屁股上。

第一次，是我七岁那年的冬天。

那天，一大清早，邻居王二婶就来到我家，"李老师，真不好意思，孩子他爹昨儿老毛病又犯了，您能不能再借五十块钱？"

王二叔是个病秧子，常犯病，这之前王二婶向我妈借了好几次钱，至今尚未归还。刚才，王二婶一进我家，我就猜她准是来借钱的。果不其然。那时，我妈一个月的工资才16元，50元可不是一个小数目。再说，把钱借给王二婶，不知她要到猴年马月才能归还。

我人小鬼精，不等我妈答话，忙接过话茬："二婶，你来得真不巧，要过年了，我家做新衣购年货，钱都用光了。"言毕，我得意扬扬地瞧着我妈，还向她眨巴了两下眼。

没曾想，我妈却狠狠瞪了我一眼，道："小孩子家知道个啥。妹子，你等着，我这就拿钱给你。人吃五谷杂粮，谁没个三灾两病啊。"我妈进了屋里，拿出一叠钞票，塞给王二婶。王二婶千恩万谢走了。回过头，我妈脸刷地拉下来，操起放在桌上的那根紫竹鞭子，厉声呵斥道："扒下裤子！小孩子家不学好，倒学说谎，长大后还了得！"我从没见过我妈如此严厉，怕极了，连哭都忘了。

这一次，我挨了我妈的一顿痛打，屁股疼了三天，蹲茅厕更是疼得呲牙咧嘴。从此，我刻骨铭心地记住了我妈的教训，再没有说过谎。

第二次，是我九岁那年。一

世界上一切光荣和骄傲，都来自于母亲。
——（苏）高尔基

个外乡人挑了一担盐来村里卖。我妈手头有事，就拿了一块钱，让我去打十斤盐。那个外乡人称好了十斤盐，我正要递钱给他，看到四周买盐的人很多，他无暇顾及我，便提了盐溜走了。那一块钱我也没交给我妈，而是去买了一包花生糖。我正躲在墙角津津有味吃着时，被我妈瞧见了，她拉住我，虎着脸问："哪来的钱？"我急赤白脸说不出来。我妈见我这副模样，心里明白了七八分，拿起紫竹鞭子，我便竹筒倒豆子全部说了出来。我妈听了，气得咬牙切齿："贪图小利，难成大事。小小年纪竟有贪念，岂不毁了一生。"越说越来气，手起鞭落，在我屁股上印下了一条条清晰的鞭痕。打完后，我妈递给我一块钱，"去，把钱给人家送去！"我咧着嘴，乖乖地一瘸一拐地把钱送给那卖盐的外乡人。从此，在我头脑里再没出现过"贪"字。

　　第三次，是在我读二年级时。我的同桌有一支崭新的"英雄"牌钢笔，这在当时可是十分罕有。我见了，眼馋不已，瞅个不防，将这支钢笔偷走了。自然，这支钢笔不能在学校用，我便放在家里写作业。我妈见了，问我笔的来历。我涨红着猴腚脸，支支吾吾答不上来。我妈看出破绽，脸上便笼上一层寒霜，要我如实招来。我知道一切都瞒不过她，只得如实说了。我妈听罢，气得脸都绿了，浑身发抖，道："小时偷针，大时偷金。一世人都落个小偷的坏名声，永远别想在人前抬头走路。"说着，操起紫竹鞭子，将我狠狠揍了一顿。这一次，她打得特下劲。我屁股皮开肉绽，半个月不敢沾凳子。

　　第二天，我把钢笔还给了同桌。从此，面对再怎么诱人的东西，我都没动过心。

　　长大后，无论我走到哪里，都牢记我妈的教诲，为人诚实，不贪不占，活得堂堂正正。

　　现在，我妈已离开我多年了，我也成了一个握有实权的单位头儿，但我仍保存着我妈的那根紫竹鞭子。我将它悬挂在一个显眼的地方，时时警醒着我。

# 从13岁开始享受自由

（美）安妮·兰伯特

愿意对自己的人生负责，这是一个人自尊心萌芽的表现。

从小妈妈就教我凡事都问个为什么。她是那种对没完没了的"为什么"永远不胜其烦的妈妈。

不过，妈妈从不简单地给我答案，而是让我自己先思考。渐渐地，我学会了在做事之前，先用自己的小脑瓜分析所有的可能性，遇事常常自问："如果有人这么对我，我会怎么想？"妈妈的循循善诱和严格要求为我形成良好的品性打下了坚实的基础。

我13岁生日那天，妈妈把我叫进她的房间。"安妮，我想和你谈谈。"妈妈拍了拍身边的床铺。

"我用了12年的时间培养你的价值观和道德观，"她开口道，"你觉得自己具有分辨是非的能力了吗？""当然。"我答道。这个出人意料的开场白让我不觉隐去了笑容。

"今天是你的13岁生日，从今以后你就不再是小孩了，生活会变得复杂很多。"妈妈语重心长地说，"我已经为你打下了基础，现在是你开始自己拿主意的时候了。"我茫然不解——拿什么主意呀？妈妈笑了。"从现在起，你自己的规矩自己定。什么时候起床，什么时候睡觉，什么时候写作业，和哪些人交朋友，这些都由你自己决定。"

"我不明白。你生我的气了吗？我做错什么了？"妈妈伸手搂住我的肩膀，"每个人迟早都要自己做主。很多被父母严格管教的年轻人，往往在他们离开大学，没人给他们指导的时候犯下了可怕的错误，有些甚至毁了自己的一生。所以我要早一点给你自由。"

我目瞪口呆地盯着她，各种念头一起闪过脑海。那么，我随便多晚回家都可以，自由参加各种聚会，没有人催促我写作业……这简直棒极了！

妈妈站起来，莞尔道："记住，这是一种责任。家里人都在看着你。而只有你一个人为自己的过错负责。"

"你为什么这么信任我？"我有些兴奋不安。"因为我宁愿你现在犯错，现在你还在家里，我能给你建议和帮助。"她说着用力抱了抱我，"别忘了，我一直在你身边。任何时候，如果你需要，我会随时帮助你。"

我们的谈话就这样结束了。同以往一样，这个生日是与家人一起度过的，有蛋糕，有冰激凌，还有礼物，而母女间的这次交谈却是我收到的最有意义的生日礼物。我明白，妈妈并没有彻底走出我的生活，只是给我空间来伸展翅膀，准备

> 没有无私的、自我牺牲的母爱的帮助，孩子的心灵将是一片荒漠。
> ——（英）狄更斯

未来的飞翔。

在之后的数年间，我也做过不少错事，但那是每个少男少女必经的人生体验。我有时不完成作业，偶尔熬熬夜，还有一次参加了一个危险的聚会。妈妈从没有为这些而责骂我。当我成绩下滑时，她会平静地指出我想进入理想大学的机会正在减少，成绩越差，机会越少；如果我熬夜，她会幽默地取笑我是不是心情不佳。那次聚会后，她只是问我认为那些朋友10年后会干什么，是否希望自己的未来和他们一样。我当然不希望那样。当我明白了这些，我就不断地改变自己的行为来弥补过失。

人生如织锦，妈妈总是用最好的建议来帮我修补裂痕。我从未像许多青少年那样对父母有过叛逆和怨恨。实际上，妈妈的教育方法使我们更加亲密。

几年前，在我女儿13岁生日那天，我也把她带进了我的房间，进行了一场类似的谈话。在她的青春期，我们也一直很亲密。我的儿子在这个年龄也和他的父亲谈过。孩子们虽然犯过不少错误，但事实证明，那些都只是成长的里程碑而已。同时，更多严重的错误因此避免了，因为他们凡事认真思索并和我们商量。他们把父母视为良师益友而非监管人，两代人的关系因此健康而和谐。

生命和智慧就这样在这个家庭延续下来。爱、荣誉和对经验、智慧的尊重得到了珍视。这些都得益于我最好的朋友——我的妈妈。

# 爱的教育

佚名 编译

　　初涉人生，我们不仅需要母亲的慈爱，以哺育自己钟情生活的爱心，还需要老师的教导，以培养自己把握生活的能力——而我则很荣幸地拥有一位当老师的母亲，所以，她对我的馈赠便是双重的了。

　　记得我在母亲任教的学校上二年级时，班里有两个人见人厌的学生，10岁的弗兰基和9岁的戴维。他们是兄弟俩，学习极差，也都留过级，而且每天都要弄出点恶作剧来，恃强凌弱，以欺侮同学、滋事捣乱为快。有一回，他们甚至搞来了一枚小型炸弹，偷偷地放在一个窗架子上；待上课时，猛听得一声巨响，师生们都被吓得魂不附体，好几个同学都尿了裤子！（我也是其中之一）几年下来，班里几乎没有不被他们俩欺侮过的——被敲诈、被打骂，等等，可谁也拿他们没办法。

　　五年级时的一天，厄运降到了我的头上。当时，我正顺着小路骑自行车回家，等我听得弗兰基大嚷大叫地从后边冲过来："快滚开，我来了！"已经来不及躲避了（也无处躲避），被他狠狠地撞入了路边的一条深沟里，自行车又重重地压在我身上，直跌得鼻青眼肿，头上还磕了个大包。弗兰基见已大功告成，便幸灾乐祸地打着呼哨，扬长而去了。

　　我匆匆赶回家，尽量把泥污血迹洗干净，希望妈妈不会看出来，否则，她一定会告诉校长，惩处弗兰基，那样既对弗兰基无损（他巴不得弄得鸡犬不宁），又实在对我有害（他必定要伺机作更恶毒的报复）。

　　可惜头上的大青包无论如何也按不平。晚上，在妈妈的一再追问下，我掩饰不住，只好将自己受欺侮的事和盘托出了。只是恳求她不要报告校长。

　　妈妈看着我，想了想以后答应了："那好，明天我自己找他谈一谈。"

　　第二天，我总是心神不宁，担心有更大的灾祸在等着我，放学时，还特地绕了远路回家，只怕再遇上弗兰基。而妈妈下班后，倒是告诉我一个好消息："他们再也不会来欺侮你了。"我想，妈妈一定是报告了警察局长，让他把这两个作恶多端的坏孩子捉进了监狱——这下可好了！

　　但是，妈妈告诉我的是另一回事：

　　"今天，我先去翻阅了弗兰基兄弟俩的档案材料，发现他们的父亲早就死了，母亲现在也不知所踪，兄弟俩是靠了一个姑姑养大的，生活条件很差。而且，

> 母亲啊！你是荷叶，我是红莲，心中的雨点来了，除了你，谁是我在无遮拦天空下的荫蔽？
> 
> ——冰心

教过他的老师还告诉我，兄弟俩小时候常常遭到他们母亲的毒打。他们成为现在这个样子，并不全是自己的错：自己没有得到过多少爱，所以也不懂得去爱别人。"

"你知道我做了什么吗？"

"课后，我把弗兰基请到了自己的办公室，问他是否愿意当我的助手，每天替我准备些教具，我会为此给他一些报酬的。另外，如果工作得好，周末时我还会让你和他们兄弟俩一道去看电影……"

"我？我跟他们一起去看电影？"——出于愤怒，更出于畏怯，我当即表示反对，"我不去。"

"不，你应该去。"妈妈劝我，"他们需要别人的关心与尊重。只有爱才会教会他们去爱。"到了周末，我十分勉强地随妈妈到弗兰基他们的住处，接他们去看电影。妈妈对他们的姑姑说："弗兰基这一星期在我这里工作得挺不错。我相信他弟弟戴维以后也能来帮忙的。"他们的姑姑听了连连道谢，她一定从未梦想过自己这两个臭名远扬的侄儿还真能做好事儿，还真能被人喜欢！

在去电影院的路上，我们彼此都很窘。我偷偷瞥了弗兰基兄弟俩一眼。嚯！竟是一副规规矩矩、颇有教养的神色了——与平常完全不同。正疑惑时，弗兰基还很郑重地向我道歉："实在对不起，那天我把你撞到了沟里。请你原谅！"态度极为诚恳，垂着眼睛，显得很羞愧。

他还向我保证："以后我再也不会去欺侮任何人了。"

这破天荒的奇迹倒把我弄得怪不好意思，在妈妈的催促下，才表示了谅解——虽然心里已不记恨他了。

说来奇怪，这以后弗兰基兄弟俩真的如脱胎换骨了一般，彻底改邪归正了，不仅不再惹是生非了，而且学习也认真了——这对学校、对老师、对同学固然都是一个好消息，而对于我来说，也从中受益匪浅。

# 母亲传给我两滴水

陈志宏

我的母亲是一个没有多少文化的农家妇女，小时候因为家里穷，她连初小都没上完。在我的成长路上，母亲并没有因为自己缺少文化而忽略对我的教育。她总是用乡下常见的事物来教导我，开启我混沌的心灵。

年少时候，母亲曾在无意之中传给我两滴水，至今我仍然铭记在心。人生道路上，这两滴水给予我的力量和智慧，远比书本上的文化知识来得深刻和丰富多彩。

### 流水不争先

10岁那年，我开始上三年级了。村里流传这么一种说法：读书读到三年级，爹妈管教要加紧。开学之初，村小的老师来到我家，对我的父亲母亲说："你家的伢子读三年级了，对他的学习要抓紧一点，管严一点，三年级是一个关啊！"

此后，我去上学的时候，母亲总不忘叮嘱一句："在学校里要好好读书！"在这之前，她总是这么说："在学校里莫跟别人打架！"

一个星期天，母亲提着桶子到门前小溪里去洗衣服，我夹着语文书也跟了去。阳光明媚，风清云淡，小鸟在树上鸣叫，树叶在风中跳舞，我坐在溪边一块岩石上，捧着课本一本正经地朗读。

母亲停下手中的活，对我说："宏仔还在看书哇？"

我说："是啊，老师说要抓紧点嘛！"

母亲指着溪水说："古话说得好：流水不争先。读书不能靠一时性急，想读就猛读一气。你看，这水慢慢地流啊流，它不去争先后，而是在一点一滴地积蓄力量，到时候，有力量了，还在乎什么先后呢？"

我问："妈，你是不是不要我看书啊？"

母亲说："不是不要你看书，而是该看书的时候就好好看，该玩的时候就尽情地玩。你越要争先，越争不到先，做什么事都要慢慢来，一口吃不出一个胖子！"

母亲的话一说完，我就扔下书

本，一头钻到皂角树林里，采摘皂角。在我看来，那是再好玩不过的了。那个阳光灿烂的上午，我在皂角树上尽情地享受着玩耍的快乐，母亲洗好衣服的时候，我的衣服兜里装满了青嫩的皂角。从此，我的脑袋里装下了这么一句话：流水不争先。

### 满水不供家

上初中后，因为学校离家很远，我只有在周末才回一次家。那个时候，我们开始注意锻炼身体，发誓要练出一个男子汉的身材来。每天早上，我和同寝室的同学早早起床，在一颗树下扔沙包。就这样，长了不少劲，身体渐渐有了男子汉的风格。

那次回到家，为了展示自己的男子汉风度，我主动帮母亲提水。母亲看着我提着两个水桶，眼角露出欣慰的笑容。那一刻，我觉得自己真的长大了。我家在院子里自掘了一口压水井，把水桶放在出水口下，只消轻轻地压，井水就源源不断地流出来。我用力地压水，出水口的井水喷涌而出，不一会儿，两只水桶满满当当地盛着清澈的井水。

母亲从厨房追了出来，冲我喊："宏仔，你莫把水装得太满，满水不供家哩！"

我说："没事，我提得动它！"

当我左右开弓一手提一只盛满水的木桶，只听见哗哗的泼水声，井水沾湿了一路。

在厨房，母亲说："你看，满水提到屋里，还不是少了一大截？"

我没有去理会少没少水，而是疑惑不解地问："妈，'满水不供家'是什么意思？"

母亲说："水装得太满了，不就泼了吗？做什么事都是这样，不能太过头了。"

# 母亲的手

庄因

在异乡做梦，几乎梦梦是真。去年秋天匆匆返台，回来后，景物在梦中便依稀了，故交、新友、亲戚们也相继隐去，独留下母亲一人，硬大盘固，伟为泰山，将梦境充实了。

那夜，我梦见母亲。母亲立于原野，背了落日、古道、竹里人家、炊烟、远山和大江，仰望与原野同样辽阔的天极。碧海青空中，有一只风筝如鲸，载浮载沉。母亲手中紧握住那线绕子，线绕子缠绕的是她的丝丝白发啊。顷刻，大风起兮，炊烟散逝，落日没地，古道隐迹，远山坠入苍茫，而江声也淹过了母亲的话语……母亲的形象渐退了，我的视线定焦在她那一双手，那一双巨手，竟盖住了我泪眼所能见的一切。那手，是我走入这世界之门；那十指，是不周之山顶处的烛火，使我的世界无须太阳的光与热。

母亲的手，在我有生第一次的深刻印象中，是对我施以惩罚的手。孩童挨大人骂挨大人揍是难免的，但我却怎么也想不起任何挨母亲打的片段来，连最通常的打手心打屁股都没有。虽如此，母亲的惩戒更甚于打，她有揪拧的独门绝招。我说绝招，是她揪拧同时进行——揪起而痛拧之。揪或拧，许是中国母亲对男孩子们惯用的戒法，除了后娘对"嫡出"的"小贱人"尚有"无可奉告"的狠毒家法外，大概一般慈母在望子成龙的心理压力驱使下，总会情急而出此的。我的母亲也正如天底下数亿个母亲一样，对我是"爱之深，责之切"的。特别是小时候，国有难，民遭劫，背井离乡，使得母亲对她孩子们律之更严，爱之益切，责之越苛。母亲之对我，虽未若岳母之对武穆，但是，在大敌当前的大动乱时代，大勇大义之前，母亲与任何一位大后方逃难的中国母亲一样，对子女们的情与爱，可向上彰鉴千秋日月。在贵州安顺，有一年，家中来了远客，母亲多备了数样菜，这对孩子们来说，可是千载难逢"打牙祭"的大好机会了。我因贪嘴，较往常多盛了半碗饭，可是，扒了两口，却说什么也吃不下了。隔了桌子，我瑟缩地睇着母亲。她的脸色平静而肃然，朝我说："吃完，不许剩下。"我摇头示意，母亲的脸色转成失望懊忿，但仍只淡淡地说："那么就下去吧，把筷子和碗摆好。"在大人终席前，我不时偷望着母亲，她的脸色一直不展，也不言笑。到了夜里，客人辞去，母亲控制不了久压的情绪，一把拽我过去，没头脸地按我在床上，反了两臂，上下全身揪拧，而且不住说："为什么明明吃不下了还盛？有得饱吃多么不易，你知道街上还有要饭的孩子吗？"揪拧止后，我看见母亲别过头去，坐在床沿气结饮泣。从此以后，我的饭碗内没有再剩过饭。

当然，母亲的手，在我的感情上自也有其慰帖细腻的一面。那时，一家大小

六口的衣衫裤袜都由母亲来洗。一个大木盆，倒进一壶热水后，再放入大约三洗脸盆的冷水，一块洗衣板，一把皂角或一块重碱

> 慈母手中线，游子身上衣。临行密密缝，意恐迟迟归。
> ——孟郊

黄皂，衣衫便在她熟巧之十指下翻搓起来了。安顺当时尚无自来水，住家在院中有井的自可汲取来用，无井的便需买水。终日市上沿街都有担了两木桶水（水面覆以荷叶）的卖水的人。我们就属于要买水的异乡客。寒冻日子，母亲在檐下廊前洗衣，她总是涨红了脸，吃力而默默地一件件地洗。我常在有破洞的纸窗内窥望，每洗之前，母亲总将无名指上那枚结婚戒指小心取下。待把洗好的衣衫等穿上竹竿挂妥在廊下时，她的手指已泡冻得红肿了。待我们长大后，才知道母亲在婚后数年里，曾过着颇富裕的"少奶奶"生活，大哥、我、三弟，每人都有奶娘带领。可是，母亲那双纤纤玉手，在"七七"炮火下接受了洗礼，历经风霜，竟脱胎换骨，变得厚实而刚强，足以应付任何苦难了。也同样是那双结满厚硬的茧手，在微弱昏黄的油盏灯下，毫不放松地督导着我们兄弟的课业。粗糙易破的草纸书，一本本，一页页，在她指间如日历般翻过去。我在小学三年级那年，终因功课太差而留级了。我记得把成绩单交给母亲时，没有勇气看她的脸，低下头看见母亲拿着那张"历史实录"的手，颤抖得比我自己的更厉害。可是，出乎意料地，那双手，却轻轻覆压在我头上，我听见母亲平和地说："没关系，明年多用点儿功就好了。"我记不得究竟站了多久，但我永远记得那双手给我留下的深刻印象。

冬夜，炉火渐尽，屋内的空气更其萧寒，待我们上床入睡后，母亲坐在火旁，借着昏灯，开始为我们缝补衣袜。有时她用锥子锥穿厚厚的布鞋底，再将麻绳穿过针孔，一针一针地勒紧，那承受的痛苦，大概就是待新鞋制好，穿在我们脚上时，所换得的欣快的透支罢！

然则，就在那样的岁月中，母亲仍不乏兴致高涨的时候。每到此际，她会主动地取出自北平带出来的那管玉屏箫和一枝笛子，吹奏一曲，母亲常吹的曲子有《刺虎》、《林冲夜奔》、《游园惊梦》和《春江花月夜》。那双手，如此轻盈跳跃在每个音阶上，是那般秀美而富才情。去夏返台时，我注意到母亲的手上添了更多斑纹，也微有颤抖，那枚结婚戒指竟显得稍许松大了。有一天上午，家中只留下母亲和我，我去厨房沏了茶，倒一杯奉给她。当我把杯子放在她手中时，第一次那样贴近看清了那双手，我却不敢轻易去触抚。霎时间那双手变得硕大无比，大得使我为将于三日后离台远航八千里路云月找到了恒定的力量。

母亲的手，从未涂过蔻丹，也未加过任何化妆品的润饰，但那是一双至大完美的手。

# 与众不同的妈妈

（美）珍玛丽·库根

小时候，妈妈简直就是我的"心腹大患"，因为她太与众不同了。我很早就知道了这一点。

去其他孩子家玩的时候，他们的妈妈开门后，说些"把你的脚擦干净"或"别把垃圾带到屋里"之类的话，不会让人觉得意外。但在我家，却是另外一种情形。当你按响门铃后，就会有故作苍老的孩子的声音从门里传出来："我是巨人老大，是你吗，山羊格拉弗？"或者是甜甜的假嗓子在唱歌："是谁在敲门呀？"有时候，门会开一条缝，妈妈蹲伏着身子，装得跟我们一样高，然后一板一眼地说："我是家里最矮的小女孩，请等会儿，我去叫妈妈。"随后门关上大约一秒钟，再次打开，妈妈就出现在眼前——这回是正常的身形。"哦，姑娘们好！"她和我们打招呼。

每当这时候，那些第一次来的伙伴会一脸迷惑地看着我，仿佛在说："天哪，这是什么地方？"我也觉得自己的脸都让妈妈给丢尽了。"妈——"我照例向妈妈大声抱怨。但她从来不肯承认她就是先前那个小女孩。

说实话，大人们都很喜欢妈妈，但毕竟与妈妈朝夕相处的是我，而不是他们。他们一定无法忍受"观察家"的存在。这是个隐形人，妈妈经常跟他谈论我们的情况。

"你看看厨房的地面。"往往是妈妈先开口。

"哎呀，到处是泥巴，你才把它擦干净，""观察家"同情地答道，"他们就不知道你干活有多累？"

"我猜他们就是健忘。"

"那好办，把污水槽的抹布交给他们，罚他们把地面擦干净，这样才能让他们长记性。""观察家"建议。

很快，我们就人手一块抹布，照着"观察家"给妈妈的建议开始干活了。

"观察家"的语调和妈妈如此迥异，以致根本没人怀疑那就是妈妈的声音。"观察家"注视着家庭成员的一举一动，不时地挑毛病、出主意，所以我的朋友们经常问我："谁在跟你妈妈说话？"

我真不知如何来回答。

时间流逝，妈妈的言行没有丝毫变化，但她在我心目中的形象有了改善，一个偶然事件使我第一次意识到，拥有与众不同的

唯有成为母亲之人，才会了解何谓爱和幸福。
——（德）阿·夏米索

妈妈是很不错的事。

我家住的那条街，有几棵参天大树，孩子们喜欢沿着树爬上爬下。如果一个妈妈逮到哪个孩子爬树，马上就会引来整个街区的妈妈们，然后是异口同声的呵斥："下来！下来！你会摔断脖子的！"

有一天，我们一群孩子正待在树上，快活无比地将树枝摇来摆去。刚好我妈妈路过，看到了我们在树上的身影。当时，大伙儿都吓坏了。"没想到你还能爬这么高，"她大声冲我喊，"太棒了！小心别掉下来！"随后她就走开了。我们趴在树上一言不发，直到妈妈在视野中消失。"哇！"一名男孩情不自禁地轻呼。"哇！"那是惊讶，是赞叹，是羡慕我拥有这样一个与众不同的妈妈。

从那天起，我开始注意到，同学们下午放学回家的时候，总喜欢在我家逗留一段时间；同学聚会也经常在我家举行；我的伙伴们在自己家里沉默寡言，一到我家，就变得活泼开朗，跟我妈妈有说有笑。后来，每当我和这些伙伴遇上成长的烦恼时，总愿意向我妈妈求助。

我庆幸自己是妈妈的女儿，我终于喜欢上了妈妈的与众不同，而且为有这样的妈妈感到十分自豪。

# 妈妈哭泣的那一天

(美)杰拉德·莫尔

这是很久以前的一个昏暗的冬日。那天，我刚收到了一本心爱的体育杂志，一放学就兴冲冲地往家跑。家，暂时属于我一个人，爸爸上班，姐姐出门，妈妈新得到一个职业，也要过个把钟头才会回来。我径直闯进卧室，"啪"一声打开了灯。

顿时，我被眼前的景象惊住了：母亲双手掩着脸埋在沙发里——她在哭泣。我还从未见她流过泪。我走过去，轻轻地抚摸着她的肩膀。"妈妈，"我问道，"出什么事了？"

她深深地吸了口气，勉强露出一丝笑容。"没有，真的。没什么大不了的事。只是，我那个刚到手的工作就要丢掉了。我的打字速度跟不上。"

"可您才干了三天啊，"我说，"您一定会成功的。"我不由得重复起她的话来。在我学习上遇到困难，或者面临着某件大事时，她曾经上百次地这样鼓励我。

"不，"她伤心地说，"没有时间了，很简单，我不能胜任。因为我，办公室里的其他人不得不做双倍的工作。"

"一定是他们让您干得太多了。"我不服气，她只看到自己的无能，我却希望发现其中有不公。然而，她太正直，我无可奈何。

"我总是对自己说，我要学什么，没有不成功的，而且，大多数时候，这话也都兑现了。可这回我办不到了。"她沮丧地说道。

我说不出话。

我已经16岁了，可我仍然相信母亲是无所不能的。记得几年前我们卖了乡下的宅院搬进城里时，母亲决定开办一个日托幼儿园。她没受过这方面的教育，可这难不倒她，她参加了一个幼儿教育的电视课程，半年后就顺利结业，满载而归了。幼儿园很快就满员了，还有许多人办了预约登记。家长们夸她，孩子们则几乎不肯回家了。她赢得了人们的信任和爱戴。这一切在我看来都是自然而然、顺理成章的事。母亲能力很强，这不过是个小小的证明罢了。然而，幼儿园也好，双亲后来购置的小旅馆也好，挣得的钱都供不起我和姐姐两人上大学。我正读高中，过两年就该上大学了，而姐姐则只剩三个月工夫了，时间逼人。母亲绝望地寻找挣钱的机会。父亲再也不能多做了，除了每天上班，他还经管着大约30公顷的地。旅社卖出几个月后，母亲拿回家一台旧打字机。机子有几个字母老是跳，键盘也磨得差不多了。晚饭间，我管这东西叫"废铜烂铁"。

"好点儿的我们买不起，"母亲说，"这个学手可以了。"从这天起，她每天晚上收拾了桌子，碗一洗，就躲进她那间缝纫小屋里练打字去了。缓慢的"嗒"、

"嗒"、"嗒"声时常响至深夜。

圣诞节前夕，我听见她对父亲谈到电台有个不错的空缺。"这想来是个有意思的工作，"她说，"只是我这打字水平还够不上。"

"你想干，就该去试试。"父亲给她打气。

母亲成功了。她那高兴劲儿真叫我惊异和难忘，她简直不能自制了。

但到星期一晚上，第一天班上下来后，她的激动就悄然而逝了。她显得那样劳累不堪，一副筋疲力尽的样子。而我无动于衷，仿佛全然没有察觉。

第二天换上父亲做饭拾掇厨房了，母亲留在自己屋里继续练着。"妈妈的事都顺利吗？"我向父亲打听。

"打字上还有些困难，"他说，"她需要更多的练习。我想，如果我们大家多帮她干点活儿，对她会有好处的。"

"我已经做了一大堆事了。"我顶嘴道。

"这我知道，"父亲心平气和地回答，"不过，你还可以再多做一点儿。她去工作首先是为了你能上大学读书呀！"

我根本不想听这些，气恼地抓起电话约了个朋友出门去了。等我回到家，整个房子都黑了，只有母亲的房门下还透着一线光亮。那"噼啪"、"噼啪"的声音在我听来似乎更缓慢了。

第二天，就是母亲哭泣的那一天。我当时的惊骇和狼狈恰恰表明了自己平日太不知体谅和分担母亲的苦处了。此时，挨着她坐在沙发上我才慢慢地开始明白起来。

"看来，我们每个人都是要经历几次失败的。"母亲说得很平静。但是，我能够感到她的苦痛，能够觉着她的克制，她一直在努力强抑着感情的潮水。猛地，我内心里产生了某种变化，伸出双臂抱住了母亲。

终于，她再也把持不住自己，一头靠在我的肩上抽泣起来。我紧紧抱住她不敢说话。此时此刻，我第一次理解到母亲的天性是这样的敏感，她永远是我的母亲，然而她同时还是一个人。一个与我一样会有恐惧、痛苦和失败的人。我感到了她的苦楚，就像当我在她的怀抱里寻求慰藉时，她一定曾千百次地感受过我的苦闷一样。

这阵过后，母亲平静了些。她站起身，擦去眼泪望着我，说："好了，我的孩子，就这样了。我可以是个差劲的打字员，但我不是个寄生虫，我不愿做我不能胜任的工作，明天我就去问问，是不是可以在本周末就结束掉这儿的工作，然后就离去。"

她这样做了。她的经理表示理解，并且说，和她高估了自己的打字水平一样，他也低估了这项工作的强度。他们相互理解地分了手。经理要付给她一周的工资，但她拒绝了。

时隔8天，她接受了一个纺织成品售货员的职业，工资只有电台的一半。"这是一项我能够承担的工作。"她说。

然而，在那台绿色的旧打字机上，每晚的练习仍在继续，夜间，当我经过她

的房门，再听见那里传出的"噼啪"声时，思想感情已完全不同于以前了。我知道，那里面，不仅仅是一位妇女在学习打字。

两年后，我跨进大学时，母亲已经到一个酬劳较高的办公室去工作，担负起比较重要的职责了。几年过去，我完成了学业，做了报社记者，而这时的母亲已在我们这个地方报社担任了半年的通讯员了。我学到许多东西，母亲在困境中也同样学到了很多。

母亲再也没有同我谈起过她哭泣的那个下午。然而，每当我初试受挫，当我因为骄傲或沮丧想要放弃什么时，母亲当年一边卖成衣、一边学会了打字的情景便会浮现在眼前。由于看见了她一时的软弱，我不仅学会了尊重她的坚强，而且，自身的一些潜在的力量也被激发和开掘出来。

前不久，为给母亲62岁生日做寿，我帮着烧饭、洗刷。正忙着，母亲走来站到我身边。我忽然想到那天她搬回家来的旧打字机，便问道："那个老掉了牙的家伙哪去了？"

"嗯，还在我那儿，"她说，"这是个纪念，你知道……那天，你终于明白了，你的母亲也是一个人。当人们意识到别人也是人的时候，事情就变得简单得多了。"

真没料到她竟知晓我那天的心理活动。我不禁为自己感到好笑了。"有时，"我又说，"我想您会把这台机子送给我的。"

"我要送的。不过，有个条件。"

"什么条件？"

"你永远不要修理它。这台机子几乎派不上什么用场了。但是，正因如此，它给了我们这个家庭最可贵的帮助。"我会心地笑了。"还有，"她说，"当你想去拥抱别人时，就去做吧，不要放弃。否则，这样的机会也许就永远失掉了。"

我一把将她抱住，心底里涌涨起深深的感激之情：为了此时，为了这么多年的岁月里，她所给予我的所有的欢乐时刻。"衷心地祝愿您生日愉快！"我说。

现在，那台绿色的旧打字机仍原样摆在我的办公室里。每当我苦思冥想地构思一个故事，几乎要打退堂鼓时，或者每逢我怜悯自己时，我就在打字机的滚轴上卷上一页纸，像母亲当年那样，吃力地一字一字地打起来。这时，我心里就会升起一种东西，一种回忆，不是对母亲的挫折，而是对她的勇气——自强不息的回忆。

# 妈妈的梦

（美）贝蒂·麦克法兰

我多么希望我没有打开那个破旧的松木箱子啊！因为在它的里面，有一个外面包着一层小棉被的盒子，这个盒子对我来说简直是太熟悉了，盒子的上面用铅笔写着"采用信"。如今，盒子上依旧残留着妈妈平素最喜欢佩戴的玫瑰的芳香，那香味虽然已经很微弱了，但是仍旧那么清新，那么怡人。我凝视着这个盛放着妈妈作品的盒子，那如烟的往事有如潮水一般汹涌而来，无尽的悲伤则像浓雾一样弥漫了我整个身心。她那成为一位作家的美好梦想最终也没能够变成现实。

早在20年前，我就第一次知道了妈妈非常非常地想成为一位作家。记得有一天，她坐在厨房里的餐桌旁，伏案疾书，她正在写她刚刚卖掉的那匹心爱的马儿和那幅年代久远的古画这件事，她一边写着，一边揩着顺着脸颊悄悄流淌下来的泪水。那时，我们已经没有钱付房租了。

妈妈并没有把她的这篇文章投到任何一家报刊去，但是，就在那天之后，我发现妈妈的眼睛里又闪烁着一种新的神采。"孩子们，"她对我们说，"你们的妈妈将会成为一位作家的。我感到上帝想让我今后写些小说，写些能够鼓舞别人的士气、振奋别人的精神的小说。"

于是，她买来稿纸和文具，并且订制了名片，上面印着她的姓名、家庭地址以及"作家和讲师"的字样。她说，认真而又正确地处理一些细节问题是非常重要的。如果附信看起来非常适当和有礼貌的话，那么编辑就有可能会读她的作品。

接着，她把地下室的一个角落清理干净，把一扇门搭在两个文件柜上当作书桌，又从爷爷那里借来一台打字机。但是，至今给我印象最深的还是放在她的书桌上文具旁边的一个盒子，无论是打开还是关闭，也无论拿起或者放下，她总是那么小心翼翼。盒子的外面包着一层点缀着蓝色的小勿忘我花的米色的小棉被，她用一条淡蓝色的缎带把它紧紧地系了起来，并且还充满自信地写上"采用信"几个字。我想她一定从来没有想到过她可能会被一些编辑拒绝，而且还会收到一些退稿。

就这样，妈妈开始收集素材，并且还买了一本《作家指南》，正式开始了她的写作。但是，就在她即将完成她的第一篇文章之前，爸爸离开了我们。猛然之间，妈妈陷入了困境，不得不独自承担起照顾和养育孩子的重任。她总是抽出时间来写一些鼓励我们的便条，塞在我们的午餐盒里或者是放在我们的衣兜里——这样一来，她就没有多少时间来创作她的小说了。虽然如此，妈妈却对我们说："亲爱的，别为妈妈担心。上帝既然给了我这个梦，那么他就一定会关照它的。"

第二篇 感恩母爱 一五五

时光荏苒，日月如梭。虽然我已经记不清妈妈是什么时候把这个盒子和那些文具收起来的，但是我仍旧清楚地记得它们不再摆放在她的书桌上的那一天。有时候，当看见妈妈静静地坐在书桌前的时候，我就想，此刻，妈妈一定是正在写她的小说呢。但是，事实往往不像我想象的那样，因为在那之后，我才发现她总是在写些信函，不是写给我的一个在军队服役的兄弟，就是给一位友人寄一张明信片，或者是给我爷爷写一封使人感到愉快的短信。

　　当我们几个孩子都长大成人，各自建立了家庭，离开妈妈以后，我想她是多么希望能够有时间来进行写作啊！但是，总是事与愿违，一件件不幸的事情接踵而至——妈妈的弟弟在一次严重的交通事故中受了伤，她必须去看望他、照顾他；我的姐姐刚刚生了孩子，妈妈也必须去照顾姐姐和她的孩子；爷爷又得了重病，为了能得到周到的照顾，他也搬到了我们家与我们同住；此外，还有一位孤身一人的邻居，无依无靠，只能向我妈妈寻求帮助……妈妈从来没有发表过一篇文章，没有出版过一本书，因为她根本就没有时间，也没有机会写作。

　　此刻，我把手伸进这个松木箱子里，将那个写着"采用信"的盒子取了出来。让我惊奇的是，这个盒子竟然非常沉重。它的外面捆扎着一条淡蓝色的缎带。

　　"盒子里究竟都收藏了些什么呢？"我沉思着。然后，我抑制不住强烈的好奇心，小心翼翼地打开了这个盒子，开始阅读那些静静地躺在盒子里的"采用信"。

　　谢谢您，妈妈，谢谢您每天给我写来的信。如果没有这些信，我是绝不会通过海军的新兵训练的。

　　我只是通过这封信告诉您，我姐姐对您在她生病的那些年月里给她写来这么多支持她、鼓励她的信是多么的感激啊！

　　谢谢您在我抚养我的小毛孩的这段漫长的日子里一直写信给我，帮助我，安慰我。

　　谢谢你抽出时间来专门给我寄来这么漂亮的明信片。像我这样上了年纪的老人总是觉得没有谁还会想到我们，也没有谁还会来关心我们的。

　　当我处于我人生最低谷的时候，您的信飞到了我的身边。您鼓励我勇敢地面对一切困难和挑战。如今，我已经是我们这个团体中最好的销售员之一了。

　　妈妈，谢谢您给我写了这么多的信，正是这些信帮我度过了那段最困难的日子，它们使我在那段日子里始终保持着清醒的头脑，清明的神志。非常感谢您对我的始终如一的支持、祈祷和信赖，尤其是，您的爱！

　　的确，上帝确实帮助人们实现了梦想——虽然妈妈没有发表过一篇文章，没有出版过一部书，但是，她确实是一位作家。

## 天底下最美的母亲

马德

那时候,我在张家口乡下的一所偏僻的乡中学教书。每天上午,我总会看见一个跛脚的女人推着一辆自行车进来,斜穿过办公室与教室之间的过道,去给食堂送豆腐。女人上身穿着一件发黄的军棉衣,腰间胡乱地捆着一根布绳。下面是一条黑棉裤和与时令并不匹配的胶鞋。头发蓬乱着,乱麻一般。人显得非常憔悴。她的脚跛得很厉害,深一脚浅一脚的,自行车推得也不平稳,我几次都担心她车后边的豆腐会掉下来。

有一天,我看学生交上来的随笔,一个叫王萧励的女生这样写道:

这个星期天回家,心里很不是滋味。父亲在炕上躺着,还是不能动弹,吃了那么多的药也不顶事。算起来他在炕上已经躺了3年了。弟弟还小,生活的重担都由母亲一个人担着,每次回来看到母亲忙前忙后的样子,我都想哭。

这学期开学的时候,我提出不想再上学了,想帮母亲干农活。躺在炕上的父亲眼眶里满蓄着泪水,不说话,母亲在炕上坐着也不作声。弟弟还小,在炕边玩,整个屋子里静静的。末了,母亲说:"上吧,再辛苦也把你供下来……"

春末的时候,我在这个村镇的街上闲逛,又遇到这个跛脚的女人。这次她正赶着一辆牛车,车上是些刚刚收到的废品,纸盒、易拉罐,还有些生铁。她坐在车前辕的一块硬纸片上,吆喝着牛,往公路的方向走去。正是大中午,街上没有一个人,整个村庄都笼罩在一片家庭的氛围里。而她,这个跛脚的女人还在为生计奔波着,陪伴她的只有牛蹄声,在空空的街道上有条不紊地响着。

我目送着那辆车上了公路,直到它消失在川流不息的车流中。我不知道她的下一个地方是哪个村庄,也不会知道她今天的中午饭要熬到什么时候才吃,但我敢肯定她必须要继续奔波下去。

发现这个跛脚女人是王萧励母亲的那一次,萧励的随笔是这样写的:

有好些天了,母亲给学校送豆腐,我看到过母亲几次,但没敢和她说话。虚荣和自卑的心理占据着我的内心,我怕同学们知道那就是我的母亲而笑话我。

母亲每次总是急匆匆地来，又急匆匆地去，也不知道她是顾不上看我，还是有意地回避我，总之，我的心里很矛盾，既想让母亲来看看自己，又怕同学们知道了会讥笑我。有时候，我真想骂自己一顿，自古说："儿不嫌母丑，狗不嫌家贫。"自己现在连狗都不如。

这次考试，我考得很不好，在班里，我总抬不起头来，也怕看见老师们的目光。我总觉得自己很笨，比别人努力得很多，却总是考不过别人。人们都说笨鸟先飞，但对于我，却仍是无济于事。

每当考完一次试，我的内心就动摇一次，我这样的成绩很对不住含辛茹苦的母亲，也对不起躺在炕上的父亲。一次一次的失败几乎让我坚持不住了。

回家后，当我看到母亲忙碌的身影以及她坚毅的目光时，我已经到了嘴边的想退学的想法便不敢再说出来。我得坚持下去……

天气逐渐转暖的时候，王萧励的母亲来得更早。常常是上第一节课，或者第一节课还没有上就来了，因为那时候我一般都是上第一节课。我有时只是从窗户里，看到她匆匆掠过的身影。

那时候，我也开始注意王萧励了，眼睛并不大却很有神的一个女孩子，规规矩矩地坐在那里听课，很认真。

有几次上课，我提问她，她的声音很轻，谨小慎微的样子，生怕自己说错了什么而引起别人的笑话。我常常鼓励她，尽管有时候她答非所问，我还是给予了极大的肯定。我知道，这样的学生，这样的孩子，此刻是多么需要别人尤其是师长的肯定。

6月的一个下午，我在办公室看作业，又看到了王萧励的文章：

这一段时间感觉好了许多，我终于敢昂着头出入教室了。而且最要紧的是，我的成绩有了很大进步。我回去把我的成绩报告给父母后，母亲很高兴，一下子打开柜子，说是要为我淘米做一顿糕吃，父亲眼中好像也泪水汪汪的。

那一天，我看着母亲舒展的眉头，真想过去拥抱母亲一下，是的，这个家过了多少天阴云密布的日子了，该高高兴兴了，但是我没有动。母亲说："家里有我一个人就行了，你安心读书就是了。"我咬了咬嘴唇，差点哭了。

想想我以前的虚荣心，我就暗暗地恨自己。现在想来，我一定要找一个机会，在众多同学的面前把母亲介绍给大家。我告诉他们，这就是我的母亲，天底下最坚强最勤劳的母亲，也是天底下最美的母亲……

我知道，有许多像王萧励一样的家庭，像王萧励一样的孩子，更有数不清的像王萧励母亲一样平凡坚毅的母亲，她们在艰难的生活中苦苦挣扎，用牺牲自己的方式去支撑家庭，去供养孩子上学，不怕累，不言苦，把泪水一个人吞尽。

# 生命之桥

邓军清

母亲造桥的那年，是我3岁的哥哥去世后的第二年。父亲告诉我，那时1毛钱3个蛋，造一座桥，需20元钱。到现在为止，父亲还不知道那时只靠几只鸡下蛋换钱的母亲是如何在一个月内攒够20多元造桥的钱的。我只记得桥造好的当天，年迈的母亲站在两根木头的桥边泪水盈盈。从那以后，母亲除了对我更加关怀以外，对这座生命之桥更多了一份呵护，每日清晨，她都要从河中打水洗去桥上的灰尘和泥土，雨天过后为了不使过桥的小孩在桥上滑倒，她就要从家里铲出一点煤灰，撒在桥上。

年幼的我始终不知母亲造桥原因的内幕。直到一日，隔壁算命的阿婆才神秘地告诉我母亲造桥的"原因"。她说母亲前辈子罪过太深，必须造一座桥，让千人过万人踏，才能洗涤前生的恩怨，不然母亲永远不能留住儿子。当我对阿婆的话半信半疑时，老师给我们讲述了祥林嫂造门槛的故事，使我对母亲造桥的原因深信不疑。从此，每当走过这座生命之桥时，总觉得是踏着母亲的脊背，走在桥上痛在心头，以至于每次放假回家我情愿赤脚蹚过河，也不愿从母亲的桥上走过。

白驹过隙，我考上了大学，参加了工作。一日，母亲托人给我写了一封信，我才知道那座生命之桥终于抵挡不住岁月的剥蚀，在一个大雨滂沱之夜被河水冲断了。信的最后母亲说想用水泥另造一座桥，不知我能否寄500元钱回家。我连夜写了回信，从破除迷信谈到科学知识，最后，我告诉她，如果没钱买米买衣我可给钱，但是造桥需要的钱我是不会给的。

今年清明回家，当我走进村口时，就发现一座宽1米、长6米的水泥桥替代了母亲那座木桥。回到家，看见正在做饭的母亲，我气愤地说道："信里不是告诉你，这是迷信、迷信！妈，不是我说你，把钱花在这上面，你真的是无知……"没等我把话说完，母亲走出了家门，一直沉默不语的父亲这时到邻居家，拿来一张发黄的相片问我道："你还记得这是谁吗？"我点点头，那是我记忆中的玩伴——小玲！相片中她背着书包一脸天真的笑。"那时你还小，小河上只有你母亲造的一座木板桥，小玲是放学回家时，从木桥掉下去被河水活活地冲走的，孩子，你说如果小河上没有一座好桥，别的孩子放学回家，不是又会发生悲剧……"父亲哽咽了，我的心中也突然感到有一把刀在挖着、剐着，为母亲也为那座生命之桥，我的眼角滑出了泪珠。被定义为现代知识分子的我终于知道了——"无知"的母亲造桥的沉重的原因。

# 童心与母爱

佚名 编译

在我14岁的那年夏天,我和妈妈伴着几个比我小的孩子在一个海滨度假。

一天早晨,我们在海滨散步时遇见一位美貌的母亲。她身边带着两个孩子,一个是10岁的纳德,另一个是稍小一点的东尼。纳德正在听他妈妈给他读书。他是个文静的孩子,看上去像刚刚生过一场病,身体还没有完全恢复。东尼生得一双蓝色的眼睛,长着一头金黄色的卷发,像是一头小狮子,既活泼,又斯文。他能跑善跳,逗人喜欢,生人碰到他总要停下来跟他逗一逗,有的人还送他一些玩具。一天,游客们正坐在海滨的沙滩上,我弟弟突然对大家说,东尼是个被收养的孩子。大家一听这话,都惊讶地互相看了看。但我发现,东尼那张晒黑了的小脸上却流露出一种愉快的表情。

"这是真的,是吗,妈妈?"东尼大声说道。"妈妈和爸爸想再要一个孩子,所以,他们走进一个有许多孩子的大屋子里,他们看了那些孩子后说:'把那个孩子给我们吧。'那个孩子就是我!"

"我们去过许多那样的大屋子,"韦伯斯特夫人说,"最后我们看上了一个我们怎么也不能拒绝的孩子。"

"但是,那天他们没有把那个孩子给你们。"东尼说。他显然是在重述一个他已熟知的故事。"你们在回家的路上不停地说:'我希望我们能得到他……我希望我们能得到他。'"

"是的,几个星期以后,我们就得到了。"韦伯斯特夫人说。

东尼伸出手,拉着纳德,"来,我们再到水里去。"孩子们像海鸥似的冲到海边的浪花里。

"我真想不通",我妈妈说,"谁舍得抛弃这样一个可爱的孩子呢。"过了一会儿,她又补充道,"明明知道他是被人收养的,但他却丝毫不感到惊讶。"

"相反,"韦伯斯特夫人答道,"东尼感到极大的快乐。似乎觉得这样他的地位更荣耀。"

"你们确实很难把这事情告诉他。"我妈妈说。

"事实上,我们并没有告诉过他,"韦伯斯特夫人回答说,"我丈夫是个军队里的工程师,所以我们很少定居在什么地方,谁都以为东尼和纳德都是我们的儿子。但是,6个月前,在我丈夫死后,我和孩子们碰上了我一位多年不见的朋友。她盯着那个小的,然后问我,哪个是收养的呀,玛丽?"

"我用脚尖踩着她的脚,她立刻明白了过来,换了个话题,但孩子们都听见了。她刚一走开,两个孩子就拥到我的跟前,望着我,所以,我不得不告诉他们。

于是，我就尽我的想象力，编了个收养东尼的故事……你们猜结果怎样？"我说："什么也不会使东尼失去勇气。"

> 母爱可以丰富我们的感情。
> ——（法）巴尔扎克

"对极了，"他妈妈微笑着应道，"东尼这孩子虽然比纳德小一些，但他很刚强。"

在韦伯斯特夫人和她的孩子们将要回家的前一天，我和妈妈在海滨的沙滩上又碰见那位母亲。这次她没有把两个孩子带来，我妈妈夸奖了她的孩子，还特别提到了小纳德，说从来没有见过一个孩子对他的母亲有这样深的爱，文静的小纳德竟对他母亲如此的依赖和崇拜。不料夫人说道："你也是一位能体谅人的母亲，我很愿意把事实告诉你：实际上东尼是我亲生的儿子，而纳德才真是我的养子。"

我妈妈屏住了呼吸。

"如果告诉他，他是我收养的，小纳德是受不了的。"韦伯斯特夫人说，"对于纳德来说，母亲意味着他的生命，意味着自尊心和一种强大的人生安全感。他和东尼不同，东尼这孩子很刚强，是一个能够自持的孩子，还从来没有什么事情使他沮丧过。"

去年夏天，我在旧金山一家旅馆的餐厅里吃午饭，临近我的餐桌旁坐着一位高个子男人，身着灰色的海军机长的制服。我仔细观察了那张英俊的脸庞和那双闪烁着智慧的眼睛，然后走到他跟前。我问："你是安东尼·韦伯斯特先生吗？"

原来他就是。他回忆起童年时我们一起在海滨度过的那些夏日。我把他介绍给我丈夫，然后，他把纳德的情况简单地告诉了我们。纳德大学毕业后，成了一位卓有成就的化学家，但他只活到28岁就死了。

"母亲和实验室就是纳德那个世界里的一切，"东尼说，"妈妈曾把他带到新墨西哥去，让他疗养身体，但他又立即回到他的实验室里去了。他在临死之前半小时，还忙着观察他的那些试管。死的时候，妈妈把他紧紧搂在怀里。"

"你妈妈什么时候告诉你的，东尼？"

"你好像也知道？"

"是的，她早就告诉过我和我妈妈，但我们都一直保守着这个秘密。"

东尼眼睛里闪烁着晶莹的泪花，沉默了好大一会儿。"我很难想象，在我的一生中，我还能献给母亲比我已经献出的更加深切的爱。"他说，"现在我自己也有了一个孩子。我开始思索，在这20多年里，母亲为了不去伤害养子那颗天真无邪的童心，而把亲生儿子的位置让给他，她自己心里会是怎样一种滋味呢？"

# 因为爱你

朱慧琪

一天放学时,班主任朱老师说本周星期六上午开家长会,每位家长都必须到会。每次期中考试之后,朱老师都要召开一次家长会。朱老师还说,这次会议很重要,能增进老师与家长的交流,准确掌握学生的思想动态。家长会当然要公布每一位同学的成绩。但小琴怕开家长会,并不是她考得不好,而是这次家长会她爸爸不能来。朱老师问:"谁的家长不能来,请举手。"没人举手。小琴犹豫再三后,还是把手举了起来。老师问:"前几次你爸爸不是来了吗?为什么这次不能来?""我爸爸外出工作去了。""那叫你妈妈来吧!""不,不。"小琴有些急了,"我妈妈不能来,因为……她从未参加过这样的会议。"老师笑了,说:"这不是理由。叫你妈妈一定要来!"

小琴回到家,妈妈正在做晚饭,尽管她忙得不可开交,但还是向小琴做了个"我爱你"的手势。以前小琴会高兴地回敬妈妈一个吻,或者说:"我也爱你。"可是这时,小琴只看了妈妈一眼,目光就慌忙地躲开了,一句话也没有说就低着头走进了自己的房间。

小琴的妈妈是个哑巴,所以每次都用手势来表示她很爱小琴。小琴是爱学习的女孩,平时只要坐下来就投入课本中。可是这天一个字也看不进去,看见书上的字就像密密麻麻的蚂蚁,心里乱极了。"咚咚",是妈妈在敲门,小琴忙收回心思,开门见妈妈做了个吃饭的手势,就起身来到饭桌边。妈妈做了很多小琴喜欢吃的菜,可小琴一口也吃不下去。妈妈见状,摸了摸她的头,小琴忙说:"没事,只是心里有点不舒服。"妈妈没太在意。小琴看着妈妈,妈妈长得很漂亮。小琴听爸爸说,妈妈生下她后就得了重病,以后就再也不能说话了。

小琴轻轻叹了口气,在心里对妈妈说:过两天就要开家长会了。我多么想让你参加,可又不能让你去。如果同学们知道你是一个哑巴,会怎么看我呢?更重要的是,不能让你受到伤害——我们班的同学最会取笑人了。

到了周六的上午,家长们按时来到教室,坐到自己孩子的座位上。规定的时间到了,朱老师走上讲台说:"各位家长,再耽误你们几分钟,还有一位家长没到。"小琴趁等待的时间数了一下,有49位家长到了,班上有50位同学。朱老师说的莫非是……小琴想到这儿不由得紧张起来。就在她忐忑不安时,教室门口出现了一位漂亮的中年女子。妈妈!站在门口的是妈妈。她怎么会来?小琴压根儿就没告

> 一位自爱的母亲让子女体验爱意味着什么、欢乐意味着什么、幸福意味着什么比让子女体验被爱也许更有裨益。
> ——(美)埃·弗罗姆

诉妈妈今天开家长会。

"赵琴同学，请把你妈妈领到你的座位上去。"朱老师说道。小琴面红耳赤地向妈妈走去，妈妈向大家打了个手势。

"赵琴，请把你妈妈的手语翻译一下。"小琴先是一愣，然后说："我妈妈向大家问好并道歉。她迟到了一会儿。"大家立即明白这是一位哑巴妈妈，都报以友好的微笑，还热烈地鼓掌欢迎，小琴走到妈妈面前，轻轻说："您怎么来了？"妈妈脸一红，做了一个手语，意思是："因为爱你！"

小琴的眼眶一下子潮湿了，怕自己流下泪来忙转过身去，牵着妈妈的手走向那唯一的空位。

## 雪落无痕，真爱无声

龙显旖

对于雪，我总是有着一种特殊的感情。不为别的，只为它下时的无声无息、极度地宽容与包容着地面上的一切，像母爱。那年夏天，我收到了来自北方城市的一所大学的录取通知书。全家上下就跟过年过节一样，一片喜气洋洋，尤其是母亲，嘴巴一直没有合拢过，还翻出了好久未穿过的新衣服穿上，里里外外地忙开了。忙着置办酒席，宴请亲戚朋友。等这一切忙完了，好不容易清静了几天，母亲又忙开了。这次总是她一个人躲在卧室里，连平时最爱看的电视剧也不看了。我虽然感到奇怪，却没想太多。直到有一次去父母房里拿点东西，才看见母亲一个人默默地坐在台灯下，面前放着一本编织书，而母亲则拿着已织好的半截毛衣上的织针，双手生硬而费劲地挑来挑去，一会儿看看书，一会儿打几针，一会儿又拆几针。我和小妹只在小时候穿过母亲织的毛衣，离现在已有十几年了，不知母亲何以再拿起了织针，织起了毛衣。我问了一声："妈，你在干什么？"

母亲停了一下，扬起了手中的半截黄色的毛衣，有一点兴奋："看，给你打的毛衣。听说北方那边比这边冷，雪也下得早，打件毛衣给你冬天穿。"母亲叹了口气，似有一点感慨，"好久没打过毛衣了，有十几年了吧！想当年你们冬天穿的都是我打的毛衣，现在学都学不会了。"

我有点不以为然，一把抢过母亲手里的毛衣扔到一边，说："现在还是夏天呢，怎么就想到冬天去了。况且，外面满大街都有羊毛衫卖呢！"母亲捡起了毛衣："傻孩子，外面卖的没打的暖和。"我说："那外面卖的可是纯羊毛的呢，比这暖和10倍不止，而且又好看又流行，谁还穿这古董一样的毛衣啊！"不由分说又将毛衣扔到一边，拉起母亲的手，拖着她去看电视。母亲勉强跟在后面，坐在电视机前，眼睛左顾右盼，全然没有心情看电视，一直念叨着："打的毛衣也可以打出很多式样的……"

临走前一天，母亲又将我准备好的行李打开来，认认真真、仔仔细细地检查了一遍……这已是第三遍了，确认无误后才收拾好，然后坐在一旁盯着行李，想着还有什么没带的。那目光使我不忍多看，好像丢失了什么似的。带着新鲜与紧张的心情，我终于踏上了北上求学的路。毕竟这是我第一次出那么远的门，总想着外面的世界的精彩，全然没有觉察到父母眼里的那种恋恋不舍和放心不下。

母亲一直在耳边说个不停，什么"一个人出门在外，要自己小心啊！""要照顾好自己啊！""要吃饱啊！""不要饿着啦，不要冻着啦！"等等，断断续续地传过来又飘远去了，让我觉得有一点烦，只以点头和"嗯""好"应对。等到火车启动了，看到满车厢里全都是陌生的脸时，我的心才一颤，这次是真的自

己一个人了，忙去搜寻父母的影子。车窗外，父亲母亲相扶着，盯着我所在的车厢，母亲的眼里早已是噙满了泪水。我突然有了一股想哭的冲动，最后还是强忍住了，男儿流血不流泪，这一直是我作为男儿的一种信仰。

开学的第一天，晚上冲完凉后，我将要洗的衣服随手扔在了床角，到第二天要穿的时候才发现它们还在原地；每天下午一下课，便冲出教室往校门外跑，这才记起此处离家已是千里；每次吃完最后一口饭，习惯性地总想点一下头，这才记起已没有了母亲的关问："吃饱了没有？"

经过一段新鲜与适应，日子慢慢趋于平静，我渐渐习惯了自己的衣服自己洗；习惯了下课了就赶着去饭堂吃饭；习惯了自己问自己吃饱了没有。这一切，在家里都是由母亲代劳的。一想到这些，心情就变得复杂起来，平时一些看似微不足道的事，如一顿供你挑剔的饭菜，一件仍带有清香的干净衣服，都是那么平平常常、普普通通，等到离家远了，一切都得靠自己了，才发现母亲所给予自己的原是那么多。而平时没有发现，是它不露一点痕迹，还是你身处其中，习惯了从而忽视了它。

日子就这么过着，我写给家里的信由频渐少，而母亲的来信却丝毫没有放慢脚步，一封紧接一封地传到我的手上，如一口幽泉般，徐徐地送来甘甜的母爱，滋润着我远离故乡远离父母而变得脆弱的心。母亲在信中始终不变的话题是："这几天的温度是17～19度，会有大雨下，别忘了带伞，当心感冒。""这几天的温度是18～21度，会出太阳，别忘了晒晒被子……"母亲的家书就像是一个温度计般，测量着我周围的一切。可以想见，母亲现在最爱看的电视节目就是天气预报了吧！每天七点半，新闻联播一完，母亲就会停下手中正在洗的碗或衣服，认认真真、一字不落地倾听我所处的城市的天气变化，恨不能自己就变成了控制天气的雷公电母，给我以一生的风和日丽、晴天碧日。然后她又会逼着父亲拿出那张看了无数遍的中国地图，仔细地按图索骥，找出我所处的城市的地理位置，默默凝视这个容纳着自己的儿子的地方。

当母亲信中的温度慢慢降到了四五度的时候，我才蓦然发觉，这个秋天已经过完了。老天爷总是阴沉着脸，丢失了先前的热情。母亲在信中写道："冬天到了，多穿点衣服，有空再去买几件厚点的外套，不要怕去逛街。……要不我给你买了寄过去吧？"母亲仍记得我最怕的就是去逛街，所以我的大部分衣服都是母亲帮着去买的。我回信道："不用了，我自己会去买的。"而我要买的那些衣服，在我把所有的厚衣服都加在身上仍能感觉出寒意时，仍没有买回来。只有躲在厚厚的被窝中才能感觉到一种踏实的温暖。想起母亲来，才发觉她是多么的有先见之明。

这床棉被是家里最厚的一床，当初我不肯带，是母亲硬逼着我带来的。理由是外面卖的没有家里的暖和。到现在我终于知道家里的任何东西都要比外面的好，真的。

天空低沉得似乎触手可及，北风呼啸着发出狂妄的吼声，目空一切。我躲在

被窝中窃笑：是没有多少东西可以跟你抗衡，但是我有母亲准备的棉被，有母亲的爱，已足够渺视你了。

中午吃饭的时候路过通告栏，顺便看了一下，有我的信和一个包裹，是母亲寄来的。会是什么呢？我猜测着。领回来了拿到宿舍一打开，一件黄色的毛衣膨胀着露了出来……是今年夏天母亲打的那一件。"龙儿，这几天天气预报说你们那里可能会下雪，要多穿点衣服。这件毛衣这两天打好的，冷时就穿上吧！"我一把抓起毛衣，掌心里一团柔柔的，暖暖的。仿佛又看到了母亲默默地坐在台灯下，前面放着编织书，母亲认认真真地用生硬的针法，把一颗爱心融于一条细细的、长长的毛线，绕上千丝万缕的思念，一针一针织就了这件曲曲绕绕的毛衣。穿在儿子身上，却是母亲的一颗心啊！蓦地想起一首诗：

慈母手中线，游子身上衣。

临行密密缝，意恐迟迟归。

谁言寸草心，报得三春晖。

"临行密密缝，意恐迟迟归……"我念叨着，突然明白了母亲为什么会在我要走的时候想起为我打一件毛衣，而我呢？却将母亲的一份爱子之情，扔到了一旁。我不禁感从中来，反问自己：我将如何去报答母亲的恩情呢？感觉着远方母亲的爱，喉间忽然一紧，鼻子一酸，一股暖流从脸上划过，又流入了心里。那句男儿流血不流泪的信仰被我抛诸脑后，泪水终于再也忍不住了。

第二天一早醒来，窗外已是白茫茫的一片了，昨晚下了入冬以来的第一场雪。雪下得无声无息，覆盖了一切，充斥着每个人的眼睛。一场平凡的雪，却又是不平凡的。它给人们带来了一个全新的世界；给我开启了一扇通向母亲情感世界的大门，让我可以更清楚地认识母亲对于子女们的爱。

我将母亲织的毛衣穿在了最外面，此刻，心里已没有了一丝寒意。

# 我们是怎样过母亲节的

凌山 编译

在最近提出来的所有各式各样的意见中，我认为，一年过一次"母亲节"这个主意要算最高明了。难怪5月11日在美国正在成为人人喜爱的一个日子，而且我还相信，这样的想法也一定会蔓延到英国去。

在我们这样一个大家庭里，这个想法特别受欢迎，所以我们决定为"母亲节"举行一次特别庆祝。我们觉得这是个好主意。它使我们大伙儿都体会到：母亲为我们成年累月地操劳，她吃足苦头和付出牺牲，全都是为了我们的缘故。因此，我们决定把这一天过得痛痛快快的，成为全家的一个节日，我们要做一切我们力所能及的事情让母亲高兴。

父亲决定向办公室请一天假，好在庆祝母亲的节日时帮帮忙。姐姐安娜和我从大学请假回家，妹妹玛丽和弟弟维尔也从中学请假回来了。

我们的计划是，把这一天过得像过圣诞节或别的盛大的节日一样隆重，我们决定用鲜花点缀房间，在壁炉上摆些格言，以及诸如此类的事情。我们请母亲安排格言和布置装饰品，因为在圣诞节她是经常干这些事情的。

两个姑娘考虑到，每到这样一个大场面，我们应该穿戴得最最漂亮才合适，于是她们俩都买了新帽子。母亲把两顶帽子都修饰了一番，让它们显得很好看。父亲给他自己和我们兄弟俩买了几条带活结的丝领带，作为纪念母亲节的纪念品。我们也准备给母亲买顶新帽子，不过，她倒是似乎更喜欢她那顶灰色的旧无檐帽，而且两个女孩子都说，那顶旧帽子，她戴了非常合适。

早饭后，我们作了一个出乎母亲意料的安排，我们准备雇一辆汽车，把她带到乡下去美滋滋地兜游一番。母亲一向是难得有这样一种享受的，因为我们只雇得起一个女佣人。

在家里母亲几乎得整天忙个不停。当然，如今乡下正是春光明媚的时节，要是让她驱车游逛几十里，度过一个美好的早晨，这对她来说可真会是莫大的享受。

但是，就在当天早晨，我们把计划稍微修改了一下，因为父亲想起了一个主意，与其让母亲坐在汽车里逛来逛去，倒不如带她去钓鱼更妙。父亲说，租车和雇车一样得花钱，我们为什么不利用它又游玩又开到山上有溪流的地方去钓鱼哩。就像父亲说的，如果你只是驱车出游而没有一个目标，那么你就会有一种毫无目的之感；可是如果你要去钓鱼，前面就有个明确的目标，能提高你的兴致。我们大伙儿都感觉到，对母亲来说，有个明确的目标会更好些。再说，不管怎样，父亲昨天刚好又买了一根新钓竿，这就更自然而然地使他相中钓鱼来了。他还说，要是母亲愿意的话，还可以使用那根钓竿；真的，他说过，钓竿实际上是给她买的，

# 有一种幸福叫感恩

> 没有一件宝胜过自己的孩子，金银白玉诚可贵，怎及爱子身价高。
> ——（日）山上亿良

不过母亲说，她宁愿看着父亲钓鱼，她自己却不想的。

这样，我们便为这次旅行做好了一切安排，母亲切了些夹心面包片，为了怕我们饿肚子，还准备了一顿便餐，当然中午我们还要回到家里来吃一顿丰富的正餐，就像过圣诞节和新年那样。母亲把所有的东西都给我们收拾齐全，放到一只篮子里，准备上车。

唉，车子到门口的时候，不料汽车里面看来并没有我们想象的那么宽敞，因为我们没有把父亲的鱼篓、钓竿以及便餐估计在内，显然，我们没法儿都坐进车里去。

父亲叫我们不必管他，他说他留在家里也很不错，而且他相信他能利用这段时间在花园里干点活儿。他说那里有一大堆他可以干的粗活和脏活，比如挖个垃圾坑什么的，这就免得雇人来干了，所以他愿意留在家里。他说我们也用不着顾虑他三年来一直没有过过一个真正的假日这回事，他要我们马上出发，快快活活地过个节，不要为他操心，他说他能够整天埋头干活。

不过，当然我们全都觉得，让父亲留在家里可绝对不行，特别是，我们都知道，他果真留下来的话，准会闯祸。安娜和玛丽姐妹俩倒也都乐意留下来，帮着女佣人做中午饭，只是，在这样一个美好的日子里，她们买了新帽子不戴一戴，未免太使人扫兴。不过，她们都表示，只要母亲说句话，她们就都乐意留在家里干活。维尔和我本来也愿意退出，但不幸的是，我们在准备饭菜上，却是一点忙也帮不上。因此，到最后，商定还是母亲留下来，就在家里痛痛快快地休息一天，同时准备午饭。反正母亲不喜欢钓鱼，而且尽管天气明媚，阳光灿烂，但室外还是有点儿凉，父亲有些担心，要是母亲出门，她没准会着凉的。

他说，当母亲本来可以好好地休息的时候，如果他硬拉她到乡下去转悠，一下子得了重感冒，他是永远不会原谅自己的。他说，母亲既然已经为我们全家操劳了一辈子，我们有责任想方设法让她尽可能安安静静地多休息会儿。他还说，他之所以想到出门去钓鱼，主要的是，这么一来就可以给母亲一点安静。他说年轻人很少能体会到，安静对于上了年纪的人有多么重要的意义。关于他自己，他总算还够硬朗，不过他很高兴能让母亲避免这一场折腾。

于是我们向母亲欢呼了三次之后就开车出发了。母亲站在阳台上，从那里瞅着我们，直到瞅不见为止。父亲每隔一会儿就转身向她挥手，后来他的手撞在车后座的边上，他才说，他认为母亲再看不着我们了。

我们把汽车开到山岗中行驶，度过了最愉快的一天。父亲钓到了各式各样的大鱼，他敢肯定，要是母亲来的话，她是无论如何也拽不上来的。维尔和我也都钓到了鱼，不过我们钓的鱼都不及父亲钓的那么多。至于那两个姑娘呢，在我们乘车一路去的时候，她们碰到不少熟人，在溪流旁边，她们还遇到几个熟识的小伙子，便在一块儿聊起来。这一回，我们大伙儿都玩得痛快极了。

第二篇 感恩母爱

我们到家已经很晚，快到下午7点了，不过母亲猜到我们会回来得晚，于是她把开饭的时间推迟了，热腾腾的饭菜给我们准备着。可是首先她不得不给父亲拿来手巾和肥皂，还有干净的衣服，因为他钓鱼时总是弄得一身脏兮兮的，这就叫母亲忙了好一阵子，接着，她又去帮女孩子们开饭。

终于，一切都齐备了，我们便在最最豪华的筵席上坐下来，有烤火鸡和圣诞节吃的各种各样的好东西。吃饭的时候，母亲不得不屡次三番地站起来，去帮着上菜、收盘，再坐下来吃；后来父亲注意到这种情况，便说，她完全不必这样忙来忙去，他要她歇会儿，于是他自己便站起身到碗橱里去拿水果。

这顿饭吃了好长的时间，真是有趣极了。吃完饭，我们大伙儿争着帮忙擦桌子，洗碗碟，可是母亲说她情愿亲自来做这些事，我们只好让她做了，因为这一次我们也总得迁就她才行。

一切收拾完毕，已经很晚了。睡觉之前我们全都去吻母亲，她说，这是她有生以来过得最最快活的一天。我觉得她眼里含着泪水。总之，我们大家都感觉到，我们所做的一切得到了最大的报偿。

# 樱桃树下的母爱

檀小鱼 编译

蒂姆4岁那年，一向花天酒地的父亲向母亲提出了离婚。母亲带着他搬到了马洛斯镇定居。

马洛斯镇尽头有一个大型的化工厂，工厂附近有许多美丽的樱桃树，蒂姆一眼就喜欢上了这里。

蒂姆在新的环境中生活得十分愉快。他喜欢拉琴，每天都要拿着心爱的小提琴来到院子里的樱桃树下演奏。

几年过去了，他的琴技日渐提高，悠扬的乐声是他们生活中最美妙的伴奏。

不幸还是再一次降临到了这对母子身上。化工厂发生了严重的毒气泄漏事故，距离化工厂最近的蒂姆家受到了严重的污染。蒂姆时常恶心、呕吐，最可怕的是他的听力开始逐渐下降，医生遗憾地表示蒂姆的听觉神经已严重损坏，仅保有极其微弱的听力。

母亲狠下心把蒂姆送到了聋哑学校，她知道要想让儿子早日从阴影里走来，就必须尽快接受现实。医生提醒过，由于年纪小，蒂姆的语言能力会由于听力的丧失而日渐下降。因此，即使在家里，母亲也逼着蒂姆用手语和唇语跟她进行交流。在母亲的督促和带动下，蒂姆进步得很快，没多久就能跟聋哑学校的孩子们自如交流了。樱桃树下又出现了蒂姆歪着脑袋拉琴的小小身影。

看到儿子的变化，母亲很是欣慰。和以前一样，每次只要蒂姆开始在樱桃树下拉琴，她都会端坐在一边欣赏。不同的是，演奏结束后母亲不再是用语言去赞美，取而代之的是她也日渐熟练的手语和唇语，以及甜美的微笑和热情的拥抱。

可蒂姆的听力太有限，他很想听清那些美妙的旋律，但他听到的只有很轻的嗡嗡声。蒂姆很沮丧，心情一天比一天坏。

看儿子如此痛苦，母亲不禁也伤心地流下泪来。一天，母亲用手语对蒂姆"说"道："孩子，尽管你不能完全听清楚自己的琴声，但你可以用心去感觉啊！"

母亲的话深深印在了蒂姆心里，从此他更刻苦地练琴，因为他要用心去捕获最美的声音。为了让蒂姆的琴技更快地提高，母亲还想出了一个妙招——镇上没有专业教师，母亲就用录音机录下蒂姆的琴声，然后再乘火车找城里的专家进行评点，为了避免有所遗漏，她还麻烦专家把参考意见一条条地写下来，好让蒂姆看得清楚。

可蒂姆发现，只要自己演奏较长的乐曲，有时明明超过了50分钟，磁带早到了该翻面的时候，可母亲还看着自己一动不动。蒂姆提醒母亲，母亲忙说抱歉，笑称自己是听得太入迷了。后来，只要录音，母亲都会戴上手表提醒自己，再也

没出现过任何疏漏。

　　樱桃树几度花开花落，在法国的一次少年乐器演奏比赛上，蒂姆以其精湛的技艺和昂扬的激情震撼了在场所有的评委，当之无愧地获得了金奖。而当人们得知他几乎失聪时，更是觉得他的成功不可思议，许多人把他称为音乐天才。更幸运的是，蒂姆的听力问题也受到了医学界的关注，经过巴黎多位知名专家的联合会诊，他们认为蒂姆的听觉神经没有完全萎缩，通过手术有恢复部分听力的可能。

　　手术很快实施了，术后的效果很理想，医生说再戴上人造耳蜗，蒂姆的听觉基本上就能与常人无异了。

　　那段时间，母亲一直陪伴在蒂姆身边，戴上耳蜗的这天，蒂姆表现得特别兴奋，他用手语告诉母亲："从现在起，我要学习用口说话，您也不必再用手语和唇语跟我交流了。"他甚至激动地拉起了小提琴，用结结巴巴的声音说："母亲，我能听见了。多么美的声音啊！"然后他又问道："母亲，您最喜欢哪首曲子，我现在就拉给您听好吗？"

　　但奇怪的是，母亲似乎根本没有听见他的话，她依然坐在那里含笑看着他，保持着沉默。蒂姆又结结巴巴地问："母亲，您怎么不说话啊？"这时，护士小姐走了过来，她告诉蒂姆，他的母亲早已完全失聪。蒂姆睁大了眼睛，直到这时，他才知道了真相：原来，在那次毒气泄漏事故中损坏了听觉神经的不只是他，还有他的母亲，只是为了不让蒂姆更加绝望，母亲才一直将这个痛苦的秘密隐藏到现在。母亲的绝大部分时间都是和蒂姆用手语和唇语交流。因为很少开口，如今都不怎么会说话了。蒂姆想起年少时对母亲的种种误解，不由得抱着母亲痛哭起来。

　　蒂姆和母亲回到了家中，初春时节，在开满粉红花瓣的樱桃树下，伴着柔柔的和风，蒂姆再次为母亲拉起了小提琴。他知道，母亲一定听得到自己的琴声，因为她是用心去感受儿子的爱和梦想。虽然他当年在母亲那儿得到的只是无声的鼓励，但这其实是一个伟大的母亲奉献给儿子的最振聋发聩的喝彩！

# 生命的姿势

阿兵

一对夫妇是登山运动员，为庆祝他们儿子一周岁的生日，他们决定背着儿子登上7000米的雪山。他们特意挑选了一个阳光灿烂的好日子，一切准备就绪之后就踏上了征程。刚天亮时天气一如预报中的那样，太阳当空，没有风没有半片云彩。夫妇俩很快就轻松地登上了5000米的高度。

然而，就在他们稍微休息准备向新的高度进发之时，一件意想不到的事发生了。风云突起，一时间狂风大作，雪花飞舞。气温陡降至零下三四十摄氏度。最要命的是，由于他们完全相信天气预报，从而忽略了携带至关重要的定位仪。由于风势太大，能见度不足1米，上或下都意味着危险甚至死亡。两人无奈，情急之中找到一个山洞，只好进洞暂时躲避风雪。

气温继续下降，妻子怀中的孩子被冻得嘴唇发紫，最主要的是他要吃奶。要知道在如此低温的环境之下，任何一寸裸露在外的皮肤都会导致体温迅速降低，时间一长就会有生命危险。怎么办？孩子的哭声越来越弱，他很快就会因为缺少食物而被冻饿而死。

丈夫制止了妻子几次要喂奶的要求，他不能眼睁睁地看着妻子被冻死。然而如果不给孩子喂奶，孩子就会很快死去。妻子哀求丈夫："就喂一次！"丈夫把妻子和儿子揽在怀中。喂过一次奶的妻子体温下降了两度，她的体能受到了严重损耗。由于缺少定位仪，漫天风雪中救援人员根本找不到他们的位置，这意味着风如果不停他们就没有获救的希望。时间在一分一秒地流逝，孩子需要一次又一次地喂奶，妻子的体温在一次又一次地下降。在这个风雪狂舞的5000米高山上，妻子一次又一次地重复着平常极为简单而现在却无比艰难的喂奶动作。她的生命在一次又一次的喂奶中一点点地消逝。

3天后，当救援人员赶到时，丈夫已冻昏在妻子的身旁，而他的妻子——那位伟大的母亲已被冻成一尊雕塑，她依然保持着喂奶的姿势屹立不倒。她的儿子，她用生命哺育的孩子正在丈夫怀里安然地睡着，他脸色红润，神态安详。被伟大的生命的爱包裹的孩子，你是否知道你有一位伟大的母亲，她的母爱可以超越5000米的高山而在风雪之中塑造生命？

为了纪念这位伟大的母亲、妻子，丈夫决定将妻子最后的姿势铸成铜像，让妻子最后的爱永远流传，并且告诉孩子，一个平凡的姿势只要倾注了生命的爱就变得伟大。

> 母爱既是一种激情，也是一种需要；既是一种感情，也是一种义务；既是一种付出，也是一种幸福。
> ——（法）巴尔扎克

## 疯 娘

佚 名

23年前，有个年轻的女子流落到我们村，蓬头垢面，见人就傻笑，且毫不避讳地当众小便。因此，村里的媳妇们常对着那女子吐口水，有的媳妇还上前踹几脚，叫她"滚远些"。可她就是不走，依然傻笑着在村里转悠。那时，我父亲已有35岁。他曾在石料场子干活被机器绞断了左手，又因家穷，一直没娶媳妇。奶奶见那女子还有几分姿色，就动了心思，决定收下她给我父亲做媳妇，等她给我家"续上香火"后，再把她撵走。父亲虽老大不情愿，但看着家里这番光景，咬咬牙还是答应了。结果，父亲一分钱未花，就当了新郎。

娘生下我的时候，奶奶抱着我，瘪着没剩几颗牙的嘴欣喜地说："这疯婆娘，还给我生了个带把的孙子。"于是，我一生下来，奶奶就把我抱走了，而且从不让娘靠近。娘一直想抱抱我，多次在奶奶面前吃力地喊："给，给我……"奶奶没理她。我那么小，像个肉嘟嘟，万一娘失手把我掉在地上怎么办？毕竟，娘是个疯子。每当娘有抱我的请求时，奶奶总瞪起眼睛训她："你别想抱孩子，我不会给你的。要是我发现你偷抱了他，我就打死你。即使不打死，我也要把你撵走。"奶奶说这话时，没有半点儿含糊的意思。娘听懂了，满脸的惶恐，每次只是远远地看着我。尽管娘的奶胀得厉害，可我没能吃到娘的半口奶水，是奶奶一匙一匙把我喂大的。奶奶说娘的奶水里有"神经病"，要是传染给我就麻烦了。

那时，我家依然在贫困的泥潭里挣扎。特别是添了娘和我后，家里常常揭不开锅。奶奶决定把娘撵走，因为娘不但在家吃"闲饭"，时不时还惹事生非。一天，奶奶煮了一大锅饭，亲手给娘添了一大碗，说："媳妇儿，这个家太穷了，婆婆对不起你。你吃完这碗饭，就去找个富点儿的人家过日子，以后也不准来了，啊？"娘刚扒了一大团饭在口里，听了奶奶下的"逐客令"显得非常吃惊，一团饭就在嘴里凝滞了。娘望着奶奶怀中的我，口齿不清地哀叫："不，不要……"奶奶猛地沉下脸，拿出威严的家长作风厉声吼到："你这个疯婆娘，犟什么犟，犟下去没你的好果子吃。你本来就是到处流浪的，我收留了你两年了，你还要怎么样？吃完饭就走，听到没有？"说完奶奶从门后拿出一柄锄头，像佘太君的龙头杖似的往地上重重一磕，"咚"的发出一声响。

娘吓了一大跳，怯怯地看着婆婆，又慢慢低下头去看面前的饭碗，泪水落在白花花的米饭上。

在奶奶的逼视下，娘突然有个很奇怪的举动，她将碗中的饭分了一大半给另一只空碗，然后可怜巴巴地看着奶奶。

奶奶呆了，原来，娘是向奶奶表示，每餐只吃半碗饭，只求别赶她走。奶奶的

心仿佛被人狠狠揪了几把,奶奶也是女人,她的强硬态度也是装出来的。奶奶别过头,生生地将热泪憋了回去,然后重新板起了脸说:"快吃快吃,吃了快走。在我家你会饿死的。"娘似乎绝望了,连那半碗饭也没吃,跟跟跄跄地出了门,却长时间站在门前不走。奶奶硬着心肠说:"你走,你走,不要回头。天底下富裕人家多着呢!"娘反而走拢来,一双手伸向婆婆怀里,原来,娘想抱抱我。奶奶犹豫了一下,还是将襁褓中的我递给了娘。娘第一次将我搂在怀里,咧开嘴笑了,笑得春风满面。奶奶却如临大敌,两手在我身下接着,生怕娘的疯劲一上来,将我像扔垃圾一样丢掉。娘抱我的时间不足三分钟,奶奶便迫不及待地将我夺了过去,然后转身进屋关上了门。

当我懵懵懂懂地晓事时,我才发现,除了我,别的小伙伴都有娘。我找父亲要,找奶奶要,他们说,你娘死了。可小伙伴却告诉我:"你娘是疯子,被你奶奶赶走了。"我便找奶奶扯皮,要她还我娘,还骂她是"狼外婆",甚至将她端给我的饭菜泼了一地。那时我还没有"疯"的概念,只知道非常想念她,她长什么样?还活着吗?没想到,在我6岁那年,离家5年的娘居然回来了。那天,几个小伙伴飞也似的跑来报信:"小树,快去看,你娘回来了,你的疯娘回来了。"我喜得屁颠屁颠的,撒腿就往外跑,父亲奶奶随着我也追了出来。这是我有记忆后第一次看到娘。她还是破衣烂衫,头发上还有些枯黄的碎草末,天知道是在哪个草堆里过的夜。娘不敢进家门,却面对着我家,坐在村前稻场的石碾上,手里还拿着个脏兮兮的气球。当我和一群小伙伴站在她面前时,她急切地从我们中间搜寻她的儿子。娘终于盯住我,死死地盯住我,裂着嘴叫我:"小树……球……球……"她站起来,不停地扬着手中的气球,讨好地往我怀里塞。我却一个劲儿地往后退。我大失所望,没想到我日思夜想的娘居然是这样一副形象。一个小伙伴在一旁起哄说:"小树,你现在知道疯子是什么样了吧?就是你娘这样的。"我气愤地对小伙伴说:"她是你娘!你娘才是疯子,你娘才是这个样子。"我扭头就跑了。这个疯娘我不要了。奶奶和父亲却把娘领进了家门。当年,奶奶撵走娘后,她的良心受到了拷问,随着一天天衰老,她的心再也硬不起来,所以主动留下了娘,而我老大不乐意,因为娘丢了我的面子。我从没给过娘好脸色看,从没跟她主动说过话,更没有喊她一声"娘",我们之间的交流是以我"吼"为主,娘是绝不敢顶嘴的。

家里不能白养着娘,奶奶决定训练娘做些杂活。下地劳动时,奶奶就带着娘出去"观摩",说不听话就要挨打。过了些日子,奶奶以为娘已被自己训练得差不多了,就叫娘单独出去割猪草。没想到,娘只用了半小时就割了两筐"猪草"。奶奶一看,又急又慌,娘割的是人家田里正生浆拔穗的稻谷。奶奶气急败坏地骂她"疯婆娘谷草不分……"奶奶正想着如何善后时,稻田的主人找来了,竟说是奶奶故意教唆的。奶奶火冒三丈,当着人家的面拿出根棒一下敲在娘的后腰上,说:"打死你这个疯婆娘,你给老娘滚远些……"

娘虽疯,疼还是知道的,她一跳一跳地躲着奶奶的棒槌,口里不停地发出"别、别……"的哀号。最后,人家看不过眼,主动说:"算了,我们不追究了。以后

把她看严点就是……"这场风波平息后，娘歪在地上抽泣着。我鄙夷地对她说："草和稻子都分不清，你真是个猪。"话音刚落，我的后脑勺挨了一巴掌，是奶奶打的。奶奶瞪着眼骂我："小兔崽子，你怎么说话的？再怎么着，她也是你娘啊！"我不屑地嘴一撇："我没有这样的傻疯娘！"

"嘀，你真是越来越不像话了。看我不打你！"奶奶又举起巴掌，这时只见娘像弹簧一样从地上跳起，横在我和奶奶中间，娘指着自己的头，"打我、打我"地叫着。

我懂了，娘是叫奶奶打她，别打我。奶奶举在半空中的手颓然垂下，嘴里喃喃地说道："这个疯婆娘，心里也知道疼爱自己的孩子啊！"

我上学不久，父亲被邻村一位养鱼专业户请去守鱼池，每月能赚50元。娘仍然在奶奶的带领下出门干活，主要是打猪草，不过以后她没再惹什么大的乱子。

记得我读小学三年级的一个冬日，天空突然下起了雨，奶奶让娘给我送雨伞。娘可能一路摔了好几跤，浑身像个泥猴似的，她站在教室的窗户旁望着我傻笑，口里还叫："树……伞……"一些同学嘻嘻地笑，我如坐针毡，对娘恨得牙痒痒，恨她不识相，恨她给我丢人，更恨带头起哄的范嘉喜。当他还在夸张地模仿时，我抓起面前的文具盒，猛地向他砸过去，却被范嘉喜躲过了，他冲上前来掐住我的脖子，我俩撕打起来。我个子小，根本不是他的对手，被他轻易压在了地上。这时，只听教室外传来"嗷"的一声长啸，娘像个大侠似的飞跑进来，一把抓起范嘉喜，拖到了屋外。都说疯子力气大，真是不假。娘双手将欺负我的范嘉喜举向半空，他吓得哭爹喊娘，一双胖乎乎的小腿在空中乱踢蹬。娘毫不理会，居然将他丢到了学校门口的水塘里，然后一脸漠然地走开了。

娘为我闯了大祸，她却像没事似的。在我面前，娘又恢复了一副怯怯的神态，讨好地看着我。我明白这就是母爱，即使神志不清，母爱也是清醒的，因为她的儿子遭到了别人的欺负。当时我情不自禁地叫了声："娘！"这是我会说话以来第一次喊她。娘浑身一震，久久地看着我，然后像个孩子似的羞红了脸，咧了咧嘴，傻傻地笑了。那天，我们母子俩第一次共撑一把伞回家。我把这事跟奶奶说了，奶奶吓得跌倒在椅子上，连忙请人去把爸爸叫了回来。父亲刚进屋，一群拿着刀棒的壮年男人闯进我家，不分青红皂白，先将锅碗瓢盆砸了个稀巴烂，家里像发生了九级地震。这都是范嘉喜家请来的人，范父恶狠狠地指着父亲的鼻子说："我儿子吓出了神经病，现在在卫生院躺着。你家要不拿出1000块钱的医药费，我他妈一把火烧了你家的房子。"

1000块？父亲每月才50块钱啊！看着杀气腾腾的范家人，父亲的眼睛慢慢烧红了，他用非常恐怖的目光盯着娘，一只手飞快地解下腰间的皮带，劈头盖脸地向娘打去。一下又一下，娘像只惶惶偷生的老鼠，又像一只跑进死胡同的猎物，无助地跳着、躲着，她发出的凄厉声以及皮带抽在她身上发出的那种清脆的声响，我一辈子都忘不了。最后还是派出所所长赶来制止了父亲施暴的手。派出所的调解结果是，双方互有损失，两不亏欠，谁再闹就抓谁！一帮人走后，父亲看看满

屋狼藉的锅碗碎片，又看看伤痕累累的娘，他突然将娘搂在怀里痛哭起来，说："疯婆娘，不是我硬要打你，我要不打你，这事下不了台，咱们没钱赔人家啊。这都是家穷惹的祸！"父亲又看着我说："树儿，你一定要好好读书考大学。要不，咱们就这样被人欺负一辈子啊！"我懂事地点点头。

　　2000年夏，我以优异的成绩考上了高中。积劳成疾的奶奶不幸去世，家里的日子更难了。民政局将我家列为特困家庭，每月补助40元钱，我所在的高中也适当减免了我的学杂费，我这才得以继续读下去。

　　由于是住读，学习又抓得紧，我很少回家。父亲依旧在为50元打工，为我送菜的担子就责无旁贷地落在了娘身上。每次总是隔壁的婶婶帮忙为我炒好咸菜，然后交给娘送来。20公里的羊肠山路亏娘牢牢地记了下来，风雨无阻。也真是奇迹，凡是为儿子做的事，娘一点儿也不疯。除了母爱，我无法解释这种现象在医学上应该怎么破译。

　　2003年4月27日，又是一个星期天，娘来了，不但为我送来了菜，还带来了十几个野鲜桃。我拿起一个，咬了一口，笑着问她："挺甜的，哪来的？"娘说："我……我摘的……"没想到娘还会摘野桃，我由衷地表扬她："娘，您真是越来越能干了。"娘嘿嘿地笑了。娘临走前，我照例叮嘱她注意安全，娘"哦哦"地应着。送走娘，我又扎进了高考前最后的复习中。第二天，我正在上课，婶婶匆匆地赶来学校，让老师将我喊出教室。婶婶问我娘送菜来没有，我说送了，她昨天就回去了。婶婶说："没有，她到现在还没回家。"我心一紧，娘该不会走错道了吧？可这条路她走了三年，照理不会错啊。婶婶问："你娘没说什么？"我说没有，她给我带了十几个野鲜桃哩。

　　婶婶两手一拍："坏了坏了，可能就坏在这野鲜桃上。"婶婶要我请了假，我们沿着山路往回找，回家的路上确有几棵野桃树，桃树上稀稀拉拉地挂着几个桃子，因为长在峭壁上才得以保存下来。我们同时发现一棵桃树有枝丫折断的痕迹，树下是百丈深渊。婶婶看了看我说："我们到峭壁底下去看看吧！"我说："婶婶你别吓我……"婶婶不由分说，拉着我就往山谷里走……

　　娘静静地躺在谷底，周边是一些散落的桃子，她手里还紧紧攥着一个，身上的血早就凝固成了沉重的黑色。我悲痛得五脏俱裂，紧紧地抱住娘，说："娘啊，我的苦命娘啊，儿悔不该说这桃子甜啊，是儿子要了你的命……娘啊，您活着没享一天福啊……"我将头贴在娘冰凉的脸上，哭得漫山遍野的石头都陪着我落泪……

　　2003年8月7日，在娘下葬后的第100天，湖北大学烫金的录取通知书穿过娘所走过的路，穿过那几株野桃树，穿过村前的稻场，径直"飞"进了我的家门。我把这份迟到的书信插在娘冷寂的坟头："娘，儿长出息了，您听到了吗？您可以含笑九泉了！"

# 信念·希望·爱

〔俄〕奥列格·舍斯京斯基

母亲同儿子生活在一起，他们相依为命。母亲是一所医院的医生，儿子在学校念书。

战争爆发了，接着列宁格勒被围。从表面上看来，母子俩的生活没有多大变化：儿子上学读书，母亲上班工作。

但后来，饥馑随着酷寒和敌人的炮击一起袭击了这座城市。人们羸弱不堪，开始想一切办法来寻找生路，其中也包括神奇的医学。

房屋管理员巴维尔·伊万诺维奇第一个来访母亲，他看守仅剩几家人住的似空非空的楼房。摆满家具和堆满各种财物的各个套间悄无人声，它们的主人有的死了，有的撤退了。

"请救救命吧，"巴维尔·伊万诺维奇恳求说，"您拿第三套间里的钢琴也好，拿第六套间里的细木做的穿衣镜也好，请给我一些药粉吧。我妻子的两腿肿得像电线杆一样……无法走路啊。"

有的时候，绝望会使人们双眼失察，所以母亲对房屋管理员的话并不见怪。她知道，水肿是饥饿带来的结果，任何药物都无济于事。但人们还是相信母亲，把她的医术当作救生圈。

"您给她熬点针叶热汤喝吧。您本人也知道，巴维尔·伊万诺维奇，问题不在于药粉啊……"

房屋管理员点了点满是皱纹的瘦削的脑袋。可是到了第二天，他瞧着病魔缠身的妻子，心里一阵难过，于是又来敲母亲的门，哀求说："随您给点什么吧，什么都成，只要能疏通她的血脉……"

儿子所在的学校有一位教德文的女教师，也到医院来找母亲。她步履艰难，脸像一张老羊皮纸。这位女教师虽然住在另一个区，但是她请求收她住院。她极力讨好母亲，可怜巴巴地重复着说："您的儿子很有才能……一旦我稍微恢复健康，我就尽力教他德语，使他比我还要好……真的，还要好。"她诚挚地说，眼睛里闪现出仅剩的一点儿亮光。

但病室已经住满了羸弱到了极点的病人，母亲又有什么法子呢？

母亲悉心照料自己病室的病人，如同亲人一般。天刚亮她就起床，收拾屋子，为儿子做好少得可怜的吃食，然后趁着蒙蒙曙光步行上班。因为冻在雪堆里的有轨电车不能开。她全身瑟瑟发抖、睡眼惺忪地来到自己的诊室，连衣服都不脱便把手伸向火炉，好使身子暖过来，喘口气。然后她慢条斯理地脱下衣服，从衣柜里拿出雪白的罩衣穿上，坐到桌旁擦起脸来，尽量使脸庞显出生龙活虎

的神态。再过一分钟她就要走进病室查看病人了，在这一瞬间母亲变了样：她的脸上出现了欢快、激昂的表情，双眉高扬，她那穿着白衣的不高的身躯处处焕发出某种信念。她的鞋后跟嘎嘎地响，病室的门一打开，接着就响起了她的声音："早晨好，亲爱的病友们！"

病人早就等待她的来临。他们慢腾腾地转过身子，把脸和手从被子里探出来，然后你一声我一声地说："大——大——夫，您好……"必定还有人再加上一句："我们的救星。"

这些人姑且叫作"病人"吧，因为他们只不过是被饥饿送上死亡边缘的人。只消加强营养，他们就能得救，可是这一点却无法做到。他们的定量增加甚微，这只能推迟他们的死亡。母亲知道，只要病人不灰心丧气，只要他们身上的信念和希望不泯灭，那么，他们就能延长自己的生命，也就是说，或许能够获救，于是她就尽力给他们灌注希望。

"外边暖和起来了，春天快到啦。"她俯身向着一位失去希望的病人说。

冬日晨曦朦胧暗淡，不健康的躯体散发出一股难闻的气味。毫无欢乐的气氛中响起了母亲精力充沛的声音，这声音如同一束阳光，映红了灰尘，在病室里回荡。

母亲的话十分简单、平凡，可是，这些话语连同她开的药物（她知道，这些药物带来的益处并不多）却产生了特殊的、神奇的作用。

"好啦，亲爱的病友们，快活地看待生活吧。"查完病房后，母亲告别说。

"我们的大夫真好。"一位病人带头说道。

"只要她一开药，我立刻就感到一身轻松。"

"没有她，我们是无法摆脱病魔的。"

"一旦我走出病室，我就要为她向上帝焚香祷告……"

确实，主治医生发现母亲照管的病室死亡情况较少，而且病人的气色比其余医生照管的病室要好。

在冬季即将结束的时候发生了一件不幸的事情：在一次炮击中儿子被打死了。

儿子在街上走的时候正碰上炮击，这孩子躲进了小堑壕。炮弹的呼啸声一停，他就探出身来，抖掉大衣上的泥土和雪粉。堑壕离孩子的家门不远，因此他打算不等警报解除就跑向家门。同他一起待在堑壕里的大人拦住了他，可他叫了起来："就在这里不远嘛！"然后纵身一跳，迅速朝家门跑去，登上石阶，推开大门，突然听见背后响起一声震耳欲聋的爆炸。

孩子登上阶梯的第五级，一块炮弹片打中了他。孩子的脚步一滑。然后在阶梯上稳住身子，眼看他又要站立起来，跑进自家的套间。可是孩子并未站起来，耳旁渗出滴滴鲜血，溅在磨光了的花岗石上。

母亲向着儿子四肢伸开的尸体何等绝望地痛哭啊！当失魂落魄的母亲明白儿子再也不能站立起来后，她失去了知觉，聚拢来的人们久久无法使母亲从儿子的身上离开。

一切后事都由她的亲戚去料理。母亲坐在家里，万念俱灰，周围的人们都担

心她失去理智。

母亲在家里呆坐了一天、两天、三天。

病人却焦急不安起来：要是母亲再也不到他们这儿来，那他们怎么办？他们的痛苦没有谁比母亲知道得更清楚。老病人中有人懂得：母亲通晓的语言是很少有人通晓的。

病人照常服药，量体温，诚心诚意地接受治疗，可是差不多所有的人都焦灼不安地在等待：什么时候母亲能到来把他们治愈出院啊！

到了第二个昼夜，病室里的病人的状况急剧恶化了，于是不得不将情况报告给主治医生。

"心理上的变化……用什么才能治疗这种营养神经症呢？……只有调动机体内部的全部潜力，也就是唯心论者所说的'信念'。"他笑了笑说。

主治医生上母亲家去了。很早以前他们就在一起工作，主治医生还记得她在实习时是个爱笑的姑娘。

他默不作声地抱住她的肩膀——她的肌肉绷得很紧，以致身躯变得如同石块一般。他没有安慰她，因为没有什么安慰的话语能被她的意识所接受。他说话很轻，但很坚决，总是重复这样的一些话语："你听我说，你不在，他们的情况很糟，也就是你的那些人。昨晚发生了预料不到的死亡情况，你不在，他们的情况很糟。"

主治医生没有把他们称为"病人"，总是尽力使母亲能听懂他的话。她把头转向主治医生，于是主治医生再次重复了这一番话。

他们一起回到医院，母亲没有跟任何人打招呼，一声不响地来到自己的诊室。她久久地照着镜子，用梳子理好头发，以往常的那些动作穿上白罩衣，在诊室的门槛上站了一会儿，然后朝病室走去。

"白天好，亲爱的病友们！"她像平常那样流畅而又振作地说道。

病人们像看见亲爱的妈妈一样全都忙乱起来，活跃起来，笑了起来。他们谈起了这些天来的情况，哭诉了邻床病友的死，要母亲讲讲她生病的情况……母亲又像平常那样俯下身去，整理枕头，开药方，聚精会神地倾听病人给她述说病情……

然后，她向病人挥手告别，毅然决然地走到走廊，低头跑进诊室，把门关上，咬住牙，用巴掌捂住嘴，无限悲哀地恸哭起来。

"别去打扰她，"主治医生说，"这对她来说是唯一的良药。"

不久，食品定量增加了，春至夏来，熬过严冬的人们已不再害怕死亡了。

有一天，母亲走进病室，打量着自己照料的病人。说道："你们好，病友们！"大家都像往常那样向她问好。

她是一位非常出色的医生，医术又好。但已不再像那年极端艰苦的冬天那样向病人问好了，因为"白天好，亲爱的病友们"这些不仅仅是一些普通的话语，而在这些话语中，隐藏着一种对生命力的信念，这种信念是伟大的，能战胜一切的，具有魔力的，而这种信念她也不再据为己有，而是作为自己的血液，自己的幸福传给了他人。

# 母 亲

陈江平

母亲生在农家，所以朴实。她比所有普通人更普通、更平凡，就像一滴雨、一片雪、一粒灰尘，渗进泥土里，飘在空气中，看不见，不会引人注意。人啊，总是容易把眼睛盯在别处，而忽视眼前的、身边的东西。于是，便也容易失去弥足珍贵的东西。我希望觉醒得不会太晚。

母亲家姊妹多，所以她没机会读书。正因为母亲没文化，所以把许多牺牲当成了"理所当然"。有时，"理所当然"得让人心疼，甚至可以说母亲根本就没意识到这是一种"牺牲"。

我们家除了母亲，谁都出去旅游过。每次全家出游，母亲都会一个人留在家里，有时我随口说："妈，一起去吧！"母亲就会说："我不去。我走了猪怎么办？没人看家……去吧！你们快去！"听母亲这么说，我们就心安理得地扔下母亲，出去观光去了。更令人难以置信的是，我们居然把这当成了习惯。

1998年夏天，长江发洪水，我们家门外就是长江的支流——岷江。由于我们居住在岷江的冲积平原上，四面环水，很容易遭水灾。那几天，天总是阴沉沉的，有种"山雨欲来风满楼"的压抑，电视台每天都在报道新淹没的城市，我们平原上人心惶惶，许多人开始转移贵重物品。我们家也不例外，父亲把家里值钱的东西几乎都搬到了河对岸幺叔家，并且每晚都带着我们去幺叔家过夜。当然，除了母亲。

那天，我们又去了幺叔家。我站在幺叔六楼的阳台上，俯视整个平原，温柔的岷江异常平静地流淌着，很慈祥，就像母亲。突然，天上乌云滚滚，好像天空随时会垮下来，风从四面八方横冲过来，打在雨棚上哗哗地响。父亲说，今晚可能有大雨。远远地，我看着我们家，那河与家之间有几百米距离，现在看去只有几厘米，多么脆弱和不堪一击的几厘米啊！而我的母亲此刻就在那里。不知为什么，我心里很害怕，我怕岷江失去温柔，怕明天起来家会成为一片汪洋，更怕再也看不见母亲。凭什么我们怕死，母亲就该不怕，是我们的命比母亲金贵吗？

我的心怎么也静不下来，像是被风吹得急遽旋转的风车。风越来越大，我便越发不安心。

我拗着要回去。父亲不可理解地说，天快黑了，也快下雨了，叫我明天和他们一起回去。我不听，硬是冲下了楼，让一屋子的人莫名其妙。

河边的渡船已经下班了，天乌得厉害，风里夹着几滴水珠打在脸上，更像打在心里。我觉得前所未有的冷，冷进骨髓，冷进血液，冷进每一个细胞，以至我的身体像筛糠一样颤抖起来。我慌得厉害，迫不及待地花高价跳上了一艘小渔船。

过了河，雨已绵绵不断地打将下来，我抱着头一路飞快朝家中奔去。当我敲响房门时，听见母亲叫了声："谁呀？"我应道："是我。"屋里没开灯，只听见拖鞋着地的声音，然后看见母亲掀开窗帘的一角，露出惊疑惶恐的脸，仔细瞧瞧外面，认准确实是我，才慌忙将门打开。这时，我发现门被一根粗大的木头死死顶着。这一刻，我终于没忍住，眼泪和头发上滴下来的雨水混合在一起。与其说这根粗大木头顶在门上，还不如说顶在我心里，这一顶就再也无法抹去。我知道，她怕。人最怕的是什么？不是吃，不是穿，不是钱，不是失去生命……是孤独，是无依无靠的恐惧。而这样的孤独与恐惧母亲不知道独自面对了多少次，面对母亲，我充满了内疚与惭愧。

父亲再叫我一起去幺叔家过夜时，我怎么也不去，叫急了，我就说："那我妈呢？"只要有母亲在，小屋就会充满温暖、充满祥和，任那雨横风狂我也不怕。有好几次，我听见母亲无比骄傲地对邻居说："我家江平最心疼我，这孩子有心哩！"母亲就是这样容易满足。

上了大学，离家更远了，远得母亲连想也不敢想。母亲打电话来说，想我了，想听听我的声音。我问："爸呢？"母亲说："你幺叔请客，都去吃饭了。"我鼻子有些发酸，说："你怎么不去？"母亲理所当然地说："我走了，没人看家……"母亲察觉出我的异样，尽量使语气显得无所谓："也没什么好吃的，那些东西我都吃过……"我冲进卫生间，看见镜子里的自己泪流满面，索性用脚把卫生间的门抵住，小声地哭起来。我不想惊动同学，我要独自表达我无限的伤心、委屈，和儿童一样的软弱。

我在心里发誓：我一定要让母亲出去旅游，直到她游得再也不想游了为止。我一定要让母亲过上一个幸福的晚年！

# 母亲的消息

(日) 三浦哲郎

昨天,乡下的母亲给我来电话,说东京这里怕是用不着棉外褂了,让送回乡下去。正赶上管电话的妻子出门了,是大女儿接完电话转告给我的。

"什么棉外褂?"女儿问。

大女儿和几个妹妹不同,她是在乡下而不是在东京的医院出生的。或许是母亲抱着带大的缘故,母亲的一口家乡话她大体都能听懂。但有时也会遇上不懂的词,就给难住了。

母亲说的"棉外褂"就是厚厚的絮了很多棉花、不带翻领的棉袄。每年到了秋季,母亲都亲手做好,寄到东京来。即使在盛夏,我工作的时候,光穿贴身汗衫,外面不加和服就感到不踏实。母亲做的就是套在工作时穿的和服外面的棉外褂。

母亲6月1日就满80岁了,但仍然自己做针线活儿。虽然不能像从前一样做夹衣跟和服短褂了,但像家常外褂和小孩的夏衣之类的衣物,不要别人帮助还是能做的,甚至连穿针引线也都是自己来。一次纫不上,便把老花镜架在鼻梁上纫它几回,即使我回乡去看她,坐在她身边,也从来不叫我帮她纫。我看不过去,说:"来,我给您纫!"母亲就显出难为情的样子,呵呵地笑着说:"真的,这阵子,眼睛不中用啦。"

由于母亲的眼力不好,做成一件棉外褂需要很长时间。入夏一个月后的盂兰盆节,我们全家回乡,差不多该返回东京的时候,母亲就像忽然想起什么似的,从某个地方找出我的棉外褂,开始拆洗重做。

"不絮那么多棉花也行啊,东京没有这儿冷。"

我每次都这么说过之后才回去,可是到了11月打开母亲寄来的快件邮包一看,同往年一样,棉花絮得鼓鼓囊囊的。

记得小时候,母亲坐在居室草席上铺开棉被或棉袍絮棉花。我望着轻柔的棉絮飘落在母亲的双肩上,我想,多像棉花雨啊!而此时,想必母亲如同往日一样正在为我絮棉外褂。眼下乡下已是下霜季节,母亲感到后背凉飕飕的,所以才不知不觉把外褂的两肩絮厚的吧。不管怎么说,母亲做好这件外褂不容易,我就穿着它过上一冬。其实即便不穿棉外褂,这四五年来我已胖得发蠢,再套上它,自然就更显得圆轱辘墩了。这副打扮实在见不得人,不过在家里倒还没有什么妨碍。

也许在被炉旁长大的缘故,我对暖气或火炉之类总觉得难以适应。整个房间暖起来就头晕发困。因此,至今入冬后也还是只生被炉。可是即便是东京,深冬的黎明时分,外面的寒气也会侵袭双肩和后背。在这种时候,有这件棉外褂可就管用了。穿上母亲做的棉外褂,无论多么冻(我的家乡这么形容刺骨的寒冷)的

夜晚，两肩和后背都不会觉得冷。趴在被炉上打个盹儿也好，和衣睡一觉也好，都不会感冒。夜里穿它出来，还能顶件短大衣呢。

棉外褂的布料大部分是母亲穿旧的和服。母亲已年近80，那些和服大体上花色都浅了一些，不过想穿还是可以穿的。母亲把这些和服拆开给我做棉外褂。做好后，就用包裹寄来，包裹里肯定会有封信，上面像记录似的写着这是用什么时候穿过的和服翻改的，曾穿着它到什么地方去过之类的话，末尾还注上一笔："还是挺不坏的东西呢。"

看上去料子确实是上等货。无奈已经很旧了，加上我毫不吝惜地当工作服穿，每到开春，袖口和下摆就都磨破了，腋窝的里子也绽了线，衣襟磨得油光，棉花打成了细小的球儿从后背和肩头冒了出来。

每到春天，我都想：这棉外褂的寿命该结束了，便送回乡下去。可到了秋天，母亲又翻改好寄来，干净利落，焕然一新。同以往一样，棉花絮得满满当当。

我问和母亲通了电话的大女儿："别的，还说了些什么？"

"奶奶在电话里说：'这回你们又蒙我，我可难过了。'"大女儿告诉我母亲是这么说的，"声音可没劲儿呢，奶奶好像不大行了。"

我听后笑了笑，摇摇头说："不过，那是没办法的事啊。"

听我这么说，大女儿也摇摇头："是啊，没办法呀。"

母亲近来身心不佳。她长期以来一直是病魔缠身，心脏不大好，轻微的心绞痛也时常发作。直到四五年前——收到邀请她来的信，母亲还能立刻乘上十来个小时的长途火车来到东京。如今连这也做不到了。

看上去，母亲并不显得比从前弱多少。听说，从前当问医生去东京住几天是否可以时，医生会立即回答说："请去吧。"而且还总是按在东京住的天数给她药。而最近，却同情地说："恐怕太勉强了。"还说，想去的话去也成，但对后果可负不了责任。母亲本来觉得没什么了不起，但对于长途旅行的结果当然自己也没个谱。生怕给周围的人带来麻烦，便只在乡下家中转悠了。

大女儿降生时，母亲67岁。母亲说，我在这孩子上小学前不会死；孩子上了小学，又说小学毕业前不会死。实际上母亲都如愿以偿了，如今大女儿小学毕了业。母亲也许是感到了疲惫和衰弱，这回没说等到中学毕业，只说想看看大女儿去参加中学的开学典礼。

"如果实在想来的话，就请来吧。"我们这样给母亲回了信，当时决定由妻子去乡下接。然而，没想到今年初春的寒气在母亲身上引起了反应；加上3月中旬，住在新县小千谷的一个叔父突然去世的消息，又是一次打击。

这个叔父是庆应义塾大学毕业的医生，年仅66岁就患心肌梗塞突然故去。叔父搬到小千谷之前，曾在横滨的鹤见区住过很久，我的哥哥和姐姐们受到过他的不少照顾。今年秋天，我本打算一步步踏着匆匆为自己结束生涯的哥哥和姐姐们的足迹，写一本长篇小说来记载我一家血统的历史，所以有许多情况要问这位叔父。当我从小千谷的堂妹那里得知叔父病故的消息时，便感到茫然了。

"噢，告诉您一个不幸的消息……您是坐在椅子上吧？"我用电话告诉母亲。闲谈了一会儿之后，又叮问了一下，才传达了叔父的讣告。

母亲发出了低低的悲声，但又出乎意料地用沉着冷静的声音告诉我吊唁时要注意的事情，并托我给叔母和堂妹带个口信，接着是一阵沉默。当我又开口讲话时，母亲说，听筒正紧紧地贴着耳，说话别那么大嗓门。然后又突然讲起了年轻的一件往事。

这是件没什么意思的往事：叔父健在时，母亲每次到东京，叔父都请她吃冰激凌。有一回因为太凉，吃不惯，母亲不住地咳嗽起来。

"阿吉（叔父叫吉平）还老笑话我吃冰激凌咳嗽是山巴郎哪。"

像唱歌似的母亲的声音渐渐微弱了，突然又传来放下话筒的声音。

"山巴郎"大概就是山巴佬吧。我们家乡是这样称呼山里人的。

从那以后，母亲完全丧失了精神，看样子实在无法到东京来了。于是，我决定春假期间全家一起回乡下去看她。车票已买好，也通知了回家的日期，可就在出发前两天，二女儿突然发高烧病倒了。

为此，回乡的事只好作罢。母亲说我们骗她，指的就是这件事。本想这回把穿破了的棉外褂随身带回去，可现在却依然放在身边。恐怕母亲是在一怒之下，才叫赶快寄回去的。

母亲做针线活儿时总爱在嘴里含上末茶糖，我买了一袋放进棉外褂里。我一面打包，一面想：即使这样，过些日子也要回趟家。

## 我的妈妈，流泪的妈妈

徐 芳

我是妈的大女儿，她管我管得严。她给我们创作了一些格言，也算是我们的家规：吃要有吃相，坐要有坐相；别人说话时要眼睛看着，别人吃东西时可别盯着看……

规定是规定，但这事得另说，我见过我的妹妹看着人家吃东西，一副馋得要流口水的模样，很气愤地回家向她报告，她只当没听见。我再说，她就拉下了脸：你是当姐姐的，要管好自己的妹妹。

平常家里大事小事的，因为我是当姐姐的，挨打挨骂的概率比两个妹妹大了许多，除了自个的原因，还常常得替妹妹们受过。这让我很不服。我常常要辩解，她常常就是这句话：你是姐姐……以四两拨千斤的判断结束我的话，要我接受惩罚——也许是跪洗衣板，也许是站门板后，这要看她的心情。

后来我就拼着挨打的可能顶撞，我不要做这个倒霉的姐姐了！

事情好像也没变得更糟，她只是在洗衣做饭的间隙里，对邻居抱怨：老大犟，这么大了还如何如何，也因为我是老大，所以关于"这么大了"的批判，也是永远的。

她并不打我，打我的是我爸。晚饭后，那是一个战战兢兢的时刻，我爸问话，上一句还是笑着说的，下一句就手拍到了桌子上，"砰"一下，然后我妈过来拉……但我相信，他们的目标是一致的，是我，是我，还是我，因为我是"榜样"。

我这个"榜样"不争气时就会号啕大哭，只有少数几次因为心里想着革命英雄堵枪眼拼刺刀的壮举，才能够拼命忍住。

我读书的年代大家都不想读书，读书无用论甚嚣尘上，可我爱读书，成绩一直都很好。考试成绩出来了，我向家长汇报，可他们并不在意，尤其是我妈，哼哼哈哈的，像是听到了又像是没听到（我想起来了，她就从来不表扬我）。有了多次这样的待遇之后，我以为他们并不关注我读书。我就自然地该干嘛干嘛，不干嘛就不干嘛，松松快快地上学放学，做家务。这种松快，终于让我付出了代价。

有一次数学考试后，有个"心态不好"的同学跑老师那里打听去了，回来他路过我家窗前正好让我看见。我隔着窗大声问他我几分，他说我100分。我又问几个100分的，他答就一个。我也和他一样认为这一定是我了。我妈在旁边也一声不吭。

可是第二天到学校才知道他弄错了，这个唯一的100分，并不属于我，也就是说我考砸了。回到家，我用最快的速度在我妈那里做了更正。我妈当时正在洗衣服，她还是一句话不说，但抬手给了我一巴掌，肥皂和水火辣辣地甩了我一脸。我吓坏了，她又气又急的样子，实在出乎我的意料。

这一巴掌确实让我醒过神来：考得好可以不管，但考得不好是一定要管的。

她从没有打过我两个妹妹。相反她倒是很经常搂抱着她俩，或者任凭她俩亲一下热一下地在她身上蹭来蹭去地撒娇。

很多不是问题的问题，此刻在我眼里都成了问题。

在无聊的岁月里，邻居的大人们常常拿孩子逗乐，比如我大妹的胖或我小妹的瘦，而我长得据说不像我妈我爸，像谁呢？有人就悄悄告诉我：你是你爸你妈抱来的……我立刻就哭开了，那一种伤心我至今还记得。我断然地要求那个大人一定要带我去找我爸我妈……

你怎么就当真了呢？人家寻你开心都不知道。她依然怪我，满是烦恼的样子。

寒暑假里，我们孩子们可能的远行就是去祖父母家或外公家短住，我从来没有想过家，不像两个妹妹。她们不出一两天就嚷嚷着想家，其实是想妈。

她依然看我什么都很挑剔。等我长到知道要漂亮的时候，有人客客气气地对她夸小姑娘（我）长得好时，她却说还是老三好看。我是难看的吗？老三是好看，可我认为她就是不能这么说（当着我的面）。

孩子们长大就像飞一样，转眼间的事。这是老妈现今的语录，用来勉励我和妹妹——我们一晃也是当妈的人了。

我自己做了母亲以后，知道做母亲有多难之后，才开始理解她当年的独立苍茫，汗流满面有多不容易。不说洗尿布那会儿，就说给我们三个每天补袜子补鞋补衣服，哪天不是弄到深夜？还要做新的，织一家老小的毛衣，这也是长年不断的。面食点心的加工，每年过冬的二百斤青菜二百斤雪里蕻从到菜场排队买下搬回家开始，洗晒切腌哪一个环节能省略？

在我的记忆里，在冬天里她的手总是又红又肿。她的脚上也是长年裂着血口，脱尼龙袜子时她咬着牙，有时竟脱不下来。因为她的棉鞋破旧，我们的脚长得快，又费鞋，她的顶针绳线下总有要加急的活计。她常常刺破手指，就把指肚含在口里嗞嗞吮着，她不时皱眉的习惯大概从这儿来的。

对我两个妹妹她其实是管束不过来，要我做"榜样"，或者说杀鸡给猴看，也是出于无奈。我竟不能知，唉……

我大病一场的那会儿，她把她的金银首饰卖了，不够，又去"献血"……可她依然与我少话，那回我几次想与她说点什么都没有说，是她眼眶里盈盈的泪光把我吓住了。

我想起来了，她是爱哭的，仿佛比我们更爱哭。看电影听戏，年轻年老时与我爸吵架，我们不听话时，她的眼泪就汹涌而出，日子是她流着泪一天天过去的。

她如今老了，头发白了，腰粗了，人胖了，可依然爱哭。为了和我爸的事，为了死去的外

公，为了自己的病，眼圈红着，久久的。我摸着她的头发，她会颤抖一下，像受了惊一样。

我还记得小妹那年得了急病，她背着小妹，小妹当时已经昏迷了，无知觉的身体直往下滑。妈只能弓着背走，我在后面用手托，而她的背竟被汗水湿透了，湿滑湿滑的。那条路平时甩着手走也要四五十分钟，那天究竟走了多长时间，也不知道。就听医生说再晚半小时就来不及了。妈进了急救室，我被挡在外面，一直守到深夜。

可我还是禁不住怀疑，眼前这个脆弱的老妈，究竟是怎么把我们抚养长大的？她不再说我什么，而是什么都听我的了。

有点盲目，她并不了解自己，就像当年的我。

我的妈妈，流泪的妈妈，你知道吗，我的良心，我的责任，或许还有所谓的能力、耐烦劲、平常心……一切的一切，那都是来自你——我亲爱的妈妈！

# 打给母亲的电话

王 皓

## 一

最近接二连三地遭遇背晦，看了星相，说目前只宜韬光养晦，蓄势待发（纯属自欺心理）。万般无聊之际，每天上网溜达溜达，借以排忧解闷。那天，一头撞进了一个不知什么名字的网站，一行红色标题赫然醒目——"各星座的开运秘诀"。

心头一喜，眼下正需要这样的"开运秘诀"，并非真以为能给我带来好运气，关键是能给自己找个乐子，让我这颗正泡在苦水里的心得到点希望的滋润，哪怕这希望是虚妄的。鼠标点击自己的星座，显示器上跳出几行字来："一、收集三枚完整的鸡蛋壳和七颗黄豆，于月圆之夜将鸡蛋壳埋于居家附近的山上，再将黄豆丢于向南流的河水之中即可带来好运。"

扯淡！这肯定是哪个比我还无聊的人拿我们这些正身在歧途的倒霉蛋开涮呢！

"二、第一通电话打给妈妈。"

我一怔。这一条真是简单可行，照着做起来也方便快捷。但对于我，却永远也办不到了，这将是一通永远没有人接听的电话——我母亲撒手人寰时我尚未满8岁。

在以后漫长的岁月里，我曾不止一次悲哀地想过，也许正是因为自己过早地去探知关于死亡的概念，才引来命运之神如此严厉的对待。人生何处不是充满了预谶呢？

那一年的元旦刚过的一个早晨，才读小学一年级的我和同学们一起被集合到学校操场的广播前，听那里面传出的一个沉重缓慢的男声宣布着一个伟人的死讯。当时懵懂无知的我对广播里不断出现的"逝世"一词感到好奇。记得那天一放学，我跨入家门的第一句话就是问母亲："妈，'逝世'是什么意思？"已经缠绵病榻多年的母亲沉吟了好一会儿，回答说："就是一个人死了。""那'死'又是什么意思？"

母亲把目光投向一处仿佛很远的地方停留了很久，才把我拉到身边一边轻抚着我的头发，一边缓缓地向我解释道："死，就是一个人睡着以后再也醒不来了……"

7个月以后，母亲永远地走了。

幼年丧母是人生一大悲哀，面对这种悲哀，我只能承认自己无能为力。霍桑曾经说过，在我们人类的本性中，原有一个既绝妙又慈悲的先天准备：遭受苦难的人在承受痛楚的当时并不能觉察到其剧烈的程度，反倒是过后延绵的折磨最能

使其撕心裂肺……

　　事实上，对于母亲永远的离去或者说死去的概念的彻底理解和认知，是她死后两三年的事情了。在此期间，我一直固执地认为母亲只是去了一个很远的地方，总有一天她还会回来的，一如往日那样站在家门前等我背着书包放学回家，等我张口叫一声"妈"，接下来便是日常琐碎的生活场景。当我终于让自己认识清楚了死亡给予死者和生者在感受上的差异是如此巨大时，我已经快成为一个少年了。

　　我习惯了没有母亲的生活。失去了母亲的生活等于同时摆脱了一种约束，一种引导，一种由于时时提醒于耳际的叮咛之下的自我行为修正，一种来自母亲的柔性温暖。于是，刚好到了需要无拘无束成长的年龄的我就更加恣情任性地疯长了。我享受着这种自由带给我的快乐，同时也在日后承受了自己必须交付的代价。这是很久以后当我屡屡碰壁痛不欲生，不禁回首往事的时候才得出的结论，但在当时我并未觉察。

　　但是，眼下我的确需要转转风水，就像在人生成长的道路上需要一位母亲做后盾一样。

　　关于母亲的记忆又从脑海深处浮现了出来，尽管这记忆是不连贯不清晰甚至是无声的，就如那些已经模糊不清的早期黑白无声电影似的，未经修缮，所以也是最原始最真实的。

　　于是，拿起话筒，右手同时揿下"0"。我不知道电话机的键盘上还有哪个数字比"0"更适合做母亲的电话号码了。"0"是一个圆，意味着回归，意味着圆满，意味着一个从开始到结束的过程，意味着一种虚无的状态……这是我送给母亲的电话号码，也是我平生第一次送给母亲礼物。我知道，她一定是接受的，而且，会很高兴。

## 二

　　听筒里一片静默，可能在等我继续往下摁号码。我也静默了。心里想着母亲也许就在电话的另一端，手拿听筒等着我开口，嘴巴张了几张又合上，那个"妈"字怎么也出不了口。我已经不习惯这个称谓了。

　　嗫嚅了半天，终于轻轻地唤出一声"妈"，顿时泪如雨下。

　　妈，你还好吗？我想你，真的，不是经常想，不过每次想你的时候，我就把自己还当成孩子，受了委屈受了罪，想起你，就想像小时候那样在外面惹是生非吃了亏，跑回家一头扎到你怀里连哭带喊，等着你拍着我的背哄我高兴，你总能让我破涕为笑。可是，自从渐渐接受了你永远也不能再抚慰我、爱护我，再不能用你的怀抱为我遮风挡雨，没有你的那个家，也不再是能够让我寻求慰藉的港湾，而我必须学会自己承受、自己忍耐人生的苦辣辛酸的现实以后，我就不敢经常想起你了。

　　长大成人的路上，我摔了很多的跟头，每一次都跌得头破血流。妈，你知道不知道我现在多愿意再像小时候那样挨你的打？你用你自己的方式教育着我，当

我还不知道自己犯错的时候，你的巴掌或者戒尺就已经落到了我的身上，打完以后再讲道理。所以，那些你传授给我的道理虽然不多，却能让我牢记终生。

可还有许许多多的道理你还没来得及告诉我呢，我只能把无尽的茫然写进目光里面。人生的道路崎岖漫长，每一次在我感到自己已经走投无路不知所措的时候，就会抬起头面向苍天，在心里绝望地嘶叫"妈，帮我！快帮帮我吧"。那时候我只觉得，除了向你呼救，这世间再也没有人能够帮我了。你一定是听到了，要不为什么我每次遇到难题都能化险为夷？

## 三

我还是不会梳头。我那一头乌黑光泽的长发总被我不是潦草凌乱地披在脑后，就是用一根细绳随便地扎起来。小时候，你总夸我的头发长得好，可是每次给我洗头的时候又总是唠叨那头发太长太浓密了。小小的我留着齐腰的长发，被你梳成各种各样的辫子，扎上各种颜色的蝴蝶结，每次走在街上，总能引来啧啧称赞。每逢那个时候，我就会回过头冲你笑，你也笑了，那笑容是我见到过的最晴朗的天空。

后来，你已经是病入膏肓卧床不起了，每天清晨仍然让我站在病床前为我梳头。晚期癌症折磨得你痛苦无比、虚弱不堪，已不能完全坐直身子了，你就吃力地用一只胳膊支起上半身，用另一只手拿梳子一下一下地细细为我梳好，再替我编成两条长辫。每一次梳头都要用去很长时间，我还在一旁不停地催促着。梳完头发，你就累得倒在枕上喘成了一团，而我早就背着书包一溜烟地跑出房门上学去了。

就是这种最简单的发辫，在以后的岁月里我一直都没有学会梳。

曾经有一个来探望你的阿姨看见你为我梳头时的艰难状就劝你把我的头发剪掉，你摇摇头说："这孩子留长头发好看，我活一天就给她梳一天吧……"你走了以后，就没人给我梳头了，我的长发成了一窝乱草，我自己尚不觉得，可大人们看着就忍无可忍了。理发室里的人很少，所以对那个声音我一直记着。"嚓、嚓、嚓"，一剪刀接一剪刀，一缕缕的长发就从我的头上断开坠落了。刚开始还能听到头发飘落的"沙沙"声，比秋天时落叶飘零的声音还要轻微，到后来地上的头发铺厚了，这声音就听不见了。

我木然地望着镜子里面那个满头短发乱飞的小女孩，不能确定她究竟是不是我。在当时我至少意识到了一点，那就是我的生活从此将会是另外一种样子。母亲，从那以后我就再也学不会梳头了，而我现在也当了母亲，也有了一个每天清晨就站在我面前等着我梳头的女儿。为了掩饰我的笨拙，我买来一大堆五颜六色各式各样的发带头饰，在那花枝招展下掩藏的，依然是最为朴拙的发辫。

## 四

记得那天天气很热，一大早我就被告知今天不用去上学了。一直都在渴望逃

> 世界上没有一个地方比自己的家更舒适，无论那个家多么简陋、多么寒伧。
> ——梁实秋

学的我并没有往常的欣喜，就像一只小狗，我嗅出那天的空气里弥漫着与往日绝不相同的气息。

你已经高热昏迷了三天了，医院里下了病危通知书。

后来我学了医，知道这是恶性肿瘤晚期的必然表现，持续不退的高热不仅彻底耗尽了你身上残存的那些已经非常稀薄的生命力，同时也预示着你的生命即将走到终点。其实那几天，我天天都到病房去看你，你总是很安静地睡着，脸上没有了往日那种忍受剧痛的痛苦表情。我认为这样很好，因为我再也见不得豆大的汗珠顺着你蜡黄消瘦的脸颊往下淌，听不得你那强自压抑的呻吟声。可我并没想到，你竟这样一直安静地睡着，没能再看我最后一眼。

我坚信亲人之间一定存在着心灵感应，因为从那一天的清晨开始，我就有种大祸即将临头的惶恐不安。病房是白色的，病床是白色的，你身上盖的被单也是白色的。当我跌跌撞撞地被牵到你的身边，一看到白色被单下的你，我突然意识到——你就要死了！就要像别人平常说起的那个死了！我"哇"地大哭着扑到你的身上，一边奋力地摇撼着你瘦弱的身躯，一边"妈！妈！"地大喊。见你没有回音，我发狂似的用自己的手指去掰你的眼帘，天真地以为只要把你的眼睛撑开你就能看到我，你就不会死了。

你衰弱极了，以致实在无法再睁开自己的眼睛看一看扑在你身上呼天抢地号啕大哭的我。可当时我真的看见有一颗大大的泪珠，非常缓慢地从你紧闭的眼角里流了出来，又慢慢地流进你的耳朵。直到今天我也想不明白，你当时是怎样拼尽最后一丝气力，那样无力地移动着自己的手，把它盖在我的手上轻轻地握住……这是你留给人世留给我的最后一个动作。

## 五

在我两岁的时候你就被查出患了癌症，直到我将满8岁时你去世，你苦挣苦熬了整整6年时间。在这6年里，你究竟忍受着怎样的痛苦，经历着怎样的煎熬，是我的想象力至今也无法企及的。一个人如果是处在身体健康的盛年，是不会经常能想到自己死的那一天的，那总是一个遥远的日子，走过去还有很长的一段历程。然而，你却不同。当你手里拿着白纸黑字写得清清楚楚的病情诊断报告时，无疑一眼就看见了自己生命的尽头。那时候仅仅30多岁的你承受的痛苦该是怎样的巨大？

几次大的手术和以后更多次数的放化疗，夺走了你的健康和曾经非常动人的风采，却在以后的日子里磨砺出了你顽强乐观的意志和精神。我知道你不得不顽强、不得不乐观，因为，你还有我，你那刚满两岁、话说不明白、路走不稳当的女儿……

妈，在我懂事了很久以后，我也不知道你是病人，那时我实在看不出你和别

人的妈妈有什么不一样的地方。你是一位多么成功的母亲啊！你给了我和别人一样的童年，而我头顶上的那片天空却是你用已经残缺了的生命，用你和病魔搏斗后剩下的已经为数不多的精力为我撑起来的。

　　离开你的日子越久，人生里因为你的缺失而出现的裂隙就越大，我就更加地想念你。我为自己找了一个好丈夫，但是天天在一个锅里搅勺子，有时难免会磕磕碰碰的。发了火吵了嘴之后，我也曾很用力很夸张地摔门出去，但是，站在深夜的街头徘徊良久，却不知何去何从。从小到大，那些只有诉说给母亲听的心事逐渐地被我一一忽略过去，我的心已经变得粗糙。妈，我并不是在为自己担心，而是害怕影响到女儿的成长。比方说到现在我还不习惯孩子在我跟前撒娇，当她把毛茸茸的小脑袋往我怀里钻的时候，我总是显得惊慌失措。

　　告诉我该怎么办吧，妈妈！以你的智慧和勇气。我知道怎么活都是一辈子，可一辈子该怎么活才算好呢？把答案告诉我吧，无论是在梦里，在风里，或者在雨里……

六

　　我放下电话。窗外，太阳正沿着亘古不变的轨迹向天际驶去，把一抹金色的光芒涂在了最后一扇玻璃窗上。远处传来阵阵悠扬的鸽哨，一群鸽子掠过一个优美的弧线又急速向远方飞去……

# 娘是世上那个最亲你的人

王小艾

## 一

她出生在一个小乡村，父母都是农民，世世代代也都是在那儿生活的。她的下边还有一弟一妹，她从小就洗衣做饭，充当他们的保姆，穷人的孩子早当家。

可她是个心气极高的女子，从小就觉得自己不该出生在这样的家庭，而应该是那种大富大贵的家庭。但是出身已经无法选择了，她明白只有靠好好学习才能改变自己的命运。

她的母亲是个只有小学三年级文化程度的矮小女人，嫁给了一个酗酒的男人，每天为了丈夫和孩子忙碌着，忙完了家里忙田里，从来都没有自我。在她小小的心灵中，这样的一生真是无趣至极啊。

而她也从未从母亲那里得到更多的关爱，从小她就懂得要把好吃的、好玩的让给弟弟妹妹，争宠什么的在她是从没想过的。

每天上学的时候，隔壁养鸭大王的小女儿都来叫她一起走。人家同龄的小女孩都穿得花枝招展，而她的衣服都是最朴素和最普通的。她的心里不是没有羡慕过。有一年过年的时候，她看中了一条带有小小的蕾丝花边的裙子，眼睛停留在上面不动，她的母亲过来一把将她拉开，嘴里嘟囔着："太贵了，都抵得一袋粮食了。"那以后的几个夜晚，她的梦里都是那条小裙子，泪水打湿了枕巾。她多么恼啊，为什么我要生在这样的家庭？为什么我要有这样的母亲？童年没有玩具，没有漂亮的衣服，只有不应属于她的早熟。倔强的她在外人面前总要装出一副毫不在意的样子，因为她有最令她自豪的资本，她的成绩是年级第一。

> 母爱是人类情绪中最美丽的，因为这种情绪没有利禄之心掺杂其间。
> ——（法）巴尔扎克

## 二

她的父母没有注意到这个喜欢沉默的瘦小丫头的决心，尽管也为她的成绩高兴。可是她的压力却很大，因为她把自己的未来赌在这上面了，她要上大学，去很远的京城。有时偶尔考差一次，自尊心极强的她就会惩罚自己，要么不吃饭，要么拼命地干活。而她从不对她的母亲讲，她的母亲不会理解的，她的母亲也不知道怎样给孩子最好的学习方法指导和意见。

13岁时她来月经了，鲜红的血一个劲地流出来，肚子又疼得厉害，她吓傻了，

以为自己要死了。她偷偷跑去问同村的高年级的表姐，表姐给她买了白色的很温暖的卫生巾，给她讲了很多有关的知识。而她的母亲是后来才知道自己的女儿已经长大了，可是作为每个女人成长过程的必经阶段，母亲对她并没有给予更多的关心，甚至连关怀的话都没说过一句。

她寂寞地独自成长着，很多时候想着自己以后有了女儿，一定要事先将很多东西都教会地，一定不让她这样孤单地、茫然地面对成长的种种烦恼。

她和母亲的隔阂越来越深。她觉得在精神上、物质上，母亲都是亏欠她的。

## 三

她考上了省城最好的高中，可是那里学费比较贵，而她家还有两个上学的孩子，是不可能供得起的。于是她选择了一个可以免除她三年学费的普通高中，是金子到哪儿都会发光的，她相信自己。

她从不参加同学的生日聚会，因为她买不起漂亮的礼物。而她连自己的生日也常常忘记了。她的母亲从来不会给她买一个生日蛋糕。经常会有同学的父母来看望自己的孩子，她却从来不敢奢望她的父母来，因为他们没有时间，即使有了时间也不可能给她买什么补品之类的东西。

三年的高中，她的母亲只来过一次，是大清早来卖自己地里的西瓜的，带着几个瓜来看她。她的母亲头上还带着露水，和她说了不到三句话就匆匆地走了。

她放学后到那个地方去找她的父母，想帮忙卖瓜，可是走近了却怎么也叫不出来，她怕被自己的同学们听见后笑话。她的父母什么都没说，只是让她回学校，别耽误学习。

母亲要上厕所，她带母亲去公厕，母亲很恼火，上厕所还要钱啊。从卫生间出来后，她听到有人在身后说了一句："上完厕所都不冲水，一点素质都没有。"她的母亲不知道该怎样使用那个小小的按钮。她的眼泪差点出来，她知道不能怪母亲，一个只有小学三年级文化的农村妇女，可是她心里却有小小的怨气，要是我的母亲不是这样多好啊。

## 四

高考时，她填报的都是北京的高校。她最终被京城一所高校录取了，学费也是申请的助学贷款。每一年她依然得一等奖学金。一到周末她就自己去做家教或者促销什么的。她的父母只是偶尔给她寄几百元钱，也是从牙缝里省下的。

她的同学中，有很多父母都是高官或知识分子。有时，听同学打电话给母亲，叫"darling"、"亲爱的老妈我很想你"，她真的很羡慕，她是永远不可能对自己的母亲说出这样的话的，而她的母亲也不会对她说一句"我想你"。她的成长环境和他们是不一样的。她从不在别人面前提起自己的父母。她被城市渐渐地同化，也学会了吃麦当劳，偶尔也和别人一起去喝咖啡，去唱歌。很多时候她在想，

这才是我想要的生活啊。而她母亲的一生都没有这样的生活质量啊。

有一次,她回家过年,母亲看着她的花边牛仔裤、美宝莲璀璨唇膏,摇了摇头。她不以为然,这些都是自己挣钱买的。她越来越觉得和自己母亲之间的代沟太深。这代沟的产生,不光是因为她们是两代完全不同的人,在她看来更多的是自己的母亲没什么文化。她无法给她的母亲讲国内外的什么事件,她的母亲只关心粮食的产量、庄稼的收成、孩子的成绩。

吃饭的时候,她竟然觉得自己的母亲吃东西的声音太大了,而且她第一次发现母亲竟然像个男人一样吃了两大碗米饭。她的心里不由得反感起来,尽管另一个声音告诉她,这是你的娘,不管怎样你都要尊重她。可是那种看不惯好像已经在她心里发了芽,根深蒂固,让她不由自主地想逃离。

## 五

大学毕业,她考上了国家公务员,终于留在了自己渴望的京城。不多久她就找了个北京"土著"男友,感情还算不错,可她从不去他的家,害怕人家的父母问起自己的家庭情况。于她,那是一个疤痕,她不想示之于人。每个月她总是按时地寄500元回家,给弟弟妹妹上学用。她想,对父母,她已经做到仁至义尽。

她学会了和身边的人攀比,在这个贫富差距巨大的城市里,她的欲望不断地膨胀。穿衣服要名牌,手提电脑和珠宝什么的都不能比人差。为了显示自己良好的家境,她给男友也买了很多东西,而这些是她的工资所无法满足的。

最终她被查出挪用公款10万余元。男友没有和她一起承担,从她的生活里消失了,而平时的那些朋友很多也是对她躲之不及。只有几个死党把自己婚嫁的钱都给她垫出来了,可是离10万还差3万多。她整个人崩溃了,才24岁,她不想坐牢啊。最后她甚至想到了一死了之。

她的母亲是从她最好的朋友那里知道这个消息的。电话打到了村支书家,让人家去叫的母亲。她的母亲听完了朋友断断续续的话后,愣了很久,没说一句话,最后坚定地对她的朋友说:"告诉我的娃,千万别想不开,有娘在。"

她的母亲一生不曾求人,为了找换女儿命的钱,她抛下尊严,一家亲戚一家亲戚地借钱;她卖掉了家里的几头猪,卖掉了几乎所有值钱的东西。她每月寄的钱母亲都一分没动地存着,是为她应急用的。终于在不到一个月的时间里,凑齐了3万块钱。

那一次,她的没有出过县城的母亲在上大学的妹妹带领下第一次到了京城，来到她租的小屋里。母亲看到她第一眼，第一句话就是："孩子，你受苦了。娘给你做点好吃的。"便开始在厨房里忙碌起来。

妹妹在她的身边给她讲着母亲是怎样筹钱的。"姐姐，你知道吗？你一直是娘的骄傲啊。娘一直以你为荣，在心里是最喜欢你的啊。姐姐，你很少回家，可能不知道，娘曾为了我们的学费去卖过血。这一次娘也去卖了啊，她还让我一直瞒着你。"她原本已经想死的心，一点点地被融化，最终抱着妹妹号啕大哭。

身高不足一米六的矮小的母亲，做好了她最爱吃的土豆肉丝和鸡蛋汤。仿佛什么都不曾发生过一样，只是眼神里的坚定让母亲变得高大，她掀开母亲的衣袖，看到了母亲胳膊上密密麻麻的针眼。"娘！"她第一次扑在自己母亲的怀里，像一个婴儿在那温暖的怀抱里找到了重生的力量和爱。

## 妈妈，我的世界你最懂

高茜

爸妈经过长达3年的"冷战"，2001年夏天最终分道扬镳了。他们离婚后，心情郁闷的我便迷上了上网——遨游网络能让我暂时忘却家庭破碎的悲伤。

不久，17岁的我就陷入了一个迷茫的情感旋涡。

通过网上聊天，我认识了25岁的湖南男孩许彬——长沙一家广告公司的文员。他说他喜欢玩电脑、踢足球，而且唱歌的水平相当不错。不久，许彬给我发来了一张照片，旁边写着：请高茜评委打分。照片上的他穿着红色足球衫，春风满面地站在球场边，脚下还踩着一只足球。他虽长得不算特别帅，但看起来绝对是个阳光男孩。第二天许彬在网上问我给他打多少分，我回答：去掉一个最高分，去掉一个最低分，许彬的最后得分为88.8分。

由于身处异地，平日我们主要通过网上进行交流。每周通个电话，一聊就是几十分钟。为了打电话，我常常一天只吃两餐，把妈妈给我买中饭的钱都买了磁卡。那段时间，时隔半月，许彬就会给我写封信寄到妈妈单位（之所以选择那里，是因为我知道她从不私拆我的信件），然后通过妈妈转交我。许彬的钢笔字写得很漂亮，我喜欢这种"见信如人"的感觉。我把他的每封信都仔细收藏着，作为我初恋的见证常常翻出来品味。

暑假，我跟妈妈说，要和班上几个女生相邀去昆明玩。拿着从妈妈那里骗来的钱，我和同桌悄悄去了长沙。在长沙的5天，我对许彬似乎有了更多了解。离别时，他为我买了个"随身听"，还把自己唱的歌录成CD送给我。

就这样，我们相爱了，而且似乎爱得很深。至于最终结果会怎样，彼此都不去谈也不愿多想。这种迷茫使我偏离了正常的生活和学习轨道，初恋的激情燃烧得我食不知味夜不能寐。晚上睡眠不足，白天上课也难以集中精力，许彬的声音和样子动辄就会溜进我的脑海。

我的成绩开始大幅度下滑。这一切，当然都逃不脱妈妈的眼睛。

当时班上我有个要好的女生黎佳，她与高年级的一个男生早恋了。她的秘密是被父母通过私拆信件得知的，父母对她又打又骂，还把这事对班主任说了。一次上课，班主任批评黎佳时她小声顶撞了一句。盛怒之下，班主任就将黎佳早恋的事捅了出来，并当着全班同学断言："像你这样的年纪就知道谈情说爱，成绩要能搞好，我拿手板心给大家煎鱼吃！"在学校与父母的双重重压下，羞恼万分的黎佳竟与那男生离家出走了⋯⋯

说实话，我早恋那会儿，如果妈妈也像黎佳的家长那样对我横加干涉，没准儿我也会义无反顾地走向她所期望的反面。毕竟，情感过敏的我像只惊弓之鸟，

充满了叛逆之心，一丁点的动静都可能使我惊惶而逃。

但妈妈一直装作很平静的样子，既未过分关注我，更没责骂我，甚至还将许彬寄来的信原封不动地带给我，表面上看起来一切如旧。到现在我才明白，妈妈是在小心翼翼、不动声色地感化着我。记得我把黎佳的遭遇讲给妈妈听时，她问我："你觉得黎佳这么做对吗？"我说："初恋的诱惑确实不易抵挡，需要有缓冲的时间，她的父母也太急躁太武断了，要换了我也接受不了。"妈妈听后笑了笑，说："还是我女儿通情达理。黎佳的爸妈和老师的做法不够妥当，女孩情窦初开，有些早恋的想法和举动都是很自然也是可以理解的，家长应晓之以理而不是采取过激方式。但早恋确实有很多你们不能预见的副作用，要不然，黎佳的爸妈也不会那么着急和冲动，你说是不是？"

接着，妈妈帮我分析了其中一些害处，又给我推荐这方面的书看。其实我已感到和许彬相恋后学习的退步，只是一时还不愿舍弃这份爱罢了。

那天我正在做作业，爸爸忽然打来电话。电话里，他和妈妈说着说着吵了起来。原来，他不知怎么听说了我早恋的事，他认为我变坏了是妈妈对我太纵容的缘故。妈妈放电话时最后说了一句："高茜是个懂事的孩子，我相信她，同时我也希望你不要把她想得那么坏！"我听后心头猛地一震，忽然想对妈妈忏悔：妈妈，也许就是我的不应该。我觉得，我是该认真想想了。这之后，妈妈因突发急性胰腺炎住进了医院。入院当天，医生就下了病危通知。在妈妈病床边，憔悴的她对泪流满面的我说："茜茜，不管怎样你都要好好生活，如果妈妈不在了，还有爱你的爸爸……至于你和那个男孩要好的事，妈妈建议你不要为它过早地分散精力。待以后长大了，应该有更多更好的选择，我女儿有这样的实力。我相信你会处理好这种感情的。这样，即使妈妈在另一个世界也会心安……"

在妈妈平和、温存的母爱下，我那一度沉迷的理智苏醒了。

我毅然决然地给许彬发了一封分手的电子邮件。邮件发出去，我就换了一个邮箱，并让妈妈把家里的电话号码换掉。我知道，割爱必须忍痛，只有通过这种很痛的"绝情"，才能使我和许彬不至于藕断丝连、旧情缠绵。妈妈得知后感叹道："还是我的茜茜明白事理啊！"

然而这之后，我开始失眠，并迅速消瘦。毕竟，这样的决断对我来说是痛在心底的。一位来家做客的阿姨问我为什么突然这么瘦，妈妈淡淡地说是准备高考累的，还说这孩子近来学习很苦，她正想法给我增加营养。我在卧室里听到了她们的谈话，忍不住潸然泪下。

离开自己迷恋的人是不容易的，分手后的日子更难熬。2002 年高考，仍有些魂不守舍的我以微弱的分差与大学擦肩而过。妈妈说："茜茜，你读了这么多年书，太辛苦了，先放松一下吧。这次落榜没关系，再努力一下，你会成功的。"就这样，我去了一趟九寨沟和峨眉山，表面上是游山玩水，暗地里是独自疗伤、积聚动力。那些日子，我兴之所至地写了很多"抽屉文学"，它们倾诉了我的忧愁，化解了我的哀伤，使我走出了情感的沼泽。

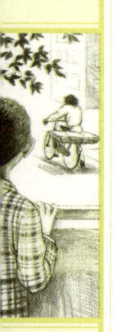

通过复读，2003年我终于跨进了大学的门槛。中榜后的一天，妈妈突然对我说："这里有一些信，是我刚从单位拿回来的。"原来，信全是许彬写来的，而且仍寄到妈妈单位。这些信都没有被拆开，用橡皮筋整齐地捆成一捆。妈妈把信递给我说："我不想让这些信重新撩起你心底的疼痛，但我没有权利丢弃它。妈妈相信，我的茜茜现在已能很好地处理它了。"

　　信中，许彬倾诉了对我突然"断交"后的留恋和惆怅。我想，如果这些情意绵绵的话语让我在一年前看到，我肯定毫不犹豫地重新投入爱河之中。但爱已成往事，所有的情书情话，都不过是隔夜的盛宴罢了。

　　对于我的早恋，妈妈没有更多地说什么，但她用行动帮我做出了正确的选择，同时还把对我的伤害减少到最低限度。这使我意识到，真正的爱和宽容如同大自然的空气，尽管它无声无形，却无所不在地滋养着我们。

## 母亲在公共汽车上的表现

王晓莉

这里要说的是我母亲在乘公共汽车时的一些表现，但我首先须交代一下她的职业。

母亲退休前是一名声乐教授。她对自己的职业是满意的，甚至可以说热爱。因此她一开始有点不知道怎样面对退休。她喜欢和她的学生在一起；喜欢听他们那半生不熟的声音是怎样在她日复一日的训练之中成熟、漂亮起来的；喜欢那些经她培养考上国内最高音乐学府的学生假期里面回来看望她；喜欢收到学生们的各种贺卡。当然，母亲有时候也喜欢对学生发脾气。用她的话说，她发脾气一般是他们练声时和处理一首歌时的"不认真"、"笨"。不过在我看来，母亲对学生发脾气稍显那么点儿煞有介事。

我不曾得见母亲在课堂上教学，有时候能看见她在家中为学生上课。学生站着练唱，母亲坐在钢琴前伴奏。当她对学生不满意时就开始发脾气。当她发脾气时就加大手下的力量，钢琴骤然间轰鸣起来，一下子就盖过了学生的嗓音。奇怪的是我从未被母亲的这种"脾气"吓着过，只越发觉得她在这时不像教授，反倒更似一个坐在钢琴前随意使性子的孩童。这又何必呢，我暗笑着想。今非昔比，现在的年轻人谁会真在意你的脾气？但我观察母亲的学生，他们还是惧怕他们这位徐老师（母亲姓徐）的。他们知谙这正是徐老师在传授技艺时没有保留没有私心的一种忘我表现，他们服她。

我记得退休之后的母亲曾经很郑重地对我说过，让我最好别告诉我的熟人和同事她的退休。我说退休了有什么不好，至少你不用每天挤公共汽车了，你不是常说就怕挤车嘛，又累又乏又耗时间。母亲冲我讪讪一笑，不否认她说过这话，可那神情又分明叫人觉出她对于挤车的某种留恋。

母亲的工作和公共汽车关系密切，她一辈子乘公共汽车上下班。公共汽车连接了她的声乐事业，连接了她和教室和学生之间的所有活动，她生命的很多时光是在公共汽车上度过的。当然，公共汽车也使她几十年间饱受奔波之苦。在中国，我还没有听说过哪个城市乘公共汽车不用挤不用等不用赶。我们这座城市也一样。母亲就在常年的盼车、赶车、等车的实践中摸索出了一套上车经验。

有时候我和母亲一道乘公共汽车，不管人多么拥挤，她总是能比较靠前地登上车去。她上了车，一边抢占座位（如果车上有座位的话）一边告诉我，挤车时一定要溜边儿，尽可能贴近车身，这样就能被堆在车门口的人们顺利"拥"上车去。试想，对于一位年过六十的妇女来说，这是一种多么危险的行为啊。我的确亲眼见过母亲挤车时的危险动作：远远看见车来了，她定会迎着车头冲上去。这时车速虽慢但并无停下的意思，母亲便会让过车头，贴车身极近地随车奔跑，当车终

于停稳，她即能就近扒住车门一跃而上。她上去了，一边催促着仍在车下笨手笨脚的我——她替我着急，一边又有点居高临下的优越和得意——她在上车这件事上的比我机灵。

她这种情态让我在一瞬间觉得，抱怨挤车和对自己能巧妙挤上车去的得意相比，母亲是更看重后者的。她这种心态也使我们母女乘公共汽车的时候总仿佛不是母女同道，而是我被母亲率领着上车。这种率领与被率领的关系使母亲在汽车上总是显得比我忙乱但主动。比方说，当她能够幸运地同时占住两个座位，而我又离它比较远时，她总是不顾近处站立的乘客的白眼，坚定不移地叫着我的小名要我去坐；比方说，当有一次我因高烧几天不退乘公共汽车去医院时，我母亲在车上竟然还动员乘客给我让座。但那次她的"动员"没有奏效，坐着的乘客并没有因我母亲声明我是个病人就给我让座。不错，我因发烧的确有点红头涨脸，但这也可能被人看成是红光满面。人们为什么要给一个年轻力壮而又红光满面的人让座呢？那时我站着，脸更红了，心中恼火着母亲的"多事"，并由近而远地回忆着母亲在汽车上下的种种表现。当车子渐空，已有许多空位可供我坐时，我仍赌气似的站着，仿佛就因为母亲太看重座位，我便越要对空座位显出些不屑。

近几年来，我们城市的公共交通状况逐渐得到了缓解，可母亲在乘公共汽车时仍是固执地使用她多年练就的上车法，她制造的这种惊险每每令我头晕，我不止一次地提醒她不必这样，万一她被车剐倒了呢？万一她在奔跑中扭了腿脚呢？我知道我这提醒的无用，因为下一次母亲照旧。每逢这时我便有意离母亲远远的，在汽车上我故意不和她站在或坐在一起。我遥望着母亲，看她在找到一个座位之后是么的心满意足。母亲也遥望着我，她张张嘴显然又要提醒我眼观六路留神座位，但我那拒绝的表情又让她生出些许胆怯。我遥望着母亲，遥望她面对我时的"胆怯"，忽然觉得母亲练就的所有"惊险动作"其实和我的童年、少年时代都有关联。在我童年、少年的印象里，母亲就总是拥挤在各种各样的队伍里，盼望、等待、追赶……拥挤着别人也被别人拥挤：年节时买猪肉、鸡蛋、粉条、豆腐的队伍；凭票证买月饼、火柴、洗衣粉的队伍；定量食油和定量富强粉的队伍；火车票长途汽车票的队伍……每一样物品在那个年月都是极其珍贵的，每一支队伍都可能因那珍贵物品的突然售完而宣告解散。母亲这一代人就在这样的队伍里和这样的等待里练就着常人不解的"本领"而且欲罢不能。

我渐渐开始理解母亲不再领受挤车之苦形成的那种失落心境，我知道等待公共汽车挤上公共汽车其实早已是她声乐教学事业的一部分。她看重这个把家和事业连接在一起的环节，并且由此还乐意让她的孩子领受她在车上给予的"庇护"。那似乎成了她的一项"专利"，就像在从前的岁月里，她曾为她的孩子她的家，无数次地排在长长的队伍里，拥挤在嘈杂的人群里等待各种食品、日用品一样。

不久之后，母亲同时受聘于两所大学继续教授声乐。她显得很兴奋，因为她又可以和学生们在一起了，又可以敲着琴键对她的学生发脾气了，她也可以继续她的挤车运动了。我不想再指责母亲自造的这种惊险，我知道有句老话叫作"江山易改，秉性难移"。

可是，对于挤公共汽车的"爱好"，难道真能说是母亲的秉性吗？

# 枕头底下的信

艾草 编译

那一年,我13岁。我的家在一年前从北佛罗里达搬到南加利福尼亚。那时候,青春期的我很暴躁很反叛,对父母所说的每一件事都持一种逆反的态度,一点也不尊重他们,尤其是当我不得不照他们的意思去做的时候。像其他许多十几岁的青少年一样,我挣扎着奋斗着,极力摆脱那些与我理想中的世界有冲突的事情。我认为自己是个"无须指点的才华横溢的"才子,拒绝任何爱的关怀。实际上,我对"爱"这个字也感到很愤怒。

一天晚上,在经历了一个特别难熬的白天之后,我怒气冲冲地跑回房间,狠狠地关上房门,倒在床上。我的手指滑到枕头下面,那儿有一个信封!我把它拿出来,看到信封上写着:"当你孤独的时候,读一读它。"

既然我是独自一人,那么反正不会有人知道我是否读过它,于是我就打开它。只见里面写着:

迈克:

我知道你的生活现在很艰难,我知道你很失落,我知道我们做的事都不合你的心意。我也知道我全心全意地爱你,不管你做什么或者说什么,都不会改变这一点。如果你需要和人交谈,我会随时奉陪;如果你不想,也没关系。我只是希望你能知道,不管你去哪里,不管你做什么,在你的一生中,我永远爱你,永远以你是我的儿子而感到骄傲。我会永远站在你的背后支持你,我会永远爱你,这一点永远不会改变。

爱你的妈妈

那是第一批"当你孤独的时候读一读"的信里的一封。

成年后,我曾经在佛罗里达州的萨拉索塔主持过一个课堂讨论会,那天快结束的时候,一位女士走到我身边,把她和儿子之间的隔阂告诉了我。我们一起来到海滩上。我把我的妈妈对我的永恒的爱,以及她那些"当你孤独的时候读一读"的信的事情告诉了她。几个星期后,我收到她寄来的一张卡片,上面说她已经给儿子写了第一封信。

那天晚上,当我上床睡觉的时候,我把手伸到我的枕头底下,回想起以前每次摸到信的时候所感到的安慰。在我十七八岁的时候,我知道我之所以被爱不是因为我杰出或者不杰出,而是因为我是妈妈的儿子,那些信就是最可靠的保证。在我睡着之前,我为我的妈妈知道什么是我——一个十几岁的青少年所需要的而感谢上帝。今天,当生命之海遭遇风暴的时候,我知道在我的枕头底下有世上最坚固、最持久、最无条件的爱来作为我改变命运的可靠保证。

# 七个铜板

（匈牙利）莫里兹

穷人也可以笑，这本来是神明注定的。

茅屋里不但可以听到呜咽和号哭，也可以听到由衷的笑声，甚至可以说，穷人在想哭的时候也是常常笑的。

我很熟悉那个世界。我父亲所属的苏斯家族的那一代经历过最悲惨的贫困。那时，我父亲在一家机器厂打零工。他不夸耀那个时代，别人也不，可是那时候的情景是真实的。

在我今后的生活中，我再也不会像在童年短短的岁月中笑得那样厉害了，这也是真实的。

没有了我那笑得那么甜蜜，终于笑到流眼泪，笑到咳嗽得几乎透不过气来的、红脸盘儿的、快活的母亲，我怎么会笑呢？

有一次，我俩花了整整一个下午来找七个铜板，就是她，也从来不曾像那一次笑得那么厉害。我们找寻那七个铜板，而且终于找到了。三个在缝纫机的抽屉里，一个在衣橱里……另外几个却是费了更大的劲才找出来的。

头三个铜板是我母亲一个人找到的。她希望在缝纫机抽屉里再找到几个，因为她时常给人家做点针线活，赚来的钱总是放在那里面。在我看来，那个缝纫机抽屉是个无穷无尽的宝藏，只要伸手就能拿到钱。

因此，我非常奇怪地看着我母亲在抽屉里边搜寻，在针、线、顶针、剪子、扣子、碎布条等中间摸索，又突然大惊小怪地叫了起来：“它们都躲起来啦！”

“谁呀？”

“小铜板哪。”我母亲笑着说。她把抽屉拉了出来，“我的小乖乖，不管怎么样，我们得把这些小坏蛋找出来。呵，这些淘气的，淘气的小铜板！”

她蹲在地板上，把抽屉放下来，像是怕它们会飞掉。她又像人家用帽子扑蝴蝶似的突然把抽屉翻了个身。

看她那个样子，叫你不能不笑。

“它们就在这儿啦，在里头啦。”她咯咯地笑着说，不慌不忙地把抽屉搬起来，“假如只剩一个的话，那就应该在这儿。”

我蹲在地板上，注视着有没有晶亮的小铜板悄悄地爬出来。可是，那儿没有一样东西蠕动。事实上，我们也并不真的相信里面会有什么东西。

我们彼此望望，觉得这种儿戏可笑。

我碰了碰那个翻了身的抽屉。

“嘘！”我母亲警告我，“当心，会逃走的啊。你不晓得铜板是个多么灵活

的动物，它会很快地跑掉，它差不多是滚着跑的。它滚得可快哪……"

我们笑得前仰后合。我们从经验中知道一个铜板多么容易滚走。

当我们平静下来的时候，我又伸出手去翻转抽屉。

"哦！"我母亲又叫起来。我吓得连忙把手缩回来，好像碰到一只火辣辣的炉子。

"当心，你这个小败家精！干吗急着把它放走呀！只有它藏在下面的时候，它才是属于我们的呢。让它在那儿多待一会儿吧！你瞧，我要洗衣服，得用肥皂，可是肥皂起码要花七个铜板才能买到，少一个就不行。我已经有三个了，还差四个。它们都在这小屋子里，它们逗留在这儿，但是它们不喜欢人去惊动。假如它们生了气，它们就一去不回了。当心，钱是很敏感的，你得很巧妙地对付它，要毕恭毕敬。它像少妇一样容易气恼。你不是会唱迷人的曲儿吗？也许我们可以把它从它的蜗牛壳里逗出来呢。"

天晓得我们在这唠叨不休的谈话中间笑得多起劲。不过那的确是非常好笑的。

"铜板叔叔快出来，你的房子着火啦！"我一面说，一面就把它的房子翻过来。下面是各种各样的破烂儿，就是没有钱。

我母亲噘着嘴在乱翻，但是毫无结果。

"多可惜呀，"她说道，"我们没有桌子。假如把它倒在桌面上，我们就可以做得更隆重了，并且我们一定会从下面找到一些什么的。"

我把那堆破烂儿抓在一起，放回抽屉里。这时我母亲正在寻思。她绞尽脑汁想她是不是曾经把钱放在别的什么地方，但是她什么也想不出来。

不过，我的心里倒动了一个念头。

"亲爱的妈妈，我知道一个地方有一个铜板。"

"在哪儿，我的孩子？我们快把它找出来吧，别让它像雪一般融掉。"

"玻璃橱里，在那个抽屉里。"

"哦，你这倒霉孩子，亏了你早先没有说出来！不然，这时一定不在那里了。"

我们站起来，走到早已没有玻璃的玻璃橱前，还好，我们在它的抽屉里找到了那个铜板，我知道它一定是在那里的。这三天来，我一直准备把它偷走，就是不敢。假如我敢偷的话，我一定拿它买了糖啦。

"得，我们已经有四个铜板了。打起精神来吧，我的小宝贝，我们已经找到一大半了，再有三个就够了。我们既然花了一个钟头找到了这一个，到下午喝茶的时候，我们就可以找到那三个了。尽管那样，在天黑以前我还可以洗不少衣服呢。快点儿吧，也许其余的抽屉里都有一个铜板呢。"

每个抽屉里要都有一个可好了！那就真的了不起！这个老橱柜在它年轻的时候曾经收藏过很多东西。但是，在我们家里，这个可怜的家伙却不曾放过很多东西；难怪它变得那么破烂，生了虫，到处是窟窿了。

我母亲对每一个抽屉都唠叨一番。

"这一个抽屉豪华过一阵！那一个从来没有过东西！这一个呢，永远是靠借

债度日的！唉，你这缺德的可怜的叫化子，你连一个铜板也没有吗？这一个不会有什么东西了，因为它在守护我们的穷神。假如现在不给我一点东西，你就永远别想有一点东西了，这是我唯一的一次向你要东西！瞧，这一个最多！"她笑着叫道，拉出那个连底也没有了的最下一层的抽屉。

她把它套在我的脖子上，于是我们坐在地板上，放声大笑。

"别笑了，"她突然说道，"我们马上就有钱了。我就要从你爸爸的衣服里找出一些来。"

墙上有些钉子，上面挂着衣服。你说怪不怪，我母亲把手伸进头一个口袋，就马上摸到了一个铜板。

她简直不相信自己的眼睛了。

"瞧，"她叫道，"我们找着了！我们已经有多少啦？简直数不过来了！一——二——三——四——五，五个！再有两个就够了。两个铜板算什么？算不了什么。既然有了五个，另外两个没有疑问就要出现的。"

她非常热心地搜寻那些衣袋，可是，天哪，什么结果也没有。她一个也找不出来了。就连最有趣的笑话也没法把另外两个铜板逗出来了。

由于兴奋和辛苦，母亲的两颊已经泛起两朵红晕。再不能让她干下去了，因为这样会叫她马上害病的。这当然是一件例外的工作，谁也不能禁止谁找钱哪。

下午喝茶的时候到来了，又过去了，夜不久就要来临。父亲明天需要一件衬衫，可是我们没法洗，单是井水是洗不掉油污的。

这时，我母亲拍了拍前额。

"哦，我有多么傻！我就不曾看看我自己的衣袋！既然想起来了，我就去看看吧。"

她去看了一下，你相信吗，她真在那里找着了一个铜板，第六个。

我们都兴奋起来，现在只缺一个了。

"把你的衣袋也给我看看，说不定那儿也有一个！"

我的衣袋！我可以给她看的，里边什么也没有。

到了晚上，我们有了六个铜板，可是我们真好像一个也没有一样。那个犹太人不肯放账，邻居们又像我们一样穷，也不能向人家讨一个铜板啊！

除了打心坎上笑我们自己的不幸以外，再也没有别的办法了。

这时，一个叫化子走了进来。

他用歌唱的调子发出一阵悠长的哀叹。我母亲笑得几乎昏过去了。

"算了吧,我的好人,"她说道,"我在这儿糟蹋了一下午,因为需要一个铜板,少了它就买不到半磅肥皂。"

那个叫化子,一个脸色温和的老头,瞪着眼睛看着她。

"一个铜板?"他问道。

"是的。"

"我可以给你一个。"

"这还了得,接受一个叫化子的布施!"

"不要紧,我的姑娘。我不会短少这一个铜板的。我短少的是一铲子土,有了这,就万事大吉了。"

他把一个铜板放在我的手里,然后满怀着感恩的心情蹒跚地走开去了。

"好吧,感谢上帝,"我母亲说道,"再没有……"

她停了一会儿,然后大大发出一阵笑声。

"钱来得正是时候!今天再也洗不成衣服了。天黑了,我连灯油也没有!"

她笑得透不过气来。这是一种可怕的、致命的窒息。她弯着腰把脸埋在手掌里,我去扶她的时候,一种热乎乎的东西流过我的手。

那是泪,是我母亲的泪,是她宝贵的、圣洁的泪。我的母亲呀,就连穷人中间也很少有人像她那样会笑的。

# 第三篇
# 感恩亲情

# 温　馨

梁晓声

温馨是纯粹的汉语词。

近年常读到它，常听到它；自己也常写到它，常说到它。于是静默独处之时每想：温馨，它究竟意味着什么呢？

是某种情调吗？是某种氛围吗？是客观之环境，抑或仅仅是主观的印象？它往往在我们内心里唤起怎样的感觉？我们为什么不能长期地缺少了它？

那夜失眠，倚床而坐，将台灯罩压得更低，吸一支烟，于万籁俱寂中细细筛我的人生，看有无温馨之蕊风干在我的记忆中。

从小学二三年级起，母亲便为全家的生活去离家很远的工地上班。每天早上天未亮便悄悄地起床走了，往往在将近晚上八点时才回到家里。若冬季，那时天已完全黑了。比我年龄更小的弟弟妹妹都因天黑而害怕，我便冒着寒冷到小胡同口去迎母亲。从那儿可以望到马路。一眼望过去很远很远，不见车辆，不见行人。终于有一个人影出现，矮小，然而"肥胖"，那是身穿了工地上发的过膝的很厚的棉坎肩所致，像矮小却穿了笨重铠甲的古代兵卒，断定那便是母亲。在幽蓝清冽的路灯光下，母亲那么快地走着。她知道小儿女们还饿着，等着她回家胡乱做口吃的呢！

于是我边跑着迎上去，边叫："妈！妈……"

如今回想起来，那远远望见的母亲的古怪身影，当时对我即是温馨。回想之际，觉得更是了。

小学四年级暑假中的一天，跟同学们到近郊去玩，采回了一大捆狗尾草。采那么多狗尾草干什么呢？采时是并不想的。反正同学们采，自己也跟着采，还暗暗竞赛似的一定要比别的同学采得多，认为总归是收获。母亲正巧闲着，于是用那一大捆狗尾草为弟弟妹妹们编小动物。转眼编成一只狗，转眼编成一只虎，转眼编成一头牛……她的儿女们属什么，她就先编什么，之后编成了十二生肖，再之后还编了大象、狮子、仙鹤、凤凰……母亲每编成一种，我们便赞叹一阵。于是母亲一向忧愁的脸上，难得地浮现出了微笑……

如今回想起来，母亲当时的微笑，对我即是温馨，对年龄更小的弟弟妹妹们也是。那些狗尾草编的小动物，插满了我们破家的各处。到了来年，草籽干硬脱落，才不得不一一丢弃。

我上小学五年级时，母亲仍上着班，但那时我已学会了做饭。从前，百姓家的一顿饭极为简单，无非贴饼子和粥。晚饭通常只是粥，用高粱米或苞谷子煮粥，很费心费时的，怎么也得两个小时才能煮软。我每坐在炉前，借炉口映出的一小

片火光，一边提防着粥别煮煳了，一边看小人书。即使厨房很黑了也不开灯，为的是省几度电钱……

如今回想起来，当时炉口映出的一小片火光，对我即是温馨。回想之际，觉得更是了。

由小人书联想到了小人书铺。我是那儿的熟客，尤其冬日去。倘积攒了五六分钱，便坐在靠近小铁炉的条凳上，从容翻阅；且可闻炉上水壶嗞嗞作响，脸被水蒸气润得舒服极了，鞋子被炉壁烘得暖和极了。忘了时间，忘了地点。偶一抬头，见破椅上的老大爷低头打盹，而外边，雪花在土窗台上积了半尺高……

如今想来，那样的夜晚，那样的时候，那样的地方，对于少年的我便是一个温馨的所在。回想之际，觉得更是了。

上了中学的我，于一个穷困的家庭而言，几乎已是全才子。抹墙，修火炕，砌炉子，样样活都拿得起，干得很是在行。几乎每一年春节前，都要将个破家里里外外粉刷一遍。今年墙上滚这一种图案，明年一定换一种图案，年年不重样。冬天粉刷屋子别提有多麻烦，再怎么注意，也还是会滴得到处都是粉浆点子。母亲和弟弟妹妹们撑不住盹，东倒西歪全睡了。只有我一个人还在细细地擦、擦、擦……连地板都擦出清晰的木纹了。第二天一早，母亲和弟弟妹妹们醒来，看看这儿，瞅瞅那儿，一切干干净净有条不紊，看得他们目瞪口呆……

如今想来，温馨在母亲和弟弟妹妹眼里，在我心里。他们眼里有种感动，我心里有种快乐，仿佛，感动是火苗，快乐是劈柴，于是家里温馨重重，尽管那时还没生火，屋子挺冷……

下乡了，每次探家，总是在深夜敲门。灯下，母亲的白发是一年比一年多了。从怀里掏出积攒了三十几个月的钱无言地塞在母亲瘦小而粗糙的手里，或二百，或三百。三百的时候，当然是向知青战友们借了些的。那年月，二三百元，多大一笔钱啊！母亲将头一扭，眼泪就下来了……

如今想来，当时对于我，温馨在母亲的泪花里。为了让母亲过上不必借钱花的日子，再远的地方我都心甘情愿地去，什么苦都算不上是苦。母亲用她的泪花告诉我，她完全明白她这一个儿子的想法。我的心使母亲的心温馨，母亲的泪花使我的心温馨……

参加工作了，将老父亲从哈尔滨接到了北京。十几年的一间筒子楼宿舍，里里外外被老父亲收拾得一尘不染。经常地，傍晚，我在家里写作，老父亲将儿子从托儿所接回来，但听父亲用浓重的山东口音教儿子数楼阶："一、二、三……"所有在走廊里做饭的邻居听了都笑，我在屋里也不由得停笔一笑。那是老父亲在替我对儿子进行学前智力开发，全部成果是使儿子能从一数到十了。

父亲常慈爱地望着自己的孙子说："几辈人的福都让他一个人享了啊！"

其实呢，我的儿子，只不过出生在筒子楼，渐渐长大在筒子楼。

有天下午我从办公室回家取一本书，见我的父亲和我的儿子相依相偎睡在床上，我儿子的一只小手紧紧揪住我父亲的胡子——他怕自己睡着，爷爷离开他不

知到哪儿去了……

那情形给我留下极为温馨的印象；还有老父亲教我儿子数楼阶的语调，以及他关于"福"的那一句话。

后来父亲患了癌症，而我又不得不为厂里修改一部剧本。我将一张小小的桌子从阳台搬到了父亲床边，目光稍一转移，就能看到父亲仰躺着的苍白的脸。而父亲微微一睁眼，就能看到我，和他对面养了十几条美丽金鱼的大鱼缸。这是父亲不能起床后我为他买的。10月的阳光照耀着我，照耀着父亲。他已知自己将不久于世，然而只要我在身旁，他脸上必呈现着淡对生死的镇定和对儿子的信赖。一天下午一点多，我突觉心慌极了，放下笔说："爸，我得陪您躺一会儿。"尽管旁边备有我躺的钢丝床，我却紧挨着老父亲躺了下去，并且，本能地握住了父亲的一只手。五六分钟后，我几乎睡着了，而父亲悄然而逝……

如今想来，当年那五六分钟，乃是我一生体会到的最大的温馨。感谢上苍，它启示我那么亲密地与老父亲躺在一起，并且握着父亲的手。我一再地回忆，不记得此前也曾和父亲那么亲密地躺在一起过，更不记得此前曾在五六分钟内轻轻握着父亲的手不放过。真的感谢上苍啊，它使我们父子的诀别成了我内心里刻骨铭心的温馨……

后来我又一次将母亲接到了北京，而母亲正病着。邻居告诉我，每天我去上班，母亲必站在阳台上，脸贴着玻璃望我，直到无法望见为止。我不信，有天在外边抬头一看，老母亲果然在那样望我。母亲弥留之际，我企图嘴对着嘴，将她喉间的痰吸出来。母亲忽然苏醒了，以为她的儿子在吻别她。母亲的双手，一下子紧紧搂住了我的头。搂得那么紧那么紧。于是我将脸乖乖地偎向母亲的脸，闭上眼睛，任泪水默默地流。

如今想来，当时我的心悲伤得都快要碎了。之所以并没碎，是因为有温馨黏住了啊！在我的人生中，只记得母亲那么亲爱过我一次，在她的儿子快50岁的时候。

现在，我的儿子也已大三了。有次我在家里，无意中听到了他与他同学的交谈：

"你老爸对你好吗？"

"好啊。"

"怎么好法？"

"我小时候他总给我讲故事。"

其实，儿子小时候，我并未"总给"他讲故事，只给他讲过几次，而且一向是同一个自编的没结尾的故事，也一向是同一种讲法——该睡时，关了灯，将他搂在身旁，用被子连我自己的头一起罩住，口出异声："呜……荒郊野外，好大的雪，好大的风，好黑的夜啊！冷呀！呱嗒，呱嗒……爪子落在冰上的声音……大怪兽来了，它嗅到了我们的气味儿了，它要来吃我们了……"

儿子那时就屏息敛气，缩在我怀里一动也不敢动。幼儿园老师觉出儿子胆小，一问方知缘故，就郑重又严肃地批评我："你一位著名作家，原来专给儿子讲那

种故事啊！"

　　孰料，在儿子那儿，这竟变成了我对他"好"的一种记忆。于是不禁地想，再过若干年，我彻底老了，儿子成年了，也会是一种关于父亲的温馨的回忆吗？尽管我给他的父爱委实太少，但同一切似我的父亲们一样抱有一种奢望，那就是——将来我的儿子回忆起我时，或可叫作"温馨"的情愫多于"呜……呱嗒、呱嗒……"

　　温馨，不是设计与布置的结果，不是刻意营造出来的。它储存在寻常人们所过的寻常的日子里，偶一闪现，转瞬即逝，融解在寻常日子的交替中。它也许是老父亲某一时刻的目光；它也许曾浮现于老母亲变形了的嘴角；它也许是我们内心的一丝欣慰；甚至，可能与人们所追求的温馨恰恰相反，体现为某种忧郁、感伤和惆怅。

　　它虽融解在日子里了，却没有消亡，而是在光阴和岁月中渐渐沉淀，等待我们不经意间又想起了它。

# 离家时候

叶广芩

1968年的一个早晨,我要离家了。

黎明的光淡淡地笼罩着城东这座古老的院落,残旧的游廊带着大字报的印痕在晨光中显得黯淡沮丧,正如人的心境。老榆树在院中是一动不动的静,它是我儿时的伙伴,我在它的身上荡过秋千,捋过榆钱儿,那粗壮的枝干里收藏了我数不清的童趣和这个家族太多的故事。我抚摸着树干,默默地向它告别,老树枯干的枝,伞一样地伸张着,似乎在做着最后的努力,力图把我罩护在无叶的荫庇下。透过稀疏的枝,我看见了清冷的天空和那弯即将落下的残月。

一想到这棵树,这个家,这座城市已不属于我,内心便涌起一阵悲哀和颤栗。户口是前天注销的,派出所的民警将注销的蓝印平静而冷漠地朝我的名字盖下去的时候,我脑海里竟是一片空白,不知自己是否存在着了。盖这样的蓝章,在那个年代对于那个年轻的民警可能已司空见惯,在当时,居民死亡,地富遣返,知青上山下乡,用的都是同一个蓝章,没有丝毫区别,小小的章子决定了多少人的命运不得而知,这对上千万人口的大城市来说实在太正常,太微不足道,然而对我则意味着怀揣着这张巴掌大的户口卡片要离开生活了十几年的故乡,只身奔向大西北,奔向那片陌生的土地,在那里扎根。这是命运的安排,除此以外,我别无选择。

启程便在今日。母亲还没有起床,她在自己的房里躺着,其实起与不起对她已无实际意义,重疴在身的她已经双目失明,连白天和晚上也分不清了。我6岁丧父,母亲系一家庭妇女,除了一颗疼爱儿女的心别无所长。为生计所难,早早白了头,更由于"文革",亲戚们都断了往来,家中只有我和妹妹与母亲相依为命,艰难度日。还有一个在地质勘探队工作的哥哥,长年在外,也顾不上家。1967年的冬天,母亲忽感不适,我陪母亲去医院看病,医生放过母亲却拦住我,他们说我的母亲得了亚急性播散型红斑狼疮,生日已为数不多,一切需早做打算。巨大的打击令我喘不上气来,面色苍白地坐在医院的长椅上,说不出一句话。我努力使自己的眼圈不发红,那种令人窒息的忍耐超出了一个十几岁孩子的承受能力,但我一点办法也没有,在当时的家中,我是老大,我没有任何人可以依赖,甚至连倾诉的对象也找不到。我心里发颤,迈不动步子,我说:"妈,咱们歇一歇。"母亲说:"歇歇也好。"她便在我身边坐着,静静地攥着我的手,什么也没问。那情景整个儿颠倒了,好像我是病人,她是家属。

从医院回来的下午,我在胡同口堵住了下学回家的妹妹,把她拉到空旷地方,将实情相告,小孩子一下吓傻了,睁着惊恐的大眼睛,眼巴巴地望着我,竟没有

一丝泪花。半天她才回过神来，哇的一声哭起来，大声地问："怎么办哪？姐，咱们怎么办哪？"我也哭了，憋了大半天的泪终于肆无忌惮地流下来……是的，怎么办呢，唯有隐瞒。我告诫妹妹，要哭，在外面哭够，回家再不许掉眼泪。一进家门，妹妹率先强装笑脸，哄着母亲说她得的是风湿，开春就会转好的。我佩服妹妹的干练与早熟，生活将这个十四岁的孩子推到了没有退路的地步，我这一走，更沉重的担子便由她承担了，那稚嫩的肩担得动吗！

> 世界上有一种最美丽的声音，那便是母亲的呼唤。
> ——（意）但丁

回到屋里，看见桌上的半杯残茶，一夜工夫，茶水变浓变釅，泛着深重的褐色。堂屋的地上堆放着昨天晚上打好的行李，行李卷和木箱都用粗绳结结实实地捆着，仿佛它们一路要承受多少摔打，经历多少劫难似的。行李是哥哥捆的，家里只有他一个男的，所以这活儿非他莫属。本来，他应随地质队出发去赣南，为了"捆行李"，他特意晚走两天。行李捆得很地道，不愧出自地质队员之手，随着大绳子吃吃地勒紧，他那为兄为长的一颗心也勒得紧紧的了。妹妹已经起来了，她说今天要送我去车站。我让她别送，她说不。我心里一阵酸涩，想掉泪，脸上却平静地交代由火车站回家的路线，塞给她两毛钱嘱咐她回来一定要坐车，千万别走丢了。我还想让她照顾身患绝症的母亲，话到嘴边却说不出口。把重病的母亲交给一个未成年的孩子，实在太残酷了。

哥哥去推平板三轮车，那也是昨天晚上借好的。他和妹妹把行李一件件往门口的车上抬。我来到母亲床前，站了许久才说："妈，我走了。"母亲动了一下，脸依旧朝墙躺着，没有说话，我想母亲会说点什么，哪怕一声轻轻的啜泣，对我也是莫大的安慰啊……我等着，等着，母亲一直没有声响，我迟迟迈不动脚步，心几乎碎了。听不到母亲的最后嘱咐，我如何走出家门，如何迈开人生的第一步……

哥哥说："走吧，时间来不及了。"被妹妹拖着，我向外走去，出门的时候我最后看了一眼古旧衰老的家，看了一眼母亲躺着的单薄背影，将这一切永远深深印在心底。

走出大门，妹妹悄悄对我说，她刚关门时，母亲让她告诉我：出门在外要好好儿的……我真想跑回去，跪在母亲床前大哭一场。

赶到火车站，天已大亮，哥哥将我的行李搬到车上就走了，说是三轮车的主人要赶着上班，不能耽搁了。下车时，他没拿正眼看我，我看见他的眼圈有些红，大约是不愿让我看见的缘故。

捆行李的绳头由行李架上垂下来，妹妹站在椅子上把它们塞了塞，我看见了外套下面她烂旧的小褂。我对她说："你周三要带妈去医院验血，匣子底下我偷偷压了十块钱，是抓药用的。"妹妹说知道，又说那十块钱昨晚妈让哥哥打在我的行李里了，妈说出门在外，难保不遇上为难的事，总得有个支应才好。我怪她为什么不早说，她说妈不让。"妈还说，让你放心走，别老惦记家。你那不服软

的脾气也得改一改，要不吃亏。在那边要多干活，少说话，千万别写什么诗啊的，写东西最容易出事儿，这点是妈最不放心的，让你一定要答应……"我说我记着了，她说这些是妈今天早晨我还没起时就让她告诉我的。我的嗓子哽咽发涩，像堵了一块棉花，半句话也说不出来。知女莫如其母，后来的事实证明了母亲担忧的正确，参加工作只有半年的我，终于因为"诗的问题"被抓了辫子。打入另册以后我才体味到母亲那颗亲子爱子的心，但为时已晚，无法补救了。我至今不写诗，一句也不写，怕的是触动那再不愿提及的伤痛。为此我愧对母亲。

　　那天，在火车里，由于不断上人，车厢内变得很拥挤，妹妹突然说该给我买两个烧饼，路上当午饭。没容我拦，她已挤出车厢跑上站台。直奔卖烧饼的小车。我从车窗里看她摸了半天，掏出钱来，那钱正是我早晨给她的车钱。我大声阻止她，她没听见。这时车开动了，妹妹抬起头，先是惊愕地朝着移动的车窗观望，继而大叫一声，举着烧饼向我这边狂奔。我听到了她的哭声，也看到了她满面的泪痕……我再也支撑不住，趴在小桌上放声大哭起来。火车载着我和我那毫无掩饰的哭声，驶过卢沟桥，驶过保定，离家越来越远了……

　　在我离家的当天下午，哥哥去了赣南。半年后，妹妹插队去了陕北。母亲去世了。家乡一别二十七年。

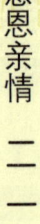

# 爷 爷

余 杰

浩浩人世,我与爷爷的感情最深。我在爷爷身边长大,农忙季节,常常跟爷爷扯牛绳。每到夏季,跟爷爷在地里看庄稼。田野里空气新鲜也凉爽,我看着天上的星星和月亮,听爷爷讲古。有时候讲到小半夜。

花开花落,雁秋去春来。光阴流逝,爷爷老了。外出谋生,早不在爷爷身边。但我总觉得爷爷那慈祥的目光在看着我。去年腊月天,我到家乡出差,顺路看望爷爷。下了火车,我就朝爷爷承包的责任田走去。我想,这会儿也许老人家正在田里做活呢。

太阳三杆高了,天晴得好。我贪婪地看着家乡的景色。路很直,也宽阔,两边柳树、梧桐树,很茁壮,已成材了。朝远看,便是梨园、苹果园和桃园。爷爷栽果树也是好把势,土改后,就栽了10多亩,后来果树入了社,20世纪70年代搞大寨田,那些果树都砍光了。这几年,爷爷又栽起果树来。

老远,我就看见爷爷了,他戴着狗皮帽,穿着粗布长袍,扎着腰。旱烟杆插在腰间,烟荷包摆来摆去。爷爷手里拿着一把剪刀,在精心修剪果树。我心里一热,上前抓住爷爷的手。

爷爷一下子就认出我来,嘿嘿笑了半天,说道:"爷爷这几天眼皮直在跳,想是你要回来看我了。"

爷爷真的老了,眉毛胡子已经全白,牙齿脱落只剩一枚,那饱经风霜的脸上褶皱一层一层的。可那混浊的老眼里,仍然闪出熠熠的光芒,充满活力。嘴里吐出的热气,凝成水珠,挂在胡梢上,亮晶晶的。我紧紧握着爷爷的手,他的10个手指又粗又短,个个弯曲,骨节间长满疙瘩小刺,指上的裂纹像刀刻一样。我心里涌出一种说不出的感觉。鼻子一阵酸楚,说道:"爷爷,你这双手还是闲不住啊!"

爷爷笑着说:"惯啦!"

爷爷一生的习惯就是劳动,打我记事起,就没见他歇过一天。他的活路好是黄河滩上有名的,庄稼行里十八般武艺样样都利落。爷爷苦作一生,到了风烛残年,还这般做活,作为孙子,我无法表达自己的心情。我望了望这茫茫的大地,寒冬腊月中每一个生命,都是那么悄然,那么顽强。作为万物之灵的人,对世界又是多么的赤诚。我用颤抖的手慢慢擦掉爷爷胡须上的水珠。

爷爷儿孙满堂,一人省一口,他也吃不完,可爷爷却说,吃自己刨出来的食才有味儿。村里分责任田,他非要二亩地不可。大伯和父亲都不同意爷爷要地,一是怕爷爷受累,二是怕人家说闲话。

爷爷这位种了一辈子地的老农民，对土地有着深厚的感情，谁能理解他的心情呢。爷爷气得好厉害，额上青筋勃起老高，胸口一鼓一鼓的，老眼里含满泪水，逢人便说："我是个庄稼人，种了一辈子地，干活还能累死人？为啥不分给我地？"

爷爷犟起来，几头牛也拉不回来。最后还是分给他二亩河滩地。

爷爷不服老，日出而作，日没而息。二亩兔子不拉屎的老河滩，硬叫爷爷给改造过来了。这年冬天，爷爷要在河滩上栽果树，消息像一股风吹遍全村。有人说，这老爷子真是老糊涂了，这把年纪，等果树挂枝，说不定已成仙去了。也有说爷爷想活两辈子哩！

别人的话，爷爷一句也没听。他常常说："儿女有不如自己有！"

爷爷想得很远，他不栽那种传统的果树，他栽上的梨树是一个叫"白雪酥"的新品种，听说汁美价高，梨树生长了五个冬春，枝条又黑又粗，已经一蓬蓬了。爷爷说，过年就能挂果了。

爷爷做起活来，还显得十分麻利，一把剪刀在手里运用自如。手指粗枝条，一下子就剪断了。他一边忙活，一边说道："我记事的时候，咱这百亩河滩就只长草不长粮。现在上面政策好了，荒河滩成了宝地。你看大家见我的树长得好，也都栽上了。要不了几年，这荒滩就变成了金滩银滩啦……"爷爷说着，高兴地笑起来。

# 雪

（美）大卫·科波菲尔

亚当找来所有的枕头，把它们小心地堆在窗前，然后把窗上的霜擦去一小块儿，刚好可以看出去。他踩在堆好的枕头上，为了保持身体平衡，将下巴抵在窗台上，一直向外看，像是在等着什么出现。

过了一段时间，亚当终于看见有两个人走了过来。尽管他们穿着长长的黑色大衣，几乎把全身都裹了起来，隔着窗户根本看不清他们的脸，但亚当还是一眼就认出了他们，认出了那条紫红色的围巾，那是祖母亲手织的围巾。

人影越来越清晰，可以看见祖母的手挽在祖父的臂肘里，两人相互搀扶着缓慢地、小心地前进。亚当穿着睡衣跳下床，跑出门去迎接他们。祖父弯下身，将亚当抱起来，紧紧地搂在怀里。祖母在一旁轻抚着亚当的头发，慈爱地说："你祖父总是认为自己还很年轻，就像你一样。"

亚当刚想转过头去看她，天空中突然闪过一道炫目的白光，刺得他几乎睁不开眼睛。当一切又复归平静时，亚当突然发现祖母那条紫红色的围巾上缀满了一个个小白点，仿佛夜空中飘浮着的、闪烁的繁星。这太神奇了！亚当从未见过这样的景象。

"快进来，外面下雪了。"亚当听见妈妈在屋里喊道。

"雪。"亚当轻声重复着这个神奇的字眼。他伸出手，想抓住更多的白色雪片。

这些落在亚当手掌上的白色的东西，它们起初是那样的柔软、蓬松，渐渐地化了，融化在亚当的手里，终于消失不见了。亚当仰起头、望向天空，张开嘴、伸出舌头，想要抓住它们。

之后，亚当搬去佛罗里达州和父母一块儿住。当再次见到祖父时，亚当已经过完了他的4岁生日。爸妈告诉亚当，祖母过世了，祖父现在一个人，非常孤单。

但值得高兴的是，祖父答应从新泽西搬过来和亚当他们一起住。祖父径直地走向客房的床——带着他的轮椅、一个塞满了衣服的皮箱、一张破旧的摇椅和祖母那条紫红色的围巾。

祖父搬来后，最兴奋的是亚当，因为能和祖父在一起，亚当每天都显得特别高兴，今天也是如此。和往常一样，亚当走进祖父的房间时没有敲门，祖父睡着了，发出轻微的鼾声。为了不吵醒祖父，亚当蹑手蹑脚地走到床边祖父那个破旧的枫木摇椅旁，轻轻地坐了上去。

看着祖父桌上的那张熟悉的照片，亚当脸上露出了幸福的笑容，"嗨，祖母！"亚当低声地与照片上的人打了个招呼。照片是在新泽西时的一个午后，妈妈为他和祖父母拍的。

就是下雪的那天。

亚当非常喜欢这张照片，这让他想起了祖母，想起了他和祖父母在一起的日子，想起了那场雪。

他用手指轻抚着照片上祖母那张慈祥的脸，重复着这个曾经做过千百次的动作。他还记得祖母头上的每一根头发，祖母脸上的每一条皱纹，但他所能记住的有关新泽西的回忆，却只有那个午后——落在祖母围巾上的白色雪片，仿佛夜空中飘浮着的、闪烁的繁星。祖母和祖父抱着他，还有，融化在他手心和舌尖上的雪。

亚当从椅背上取下祖母的围巾，缠在自己的脖子上，把脸贴在上面摩挲着，感觉就像祖母的手在温柔地抚摸着他。

"过来让我抱抱，亚当。"祖父醒来了，嗓音中带着一种亚当特别喜欢的独特的沙哑。亚当从摇椅上跳了下来，扑到祖父怀中，把他的脸紧贴着祖父那张有些粗糙的面颊。没等祖父开口，亚当就将围巾放在祖父的床上，又给祖父倒了一杯水，然后爬上床，钻进祖父枯瘦的臂弯里，满足地依偎在祖父身旁。

"一起出去玩好吗？"过了一会儿，亚当问。

祖父有气无力地躺在床上，眼皮低垂。他知道自己的时间已经不多了，但仍然掩饰着说道："好主意！可我不能陪你玩得太久，我太累了。不如我们现在就来做个有趣的游戏吧。"

亚当似乎明白了些什么，就像爸妈告诉他的一样，祖父快要死了。虽然他还不能完全明白死亡的含义，但他知道他将永远与祖父分开，再也见不到祖父了。

"来点新鲜的，"祖父说，"我闭上眼睛休息一会儿，醒来时，相信你会给我一个惊喜。"

没想多久，亚当就有了一个好主意，既让自己开心，也会给祖父一个惊喜。他看了看四周，很快就找到了他需要的东西。他滑下床，踮起脚尖，很费力地够着了桌子上的一沓稿纸，撕下来其中一张。

显然是撕纸的声音引起了祖父的注意，"你在干什么？"他问亚当。

"我要给你下一场'雪'！"亚当回答道，同时加快了撕纸的速度。当他把纸撕成不能再小的碎片时，便扬起手，猛地把纸屑撒向空中，"爷爷，快看！"亚当伸开双臂，同时转着圈，"雪，下雪了。"

"太美了！"祖父一下子仿佛换了个人似的，变得精神抖擞。他坐在床上，看着一片片白色的"雪"在亚当的手中扬起、飘落。

亚当不停地撕，不停地撒，直到用完最后一张纸，地板上也铺满了厚厚的一层白色的"雪"。

祖孙俩又欣赏了好一会儿，祖父才建议亚当在妈妈回来前将房间打扫干净。亚当不情愿地把地上的"雪"铲起来，倒进了废纸篓里。

之后的几天里，爸妈只允许亚当进祖父的房间看一眼，问声好。到了第三天，当亚当再见到祖父时，他看起来似乎又老了许多。

"我好害怕你会离开我，爷爷。"亚当本来想说点别的什么，但却忍不住心

中的担忧。

"离开你？"祖父微笑着，指了指躺在角落里的轮椅，"不，我的心仍然在这里，我哪儿也去不了，你说呢？"

说完这些，祖父看着亚当的脸，他的声音突然变得严肃起来，"这就是你想说的，亚当？"

亚当开始沉默起来，他想说，他知道祖父快要死了，将会永远地离开他，对他来说，这是一件十分可怕的事，但亚当始终没有说出口。

"还记得你给我'下雪'的那天吗？"祖父似乎猜到亚当在想些什么，"还记得我说过，有一天我真的会累了……"

"我记得，但是……"

"等等！"祖父举起手，做了一个停止的姿势，手上的皮肤几乎薄得透明，"让我们过一会儿再说这些好吗？"

他指了指放在桌子上的一沓雪白的稿纸，亚当心领神会，拿起稿纸，然后望了望祖父，祖父神秘地微笑了一下，说："来，我们一起看雪吧！"

窗户敞开着，柔和的海风吹进来，吹起亚当的"雪"，亚当开始在"雪"中跳起舞来，一圈又一圈……祖孙俩沉醉在这漫天飞舞的"雪花"中，不知道过了多长时间。"雪"停时，时间已经很晚了。妈妈推门走了进来。

"哦，我的老天，看这里乱成什么样了！"

亚当看了祖父一眼，祖父朝他眨了眨眼睛，什么也没说。亚当明白这是什么意思，"雪"是他和祖父两人共同的秘密，谁也不能告诉。"我会打扫干净的。"亚当对妈妈说。

第二天早晨，祖父去世了。晚上，祖父被抬走了。他是亚当的朋友、伙伴、老师——是他唯一的玩伴，现在祖父死了，亚当难过极了，他感到孤独、失落，就像是被遗弃了一般。

就连去祖父的房间里待着，也丝毫不能减轻亚当心中的悲伤。而且，妈妈已将祖父住过的房间重新布置过了，现在已成了一间缝纫房。家里除了那张照片和祖母紫红色的围巾，好像他们从来就不曾存在过一样。亚当把照片拿回到自己的房间，那是他和祖父母在下雪的那天拍的照片。亚当把照片小心翼翼地放在自己的枕头底下，睡觉时抱着祖母的围巾，但仍然于事无补，祖父和祖母走了，不可能再回来，他们永远地离开了亚当。

每天晚上，亚当都会梦见祖父，祖

父站在雪地里，祖母也站在那儿。亚当大喊着"爷爷，爷爷！"而每次他都会被自己的喊声惊醒，醒来时枕头早被泪水浸湿。

一天晚上，亚当像以前一样，又从睡梦中惊醒，他拿着照片，裹上围巾，来到海边。亚当把围巾铺在沙滩上、月光下，围巾看上去就像是一大块浴巾。风把一张纸吹了过来，亚当伸手抓住。

他把纸撕成了碎片，用力地抛向空中，然后闭上眼睛，伸出双手，手掌向着天空，仿佛回到了从前，回到了与祖父、祖母在一起的快乐时光，回到了那个下雪的午后……一阵风吹来，吹乱了亚当的头发。

睁开眼睛，祖母的围巾上落满了这些雪白的东西。它们从天而降，落在亚当的身上，落在他的睫毛上、鼻子上、手掌上。

这些落在亚当手掌上的白色的东西，它们起初是那样的柔软、蓬松，渐渐地化了，融化在亚当的手里，终于消失不见。亚当仰起头、望向天空，张开嘴、伸出舌头，想要抓住它们……

# 妹妹的信

刘贤冰

我和弟弟离家读书后,妹妹就是家里唯一的"文化人"了。母亲没读过书,父亲读的书不足以将一封信写完整。总之,我们与家里的通信联系全靠妹妹来执笔。

"文化人"是我们送给妹妹的称呼,其实她只读到小学三年级。她是自己主动弃学的。家里拿不出足够的学费,当时大概也就几块钱吧。老师说,再不交齐学费就不要读书啦!第二天,妹妹就把一张破桌子和一把断了腿的椅子搬回家了。结果挨了母亲一顿骂。母亲骂她时有这样的内容:"今后连给你哥写封信都不会!"母亲骂过之后也没别的办法,她确实拿不出那几块钱的学费来。

妹妹赌气不上学时,确实没认识到"写封信都不会"的严重性。但她马上就认识到了。一个小学三年级没读完的农村女娃,要担负起与两个在外求学哥哥的通信任务。当然,她还得干活。她干完活后晚上伏在煤油灯下写信,像个被老师罚抄作业的学生。实际上,给两个哥哥写信,成了妹妹弃学后特殊的"家庭作业"。

这些情况是我收到妹妹第一封信后才知道的。这封信很短,有很多错别字,她陈述了不再上学的理由:她在家里帮忙做事我们会安心些——她说得不对,我们并不安心,而是更加愧疚。

记得那封信的结尾是这样的:"今天就写到这里吧,我还要给小哥写一封信呢。"后来我发现,妹妹每封信的结尾都要写上这句话。后来我还知道,她写给弟弟的信的结尾是这样的:"今天就写到这里,我还要给大哥写信呢!"回家后问她:"你是不是每次要同时写两封信?"她想也没想便说:"不是啊,我写一封信要好久的。"

原来,她认为既然是一封信,就应该多写一点字,可又实在不知道说什么,便有了这个"通用式"的结尾。她有两个哥哥,便想到用这个似乎是顺手拈来的句子凑字数。

母亲说,妹妹写信从不让人看。虽然家里谁也看不懂,她还是把自己关在房间里认认真真地写,旁边摆上她三年级下学期发的课本——一副真正做学问的样子,所以后来我称她为家里的"文化人"。

信写完,也不读给父母听,只是说:"都写上啦都写上啦!"母亲对她说:"你不念,你哥还是要看的啊!"她说:"看就看呗!"

我们放假回家,她便提前打招呼:"不要笑话我写的信哦,不然我就不写了。"

我们还是要说:"写得好写得好,错别字越来越少了。"

说真的，妹妹的信中，错别字的确是越来越少了。后来听说，她写信和发信也没原来那么害羞了。我们那儿发信，要走到十几里地的小镇上去发。她出去发信时，不再将信揣在口袋里，而是大大方方地拿在手上，遇到熟人问，她还要将它扬起来，自豪地宣称："给我哥发信去！"在她看来，这确实是件值得骄傲的事。在我们那小村子里，只有妹妹能够说这样的话，因为她有两个哥哥上了大学。

　　弟弟考上大学后，家里更困难了。妹妹来信的内容也有了变化。这样的句子开始频频出现在妹妹的信中："哥，这次又让你失望了，家里还是没有钱寄给你，怕你着急，先写一封信给你……"在穷困中长大的孩子心是比较硬的，可每当看到妹妹的信，看到信中的这些句子，就忍不住要掉泪。

　　妹妹的来信虽然句子不太通顺，可我都能够读懂。但很长一段时间，我都没有考虑到我的回信妹妹能否读懂。我上小学时写字是很规矩的，后来就越来越不规矩了。后来发现，我竟然一直在用那些龙飞凤舞的字，在对付一个小学三年级没上完的学生！直到妹妹来信说："哥，你写的字又有好多我不认识……"

　　此后，我给一些同学写信，怎么笔走龙蛇都没问题。但面对信笺，一旦记起是在给妹妹回信时，我马上就变成了一个端端正正的小学生……

# 保罗的礼物

熊江华 编译

保罗的母亲洗刷好晚餐器具，便轻轻来到保罗的床边。保罗的床搁在厨房里，因为厨房的火炉使房间异常的温暖。母亲微笑着说："孩子，我去趟雷利家，把他们家的收音机借来听一会儿，你说好吗？"

保罗感觉到睡衣口袋里的那封信。他迅速抓住母亲的手："不，您别出去了，您已经太累，妈妈。"

母亲坐在床上，紧挨着保罗，说："你一定以为妈妈把你今天的生日忘掉了吧。"

保罗将他的手放在口袋内按住信，以免信纸嚓嚓作响。"哦，不，妈妈！我自己都忘了今天是我的生日。"

"十一岁，想想看，你现在就十一岁了。你今晚就待在这儿吧，你总是在听收音机时入睡的。"她吻了吻儿子的额头，"我爱你，孩子，你知道，我多想送你一件礼物呀。"

"但是，妈妈，"他坚持说，"这张新床不就是您送给我的礼物吗？"他坐起来看着窗外，"我今天什么也不需要，真的，妈妈。"

母亲站了起来。"今天会有个令你吃惊的节目。我很快就会回来的。"她解开自己的围巾搭在保罗肩上，"在我们睡觉前，将有精彩的节目，你等着吧。"她笑了，脸上劳累和忧虑的痕迹，似乎都消失了。

保罗注视着母亲走进风雪之中，那瘦弱的身影不久便融入了惨白的世界，他觉得自己喉咙似乎被什么堵住了，忙低头去读那封信。

先生们，本月二十六日将是我儿子十一岁生日。我知道在"家庭之圈"节目里你们会念生日祝福。因此我想你们是否能在他生日那天念他的名字，并给他以生日祝福。他病在床上已经十个月了，但他从不抱怨，他坚持自学课程。我希望您在广播中这样说：新泽西市的保罗·哈克特，今天是你十一岁的生日。祝贺你，保罗，因为你是一个勇敢而乐观的孩子，应该得到最好的运气，祝你生日快乐。

在信的顶端是电台的答复：

我们很遗憾地通知您，"家庭之圈"的生日问候节目至本月取消。对不起。

这时候，保罗看见母亲捧着收音机向家里走来，走得很慢。她看上去又瘦又小，雪花落了她一身，"白发"被风搅得乱乱的，保罗眼睛也像沾上了雪花，湿湿的。她把收音机放在桌上。"现在是八点十分，还有二十分钟节目就开始了。"她打开收音机，于是，屋子里飘满了温馨的音乐。音乐一停，"家庭之圈"节目就开始了。

"妈妈！"他轻轻叫了一声。

"什么？孩子。"

"哦，没什么，你休息吧。"保罗咬了咬嘴唇。

音乐终于停了。保罗的表情有些紧张。

"现在是'家庭之圈'节目，请父亲、母亲和孩子们注意了，现在是……"收音机里传来广播员那淳厚的男中音。保罗眼睛死死地盯着窗外，他屏住了呼吸。母亲的手正紧握着他的手。

"首先，"播音员说，"我们广播一项启事。本来我们打算取消'生日问候'栏目……"

哦！计划变了！可是妈妈的信怎么退回了呢？莫非在他们改变计划之前，就退回了信！或许他们已把我的名字记下来了吧。

"今天过生日的有马丁·泰德、查理斯太太、史密斯先生、詹姆士·沃克夫妇……"名单结束了，但是应该还有更多的名字，至少还有一个名字没念呀！保罗身子在发抖。会不会一部分名字放在开头，另一部分名字放在结尾呢？接着放歌曲，圣经朗诵，节目预告。好一阵，节目全部结束了，没有保罗的名字。保罗感到自己的眼泪流了下来，慢慢地，他扭头看母亲。母亲早睡着了，睡梦中她微笑着。保罗擦干眼泪。他摇了摇母亲，"妈，"他大声说，"妈，你听见了吗？你听见他们说了些什么吗？妈！"她的眼睛开了。"什么？孩子。天啊，我怎么睡着了，他们说了些什么？"

"他们说今天是我的生日，说我是勇敢而乐观的孩子，并祝我生日快乐。哦，妈妈！"他把头埋进了母亲怀里。母亲微笑着，眼里闪耀着爱怜与自豪的光芒。保罗也含着泪花笑了。他觉得自己收到了一份他将珍藏一生的生日礼物。

# 脚下的路

陈华文

### 妈妈留下了她的期望

1975年1月，我降生到山东省菏泽市马岗镇一个农民家庭里。我的降生，并没有给父母带来丝毫的喜悦，因为我已经是这个家庭里的第四个女孩子了。

我的父母都是老实巴交的庄稼人，他们虽然没有文化，可明白"万般皆下品，唯有读书高"的道理。因此爸爸妈妈在我们很小的时候，就经常讲读书的道理，用现在流行的话说就是"知识改变命运"。

1980年，我在村小学念书，在小伙伴当中，我的成绩一直遥遥领先。每次期末，我都是捧着大红奖状回家，这是我一年中最得意的时候。也许是我成绩特别好的原因吧，爸爸、妈妈都特别疼爱我，爸爸经常悄悄地将一支新铅笔或橡皮塞进我的书包里，以示对我学习的"特别鼓励"。在我小学毕业时，我妈妈的一个远房亲戚考上大学，在乡里引起了轰动，妈妈也为这位远房亲戚高兴得几夜都没有睡着觉，妈妈拉着我的小手，认真地说："考上大学多好啊，菊儿，只要你用功读书将来考上大学，哪怕我少活二十年也心甘情愿！"幼小的我很懂事，像个大人似的，也同样认真地点头。没有文化的妈妈并不能说出惊天动地的话语，可就这简单的两句话，在我以后的人生成长路上，产生了重要的影响。

1986年，我在离村三里路的初中上学，随着学习的不断深入，我对学习的兴趣也日渐浓厚，成绩一天比一天进步，很快成为班里的尖子生。天有不测风云，在我读初一下学期时，妈妈在地里劳作时，突然一下子晕倒。醒来后，妈妈躺在县人民医院的病床上，她患了颌下癌！妈妈对这残酷的事实显得异常平静。善良的妈妈为了不影响我的学习，对我们姊妹说是一般的病，可这个坏消息还是不胫而走。有一天传到我耳际时，我如同遭晴天霹雳，两眼发黑，在课堂上伤心地大哭起来。已是中学生的我知道，癌症是令人生畏的不治之症，妈妈的病想治好，谈何容易！我放下手中的课本，飞一般地跑回了家，眼泪模糊了我的双眼。

妈妈生病以后，彻底打破了我平静的生活，时时刻刻，我都牵挂着妈妈的病，祈求上苍开眼，让妈妈的病好起来。妈妈看出了我的心思，卧在床上，对我说道："菊儿，不要担心我，你把自己的学习搞好我才放心！"我满脸强装微笑，安慰她说："妈妈，你的病会好起来的，我会好好学习的。"她刀削一般的脸上，显得那么安详、善良。

妈妈病重以后，家中所有的农活都由爸爸包揽，我和姐姐们主动为他减轻负担。每天中午放学，当同学们有说有笑地回家时，我却一手拿着镰刀，一手拿着

> 父母之爱在于在孩子面前揭示他们亲眼看见的、亲身感受的幸福生活的真正源泉。
> ——（苏）苏霍姆林斯基

竹筐，割一筐子青草回家喂羊。有一段时间，我放了晚学以后，还要到地里摘棉花，十多岁的我，真不堪身体上、心理上的双重压力。有一天，我摘到晚上八点多钟，又累又饿，脸上直冒虚汗，一点力气也没了，当场倒在庄稼地里……

妈妈经过三年病魔的折磨终于离开了我们。

### 爸爸给了我奋进的骨气

妈妈生前治病，欠下了三万多元的巨债，这对于本不算宽裕的家庭来说，真可谓雪上加霜，三个懂事的姐姐主动放弃了学业，回家充当爸爸种田的助手。更糟糕的是，我的学习成绩由原来的前列到初三下学期时降到中等水平，直到中考时一败涂地。

一直都是沉默寡言的爸爸终于开口说话了："菊儿，你娘生前就把你当成全家的盼头，如果还想读书，我去找老师说情，再复读一个初三吧！"他的语气露出了庄稼人特有的坚定，我抿了抿嘴，点了点头，没有说话。

1989年9月，爸爸带着我来到学校，他拿出卖一袋黄豆的钱，塞在我手中，没有说一句话，走了。复读初三的我，如同经过了一场生命的洗礼，再也没有什么让我牵肠挂肚，只有把书读好才能对得起爸爸手上的血汗钱啊！由于我刻苦用功，不到两个月，又成为班上的学习尖子。正当我准备喘一口气的时候，班上的女生都暗地里嫌我太穷，笑话我没有妈妈，挖苦我是"留级佬"。难道家里穷，没有妈妈也是错吗？想着想着，我流下了委屈的泪水，回家后向爸爸诉苦，他表情严肃，语重心长地对我说："菊儿，人穷可不能志短啊，你永远都要记住，要做一个有骨气的人。"爸爸的话语总是那么简短有力，从他那冷峻的脸庞上，我知道自己该做什么。如果没有爸爸的教诲，也许我永远都不会成为今日令人羡慕的博士！

在爸爸的关怀下，在我的努力下，1990年8月，我顺利地通过了中考，如愿以偿地接到菏泽一中的入学通知书！我和全家人欢喜得抱成一团，在人们眼中，考上一中等于跨进了大学门槛。如果妈妈在天之灵知道这个好消息，是不是也会高兴得几个晚上睡不着觉？

我们全家高兴之余，爸爸又为五百元的学费犯愁。妈妈在生前治病欠下的债还没有还清，现在又去借，别人不太乐意。爸爸无奈，下定决心卖掉家中唯一值钱的老黄牛，这可是爸爸种地的命根子啊！卖牛的那天，我心里沉沉的，有一种酸酸的滋味！

我就读的高中汇集了全市的学习精英，多数同学家庭条件优越，我同寝室的八个女生中，唯有我是乡下女孩，满口的土话，穿着朴素，俨然是一个没见过世面的村姑！我也想去买一条流行的健美裤，可我除了仅有的一点生活费，再也没

有多余的一分钱了。我感到自卑、孤独,不想与其他同学讲话。爸爸有一次来看我时,我说出了憋在心里已久的话,他听罢,鼓励我说:"朝自己的理想去奋斗,咱穷沟沟迟早会飞出金凤凰。"我疲惫的心灵如同注射了兴奋剂。而高中第一个学期的期中考试,由于强手如林,我的总分排在三十名。在同学的眼里,我显得是那么的微不足道。有一次,我向同班的一位女生虚心地请教一道数学题的解法,可她满脸的傲气,很刻薄地说:"这么简单的题都不会做,真是一个土老帽!"我眼泪在眼眶里打转转,可没有掉下来,乡下长大的我要意志坚强,我暗下决心:一定不要输给这些高傲的白雪公主,我要做学习上的白天鹅!

### 亲情之光照亮我人生

我从此不分白天黑夜地学习,我的学习笔记记了一本又一本,习题做了一叠又一叠。每天我最早走进教室,最晚离开教室,哪怕是星期天,我也埋头于功课。有一段时间,晚上宿舍的灯熄了,我就在走廊上,借助暗淡的灯光,默记着英语单词,到高一下学期期终考试时,我的总分排居全班第一,这时我脸上才露出久违的笑容。同学们用惊讶的眼睛看着我这位貌不惊人语不压人的农村女孩。大家向我请教学习经验,就是连那个曾经出言不逊的女生也要和我结为好朋友。我不是一个斤斤计较的女孩子,说实话,我也渴望交流,我真诚地接纳了他们的友谊。顿时,笼罩在我心头的阴云消失了。

在学习上我以最严的标准要求自己,在生活上我则向低标准看齐。高中每两个星期一次,我都是骑着爸爸那辆破旧的自行车回家,往返六十里路,让我气喘吁吁。家里虽然穷,可爸爸还是设法给我做一点好吃的。每次返校时我都会带一些红薯、小麦、馒头之类的干粮,这也成为我去学校后下半个月的主要伙食。有一个初冬的中午,我骑车回家时,天下大雨,我浑身湿透,等到家时,我已成了一个"泥人"。当晚我浑身哆嗦,高烧四十度,为了省钱,我没有去医院,爸爸那一晚守在我床前,紧握着我的手,父亲的爱是深沉的,也是慈祥的。我每月仅有的三十元生活费,主要用来吃饭,可我还是尽量节俭,省下的钱买学习资料。流行歌曲、时装、卡通、零食应该是花季女孩的专利,可这些离我却很远,艰苦的生活环境压不倒我,因为我天天都在学习的快乐之中。

由于我在高一、高二打下了学习基础,上高三时学习起来就轻松多了。1993年那个流火的7月,我通过高考的拼杀,终于考出我理想之中的好成绩,被中国地质

大学（武汉）的石油地质系录取！我手拿着鲜红的通知书，幸福的泪水刷刷地流了下来，我是方圆十多里的第一位大学生啊！这是我多年寒窗苦读的结果。那天我拿着通知书，跪在妈妈的坟前，大声哭道："妈妈，你女儿考上大学了！"

爸爸卖了家中所有值钱的东西，又为我借了二千多元的路费，我仍然是一身朴素的装扮，拿着简单的行李，告别了爸爸和姐弟，告别了生我养我的故土，生活揭开了崭新的一页。

时光是个神奇的魔术师，转眼大学四年毕业。在这四年里，我学习优秀，年年担任班长，年年都被评为三好学生，毕业时，我被保送为研究生。在研究生的学习阶段，写出了论文《渤海滨盆地渤中凹隔下第三录成藏预测》、《北塘凹下第三录层序地层学研究》、《新港三维区域成藏动力学研究》，发表在中国最具权威的地学期刊《地球科学》上。由于我在研究生阶段成绩突出，1999年9月，二年级时被提前一年保送攻读程序地层学的博士学位，这对研究生而言，是不可多得的机会。对于二十四岁的年轻人来说，读博士是做梦也不敢想的事，而我却实现了。我再也不像以前那样高兴得泪流满面，而是平静、坦然，我已经成熟了。去年，我和导师一起研究攻关国家863重大科研项目。

在求学的道路上，亲情是一盏灯，照亮了我人生前进的方向。我对于父母的养育之恩永志不忘。我的知识已不仅属于自己，而且属于祖国和人民。科学研究，永无止境。在今后的人生道路上，我将把自己的知识和才智奉献给我们伟大的祖国。

# 清明的怀念——写给我的父亲母亲

马继红

又是一度清明。天很阴，如丝的小雨若有若无地飘着，洒下湿湿的惆怅，滑落到心底，与怀念的思绪交织在一起，在心田默默地流淌。

走进干休所那个父母住了十几年的家，我忍不住像往常一样叫一声"爸，妈，我回来了。"话到嘴边，才突然意识到，不会再有人应答。两位老人在不到一年的时间内已相继离去。

房间里依然是原来的陈设，但所有熟悉的一切都变成了触景生情的遗物，目光所到之处，压得心里沉甸甸的。唯有照片中父母的微笑，依旧那么温馨，那么灿烂，如静静的阳光，为灰冷的心涂下一抹暖色。

我的父母都是冀中大平原的儿女。他们的婚姻也是那种极具民族色彩的传统的明媒正娶。虽然岁月已隔得久远，但我仍然能想象出那幅生动的画面：在喧嚣的鞭炮声中，一顶花轿从绿葱葱的麦田里悠悠而来，蒙着红盖头的年轻母亲，在伴娘的搀扶下，迈过火盆，迈过门槛，与素未谋面的父亲行三拜大礼……新婚不久，抗日战争爆发。刚满20岁的父亲毅然投笔从戎，参加了共产党领导的抗日队伍，年轻的母亲便从此承担起家庭的重担。她既要照顾体弱的祖父祖母、年幼的小叔，又在村里自发组织起了抗日妇救会。在那贫困与血腥交织的日子里，雪亮的刺刀和复仇的怒火，一点一滴地铸造了母亲的坚强。直到1943年，父亲已成为部队的首长，才把母亲接到部队，从此开始了那流动的军旅生涯。每天行军，打仗。走到哪儿，哪儿就是家。我的哥哥姐姐都出生在行军路上，马背就是他们的摇篮。姐姐刚出生六天，妈妈便硬着心肠把她送给了当地的老乡，为的是省下有限的奶水，哺育一位烈士的遗孤。这都是我后来听到的故事。

新中国成立后，我的父母成为第一批进入北平的接收人员。那时，父亲在军队已经有了相当的职务，而且又生得英俊潇洒，是远近闻名的军中美男，而母亲由于过多的劳累和付出，显得比实际年龄更老相、更憔悴。当时，父亲的许多老战友都以各种原因相继换了老婆，而父亲对母亲的感情却始终如一。他们没有海誓山盟，没有花前月下，只有心与心的印证和相通。

1955年，军队由供给制改为薪金制，大批女军人面临转业。当时父母膝下已经有五个孩子，最大的哥哥正在上小学，而最小的我还不满周岁，为了撑起这个家，母亲选择了痛苦而无奈的复员。在我童年的记忆里，母亲简直就是一个纯粹的家庭妇女，为了我们这些孩子的衣食冷暖，她无时无刻不在操劳忙碌，每次我从梦中醒来，总能看到她在灯下缝缝补补。三年困难期间，母亲每天都要把为数不多的口粮分成几份，先尽着上班的父亲，再盛给我们这些永远也吃不饱的孩子，最

后留给自己的，只剩下野菜煮成的米汤。由于长期营养不良，母亲最先得了浮肿病，腿上一按一个坑，尽管如此，我却从来没有看到过母亲流露出的忧愁和叹息。很多年后，母亲的一些老战友来家里做客，她们是当年和母亲一块从部队转业的，而现在都已成为各自单位大大小小的领导，她们给我留下的印象最深的一句话是，母亲完全是为了我们，把自己耽误了。母亲听罢，只是淡淡地一笑，那笑容里充满了只有母亲才有的宽厚、平和与仁爱。

随着日子流水般地淌过，我们一天天长大，相继成家立业，有了自己的小巢和孩子。但每次回到父母家，仍旧能感到那浓浓的亲情。在父母的羽翼下，我总像是一个长不大的孩子，可以无拘无束地撒娇，可以把心中的喜怒哀乐一股脑地向父母倾诉，用不着任何遮掩。周围的同伴常常不无嫉妒地羡慕我："你真幸福，都一把年纪了，还父母双全。"我听后，总是会心一笑，但笑过之后，心里也不免掠过一种担忧。生老病死毕竟是人生难以抗拒的自然法则。

这种担忧很快变成了现实。去年 5 月的一天，正是万物复苏，春暖花开的日子，父亲一下病倒了。一入院就报了病危，我们的心立刻提到了嗓子眼。最危险的那一夜正好轮到我在医院值班，借着微弱的灯光，病榻上的父亲神态格外安详。我坐在他的床边，静静地倾听着他的呼吸，他的呼吸时断时续，令人想起如泣如诉的忧伤二胡。父亲动弹了一下，似乎想翻身，我赶紧伸出手去帮助他，我发现父亲的皮肤已经如揉过后又摊开的纸一样又薄又皱了，皮下的肌肉脂肪不知什么时候已经消失，纸一样的皮肤稀稀松松地耷拉在骨头上。

与此同时，年迈的母亲正坐在家里，戴着老花镜为父亲准备送行的衣裳。她一针一线地把那副已经过时的红领章，端端正正地钉在父亲军装的领口上。她的表情那样宁静，动作一丝不苟，看不出任何的惊恐和慌乱，相濡以沫六十多年，她要从容地为父亲送行。

在历经了一次又一次的抢救之后，父亲的生命顽强而奇迹般地存活下来。母亲却仿佛大病一场。她每次去看望父亲，总是静静地坐在床边，父亲因气管切开已不能说话，他们就这样无声地用目光交流许久，许久。

转眼进入 6 月，一个普通得不能再普通的星期天，母亲从医院回来，觉得胸口有些不适，然而心电图的结果却令人触目惊心，广泛性大面积心肌梗死！当我们匆匆赶来，母亲的生命已进入弥留状态，她的嘴唇微微翕动了一下，什么也没有说出来。但我知道，她放心不下父亲。抚摸着母亲那渐渐冷却的身体，我实在不敢相信眼前的事实。一种很深切很黏稠很滞重的东西，突然从心里涌出来，心脏变成了一个薄薄的空壳。后来，医生解释说，母亲是因为承受了太多的压力、焦灼和痛苦，才猝然崩溃的。

接下来的日子，是我一生中最刻骨铭心的。我们不敢把母亲去世的噩耗告诉父亲，因为他的生命已经像熬尽了油的灯捻，哪

> 父母的爱是天生的，是自然的，如天降甘霖，需然而莫之能御，是无条件的施与而不望回报。
> ——梁实秋

怕一丝微风都能吹熄。我们只能把失去母亲的痛苦深深地埋在心底，而在父亲面前强作欢颜。我们编织了各种善良的谎言，来证明母亲不能来看他的理由。每当这时，父亲总是静静地听着，但我读得出，他那双眼睛里掩藏着的深深的失落和渴望。随着日子一天天过去，我们的谎话渐渐变得漏洞百出，父亲好像从中察觉了什么，但他始终缄默不语，他在想什么呢？我每次去看父亲，都有意无意地回避老人那双眼睛，我害怕他看出我心中的破绽。终于有一天，父亲支撑起羸弱的身子，用颤抖的手写下了这样一行字："你想办法无论如何也要把你母亲推到医院来，让我们再见最后一面。"我含着眼泪用力点点头，但胸腔里那颗心已顷刻间破碎支离。我怎么能拒绝父亲这最后的要求，可我又怎么能将已经故去的母亲起死回生？！在我们兄弟姐妹反复蹉商之后，决定由我把母亲去世的真相告诉父亲。医院的医生怕父亲承受不住这样的打击，特地安排了急救小组。然而，父亲却比我想象的要坚强，当我泪流满面泣不成声地向他诉说时，他的眼里只有一层薄薄的泪光。哀莫大于心死。是不是悲痛到了极致的人，才会有如此的表情？从那以后，父亲很少在我们面前提起母亲，但他总是握着母亲曾经用过的那把小梳子，细细地端详，我猜想，那一根根梳齿上一定残留着母亲的发香。曾经不止一次，父亲向给他治病的科主任恳求，让我早点走吧，不要再无谓地浪费国家那些宝贵的药物。他说这话时，表情那么平静，没有一点濒临死亡的绝望。他的心里一定惦记着母亲，他怕她一个人在那边孤独。

尽管我们对父亲的去世早有心理准备，但当那根生命之弦突然崩断的时候，还是感到猝不及防。因为就在两个小时前，我还握着父亲的手，绘声绘色地向他讲述国际局势，讲到开心处，他笑了，细密的皱纹聚在一起，像一朵怒放的菊花。想不到，这竟成为最后定格在我心中的画面。

当那蕴含着缱绻思念的白花，一夜之间绽放在父亲的遗像下，我才相信，父亲真的走了，他迫不及待地找母亲去了。在那遥远的天国，父亲是否还有像当初揭掉母亲蒙在头上的红盖头一样的心情？

窗外的雨还在下，若有若无，透着丝丝哀婉。窗台上的那盆玻璃海棠还是母亲生前栽下的，繁华的小红花开满无名的相思。回首父母的一生，我突然懂得了那个用血浸过用泪泡过用心暖过用汗煨过用岁月蒸煮过用苦难煎熬过的爱的滋味。

# 布头和她的同居密友

瑰 宝

### 布头和羽佳

迈进大学校门的时候,布头是短发的,而且是非常短,每一根头发生机勃勃地竖在头上,使她看起来像一棵毛茸茸的蒲公英。

布头并不是前卫的女生,这个发型完全是一个失误。高考之前她就想剪头发来着,可是羽佳不同意,她说考试之前剪头发是不吉利的。布头对于这种封建迷信表示了强烈的嗤之以鼻。然而,羽佳就是羽佳,她说过的事情布头最好是乖乖服从。

羽佳是布头的好朋友,两个人每天住在一间屋子,一起吃饭睡觉。羽佳在冲凉的时候要布头扮演搓背女工,布头却不喜欢羽佳帮她洗澡,羽佳总是在未经允许的情况下突然推开卫生间的门,拿着澡巾目标明确地招呼到布头的脖子上——这常常让布头觉得非常愤怒和无奈。

用羽佳的话来说就是:"你在我面前是没有隐私的。"羽佳说这话的时候颇有些得意。布头就在心里嘀咕:"得意什么,就会欺负我,有本事你动动心可!"

### 异性的心可

心可是和她们同住的男人。有一个男人住在屋子里是不是多一点安全感?不见得。因为心可本身就能造成很大的混乱局面。况且他奇瘦无比,有人入室抢劫他能将人打倒吗?

不过心可说他以前打架是很厉害的,曾经在4路车上把一个调戏妇女的小流氓打得连他妈都认不出来。心可总是在吹嘘他曾经拥有过六块腹肌,在篮球场上好像流川枫一样赚尽美眉爱慕的眼神。布头看着他的肋骨和麻秆一样的腿直犯嘀咕。羽佳出面证明了这一切的真实性,她和心可认识比布头早得多。

说到底,他对于自己的相貌仪表气质智商勇气歌喉口才幽默感和男人味都相当自负,甚至达到了自恋的地步。如果他不是经常因此而嘲笑布头和羽佳,要不是他的脚丫子太臭,心可其实还是很优秀的。

### 布头的短发

言归正传,布头终于在高考结束之后如愿地剪掉了长发,发廊是羽佳推荐的。炎夏的中午,布头喝着冰镇可乐晃进了发廊。一个染了黄毛的小伙子一看见

布头的长发，瞳孔里立刻闪过一丝亮光——布头在很久以后才醒悟那道光代表着什么。布头很认真地向黄毛描述：就是梁咏琪在《短发》的专辑上的那样，黄毛频频点头插话，很逼真地做出醍醐灌顶的表情，布头就天真地以为自己即将变成超人气短发美少女。

说实话洗头的热水烧得真不错，黄毛神态严肃眼神专业，几乎每剪一刀都要端详半晌并且回顾镜子。这一切彻底让布头折服了，她觉得羽佳的选择实在是伟大极了。布头在中午的阳光下觉得眼皮发沉，渐渐陷入昏睡……

布头被黄毛拍醒之后还觉得有点不好意思，当她揉了揉惺忪的睡眼定睛一看，以为自己还是在做梦，因为一个留板寸的男生出现在镜子里。三秒钟之后布头烫了屁股一样尖叫着从椅子上跳下来。因为她认出那个男生就是自己。布头指着黄毛，面红耳赤语无伦次地表达着自己的震惊和愤怒。

黄毛故作镇定，用自然愉快的口气说："这个流行，这很好看……"

"闭嘴！"她红着眼眶怒视黄毛，"你赔我的头发来！"那种阵势就好像面对敌寇说"还我山河"一样豪迈悲壮。

最后的结果是黄毛道歉并且不收钱，布头走回家栽在被窝里放声大哭。闻声而来的羽佳张口结舌地站在门口，她居然以为这是布头的意愿，刚开口表示不满，就被布头抓狂地推出门外。

羽佳弄清事情真相之后并没有自责，她只是很纳闷地说以前没有见过那个黄毛，肯定是新来的。

心可在见到布头的新造型之后，反应倒是意料之外。他从来认为女孩子清纯温婉最为可爱，他曾经称赞范晓萱在MTV《深呼吸》中的样子，看到她剪成大兵头唱《甜蜜蜜》的时候表示了不小的愤慨。可他很平静甚至慈爱地摸摸布头的脑袋说："这样子很不错啊。"

布头忧心忡忡的是，马上要上大学了，这样的造型一定会让别人误解自己是很另类的，至少也会颠覆自己是个乖乖女的事实。

### 第一次分开

布头考上的学校在首都，坐特快也得24小时，在离开的那一天真正来临的时候，布头发现对于板寸头的担忧在心里根本没有占据什么位置。

羽佳和心可都送布头去火车站，心可忙着把他在北方的哥们的名字、电话号码抄在布头的小本子上，他要布头有事情就去找他们。布头心里有一点惶惑和酸楚。有一种东西好像偷偷在眼眶里积攒，这种难过和头发被剪坏的那种歇斯底里一点也不一样。

她搂着羽佳和心可说别担心，她寒假就回来，你们两个不要吵架之类的废话。汽笛长鸣，羽佳抽抽搭搭地哭开了，心可的表情一看就是在硬扮坚强。在眼眶里积攒的液体终于在布头的脸上滂沱，她大哭着上了火车。

## 布头上大学

布头到了大学之后和七个女生共用一间屋子，布头的笑话总是能取得让她们满意的效果。她略加耍宝，竟然有人笑得差点从床上翻下来，布头单纯的虚荣心得到极大的满足。大学的生活布头过得有滋有味，顶着一头短发她也觉得蛮有活力。

可是布头还是想念心可和羽佳，布头给他们写信，用流氓兔的信纸，还专门注明这是目前首都最流行的卡通。

羽佳每信必复，可是懒惰的心可同志只在学期即将结束的时候才写来一封。布头在食堂里边喝粥边拆开，第一句就是："我真的想你！"害得布头把粥吸进鼻孔差点呛死。心可是从来不会说这么感情直露的话的，没想到他也可以这么煽情，布头抱着饭缸哭得唏里哗啦。

布头的头发长到参差不齐比较难看的时候，她终于回家了。下了车布头朝心可和羽佳直扑过去，没想到那两个人没有把她认出来，因为至此布头已经成功增重10公斤。羽佳吃惊地问："北京把你怎么了？"

心可则认为布头根本不像信里写的那样思念他们，一个思念中的人是只会"衣带渐宽"的，哪里会落到这般田地。

然而小胖猪布头仍然得到了心可和羽佳极大的宠爱，首先是羽佳请客去吃了一顿香辣虾火锅，然后是心可为布头精心炒了几天的菜。只是高涨的热情在一个礼拜之后变得波澜不惊，羽佳和布头又开始为鸡毛蒜皮的小事争论，心可照旧东跑西颠和他的朋友们吃喝玩乐。布头痛下决心要减肥，留长发，天天对着镜子长吁短叹，咬牙切齿。

## 布头、羽佳、心可的幸福生活

布头回北京之前动员羽佳买了手机，接下来的一学期两人互发短信，玩得不亦乐乎。布头在看书看到崩溃的时候就发"救命呀！我要死了！SOS"，等等，而羽佳就会很平静地回复："乖乖学习，不要胡言乱语。我和心可在吃涮羊肉，你想吃吗？"受到强烈刺激的布头马上就会关手机投身课本，大有卧薪尝胆，君子报仇十年不晚的意味。

大二的暑假，布头的头发已经长了，体重也恢复正常。为了打发时间，布头借来《流星花园》和《东京爱情故事》复习一下，羽佳也跟着布头一看就是一下午。被冷落的心可对着屏幕上的F4翻白眼，他大言不惭地说："瞧那傻样，哪个有我帅？小男人！"还故意噘着嘴学台湾国语发嗲。这些伎俩被布头和羽佳很冷静地总结为"嫉妒"——心可对此耿耿于怀，可是他仍然没有办法把两个沉迷于美色之中的女人从电视前拉开，只好悻悻去睡。

看累了布头就和羽佳歪在床上聊天，布头说我是不是该谈恋爱了呀，都上大三了，没有男朋

*家庭是具有自发维持能力的最小社会。*
*——（德）康德*

友多没有意思。羽佳以过来人的口气语重心长地说这要靠缘分的。羽佳问布头希望找什么样的，布头就很开心地看她一眼说："真没默契，当然是道明寺那样的。"

"现实生活中不可能有，你不要做白日梦。"羽佳敲敲布头的脑门。

布头更开心地伸着懒腰说："你真是太没有幽默感了，我难道不知道这个吗？"

这时心可就跑进来像说绕口令一样地说："不要讨论这个，布头不谈恋爱，干吗要谈恋爱，不可能谈恋爱。"

布头从床上蹦下去光脚跑到镜子前面说："你什么意思？我长得一点也不难看呀。"

心可很骄傲地说："主要是你肯定找不到像我这么英俊潇洒气质超群能干善良的完美男人。"

### 布头的自述

大家好，我叫布头。我是一个20岁的大学女生。不高不矮，不胖不瘦，不是美女也绝对不丑。

我和一个叫作心可的男人和一个叫作羽佳的女人合住。我们住在某个城市里某个区某条小巷的中段，我们的门牌号是11号，我们住最里面一个单元三楼左手的屋子里。面积不是很大，三个人还是足够了。这楼有点旧，可是我们都喜欢它。

我是在电脑上打这篇东西的，羽佳和心可期间走进来N（N≥10）次。他们其实很想看，但故意做出不想看的样子。心可问了数遍晚上想吃什么，羽佳的借口是要我教她用电脑。

我告诉他们我写的是我们三个人的故事，名字叫作《布头和她的同居密友》。羽佳首先沉不住气："我们怎么能叫作同居？我们是有结婚证的！"——她指的是她和心可。

不好意思，他们的结婚证我真的没有见过。但是我看过他们的结婚照片，当年的心可浓眉大眼仪表堂堂，羽佳眉目如画亭亭玉立，绝对是一对璧人。

照完那张照片，一年多之后，他们有了一个女儿。

就是我。

没错！布头是我，是女儿；羽佳是妈妈；心可自然就是爸爸了。我们是相亲相爱的一家人。

# 漂泊的灵魂

海 若

幼年的时候,你几乎不认得父亲。每年一次这位高大英俊的"叔叔"带到家里来的,除了异域的糖果和玩具,还有满溢家中的欢声笑语,连小四合院里扶疏的花草,掩映的藤萝,也立时充满了勃勃的生机。只有你不乐。

晚上临睡前,母亲会把你带到这位并不离去的"叔叔"面前对你说,他是爸爸,叫啊。你站在父亲的面前,双眼看着别处,不肯叫他。直到父亲去世后,母亲还要常常说起你幼年的时候,三四岁,很是执拗,多半是不吃糖果也不叫爸爸,只是有点儿冷漠地看着,很不高兴有人闯入这个小院这个家。也难怪,每年只能回来一个月,还没等到女儿和父亲相熟呢,他就又要起锚远航了。

到你六七岁的时候,你才认可了这位高大英俊的叔叔,明白了他就是"爸爸"。八九岁,你开始盼着父亲回家了。在看见同学们牵着父亲的手来到学校开家长会的时候,在孤独中感到小院静谧又甚觉寂寥的时候,或者就在吃饭的时候,母亲说,你常常会突然之间停住筷子,痴痴地盯着她问,爸爸什么时候回来呀。母亲就会牵着你的手来到小院里,指着院墙四周茂盛生长着的迎春说,待到迎春花开的季节,爸爸他就会回来了。

从此以后,大人们总是看见你放学回了家,就提了小桶一遍一遍给迎春浇水,还常常听见你唱着自编的儿歌:迎春迎春快开花,开花爸爸就回家。

进入少女时期,你已经亭亭玉立。读中学后,就常有一些男同学女同学有事没事邀你一起上学,一起回家,一起春游去看梨花。人人都是喜欢和美丽的女孩接近的。但是,母亲对你们姐妹俩管教很严,加上你恬静的天性,喜欢独处的性格,总是习惯于独来独往,自自在在飘涉如孤鸿。其实,你已经开始在内心深处依恋着父亲,崇敬着父亲,遐想着父亲。高大俊伟、英姿勃发的父亲,那位远洋轮上威风凛凛的船长。那巨大的轮船、那高矗的桅杆、那雪白的制服、那极目远眺的风神,虽然你都是从父亲所带回来的照片上看见的,却都已经成为你少女心底里的偶像——朦朦胧胧的,却是一往情深。

有一次,你听见母亲在轻轻地叹息,而且泪水涟涟。你看见她手握一卷王宝钏苦守寒窑十八载的折子戏本,你也泪水汩汩。你已经开始懂得了像母亲那样受过传统教育的大家闺秀,性格中最大的特点就是含蓄,把那份深深浓浓的眷恋和情爱,深埋心底,即使是和自己的丈夫独处一室,也不肯轻易表露。

又是迎春花绽放的季节,父亲回来了。在几乎都是穿着中山装的人流里,母女三人迎来了穿着西装打着领带的父亲。16岁的你读高一年级,真正是一个大女孩了。走在一米八的父亲身边,你已高过他的肩膀,修长而秀美。你把右手插在父

亲的左臂弯里。姐姐在父亲的右边，她牵着母亲的手。20岁的姐姐已经是大二的学生了，懂得了矜持。而你不，你很亲密地依傍着父亲，和他并肩前行。稚气未脱尽的大女孩，很想让世人知道你身旁的这位雄姿英发的男人，就是你的父亲。

孩子们都已长大，父亲的大皮箱里较少有糖果和玩具了。他从箱子里给女儿们拿出来的是各国的图书和四季的衣服。各式各样五彩缤纷的镶花边连衫裙，那一条条宽宽长长与衫裙颜色相谐的异色腰带，可以在前后左右打成各式各样的结，长长的，飘逸又潇洒；短短的，利落而精干，把女孩儿那种独特的妩媚挺拔亭亭玉立，展现得仪态万方，美好无遗；父亲还给你们带来各种款式的毛衣，粗线的、细线的、中线的，织花的、绣花的、挑花的，全素的、带条的，色彩纷呈，一律宽宽大大。父亲说，这是当外衣穿的，不单单是为了御寒。姐妹俩躲在自己的房间里，对着大穿衣镜一件一件地试穿，心里的幸福喜悦满足快乐洋溢在她们的眼底眉尖。后来，姐妹俩各自选择了自己所中意的一套穿在身上，并肩站立在衣镜前：米白色的粗线平针毛衣，淡蓝色的紧身灯芯绒长裤，左胸前的那朵挑花玫瑰，也是淡蓝色的，飘逸脱俗，唯见清纯——这是妹妹；米白色的粗线平针毛衣，深紫色紧身灯芯绒长裤，左胸前的那朵挑花玫瑰，也是深紫色的，高雅华贵，略显成熟——这是姐姐。当这样一双出色的女孩站在父亲母亲面前时，二老顿觉心旷神怡，满室生辉：一水的眉清目朗，清韵悠然，一样地把乌黑油亮浓密的三尺长发梳成一条独辫，一根淡蓝色的缎带由妹妹的辫根呈螺旋形地缠至辫梢，从右肩拖至胸前，姐姐的发带则是深紫色的，恰与她们胸前的挑花玫瑰互相辉映，一样的精致灵动，一样的雍容典雅，一样的青春俏丽。

难得相见的父亲，感觉中仿佛是一眨眼间，女儿们就神话般地长大成人了，而且，她们又是多么民族化的一双东方女孩！见多了金发碧眼、黑白分明的域外女孩，他觉得他的女儿们举世无双。他非常动情而又非常欣赏地盯住女儿们，赞叹道，真正是冰雪般的两个女儿啊，蓦然，他那洞悉每一方海域的双眼竟是这般的雾水蒙蒙，仿佛在这一刻里，已经浓缩了他一生里对女儿们的宠爱怜惜，和对妻子的浓情蜜意。

他也常常惭愧没能护侍过他的爱妻娇女，而此刻尤甚。他温情地转过身，呼唤着女儿们的母亲——他的妻子，感谢她把女儿抚育得这样好。他握住了妻子的手，甚至还轻轻地拥抱着她——这种洋派的举动，竟让刚及不惑之年的母亲快快挣出了父亲的怀抱，非常羞涩地喏嚅着：她们也是我的女儿呀。一抹红晕润泽了母亲的双颊——可敬可爱温婉而有神韵的母亲啊，她那么美丽。

在你所有的记忆中，这是最为美好的一个月，刻骨铭心的一个月，永世不忘的一个月，滋润了你们母女三人终生啊。

父亲归家两周，你和姐姐相继开学。姐姐住校，星期六方可回家，而你走读。因此，你和父亲相处的时间就多了许多，以至于好多年以后，姐姐还在说，那时可是非常嫉妒你啊。

记得开学后第一天吃早餐的时候，你慢吞吞地拖延着时间，一小口一小口地

细嚼慢咽。母亲催促，要不就迟到了。你答应着，却仍然不快。正在喝早茶的父亲心有灵犀地看着你，忽然就笑了起来。"雪儿，"他唤你，"今天爸爸送你去上学，好不好？"嗨，你欢快地跳了起来，抢过母亲手中的书包拉着父亲就跑。母亲连忙阻止你，笑说："这孩子，从上幼儿园的时候就自己走，如今都读高中了，反而要让大人去送，也不怕人笑话？"你一面拉着父亲快走，一面喜悦地说："我得让爸爸补给我呢，从幼儿园的时候补起。"

这是你平生第一次牵着父亲的手走在上学的路上。一向独来独往的你，今朝却主动地向路遇的同学们打了招呼，并把身边的父亲介绍给他们——"我的爸爸！"在同学们特别是女同学们惊羡的目光里，你们父女走过了大操场，父亲要把你送进教室，内心里你还希望老师们也能认识父亲呢。父亲看着容光焕发的小女儿，竟有阵阵心痛掠过，他和你道了再见，并答应晚上放学的时候再来接你。看着喜上眉梢笑容灿烂的女儿，父亲爱怜地拍拍你的肩，送你进了教室。看着女儿落座在自己的座位上，在全班同学的注视下，父亲才缓缓地转身离开了教室。猛然间，竟有一种深深的不舍，撩乱了父亲的心。

人生，原本就是不如意事十之八九啊！转眼之间就到了父亲又应该起锚远航的前夜了。那一晚，一家人竟是前所未有地恋恋不舍，谁都不肯睡去。

母亲在准备晚餐，那是一种绵绵长长而又往复不断的面条，希望牵住亲人的心灵，通过这种非常传统化、民族化的食品表露无遗。冰雪般的两姐妹一人牵着父亲的一只手，嘈嘈切切地说着私房话。母亲忙完了，也来和他们父女三人坐在一起。

不知是真心的，还是为了安抚自己的妻子、女儿，父亲答应她们，满45岁的时候，他就申请到陆地上来工作。但是，父亲没有等到年满45岁。他在43岁的时候，和一位大副同时遇难大西洋。那一年，你17岁，刚读高中二年级。你后来常常忏悔自己的稚气。你怎么就没有想到母亲也需要多和父亲亲近在一起呢！你怎么就不多留些时间给母亲呢！一个月的时间竟让你霸去了大半。16岁无意之间造成的过失，够让你悔恨终生的了。从此，你们母女3人没有再见到父亲，连父亲的遗骨都没有见到。

也许是苍天见怜，正是因为连遗骨都没有见到，竟给你们母女三人留下了终其一生都没有消失的美好幻觉——忽然有一天，迎春花绽放的季节，幽雅清静的小院的院门被笃笃地敲响了，母女3人争相去打开大门，站在眼前的，赫然就是返回陆地的父亲！

中国有传说，人离世后，魂魄必须要把生前的脚印一个一个地都捡起来，无论是船上、车里、海上、湖中、山上山下、街头巷尾、家里家外，全部捡起来，然后才能超生。啊，父亲，父亲，你的足迹几乎遍布世界的四大洋，要你独自去一个一个地捡起生前的脚印，该是多么的辛苦，劳碌奔波而又多么的遥遥不可期！你生前已经在海上漂泊了20多年，离去后怎能让你再度去漂泊！我们母女3人决不允许！你的妻子女儿请你的魂魄速速返回上海港，你就是在那里起航的，你一定会认得那条回乡的路。我们将一起赶到那里去，你将不会再感到孤独寂寞和大海的冰冷！

# 爱与身体一起生长

杨洋

2003年7月30日，在北京空军总医院，记者采访了做完骨髓移植手术正处于恢复状态中的张宏。隔着无菌病房的玻璃窗，通过对讲机，张宏告诉记者，是12岁的女儿张婉晴冒着生命危险为他捐献骨髓，让他获得了新的生命。张婉晴是我国年龄最小的骨髓捐献者。

现在张宏的病情已基本稳定，经过检验，女儿的健康骨髓细胞已经完全替代了他的白血病骨髓细胞。张宏原来的血型是B型，骨髓移植后，已经转成了女儿的血型O型。他笑着说："我的女儿很了不起，也很厉害，她的好细胞已经完全打败了我的坏细胞。你看，骨髓移植后，我的头发都掉光了。现在的头发，都是新长出来的。这个小丫头就是霸道，连我过去的头发都不给我剩一根，一定要长出她的。"说着，张宏的两眼湿润了。记者注意地看了看他的头上，果然新长出了一层毛绒绒的细软的头发，犹如春天光秃秃的原野冒出的一层新绿。

## 找遍全国，只有女儿的供体与父亲半匹配

39岁的张宏是空军上校飞行员，由于技术过硬，专门负责为中央首长开专机。妻子王蔚也是一名军人。2002年4月，张宏高烧不止，住进了北京空军总医院，被确诊为患了急性非淋巴细胞白血病。血液科的副主任陈惠仁博士对王蔚说："这种病主要是因为基因的结构出现问题，干细胞出现异常改变造成的，很难治疗。异基因的骨髓移植是目前唯一可能治愈这种病的方法，也就是将身体中的坏骨髓替换掉。目前实施的'半匹配骨髓移植'手术，放宽了对骨髓提供者的要求，只要基因半匹配就可以移植。"

听了医生的话，王蔚开始四处寻找与张宏相匹配的骨髓。她找遍了北京、上海、深圳、台湾等地的骨髓库，都没有找到合适的配型。张宏的两个姐姐也来到医院做了配型，仍然不合适。王蔚几乎绝望了。

2002年10月，张宏的病情进一步恶化，而合适的骨髓配型还是没找到。望着流泪不止的王蔚，医生犹豫了半天，对她说："让你的女儿来试试吧，儿女的血型跟父母亲一定是半匹配的。这是唯一的希望了。"

女儿？王蔚的眼前闪过了女儿张婉晴那张稚嫩的小脸，她刚刚12岁呀，让这么小的孩子为父亲供髓，这太残忍了！"不行，肯定不行！我们另想办法。"王蔚脱口而出。

事实上，已经别无他法可想了。张宏的病已经处于复发性状态，白血病细胞

占了骨髓细胞的 90%，如不马上进行骨髓移植，随时会有生命危险。万般无奈，王蔚同意让张婉晴试试，经过检验，张婉晴与爸爸的骨髓半匹配，可以进行手术。

### 就是抽干女儿的骨髓，也不够父亲用

听到这个消息，王蔚没有感到高兴，她的眼泪禁不住流了下来。这天，她将女儿叫到跟前，问道："如果你把自己的骨髓给爸爸一些，就能够救爸爸的命，你肯不肯给呢？"

张婉晴想也没想，就说："行呀。只要能救爸爸，要我给什么都行！"张婉晴跟爸爸的感情一向很好，她是爸爸纯真的小天使，而做飞行员的爸爸是她心目中的大英雄。

张婉晴眨了眨那双亮晶晶的大眼睛，疑惑地问："我真的能救爸爸吗？"

"能，现在只剩下你能救爸爸了。"王蔚说着，眼泪又流了下来，"可是，献骨髓很麻烦，也很疼。"

"不怕。只要能救爸爸，疼，我不怕。实在疼得受不了了，我就哭，就叫。"王蔚一下子把女儿搂到了怀里。女儿的话，让她又是心疼又是欣慰。

可是，真的要让女儿献髓了，她又开始犹豫了。她找到了陈惠仁博士，问他："让这么小的孩子捐髓，会不会有什么危险呢？"

陈博士说，通常情况下，捐献骨髓很安全，对人体不会有任何不良的影响。但是，张婉晴不同，她跟父亲的体重相差悬殊，她的身高只有 1.50 米，体重只有 80 多斤；可她的父亲身高 1.86 米，体重高达 198 斤。按照医学规定，骨髓移植量与病人的体重成正比，病人的每公斤体重，需要输进 5～10 毫升骨髓。也就是说，病人的体重越大，需要移植进的骨髓越多。而张婉晴的体重还不到父亲的一半，就是把她全身的骨髓都抽干了，也不够她父亲用。

听了陈博士的话，王蔚的全身都在发抖。"不过，从另一个角度讲，如果能得到女儿的骨髓，对病人来说是最好不过的。"陈博士放缓了语气，接着说，"因为你女儿正处在生长发育期，这个时期的骨髓最为活跃，最有生命力。我们会设计出一个最安全的医疗方案，保证孩子的绝对安全。"

此时此刻，王蔚的心像是放在火上烤，一边是重病的丈夫，一边是幼小的女儿，动动哪边，都撕心裂肺地痛。她试着把女儿捐髓这件事，跟丈夫说了。张宏听了，一阵怒吼："让我去死吧。不要动我的女儿，她才那么小呀！""可是，已没有任何办法了，现在只有女儿才能救你了。"说着夫妻两个抱头痛哭。

### 为救父亲，增肥 30 多斤

张宏的生命危在旦夕，张婉晴为父亲捐髓的计划进入了实施阶段。为了保证孩子的安全，陈惠仁博士为手术设计了一套非常周密的计划。而这套计划的内容之一，就是要张婉晴尽快增加体重，尽量缩小她与父亲之间在体重上的差距，从

而减小手术的危险性。上初中的张婉晴已经知道爱美了，可听说要救父亲，必须先把自己变胖、变丑，她还是毫不犹豫就答应了。

> 如果想让孩子长成一个快乐、大度、无畏的人，那这孩子就需要从周围的环境中得到温暖，而这种温暖只能来自父母。
> ——（英）罗素

王蔚每天变着法儿做高营养的东西给女儿吃。一天，王蔚将一碗甲鱼汤端上了桌，小婉晴一闻就皱了一下眉头，王蔚知道女儿最讨厌喝甲鱼汤了，她说甲鱼汤有一股土腥味儿，让人受不了。"晴晴，妈知道你最不喜欢喝甲鱼汤了，可是甲鱼汤营养极其丰富，对增加体重很有效。"一听到"增加体重"，张婉晴眼睛一亮，端起汤就喝了个精光，她笑着对妈妈说："其实，甲鱼汤也没那么难喝了，以后我每天都要喝。"听了女儿懂事的话语，王蔚难过地转过脸去，她知道，此时，吃对女儿来说已经不是享受，而是为救爸爸必须要完成的一项任务。

光吃也罢，医生还规定，这期间张婉晴不能运动，因为运动不利于体重的增长。张婉晴原来是学校的运动健将，排球、足球、乒乓球，她样样行。说起来，这一点她还是受爸爸的影响。张宏酷爱运动，女儿五六岁时，他就带着她去运动场，培养她各种运动技能。可是现在，张婉晴却不得不克制着自己不去打球，甚至克制着自己不再蹦蹦跳跳。就连走路，她都告诉自己，要慢慢地走。要注意，尽量不要消耗能量。

同学们很快就发现了张婉晴的变化，她变高了，变胖了，变"丑"了。几个要好的同学对张婉晴说："喂，你得注意了，把自己搞得那么胖，小心变成'肥婆'啊！"张婉晴好脾气地笑笑，没吱声。但她的心里却乐开了花，她知道只有自己变胖了，才能救爸爸。

自从爸爸生病后，张婉晴偷偷地哭了好多场。在她的心目中，爸爸是个翱翔蓝天的大英雄，是个顶天立地的汉子。可是现在，爸爸病倒了，衰弱地躺在病床上，他甚至有可能死去，这是张婉晴无论如何也无法接受的事实。能为挽救爸爸的生命做些事情，张婉晴真的太高兴了。不要说让自己变胖、变丑，就是让她豁出性命，她都干！

两三个月过去了，张婉晴的体重奇迹般地增长了30多斤，由过去的80多斤到了119斤。医生高兴得不得了，张宏看到女儿的巨大变化，却哭了。

### 好爸爸，坚持住

按照陈博士的计划，骨髓移植将分两步进行。第一步：从张婉晴身上抽取造血干细胞。第二步：20天后，从她身上抽取1200毫升骨髓。这样做，完全是考虑到张婉晴身体的承受能力，力求将风险降到最低。同时，将预先从张婉晴身上抽取800毫升的血液保存起来，一旦抽取完骨髓，立即将这800毫升的血输送回她的体内，以保证她不至于因失血过多而休克。

第一次手术定于2003年2月17日进行。2月10日，张婉晴住进了医院。住

有一种幸福叫感恩

院的前一天,她跑到商店,她要为爸爸买一件礼物。她在商店里逛了大半天,终于选中了一只穿着运动大头鞋的小白兔。她抱着小白兔,隔着无菌病房的大玻璃,笑眯眯地对爸爸说:"爸爸,你是属兔的,你又是一只爱运动的兔子。买这只穿了运动大头鞋的兔子给爸爸,是请它保佑,让我的好细胞打败爸爸的坏细胞,让爸爸恢复健康。"说着,她动手将这只兔子悬挂到玻璃窗上。

自从爸爸住进无菌病房后,张婉晴已经在玻璃窗上悬挂了很多贺卡。这些贺卡五彩缤纷,写满了女儿对爸爸的祝福和鼓励。跟张宏住一个病房的其他白血病人,都相继去世了,只剩下张宏,还顽强地坚持着。无数次化疗,他那头乌黑的头发居然没有脱落,连医生都觉得不可思议。只有张宏明白,他能坚持到现在,是女儿给了他力量。有时夜深人静,睡不着觉的时候,他就会在心里默默地读女儿写在贺卡上的话:"好爸爸,坚持住!""好爸爸,你是全天下最勇敢的爸爸,你一定能恢复健康的。""爸爸,你是英雄,英雄是不能败在死神手里的!"……

现在,捐髓的日子一天天迫近,望着聚精会神地往玻璃窗上挂小兔子的女儿,张宏只是对站在女儿身边的妻子,低低地说了一句话:"你出了一个坏主意!"

### 扎了200多针,捐出1200毫升骨髓

张婉晴住进医院后,医生每天都要给她打各种各样的针,其中有一种针,是用来刺激造血干细胞因子生长的,要连打7天。这种针打到身上特别疼,而且还会引起心动过速、心跳加快、发烧、头涨、骨头酸疼等一系列反应。张婉晴硬是咬着牙,挺过来了。

2003年2月17日,是张婉晴进手术室、抽取造血干细胞的日子。一大早,医生护士就推着手术车进来了。张婉晴听话地躺了上去。妈妈忍着泪,嘱咐女儿:"一会儿进了手术室,医生会给你打麻醉针,这样抽骨髓时就不痛了,如果你害怕,就睡觉,睡着了,就不怕了。"一旁的医生立刻纠正说:"张婉晴,你千万不要睡觉。你睡了,造血干细胞也就跟着睡了,它在血管里不动了,我们就无法把它抽出来,那么手术就失败了。好孩子,你千万不要睡呀。""好吧,那我就不睡觉。放心吧妈妈,我不会害怕的。"张婉晴懂事地对妈妈说。

手术进行了3个多小时。这3个小时里,王蔚给丈夫洗衣服,准备午饭,她一分钟也不敢停下来。她怕停下来,自己会承受不了。手术终于做完了,张婉晴

躺在手术车上，被推了出来。她的小脸煞白，却带着笑："妈妈，我一分钟也没睡，我把眼睛睁得大大的，那些造血干细胞肯定在我的血管里拼命地游啊游，医生就一个个把它们抽取出来了。妈妈，我想它们现在已经游进爸爸的血管里了，正跟爸爸身上那些坏细胞打仗呢。"说完，她疲乏地一闭眼睛，就睡着了。

　　3月5日，张婉晴再次被推进手术室。这次，医生在她身上抽取了1200毫升骨髓。医生每扎一针，只能抽取5～10毫升的骨髓。他们在张婉晴的身上扎了200多针……

　　3月6日清晨，阳光照进了病房。经过一夜的休息，张婉晴觉得自己好多了。她悄悄地从床上爬起来，慢慢地、慢慢地走到爸爸的无菌病房玻璃外面。爸爸一眼就看到了女儿，他向女儿招了招手。

　　张婉晴把脸紧紧地贴在玻璃窗上，深情地对爸爸说："爸爸，这回，你的身上可是长了我的骨髓的。你要听我的话，听医生的话，快快好起来。不然，我让我的骨髓咬你的屁股！"

　　张宏笑了。这个刚毅的汉子，笑容里带着泪花。他笑着，一个字一个字地对女儿说："好孩子，爸爸听你的话，爸爸很快就会好起来！"

# 奶 奶

（美）雷·布莱德伯里

她手里拿着扫帚、簸箕、抹布和汤匙。你看她早上哼着歌儿切馅饼皮，中午往餐桌上送新出炉的馅饼，黄昏收拾吃剩的冷馅饼。像个瑞士摇铃，手叮叮当当地把瓷杯摆放整齐。又像个真空除尘器，一阵风走过每一间屋子，找出没弄好的地方，把它弄整齐。她只须手执小泥刀在花园里走上两趟，花儿就在她身后温暖的空气中燃起颤巍巍的红火。她睡得极安静，一夜翻身不到三次，舒坦得像一只白色的手套，但是天一亮，手套里插进了一只精力充沛的手。她醒着时总像扶正的画框一样，把每个人都弄得端端正正。可是，现在呢？

"奶奶，"大家都在喊，"祖奶奶。"

现在她仿佛是一个庞大的数学式子终于算到了底。她填满过火鸡、家鸡、鸽子的肚子，也填满过大人、孩子的肚子。她洗擦过天花板、墙壁，照顾过病人和孩子。她铺过油毡，修理过自行车，上过钟表发条，烧过炉子，在一万个痛苦的伤口上涂过碘酒……回顾她所开始、进行、完成的30亿件大大小小的工作，归纳到一起，最后一个小数加上去了，最后的一个零填进去了。现在她手拿粉笔，退出了生活，她要沉默一个小时，然后便要拿起刷子，把这个数字擦去。

"我来看看，"奶奶说，"我来看看……"

她不再忙碌了。她绕着屋子不断转来转去，观看每一样东西。最后，她到了楼梯口，谁也没有告诉一声便爬上了三道楼梯，到了她的屋子，拉直了身子躺下，准备死去，像一个化石的模印打在越来越冷的雪一样的被窝里。

"奶奶！祖奶奶！"又有声音在叫她。

她要死了。这消息从楼梯间直落下来，像层层涟漪，荡漾进每一间屋子，荡漾出每一道门，每一个窗户，荡漾出榆树掩映的街道，来到苍翠的峡谷口上。

"祖奶奶，听我说，你现在不过是在闯过难关。这屋子没有你会塌的呀！你至少得让我们有一年的准备时间。"

祖奶奶睁开了一只眼睛，90年的岁月像是沙尘鬼从迅速撤空的屋顶上的窗口飘了出来，静静地望着她的医生。

"汤姆呢？"汤姆被送到她那悄声低语的床边。"汤姆，"她说，声音微弱而辽远，"……汤姆，当你看到同样的西部英雄在同样的高山顶上跟同样的印第安人打仗的时候，那就是离开座位往剧院大门走的时候了，你必须毫不留恋，不要回头。因此，我也该在看得津津有味的时候离开剧院了。"

第二个被叫到身边来的是道格拉斯。"奶奶，明年春天叫谁去给房顶换木瓦呢？"

从有日历以来，每年4月你都以为啄木鸟在啄屋顶。不，那是奶奶心醉神迷

地哼着小曲在钉钉子,是她在九霄云外给房顶换木瓦!

"道格拉斯,"她细声细气地说,"不觉得盖屋顶挺有趣的人就别让他去盖。"

"是,奶奶。"

"到了4月,你向四面看看再问:'谁愿意盖屋顶去?'谁脸上放出光彩你就叫谁去,道格拉斯。在房顶上你可以看到全城的人往乡下走,乡下的人往天边走,往波光粼粼的小河边走;还看得到清晨的湖泊,脚下树梢上的小鸟。最舒畅的风在你周围呼呼地吹。这些东西哪怕只是为了一样,也值得找一个春天的黎明往风信鸡那儿爬一趟。那是很动人的时刻,只要你有机会去试试……"

她的声音低弱了,像在轻轻地颤动。

道格拉斯哭了。

她鼓起劲来。"唉呀,你哭什么?"

"因为,"他说,"你明天就不在了。"

她把一面小镜子转向孩子。"……道格拉斯,你真丢脸!你剪手指甲了吗?"

"剪了,奶奶。"

"你的身子每七年左右就全体更新一次,指头上的老细胞,心上的老细胞都得死去,新的细胞长出来。你不会为这个哭吧?不会为这个难过吧?"

"不会的,奶奶。"

"那么,你想想看,孩子。把那剪下的手指甲收藏起来的人不是个傻瓜吗?你见过把蜕去的蛇皮保存起来的蛇吗?今天躺在这里的我也就跟手指甲和蛇皮差不多,一口气就能把我吹得片片飞落。重要的不是躺在这儿的我,而是那个坐在床前回头望你的我,在楼下做晚饭的我,躺在车房汽车底下的我,在藏书室里读书的我。起作用的是这许许多多的新我。我今天并不会真正死去。人只要有了家就不会死了,我还要活许久许久。一千年后会有多得像一座城市的子孙,坐在橡树树荫里啃酸苹果。谁拿这种大问题来问我,我就这么回答他!好了,快把别的人也都叫进来吧!"

全家人来齐了,站在屋子里等着,像是在火车站给旅客送行。

"好了,"祖奶奶说,"明天不要举行什么告别仪式,也不要为我说些动听的话。这些话我在自己的日子里已经满怀骄傲地说过了。一切食物我都吃过了,一切舞我也跳过了。现在我要吃下最后一个我还没尝过的糕饼,用口哨吹出最后一曲我还没吹过的小调。但是我并不害怕。我还真感到好奇呢!我要把它吃得干干净净,不会在嘴边给死亡留下一点点碎屑。不要为我难过。现在,你们都走吧,我要去寻找我的梦了……"

门在某个地方静静地关上了。

"我好过一点了。"在温暖雪白的亚麻布和毛毯铺就的被窝里,她感到舒适宁静。贴花被子的颜色和往日马戏班的旗帜一样斑驳陆离。她躺在那儿,感到自己还很小、很神秘,好像80多年前的某些早晨一样。那时她一觉醒来,在床上心满意足地伸伸她的嫩胳膊嫩腿。

很久很久以前，她想，我做了一个梦，做得正甜时却不知叫谁弄醒了——就是我出生的日子。现在呢？我来想想看……她的心又回到过去。那时我在哪儿？她努力回忆。我到哪儿去寻找那失去的梦？它的线索在哪儿？它是什么模样？她伸出一只小手。在那儿！……是的，那就是它。她微笑了，她在枕头里转动转动脑袋，让它更深地埋进温暖的雪堆里。这样就好些了。现在，是的，她看见它在她心里静静地形成，平静得像沿着蜿蜒无尽的岸滩流淌的海洋。她让那久远的梦碰了碰她，把它从雪堆里举起，让她从那几乎被遗忘的床上飘了起来。

在楼下，她想到，他们在擦银器，在清理地窖，在打扫厅堂。她听得见他们在屋子的每一个角落生活。

"好的。"奶奶小声地说，梦把她飘了起来，大海把她送回到岸滩边上。

# 藏在牙膏里的爱

子沫

父母的家在离北京大约两小时车程的小城里，我稍有空闲就可以回去。

有一年"五一"长假，我和先生因为搭一个便车回去，没来得及带洗漱用具。晚上，我找来一支干净的牙刷，准备挤牙膏，一看父母用的居然还是那种老掉牙的白玉牙膏，而且挤得干干瘪瘪的，我使劲挤了半天才挤出来，往嘴里一刷，不知是什么味儿。我平日是个生活极其讲究的女人，每日要用的东西一定是买最好的，牙膏牙刷我是非佳洁士、高露洁不用，而且每隔一段时间就要换一种口味：薄荷清凉型的、茶树香型的、金银花的，只要有什么新品种我都要试一试；牙刷也是那种波浪形手感好的，连刷牙的杯子都是白亮透明的那种。这样想着的时候，牙刷有些硬，一不小心我的牙齿就出血了，我含着满嘴的泡沫冲着妈妈喊："妈，你这是买的什么牙刷呀，咱家又不是没钱，这点小钱都舍不得花，你看你们过的什么生活！"妈妈笑笑，并没说什么。

第二天早上睡到太阳晒得老高，我才不情愿地起床了，妈妈早把红枣稀饭小泡椒端到了桌上。我找洗脸毛巾，绕到门后一看，父母的毛巾用得都发硬了，我用妈妈的毛巾擦了一下脸，扎得脸有些疼，我赶紧在开水里泡了半天才用。我平时用的毛巾都是ESPRIT，二三十元钱一条，特别熨帖，到稍微有些发硬了，我就会换掉做抹布，换掉的时候通常还有几成新，一条毛巾使用绝不会超过一个月，而妈妈的毛巾好像已经用了大半年了。我用泡好的毛巾一边洗脸一边抱怨地对先生说还是自己家里舒服。

秋天到来的时候，妈妈来我们家小住，我给她准备了新毛巾牙刷，她都舍不得用，还是坚持要用她带来的旧毛巾。

有一天，一位很多年未见面的外地朋友突然要来串门。我开始整理房子，一看卫生间里挂的旧毛巾，与洁白的盥洗池很不相称，我有些不高兴地说："妈，赶紧把旧毛巾扔掉吧，到时候朋友来咱们家看到了像什么样子。"妈妈没说什么，只是把毛巾塞到包里，把我的新毛巾挂在上面，但是她却一直没用。等朋友走后，她又把旧毛巾拿出来了，还说："好好的为什么要扔掉？"我摇摇头，觉得妈妈真是不可理喻。

12月的时候，单位进行最后一批福利分房，先要交3万元。我们一下子还真拿不出来这么多钱。我不属于会存钱的那类人，平时的消费项目太多了，吃要好的用要好的，哪知道什么备用。那一天，我一筹莫展，背着妈妈小声地和先生商量办法，最后和先生互相埋怨，差点吵了起来。那天晚上我第一次失眠了。

没想到，第二天妈妈就急着回去了。当天晚上，妈妈再次敲响了我家的门。

一进门，妈妈突然拿出了一个大纸袋。我疑惑不解，在妈妈的示意下打开一看，原来是2万元钱。妈妈说："这是我和你爸为你们准备的，孩子年轻总有用钱的时候，我和你爸老了，不为儿女们存点钱还能干什么呢。"我的眼泪一下就下来了，我想起了妈妈挤得干干的牙膏和带着破洞的毛巾……

　　我们用父母给的钱顺利地交了房款。不久后妈妈又回老家了，这么多年，我第一次怅然若失，也第一次想到了该为父母做点什么。

　　一个秋日的周末，下班后我拒绝了朋友的邀请，去了一趟超市，精心挑选一些妈妈喜欢的那种薄荷味的牙膏，还有那种长长刷柄和软软刷毛的牙刷，另外还选了几条不同色彩宽大的毛巾，贴在脸上无比熨帖，花费也就不到50元，可我知道它们将每天陪伴父母就觉得很欣慰。

　　那天回家后，我趁妈妈没注意，悄悄地把门后的毛巾牙刷都扔掉了，然后挂上了几条焕然一新的毛巾，并且贴上了小纸条：妈妈洗脸、爸爸洗脸、妈妈洗澡……我让先生重新钉了一排挂钩，一共9条毛巾。妈妈晚上洗脸的时候显然很意外，不过，她没问我，只是对父亲说："女儿有这份心意，我们就领了吧，别说，好东西就是不一样。"

　　那以后，我悄悄地为父母换着洗发水、牙膏、内衣，等等。

　　其实，现在想想做这一切并不难，只要你用心去发现那藏在牙膏里不起眼儿的爱。

# 爷爷的毡靴

（苏）普里什文

我记得很清楚，爷爷那双毡靴已经穿了十来个年头。而在有我之前他还穿了多少年，我就说不上了。有好多次，他忽然间看看自己的脚说："毡靴又穿破啦，得打个掌啦。"于是他从集上买来一小片毛毡，剪成靴掌，上上——结果毡靴又能穿了，跟崭新的一般。

好几个年头就这么过去了，我不禁忖着：世间万物都有尽时，一切都会消亡，唯独爷爷的毡靴永世长存。

不料，爷爷的一双腿得了严重的酸痛病。爷爷从没闹过病，如今却呻唤不舒服起来，甚至还请了医生。

"你这是冷水引起的，"医生说，"你应该停止打渔。"

"我全靠打渔过日子呀，"爷爷回答道，"脚不沾水我可办不到。"

"不沾水办不到吗？"医士给他出了个主意，"那就在下水的时候把毡靴穿上吧。"

这个主意可帮了爷爷的大忙：腿痛病好啦。只是打这以后爷爷娇气起来了，定要穿上毡靴才下河，靴子当然就一个劲儿地尽在水底的石头子儿上打磨。这一来毡靴可损坏得厉害啦，不光是底子，就连底子往上拐弯儿的地方，也出现了裂纹。

我心想：世上万物总归有个尽头，毡靴也不可能给爷爷用个没完没了——这不，它快完啦。

人们纷纷指着毡靴，对爷爷说："老爷子，也该叫你的这毡靴退休啦，该送给乌鸦造窝儿去啦。"才不是那么回事儿呢！爷爷为了不让雪钻进裂缝，把毡靴往水里浸了浸，再往冰天雪地里一放。大冷的天，不消说毡靴缝里的水一下子就上了冻，冰把缝子封得牢牢的。接着爷爷又把毡靴往水里浸了一遍，结果整个毡靴面子上全蒙了一层冰。瞧吧，这下子毡靴变得可暖和结实了：我亲自穿过爷爷的那毡靴，在一片冬天不封冻的水草滩里来回蹚，啥事儿也没有……于是我重又产生了那种想法：说不定，爷爷的毡靴就是永远不会完结。

但是有一次，我爷爷不巧生了病。他非得出去上厕所不可，就在门道里穿上毡靴；可他回来的时候，忘了原样脱在门道里让它晾着，而是穿着冰冻的毡靴爬到了烫烫的炉台上。当然，糟糕的并不是毡靴化出的水从炉台上流下来淌进了牛奶桶——这算啥！倒霉的是，那双长生不老的毡靴这回可就寿终正寝啦。要知道，如果把瓶子装上水放到冰天雪地里，水就会变成冰，冰一胀，瓶子就得炸。毡靴缝子里的冰当然也一样，这时已经把毡毛胀得松散开来，冰一消融，毛也全成了渣儿……我那爷爷可倔啦，病刚好，又试着把毡靴冻了一次，

甚至还穿了一阵子。可是不久春天就到了，放在门道里的毡靴化了开来，一下子散成了一摊儿。

爷爷愤愤地说："嘿，是它该待在乌鸦窝里歇着的时候啦！"他一气之下，提起一只毡靴，从高高的河岸上扔到了一堆牛蒡草里，当时我正在那儿逮金翅雀之类的鸟儿。"干吗光把毡靴给乌鸦呢？"我说，"不管什么鸟儿，春天都喜欢往窝里叼些毛毛草草的。"我问爷爷这话的时候，他正挥动另一只毡靴准备扔。"真的。"爷爷表示同意，不只是鸟儿造窝需要毛，就是野兽啦，耗子啦，松鼠啦，也都这当儿。爷爷想起了我们认识的一位猎手，记得那人曾经向他提过毡靴的事儿，说早该拿给他当填药塞儿。结果第二只毡靴就送给那位猎手了。

转眼间，鸟儿活动的时节到了。各种各样的春禽纷纷落到河边的牛蒡草上，它们啄食牛蒡尖儿的时候，发现了爷爷的毡靴，一到造窝那会儿，它们从早到晚全来剥啄这只毡靴，把它啄成了碎片儿。一星期左右，整只毡靴竟给鸟儿们一片片全叼去筑了窝儿，然后各就各位，产卵、孵化，接着是雏鸟啁啾。在毡靴的温馨之中，鸟儿们出生、成长；冷天即将来临时，便成群结伙飞往暖和的地方。春日它们又都重新归来，在各自的树穴中的旧巢里，还会再次觅得爷爷那只毡靴的残余。那些筑在地上和树枝上的巢窠同样不会消逝：枝头的散落到地面，小耗子又会在地上发现它们，将毡靴的残毛搬进自己地下的窝中。

我一生中经常在莽林间漫游，每当有缘觅得一处以毡毛铺衬的小小鸟巢时，总要像儿时那般思忖着：世间万物终有尽时，一切都会消亡，唯独爷爷的毡靴永世长存。

# 我与姐姐

杨海蒂

姐姐名字叫海棠,比我大不到两岁。小时候,也许就因为姐姐与我年龄相仿、个头等高,我从来都大咧咧直呼其名"海棠"!即使有求于她,她趁机威逼利诱让我"叫姐姐"时,"姐姐"二字我也讷讷难以出口,对此,她总觉得自己吃了亏,心里一直颇不畅快。

据上辈人讲,姐姐是人见人夸的乖女孩,我则整个一坏小孩。比如说照相时,她准能按照大人的旨意甜甜地笑着,我却比褒姒还不爱笑,而且不肯受任何摆布。又比如玩玩具,她一定能将它们完璧归赵,而任何玩具到了我手里,不出几分钟便会四分五裂。母亲说之所以让我4岁就上学,让我与姐姐同一个班级读书,就是因为没有玩伴的我时常闯进课堂对姐姐胡作非为,而她每回都只是无可奈何地哭泣……

对于这种说法,我一直很是怀疑。在我的记忆深处,母亲、老师和姐姐曾经是压在我头上的"三座大山",姐姐对我更是无恶不作:她会悄悄地把我辛苦种植的玉米苗连根拔掉,会偷偷地把我的"百宝箱"摔得粉身碎骨,诸如此类的"罪行"不胜枚举。告状更是她整治我的第一法宝,我生性偏执又倔强,不肯为自己辩白、求饶,因此没少挨打受骂,透过泪水蒙眬的双眼,我总能看到姐姐那一脸的幸灾乐祸。

5岁的弟弟倒肯说句公道话。别人问他:"小家伙,你两个姐姐哪个更好?"他毫不犹豫地回答:"没一个好东西。大姐阴着坏,二姐阳着坏。大姐更坏。"当时,姐姐对弟弟的"忘恩负义"恨得咬牙切齿,我则对弟弟的仗义执言感激不尽。

姐姐有理由认为弟弟忘恩负义。为照看弟弟,姐姐曾停学两年,直接从小学一年级升到四年级,于是她的算术一塌糊涂。她在文学方面的天赋则让我暗暗妒忌。从小学四年级起,她的作文就是范本;上中学时,她是闻名遐迩的才女;凭着生花妙笔,她力挫群雄,成为某院编导系在我市张榜的状元。她的家书被父母津津乐道;好友把她的书信装订成册,处处炫耀"海棠是大陆的三毛";她与男同学相互口诛笔伐时,对方称她为"心狠手辣的王熙凤",同时又为她的文采所折服。

"王熙凤"自然能当领导者。少先队大队长、班长、团支部书记,这些"官衔"让姐姐从小到大风光无限,让只能当当小组长、顶多是个"文娱委员"的我曾对她高山仰止。中小学老师常夸姐姐:"这女孩真好,文文气气,走路都怕踩着蚂蚁似的。"夸她时还一边用眼睛斜睨着我。他们哪里知道,姐姐振臂一呼,便能应者云集;上课时,就在老师扭过头去的瞬间,一溜人马跟着她逃之夭夭,

鼠窜而去。上山采野果，下河摸鱼虾，这是"日常课程"；偷红薯、板栗、枇杷，把河里游泳者的衣裤藏起来，"挑动群众斗群众"，始作俑者都是姐姐。我虽为老师的"不辨忠奸"感到十分冤屈，却从不敢对姐姐检举揭发，相反，我是她忠实的追随者。

但我们的和平共处仅限于狼狈为奸时。平常，我和姐姐相互间如同斗鸡，话不投机半句多，且一言不合便你揪我耳朵，我抓你辫子，然后拳脚相向；恼羞成怒的时候，棍棒、凳子、剪刀等都是两人的自卫和进攻武器。常常被打得落花流水落荒而逃的是我，为了报复，我在她睡着后狠命地掐她的腿、脚（两人睡一张床、一床被，各睡一头），于是，被子里又是一场恶战，两人如蛇一般钻过来游过去，你掐我我揪你（还不能发出声响，否则母亲会对我们各打五十大板），最后，以战败方不敢缩回被子，只能横睡在枕头上而告战事结束。成年后的我和姐姐有一次回忆起当年的这般情景时，两人在大街上笑得前仰后合、涕泪纵横，惹得行人纷纷对我们侧目而视。

我和姐姐终于"和为贵"，在她过16岁生日那天。那天，作为市乒乓球选拔赛新出炉女子冠军的姐姐，随团整装出征，参加省乒乓球全民选拔赛赛事。尽管姐姐在团里年纪最小，但她在我的心目中非常伟大——要知道，她是在乡下用土砖搭砌成的乒乓球桌上练出来而一路过关斩将杀入省城的啊。在火车站台上，送行的我一脸崇拜地仰望着已坐在火车上的姐姐；姐姐宽厚地微笑着，对我左叮咛右嘱咐。从那一刻，我感到了姐姐的成熟和来自她的温暖。

实话实说，姐姐以前长得像丑小鸭，这是她最不愿意提及的往事。尽管乒乓球赛事铩羽而归，但姐姐竟出落成海棠花般美丽、有韵致，这可是意外大收获。美丽的女子自信，自信的女子宽容。姐姐开始对我宽大为怀，甚至会由衷赞美我，使我受宠若惊、如沐春风。

不过，姐姐偶尔还会露出她的庐山真面目。在艺术学院念书时，漂亮端庄、气度雍容的姐姐被同学戏称为"国母"。然而有一次，不知被何事惹恼的"国母"在礼堂里一脚将板凳踢飞，把我们吓得鸡飞狗跳。事后，姐姐专门请我外出吃炒粉，名曰为我"压惊"。这次"压惊"，成了我和姐姐关系的转折点。从此，我们成了无话不谈的知心密友，喜怒哀乐、爱恨情仇，我与姐姐总是会与对方一起分享或分担。

正当大家对以优异成绩毕业的"国母"充满期待时，姐姐却很快陷入了情劫，而对方除长相尚可外不堪一提。"名花"归这么个"主"，谁也想不通。一边是满嘴抹蜜的奶油小生，一边是坚决反对的亲人、恩师、朋友，母亲甚至绝食抗议，难以自拔的姐姐无所适从，于是，留下一封"遗书"后准备悄然出走，打算从庐山"舍身崖"上纵身下去殉情，被密切"监视"的我力阻。我本着"我虽反对你的爱情，但我誓死捍卫你恋爱的权利"的宗旨，成为替姐姐传送"鸡毛信"的"海娃"，并竭力帮她游说众志成城的反对派。经过3年艰苦卓绝的抗战，姐姐与奶油小生"有情人终成眷属"。从此，姐姐拘于方寸天地，沉于柴米油盐，与事业誓不两立。

一晃7年，在公众视野中早已消失身影的"国母"，带着5岁的女儿逃到我处安身立命。

　　回首往事，姐姐恍若隔世，如梦初醒。梦醒是残酷的，但当初那个梦还是美好的——姐姐仍作如是观。对于过去无怨无悔，只把它当成命中的定数；可以对一个男人失望，并不对爱情失望，继续做着少女般的绮梦，这就是我的姐姐，一个名叫海棠的女子的天生禀性。

　　对于这样一个女子，我无可奈何，只好听之任之。事实上，我的青春期深受姐姐的影响。信守着姐姐伟大的爱情观，我的脑子里也装满着傻乎乎的念头；我在爱情的旅途中懵懂前行，因而总跌得头破血流。弟弟讥笑我和姐姐：一对"难姐难妹"。

　　爱情是美好的，不管它是什么样的爱情；但人生仅有爱情是不够的，幸亏这一点姐姐已经悟到。姐姐终于开始埋首文学写作，说是要"待从头，收拾旧山河"，且直言要很快超过我，扬言要尽快名满天下，以多挣些银子供养女儿。"予岂好名乎？予不得已也。"她如孟夫子般摇头晃脑地对我说。我看着她，嬉皮笑脸的，笑了。

# 外婆的刀削面

林树森

差不多七八岁的时候,我被母亲送到了外婆家。

我至今仍不知道母亲为何要将我送到那里去,大约是我太过顽劣的缘故吧。我记得,当时的我很不情愿到外婆家去,曾用了各种啼笑皆非的方法来抵制。但最终,我还是被母亲拖去了那里。虽然我为此忿忿不平了三天之久,然而,现在想起来,我实在是应该感谢母亲的决定的。

20个世纪80年代的时候,外婆那里还没有通公路,我和母亲这一路便好一阵走。待到怀揣糕酒、手携娇儿的母亲走了个七折七回,人困脚乏之际,看见满头白发满面红光的外公,一路小跑着接了出来。

不知道为什么,儿时的我很怕外公,怕他满脸的络腮胡子和刀锋一样刚劲的皱纹,更怕他胡萝卜般粗细手指的大手,唯独不怕他抱我。母亲说,我刚出生的时候,外公就抱过我。那时是夏天,他似乎怕我热,便直着小臂抱我,托着我,满村子地绕,逢人便讲:"这是我外孙。"

外公的出现,使我规矩了很多。得以喘息的母亲便和外公说笑着走进村里去。七拐八折地走了好一阵,柳槐相遮映的外婆家便出现在眼前。

花白头发,笑眯眯的外婆早已等在门口。她嗯啊地应着母亲的问候,伸手挡开母亲双手捧过的糕饼,蹲下身拉我到她怀里去,硬硬的手指摸着我的头,笑着说:"俺家亮亮又长高哩。"我却嘟着嘴,老大的不高兴,我不喜欢这里,我觉得这里不是我的家。

一家人笑语欢声地往屋里去,除了被母亲踢了一脚的我。

屁股的疼痛,使我抽着鼻子,满脸的痛苦状,外婆悄悄地塞一块糖给我,然而不管用,我含着糖,嘴里呜呜地响。

午饭的时候,外婆端上一盆饽饽来。

饽饽的样子,很像是我们所说的馒头。或者它就是馒头,只不过叫法不同罢了。外婆蒸的饽饽,实在好吃得奇,刚出锅的时候,带着微微的黄,不似城里食品店的馒头,白得扎人的眼,叫人一见便失了胃口。抓一个饽饽在手里,软软的烫一烫手,整个人都暖了起来,连心都软软烫烫的。就着腾腾的热气,尽着性地咬一大口,嫩嫩的香便流满了嘴,滚滚地淌到胃里去。软软甜甜的滋味,留在舌齿之间,叫人难以忘怀。

然而,我最难忘的,却是外婆精心调制的刀削面。

第一次吃到外婆的刀削面是在母亲走后不久。自小生活在母亲身旁的我,看着她渐渐远去的背影,忽然感到莫大的委屈。嘴一张,外婆的糖块箭拔弩张地飞

了出去。还未等外公外婆反应过来，我已哇哇地痛哭起来。

外公古铜色的脸上立时渗出了汗珠，他喂我糖，给我买花花绿绿的贴纸，甚至用肩膀驮着我去看大牛家娶媳妇。我却丝毫不理会急得团团转的外公，自顾自地，张着大嘴号啕痛哭。

外婆一声不响地看着我，她悄悄走去了厨房，在那里叮叮当当地忙了起来。当我哭到荡气回肠之时，外婆也颠着小脚送出一碗面来。

一阵异香使我不由自主地停止了哭泣。

"吃吧，孩子。"她挑着面往我嘴里喂。

迟迟疑疑地，我咬了一小口。这的确是一小口，小小的嘴，轻轻地咬，但就是这一小口，却足以令我破涕为笑，我吮着舌头，响响地嚼着面，双眼再也离不开那碗和筷子。

从此，每当我哭闹的时候，外婆总要做面给我吃。

我至今也无法知道外婆是如何将一碗普通的面做到如此好吃的。听外公说，外婆年轻时便长于做面，尤其是刀削面，更是出名的好吃。我曾亲眼见过外婆做面，那的确不是一般人可以做得来的。首先，你必须有一身的力气，否则，单是做面条的面你便揉不来。揉得小了，面软，刚一出锅便粘在一起，缩成一坨面糊，吃不出任何味来。外婆揉面的时候，总是用着全身的气力，使劲地压下去，又用力地揪上来……直到那面硬到当当响，外婆才去揭开那口特大号的铁锅。

削面更是一个细致活儿，完全可以用赏心悦目来形容。外婆把笨拙的菜刀灵巧地上下挥舞，飞动的刀片仿佛翻飞的蝶翅，刀刀都险险地擦过手指，却永远不会削上去，闪着寒光的刀口吞吐着粉白的玉片，飞花溅玉地落入滚开的水中，晶莹的水花落到锅沿上。外婆所用的汤料，不过是紫菜海米和葱姜蒜白之类，最多加一个鸡蛋，这一锅的鲜味儿就齐全。滚滚地煮一会儿，热热地捞上来，再浇一大勺油花儿四散的面汤，画龙点睛般地点几滴香油，无上的美味热气腾腾地横空出世了。

抱着外婆家特大号儿的海碗，一路倒着手到屋里去，趁热呼啦啦地吞一气，那滋味儿，玉帝都坐不稳。

举着那碗面，吧唧着嘴去逗邻家的狗子，是我那时最爱做的事了。

做得多了，死没出息的狗子就哭起来，这时候，慈爱的外婆便叫狗子进来，要我分一半给他吃。我若高兴，便挑几根给他，若是心里烦，我就把碗抱在怀里，死也不松手。笑眯眯的外婆也只好另做一碗来。

现在想起来，在外婆家的那几年，大约是我这几十年的生活中最幸福的时光了。

我一天天地长大了，外婆却日渐苍老起来。她挺直的腰杆弯了下去，矫健的步伐也开始蹒跚，无法再时常做面给我吃了。我也渐渐懂事，不再缠着她要面吃。我不想看到她满头大汗地做面的样子，真的不想。

> 人的精神世界的形成，自己在下一代身上的再现，使儿女成为比自己更完美的化身，这就是人类高尚的创作。
> ——（苏）苏霍姆林斯基

初中快毕业的时候，母亲要我回城去考高中。我不愿离开外婆，便处处躲着母亲。母亲无奈，只得叫外婆来劝我，外婆却一声不响，她佝偻着腰，一步一挪地去了厨房。

　　中午的时候，母亲喊我吃饭，我没有吱声，外公来叫，同样没有回答。直到外婆来了，我才磨蹭着走出门去。但我被惊呆了，我被桌子上满满的一锅面惊呆了。我回头看着外婆，外婆眼红红的。她捞了一大碗热气腾腾的面，细心地调上香油和醋，颤巍巍地递给我。

　　我无语，我知道外婆的意思，我只是低着头，大口地扒着面。饭后，母亲又小心翼翼地说要带我回去，我什么也没说。

　　回城的那一天，外婆挂着拐杖一直送我到村口。她死死地拉着我的手，丝毫不肯放松，外婆的手还是硬硬的，掌心却有些凉，不似以前的温暖。

　　班车来了，外婆猛地推开我的手，背过脸去。

　　我的泪早已蓄满眼眶，但我咬住了嘴唇，拼命地忍着。

　　车门打开了，我低着头冲上去，木然地坐在座位上，呆呆地看着自己的鞋尖。

　　车里空空的，像极了我的心。车子动了，飞滚的车轮将外婆远远地抛在后面。我再也无法忍受这感觉，急急地扭过头去。外婆的身影小小的，她挥着手，在脸上抹着什么。我的眼泪再也抑制不住，它自眼眶奔涌而出。

　　十几年过去了，外婆送我回城的情景，依然历历在目，记忆犹新。

　　去年春节，我去看外婆。得到消息的外婆早早便坐在村口的青石上等我，旁边站着我的小表弟，外婆的眼早已花了，她已看不清过往的行人。

　　看到我走出车门，小表弟拍着手叫外婆："姥姥，姥姥！表哥来了！"外婆颤颤地站起来，她拉住我的手，硬硬的手指去够我的头。

　　"俺家亮亮又长高了哩。"她咧开了空空的嘴。

　　外婆不知道，我已有很多年不长个儿了。她够不着我的头，只是因为她的腰越来越弯了。

　　我的心酸酸的。

　　到了家中，外婆放下拐杖就去做饭，谁也挡不住。不用说，她一定是去做刀削面了。幸好小姨已经把面做好，外婆只不过把面下到锅里，坐等面熟罢了。

　　好一会儿，被小表弟扶着的外婆才把面端到了屋里。"吃吧，孩子。"她把面递给我。

　　我吃了一口，愣住了，面是苦的。

　　外婆笑眯眯地说："听说你要来，俺一早儿就叫你姨做好了面。知道你口重，俺就多放了点盐。"外婆的手抖抖地指着柜子上的一个玻璃瓶。

　　我顺着外婆的手指望去，那哪里是什么盐，分明是满满的一瓶碱。

　　外婆真的老了！

　　我似乎应该说些什么，但我觉得我更应该保持沉默。

　　津津有味地，我把那面吃完。

# 姐姐将我团团围住

蒋成红 编译

童年的回忆是幸福的：有妈妈的吻，有咯吱咯吱的小摇车，有不着边际的幻想，有肆无忌惮的戏闹，还有什么？对了！是……违反天意、大逆不道的小弟弟命中注定会有几个姐姐来处罚惩治他，令他苦苦修行、赎罪赎孽。对此，我在尚年幼无知时就深信不疑了。

说起姐姐，我有三个。她们乖戾无常，冷酷无情，非把活在世上的弟弟折磨成一名坏人并且死后移住魔鬼岛的居民不可，只有这样才解心头之恨，感到心满意足。她们酷爱粗糙的黄肥皂和滚烫的洗脸水，每天3～4次，这些铁石心肠小妈妈中的一个会用力擦洗我的躯体。轮到最小的姐姐替我清洁时，真恨不得把我的脸给撕了，原因是她无比痛恨我那一脸的雀斑。她声称：脸面的瑕玷无疑是家门不幸，奇耻大辱，她恳求母亲：在我28岁以前不能放我越出家门一步。

我姐姐痛恨棒球棍、木杖和石头，可这些都是我十分倾慕的玩意儿。

她们决不允许我干"玩命"的事。她们谆谆教导我：手是生来准备饭菜的，得放进奇痒难忍的毛线手套里，并且用来祈祷上苍。精瘦纤细的姐姐们的唯一企图就是让我的日子过得痛苦悲惨。

姐姐们总能把蔬菜都吃完，并以喝牛奶为乐事，身上老带着绣花镶边的小手绢。她们喜欢洗澡、学校，还有老师，一回家就做功课，几乎从不打翻墨水瓶。

我每每想起那些日子，屋外阳光灿烂，天高云淡，我多么想在绿色的田野里打滚啊！姐姐命令我只能坐在门口台阶上。我坐在那儿痛苦不堪地梦想自由，而姐姐们却在痴痴地思念着她们的"翩翩少年"，或者专心致志、耗尽心血地编织着，最终织成一块毫无用处并且令人费解的东西。不过有时我也想法子溜出去寻欢作乐。

立刻，我的姐姐便在街坊邻里对我紧追不舍，如同围捕一只疯狗，口中还恶狠狠地诅咒着。

我的监护人偶尔也攥紧我的胳膊上电影院。尽管她们不断给我喂糖，可我禁不住还是要在地板上打滚、尖叫、欢笑，面对银幕上的江洋大盗高声喝彩。直到影院工作人员走来劝我："小声说话。"这时，姐姐中的一个便会站在我的座位前，尽量把我往靠背上挤。我只好讨饶，可一旦我被挤得滑出来后，便越发肆无忌惮起来，我将拇指和食指做成手枪，瞄准观众一一点射。三个姐姐和几个影院工作人员竭尽全力，在走道上下、空排前后向我追赶进逼，最终将我团团围住。由于在电影院里犯下滔滔罪行，姐姐们发誓早晚要报仇雪恨。一俟妈妈外出购物，她们便把我绑在后院的篱笆上，就像我是个小杂种。有时她们让我吃菠菜，或者

命我咽下煮了好几天的老白菜。

在我长到12岁，有着一头金发时，我姐姐已到了与小伙子频频约会的年龄了。星期六晚上，家里乱成了一锅粥，全家鸡犬不宁。她们在屋里东奔西跑，翻箱倒柜，寻找皮鞋、腰带、衣裙和丝袜；她们时而脸色愠怒，时而尖声叫喊，对谁先用浴室也争论不休。我异常喜欢这疯狂的夜晚，瞧着她们歇斯底里大发作无疑是一大乐趣。她们会突然想起要买的东西：丝袜、别针、发夹、鞋油，等等。所以每逢星期六晚上，我就跨骑在厨房的椅子上，听候吩咐，力尽跑腿之劳。奉献手足之情理所应当。常常，我为一个姐姐跑一家商店，一次只买一件东西。每次买东西她们付我小费。尽管恨我，可她们无法否认镇上唯我最为精明强干。这样，每个星期六我就可以发一笔70～80美分的财。由于把姐姐和小伙子的世界连接起来的是电话，所以我奉命做好每个电话记录。我最漂亮的一个姐姐刚进家门就问我："有我电话吗？""一个叫弗兰克的打过电话。"我答道。"弗兰克，姓啥？"我灵机一动，说道："弗兰肯斯坦（玛丽·谢利小说中的主人公，为自造怪物所毁）。"

有时我也开开玩笑。我最小的姐姐曾有一段时间自以为颇具琼·克拉福特的风姿，步态、声调、发式无不模仿克拉福特小姐。有一天，我在糖果店给家里打电话，学着制片人的口气对小姐姐说："我在商店时，非常惊异地发现您有着优雅的步态和飘逸的秀发，能否来好莱坞当个替身演员？"她忽然声音一变，拿腔拿调地问我："是吗？为谁做替身演员？"

人间易岁，我们姐弟之间的战争终于平息了。这时，我才真正发现我的姐姐们是那样的美丽、善良、极富人情味。我一下子成了她们的保护神，我打心眼里憎恨门前逛荡的年轻人，他们的头发梳得油光锃亮，浑身上下同上过蜡一般。我还发现每个姐姐都有一颗体贴入微、慷慨大度的心。看着那些圣诞节和生日礼物吧，件件皆是悉心挑选，深合我意的。1941年我离家服役时，她们一个个泪如雨下。尔后，她们寄来封封暖人心肺、柔情蜜意的家信，大大抚慰了我在太平洋上的恐惧心灵。我不由得回想起她们在审讯、惩罚她们的小弟弟时那副尽心尽力、任劳任怨的模样，不由感慨万千、深怀敬意。人生能有如此令人难忘的姐弟之情，还不知恩图报吗？

# 飞翔的雪鹀

佚名 编译

雪,越下越急。窗户木格的角落里,堆起了积雪。冬日的天空灰蒙蒙的一片。

忽然,一只小鸟扑腾着飞进院子,跌跌撞撞地落在雪里,嘴巴朝下栽倒在地上。接着又挣扎着站起来,摇摇摆摆地走来走去。不时低头在地上啄一下。

男孩趴在窗台上,鼻子顶着玻璃,望着这只小鸟,心里想着:晚上能不能避开家里人悄悄溜出去呢?院子里的那张长椅也落满了雪,应该把它倒扣过来呢……

妈妈在里面喊了他一声,男孩慢腾腾地穿过走廊向厨房走去。他走进暖洋洋的门厅,在餐桌旁坐下等着早饭。妈妈连头都没有往起抬,便命令道:"去把手洗净。"男孩皱皱眉头,可还是进厨房在冷水里蘸蘸手,用力甩甩,又走回门厅。

像往常一样,妈妈又在做简短的饭前感恩祈祷。男孩心不在焉地用指甲在旧桌上划来划去。祈祷一结束,他就拿起勺子,伸进热气腾腾的鸡汤面条盆里。

他把饼干掰开,泡进汤里,勉强抬起眼皮望望对面坐着的妹妹。妹妹的目光一直在跟随着他的脸转。难道她能看穿他的心思?有时男孩真觉得这个哑巴妹妹能一眼把他望穿。

他吃完汤面,又一口气喝干他的牛奶:"我可以走了吗?"

妈妈抬起头,迷惑不解:"上哪儿?"

男孩不耐烦地盯着妈妈,觉得她早应该知道:"我想到池塘那边试试我的新冰鞋。"

妈妈瞥瞥身旁的妹妹,温和地说:"稍等几分钟,带上她。"

男孩一把推开椅子,高声叫道:"我一个人去,不带她!"

"求求你,本杰,你从来不给她一次机会,你也知道,她喜欢滑冰。照你的想法,因为她是个哑巴,就可以不理睬她,但这回还是让她跟你去吧。"

一绺灰白的头发垂下来,挂在妈妈苍白的脸上,她疲倦地挥挥手:"妹妹的冰鞋在门厅的壁橱里。"

男孩愤愤地逼视着妈妈和妹妹,声嘶力竭地喊道:"我就是不带她!"

说完,他冲到壁橱前,抓起自己的大衣、连指手套和帽子,把门"砰"地在身后甩上,跑到车库,摘下冰鞋搭在肩上,跑进院子。

长椅仍然静静地躺在那儿。男孩走上前,把它们掀了个底朝天,微笑着朝田野跑去。

牧场的尽头,池塘在闪闪发亮,像一只睁大的眼睛。男孩在盖满雪的马食槽上坐下,穿上冰鞋,把换下的鞋系在一起,搭在肩上,朝池塘边走去。他立在池塘边,兴奋得发抖。

忽然，有一只手扯了扯男孩的大衣，他一惊，低下头，发现了妹妹。她的大衣的钮扣歪歪斜斜地扣着，围巾松松垮垮地搭在肩上，拖着两道鼻涕。

男孩把手伸进口袋，掏出一张揉成一团的纸巾，恶狠狠地给她擦干鼻涕，又抓住她的手，粗暴地拉到马槽前。

他把妹妹按着坐下，盘算了一下，想把妹妹送回去，可又想到，如果这样，会招来更多的麻烦。想到这里，男孩给妹妹穿上冰鞋，他狠心用力拉扯鞋带，抬起眼想看看妹妹脸上有没有怕疼的表情，但是没有……一丝变化也没有，尽管鞋带已经深深地勒进了她的肉里，可她还是静静地坐着，注视着哥哥，两只眼睛一声不响地看到他心底的最深处。

"妈妈为什么不生一个可爱的孩子，却生了个你。"男孩瞧着妹妹，好像她是一件累赘讨厌的物品，他甚至因为自己这样恨妹妹而恼恨起自己来。

对他来说，妹妹只不过是他和妈妈造成隔阂的一个原因，是妈妈和他之间的一个障碍。有时，他发现自己甚至记不住妹妹的名字；也许，是他有意忘掉了，他给妹妹系好鞋带，起身走开。

一阵不大的风刮来，吹透男孩的灯芯绒长裤。他溜到池塘中间，开始滑行，裸露的脚踝在寒风里有种舒服的刺痛。他能感到锋利的刀刃嚓嚓擦过雪被下的冰面。寒气逼人，冷风吹在他的脸颊和耳朵上，冻得生疼。

男孩倒退着滑行，看到妹妹从后面跟了上来，他盯着妹妹以优美的姿势朝他滑来，他也知道，自己永远滑不了这么漂亮。他承认，妹妹是一个极好的溜冰手。可是这个连话都不会讲的女孩，知道不知道自己滑得那么漂亮？也许，滑冰是她天生就有的一种才能。

妹妹的手指动作不很协调，但她却滑得比谁都好。也许正是她的矮小和清瘦让他感到厌恶，这个脸色苍白、灰不溜秋的倒霉东西！

男孩看着妹妹轻巧地滑过池塘，像一瓣削下来的冰片。他打了个弯，朝前滑去。再停下来擦鼻涕时，他觉得有人在扯他的大衣襟，他一把摔开妹妹的手，朝另一个方向滑去。

他经常把同学叫到自己家玩，可妹妹总站在厨房的门后面，盯住他们一直看，直到他们再也不愿意来了。伙伴们说妹妹的目光让人觉得不自在。

她能看出来他什么时候高兴，什么时候生气。他高兴时，妹妹常常轻手轻脚地跟在他屁股后面，拉扯着他的后衣襟。但大多数时间，总是一双眼睛跟着他转悠——一双在他毫无察觉时就看穿他心思的眼睛。

他抬起头，四下寻找她的身影，没有！他滑到池塘中间，四下张望，发现妹妹在池塘的另一头，超出了安全区！虽然没有标志，但他知道，那儿冰薄如纸。

一瞬间，男孩呆住了。可又一转念，一旦出事，很容易解释，他只要对妈妈说当时他不知道妹妹在那儿滑冰……从此，妈妈苍老和疲倦的神情就会从布满皱纹的脸上消去……从此，妹妹卧室里就再也不会传出一遍又一遍耐心和气的劝说；再不会有妹妹拒绝自个儿学着系鞋带时，妈妈脸上出现的那种无可奈何的神情；

也再不会见到妈妈的眼泪……

男孩目不转睛，看着妹妹越滑越远。忽然，一只小鸟闯进了他的视线，那是一只笨拙的雪鹞。此刻，它显得更加纤弱，却飞得那么漂亮，它慢慢掠过池塘。男孩正要仔细瞧瞧，它却消失了，但刹那间他还是看清了，它就是早晨在院子里见到的那只小精灵！

男孩的两腿开始加快蹬踩，冰刀发狂地凿在冰面上。妹妹不见了！男孩十分焦急，双腿像着了火，他飞舞双臂，竭力想加快速度，总觉得不够快。泪水从他的眼眶里涌了出来。妹妹不见了！他竟然眼睁睁地看着她滑到薄薄的冰面上。

接着，他听到冰层的巨大的断裂声，并且感觉到了冰面的震颤。男孩拼命滑到塌陷的冰窟边缘，小心地趴在冰上，一把抓住了妹妹大衣的后襟，冰凉的水立刻冻僵了他的手指，他紧紧攥住，用尽全身力气往上拉。

妹妹的头出现了，但大衣却从手里滑了出去，妹妹又向下沉去。绝望中，他把两只胳膊都伸进水里，疯了似的连摸带抓，终于又把大衣抓在了手里，这回，把妹妹拽出了冰面。

仿佛过了很长时间，他盯着妹妹发青的脸，默默祷告她的眼睛能很快睁开。妹妹终于慢慢睁开了眼睛。他的心一阵绞痛。

妹妹浑身发抖，男孩迅速地脱下她湿透了的衣服，把她瘦小的身体紧紧裹在自己的大衣里。他用冻僵的手脱下自己的滑冰短袜，套在妹妹的脚上。刺骨的寒气立刻顺着他的脚心爬了上来。冻僵的双手怎么也解不开鞋带，他把它们胡乱套上，抱起妹妹，朝岸上跑去。怀抱里的妹妹，身体僵硬。他注意到妹妹的嘴唇被划破了，在流血，就从口袋里掏出纸巾，为她擦干血迹。他低下头，想从妹妹的眼睛里找出什么表情，但仍然是什么也没有……没有痛苦，没有责备，什么也没有……只有眼泪。可从前，他未曾见妹妹哭过一次，尽管有的时候，妈妈在妹妹的面前伤心得死去活来，她依然是无动于衷地呆坐着。可现在，她眼眶里涌出了泪水，泪珠从脸上流了下来。男孩终于想起了她的名字——谢丽尔！她挣扎着往哥哥温暖的身上挤，男孩用尽力气把她紧紧搂抱在怀里，他注视着妹妹，轻轻呼唤着她的名字。终于，他发现妹妹的眼里流露出一丝柔情，她认出了自己的哥哥！

男孩加快了脚步，朝家里走去。

# 月饼带去我的思念和爱

吴郁纯

八九月的天,乍寒还暖,秋风一阵阵地起,眼前的景物也似乎无端地萧条起来。

武汉的天气,冷热无常,穿衣服倒成为件麻烦事。"宁厚勿薄",这是爷爷教的绝招。

小时候,我和爷爷特别贴心。我不小心摔倒了,被抱起来,爷爷会哄个不停,也只有爷爷能让我马上破涕为笑。我还是爷爷的小尾巴,喜欢跟着爷爷去买菜,他逢人便夸我乖,夸我孝顺,那时候,我最得意了。虽然满口蛀牙,但我爱吃糖,爷爷就给我买好多好多花花绿绿的糖,一直攒了满满一盒糖纸,糖的甜蜜也在我嘴角足足回味了二十年。每年中秋更是,爷爷跑遍整个城,买最老字号的"品籣居"的月饼,只因为我喜欢,只因为我爱吃,年年如此……也不知道,从什么时候开始,我们之间的话越来越少了,不再亲密。并不是我不健谈,和网友我能叽哩呱啦地聊上几个小时,和室友也能叽叽喳喳地说上半天。但现在,就是偶尔在家的日子,和爷爷也常是默默地对坐,交谈的话语也是越来越简单:好,好,挺好……一次次,我分明都能看见爷爷眼中那渴望的眼神,是期待吗?期待我能给他讲讲在其他城市的见闻?期待我找到了一份很好的工作?还是期待我能够告诉他:爷爷,我是爱你的!他从未曾提到过,而我,也从不曾说过。

但无一例外的是,每年中秋我都会收到爷爷的月饼,月饼是个挺温情的东西,每次收到月饼,都能让我感到特别的温暖。爷爷是个对食物一点也不含糊的人——我一直这么认为。爷爷对月饼的选择也是煞费苦心,他并不习惯现在层出不穷的新花样,月饼的配方和工艺在不停地变化,月饼的滋味已非最初。但爷爷每年都寄,每年都寄一盒豆沙馅的月饼——爷爷习惯了的也是他最喜欢的口味。我也是喜欢的,就像绿妖曾说过:"在某些时候,吃东西是为了让某人高兴。"

今年,转眼又快到了中秋,我没有收到月饼,却收到奶奶汇给我的一百块钱和她的话:"就用这钱给自己买盒月饼,出门在外,一定要记得在中秋吃月饼。"我愣了半天,忽地,猛然意识到爷爷是真的,真的已经在今年2月离开了我们。要不,他一定会给我挑选家乡最新鲜最美味的月饼,豆沙馅的。

我是不是不孝顺呢?我想如果我足够孝顺,我应该在每个中秋节给爷爷寄上一盒月饼,而不是二十年来一味地泰然接受长辈的疼爱,而没有用心关心过长辈。我是不是不孝顺呢?我想如果我足够孝顺,我就会像老舍笔下的那些老辈人,就是忙,就是累,也该留有足够的时间和父亲爷爷默默相对,一天一天。而我,回老家越来越少,就算偶尔相对,也总是无言。爷爷的最后一面,我也没能见着。我记得,妈妈说爷爷最后的一句话,是交代记得每年八月十五给我寄月饼。

难道亲情真的只能这样带着空间的距离，使满腔的情感在时间的流逝中默默燃烧？我不知道。也许亲情因为平静，因为深沉，反而更容易被忽略。

其实，一直以来，我并不是不爱你们，我并不是不想你们，而是，我从未曾说过。其实，一直以来，我都似乎可以看见你们眼里深藏的秘密，回眸转眼间流露的欣慰与焦虑——我明白你们希望我能够在你们眼中一天天成长起来，成熟起来，让你们一同分享成长的喜悦，也为此心甘情愿地付出。

但对爷爷，我错过了，我没有来得及亲口告诉他，而今，他还能听见吗？

李碧华曾在文章中写道："伤人心的，不只是旧时的月色呀！"

清冷的秋夜中，秋风吻过我淌着泪的脸颊。

伤人心的，不只是旧时月色呀！还会是你的冷漠和别人的无助。

来不及了？来得及！

今年的中秋，我要给家里寄去一盒月饼，并记得告诉你们：我是爱你们的，我也很想你们！

# 养父的生日

谷建田

阴历七月初六，对大多数人来说只是一个很普通的日子，而在我却有着特殊的意义。因为这是已故养父的生日。养父辞世已十年多了。十年来，每逢养父生日这一天，我总是面向南方，浮想联翩，过去的生活画面一幅幅地在脑海里闪现。

我的家乡是湘南的一座小山村，有着"小桥流水人家"的景色，经济却还比较落后。我出生时三年困难时期刚刚过去，上有一哥哥。在我还不到两岁时，生母又怀上了弟弟。由于难以维持生计，生父母把我过继给同村的养父母。我当时身体十分瘦弱，他们抱我还要用手搂着我的头。养父母一直把我视为掌上明珠，对我关怀备至。他们想尽一切办法让我吃好穿好。在生活资料很紧张的年代里，我几乎没缺过肉、少过糖。养父是个好木匠，常外出做工，十天半个月才回家一次。每次回家他都给我带好玩的或好吃的东西，讲好听的故事，并把我抱在怀里，亲亲我的额头和脸蛋，或让我骑在他肩上。而我总是乐不可支地抚摸他的头发茬和耳朵边那颗痦子。当我过生日时，养父总会给我一个小小的惊喜。夏天，只要有空，他便带我去捉泥鳅、鳝鱼、螃蟹。三十年后的今天，回想起这段童年时光，我依然感到由衷的喜悦。

养父母望子成龙。为了供我上学，他们节衣缩食、含辛茹苦。终于，在1981年把我送进大学校门时，他们喜出望外。按我的高考成绩，自己满以为可以上重点大学。然而，由于体检大夫的差错，我不仅与第一批志愿的学校失之交臂，就连普迪本科录取机会也差点错过。多亏在地区教育部门工作的一位远房叔叔竭力争取，我的大学梦才得以实现。我当时既感到庆幸，又有些气馁。养父耐心地劝导我："只要你有心，不管在哪个鱼塘钓鱼，都会有收获的。"他还跟我开玩笑说："你上的学校（农业院校）正好与你的姓名（谷建田）相符。"养父朴实而不乏诙谐的话语，给了我很大的鼓励。

入学时，养父挑着行李，一路护送我到长沙。等一切都办妥后，他才启程回家。此后的四年间，每次开学，他都不顾我的反对，坚持步行二十余华里，护送我到汽车站。由于车次少，而且都是过路车，往往要等上大半天才能上车。养父总要等我安然上了车，目送我远去，才慢慢地往回走，一路上还惦记着我能否顺利登上火车。每次放假回家，父母总觉得时间是那么的短暂。而为期四个多月的每个学期，父母都在对儿子的切切思念中品味着日子的漫长。老人在翘首盼儿的同时，又想方设法为我筹集下一学期的费用。

养父不识字，却一心希望我多读点书。只要我上进，再苦再累他也心甘情愿。1988年，我工作三年后又考上了研究生。已是年迈体弱的养父深知在我读研究生期间他和养母的生活会有许多艰难，会有更多的思念和离愁，却毫不含糊地支持

我继续深造。

从我大学毕业参加工作起到研究生毕业，每次探亲后离家，养父不再送我去车站，只是站在村前的小河边目送我远去。临别时有许多嘱咐与期盼要向儿子倾诉，却总是未曾开口泪先流。而我则三步一回头，直到走了很远很远，直到上了汽车、火车，养父那清瘦的面容、花白的头发、深刻的额纹、晶莹的泪花还深深地印在我心里。

我研究生毕业并留在北京工作。养父母劳累一生，应该让他们安度晚年了。然而，此时养父已积劳成疾，患了严重的肺气肿哮喘病。面对苍老羸瘦的养父，想起这些年来他为我所受的累，而我为他老人家付出的却是太少太少，我心里备感惭愧。我想让他放松长期劳累的心，享受一下生活。于是利用报到前的假期接他到北京，让他看看首都风景。天安门、故宫、颐和园、北海、天坛……这些曾让老人梦萦的地方都留下了他的足迹。他还在北京度过了他的66岁生日，这是我头一次想起为他张罗生日聚会。说是生日聚会，其实简朴得不能再简朴。没有盛大的场面，没有耀眼的烛光，粗茶淡饭还是老人亲自做的。没有高朋满座，只有我和几个朝夕相处的研究生与养父围坐一桌。尽管如此，养父却感到很光彩，他说在北京这段时间是他一生中最开心的日子。一个月时间匆匆过去，我要去单位报到，而养父也要起程回家了。我送他上火车，却发现彼此分别是那么的难。眼看火车就要开了，我还没下车，养父哽咽着劝我下车，用我儿时的称呼对我说："田儿，乖恩，走吧。好好工作，别惦记我和你妈。"我依依不舍地下了车，临走前说："过两年我要把您和养母都接到北京来住。"

养父一心盼我成家，却没能等到这一天。从北京回家后，他的身体每况愈下，病情逐渐恶化，不到两年便离开了人世。在他生命垂危之际，我仍想方设法买药，祈愿他的生命得以延续。然而，没等我寄的药到家，他便匆匆地走了。我再接他来北京住的愿望终究没能实现。更让我内疚的是，由于电报的差错，我甚至没能赶上他的葬礼！等我到家时养父已长眠在白色的坟墓里。养老送终，这起码的孝心都没尽到，这在我心里留下了一个永久的遗憾。为了避免这种遗憾再次发生，养父去世半年后，我把年迈的养母接到了北京。今年春节，在离别生我养我的小山村9年后，我带着养母和妻子回故乡省亲。故乡依旧是我熟悉的故乡，然而已物是人非，我刻骨铭心的那张面孔再也不见了。到家第一件事就是去给养父扫墓。我有一肚子的话要对养父说，可是我只说了一句："叔叔，我带着你的儿媳来看你来了！"接下来只有哽咽声和止不住的泪水了。春节过后，我要返回北京上班。临行前，我和妻子到养父坟前去辞行，依旧泣不成声。妻子同我一起哭。到村前小河边为我们送行的父老乡亲也不禁跟着我们流泪。

按照老家的习俗，每逢清明节和阴历七月中旬都要祭奠已故的亲人。我身在他乡，难以亲临养父坟前凭吊，只能默默地缅怀。每当拿出养父的遗照来端详，我都不禁潸然泪下。

老人家在世时我未曾好好庆贺过他的生日。如今想为他祝寿已不可能，只有把他老人家的生日铭记在心。每当这天来临，我总会思绪万千。

今天又是七月初六，又勾起我对往事无穷的回味。

# 雪落无声

谢华良

我对无声飘落的雪有着一种无言的敬畏。在我看来,无声的雪要比暴风雨神秘可怕得多。或许,雪无声地飘落,就像生命的降临或离去,让人在蓦然回首时惊讶不已,惊讶不已……

## 一

雪花无声地从天空飘落下来。父亲背着包裹走进了雪里,他是去北大荒看望爷爷奶奶。每年的这个时候,父亲都要背着一捆旱烟和一袋豆包,去一趟北大荒,看望爷爷和奶奶。

我趴在窗台上,哈哧哈哧地吹化一块玻璃,看着父亲一点一点地走进雪里,然后,我的眼前就迷迷茫茫一片,除了无声飘落的雪,什么也看不见了。

我的脑子里突然之间就蹦出了一个莫名其妙的想法:雪越下越大,把我们的房屋,把我的父亲和我们每个人,都埋起来了——我们只好像田鼠一样从雪里打个洞钻出来,再从别的洞口钻进去,到邻居家串门……我被自己这个美妙的想法逗得哈哈大笑。

## 二

我真是一个不懂忧愁和悲伤的傻孩子。父亲无声无息地走进雪里,我竟然还在不知天高地厚地傻笑。我竟然连一点预感都没有。

笑过之后,我还有一些嫉妒父亲:走到十几里外的镇上,就可以坐上汽车,接着还可以坐上火车……后来想到父亲到北大荒看望了爷爷奶奶,或许能够带了糖果和新袜子回来,我们就可以欢天喜地地过年了,我的心里才稍稍舒服一些。可是,第二天,父亲却被一辆马车拉了回来。他直挺挺地躺在车上,旁边放着那捆旱烟和那袋豆包。

雪花仍在无声地飘落着。父亲一动不动,好像真的等着大雪把他埋起来。父亲不知道冷了,也听不见我们的哭声和叫声了。他死了。

父亲死了。他坐的汽车出了车祸,还没来得及坐上火车,还没来得及把旱烟和豆包送给爷爷奶奶,就死了。

## 三

我的几个叔叔和姑姑瞒着爷爷和奶奶,从北大荒赶过来,参加父亲的葬礼。

他们都哭红了眼睛哭哑了嗓子，有几次哭着哭着还紧紧地把我抱住，更悲伤地哭下去。我感到了父亲的死对我来说是一件极为悲痛的事。

父亲被埋在了冰天雪地里。我不知道他会不会像田鼠似的打个洞钻出来，回到家里串门了。

我当然还无法理解父亲的死对爷爷奶奶的打击。大人们皱着眉头商量如何瞒住爷爷奶奶。我知道爷爷奶奶并不糊涂。如果他们糊涂一些，事情可能就好办了。我觉得父亲确实给我们活着的人留下了一道难题。

小叔把双手插进头发里，痛苦地说："这可怎么回北大荒去，回去了可怎么跟两个老人交代……"小叔那时刚成家不久，和爷爷奶奶生活在一起。他在我的面前可能是个大人，可在爷爷奶奶面前又是个孩子。我觉得小叔真是可怜。于是，我挺了挺脖子，咽下一口唾沫，说："要不，让我和你们一起去北大荒，我去跟爷爷奶奶说。"

大人们吓了一跳，愣愣地盯着我，问："你，去说什么？你，怎么去说？"

我说："我就说，我的爸爸没死，他真的没死，他还活着，这不，他让我替他来看看你们……"

大人们盯着我，盯着我，互相传递着苦笑，突然就都哭了起来，哭成了一团。

## 四

不知道我的哪句话感动了我的叔叔和姑姑，他们居然同意带我去北大荒。当然他们并不放心我，反反复复地又让我练习了许多遍：见到爷爷奶奶第一句话怎么说，应该用什么样的表情；如果爷爷奶奶这样问了该怎么回答，那样问了我又应该怎么去回答……

雪花无声地从天空飘落下来。我和我的叔叔姑姑，背了那两袋旱烟和豆包，走进了雪里。

天很冷，我却走出了汗。我不用叔叔和姑姑背，我要自己走。我在雪地里摔了几个跟头，但我爬起来继续走。似乎有一种神秘的力量支撑着我，但我又说不清那是一种什么力量。

汽车里很挤，挤得像个闷罐。我大汗淋漓。想起父亲每次都要这样闷在车里活受罪，我却待在家里以为他是在享福，觉得真是对不起他老人家。

火车哐当哐当地来了，随着人流呼爹喊娘地挤上去，却早没了座位。迷迷糊糊地靠在大人腿上，看着窗外白茫茫的一片，倒真的觉得我被大雪埋住了，正在拼命往外打洞，拼命地往外钻……

我突然间就有了一种感慨：觉得人的生命真是太脆弱了，真是太不可捉摸了。

## 五

就这样，我来到了北大荒。

> 家人互相联系在一起，才是真正唯一的幸福。
>
> ——（波兰）居里夫人

爷爷奶奶惊讶地看着我。那种惊讶既让我感到陌生又让我感到亲切。我知道我是来安慰爷爷奶奶的，但我一时不知道说什么好。爷爷奶奶突然拉住我，亲热得让我有些招架不住。叔叔和姑姑就趁机在一旁打哈凑趣，屋里屋外顿时就充满了一片欢笑声。

爷爷说："好啦，你们不是说出去买老牛吗……"

小叔愣了愣，赶紧说："是呀……这不，给你带回了一头小牤牛嘛！"

大家都看着我，不很自然地笑。爷爷一直抿着嘴，我看不出他是不是在笑。

小叔把我们背去的旱烟打开，对爷爷说："这是……我大哥，让我们，给你带来的。"爷爷并不作声，用手捏了一小撮旱烟，在手心上捻碎，又轻轻地抖在一块纸上，慢慢地卷了。姑姑忙找了火柴递给我，我给爷爷点上烟。爷爷的手有点抖，烟雾笼罩了爷爷的脸。爷爷呛了一下，咳嗽着说："好……好烟，有劲。"却拉了小叔一把，往屋外走去。小叔一个激灵，慌乱地扫了我一眼，低下头跟在了爷爷身后。我的心陡然一紧。

来到屋外，看见爷爷带着小叔径直走进了仓房。"嘭"的一声，仓房的门重重地关上了。我愣了愣，鼓起勇气跟到了仓房前。仓房里很黑。我贴在门上往里看，黑洞洞的什么也看不见。

"你跟我说实话，"我听见爷爷说，"是不是你大哥，出了什么事？"

"没有……"小叔的声音。

"没有？你以为我老了我糊涂了，我聋了哑了脑袋不转弯了，是不是？"

"爹——"

啪，一记耳光。

我听见小叔扑通一下跪到了地上："爹，你可要，挺住啊……"

啪，又是一记耳光。

"你，你们，不让你妈知道就行了，"爷爷吼了起来，"干吗还瞒着我？干吗不让我去见你大哥最后一面……你，你们，天啊，呜……"爷爷哭了，他什么都知道了。

我心里突然对小叔生气：太不坚强了，两个耳光就什么都打出来了，不让我说你怎么啥都说了？哐当一声，我推开了仓房的门。爷爷和小叔怔怔地盯着我。爷爷突然用手抹了一把脸，指着跪在地上的小叔说："还不快起来，这孩子这么老远来了，你这个当叔叔的也不知道去给买点鞭炮？还有几天就过年了呀，啊？这点小事还用我操心吗，啊？"

## 六

爷爷的脾气越来越大了，他动不动就发火，但对奶奶和我却例外。奶奶经常唠唠叨叨地说他几句，他也不还嘴，只是埋下头去抽烟。他见了我也总要挤出一

点笑，或者轻轻摸摸我的头，可我却总不太敢接近他。后来爷爷就经常把自己关进仓房里去。我只远远地看着仓房的门，更不敢靠近了。我不知道怎么去安慰爷爷。他什么都知道了，他又比我大了那么多岁，我真的不知该怎么安慰他。

正月十五那天，爷爷突然病倒了。他把兜里的零钱都给了我，让我去买花炮放。看着爷爷那突然间就变白的头发，仿佛是落了一层雪，我的眼泪止不住流了下来。爷爷晃晃头，不让我哭……这样，在父亲去世一个多月以后，爷爷又离开了我，离开了我们这些活着的人。

爷爷最放心不下的就是奶奶和我。他留下嘱托，让我留下来陪奶奶，并一再叮嘱坚决不能把父亲的事告诉奶奶。

## 七

雪花轻飘，慢悠悠地从天上落下来，一点声息都没有，但在我的心里却轰然作响。我记忆中的父亲和爷爷是那么坚强，可他们却都悄然离去，融化在泥土里，根本无法像田鼠一样钻出来了。

我们谁也不敢在奶奶面前提起父亲的事，好在爷爷去世后，奶奶就变得糊涂起来。开始，她还偶尔提一提父亲，说说父亲小时候的事，或者骂骂父亲没有良心：过年过节他不来，爷爷死了他也不来……后来她就干脆什么也不提了。她什么也不提我们当然更不会去提。

每天吃了饭，奶奶要么睡上一觉，要么就让我牵着她的手，到外面走走。她越来越离不开我了，甚至一会儿工夫看不见我，都要发疯似的找。奶奶变成了一个没心没肺的老小孩，这既让我的心里有些难过，又让我们活着的人都偷偷舒了一口气。奶奶就这样快乐无忧地活了下来。我们也就暗自庆幸，跟着快乐无忧地活着。

一晃，18年过去了，去年冬天，一个很平常的日子，92岁高龄的奶奶突然得了病。大家忙着要送她去医院，她却摆了摆手，说："没用了，我这回是真的不行了，你们，就别费事了。"我们都惊讶地看着她。几个很有经验的老人，在一旁商量，是不是把我父亲的事告诉她，免得到了"那边"，母子不相认。

奶奶招招手，让我们都围过去。她笑了一下，平静地说："什么都不用瞒我了，有些事，我其实，早就知道了……"奶奶说着，慢慢合上眼睛，泪水从她的眼角流淌下来。

"奶奶——"我扑过去，跪在她的身旁。呼啦一下，周围的人都跪下了。

天上的雪花这时又飘洒下来，无声无息地飘洒着，似一曲沉静的生命挽歌，更似一段热情洋溢的生命礼赞。我仰起脸，接住天上的雪花，但雪花落到我的脸上，就化了；那雪花就一直化到我的心里，融合在我的血液中，终于汩汩地流淌……

眨眼之间，大地上一片银白。

# 阿婆谣

杨燕群

在我们侗寨,有一首很单调的歌——《阿婆谣》。歌词只有两句极简单的问答:"太阳歇得吗?歇得。阿婆歇得吗?歇不得,歇不得。"

我小时候,阿婆把我背在竹篓里,在灶头教我唱这首歌的时候,我把她头上包着的黑色丝帕扯下来,用小手指戳着那个大大的发髻,问阿婆:"怎么歇不得哩?"阿婆边舀米汤边回答说:"阿婆要带枫妹子长大,枫妹子长大了,还有弟弟。"

等阿婆的竹篓换上我弟弟时,她的牙已经全掉了,花白的头发仍盘成一个小小的髻,由于她用茶油枯洗头,所以头发仍很光亮,只是她的背已经弓得像水牯牛的角了,我常常担心弟弟从竹篓里掉出来。

我念初中的时候,妈妈去了广州打工,父亲跟着一个江湖医生走街串巷去了,阿婆的眼睛黯下去了很多。两个姑母虽然离娘家很近,但一年也难得来走动几次。每次我在阿婆面前愤愤地说她们没有孝心时,阿婆总是说两个姑母都已经是别人家的人了,每家都有自己的事,她不怪她们。阿婆已经年近八旬,雨雪风霜,四季交替,让她对人对事都看得很淡了。

阿婆喂了几只鸡,吃过早饭阳光很好的时候,她会坐在靠板壁的长凳上,把丝帕解下来,边梳着几根稀疏的头发,边守着鸡吃食。当看到咯咯叫的大公鸡欺负小母鸡时,便会跺着脚把公鸡赶开,再在别处撒一把米,让那涎脸的公鸡去吃。当然那公鸡是免不了要被教训一顿的。骂骂鸡,阿婆似乎可以排遣一下终日无人说话的憋闷。

一天到晚,阿婆总是弓着背,抬起小脚转着,很少有坐下来歇憩的时候。虽然家里只有阿婆一人,不用去田里做阳春,可她得自己料理菜园。4月的时候,用簸箕晒很多干菜,豆角啦、笋子啦、蕨菜啦……晒干了,好让弟弟带到学校去吃。阿婆老了,胳膊的劲儿也泄了,所以只挑得动半担粪水,而且还得慢慢地歇几次才能到菜园。夏天的时候,她得把辣椒摘下来,晒干或剁碎了泡进坛子,秋天再泡进一些生姜,等着我和弟弟过年回去吃。冬天的时候等母猪生了崽,一天得要三篮猪菜。下雨的时候,手摸到菜觉得冰沁冰沁的,洗完一篮菜烘烘手,再去扯两篮。找完猪菜,一个下午也过去了。总之,一天到晚,从春到冬,娇小的阿婆总有她忙不完的事。她一个人转悠着,很难找到人说说话。

阿婆常说自己老了,就像萤火虫尾巴上绿豆大的一点光,微弱得很。身体弱了,胆子也就小了。我家对面是两座坟山。一个山头上有祖坟,另一个山头是荒坟,埋了些死得不干净的人。如上吊死的,喝农药死的,夭折的孩子。老屋又是那么孤零零的,上下前后都没有人家,于是,和阿婆相伴的只有夏日傍晚对门坡上那

绿莹莹的鬼火和寒雨之夜呜呜的鬼哭。阿婆说，人越老阳气也就越枯了，于是鬼便会缠上身来。秋天的时候，屋门口那棵合抱的枫树经过几个早上的白霜，叶子便黄起来，又带些深紫。晚上的时候，叶子刷刷地落，而且经常有猫头鹰凄厉地叫着："快拖，快拖。"阿婆说那是阎罗王叫鬼拖人的魂走，于是每晚早早地关门睡觉。

有时，也有几个老妇人来串串门子，阿婆必留下她们吃饭，有特别要好的，她便拿出自己的绣花寿鞋和的确良寿衣给别人看看，谈谈棺木板子的材料和厚薄。当别人看着她那双自己绣的寿鞋，流露羡慕的神色，她便说："我现在是一点也不怕死的，只是我死了家里便冷清了，两个孩子遭孽啊。"

大姑母家养了一只小狗，那只狗经常跑到我们家来，阿婆给它取了一个名叫温皮。温皮是我爷爷的小名。每次吃饭前，阿婆总是先给狗装好饭菜，然后才端起自己的开水泡饭。阿婆待狗极好，那只狗便很少愿意回姑母家了。它喜欢跟着阿婆，阿婆走到哪儿，它跟到哪儿。

可有一天，温皮不见了。阿婆猜想可能它回姑母家的时候被姑父用绳子拴了起来。那是他买来看家的狗，把它拴起来不让它乱跑似乎也是理所当然。阿婆想得通这个道理，但觉得一幢大房子，没有了熟悉的狗叫，便冷清了。

那晚下着雨，她没有吃晚饭便缩在火厢里。恍惚中她看见了一个穿蓝衣的"鬼"翻窗进了房，然后去翻箱子。箱子里是她的寿衣和绣花的寿鞋。她战战兢兢地习惯性地叫了一声："温皮。"可狗没有叫。床离火厢只有三步远，可她不敢下火厢。于是就这样蜷在小小的火厢里眼睁睁地看着"鬼"翻了一夜的箱子，一直等到鸡叫，她才上床。

第二天，阿婆下不了地，一个人躺在床上，不吃也不喝。到了下午，酒喜从屋背过路叫她的时候，才知道阿婆病了。酒喜煮了稀饭喂她，可阿婆只是别过脸去，叹口气说："温皮要带我去了，我也应该去土垄里歇歇了。"说完，泪便流了下来。酒喜用衣角擦擦眼睛，劝她说："娘妈，你还得撑下去，你死了，两个孩子便没有了着落，你守着老屋，枫妹子和她弟弟进屋的时候也有阿婆可以叫。"阿婆用枕巾擦了一把脸，勉强坐了起来，喝稀饭时，一滴泪滴到了碗里。

等我和弟弟赶回家的时候，阿婆已经可以在灶屋做饭了。只是她的颧骨更加凸了出来，眼睛灰蒙蒙的，像是夏天早上起的雾。她恳求我叫来村东头的童子婆。

吃过晚饭，阿婆把一升米放到八仙桌上，米上用红纸封了皱巴巴的十块钱，那是阿婆卖了二十个鸡蛋得的。熄了电灯，童子婆开始双腿颤抖起来，念念有词地跟着"师父"去阴间找爷爷的魂了。阿婆定定地望着童子婆，灰色的眼睛里有两点亮光在跳动。突然，童子婆的腿停止了颤动，重重地咳嗽了一下，阴阳怪调地问："你是不是这样咳的？"

童子婆顿了顿，用一个男人的声音问道："金川，你还好吗？"

阿婆意识到爷爷的魂已经托了童

> 没有哪个地方能比自己的家更令人快乐的了。
> ——（古罗马）西塞罗

子婆的体,于是哭了起来:"你什么时候来接我过去?"弟弟牵了牵我的手,打了个冷战,我紧紧地握着他的手,叫他别怕。我不忍心告诉阿婆那是骗人的把戏,因为它可以把阿婆的生活装扮得不十分枯燥,在平凡而单调的日子里,让生命发出一点希望和幻想来。在自己的鬼神世界里,守着自己的命运和良心单纯而宿命地活下去,我想阿婆也许是累了,但爷爷的魂说要她再在世上活几年,于是阿婆似乎又意识到了自己的责任,活下去的责任。但她仍止不住哭,无助得像被扔到深山老林的婴儿。

  我考上大学那一年,弟弟刚初中毕业便去了广州。我进了北京一所大学,阿婆逢人便会高兴地说:"我孙女考上北大了。"别人恭维她命好,老来得福,于是,她满是皱纹的脸便会笑成一团,像蜕下的皱巴巴的蚕皮。

  我走的前一天,阿婆办了八桌酒席。她颠着小脚挨家挨户地通知了邻近的所有亲戚,而且给乡政府和村长送了两包烟,算是请柬。那晚,别人敬了她很多酒,每杯酒她都一饮而尽,而且还和一些老妇人对唱了酒歌。散席后,阿婆拿了一把有靠背的竹椅坐在枫树下,让我陪在她旁边。她的脸因了酒而有点酡红。阿婆笑眯眯地望着我,似乎很满足很骄傲地说:"枫妹子有出息了,是阿婆把你背大的哩。"我望着浓茂的枫树叶子,低低地说:"阿婆,我走了,别挂念我。"阿婆不说话,半晌她才说:"我教你唱山歌吧,到了城里,无论做了什么大官,都不要忘了家乡的根,家乡的人。"我点点头。于是,阿婆微闭着双眼,用沙哑的声音教我唱山歌。

  现在阿婆仍独自守着老屋。她不知道什么叫幸福,什么叫不幸福。她只知道人不应该随随便便地停歇下来,因为活着有时是一种责任。

# 妹妹的"情书"

玄圭 编译

我有一个孪生妹妹,她叫尼莎。她和我的模样如出一辙:天然的栗色卷发、微笑时露出两个小酒窝、鼻头调皮地翘着、眼睛碧蓝澄澈。父母认为我和妹妹是上天赐予他们的最神奇的礼物,他们也像许多拥有孪生宝贝的父母一样,总是把我和妹妹打扮成一个模样。但是我认为这样做糟糕透顶。想想看,这世上还有一个和你长得一模一样的人,她时时出现在你身边搅得许多人都分不出到底谁是谁,你必须穿跟她一样幼稚的衣服,留跟她一样夸张的发式。更重要的是,尼莎除了模样和我无甚区别外,其他地方和我南辕北辙:她性格倔强,什么事都不愿意遵循规则,考试成绩总是排在最后,小小年纪居然就有了男朋友!而我,在学习和生活方面都是无可挑剔的乖乖女。

有一次,我在路上被一群学生指着说:"喏,她就是那个和班主任打架的尼莎!"我大声跟他们解释说我是桑托斯而不是尼莎,可他们谁都不相信。还有一个傍晚,我被一个满脸酒气的坏小子堵在楼道口,他说:"尼莎,你为什么要抛弃我去找那个混蛋托雷?"我哭着跟他解释说我不是尼莎,那家伙不仅不相信,最后还恶狠狠地给了我一巴掌!我每次不幸的遭遇,都是因为被人误认为是尼莎而带来的。随着年龄的增长,我越来越讨厌妹妹,我迫切希望摆脱她的阴影。我跟妈妈说想穿一些看起来端庄稳重的衣服,比如说淑女套裙和系带子的皮靴。妈妈却不同意:"尼莎喜欢色彩鲜艳的衣服,再说她也不喜欢穿皮靴。"她的回答让我觉得很恼火,她分明在袒护妹妹。我大声质问:"为什么要把我和尼莎弄得一模一样?我为跟她穿一样的衣服感到羞耻!"妈妈听到我的怒吼后很惊讶,她考虑了一会儿后,同意了我的要求。在14岁的那个夏天,我终于可以摆脱尼莎的影响,穿上只属于我的衣服了。为了在模样上看起来和尼莎有很大区别,我甚至狠下心,把一头及腰长发剪成了板寸。日子久了,认识我们的人都知道,那个披散一头长发、穿色彩斑斓短裙的,是成绩一塌糊涂的坏姑娘尼莎,而那个蓄着齐耳短发、穿草绿色长裙的,是"五好学生"桑托斯。

尼莎看到我的装扮,在一旁笑我老土俗气。我不理会她,心里想:只要不被人误会成你,就是穿成乞丐我也愿意。

16岁那年,我爱上了班上的一位男生,给他写了情书。那是我生命中第一次对男生动心,长长的情书里面还夹了一张我5岁时的照片,信后面也没有落款,我是怕万一被拒绝了还可以装作不是自己干的。

我最坏的打算是,他默默拒绝我,不给我回音。但是,第二天中午课间休息时,他却大踏步走向讲台。这个混蛋居然要当着全班同学的面,念我给他写

的情书！他展开信的时候，那张照片不小心掉了出来，恰好被前排的同学捡到了。同学们开始把目光投向我，我想他们仅仅通过照片还不能判断出是我，但是那个家伙举着的情书昭示天下，谁都熟悉我那工整的笔迹。我长期以来维护着的尊严瞬间坍塌了，恨不得马上找个地洞钻进去。正在这时，坐在教室后面的尼莎径直走上讲台。她一把抢走男生手上的信和照片，接着甩了他一巴掌。然后，妹妹还展示了她贬人的经典动作，将大拇指竖起来后直指地下，她对那个男生说："你是个小人，我为自己曾经暗恋你感到羞耻！"

尼莎的举动显然让同学们大吃一惊，因为谁也不相信写字最差的她能写出那么工整的情书来。尼莎一屁股坐上讲台，丝毫不为此感到难为情地宣告："不瞒你们，这封信是我花了10英镑贿赂我优秀的姐姐桑托斯代笔的。如你们所知，我亲爱的姐姐一向对我的无耻要求毫无还手之力！"她说得那么轻松随意，所有人都对此深信不疑。尼莎那么坦然地担当了我带给她的"耻辱"，而我做不到。

我羞愧万分地低下头，但是心里在跟那个和我长得一模一样的丫头说：从今以后，我会跟你穿毫无二致的衣服，留同样飘逸的长发，我会感恩上天赐予我和你一样的生日和容颜，更会和你一起担当人生的苦辣酸甜！

# 一朵玫瑰花

谢沁珏

在这个平凡的小镇上，有一道美丽的玫瑰花墙——它足有半人多高，每到春天便开满了美丽的玫瑰花，它是这家的男主人克利夫先生生前种植的。可是，克利夫太太的脾气却是出了名的不好，她常常和克利夫先生为了一些琐事争吵。克利夫先生去世后，她的脾气更坏了，而且经常自己生闷气，因此镇上的人都尽量避免招惹她。

一个阳光明媚的午后，克利夫太太正坐在院子里小憩，玫瑰花墙上缀满了美丽的玫瑰花。突然，她被一阵响声惊醒，睁眼一看，玫瑰花墙外有一个人影闪过。克利夫太太厉声喝道："是谁？站住！"那人站住了——是个孩子。克利夫太太又喝道："过来！"那孩子慢慢挪了出来。克利夫太太认出他是七岁的小吉米，住在街对面拐角处的穷孩子，他的身后似乎藏着什么东西。

"那是什么？"

克利夫太太厉声问道。小男孩犹犹豫豫地把身后的东西拿了出来——一朵玫瑰花，一朵已经快要凋谢的玫瑰花，那耷拉着的花瓣显示出它的虚弱。

"你是来偷花的吗？"克利夫太太严厉地问道。小男孩低着头，局促不安地搓弄着衣角，一言不发。

克利夫太太有些不耐烦了，她挥挥手说："你走吧！"

这时，小男孩抬起头来，怯生生地问道："请问，我可以把它带走吗？"

"就是那朵快要凋谢的玫瑰花，似乎轻轻一碰，花瓣就会落了的玫瑰花？"克利夫太太有些奇怪，"那你先告诉我你要它干什么，送人？"

"是……是的，夫人。"

"女孩子？"

"……"

"你不应该送给她这样一朵玫瑰花。"克利夫太太的语气温和了些，"告诉我，你把它送给谁？"

吉米迟疑了一会儿，用手指了指不远处的一个小阁楼，那是他的家。克利夫太太这才想起他有一个五岁的小妹妹，一生下来就有病，一直躺在床上。

"你妹妹？"

"是的，夫人。"

"为什么？"

"因……因为妹妹能从床边的窗户看到这道玫瑰花墙，她每天都出神地看着这里。有一天，她说：'那里就是天堂吧，真想去那里闻闻天堂的气味啊！'"

克利夫太太怔住了——天堂？这里？低矮的木屋？从前，自己整天与克利夫为了一些琐事争吵，不停地抱怨这低矮的木屋、破旧的家具、难看的瓷器……一切的一切，自己无数次埋怨这里简直是可怕的地狱，而对克利夫种植的玫瑰花却从未留意过。自己究竟错过了什么？错过了多少？

天堂，原来可以如此接近！

## 第四篇
# 感恩真情

## 真实的塑料花

〔美〕刘墉

我向来不喜欢塑料花，无论它做得多真，我还是觉得假，而且因为以假乱真，越发惹我讨厌；但是自从六年前，听陈清德说"那个故事"，我对塑料花的印象就改变了，每次看见塑料花，即使那种做得极粗拙的，也会由心底泛起一股暖流，想起逝去多年的陈清德。

虽然跟他不是深交，他又远在马来西亚，但是第一次在吉隆坡机场见到他，坐上他的车，就觉得跟他有默契。他跟我一样容易"闪神"，是那种一边开车一边说话，一说话又忘了开车，到双岔路口，突然大叫不好，该走左还是走右，然后几乎撞上分隔岛的人。

他说话有种特殊的语调，好像发抖又不是发抖，可能是气不足，又急着讲造成的；但细细听，又因为他总是提着气说话，用一种急切高亢的情绪来说，所以显得有些激动。偏偏他说的不一定是激动的事，速度又不极快，甚至内容是娓娓道来，那急与徐、高亢与平淡之间就构成了一种特殊的味道。

也可以这么说，陈清德是个非常感性的人，不管多小的事，在他看来都可以很有感触。举个例子，他会去橡胶园里捡橡胶子，然后拿来送我，说："你看，这多漂亮，咖啡色的种子，上面还有银色花纹，好像是铜镶银的。"这还不够，他会连那外面大大的果囊也捡来，一点一点剥开，露出里面的种子，告诉我橡胶子的结构。

他也收集相思豆，有回装了一小袋给我，说是特大的。相思豆我见过不少，但他拿来的果然特别大，而且特别红。我说："好极了，我可以用它来做封面设计，可惜不够多，我要很大一堆才成。"

隔不久，他就托人带了一大包相思豆给我。我吓一跳，也感动得要命，立刻用来拍成《对错都是为了爱》的封面，又不知拿什么回谢，想来想去，决定画张画给他。没料到，在电话里告诉他这个消息，他居然隔了半天，不吭气，好像很犹豫的样子。

"你不要？"我问。

"不是不要，是得要两张，"他说，"因为我有一对双胞胎的女儿，将来结婚，如果只有一张，到底给谁？"我怔了一下，二话没说，画了两张寄去。

陈清德谈到女儿，那语音就越颤抖了，好像多年不见的女儿远远要扑进他怀里似的。从他的言谈中，我听得出，他这么多年的辛苦、节俭，都是为了这两个宝贝女儿。马来西亚不是个很富裕的国家，黑黑瘦瘦的陈清德，半生致力推广华文教育，他身体不够好，收入也不丰厚，却拼全力，送两个女儿出国念书。记得他去美国参加女儿毕业典礼回来，在电话里对我说："你们美国好美啊！尤其是蒲公英，满地黄色的小花，在大大绿绿的草地上，太美了。怎么我们马来西亚没

有蒲公英？""真的吗？"我不信，"只怕是你没注意吧。"

又隔一阵，他果然来信说发现大马也有了蒲公英。我说："不是有了，是早就有。只是以前你太忙、眼镜度数又深，所以没看见，到美国看女儿毕业，高兴了，也有了轻松的心情，所以发现了蒲公英。"

从蒲公英、橡胶果和相思豆可以知道，陈清德很爱植物花草，令我惊讶的是，有一回在餐厅，他居然盯着桌上插的塑胶玫瑰花，而且目不转睛，一副十分陶醉的样子。

"这花做得太粗了。"我说。

"是啊，一看就是假花，"他紧盯着它，"可是这假里有真哪。"

看我不懂，他笑笑："你知道吗，现在这里的年轻人也过西洋情人节了。"我点点头。

"去年情人节，有人一早就送了一大把玫瑰花来。女儿已经出门了，我看看上面的卡片，原来是小女儿男朋友送的。于是把那束花放进她房间里，还拿个花瓶，装了水，插着，"他作成捧花的样子，"可是我一面把花放在小女儿床边，一面看见大女儿的床，旁边空空的，没有男朋友送花，觉得好可怜，想她看到妹妹有人送花，一定会很伤心。"他看着我，扮了个鬼脸，"我当时灵机一动，想到柜子里好像存了三枝塑胶的玫瑰花，是以前买生日蛋糕附赠的，就把花找出来，上面积了灰，我还洗干净，又从小女儿男朋友送的那把花里切下一块玻璃纸，把花包起来。正包呢，又想到，糟了！我还有个外甥女跟我同住，她也是大小姐了，也该有人送花，如果看见我两个女儿都有花，就她没有，更会伤心。就再拿了一枝塑料花，包好，绑上丝带。于是，三个女生，每个人都在床边摆了花，我正得意，看见桌子上还有一朵没用的塑料花，也还剩一小块玻璃纸，那花虽然看起来最难看，好像掉了好几片花瓣，但是何必浪费呢，我们家还有一个女人哪。"说到这儿，他又扮个鬼脸，一副老顽童的样子，"于是我为我太太也做了这么一枝花，偷偷放在她的梳妆台上。"

"她喜欢吗？"我试着问，心里好奇极了。

"她没说，"陈清德耸耸肩摊摊手，隔了两秒钟又一笑，"可是情人节过了，小女儿的鲜花凋了，扔进了垃圾桶；大女儿和外甥女的塑料花也不见了，大概也扔了。可是，可是我太太的那枝，虽然不怎么样，她却还留着，而且拿个小瓶插着，放在梳妆台上，一直到今天，都在那儿。"他盯着餐桌上的塑料花，用那颤颤的语调慢慢地说："每次我看见太太坐在梳妆台前，旁边插着那塑料花，都有一种好奇怪的感觉，心想，'你为什么不扔了呢？你为什么不扔了呢？'"他突然不再说话，等了半天，深深吸口气，"现在，我每次看见梳妆台上的花，都想哭，我发现跟她恋爱结婚几十年，她都老了，我却从来没送过一朵花给她，那枝塑料花居然是我给她的第一朵花，她插在那儿，是给她自己一些安慰吧！或许……或许那虽然是朵假花，在她感觉，却是一朵真花啊。"

讲这故事不久，陈清德发现得了肝癌，又没过多长时间，就永远离开了。可是他说的这个故事，总浮上我的脑海，甚至每当我看见塑胶的玫瑰花时，就会想起他。我常想，爱才是花的灵魂，一朵怎么看都假的塑料花，透过爱，就成为真花，而且永远不凋。我也常想，或许陈夫人的梳妆台前，现在还插着那枝逝去丈夫送的无比真实的塑胶玫瑰花。

# 看自行车的女人

梁晓声

　　想为那个看自行车的女人写篇文字的念头，已萌生在我心里很久了。事实上我一直觉得还会见到她，要是那样，就不写她了。却再也没见到。北京太大，存自行车的地方太多，她也许又到别处做一个看自行车的人去了。或者，又受到了什么欺负，憋屈无人可诉，便回家乡去了。总之我没再见到过她……

　　第一次见到她，是在北京一家牙科医院前边的人行道上：一个胖女人企图夺她装钱的书包，书包的带子已从她肩头滑落，搭垂在她手臂上。她双手将书包紧紧搂于胸部，以带着哭腔的声音叫嚷："你不能这样啊，你不能这样啊，我每天挣点儿钱多不容易呀！"

　　那绿色的帆布书包，看上去是新的。我想，她大约是为了在北京找到的这一份看自行车的工作才买的。从前的年代，小学生们都背那样的书包上学。现在，城市里的小学生早已不背那样的书包了，偶尔可见摆地摊的街头小贩还卖那样的书包，一种赖在大城市消费链上的便宜货。看自行车的女人四十余岁，身材瘦小，脸色灰黄。她穿着一套旧迷彩服，居然还戴着一顶也是迷彩的单帽，而足下是一双有扣襻儿的旧布鞋，没穿袜子，脚面晒得很黑。那一套迷彩服，连那一顶帽子，当然都非正规军装。地摊上也有卖的，十元钱可以都买下来。总之，她那么一种穿戴，模样看去不伦不类，怪怪的。单帽的帽舌卡得太低，压住了她的眉。帽舌下，那看自行车的女人的两只眼睛，呈现着莫大而又无助的惊恐。

　　我从围观者们的议论中听明白了两个女人纠缠不休的原因：那人高马大的胖女人存上自行车离开时，忘了拿放在自行车筐里的手拎袋，匆匆从医院里跑回来找，却不见了，丢了。她认为看自行车的外地女人应该负责任。并且，怀疑是被看自行车的外地女人藏匿了起来。

　　"我包里有三百元钱，还有手机，你'丫挺'的敢说你没看见！难道我讹你不成？"

　　胖女人理直气壮。

　　看自行车的女人可怜巴巴地说："我确实就没看见嘛！我看的是自行车，你丢了包儿也不能全怪我……你还兴许丢别处了呢……"

　　"你再这么说我抽你！"——胖女人一用力，终于将看自行车的女人那书包夺了去，接着将一只手伸入包里去掏，却只不过掏出了一把零钱。五六十辆自行车而已，一辆收费两毛钱，那书包里钱再怎么多，也多不过十几元啊。

　　当的一声，一只小搪瓷碗抛在看自行车的女人脚旁，抢夺者骑上自己的自行车，带着装有十几元零钱的别人的书包，扬长而去。我想，那与其说是经济的补偿，

毋宁说更是图一种心理平衡的行为。我居京二十余年，第一次听一个北京的中年妇女说出"丫挺"二字。我至今对那二字的意思也不甚了了，但一直觉得，无论男女，无论年龄，口中一出此二字，其形其状，顿近痞邪。

看自行车的女人，追了几步，回头看看一排自行车，情知不能去追，也情知是追不上的，慢慢走回原地，捡起自己的小搪瓷碗，瞧着发愣。忽然，头往身旁的大树上一抵，呜呜哭了。帽舌压折在她的额和树干之间……

我第二次见到她，是在北京的一家书店门外。那家书店前一天在晚报上登了消息，说第二天有一批处理价的书卖。我的手，和一只女人的黑黑瘦瘦的手，不期然地伸向了同一本书——一本《英汉对照词典》。我一抬头，认出了正是那个看自行车的女人，不由得将伸出的手缩了回来。我家小阿姨莲花嘱我替她捎买一本那样的书，不知那看自行车的女人替什么人买？看自行车的女人那天没再穿那套使她的样子不伦不类的迷彩服，也没戴迷彩单帽，而穿了一身洗得干干净净的蓝布衫裤。我的手刚一缩回，她立即将那一本词典拿在手中，急问卖书人多少钱，人家说二十元，她又问十五元行不行，人家说一本新的要卖四十元呢，问她买不买，不买干脆放下，别人还买呢！看自行车的女人就将一种特别无奈的目光望向了我，她的手却仍不放那词典，我默默转身走了。

我听到她在背后央求地说："卖给我吧，卖给我吧，我真的就剩十五元钱了！你看，十五元六角，兜里再一分钱也没有了！我不骗你，你看，我还从你们这儿买了另外几本书！"

又听卖书的人说："行行行，十五块六拿去吧！"

后来，那女人又在一家商场门前看自行车了。一次，我去那家商场买蒸锅，没有大小合适的，带着的一百元钱也就没破开。取自行车时，我没想到看自行车的人竟会是她，歉意地说："忘带存车的零钱了，一百元你能找得开吗？"我那么说时表情挺不自然，以为她会朝不好的方面猜疑我。因为一个人从商场出来，居然说自己兜里连几角零钱都没有，不大可信的。她望着我怔了怔，似乎要回忆起在哪儿见过我，又似乎仅仅是由于我的话而发怔。也不知她是否回忆起了什么，总之她一笑，很不好意思地说："那就不用给钱了，走吧走吧！"她当时那笑，给我留下很深的印象。我们许多人，不是已被猜度惯了吗？偶尔有一次竟不被明明有理由猜度我们的人所猜度，于是我们自己反倒觉得是很稀奇之事了。每每的，竟至于感激起来。我当时的心情就是那样。应该不好意思的是我，她倒那么不好意思。仅凭

此点，以我的经验判断，在牙科医院前的人行道上发生的那件事中，这外地的看自行车的女人，她是毫无疑问地受欺负了。世上有多少事的真相，在众目睽睽的情况之下被掩盖甚至被颠倒了啊！这么一想，我不禁替她不平……

后来我从那家商场买到了我要买的那种大小的蒸锅，付存车费时我说："上次欠你两毛钱，这次付给你。"我之所以如此主动，并非想要证明自己是一个多么诚信的人。我当时丝毫也没有这样的意识。倒是相反，认为她肯定记着我欠她两毛钱存车费的事，若由她提醒我，我会尴尬的。不料她又像上次那样怔了一怔。分明地，她既不记得我曾欠她两毛钱存车费的事，也不记得我和她曾要买下同一本词典的事。也是，每天这地方有一二百人存自行车取自行车，她怎么会偏偏记得我呢？对于那个外地的看自行车的女人，这显然是一份比牙科医院门前收入多的工作，我看出她脸上有种心满意足的表情。那套迷彩服和那顶迷彩单帽，仿佛是她看自行车时的工作装，照例穿戴着。依然赤脚穿着那双旧布鞋，依然用一只绿色的帆布小书包装存车费。

"不用啊，不用啊。"她又不好意思起来，硬塞还给了我两毛钱。我觉得，她特别希望给在这里存自行车的人一种良好的印象。我将装蒸锅的纸箱夹在车后座上，忍不住问了她一句："你哪儿人？"

"河南。"她的脸，竟微微红了一下。我于是想到了那是为什么，便说："我家小阿姨也是河南人。"

她默默地，有些不知说什么好地笑着。

"来北京多久了？"

"还不到半年。"

"家乡的日子怎么样呢？"

"不容易过啊……再加上我儿子又上了大学……"

她将"大学"两个字说出特别强调的意味，顿时一脸自豪。

"唔？在一所什么大学？"

她说出了一座我陌生的河南城市的名字。我知道近年某些省份的地区级城市的师范类或专科学院，也有改挂大学校牌的，就没再问什么。

我推自行车下人行道时，觉得后轮很轻。回头一看，见她的一只手替我提着后轮呢。骑上自行车刚蹬了几下，纸箱掉了。那看自行车的女人跑过来，从书包里掏出一截塑料绳……

北京下第一场雪后的一天晚上，北影一位退了休的老同志给我打电话，让我替他写一封表扬信寄给报社。他要表扬的，就是那个河南的看自行车的女人。他说他到那家商场去取照片，遇到熟人聊了一会儿，竟没骑自行车走回了家，拎兜也忘在自行车筐里了……

"拎兜里有几百元钱，钱倒不是我太在乎的。我一共洗了三百多张老照片啊！干了一辈子摄影，那些老照片可都是我的宝呀！吃完晚饭天黑了我才想起来，急急忙忙打的去存车那地方，你猜怎么着？就剩我那一辆自行车了！人家看自行车

那女人，冷得受不了，站在商店门里，隔着门玻璃，还在看着我那辆旧自行车！而且，替我将拎兜保管在她的书包里。人心不可以没有了感动呀是不是？人对人也不可以不知感激呀是不是？"

北影退了休的摄影师在电话里恳言切切。

我满口应承照办照办。然而过后事一多，所诺之事竟彻底忘了。

不久前我又去那家商场买东西，见看自行车的人已经换了，是一个外地的男人了。

我问原先那个看自行车的女人哪儿去了。

他说走了。我问为什么她走了。他说："还能为什么呢？那就是她不称职呗！我们外地人在北京干这一份工作，那也是要凭竞争能力的！"

她怎么会不称职呢？看自行车又不是看珠宝店或枪械库！

我心怆然，替那看自行车的女人。并且，也有几分替她那在一所默默无闻的大学里读书的儿子……

我想问她到哪里去了，张张嘴，却什么也没有再问。

我不知她从农村来到城市，除了看自行车，还能干什么。如果她在北京的别处，或别的城市里做一个看自行车的人，我祈祝她永远也不会再碰到什么欺负她的人，比如那个抢夺了她书包的胖女人。

阳光底下，农村人、城市人，应该是平等的。弱者有时对这平等反倒显得诚惶诚恐似的，不是他们不配，而是因为这起码的平等往往太少，太少……

## 第六朵水晶莲

小羽

我的妻子很美丽,且以能干贤惠著称。然而遗憾的是我不仅不是她的初恋情人,而且也不是她最爱的那一个人。

当年在南京读大学的时候,她曾经有过一段很痴情的初恋,她那个初恋情人是我的好友涛。涛是系里一个俊朗的男生,在大家眼里,他和她才是公认的郎才女貌的一对。可是相恋的第二年,涛被父母送到德国,因为那边不但有他的前程,还有个世交家的女孩在等他。

大概那场恋情铭心刻骨,所以和涛的分手曾让她痛苦了很长时间。作为一个最有资格的见证者,我目睹了她全部的柔肠寸断。起初我只是出于怜惜,想陪她度过生命里一段艰难的日子。而后自己却不知不觉地陷进去,深深爱上了那个始终没有摆脱旧爱的她。

因为知晓前情,所以从爱她的第一天就暗怀心事,交织着对她的宽容和忐忑,希望用等待的时间去换取感情的空间。一直犹豫到毕业,我已拿到返回北京老家的车票,才跑去跟她表白:"这个世界上除了涛,还有我也一样爱着你。如果你肯,我愿意留下来陪你一生。"

她看着我,不语,慢慢地,眼中泪光盈盈。我也不多话,当着她的面,很干脆地撕掉了车票。

之后不久,我向她求婚。好像是作为回报似的,她当着我的面,将从前关于涛的很多东西都逐一毁去,我想拦都拦不及。然后,她平静地说:"我真心真意想和你重新开始。"

她的态度没有丝毫敷衍,我也没有更多话,默默去替她清扫满地的杂碎,但是我心中并没有想象里的那种完美圆满的幸福感。因为自己心里很清楚,这一地的碎片并不是全部,她还保留着一样涛的礼物。

那是一朵小小的紫色水晶莲花,是涛送她的第一件礼物,我甚至还记得它不菲的价格。可她却天真地以为不跟我说,我就永远都不会知道。

我并不说破,不是不想,而是依旧怀着一种期待和担忧在等。想给她时间,也给自己时间。可在等什么呢?似乎自己并不清楚。

结婚四年,我们的日子过得平淡惬意,前后搬过三回家,从南京城的下关到营苑再到玄武湖边的小区。三搬当一烧,有意无意地扔掉很多东西。可那朵水晶莲,始终被她用一块丝绒包裹着,从旧房搬入新居。每一次安顿下来,她都会小心翼翼将它放在衣柜底层的角落。

说实话,我不是一个爱计较的小气男人,何况往开处想,自己本来就是感情的后来者。但她对那朵水晶莲花的痴爱,却叫我无法释然。

家里的衣服随季节变换，而每次走近衣柜，我都会情不自禁地用眼睛朝底层的那个抽屉瞟，不过绝对不去碰它，因为既怕触及她的心思，也怕触及自己的心思。

她去放衣服，有时也会莫名地愣怔起来。我从旁察言观色，自然看见她的恍惚神思。尽管那只是很短的时间，却真实地提醒我，藏在衣柜里的那朵水晶莲花，实际上已经成为婚姻里一个潜在的扣，结得不知该如何去解。

夏天的时候我买了车，是新款的雪铁龙，非常有金属感的银灰外观。恰好她也有一个月的休假，我们便开始商议开私家车出去旅行。

记得是她兴致勃勃到公司请假那天，久违的涛却意外地将电话打到家里，跟我说："我现在回来探亲，想见一见你……你们。"

不知为什么，我居然没有半点犹豫地答应了，迅速得连自己都奇怪。后来掂量，大概因为一听出涛的声音，始终为那朵水晶莲悬起的心，反倒沉了下来，忽然觉得自己原来从开头就在等着这样一天的来临。

晚上她回来，我把消息透给她，当时刻意用一种含混的口气说："涛打算明天来看我们。"在我们认识的熟人里，至少有三个叫涛的人，可她的眼睛一下就瞪圆了，直直地站在我面前，神思却游得很远，看得出她立刻就意会到我说的是哪个涛。

也就是这种眼神，让我的心里有些酸涩，黯然地抱怨着想：过了这么久，也为你付出这么多，而你还是没有忘记啊。

半夜里，她摇醒我，其实我压根儿也没有睡着。在黑暗里，她说："明天我去公司办理休假期间的一些事情，你一个人接待涛好了。"

我沉默着，知道她是替我着想，怕我在意她和涛的过去。但是我伸手抚在她的手上，能感觉到她手心的凉。记得那年，涛委托我去跟她说分手的时候，她的手也这样冰凉过，是一种很凄凉的感觉。

那一刻，我几乎就要顺水推舟地答应她，可下意识里那朵水晶莲花在脑海里晃了晃。睡在自己身边的是个念旧的女人，更何况是一段付出过很多的旧情，绝不是不见面就可以了断的。于是，我用力握了一下她冰凉的手，轻轻地说："过了这么久，不要再想着去躲。"表面上话是说给她听，实际也是说给自己。因为我很明白，在她心里，对涛依旧是爱恨交加。不然，她如何会一直保存着那朵水晶莲花？

第二天，涛果然登门。人到而立之年，他还是风度翩翩的样子，并且德国生活越发培养出他优雅的气质和做派，我不得不暗自承认涛有绝对的吸引力。话聊过大半，我借口做饭去到厨房，刻意给涛和她留下空间。结婚以来，做饭已修炼成为我最拿手的强项，偏偏那顿饭，却做得从头到尾地心不在焉。

好在涛并非一个吃饭很讲究的人，加上心情良好，所以吃得乐陶陶，甚至留下了自己住梅花山饭店的房间电话，执意两天后回请我们夫妻。

送走涛，她半开玩笑地指出我厨艺的失手，然后挽住我，撒娇说："我们提前到明天出去旅行，好不好？"我摇了摇头。立刻，她有些不悦，道："其实我们不必为一个外人打乱全盘计划。"她把"外人"两个字说得很强调，我会意她的用心，但是傻子也看得出，她自己的心已经乱了。

过了两天，涛在饭店设宴回请，点的菜肴都是她喜爱的，甚至不时就着菜肴

说起曾经的往事。看得出涛也怀旧，不然不会记忆如此深刻。

告辞的时候，涛非常殷勤地送她一样礼物，是一根细细的白金项链，上面缀着五朵小小的紫色水晶莲花，真正的天然紫水晶质地，价格昂贵，工艺精湛。加上她珍藏的那一朵，正好是他们分开的年限。

我站在她身后，和涛的目光有一个短暂的接触，顿时明白了涛的全部用意。这些水晶莲花，串成一个暗示，更是涛这次回来的目的——不妨设身处地来想，涛当初选择离开，应该有很多迫不得已的苦衷；如今一切稳定下来，再回头找寻，即便有些不择手段，也没有错到哪里去。

又是半夜，她轻轻下床，独自去贮藏间，从衣柜底层翻出那一朵水晶莲花，就着微弱的灯光，和另外的五朵相比。其实我也没有睡，悄悄尾随在她后边，清楚地目睹过这一切，然后黯然退了回去。

翌日，她告诉我："昨天晚上你去宾馆停车场的时候，涛约我一个人今天下午去喝茶。"我看了她一眼，她的眼睛里是一片茫然。本来是她的事情，却似乎在等我的决定。以我对她的了解，知道这个时候只要我稍微表示一下反对，她就绝不会去。

可是，我微笑着朝她点了点头，然后看看手表，努力用平静的语气对她说："你应该戴上他送的项链去见他。我还认识一个做工艺的朋友，也许能把你珍藏的那朵水晶莲花也镶上。"

她一下就愣怔了，眼睛又一次瞪得大大的，这是一种复杂的神情。沉默了几秒钟，她轻声问："你知道全部原因，对不对？"我笑着，叹了口气说："你不想想我曾经和涛的交情，那朵水晶莲花，是当年我陪他去新街口的金饰店里千挑万选出来的——因为你的姓名里有个莲字，而且你生日的幸运色是紫色。"

她的脸因为震惊和微怒而涨红："知道原因你居然还同意我去？"我说："有些事情不是可以用回避来解决的，所以涛选择送你项链，希望能找回当初舍弃的那朵水晶莲花。"她反问："可是你选择什么？选择视而不见？或者你从来就没有在乎过我？"

我听了，涩涩地笑道："正因为我非常在乎你，所以才把选择的自由给你。我宁愿失去你，也不希望看到一朵水晶莲花孤单地藏在衣柜角落，成为今生未尽前缘的遗憾。"

她凝视我，好像在看一个陌生人，但目光里充满着感动。良久，她转身去贮藏室，拿来那第六朵水晶莲花，和涛送的项链放在一起，提出要去那个朋友的工艺间。

我有些受伤的感觉，但忍着不动声色。可就在她伸手去拿项链的时候，她却贴着耳朵跟我说："今天真高兴，结婚这么久，我终于知道自己拥有一个品格高贵、心胸豁达的丈夫。"

迅速扭过脸，我看着她。她双眼里流露出的不仅是缠绵，竟然还有尊敬和崇拜，那是一个真正放得下过去、对婚姻充满信任和骄傲的女人的眼神——在衣柜里藏了那么久的一个心结，原来是可以这么简单就解开的啊！

我没有说话，将那第六朵水晶莲花放在妻子手心里，对她说："即使一切真的过去，它仍然可以和另外五朵镶在一起，作为一段美好记忆的珍藏！"

阳光透过窗户照在她脸上，她走过来，深情款款地挽住我，笑得明媚、灿烂。

# 考场恋人

南雪

## 一

第三次坐在英语四级考场。这个考场，属于补考区，我是唯一的女生。试卷还未发下来，百无聊赖，我开始玩橡皮。橡皮的正反两面密密麻麻写着："可可必胜。"就这样自我安慰。

前排，是同班的阿城，不时转过头看我，顺带招呼："不要紧张！"其实他比我紧张。乍暖还寒的天气，他却如临酷暑，夹克都已汗湿，牢牢贴在背上。忙低下头，不敢看他，看他一秒，会紧张十分。

自小，我语言能力低。两岁会喊爸爸、妈妈；七岁是半个磕巴。所幸世上有爱迪生、爱因斯坦曾受尽屈辱却成就非凡的例子。何况我姓艾，名可可，所以并不自卑，笑言："爱"家人都这样！

摸爬滚打进了大学，念电子工程，从此远离语文，没想到他山更有拦路虎：英语四级，考不过不发学位证。从此夜不能寐，食不甘味，听说系里已有同学GRE2400分，我却三入考场仍不得解脱。

不用问，这个阿城和我一样。

考试结束，收拾文具匆匆逃离现场，阿城追过来，口中喊："可可，你这次考得怎样？"

恨不得拾起砖头砸他。什么"这次"考得怎样？摆明了告诉别人我已N次补考。四周目光聚光灯般刷刷射过来，恼羞成怒，我狠狠地回敬："你这次又考得怎样？"

他已跑到我身边，抓耳挠腮："只要你考得好，我无所谓。"

天！我怀疑他不仅语言能力低，智力也有问题。好像他不是来补考，而是当监考老师似的。

急急走回宿舍，把他甩在后面，任他狂呼乱喊。

## 二

第二天，早早起床，我拿着四级单词口袋书到小树林温习。这次考试，多半又是一次演习。革命尚未成功，同仁尚需努力；路漫漫其修远兮，吾将上下而求索。这样刻苦，还有一个原因：同班的志高也在小树林温习功课。只是，他早已拿下六级笔试，现在为六级口语努力。哪里像阿城那个大头，笨兮兮，傻呵呵，和我一样语言能力极低也敢来追我。莫非自以为气味相投，志同道合？

我曾讥笑他癞蛤蟆想吃天鹅肉，要他知难而退。他笑笑，居然说："吃着天

鹅肉的蛤蟆，就是成功的蛤蟆。"我几乎厥倒，可见他胸无大志。

丁香丛中，志高白衣白裤，微风过处衣袂翩翩。志高是标准伦敦腔，深沉厚重，丝毫不沾美语口音的轻浮圆滑。看得痴呆，志高是我的偶像，他的一切我都喜欢。

每天一起学英语，他蒸蒸日上，我每况愈下。四级第一次50分，第二次48分，第三次——唉！不说也罢。这一切，不是和志高没有关系的。他害我走神，害我魂牵梦萦，看倒单词。长此以往，想过四级也难。

志高转头对我微笑，谁说只有女子笑比花娇。

丁香在他四周怒放，紫色的花束，每朵只有四瓣。传说，单恋的人找到五瓣丁香，幸福就会降临，原本毫无察觉的爱人会感觉自己狂热的心。莫非，五瓣丁香已为我盛放？

正傻笑间，眼前出现一片阴影，我惊得叫出声来，凝神细看是阿城。他咋咋呼呼，手里挥着新买的复读机："来，来，来。借助高科技的力量，下次四级必过无疑。"

我挥手甩开阿城，抬眼却看见志高看着我，立时恨不得找个地洞钻进去。他已越来越注意我，美好的一天就这样被阿城破坏，他必定故意。

## 三

决定和阿城好好谈谈，地点约在教学楼宽敞的大厅。那里人来人往，就算志高看见，也不会误会。

大厅里熙熙攘攘，独独不见阿城。正自得意，他却从侧门闪进来，白色衬衣，深蓝西装，脖子上系着紫红暗格领带，只差一枝玫瑰。嗳，这痴男！

向后急退两步，准备好的说词飞到九霄云外，舌头不会打弯，开口竟是："阿城，你不要缠着我，我并不喜欢你。"

"你喜欢何志高？"他脸色骤变，反应仍是敏捷。

"对，"我拼命点头，"你这样缠住我，他会误会我俩恋爱。"这样开章明义也好，让他彻底死心。

阿城看着我，没有说话。原以为他会像言情片里被甩的男主角，拽住我狮般咆哮："为什么？"并将我骨架摇散。

他只是无奈地笑，从口袋里掏出一本四级听力参考书。"送给你的，不喜欢我，至少收下这本书。"

再也不能拒绝，伸手接过书。看着他走出大厅，孤单的背影，我竟微微有些心酸。不去管他吧！乐天男生的悲伤，能持续多久呢？

## 四

青春娇俏的女子，尽管英语差些，怎会有过不去的坎？何况帅哥也不难吊，

只需在他早读时准备好可口的甜粥。抓住男人的胃就是抓住男人的心，我不是一级厨师，食堂里却挤满一级厨师。

> 爱是灵魂的组成部分。
> ——（法）雨果

如此坚持一个月，直到他问："可愿做我的女朋友？"

"愿意，愿意。"眼泪淌下来。这个男生，为他熬夜早起，费尽心机，终于得偿所愿。

给他送饭，一起背单词，上自习。志高是极刻苦的人，一旦钻进书本里，绝不愿出来。他并不特别关心我，但我已心满意足。

小树林丁香已谢，但我的五瓣丁香为志高灼灼盛放。

又是一个月，英语四级成绩公布：我56分。

在小树林里对着志高哭泣。虽然结果早能预知，但亲耳听见大厦坍塌，仍是伤心。

志高牵着我的手："从头开始！"

"以后我每天做一套模拟题，你给我讲解，好不好？"我提出要求。

"一切依靠自己。六级口语考试就要开始，我并没有太大把握。"

"一天只一套，你帮帮我。就是因为你，我才过不了四级的。"我撒娇。

"你可以报四级补习班。"他仍然拒绝。

初秋，微风吹过，我乍感寒意。志高，至少应该安慰我，哪怕假意应承。我知道学习是自己的事，不会真的依靠他，但他竟——

想起阿城，不知他四级是否通过？会不会与我共勉？

## 五

回到宿舍，听见室友议论："可可和阿城又没有过，真可怜！"

另一个室友接腔，"可可可怜，阿城才不可怜，他GRE考了2400分，足够出国。"

"真的，你怎么知道？"

"GRE成绩寄到辅导员办公室，辅导员叫他去取，被我亲眼看见。"

"那阿城四级……？"

"还不是为可可。全班就可可四级没过，阿城说会一直陪她。"

我呆在门口：原来系里流传GRE2400分的人就是阿城，而他，一直在陪我过四级！

到教室呆坐，从抽屉里随意抽出一本书，却是拒绝阿城那晚他送的《四级英语听力模拟测试》。仿佛握住烙铁，急急扔在桌上，又怕摔坏了，拾起来，在手里轻轻抚弄。

传说找到五瓣丁香的人会得到幸福。现在，丁香已谢，到哪里找五瓣丁香？阿城的五瓣丁香，是否依然为我开放？

## 六

花开花谢间，我掉进自己的陷阱，爱上志高，摔得生痛。

然而阿城，陪我三进考场的阿城，满嘴胡言却一直关心支持我的阿城，不介意我语言能力低的阿城，把癞蛤蟆当天鹅的阿城——

已经失去了，追悔无用。除了收拾心情，发奋图强，备战四级，我又能做什么呢？

一天，两天，一周，两周……没有再到小树林，志高已是过去完成时。

清晨，在教室看英语，一片阴影压过来，多么像阿城，神出鬼没，让人捉摸不透。

抬头，不是幻觉，面前站着活生生的他。

"你的GR——"声音噎在喉里，我无法继续。

他沉默着。然后，声声低沉坚定："可可，我只想知道，没过四级和拒绝我哪个更让你伤心？"

我看着他，泪从眼眶里溢出来，滴在他送的四级参考书上。他笑了，仍是那个嬉皮笑脸的阿城。"看来，明年，我们又要一起过四级了。"

眼泪没有擦干，我笑了，笑出缤纷的泪。明年，丁香花又开了吧！原来，真正的爱情像丁香，春风过处，一切失而复得。

# 高原的茶花

滕利娜

在祖国边陲的昆仑山巅，常年积雪不化，积百年千年之雪。几乎半个世纪以来，中国人民解放军的上万名官兵像铆钉一样驻扎在高原的永冻层上。他们都知道同一个故事，关于高原的茶花的故事。

那一年茶花四岁，第一次和妈妈出门走的就是远路，在辞旧迎新的时节。

被冰雪覆盖的高原依然以它千百年的沉静和冷寂来对待人类任何一个火红的节日。

高原恢宏的美丽是残酷的。

长长的青藏公路上，车越来越少，偶尔有一辆，也是从雪线回格尔木过年的。

从山东来的贺嫂带着四岁的茶花站在路口，焦急地盼望着能有一辆开往昆仑山深处不冻泉兵站的车，她要去那儿寻夫。此时此刻她只有一个愿望：无论如何俩人要一起过年，那叫团圆。这也是老贺每封信里一定要说的话。贺嫂早已忘记兵站有条不让大人带小孩上雪线的规定，另外她怎么也不相信高原的空气真的就是什么"冷面杀手"。大家不是都活得好好的吗？

贺嫂抱着小茶花，手脚都冻得麻木了。好不容易才拦住一辆进山的便车，但司机很不情愿捎这个脚。

"别人都下山，你偏上山，还带着个娃娃！"

"我从山东老家来探望丈夫，约好在格尔木过节，谁知他临时有任务下不来，我这才往山里赶。"

"你这是千里寻夫啊，丈夫在哪儿工作？"

"他在不冻泉兵站当兵。"

"那上车吧。"

司机再没有说什么，他启动马达，开车。

贺嫂抱着小茶花坐在驾驶室里。小茶花轻轻地从干涩的嘴里挤出几个字："爸——爸——"

"她病啦？"司机问。

"我们坐了两天两夜的火车，又坐了两天两夜的汽车，可能太累，孩子受不住。"贺嫂说着紧搂了一下小茶花，小茶花的额上很烫。

看着昏昏沉沉的小茶花，司机知道是让讨厌的高原反应症给缠上了，他加快了速度，想尽快把贺嫂送到丈夫所在的兵站。

汽车在盘山道上行驶，雪依然下着，两道刚刚出现的车辙，很快就被悄然无声的落雪盖住。

小茶花在贺嫂的怀里半醒半睡，不停地喊着："爸——爸——"贺嫂一会儿抬头看前面的路，一会儿低头看女儿，两行热泪悄然而下……

自从上次老贺回家探亲，一别就是五年，女儿都四岁了，还没有见过爸爸，只知道爸爸在很高很高的地方当兵，而贺嫂想到这些，终于未能抵挡得住揪心的企盼，带着孩子奔昆仑山的不冻泉兵站来了。

老贺自从沂蒙山到昆仑山来当兵，一干就是十多年。这些年，他在天寒地冻的不冻泉兵站操持着家什，他是那儿的上尉指导员。他的所有柔情就是在写给贺嫂的信中的那句话：无论如何，年要仨人一起过。

看来这次能如愿，贺嫂想。

小茶花突然从妈妈的怀里挣脱开。"爸爸呢？"她问妈妈。贺嫂说："乖乖，很快就要见到爸爸啦。"小茶花摇了摇头，又倒在妈妈怀里睡了。她很累、很渴，想睡觉，但又不甘心睡去，因为她还没有见过爸爸。

爸爸呢？为什么这么难见？

小茶花的小嘴干干的，上下嘴唇爆起了皮，呼吸也越来越急促。

贺嫂又慌又急又没主意，才想起了竟没给孩子带水和药。

司机停下车，把自己水壶里仅有的一点水滴进了小茶花的嘴里。

贺嫂以为头痛脑热是累的是乏的，抗一抗就会过去，在老家都这样，谁知道，嗨！

然而，此刻一切抱怨也许都是愚蠢的。

司机加大油门赶路，车向那个不冻泉兵站飞驰。

贺嫂紧紧地搂着小茶花。昆仑山的落雪依然无声。

车，终于到达了不冻泉兵站，然而小茶花已经停止了呼吸，贺嫂抱着的是女儿微温的尸体。悲剧发生在路上。

整个兵站的人都惊呆了，大家围着这辆汽车，脱帽默默地肃立着。贺嫂仍然抱着小茶花坐在驾驶室里。

此时的老贺正在百里以外的哨卡执行任务，妻子到站和发生的悲剧他自然一概不知。

天黑后，战士们实在不忍心再这样让贺嫂抱着小茶花坐在驾驶室里，便劝她进站歇歇。她倒也不固执，下了车就往站里去。依旧抱着女儿，不说一句话。

不冻泉兵站的元旦之夜，仿佛被推到了一个寂冷、死亡的角落，没有笑声，没有歌声，甚至没有灯光。还是警卫班班长对贺嫂说："嫂，你太累了，让我抱抱咱们的小茶花吧！"说完，他接过小茶花。

看到班长这么做，所有的战士都跑过来排成队等候抱小茶花。就这样，你抱半小时，他抱十几分钟，一直到天亮，又到天黑。

　　整整两天两夜，小茶花的小身体在不冻泉兵站指战员的手里传递着。直到老贺执勤回来，站上才爆发出雷吼一样的哭声。

　　昆仑山跟着士兵一起恸哭。

　　这一夜，不冻泉兵站的指战员们唱着《十五的月亮》，一遍又一遍……

　　昆仑山的落雪依然无声。

# 偶然和必然

余小惠

如果说，在我人生三十几年的生活道路中有哪一个选择使我终身受益的话，那么，这个选择是十三年前的那一次：我选择了他做我的丈夫。可十三年前，我的同学和老师都为我的选择吃了一惊。关心我的同学说："你难道准备和一个随时有残废危险的人过一辈子？"

偶然——在人生中有时起着极其重要的作用。要不是听了李厚基先生那一堂十分精彩的《红楼梦》课，我就不会死乞白赖地从外语系转到中文系，也就不会遇见他。

1975年，那时，下午的课常常被政治学习占领。一次，下午课是讨论"怎样看待张铁生的入学考试和右倾翻案风"。各组代表依次发言，大讲"工农兵学员上、管、改大学的伟大意义"、"张铁生的造反精神……"我心不在焉地听着，突然听见个不入调的声音："凭劳动态度录取大学生，考'0'分上大学，当英雄，这是对知识的极不尊重，是对教育的嘲弄。我担心，这样下去，我国将一代不如一代，将来，会出现一批文盲。"此话一出，满堂皆惊，有的同学情不自禁地转脸看看在场的工宣队和系总支书记。有个同学立即站起身，措辞激烈地列举大量事实，批判他，一顶顶帽子压过去。可他不动声色地听着，慢慢站起身，微笑着说："你说的那些事实我不清楚，请原谅我的孤陋寡闻。我只知道，我妹妹的高中二年级课本里刚刚讲完二元一次方程……"

我们班的全部知青都是"文革"前的高中学生，自然都知道二元一次方程不过是初一的课程，班里一时间十分安静。

我第一次注意地看了看这个男生：穿一套洗白了的旧军装，剃一平头，虎头虎脑的，个子挺高。我仿佛以前从没见过他。同座告诉我，他叫孙力，父亲得了癌症，他老逃学去陪父亲，是个孝子。我不禁暗自为这个孝子捏了把汗。

过后，工宣队派人调查他的表现，我不知道为什么替他说了那么多好话。他碰上了好人，当时的系总支书记，竟没让他倒霉。

后来，关于孙力的一些传闻从喜欢在一块儿大侃神聊的知青堆中传来。什么带着一帮一中的兵团知青从蒙古包里"抢"走正在挨丈夫毒打流血只剩下一口气的"傻"扎根派北京女知青，并把她转移回京啦；什么万人大会上和团长辩论让凶神恶煞的团长哑口无言啦；什么骑马带着一帮兵团哥儿们到各个连队去给受气的知青"出气"啦……孙力在这些传闻中简直像个威风凛凛的"山寨大王"，讲义气，胆子大，可是老有那么点儿"野"劲儿，也有那么点神秘色彩。

毕业了，我们各奔东西。班上的尖子生，学生干部都分到机关、高等院校，

他自然后分，分到家门口的一所中学去教书。

刚刚分配工作，同学们还十分热衷于串门，你来我往十分频繁。我发现，不知从什么时候起，他居然成了一部分女生的议论中心。我老是在同学中得到他的消息。他父亲去世了，几乎半班的同学都去看望他，可是我没去。矜持和骄傲阻止了我，潜在的因素是什么？怪他没来看我，还是……我没有想过。

有同学告诉我，某日他要来看我。

那天，阳光明媚，我洗了衣服，收拾好房间，不知为什么心情总有点紧张，一次次地去窗口看。终于，他来了，不是一个人而是一群人。我无名火从心里涌起，理也不理他，给其他的人都削了水果，唯独不给他。他红了脸，尴尬地站起身，告辞了。一阵失落感擒住了我。两个多月来难得见的一面，只有两分钟。

后来，我才知道，他为了见我这一面，煞费苦心。先是和我要好的一个"女生"透点气，好让这个快嘴的女生捎信给我。又去找几个男生说去看某某人，一家家地看，一直看到离我家最近的一个同学家，才仿佛是刚想到似的提议"都走到这儿了，咱们顺便去看看……"如此"顺便"地看了我两分钟，为什么？

骄傲和自尊，同样阻止了他。多么愚笨的两个恋人。

如果不是那场几乎使他致命的大病，也许，我们两人内心的这点秘密，就永远地成为记忆。

他一夜之间，双腿由麻木到失去知觉，麻痹部位逐渐上移接近心脏。医生在接收他住院时，通知学校领导，他的生命难以维持一周。

我得知他住院的消息，是在他被诊断为脊髓癌的时候。我和一位同学急匆匆赶往医院，我发现自己的手脚冰凉，骑车的动作麻木而机械。他躺在病床上，脸色苍白，看见我，眼睛露出难以掩饰的惊喜。

"没想到惊动了你。"他仍旧是过去那份诙谐的语气，微笑着，眼圈都发红。

"我刚刚知道……"我心痛得发抖。

"知道什么？知道我快死了？"他似乎恢复了平静，从容地说。

"不，不会的……"我想安慰他，又找不出合适的语言。

"甭安慰我，我全知道。我这人有灵感，从别人脸上能看出我的病情。"

"你害怕吗？"我嘴里竟冒出一句蠢话。

"怕什么？像我这样活着，拉屎拉尿靠别人伺候，活着不如死掉！"他有点激动，停了一下，静静地说，"我一生够本了，什么都经历过了……"

二十五岁的人生不过刚刚开始，仅仅是兵团的传奇就算什么都经历过吗？不！你还要有许许多多的经历，我真想叫出来。但我一句话也说不出来。后来，我才知道，我原先知道的那些不过是他二十五年的一些皮毛，他有许多奇特、曲折的经历是别人难以想象的，是属于他自己的财富。

我们相爱了。我们谈过去、谈未来、谈人生，一切都那么合拍，那么协调，仿佛并没有死神的威胁。

与这不协调的是现实，略带残酷的现实。妈妈爸爸知道了，炸了窝，"你要

吃一辈子苦！"舅舅介绍个驻外三秘，我拒绝："他没下过乡。"妈妈介绍个老朋友之子，我拒绝："他没思想。"

妈说我"鬼迷心窍"，我依旧我行我素。即使短暂，我们也有过真诚相爱，人生不会后悔。

他没有死，医院会诊确诊为脊髓蛛网膜炎，排除了癌。这对我们是个天大的喜事。他脸上的表情却"死"了，冷若冰霜。"以后，你不要来了，我不需要你。"下班后，我骑了五十分钟自行车，风尘仆仆地来看他，得到的却是冷冰冰的语言，我真委屈。

"我的病比癌更糟，可能一辈子站不起来，我会毁了你。"这才是真情，他为了我，我哭了："我会给你做把轮椅，推着你。"

一天，我刚进病房，病友的陪伴就慌忙告诉我，昨夜，他趁夜深人静，自己悄悄爬下床，用手撑着，想自己去上厕所，结果狼狈透了，跌在地上再也爬不起来，真到有人发现了他，身上都跌肿了。

大家同声斥责他，大夫、护士和我。

奇迹出现了，他的腿开始有了一点点知觉，医生认为这不过是局部缓解，整个病症并无改观，他却抓住了希望。

"你肯定会创造奇迹的！"我说。

奇迹出现了。半年后，当他甩开双拐，迈出第一步时，连主治大夫都大吃一惊。

他笑着说："这也是爱情的奇迹，我总不能让你推一辈子轮椅呀！"

我们谁也忘不了那日日夜夜：我架扶着他，在楼道练走路，爬楼梯。为了治疗、诊断，他抽了七次脊髓，服用大量激素，他变得肥胖，脸上布满了疙瘩。

当我把已经会瘸着腿走路的他带回家里时，妈妈吃惊地对我说："果真是见了鬼了，我说的一点不错，你是不是发痴呀？他怎么长得这个样子？"

我好像根本没注意到他变了形，也没觉得变了形的他有多么难看，恋爱中的人是看不清相貌的。

我们结了婚。蜜月是在地震棚中度过的。我们把一张大床垫子垫在一张架高的大床下，每天钻进地铺下睡觉。这时期，专业人员和业余人员的地震警报搞得人心惶惶，我们却置若罔闻，仿佛在安全岛里，有着充分的时间，谈不完的话。

我们谈到了曾有过的许许多多的感觉和误会。这种回忆从那时起便一直常常伴随着我们，成为我们实际上开始的艰难的生活车轮的润滑剂。它是甜蜜的，每当我们觉得生活很苦很累时，它便中和了生活的味道。它是灭火剂，每当我们因为上下牙的磕碰而发生战火时，它便来消防，使充满火药味的晚上瞬间便烟消云散，只要有人提起一句"想当初……"

新婚的头几年，我的日子从没有这样的艰难，哺乳、喂婴，生火，做饭，洗涮，缝被整衣，柴米油盐……这一切赶跑了一个年青女子的娇嫩和她所有的好脾气。从来快快乐乐的我变得暴躁，从不会干家务的我常常把一切弄得很糟很糟。只有看到儿子那粉团团的小脸时才有一腔柔情。我把每天的二十四小时都给了儿子，

但我却忽略了儿子的父亲。后来，他对我说："那一阵子，我都想和你离婚了。"

"真的？"我不相信地看着他胡子拉碴的脸。

"然后去当你的儿子。"

我笑了，他爱儿子，也嫉妒儿子，儿子占去了他妻子太多的爱。

生活是那样的使人疲惫。那会儿，我在工艺美院当着个"官"，这对我是个苦差事，我天生不是当官的料，便调了工作，到离家近的中医学院当"笔杆子"，这活儿倒颇对心思，但老写官样文章也让人厌烦。

不久，我开始爬格子，写小说，这总算在我的枯燥的工作之外为自己找到一件有兴趣的事。他是我每件作品的初审和终审，打腹稿时跟他讲，写过稿后给他看，他比我的责任编辑还挑剔，从来也没说过一句好话。

"你写一篇给我看看，老是说这不好那不好的。"我不服地说。

"写小说？"他不屑地瞧瞧我的小说稿，"那都是些干不成事儿的人才干的事。比如你啦，当'官'也当不好，开会又太无聊，只好写小说。"

"算了吧，你有什么事业？"

"当然有啦，比如'管厕所'啦。"他晃动着手中的钥匙。

我噗地笑出声来。"管厕所"这是个我们家的"典故"。他这人对工作有一种天生的热爱，不论是干什么工作，做什么事情。最乏味的事情，他都能从中找出兴趣来；最低下的工作，他仍干得津津有味，常常晚上到很晚了，还跟我大侃他干的那些"很重要"的工作，总像是在干什么惊天动地的大事业。屁大的"官"儿，他能当成"皇上"模样。我常嘲笑他，又忍不住兴致勃勃地听他侃。一天最开心的，就是晚上听他"侃"一天的所作所为。

"管厕所"是他在病后上班不久后干的一件工作——管学校的迎外宾招待室兼外宾厕所（他们学校是市重点中学，常有外国人来访，因之必备给人专用的二室）。他干得挺认真，而且居然有声有色，后来让校长发现，"提拔"成了班主任，结果一个乱班成了校先进集体；又"提拔"成年级组长，年级组又成了先进；最后当团委书记，结果发明了演讲会，组织学生自我教育，居然推广到全国；他又当选为团市委委员，很快又调到团校当负责人。

我这次没笑多久。厄运突然降临到他头上。一封匿名信以见不得人的手段向他开刀了，而当时的市委书记竟做了批示。没有了工作，他就像没了魂儿。

这时，我正在写一部中篇，刚刚写了前三章。"干脆，你写小说吧。"我说。

"我从来不写这个。"

"你不是说干不成事儿的人才写吗？现在，你能干什么？等审查？写吧，写了就不闷了。"

他便接着写了下去，一写就上了瘾。人物活活地出来了，故事也越加复杂。每天六七千字的速度，很快一部十三万字的小长篇脱稿了。当他的"政治审查"结束时，我们接到了出版社的信：小说已经三审通过，发稿。后来，我们又把它改成中篇《真诚》，发表后很快被中篇小说选刊选载，并接到了上百封读者来信。

匿名信使我们夫妇合作写小说开始了。

逆境是人的黏合剂。有了这年的厄运，我们的生活多了一道彩虹。过去，我写，他忙，像两条不搭界的轨道，而现在却是连接在一起的车厢。

他的"问题"被彻底澄清后，被派到天津《青年报》社当总编辑。不久，他又"旧病复发"，热恋他的工作了。他广泛的社会活动和参与精神为我们的创作提供了丰富的生活依据和创作灵感。他认为，文学不是生活的全部，只是热爱生活和创造生活的人才能创作出真正的文学作品，所以，他对生活，总是先投入，再描绘。在他那里，永远没有脱离大众、孤芳自赏的贵族情调和阴暗、畸形的心理。

我们后来又写了中篇、电影文学剧本和长篇小说，每一个新的构思出来后，我们都为之兴奋；每一个人物诞生后，我们便与他同呼吸共命运。似乎，我们笔下的人物就生活在我们周围。常常我们用这些人物来打趣对方，而这些隐语只有我们两个人知道。生活中又多了些饶有兴趣的东西。

合作也常常不尽如人意，两个人同样自以为是，同样的固执，审美感觉又不一样，因此"战争"常常伴随着我们每部合作作品的始终，而且互不相让，以至于儿子从梦中惊醒了说："求求你们，别再写小说了，一写就打架。"

"能在一起打打架也是好的。"刚刚失去丈夫的妈妈说，话里有无限的沧桑。是的，当我们也都年过花甲，到了鬓发斑白的时候，"打打架"该是一种多么有滋味的回忆。

# 生命的碎片

关 键

我从来没见过比夏塔尔更讨厌的女人!

同事们背地里都称她为"老处女"。她已近退休年龄,一直独身,不知是洁身自好,还是吸引不到任何男人。夏塔尔长得异常的瘦,鼻梁上架着一副黑框眼镜。她很少说话,可只要一开口,便尖酸刻薄,令人生厌。

不幸的是,夏塔尔正是我的顶头上司。在她的领导下工作真是痛苦!她的工作方式既古板又烦琐,毫无创新,更没有任何想象力。我几乎每天上班之前都要算算夏塔尔退休的日期,实在是度日如年。

一天下午,我办公桌上的电话响了,是夏塔尔打来的。我俩的办公室只有一墙之隔,但她有事总在电话里说,或用电话叫我过去——也许世上所有的上司都是这样与下属打交道的吧!话筒里夏塔尔的口气似乎比平常温和些:"对不起,打扰你了!我想知道,明天中午我们可不可以一起吃饭?"我一时不知所措,她紧接着说:"我的意思是说,我想请你吃饭。当然,不在食堂,去餐馆。如果明天不行,那后天或下周一也可以。"我没有退路,只好硬着头皮接受邀请——推辞是不可能的,她是我的上司!

第二天一早我在办公桌上看到一张卡片,上面写着午饭的地点和时间,一看便知是夏塔尔的手书。同屋的索菲用嘲弄的口气对我说:"你真有运气!祝你中午胃口好!"我狠狠瞪她一眼,哭笑不得地坐下来。

我和"老处女"的约会地点是在我们写字楼附近的一家老字号餐馆,只供应传统法餐。我平常很少光顾这类馆子,一是太贵,二是服务太慢,另外菜虽然好吃,但比较油腻。我故意迟到了10分钟,走近餐桌边,只见夏塔尔正在读当日的《费加罗报》。我对她说:"对不起,夏塔尔,我迟到了。"她一边收起报纸一边回答:"没关系,我也才到一会儿。"接着,我们点了菜。夏塔尔问我喝什么酒,我说中午不喝酒;她迟疑片刻,还是给自己点了半瓶红酒。

我不知这顿饭是不是"鸿门宴",只想速战速决,于是单刀直入地问:"你有什么事要对我说?"她有点不太自然,嘴角上挂着一丝微笑,但看上去有点像要哭:"没什么特别的事,只想跟你聊聊天。"我内心的疑惑一定全写在了脸上,夏塔尔连忙补充:"与工作无关,只想随便聊聊。前两天我整理公司职员档案,看到你刚来时填的履历表,其中'你最喜爱的作者是谁?'一栏,你填的是奥斯丁。这太有意思啦!我也最爱读奥斯丁的书!"说着话,她无意识地摘下了眼镜。那是我第一次看到不戴黑框眼镜的她。其实她并不丑,有一双蒙眬的大眼睛,脸部的线条也很柔和。如果体重增加10公斤,完全可以变成一个有魅力的女人。

我们一边吃一边聊，主要是夏塔尔说，我礼貌地听着。她问我："你好像也是单身吧？"我淡淡地笑答："就算是吧！我的男朋友在外省，我们只有长周末和度假在一块儿，平常各自过单身生活。"夏塔尔说："年轻的时候单身也许有意思，到老了就没那么浪漫啦！"我明白她是有感而发，便顺口安慰道："在我们这个时代，老年生活开始得很晚。只要自己愿意，七八十岁还能当年轻人！"她神色严肃地听我说，然后认真地追问："也就是说，我在你眼里还算不上孤寡老人？"我哈哈大笑起来，脱口而出："太滑稽了！50岁就算老人？不过，夏塔尔，你真该换个方式打扮自己，为什么不穿得女性化一点？"说完这话，我立刻后悔，怕自己过于唐突。只见夏塔尔轻轻点着头，不像是被刺伤了自尊心的样子，我才放了心。她说："我知道公司的同事都不喜欢我……你待人很宽厚，也许你们中国人都这样？"我只能不置可否地笑一笑。

喝过酒的夏塔尔脸色微微泛红，以往的严厉消失了，目光中透着无比的凄凉。想到平日对她的厌恶，我心中升起一阵同情与内疚，脱口而出："夏塔尔，今晚我要去看电影，你愿意一起去吗？"话一出口，我自己也吓了一跳，心里惊叫一声："我是疯子还是傻子！"夏塔尔看来很受感动："谢谢你！今晚我就不打扰你了。但我有个请求，你选一个晚上，我很想跟你好好聊聊，想更多地了解你，也想让你了解我。如果你有兴趣的话……"我连忙说："那就定在明天晚上吧！我带你去吃中国菜，好吗？"她快乐地笑了，那是我第一次看到夏塔尔真正的笑容。

夏塔尔和我吃的那顿中国餐很清淡，环境也很安静，可她向我讲述的故事却令我度过了一个极不平静的夜晚。

20年前，夏塔尔爱上了一个高大而快乐的男人，名叫保罗。他有妻室，与妻子分居很久了，却不能离婚。因为那女人患有精神病。在当时，不论从道义上，还是从法律上，男人都无权抛弃有精神病的妻子。夏塔尔与保罗相爱5年，直到保罗的妻子病故，他们终于能正式生活在一起了。

那是一个初夏的傍晚，夏塔尔的花园里开满了郁金香。保罗端了两杯冰柠檬汁走过来坐在她身旁，他向她求婚了。夏塔尔将是世界上最幸福的新娘！婚期订在盛夏之际，他们将在自己的花园中举办一个酒会，被邀请的亲朋好友共有三十多人。婚礼的前一天，夏塔尔邀母亲陪她去买酒会需要的东西，顺便去取事先订制的婚纱。按照习俗，新郎在婚礼前不能先看新娘的婚纱。保罗独自留在家里，他幽默地说："我在家好好泡个热水澡。明天就要当你丈夫了，我真有点紧张！"

母女二人有说有笑地出了门。她们花了整整一个下午的时间购物，然后还喝了茶，直到傍晚才回家。夏塔尔拎着大大小小的袋子，兴高采烈地进了家门，叫保罗来看她们的成果。她喊了几声，无人回应。她到楼上的睡房和书房去找，仍看不到保罗的影子。家门没锁，保罗的车停在门前，他肯定没出门。夏塔尔正要去后花园找，母亲对她说浴室的门仍反锁着，莫

> 世界上没有什么比友谊更美好、更令人愉快的了；没有友谊，世界仿佛失去了太阳。
> ——（古罗马）西塞罗

非保罗还在里面？夏塔尔去敲浴室的门，没有回音。她开始着急了，越来越用力地敲门，还是没动静，她的脸色变得苍白，要去拿工具撬门。母亲拦住她，打电话报警。10分钟后警车和急救车都到了。夏塔尔浑身剧烈颤抖，瘫坐在椅子里。母亲去开了门，并向警察和医生简述了情况。两位中年男人十分沉着地交换了一个眼神，医生坐在夏塔尔身边，握着她的双手，轻声地说："太太，冷静一些……"警察果断地撞开浴室的门：保罗光着身子躺在地上，双目微睁，手里还紧握着一条浴巾……

　　夏塔尔至今保留着她那从未穿过的婚纱。保罗的葬礼那天，夏塔尔曾试图服安眠药自杀，可被母亲及时发现，被抢救了过来。保罗去世的一年后，夏塔尔曾多次被警方传讯，因为她是房子的主人，浴室的热水器是她请人安装的，如果保罗的死因与煤气中毒有关，那么房主和安装人员都要承担法律责任。经过漫长而烦琐的法律程序，热水器被证明没有任何质量问题，保罗的死因与当初医生的诊断一致：死于心肌梗死，夏塔尔这才避免了遭到起诉的磨难……

　　"你看，我的生活是一堆残破的碎片！我之所以继续生存下去，是因为我不忍心再让年迈的母亲痛苦。我是她的独生女，我走了，她怎么办？"夏塔尔讲述这一切时的语调是平静的，好像是在讲别人的故事。这份冷静让我心痛，我伸出自己的双手将她的手紧紧握着。

　　我让侍者上了一杯西湖龙井。夏塔尔一边品茶，一边说："这茶的清香给人某种超脱之感。生命是如此虚无，如此脆弱，却又如此难以摆脱。"

　　那天夜里我久久不能入睡，干脆起身拿出一包新茶，又找了一张茶绿色的信纸，在上面写下几行字：

　　也许我们都无力与命运抗争，但我们至少可以让生命充满温馨。人间有一种情感，就像这淡淡的茶香，虽然清淡，却透人心扉，它的名字叫友谊。

　　第二天早上，我提前到公司，照例将打印的文件放在夏塔尔的办公桌上，还在上面放了那包茶和一个茶绿色的信封。我知道，再过5分钟，夏塔尔会走进她的办公室，在开始工作之前，她会看到那包茶和那封信，会拆开信封，读那几行手写的字，然后打开茶盒，闻那淡淡的幽香。

# 露天电影院

闲 愁

父亲时常会向我提起我出生那天的事情。我提前两个月降生的那个晚上，正下着一场大雪。父亲对我说，那天可真冷。

我降临人世的那天是1974年2月7日，这一天是那个清瘦精干的小伙子变成一个父亲的日子，我有理由相信这一天对父亲而言刻骨铭心。

母亲在痛苦分娩的时候，父亲在露天电影场放映一场电影。1974年，我们这个工厂还是一个大山深处的三线厂。28岁的父亲是这个工厂工会的电影放映员。

在物质生活极其匮乏的70年代，在那个荒凉的大山深处，对于工厂的职工和附近山村的村民来说，能看到一场露天电影，无疑是一种极大的享受。

尽管那天晚上风急雪大，可是在那个山坳中的简易放映场里，还是坐满了黑压压的人群。人们鸦雀无声，专注地盯着电影银幕。我能感受到，那一双双闪烁在70年代深处的眼睛，是何其单纯明净而执着。

邻居匆忙地跑到放映机旁，父亲知道了母亲开始分娩的消息。在短暂的慌乱后，父亲继续从容地操纵着放映机。父亲知道，对于放映场的这两千多人来说，每个月放电影的这两个夜晚无疑就是节日。

父亲还知道，做什么都要善始善终，电影一旦开场，就要有结尾。父亲那一代人都是这样，无私、敬业、执着。那天放映的是一部喜剧，放映场上笑声不断，父亲内心忐忑不安。

电影快结束的时候，在整个放映场都流传着这样一个消息，放电影的这个小伙子要做父亲了。这个消息，为这部喜剧电影又平添了一丝喜庆气氛。

电影谢幕了，全场的观众都起立面向父亲鼓掌。这掌声是奖励给一个父亲的，也是奖励给每一个敬业的年轻人的。父亲在掌声中飞快地向另外一个山头上自己的简易住房里跑去。

父亲飞快地跑在山间崎岖的小路上，远远地，他听到了一个婴儿清脆嘹亮的哭声。

在简陋昏暗的家里，父亲不无紧张地轻轻抱起了我，他抱起了一种幸福，也抱起了沉甸甸的责任。父亲和母亲饱含慈爱地看着我，在此后将近30年的岁月里，他们一直就这么慈爱地看着我。

父亲说，那天晚上，他和母亲都哭了，我也一直在哭。那个风雪之夜，充满了温馨。

因为我早产两个月，父母甚至什么都没准备好。那天晚上，父亲准备去朋友家借几身小孩衣服，再去附近山村里买些鸡蛋。当父亲打开门后，他看到门口有十几个篮子，有的放着鸡蛋，有的放着旧的小孩衣服，有的放着红糖，还有两只鸡。

这些装满了真情的篮子将永远存放在父亲的记忆里，存放在父亲记忆里的还

有放映场上那一双双单纯明净而执着的眼睛。

父亲放映过很多很多电影,他播映了无数的喜怒哀乐和悲欢离合,他主导着那些夜晚里的欢喜和哀愁。曾经有一个女孩,在这时美丽而沉静,她就是我的母亲。

母亲在世的时候,有时候会半开玩笑地说,当时她嫁给父亲,纯粹是因为她爱看电影。在那个时代,能经常看免费的电影是很幸福很奢侈的一件事。我知道,多愁善感的母亲喜欢看电影。我还知道,她更喜欢放电影的父亲。

有一天晚上,在那个露天放映场,父亲放映了一部精彩的电影。因为电影太好看了,应观众要求,父亲连放了两遍。最后电影散场的时候,都已经是将近11点了。

那天母亲也在,当时母亲还是个带着学生气的美丽女孩,当时她和父亲正在恋爱,每个月她会从一个叫南阳的城市来到这个山沟里的三线厂看我父亲一次。

母亲还想再看一遍,于是父亲就又单独给母亲放映了一场电影。当时是初春,山坳里静悄悄的,只有父亲和母亲两个人,天空中的星星眨着眼睛,微风中带着春的气息。在70年代初的这个春夜,弥漫着一种经典的浪漫色彩。

在银幕的映衬下,母亲单纯明净的目光洋溢着一种幸福和满足,她清脆的笑声不时响起。父亲看着母亲高兴,自己也很高兴。深夜的山坳有些清冷,父亲把带着补丁的外套脱下来轻轻披在了母亲身上。

母亲说,父亲把外套披在她身上的那一刻,她就决定要嫁给父亲。后来他们手牵着手,风风雨雨,坎坎坷坷,一起走了31年。

后来我们的工厂从山区搬到了城市,我的父亲从一个工会的电影放映员成了工会主席。他不再需要放映露天电影,这个时代已经慢慢地淡忘了露天电影。但是他仍时常想起露天电影。

父亲是个念旧的人,他注定要怀念起很多事和很多人,包括我的母亲。2002年11月23日,我的母亲因为心脏病离开了我们。母亲走的时候,我和父亲紧紧抱住母亲已经冰冷的身体失声痛哭。29年前那个冬夜,我出生的时候,父亲、母亲和我也这样紧紧相拥而泣。

父亲现在已经赋闲在家了,现在我是父亲最大的寄托和骄傲,我现在是这个工厂最年轻的中层领导。我时刻记着父亲的话——做什么事,都要像放电影,要善始善终。

父亲57岁了,他在慢慢衰老,他时常陷入深深的回忆中,他的回忆一定有露天电影。

人生就像一场电影,有开幕落幕,有阴晴圆缺,有花开花落,有悲欢离合。我的父亲告诉我,不管刮风还是下雨,不管有没有观众和掌声,既然已经开场,就应一直放映下去。

在我的文章里,我提到了父亲、母亲和露天电影,在我准备给这篇文章收尾的时候,我又哭了。

我看到70年代初的那个山坳了,我看到了那个简易的露天电影放映场了。

我看到银幕上正上演着一幕幕悲欢离合,我看到银幕下一双双单纯明净而执着的眼睛。

我还看到了正在专心操作放映机的父亲,看到了眼里洋溢着幸福的母亲。

# 布鲁塞尔松饼的天空

陈庆祐

天一亮,男孩就出门了。就着刚刚升起的太阳那和煦的阳光,他要翻过一座山,走进女孩家。

秋天的大地镶着黄金色的冠冕,天高地阔,云淡风轻。

男孩会先经过一处小小的神社。准备好一角钱,投进木箱,他轻轻摇铃,唤醒神明;再轻轻击掌,说一个小小的愿望。

枫红色的霞光里,飞来一只鸽子,它拍了拍翅膀,在神殿的回廊里留下一叶羽毛。男孩笑了,捡起羽毛,夹进课本里。他知道,神明收到他的祈愿了。

走出神社,翻过山头,远远地,就可以看见山谷里女孩的家。露珠未干的清晨里,女孩家袅袅升起雾白的炊烟。

男孩继续走着。行过草原,涉过小溪,他在阳光还没照进的树林里,摘下早上刚开的白花来到女孩的家门口。

女孩洗完了碗盘,理好了衣裳,就准备背起书包上学去。

一打开门,阳光爬行的阶梯上,一束野花兀自绽放。没有收受人,没有寄出人,这束野花只是每天准时报到,像夜里未曾缺席的北极星光。有时,花束旁边还会有一小袋扎着蝴蝶结的褐色松饼——那是父亲每月从台北回来时带给男孩的礼物。

女孩衔了一朵笑容,把野花别在制服前的口袋上,并收好松饼袋子上的蝴蝶结。

上学的时候,女孩总在想,是谁送的花和松饼呢?那个人又长得什么模样?而她总不知道有人正跟着她的步伐,在离她不远的地方。

男孩远远地跟着女孩的脚步,远远地看护着他欢喜的身影。

他看着女孩单脚跳着跨过水稻田埂,看着女孩牵起好姐妹的手走过吊桥。女孩笑,他也痴痴地咧开了嘴角;女孩擦汗,他也感觉到无止无尽的溽热。

男孩看着女孩在雨天穿胶鞋踩水洼,看着女孩在冬天瑟缩地用围巾保暖。他只是远远地跟着,远远地看着。总要等女孩走进校门,走入教室,在自己的座位上坐

下了，男孩才缓缓地走过女孩的窗口，进入隔壁的教室。

一直是这样的。男孩把心事说给神明听，却不敢告诉任何人，更没有勇气在女孩面前抬起头，说一句话。

男孩总在每一年的岁末向自己允诺，要在来年追赶上女孩的脚步，向她介绍自己。只是花开花谢，四季流转，这样的允诺成了一季候鸟，年年来，又年年走。

只有一次，那唯一的一次，女孩见到了男孩的面容。

那天，女孩穿了一件崭新的绿罗裙，搭了一班公车下山。车窗外，初开的流苏散落山头，像一场春天里的瑞雪。女孩傍着人群站立，低低地哼着一首不成调的歌曲。

突然，公车急转弯，女孩一个不小心摔了出去，就要跌向车前的玻璃……

蓦地，从人群里伸出一只手，替她稳住了脚步。

女孩抬头一望……

那是一个青涩的影子，微微地挡住了窗外泛白的光。那是一双灿然的眼眸，眨呀眨的满是疑惑。那是一只安定的臂膀，手心里浸着汗珠。

谢谢。女孩说。

对方猛然松开了手。

女孩突然记不起，曾在什么时候、什么地方，与他见过。

男孩就这样直盯盯地望着女孩的脸庞。

突来的急促鼓红了她的双颊，像一朵四月樱花。

她有没有受伤？怕不怕？我有没有捏痛她？男孩想问的话还有好多好多，却一句也没有说出口。

到站以后，女孩就下车了。她身上那未曾见过的裙袂飘呀飘，飘呀飘的，荡成一片连天芳草。男孩痴傻了。

男孩只记得，他握过了她的手。匆匆一握，又匆匆放手；但那双手交握过的温热，却成了男孩记忆里的暖炕，让思念不致寒凉。

这就是男孩最靠近女孩的时刻了。

多年以后，女孩远嫁他乡，在异国的街道上，用岁月编织自己的生活。当然，她早已清楚了那褐色小饼的名号：布鲁塞尔松饼。

偶尔，天清月明的时候，她会想起那束绽着北极星光的野花；她会从床上起来，偷偷把门打开，想看看爬满月光的台阶上，有没有人会送她一束年少的鲜花。她的爱人不明白，总以为她爱梦游，于是任由她在无眠的夜里重温青春时的美梦。

她知道，她的深夜是山上的白天；却不知道，送花的人会不会跨过时空，来到她的面前。

下雪的时候，女孩会铲了门前的积雪做雪人，然后在雪人的手里插上一束野花。野花天天换，天天换，直到春来雪融为止。

男孩搬进这个社区，就注意到对街的屋前堆了雪人。让他好奇的是，雪人的手上怎么握了一束常新的花朵？

隆冬雪厚，男孩罩着一件风衣，在飞雪里返家。途中，经过了握花的雪人，

男孩停下脚步，望了望它。

思绪快飞，来到年少时光，男孩记起自己曾经看过一个女孩围着起毛球的围巾，在山间行走。那女孩，现在又过得如何了呢？

男孩走近雪人，替它围上自己的围巾。

这样的冬夜，适合用记忆取暖，就把围巾留给需要的人吧。

女孩在夜里打开了门，今天，那个人还是没有送花。

女孩笑自己傻气，很多事情走远了，就不会回来了。看着漫天风雪，女孩知道，山上的日子也不会再回来了。

才想关上门，女孩却看见，雪人的身上围了一条围巾。

女孩冒着风雪，把围巾拿进屋里。她在想是谁的围巾呢？那个人又长得什么模样？

男孩清晨出门前，找不到围巾保暖，才想起昨夜把围巾送给雪人了。

他顺手采了些暖房里的玫瑰，走向对街，却看见一个女孩也捧了一束花，准备放在雪人手上；而她的身上，就围了他的围巾。

你好。男孩说，我住在你们对面的街上。

女孩回头，望见男孩和手上的花朵，愣住了。

我一定在什么时候、什么地方，与他见过。

男孩痴傻了。有些事情被岁月改变了，有些事情却怎么也无法磨灭。

比如说，她鼓红了双颊，像一朵四月樱花。

男孩想说，我们来自邻近的村落，来自同一所学校，但他还是什么也没有说出口。

女孩笑了。她记得他，那个隔壁班的男孩每每在她面前讷讷不敢开口；她也还记得，那回下山的公车上，他拉住了她的手。

看着男孩的脸，她突然明白了什么。

离开山上之前，她到神社祈求平安，看见树边有一畦新掘过的土。她一时兴起，信手拨开了泥土。不深的坑里，她捡到了两样东西。

一片羽毛，和一张写了她名字的纸。

是你送我的花吗？女孩问。

嗯。男孩点了点头。

原来，神明都听见了男孩小小的祈愿。

爸爸。

男孩的女儿从对街跑过来，她看见自己的父亲白发苍苍站在冷风中。

他们见面了，却不是在最美的时刻。

# 永远的第一名

光 一

　　我的名字叫作唐光一。小时候我曾经问过爷爷，为什么要给我取这么奇怪的名字："爷爷，我明明是个女生，家里怎么给我取个男生的名字？"

　　爷爷总是笑着说："乖，等你长大了爷爷就告诉你。"然而，我还来不及长大，爷爷就过世了。

　　爷爷一直很期待我的毕业，可是，这一天，他还是失约了。虽然爸爸妈妈都来祝贺我，但少了爷爷，我还是觉得很难过。身旁的同学都在哭，我也忍不住掉下了眼泪。并不是为了相处了好几年的同学而哭，而是为了爷爷而哭。

　　爸爸拿出一封信给我，信封上熟悉的字迹，让我的眼泪又忍不住掉下来。
给光一：
　　恭喜你毕业了，你终于长大了，爷爷很高兴。为什么要帮你取光一这个名字？其实我是希望以后你可以这么介绍自己：我叫唐光一，光是光芒四射的光，一是第一名的一，合起来就是，光芒四射的第一名。知道吗？在爷爷心中，你永远的第一名。

　　爸爸说，这封信是在爷爷抽屉里找到的，看来是很久以前就写好了，信纸和信封的周边，都有一点泛黄了。爷爷是在什么时候就写好这封信的呢？或许在我第一次问他，为什么要帮我取这个名字的时候，他就想着要写这封信给我了。

　　升上高中之后，我变得很用功，或许是因为那封信的缘故，我下定决心要当第一名，因为爷爷一定也希望看到，他的小孙女变成真正的第一名。因为名字好记，又每次都拿全年级第一名，我成了学校的名人，班上同学叫我"第一名小姐"，看我不顺眼的人叫我"第一名变态"、"第一名妖怪"、"第一名怪物"，总之，关于我，有许多可笑的传言。这一切我都不在乎，被当成怪物也好，妖怪也罢，只要我是第一名就好。其他人想超过我，哼！门儿都没有！但是升上二年级的第一次中考，悲剧发生了。我竟然掉到第二名，我看着校榜，惊讶得说不出话来。变成第一名的那家伙，是个听都没听过的男生。我被打败的消息，很快就传遍了学校。

　　"喂喂，那个第一名怪物被干掉了耶！"

　　"真是大快人心，帮我们男生出了口气！"

　　在中考结束后不久，我第一次见到那家伙。据说他是这学期才从别的学校转过来的，怪不得我从没听说过。这家伙站在原本都是我站的位置，脸上挂着得意的笑容！我恨透了他那嚣张不可一世的笑容，要不是校长在旁边，我真想踢他一脚。我只能用充满怨恨的眼光狠狠盯着他，去死吧去死吧去死吧……

第二次中考，我只有理化错了一题，其他全都满分。我本以为，我绝对可以重回第一名的宝座的，但是，校榜贴了出来，我竟然又是第二名！那个不要脸的变态竟然考了满分！唯一让我觉得欣慰的是，学校里也开始有了些关于他的传言。

"你看！那就是那个每次都考第一名的家伙！"

"听说他为了熬夜读书，还吸毒啊！"

"听说他的兴趣是读英文字典！"

"听说他会把读过的课本撕下来吃掉！"

现在大家口中的"第一名变态"变成他，"第一名妖怪"、"第一名怪物"也都是在叫他，我开始怀念那一段被叫"妖怪"、"变态"、"怪物"的日子。现在大家都叫我"第二名"，甚至还有人直接叫我"光二"！我简直快气炸了，这可是爷爷帮我取的名字！"光一"就该是第一名，怎么能是第二名！失去第一名宝座的我，怎么对得起疼爱我的爷爷！

我想，干掉那个第一名唯一的方法，就是我也考满分。只有这样，我才能重新变成第一名！

第三次中考，考试时我的手在发抖，我的好朋友甚至说，站在我旁边都能感觉得到杀气！结果，这次我考了满分！校榜公布的那一天，我却傻眼了，为什么我的名字还是排在那家伙下面？

我气冲冲地冲进教务处："老师，为什么我在校榜上是第二名？"

"没有啊，你们两个都考满分，都是第一名啊！"

"那为什么他的名字排在我前面？"

"因为他是一班的，你是二班的啊！同分就照班级顺序排嘛！"

"哪有这样的！"我真想对着教务处的老师吼叫。

我明明是第一名！我明明是第一名！

那一天早上，我还是如同往常提早到学校啃书。大门未开，于是我把书包丢过墙去，然后翻墙进学校。但当我落地的时候，咦，脚底怎么怪怪的？我像是被粘住了一样，学校什么时候设了这种陷阱，难道是强力胶？我低头一看，原来我跳进了一块刚铺好的水泥地，这下怎么办呢？趁着四下无人，赶快溜吧！

我刚抬起一只脚。"你在干吗？"我全身汗毛直竖，整个人像变成化石一样动弹不得。My God！被发现了！这件事万一被学校老师知道了，说不定会被记过！爸妈一定会把我打死的……天啊！我该怎么办！

我困难地用极缓慢的速度抬起头来，那个目睹我犯罪经过的目击者到底是……是那个"第一名变态"！

"怎么会是你！"我忍不住大叫。

"来打球啊，"他指指手上的篮球，"早上打球比较凉。"

"你还有时间打球？"我气得快说不出话来，这家伙真是太嚣张了！"我读书时间都不够才翻墙进来，你还有闲工夫提早来打球！"我对着他大吼。

"书要读，球也要打啊！"他耸耸肩，"还有，你最好别乱动，地上都是你

踩的脚印。"

我低头一看，天啊，原来两个脚印子已经变成四个！

"要不要帮忙？"他伸出手来，"我把你拉出来吧。"

"谁要你帮忙！"

我往前跨了两大步走出那块水泥地，地上现在有六个脚印子。

他皱着眉头说："这样做不太好吧，老师万一发现的话……"

"老师才不会发现，除非有人去打小报告！"我狠狠地瞪了他一眼，抓起我的书包，幸好书包没掉进水泥里，不然我就惨了。"你要是敢跟老师说，我就跟老师说，你自己还不是爬墙进来的。"

"你是不是很讨厌我？"他在我背后叫着。

"对，没错。"我连头都懒得回。

"为什么？"

"谁叫你要考第一名？"

他没有再说话。

我回到教室，把鞋上的水泥用抹布擦掉，再把擦不干净的地方抹点泥巴。这下绝对不会有人发现了，哈哈！

没想到出早操的时候，训导主任突然生气地冲上台去，抓起麦克风大吼："今天早上，围墙旁边刚铺好的水泥被踩得乱七八糟！"

我的心抽了一下，下意识地看看我的鞋，不会被发现吧……

"我一定要把那个爬墙的家伙揪出来！从一班开始，每个人去给我对鞋印！"

我吓得几乎站不住，怎么办，果然"歹路不可行"，法网恢恢疏而不漏……我完了。我跟着队伍一步一步前进，在全校面前被揭发，这真的是最惨的情况。早知道我就去自首了，自首不是都可以减刑吗……

"怎么会是你？"训导主任一脸惊讶，现在在试鞋印的，是那个第一名变态。

最惊讶的应该是我，怎么会有这种事？我的脚明明比他小得多！但他踩在鞋印上，却是不大不小刚刚好，他们班老师也傻眼了。

"我们去训导处吧。"他自顾自地走向训导处，主任急忙跟了上去，他们班老师还傻在那儿动不了。

重新整好队，接着开始颁第三阶段成绩优异的奖状。司仪略过了他的名字没念，我终于又听见熟悉的"第一名，二年二班唐光一"。

只有我一个人，站在第一名的位置，我应该很高兴才对。这是我一直想夺回的位置，不是吗？可是罪恶感压过了其他一切感觉，我接过奖状，突然觉得一切都很可笑。第一名到底是什么东西？奖状不过是一张纸而已。我根本不配当第一名。他才配，他是真正的第一名。第一节下课，我到他们班外面看了看，他的位置是空的。还在训导处吗？都已经一节课了，还没讲完？我往训导处的方向望了望，正好看见他往教室来。

走廊上也有别的同学发现他了，有人酸酸地说："真没想到，第一名也会

爬墙啊！"

"爬墙算什么，我看连第一名都是靠作弊的吧！"

"是啊，不然怎么会每次都你拿第一名？"

啪！啪！啪！三声，我甩给他们三个一人一巴掌。

"你干什么！"一个男生一把抓住我的手，"你敢打我！"

"怎样，我告诉你，爬墙算什么！第一名还会打人！"我继续说，"我告诉你，第一名也是人，第一名也会生气！"

"你不要以为你是女生我就不打你！"我的手还是被抓着，好痛。

"放手。"他抓住那个男生的手，我们三个僵持着，没人肯松手。

"老师来了！"听到这句话，我的手总算被松开了，大家一哄而散。

那天放学以后，我没有回家，一个人蹲在今天的"案发现场"发呆。明明是我印的脚印，怎么会变成他的？我想，他大概是在我走后不久，就用自己的鞋印，盖过我的鞋印吧。为什么他要这么做呢？我一直以为，他跟我一样，是以考第一名为人生目标的。在我心中他是"敌人"，但他却对我很好。

"嘿！帮个忙吧！"我回过头，看见他提着一个小铁桶走过来。"我答应主任今天要把脚印补好。"他指指那桶灰色的东西，"你有空吗？"

"好啊！"我赶紧点头，"对不起，要不是我……"

"你别放在心上，我本来就是爬墙进来的啊！"他吐了吐舌头。

"主任说，今天补好就不记我过。"真想不到主任也有这么慈悲的一面……

傍晚的校园，风凉凉地吹着，我们两个人埋头把水泥铺平，我发觉这还蛮有趣的。

"你知道我为什么想要考第一名吗？"

我摇摇头。

他深深地吸了口气，才说："因为这样，颁奖的时候，我就可以站在你旁边。"

"站在我旁边干吗？"我还傻乎乎地问。

"哎哟，这样说了你还不懂，真不晓得你是聪明还是笨！"

咦？难道是……那个意思啊！我的脸一下子红了。

那天晚上，我写了封信给爷爷：

亲爱的爷爷：

谢谢你帮我取了"光一"这个名字，现在我明白了，你并不是要我去争第一名，而是希望我能成为某人心中的最重要的第一名，对吗？某人心中，光芒四射的第一名。告诉你哟，爷爷，现在我已经找到那个人了！那个把我当成第一名的人，把我看得比自己还重要的人。谢谢你，爷爷。

我点起打火机，看着信纸一点一点烧成灰烬。我想，在天上的爷爷看了这封信，一定也会替我高兴的。

# 汤水一生

梅友

重回母亲的家，是这个冬日的一个下午。进了门，就听见继父在厨房里招呼："先坐下等一会儿，汤一会儿就好。"

长这么大了，就是喜欢冬日的那口汤。

以前父亲在世的时候，每到冬天，必定要从打工三季的单位辞职，从大老远的地方回到以前生活的那个村庄，美其名曰：回家过冬。在冬日的暖阳中，我依偎在父亲身边，看他把红枣、老鸡洗净下锅，做一个嘴馋的孩子，等着汤儿飘香。那时候，几季的辛苦，满身的疲惫，都会在父亲的一口汤里飘散，远离。而这个时候的父亲，是孩子眼里最亲切、最和蔼的时候。

后来，父亲生病了。

住在医院里的父亲，在弥留之际叮嘱着母亲："我去了以后，要好好善待自己。这辈子跟我没过上什么好日子，以后找个好人，孩子们都长大了，给自己找个家吧。"

那年，我20岁。

听完父亲的话，我和母亲哭得撕心裂肺。父亲就在那个晚上走了。

如今，父亲已经过去了8年，母亲也在我和弟弟的支持下，有了自己的家。母亲挑选继父的条件是宽厚的，只要人好，不管你有钱没钱，有权没权，什么都不重要，只求人家要善待我和弟弟，善待生活。母亲是幸运的，她挑到了继父。

这是个可以给人温暖的老头儿，比母亲大了10岁。当初，母亲把他领回家让我和弟弟过目的时候，从他慈爱的眼光里，我读到了父爱。弟弟说，他没有其他的要求，只要对母亲好。看着老人在弟弟面前唯唯诺诺地点头，我想，母亲总算是有个依靠了。母亲和继父在春天里，领着周围的亲戚朋友喝了喜酒，就算正式结婚了。

婚后，母亲和继父住在离我不远的地方。周六的时候，母亲总是有电话来，让我们过去坐坐，不知道是怎么了，虽然知道继父对母亲很好，但是就是那短短的一段距离，我却总不愿意过去。或许，继父就是和父亲不一样吧。人啊，不是最亲的，心里总有那么一些疙瘩。虽然有时候也想去看看母亲，但是，就是下不了那份决心，就是不愿意踏入母亲的家门。

住我隔壁的张大爷，是父亲一生的朋友。父亲在世时，还时常托付他照顾我们。那天晚上，大爷敲了我的门。

把张大爷让进了屋子，我有感觉，大爷要说些关于母亲的事。

果然，大爷说："我晨练的时候常碰到你母亲。"

有一种幸福叫感恩

第四篇 感恩真情

二一一

我点点头："嗯。"

"她过得并不好。"

"啊？难道那老头儿对她不好？"

"不是，是你们对她不好。"

"我们？"我拒绝接受大爷的说法。

对于母亲，我能做的只有这些了。虽然知道继父是个好人，但是我和弟弟还是坚持母亲和他结婚的时候做了财产公证。母亲一生清贫，但是我们不想她下辈子看别人的脸色吃饭，公证完，我和弟弟在母亲的户头里存下了足够她吃后半辈子的钱。我和大爷说，我们能做的只有这些。大爷摇摇头："你们啊，要知道你母亲要的不是钱。她都这把年纪了，还能花多少钱呢？你们要常去看看她。还有，那老李头也是个好人，而且你母亲选择他的时候，也是征得了你们同意的，你们现在却连他家门也不愿意进。"

老李头儿就是我的继父。

我知道，这个老头儿会对我母亲好的，否则，我也不可能把母亲那么放心地交给他。

大爷慢慢地啜着我为他冲的茶，半响才说："老李头儿现在学了一手煲汤的好本领，你妈说，你喜欢喝你父亲煲的汤，老李头儿这把年纪了，硬是把棋瘾给戒了，跑遍了书店，找来好几十本菜谱，天天对着研究呢。为的就是你们哪天能开恩，想起来的时候能去一回，能让你妈高兴。"

送走了张大爷，我来到孩子的小房间里。孩子才4岁，正在上幼儿园大班，这个时候，他还没睡。我把孩子抱在怀里，问他："我们明天去看姥姥姥爷好吗？"

孩子挣脱我的怀抱雀跃起来："好啊，好啊，每天姥姥和姥爷都在幼儿园的窗户外边看我呢。"

"啊？"

"妈妈，我忘了告诉你，姥姥和姥爷每天都会在幼儿园的窗户外边看我们小朋友做游戏。我上回表演了小白兔，姥爷还夸我了呢。"

"那你怎么不告诉我？"

"我答应姥姥不告诉你的。你说了人要诚实，要遵守诺言。"

我有些想哭的冲动。抓起电话，打给母亲，告诉她我明天去看她和继父。母亲在那边半响没做声，等了一会儿又连声地说好。我分明听见她那嗓子里有哽咽声。

带着孩子，穿越我那点卑微的心结，我敲响了母亲的门。看见我的刹那，母亲眼里有着惊喜，从我怀里接过孩子，忙对着厨房里的继父说："老头子，女儿来了。"

继父爽脆地应了一声："先坐下一会儿，汤马上就好。"

母亲的脸，笑成了朵玫瑰："这老头儿，天天盼着你们能来呢。学着做汤好久了，就想你们能过来尝尝，可是你们就是不来。"

我笑着答母亲："这不是来了吗？以后会常来的，只要你们不嫌烦就可以了。"

继父已经从厨房里出来了:"怎么可能,盼你们来都盼不来呢,怎么会烦呢?只要你们来,我和你妈比什么都高兴。"

母亲忙着给孩子拿这拿那,兴奋地在房间里忙进忙出。我拉继父的手让他坐下,或许是第一次和我离这么近的距离,继父有点不习惯,老是用手去拢那几缕花白的头发,我试着拢老人的肩头,想让他感觉一点温暖,一点家庭的气氛,老人的肩头在我的臂弯里有点僵硬。我说:"爸爸,以后我会常回来看你们的。"

继父说:"啊,好,好,好。"

气氛一时有点尴尬。或许老人还不习惯我会离他们的生活这么近。我忙说:"爸爸,我想喝你煲的汤。"

"好啊,好啊,我这就去给你们盛。"

看着继父起身离去,我在背影里分明看见了父亲的影子。

咕嘟咕嘟一口气喝完了继父盛来的汤水,抹抹嘴,告诉继父:"爸爸,我还想要一碗。"妈妈在一旁笑得开心,孩子在她的旁边已经玩得累了,睡着了。趁着继父去厨房的那一会儿,我告诉母亲:"妈,我会常来的,孩子您也可以接回家带。"

母亲说:"啊?我可以接孩子回家啊?"

"当然可以,只要你们不嫌他厌烦。"

母亲大声地对厨房里的继父说:"老头子,咱女儿说了,以后可以接孩子回家。"

继父又给我盛了一碗汤来。"那好啊,那好啊,那孩子就放我们这儿吧。"

我一边喝汤,一边看着继父笑。

从母亲嫁给继父的那一刻起,我这是第一次踏进他们家门。看着这对快乐的老人,我想,或许我不是只爱那口汤吧,毕竟,父亲已经走了,而眼前这位老人,却是能照顾我母亲一生的人。就单单为他肯为我煲一锅汤,我也会爱他和母亲。

父亲已经离我远去了,继父就是我第二个父亲。小的时候,眷念父亲的汤水,以后,会在继父的疼爱中,继续过我的汤水一生。我想,我是幸福的吧,包括我的母亲。

## 他托起我的手臂

睡醒的雪

我和孩子经常在林间小路上散步,从前他总是抓住我的手一甩一甩,边走边跳的,而现在他常常把我的胳膊向上托,我奇怪地问:"妈妈很老了吗?"他笑嘻嘻地说:"没有啊,妈妈年轻得像小草一样呢!""那你为什么要这样用力扶我呢?"孩子没有解释,笑着跳着跑远了。

晚上,孩子的老师打来电话,告诉我,孩子几乎每节课都要去卫生间,而且每次都会迟到。我的心一下子揪了起来,他在幼儿园曾经有过这个毛病,在医生的帮助下调养了很久才好的。现在怎么会又犯了呢?放下电话我心急如焚,医生说过,治疗这种病不能有心理压力,我决定先观察几天。

星期六是他的 7 岁生日,亲友们热热闹闹地聚在了一家餐厅,因为他是我们这个大家庭里唯一的孩子,几乎每个人都牢记着他的生日。各式各样的生日礼物,金灿灿的王冠,写着祝福的蛋糕,都让他兴奋无比,这也让我忘记了他的病。

真是凑巧,这天餐厅里还有两个孩子过生日,于是几家人建议让三个小寿星坐在一起,孩子们兴奋得高呼起来,引得饭店的老板也走出来了,他兴致勃勃地提出要给他们赠送生日礼物,但要求他们展示自己的才华。孩子们的即兴表演真的很精彩,吸引了许多客人的注意力。

老板的礼物拿出来了,我看见我的孩子眼睛一亮,紧紧盯住其中的一件礼物,那是一支蓝猫枪,他曾经给我描述过许多遍的一支枪。

老板提出,他将问一个问题,回答得最好的孩子,可以第一个挑选他最喜欢的礼物,因为三件礼物是不同的。

问题出乎意料的老套:你的理想是什么?要求说出理由。我看见我的孩子偷偷地笑了,眉目间是藏不住的得意,他以为一定会博得阵阵掌声的。我也笑了,冲他做了一个必胜的手势。

第一个孩子说要成为一个警察,第二个孩子说要做警察局长,大家笑得前仰后合。轮到我的孩子了,他站起来,烛光如花朵般洒在他的脸上,那一刻,小小的餐厅显得异常安静,亲友们的目光格外殷切。

他用清亮的声音说:"我的理想是,永远和安锐一起上厕所,但理由我不会说的。"

哄笑声,惊呼声,大人们惊诧的眼神,交头接耳的议论,家人尴尬的脸,一些就餐的孩子边笑边做鬼脸,其中一个肆无忌惮

*我在哪儿找到朋友,就在哪儿获得新生。*
*——(印)泰戈尔*

地喊着:"他脑子有病啊!"我可怜的儿子,此时还没有把目光从蓝猫枪上收回来。老板不停地干咳,也许他真不知道该如何收场。

我的直觉告诉我,一定要以最快的速度带我的孩子离开这里。他刚刚7岁,他有权说愚蠢的话,有权做愚蠢的事情,但任何人都无权如此伤害他!我牵了他的手,这时候,他的手居然又轻轻地托起我的胳膊,这个习惯性的动作让我的心隐隐一痛,我们一起逃离了餐厅。

我们没有回家,在那片姹紫嫣红的树林里走着,因为这里没有嘲笑,没有伤害,只有满地的落叶铺开一条金黄的路,圣洁而美好。

"妈妈,你记得安锐吗?我上幼儿园的同学。"孩子握着我的手。

我当然记得,三年前,安锐从五楼的阳台上跌下来,伤得很重,媒体做了大量报道,许多人自发地到医院去捐款,安锐父母流泪的大幅照片,至今还烙在我的心里。

儿子告诉我,安锐现在也是他的同学,但他留下了严重的后遗症,他的腿软弱无力,在学校上厕所的时候,总要跪着上,而且他每节课都要去卫生间。有许多同学去帮助他,可是安锐无法忍受老师在表扬那些同学的时候,总是要提到他"上厕所"这几个字。安锐感到羞耻,他恼怒地拒绝别人的帮助。我的儿子告诉安锐,他会为他保密,他不要表扬,不要小红花,不要奖状,所以安锐接受了他的帮助。

我终于知道了,我的孩子身体没有病,我也知道了,孩子搀扶安锐已经成了一种习惯,所以才会那样去托起我的手臂,他的善良也成为一种习惯。

我带他到许多玩具商店去搜寻蓝猫枪,可走遍大街小巷也没有找到,我握着儿子的手,心底充满歉意,但我同时也很骄傲,因为我从孩子这里,得到了一个母亲所能得到的最贵重的礼物。

# 叫一声父亲很沉重

姜 燕

我的家乡曾广为流传这样一首歌谣：招拐子，养崽子，崽子大了打拐子……所谓的"拐子"就是甘愿一生不娶，名不正言不顺地同另一个男人共同抚育一个家庭的男人。谁会想到，我就是在这样一个家庭长大的，其中血浓于水的深情，让我永世难忘。

1999年农历腊月，我把与我家有着万缕瓜葛的永顺叔请到了座席的上首，我要在过年的这一天，让他挺起腰杆同母亲名正言顺地生活在一起。没人会料到，永顺叔的晚年会有一个这么好的结局，也很少有人知道这一天的来临有多么不容易。永顺叔是在我的敌视与唾骂中战战兢兢地熬到了这一天的。

## 父亲出事了

1978年，刚刚初中毕业的母亲回乡务农，一时成了十里八村的青年小伙子争相追逐的目标。心高气傲的母亲对自己的终身大事非常谨慎。二十岁，在当时的农村已是大龄了，而母亲还是一次次拒绝了一门又一门的亲事。1979年，外公家建房，我的父亲作为木匠来帮工。短短的一个月里，相貌堂堂、一说话就脸红的父亲赢得了母亲的芳心。在这年冬天，母亲在乡亲们的啧啧称赞中嫁给了并不富有的父亲。

1981年深秋，我来到了人间。还未分出到户的集体依然按常规进行着各项作业劳动。在冬天，各家把一年来集中在一起的粪肥运到田间是主要的劳动项目。东北的天气异常寒冷，对刨不动挖不开的粪堆通常采取的办法就是用炸药炸碎。那天，刚刚出生不久的我得了感冒，父亲早向当队长的永顺叔请了假，要同母亲带我去十里外的镇卫生院治病，可队里另一名爆破员也因故没出工，永顺叔就到我家商量让父亲晚一天去给我治病。一心想着集体的父亲没有难为永顺叔，那天出工，父亲在排除哑炮时被一块飞起的冻粪砸伤了腰。精心调养了一个冬天，父亲仍下不了地，由此拉开了我母亲艰难生活的序幕。

## 永顺叔走来了

伤了腰的父亲成了半个残废，二十几岁的年纪走起路来比奶奶的腰弯得还厉害。奶奶急红了眼，每天早晨都跳着脚把永顺叔痛骂一顿，这成了那时生产队出工前的一景。永顺叔作为队长也不回话，见了母亲总是一副惭愧相，弄得母亲也很别扭。在派活儿上，永顺叔有意安排父亲去饲养棚干些煮饲料、给牲口添草等轻快活计，并年年给父亲划满工分，没有使我们家成为欠债户。

1984年，我们这里实行了土地承包责任制，一向办事公平认真的永顺队长最

后利用手中的权力,给我们家分到了最好的地、最强的牛,为此得罪了许多人。即使这样,我们家的生活难题还是一个接一个,父亲因伤根本扶不了犁,连耕作时牵牛都吃不消,上山打柴更不用说,这一切本应该是男人干的活全落在母亲瘦弱的肩上。长长的村路上,经常会出现疲惫的母亲孤独地跟在牛后面的身影。村里一些善良的人也常在背地里唏嘘:这家的日子可怎么过哟!

就在母亲忙得团团转的铲地时节,卸了任的永顺叔走进了我家责任田,先是有所顾忌地早晚两头帮帮忙,等我母亲安顿好家里的一切来到地里便知趣地离开。毕竟是他当初的决定害了我们这个家,怎么说他也够得上是我们家的仇人了。但农时是误不得的,终于有一天,永顺叔毅然夺过了母亲手中的犁耙,我们家的责任田里总算有了一个健全的男人。

1984年的秋天,我们家粮食喜获丰收,这一切当然是和永顺叔的奉献分不开的,秋粮彻底归仓后,紧锁了一年眉头的父亲对母亲说:"去把永顺请来吧,我俩一起喝点酒……"

### 我什么都知道了

1986年春,我奶奶去世,里里外外的张罗全凭永顺叔一人。父亲几年来天天吃药,家中本无积蓄,加之这几年农村婚丧排场越搞越大,根本容不得父亲说了算。仅奶奶去世,就花销几千元,永顺叔默默拿出了他的全部积蓄,那是他积攒半生准备娶媳妇的钱。

父亲虽然残疾越来越严重了,可心里一切都明白,知道永顺叔这一生算是惨了,同时也看出他再也没有成家的打算了。这年秋天,又一轮庄稼归了仓,经过长时间深思熟虑的父亲对母亲说:"让永顺住到咱家里来吧。"母亲说:"你就不怕村里人说闲话?"父亲说:"我这是为你们母女俩的将来考虑。"1986年冬,父亲在永顺家的小屋里谈了一整天,直到天黑了才把永顺叔领回了家……

后来,我一直同爸爸住在奶奶原先住过的屋里。

1987年10月,母亲生下了弟弟,照说这下父亲是儿女双全,应该高兴才是,可在弟弟满月那天喝满月酒时父亲并不高兴,对左邻右舍来道喜的乡亲甚至有些冷淡,只喝了几口酒就推说腰痛回到了自己的那屋。母亲那天倒是兴奋,但每逢谁说弟弟像父亲时,母亲的脸上总是不自然。那天,永顺叔早早就上了山,直到很晚才拉了满满一车柴禾回来。

弟弟长得白白胖胖的,很招人喜欢,父亲在时,永顺叔没有什么特别的举动,只要父亲一离开,他就抱着弟弟亲个没完,眼里放射出爱怜的光。母亲这时也喜不自禁,但望着永顺叔

常常叹息。

给弟弟上户口的日子到了，父亲腰痛，去派出所的十多里路走起来很困难，母亲提议让永顺叔去办。父亲说："这事能让别人办吗？这是当爹的事。"

那天父亲走后，永顺叔破例半天没干活儿，闷在家里喝得酩酊大醉。

1988年春耕时节，父亲牵着牛去河边饮水，被性起的牛用角抵伤了胸部，彻底卧床不能动了，吃饭需要母亲一口口喂才行。田里的活儿只能全靠永顺叔一人忙活。这年秋天，我上学了，每天早晨永顺叔都用自行车送我到学校，从后面看去，永顺叔头发花白了，背也驼了许多。别村的同学以为永顺叔是我的父亲，我说那是我叔。

一家人的生活开销连同爸爸吃药，光靠那几亩田远远不够，农闲时节，永顺叔又去镇里的建筑队打工，以弥补这种四处缺钱的境况。

永顺叔走后的一个月左右，学校提前放学，我回家看到弟弟一个人在院里玩儿，推门进屋，看到了永顺叔和母亲搂在一起……我狠狠地摔碎了门上的玻璃。西屋就是卧床的父亲，我嘤嘤泣泣地告诉了父亲，父亲咳嗽了一阵后用手摸了摸我的头，什么话也没说。

从此后，我总是用仇恨的目光看待永顺叔，尽管他为我们这个家庭付出了许多，同时我认定母亲下贱，不再叫她一声妈。

### 永顺叔当"爸爸"了

1993年，卧床整整五年的父亲终于没能挺过那个寒冷的冬天。永顺叔和母亲按照农村的习俗厚葬了父亲。父亲生命垂危之际，拉着我的手说："要听母亲和永顺叔的话，有些大人的事情只有你成为大人才能理解。"我没有说话，却在心里说：爸爸，作为男人，你好窝囊。

父亲去世，我很悲伤。我想这下永顺叔该美死了，但我看到他也很悲伤，整天话语很少，只知道默默地干活儿，似乎比父亲活着时还忧郁。母亲曾暗中劝我多次，让我改口叫永顺叔爸爸，可想到死去的父亲，我是怎么也开不了这个口。

1996年，我初中毕业进了县重点中学。送我那天，永顺叔是打算送我到学校的，倔强的我只让他把行李送到公路边就不让再送了。三年的时光里，我很少回家，即使回到家里，也不愿帮永顺叔干活儿。每逢开学在即，永顺叔总是同母亲周到地计划我一个学期的学费及花销，尽量给我买上几件新潮的衣服。有时我赌气不要，永顺叔的眼里就含了眼泪，说："你不理解我，你总得让我对得起你去世的父亲吧！"

进了县中学，迎面扑来的城市气息和青春的液体一同在我体内荡漾。我和所有的女同学一样把自己靓丽的一面雕塑成一道风景。同时，我也知道掩藏起自己家庭不幸的一面，尽可能不使隐藏在心底的伤痛浮现在新的环境里。同学间交往免不了常常把父母的职位及家庭作为炫耀的资本。而我，只会像只受伤的小鹿儿，孤独地缩居在一隅，默默舔舐心灵创痛的伤口。

而永顺叔就是在我最失意落寞的深秋带着他对我极不相称的身份，把我结痂的伤口揭得鲜血淋漓。那天，永顺叔把两鬓秋霜的面庞伸进我的女生宿舍，这立

时引起了其他同室女生的蔑视和不屑，她们用疑惑的目光在我和永顺叔的脸上扫来扫去，根本不顾我此时尴尬的处境。见到我，永顺叔用衣袖抹了抹头上的汗水，欣喜地说："我和你妈妈总担心你暑假不回家会有什么事，你还好吧？"

我绝望地接受了这猝不及防的一切，发觉妈妈所做的一切竟是这样卑微和丑陋。宿舍的门外挤满了人，原来，永顺叔几乎找遍了所有宿舍才找到我，而我们村的同学也借机把永顺叔的身份当作新闻予以发布，把我仅有的一点自信彻底粉碎。

带着隐私被曝光的屈辱和愤怒，我一把打翻了母亲让永顺叔带来的一篮子家产的水果和为我特意腌制的咸菜。我鼻子一酸，冲着他大吼："你算老几？我是死是活用你管啦！"

永顺叔脸上的惊喜被彻底定格为一尊痛楚的雕塑，他弯腰驼背地愣在那里。许久，他才恢复神志，背过身去，从贴身衣兜里颤抖着拿出了我这个学期的学杂费，转过脸来，已是泪流满面了。在同学惊诧甚或是鄙夷的目光中，永顺叔弯腰捡起了地上的篮子，微驼着身躯蹒跚着离去了。

我伏在床上，号啕大哭了一场，隐隐觉得是不是有些过分？在以后的日子里，我经常反复思考我家发生的这一切。这些想也想不清的问题一直苦苦折磨着我，但我已经学会用冷静的目光去重新审视这一切。

1998年春天，母亲捎信到学校，让我无论如何也要抽时间回家看看永顺叔，他为了给我积攒明年考大学的钱，拖着病恹恹的身体去了很远的个体采石场干活。为了能多挣几个钱儿，他白天装石料，夜晚打更，每天休息很少，因过度劳累，搬石料时被砸断了一条腿。

回到了家里，看到躺在炕上的永顺叔五十几岁就满头白发，满脸都是密密的皱纹，这些都是我们这个不幸的家庭给他刻上的过早的沧桑。那条缠着绷带的腿木然地横在炕上，像烙铁一样一下子灼痛了我的眼睛。永顺叔虽然以一个人们所不耻的身份进入了我的家庭，但他始终在不折不扣地承担着父亲的责任，这一点，连父亲都给予了理解，作为深受哺育之恩的我还有什么不能容忍的呢？

想到这些，我激动地一下扑到永顺叔的床前，哽咽地叫了他一声"爸——"

十多年过去了，母亲终于盼来了女儿这一声深情的呼唤，她一下扔掉了准备给永顺叔服的草药，以手掩口，泪雨滂沱。

1999年腊月，我以大人的身份办了一件漂亮事：那就是"逼"着二老去婚姻登记机关办了结婚登记证。母亲和永顺叔嘴上不说什么，可脸上始终笑着。我知道，主要是因为我的原因，这一天的到来显得是太迟了。但最后，这一天毕竟来到了。虽然我从来就不赞成他们的私情，但生活本身赋予人们太多太复杂的内容，而对这些内容的理解和接受，也不是那么容易的事。对我来说，正是这些年来永顺叔对我们倾注的心血和深情使我发生了改变，而我从他身上也确实发现了父亲的光辉。

过年那天，我叫了一声爸，又叫了一声妈，叫得他们喜滋滋的。完后我问爸要压岁钱，妈说你不是你永顺叔养大的吗？我说今天这钱不一样，这是咱家的大喜的日子。妈的脸一下被羞得通红。

# 幸福是用胡萝卜雕刻出的花朵

马芳花　安喜悦

　　来自藏族聚居区的父亲和来自长沙的母亲相识于云南的一所大学,就在食堂里的偶一四目相接的瞬间,便注定了两人的一生情缘。为了爱情,也为了响应当年"支援边疆"的号召,他们双双留在了云南的一个边陲小城当老师,后来又辗转到了迪庆,即今天已驰名中外的香格里拉县。

## 一

　　我的父母是1967年结的婚,那时也没什么仪式,把被子搬到一起就算是有个家了。接下来的暑假成了他们旅行结婚的假期,也算是开旅游结婚之先河吧。从此,他们每年都相约至少出去旅游一次,即便我和姐姐的出生都没有改变他们这样的约定。

　　那时的迪庆贫穷落后,交通相当不便,有些地方甚至连路都没有。到大一点的县城丽江去只有一种办法:搭县里唯一一辆解放牌大货车,走三天盘山公路,中间还要住两宿的车马店。走如此艰难的路,父母总是齐心协力带着我们两个孩子。我晕车,到丽江时往往已累脱了形,父亲就背着我,母亲则牵着姐姐,借住某小学的教室里休整一天,第二天再继续行走。

　　三十年前的中国还没有什么旅游概念,做教师的父母收入也相当微薄,即便这样,他们在十年时间里还是带着我和姐姐到过南方的许多地方,纯粹为了游山玩水,相当苦也相当有趣。父母的同学和朋友真多,每到一地我们都能见到和他们熟识得不得了的人,虽然大家都不很富裕,但一两天的招待还是相当热情的。我和姐姐也因此认识了许多至今对我们来说都是亲人的叔叔阿姨们。

## 二

　　我们在迪庆的家,是人情味十足的藏式民居。父亲是地道的藏族人,对此自然是相当熟悉和习惯;母亲虽来自湖南的一座小城市,但很快就适应并喜欢上了这里自由自在的生活。周末如果母亲在院子里洗衣服,父亲通常就在旁边一边陪我们玩,一边和母亲有一搭没一搭地说话,虽都是些很普通的闲话,但两人你一言我一语的很是热闹。

　　有一次,父亲趁着我睡着,把我偷偷放在了我一直不敢骑的牦牛背上,然后就和母亲到街市上买东西去了。等我醒来后,发现自己在牦牛背上,愣了几秒钟便大声哭了起来,可又不敢动弹。循着哭声而来的母亲和藏族邻居看到这样的情形都哈哈大笑起来:原来父亲怕我摔下来,早已用哈达把我牢牢地绑在了牦牛背

上。这个笑话至今还被熟识的老邻居们津津乐道，他们说：那一家子真是有意思。

记忆中的父母总有做不完的活儿和说不完的话。与当地男子普遍不喜欢干家务事截然相反的是，父亲只要一有空就和母亲一起挤在厨房里，一个洗菜一个切菜，说说笑笑地就把饭菜准备好了。有时还很大声地说，让在院子里做作业的我和姐姐以为发生了什么事情连忙跑进厨房去看他们。

关于上述情景的回忆常让我陷入迷惑：我的父母都在一起过了三十年了，他们有多少话能够一直说而依然趣味盎然，有什么事可以总是一起做而毫不厌倦？

## 三

姐姐考上大学那年，父母在家里大宴宾客，其中就有当时还是我男朋友现在则是我丈夫的扎西。在我差不多已忘记那天宴会的具体情形时，扎西倒向我描述了他当天感受到的"震撼"："那天来的人很多，因为迪庆终于有自己的女大学生了！就在大家在院子里喝着酥油茶，吃着牦牛肉和奶渣拱手欢庆的时候，你父母则端出来一盘盘色香味俱佳的菜肴。我好奇地跑到后面的厨房里看他们是如何制作出如此漂亮的菜肴时，却发现你父母站在有阳光照射进来的厨房里，快乐地一边交谈一边忙着各自手里的活儿：一个把胡萝卜仔细洗净后放在案板上，另一个则熟练地将它们切削成花朵摆进盘子里，然后再将炒好的菜盛进去。当时只有大饭店里才有胡萝卜雕花做成的菜盘装饰边，而我在你们家里竟看到了，而且还看到了你父母是那么开心地在一起做着雕花胡萝卜。当时我就想，传说中的王子和公主从此过上了幸福的生活无非如此吧，而那幸福的生活指的也可能就是这种两个人齐心雕刻出的胡萝卜花吧，原来幸福的定义就这么简单。我可以想象到，当他们年老白发苍苍时，仍会在厨房里一起开心地雕刻胡萝卜花的！"

## 四

1999年，父亲被查出患了胃癌而且已到晚期。

母亲一直坚持不告诉父亲真相，直到父亲去世前他还笑呵呵地对我们说要全家人一起再出去旅游一次。我后来就想，那么聪明且受过高等教育的父亲经过一次次病危，当时怎么可能不知道自己患了什么样的病症呢？原来他所有的快乐都是佯装给母亲看的，就像母亲总在夜里流泪，在厨房里轻声哭泣，但到父亲的病床前她也总是一副无比快乐的样子。

这一生，他们都希望给予对方最快乐的笑容！

在父亲最后半年的生命时限里，他总愿意和我在一起谈到他和母亲青春的过往。说起念大学时，有个来自北京的男生曾很热烈地追求过母亲，而母亲也差点动心去和那人在一起，父亲由衷地庆幸自己抢先一步向母亲表白了心声，用藏族最直白的歌声表达了他对她的爱意。

"母亲为什么会选择你？"我好奇地问。

"因为我长得很英俊。"父亲半开玩笑地说。我相信,父亲直到患病之后也是最英俊的康巴汉子,更何况当年风华正茂的时候。

母亲喜欢吃糖,在粮食供应困难买糖都需要凭票的年月,父亲每次想方设法地弄到几块水果糖后,会把其中一块给我,另一块给姐姐,剩下的则都给了母亲。后来,随着我和姐姐长大有了外出的机会,每次离家前父亲都不忘嘱咐我们,到外地要记着给母亲买点糖回来,哪怕是最便宜的水果糖呢,这可是你们对母亲表达爱的机会呀!每当这时,我和姐姐都会由衷地感叹:母亲真是天底下最幸福的女人!

父亲去世后,母亲几乎疯掉,她不仅夜夜流泪,白天还总是坐在厨房里盯着地板发呆。家中任何一件和父亲有关的物品都可以让母亲大放悲声。有好几次,我还看到母亲半夜站在路边祈求平安吉祥的经幡前念念有词,而从前,身为汉人的母亲根本就不会到这样的地方来祷告,偶尔因为父亲沿袭传统在这里祈祷时,她才会恭敬地鞠个躬,再绕行三圈,以表敬畏之情。

我们都很担心母亲日后的健康。后来姐姐和姐夫商量了一下,就将母亲接到了昆明,希望换个环境,可以让她减少一点思念父亲的痛苦。

## 五

一晃五年过去了,对于父亲的离去,母亲已能表现得十分平静。有时带着姐姐的孩子回迪庆来住住,她还常会拿出父亲生前用过的一些东西,跟外孙一起开心地玩儿。只有在各家各户升起炊烟时,她的神情才会略微沉默地现出沮丧,眼睛看着远方若有所思。

有一次我和母亲一道在厨房里准备晚餐时,夕阳的光辉洒了进来。我在和母亲的闲谈中问她:"你这辈子最大的挫折是什么?"

母亲很认真地想了想后回答我说:"是你父亲去世。我一直以为我可以走在他前面,或者是我们一起离开这个世界,但我没想到他会比我先走。"

"当初,您为什么选择了父亲?"我忽然记起了父亲曾经说的他们的青春过往。

"是因为你父亲的一句话。"母亲的嘴角忽然露出一丝甜美的微笑,"他说:'我对天发誓,在我有生之年,我一定要比你多活一天。我会帮你安葬,让你安心,不受失去爱人的苦痛,然后我再来陪伴你!'"

可是,父亲违背了自己的誓言,他伤了母亲的心。即便母亲经历了像因出身问题受到审查蹲过牛棚、患乳腺肿瘤动过一次大手术、更年期时一次大出血差点没救过来等等这么多苦痛,都没有父亲违背誓言的辞世更让她伤心。

"但是,我想这一切都是上天安排好的。"母亲很平静地说,"我一直比你父亲坚强,虽然我善感。他一直是个浓眉大眼的大孩子,永远有着快乐的笑容。失去他的时候,我确实有种鸟儿不能再飞般的恐惧,但我只要一想到如果我比你父亲去得早,他将会比我更惊惧,没有了我和他一起说笑,他都有可能失去语言能力……想到这些,我就不再埋怨和哭泣了。我很开心我能比他多活这些年,不仅陪伴他到了他生命的终点,给他所有我所能给予的照顾,而且我还很开心地看到我们的两个女儿都已长大成人,而且拥有了我们曾经拥有过的幸福。"

# 梦中之屋

绿云 编译

32岁的家庭主妇萨拉正聚精会神地看着房地产广告，她被一行字吸引住了："这里有幽雅宁静的阳台，让您与绿色的大自然共同呼吸。"多美的环境啊！萨拉一直向往有一个这样的阳台，她按捺不住把广告从头至尾读了一遍："古屋出售。这里有8个宽敞的房间，两间浴室。清凉的树荫掩映着绿色的草坪，幽雅宁静的凉台，安谧而迷人。价格从优，可作让步。"后面是房地产经纪人西姆斯小姐的联系方式。

这套房子太理想了！她抬起头，凝望着丈夫。乔正坐在对面埋头看书。看到乔神色倦怠，萨拉忍不住一阵心疼。"我亲爱的乔，他实在是工作很辛苦啊。要不要和他说换房子的事情呢？"她心里默默念叨。

萨拉环视着这间宽大的起居室。这幢老宅从乔的祖上到这辈已经传了三代了。所有房间都很宽敞，这当然很好，可是那间巨大而不实用的厨房，常常成为她和乔之间争执的话题。还有那架木质楼梯，已经有陈腐的痕迹了，与房间的颜色不太协调。

每逢和乔谈及搬家的事，他就会把它称作"妙不可言的老房子"，眼里闪着依恋的光芒；而她则称它为"破房子"。

现在，萨拉想把这条广告念给丈夫听听，可他那瘦削的脸上泛起的倦容，使得她把到嘴边的话又咽了下去，改口说："我爱你，乔。"

"我也一样。"乔咕哝了一句，头也不抬地继续看他的小说。

萨拉叹了口气。有时她真想使劲摇晃他，让他吐出一些动听的甜言蜜语，但乔一直认为满口华丽辞藻的表白是愚蠢的。可萨拉生性温柔多情，渴望丈夫能给她缠绵悱恻的爱，让她享受一下这种幸福，哪怕只是偶尔为之。还有一件事，下个星期是她33岁的生日了，她甚至怀疑这个榆木脑袋的人是否还记得这个日子。

萨拉努力使自己从这种臆想中摆脱出来，重新研究广告。"可作让步"，这意味着是一桩可以谈成的好买卖。如果那所房子像广告上说的那样美好，而且价格公道的话，乔看了或许会……她被突如其来的兴奋攫住了。她想，明天要去看看那所房子。

第二天在房地产办公室里，办事麻利的西姆斯小姐向她道歉说："这条广告被搞错了，"她说，"它本应该下星期才被允许刊登出来。但我可以带您去看看别的房子。"

萨拉情绪低落地跟着西姆斯小姐的步伐，她心里老是惦记着那栋"有幽雅宁静的阳台，让您与绿色的大自然共同呼吸"的房子。在一个新区，她看了3幢由

设计师构思布局的"摩登之家"。房子还崭新漂亮,可房间似乎太窄了!她想,这些建筑师就知道一寸一寸地算计,好把这些方块都挤在一起。在一间所谓"大师手笔"的屋子里,她不由得感叹道:"他真的是一个吝啬大师。"

"如果您感到这些都不满意,那么我带您去另一处。"西姆斯小姐说。这处新住宅区让萨拉更泄气了。一幢幢鳞次栉比的房屋紧挨在一起,稀松的树木佝偻着身子,房间的天花板低矮得给她一种强烈的压迫感。

萨拉扫兴极了,她准备离去。西姆斯小姐突然说:"我可以带您去看看您感兴趣的那座房子,不过,只能在外面看,因为房主的售屋广告下星期才允许刊出。"

"哦,太好了!"萨拉说。当她们驱车向城市另一方驶去时,萨拉的嘴巴慢慢地张大了,直到车开上一条宽宽的林荫路时,她才回过神来。车靠近路边,她坐直了身子。

"瞧,就是它!"西姆斯小姐说,"多么宽大,多么气派,不是吗?"

萨拉望着这座漂亮的红砖小楼,它前面有一片草坪和绿荫如盖的大榕树,一股说不出的滋味涌上萨拉的心头。

"您要是需要它的话,那位先生会在下个星期和您联系的。他说过了:可作让步!"

"不错,很漂亮。"萨拉喃喃地说,她缓缓地下了车,"多谢你,西姆斯小姐。我家住得离这里不远,我可以走回去。"

西姆斯小姐的车开走了,萨拉怅然若失地站在人行道上,慢慢走向这栋下个星期就可以出售的屋子。她迈步踏上门前那条熟悉的绕着牵牛花的走廊。拿出钥匙,打开房门。她静静地站在那里,环视着四周。

一种新奇之感如同电流般袭遍她的全身。在感受了那些"大师杰作"之后,她第一次关注着这栋房子的高大宽敞和空气畅通!她看到宽大的门厅,雅致怀旧的楼梯,起居室里可爱的木质窗户——从中望去,一幅树影婆娑、枝叶依依的景色映入眼帘。一切似乎都是以前没有见过的。

"安谧而迷人。"她想着广告上的用词,心里好像被一股暖流温柔地搅动着,眼中放出异样的神采。她缓缓地走上那座曾经感觉陈旧的楼梯,此刻她对它只有一种眷念的心情。

乔正坐在书房看书,神态宁静而祥和,书桌前的大窗户让充足的阳光洒在丈夫的身上,窗外是一株散发着幽幽香气的相思树。

"乔,我今天干了件蠢事,"萨拉不好意思地说,"我去应征出售自己房子的广告了。"

他一愣,默默地凝视着她,然后说道:"那广告应该在下星期登出来的,在你33岁生日那天!"

"经纪人已经道了歉,"她呵呵地笑了起来,"告诉我,广告里那个幽雅宁静的阳台在哪儿?"

家庭是心灵唯一的绿洲和安憩之地。
——(日)池田大作

他脸红了，说："就是爱米丽房间外面的那个。"

萨拉吃了一惊，大叫起来："你是说那个小木头平台？"

"是啊，它也算是一个阳台啊，虽然简陋了点，不过真的很幽静啊。我是想吸引买主。"他嗫嚅着，"我知道你十分讨厌这个破房子。"

"它不是破房子！"萨拉的喉头一阵刺痛，"它有很多地方让人依依不舍！"她颤声说，"那篇广告一定费了你很多心思。"

一阵突然的沉默，他们目光相遇了。乔嚅动着嘴唇："我是想让你高兴。"

"可作让步。"萨拉想起这句广告词了！那个榆木脑袋的丈夫，他为了让她开心而卖掉祖传的房子，这是多么大的让步！院子里传来一阵孩子们的尖叫声，那里是他们尽情玩耍的天堂。

萨拉走上前去搂住他的脖子，把脸颊和他的脸颊贴在一起，低语道："我们不要卖这所可爱的房子好吗？乔，这里是我们的家，温馨而宁静。我从来没有像现在这样喜欢待在这里！亲爱的，我爱你！"

他把她紧紧地揽在怀里，低声说："我也爱你，萨拉！"

多么完美啊！她躺在他的怀中，仿佛回到了10年前他们刚开始相恋的甜蜜时光。那天她看过的几所新式楼房和她的梦想大相径庭。如果她的"梦中之屋"是一个完美的蓝图，那么只有这栋老屋才能满足她的要求。她将重新拥有这片天地——嘎吱作响的楼梯，费时打扫的厨房，所有额外的家务，一切的一切。萨拉闭上眼睛，嘴角漾起一丝微笑。

# 栀子花开

陌上花开

正是栀子花开的时节。以往每年这个时候，家里都会飘着栀子花的香气，因为外婆喜欢栀子花。

"小囡啊，好交男朋友了哩。"外婆坐在床边上，摇着一把蒲扇，慢慢地说道，"外婆像你这么大的时候，老早就当妈妈了。"

"外婆，找不到好男人呢。"我赖到她膝盖上去，"总不能随随便便找一个吧？"

"那倒是的……要找个老实的，长相是其次。"她看看我，眼神儿便飘到栀子花上，"男人好看有什么用？像你外公……好看是没有用的。"她微微地叹了口气。

关于外公的一切，我全是断断续续从大人谈话间了解到的。关于他的英俊、风流、薄情……外公很早就去世了，他去世的时候，守在他身边的是另一个女子和另一群儿女。外婆说起那个女子，要用鼻音哼出来："那个女人！"她狠狠地说。

我见过外公年轻时的小照，真是非常英俊的。分头，大眼睛，端正的鼻梁，微笑的唇。但是……"男人好看有什么用？"外婆说。她说起外公，语气万般复杂，但一定是以这种不屑的口气为主。40年孤单辛苦的岁月让她的嘴唇抿成一条线，40年，她拉扯的四个儿女全都大了，连最小的孙女也工作了。这一切的酸甜苦辣，并没有人跟她分享或者分担。我想，她真的很恨外公，虽然她当年和外公曾经轰轰烈烈地恋爱过……

真的真的，她的恋爱故事够得上个传奇。

据说，外婆是17岁那年认识外公的。那一年，外婆是小学教员，想学弹风琴，她的表哥就介绍了一个朋友教她。这个人后来就成了外公。外公何以会爱上外婆这一直是个谜，因为外婆在年轻的时候，长得也不好看。但是外公热烈地追求她，最夸张的举动，就是在当地的小报上公开给外婆写情书——这个细节让几十年后的我们都直呼浪漫，何况是当年的外婆……

不巧的是，当时外公家里已经给他相好了亲，家里人听说他在城里又有了相好，非常生气，押了他回去。而外公不知用什么法子又逃了出来，不管不顾地就娶了我外婆。呵！我想那是外婆一生中最幸福的一段时光吧。"那时，他在中学里教音乐，每天早上，他都会早早起床，拉一阵子小提琴……"有一次，外婆在栀子花的香气里，忽然充满向往地说起那段日子。

但是，唉，所有的故事都会有但是的吧。这个时候出现了"那个女人"，是外公的同事。听说，那个女子长得十分美丽。她爱上了英俊的外公，铁了心要跟他好，甚至愿意当外公的妾。

也不是不可以的，在那个年代。外婆却一声不吭地，主动和外公离了婚，虽然外公并不同意，可外婆倔起来，是什么也拉不回头的。

我想象不出，当年，一个离婚女子是怎样面对所有人的目光的。

但是外婆完全没有后悔，这是她自己选择的。她一个人带着孩子，离开了外公。说起外公的去世，在多年之后，她冷笑道："人的良心坏了，天也不容呢。"她是那样坚强。

在生命的最后几年，她眼睛已经近乎瞎了，以前还能将脸贴在报纸上看看报纸，现在什么也看不成了，只能整天整天坐在家里，完全凭着听觉来判断周围发生的一切。

3年前，就是这个季节，她跌了一跤，就起不来了。我们将她送进了医院。

那天下班，我去看她。在街边买了一把栀子花带去医院。她已经瘦得不成样子了，可是闻到花香，她脸上的表情一下子柔和了。我把花插在她的床边，她将头微微地转往花的方向，轻轻地吸了吸鼻子，忽然轻声地说道："你外公，可喜欢栀子花呢。"

她没能活过那个夏天。

整理她的遗物时，我翻到一本用挂历纸订成的本子。上面全是我们家里人的照片，不知什么时候收起来的，全贴在那上面。一定是她眼睛坏了之后才做的，因为照片全都东倒西歪，有好些都贴倒了。

可是，就在第一页上，贴着她和外公的一张合影，他们唯一的一张合影，贴得端端正正，一点点都不歪……我不知道她如何能贴得这么端正……

我想她应该是将整个脸几乎要贴到桌面上，那样仔细地摆弄着那张照片……

年轻的外婆在神采飞扬的外公身边，在那张发了黄的照片上，如此沉静地微笑着。

像一朵栀子花，在岁月里，永远地飘着淡淡的香……

# 飞越仇恨的天空

曾莉

十年前,一架即将抵港的客机在重庆机场附近爆炸。我成了不幸的女人——本来打电话说三天后才返家的丈夫,不知为何搭上了这班飞机!我只觉得眼前一黑,刻骨的悲伤和喧天的恸哭都被昏厥掠去。

现在想来那几天已到了人生的冰点和极限,我的躯体行尸走肉般在航空公司、殡仪馆间忙来忙去,魂却去了别处。几天的不思饮食和无法闭眼,我陡然从一百多斤枯瘦成薄薄的一张纸,毫无依靠地在重庆大雾弥漫的十一月里飘来飘去。可我不知道,命运的深渊中,更大的不幸正悄悄向我逼近。

首先是我从遇难者名单中发现了一位大学同窗的名字——徐蔷(为尊重隐私权,我在这里只能用化名)。她和我是在师大读中文系时同住一寝室的同学,她早年丧父,六十二岁的老母又患了老年性痴呆。这些不幸加上她自己的境况不好,徐蔷变得极度忧郁。念于同室之谊,我曾让她到我家来玩几天。但我万万没想到在这短短的一周内,她与我丈夫会发生那样的事。在我呼天抢地的恸哭中,她狼狈地逃逸,郝兵则跪在我面前,涕泪并流地扇起自己的嘴巴,请求我原谅。

我原谅了丈夫,因为我深深地爱他。

大约是丈夫逝世后的两个月,家里的门被一阵急雨般的敲打轰开。门外是一位抱小孩的女子,二十岁左右,穿着属于刚进城不久的农村人的样子。

她气喘吁吁,语无伦次地讲:半年前,住在十八楼的一对夫妻请她带孩子。两个月前他们去北京办事。说好一个星期就回来,谁知两个月了,杳无音信,留给她的钱早就用完。她和小孩已三天靠最后半包奶粉果腹了,实在没办法,她根据男主人丢在家里的一张身份证复印件,按上面的地址找到这里来,她猜想这里该是男主人的父母家……她还在絮絮叨叨,我一望她手上抱着的小孩模样就明白了一切。刹那间,野兽般的咆哮从我嘴里发出,面容也变得狰狞可怕。因为她被我一声"滚"的怒吼吓得颤颤发抖,怀中的小孩也撕心裂肺地大哭起来。

关上门,我真正感到自己被这个世界抛弃了。曾倾心相爱的人竟如此恶毒而圆滑地欺骗了我,自己还能够去信任和怜悯什么吗?上帝啊,你是否也要把我锻打成恶毒的女人,教唆我去以牙还牙?

在悲伤和仇恨中我挨过了难忘的一年。转年春节,大学同寝室的另一位好友来拜年,她小心翼翼地提起那个敏感的话题。好友说,其实徐蔷与我丈夫后来的发展,许多同学都有所风闻,她还专门去劝戒过,却在徐蔷的家里(徐蔷那时已调回重庆,她母亲已去世)撞见了似乎刚刚起床的我的丈夫,丈夫当时拉住她恳求:只要不告诉我,一定痛改前非,与徐蔷一刀两断。好友为我丈夫保了一回密。以后,

每当她看见一脸幸福而满足的我时，都欲言又止。她万没想到，这对狗男女不但在我眼皮下偷偷同居，竟还生下一个小孩！她叹了口气，"只是那小孩太可怜，没人收养，被送到福利院时还不到两岁，一天到晚只是哭，瘦得像个小猫……"

第三天，我办事路过那所福利院，突然就产生了去看看那小孩的念头。

小女孩果真像一只脏兮兮的小猫，蹲在一张双层床的下铺。工作人员拿了一盒什么药过来，一边给小孩子涂抹一边说："嘉嘉太可怜了，她身体弱，动不动就生病。你看手背和屁股全是针眼。你说那些当父母的可恶不可恶，没本事养，就不要生啊……我们也想给嘉嘉找户收养她的人家，来了好些人一看她病恹恹的，都不肯要。这位大姐，你是嘉嘉的亲戚吧，你若心肠好就把她带回去……"

我被工作人员的话吓了一跳。忙推开小孩子的手，气冲冲地说："你搞错没有，她关我啥事？"我逃避瘟疫似的从福利院跑出来。

说来也怪，连续几天，睡梦里都见到女孩在对我笑，像一轮新鲜的太阳那样朝我纯洁无瑕地笑。女孩的笑容如过滤器将我阴郁的心情滤得宁静，滤得单纯。其实，我是很爱孩子的，只是支持郝兵攻读硕士，才把做母亲的梦压抑了这么久。我万没想到自己的牺牲却成全了别人的丑恶。

在一种复杂的心态中，我又去了几次福利院。4月的一天我又去看她，嘉嘉（我已习惯称她名字了）高烧40℃躺在床上，两腮烧得通红。一见到我，小手无力地攥住我，喊声"阿姨"，两行泪水就流了出来。对生命的珍爱之情猝不及防地淹没了我。是啊，孩子是一株生命的嫩芽，经不住风吹雨打，更承受不了人世的痛苦和委屈，她只应承受呵护与爱……不知什么时候我的泪也流了出来，嘉嘉懂事地用滚烫滚烫的小手轻轻为我擦拭，嘴里喃喃地说："阿姨莫哭，你脑壳痛的话，嘉嘉去喊医生来打针，嘉嘉打针不哭，你也不哭。"我一把抱紧孩子，如万箭钻心。那瞬间，嘉嘉就是我十月怀胎生下来的亲骨肉。

我收养了嘉嘉。作出这个决定前，我辗转思考了几天几夜。

嘉嘉在这个世界上真正是没有一个亲人了。郝兵是独子，他的父母已在五年前相继去世。

我知道这个决定对我一生意味着什么。它是一种战胜：战胜外在，战胜自我。以后发生的事情比我预料的严重得多。

就在我领养嘉嘉几天后，大学几位要好的同学心急火燎地赶到我家。一位女同学趁我没注意，悄悄把嘉嘉带到隔壁房间，撩起她的衣服仔细查看有无瘀血、创口；另一位男同学转弯抹角绕了半天，吞吞吐吐地劝我去看心理医生。原来他们认定我心理变态了，要拿嘉嘉来折磨，来实施报复。

我打报告申请调往离城更偏远的一所中学去。

搬家那天，我上上下下指挥着搬运工，守"摊"的事则交给刚刚三岁的嘉嘉。她懂事地坐在一堆衣服里，一步也不乱跑。手里还死死抱住我的大相框，说"不能把阿姨摔烂"。看她认真的神态，身心憔悴的我多少有一分安慰。

我一直不敢告诉家人嘉嘉的真实背景，但年迈的父母虽然心地善良，却好像

嗅出了嘉嘉身上的什么，一开始就对嘉嘉非常冷淡。

本来我想在家里找到支持和依靠，结果却落得个雪上加霜。

我有了再把嘉嘉送回福利院或另送人家的念头，有次父亲老泪横流地劝我趁年轻再找个人。他们哪里知道，女儿不但对婚姻失去了信心，甚至连死的念头都有了。我已心力交瘁，看不到生活中的一丁点儿亮色。

我从父母家赶回自己的家已是深夜十二点过了。老远就见窗户亮着，打开门便见猫在门边的嘉嘉，睡梦中她小脸上还挂着两道泪痕。第二天，我问她为何不上床睡觉，嘉嘉说："我等阿姨，我怕没人给你开门。"我紧紧地搂住自己生命里的这个奇迹。冥冥中似乎有个声音在呼唤：留下她吧，她会成全你的……

以后的日子，我和嘉嘉相依为命、彼此慰藉。不知不觉中，已七岁的嘉嘉该上学了。在嘉嘉踏入校门时，我为她重新取了个名字——曾尊。我希望她不要重蹈她母亲的覆辙，永远尊重自己，珍爱生命。

日子一天天过下去。

去年夏天，嘉嘉点燃了她的第十支生日蜡烛。今年夏天，我与本校一位生物老师组建了新的家庭，嘉嘉在她最近的一次获市一等奖的作文中，深情地写道：

我不知自己的生命源头在哪里，但我却生活在幸福中。懂事以来，我第一次喊出"爸爸"、"妈妈"这四个音节，爱心给了我一个温暖的家。

我在夏日的余晖里读着女儿的作文，望见下了课的丈夫正夹着一叠书往家赶，幸福和踏实潮水般将我托起，我飘然欲仙。我知道，经过苦苦的挣扎和搏击，我已飞越了仇恨的天空，爱的天空更广阔，它使我如火中的凤凰，完成了自己的涅槃。

# 来喝一杯茶

（法）蓬草

"这些是什么东西？"莫恩太太看了一眼丈夫手中拿着的一沓小纸条。

莫恩把一张小纸条放在桌子上，"如果我请邻居们来喝一杯茶……"他指着纸条上的字，念着。

纸上是一幅画。左上方是一个垂首微笑的太阳；太阳下，是一幢又一幢的城市大楼，窗户有关着的，也有打开的；窗子如果打开，便有一个或两三个人探出半身来，和另一扇窗子的人微笑、握手或谈话，他们均有愉快的面貌，十分高兴见到邻居；屋顶上，彩色气球升起来了，增加了节日的气氛；天空中，白色的鸟儿在飞翔，为了表示自由和舒畅。纸条上的文字："亲邻行动，屋宇节——如果我请邻居们来喝一杯茶！"

"这是什么意思？"莫恩太太仍旧不明白，等待丈夫作详细的解释。

莫恩告诉她，本区的超级市场，发动人们过一个新的节日，名为屋宇节，希望住在同一楼宇的人，在6月9日这一天，互相邀请，见见面，喝一杯茶。这就是亲邻行动。超级市场印了一些纸条，免费派发，人们可把它们用作邀请卡。莫恩把纸条翻过来，"你看，背后便是邀请卡，印了时间、地点、邀请人、被邀请人等栏，只待填写。"

莫恩太太睁大了眼睛，"你的意思是说，我们要做主办人，邀请这一幢楼宇的住客来我们这儿喝下午茶？"

莫恩笑嘻嘻地反问："为什么不可以？"

嫁给这个男人已逾十年，做妻子的仍旧认为：莫恩是一个让她难以明白、不容易了解的人。

莫恩会对植物，特别是花朵说话。

露台上的植物，有蝴蝶花、天竺葵、矮牵牛……这些是花，还有蜘蛛草、纸莎草和一株源自约旦的树苗。一年前，莫恩夫妇到约旦旅行，在一次远足中碰见一个小孩，孩子向莫恩摊开手掌，他的掌心有许多种子，他说要送给莫恩。旅行回来，妻子早已忘记这件事情，有一天，她看到莫恩取出种子，用棉花沾水把它们湿润包盖，不多久，种子发芽，其中一颗，长成了今天的这株树苗。莫恩深信，树苗能长成大树。只是，露台上怎能容纳一棵大树？

莫恩曾在某一个圣诞夜，带了一瓶酒出门。妻子问他去哪儿，他讪讪地说："陆伯是独居的，今夜，我去陪他喝一杯。"但不多久他便跑回来，酒原封不动。他很高兴地解释："我在陆伯的门外，听到他和别人谈话，他不是独自过圣诞节的，我放下心，没撳门铃，便跑回来了。"陆伯是莫恩夫妇从前居住的楼宇的管理员，

退休三年了。

莫恩会呆呆地坐在窗前，坐上半天。

但这样子的一个人，是不受别人欢迎的。

人们认为他性情乖僻，举止和常人有异，不明白他的脑袋中到底在想些什么。至于他在圣诞夜，不经邀请，要找陆伯，更是鲁莽的、没有礼貌的行为，他分明是不遵守社交的规则，不尊重别人的生活方式。而他坐在窗前，待上半天，即使不是傻子，也是一个太无聊的人，浪费了宝贵的时间。他爱看书，看的是什么书？全是不实用的东西，虚构杜撰的文艺小说！

幸好莫恩太太虽然不能完全了解丈夫，却不像其他人一般认为莫恩是傻子。她凭着直觉，相信丈夫在表面的童稚下，藏着一颗珍贵的人性的心。再说，他怎会是傻子？他有一份需要有高科技知识的职业，他把工作做得蛮好的，老板从来没对他的工作成绩表示不满意。

只是关于亲邻行动，做妻子的却很难和丈夫有同样的热心。超级市场之所以发动大家过这样的节日，不外是替店家做宣传，主要目的是希望人们前来购物。要请邻居们喝一杯茶吗？购物单上便可能包括咖啡、汽水、果汁、啤酒、红酒，甚至是威士忌或香槟。喝茶，不能没有小吃，饼干、糖果、面包、乳酪、火腿……这些东西，超级市场内全有出售。客似云来——生意人在等待。

不热心的莫恩太太为了不违丈夫的意，也只得拖着购物小车子，去超级市场。莫恩早已花了一个上午时间，在邀请卡上填写了各邻居的姓名、喝茶的时间和地点。他一共填写了20张，并把它们分别放进各户的信箱里。莫恩太太在超级市场中，不仅要买汽水和零食，还要买纸杯和纸碟，家中哪有供数十人使用的杯子和碟子！

数十人？莫恩太太叹了一口气，她担心的不是人多，也不是人少，她恐惧的是到时候一个邻居也不会出现。在这栋楼宇居住已有两年，她只认得几张脸孔，在电梯中或信箱的前面遇见时，大家客气地说一声"早安"，如觉得有"交谈"的必要时便说今天的天气好，或是不好，更进一步的便说，明天的天气可能更好，或更不好。除此之外，莫恩夫妇不认识邻居，邻居也不认识他们。如今他们要响应亲邻行动，做主办人，邻居们会怎样想？有些什么反应？他们会应约前来吗？

莫恩太太的担心是完全有道理的。

首先，打开信箱的只有19人。有一户人家早已迁出，房子是空着的，等待新房客的出现。其余19人有12个把邀请卡和其他信件及广告掏出后，粗略地看一眼，认为邀请卡是广告之一，便顺手把它和其他广告丢进垃圾箱中。这是很可以理解的。邀请卡——其实只是超级市场派发的小纸条——看上去像是广告。每天，信箱里充塞了许多广告，谁有空或兴趣去细看究竟？广告的命运大多如此——给丢进垃圾箱中。或许莫恩应该想到这一点，或许他应该把每一张邀请卡放进一个信封中，封了口，在信封上写下收信人的姓名，以清楚表示这并非广告；但莫恩没有这样做，12张邀请卡便给丢掉了。12户住客，根本上不知道有亲邻行动这一件事情。

> 真正的美德如河流，越深越无声。
> ——（美）哈利法克斯

余下的 7 个开信箱的人，看到卡上所写的邀请日期、时间和地点——莫恩夫妇家。

谁是莫恩夫妇？有 3 个人茫然了，他们肯定这是某人在"开玩笑"，不值得理会，不用和家人提起，把邀请卡丢进家中的废纸篮里，转一个身，完完全全忘却了此等无聊的小事。

有两家人在 6 月 9 日晚上早有约会，他们是没空的，即使他们相信邀请卡不是一个玩笑，也实在无法参加。当然，如果他们是有礼貌的人，是应该回复一张小纸条或小卡片，多谢邀请，并道一声歉，说真不凑巧呢，他们偏在这个晚上有约会。但他们没有这样做，并非缺乏教养，而是觉得像这么郑重的回复，总显得别扭吧。邀请人大概想着"愿者自来"，不愿或不能来的便不来好了，是不等待有人回复的。

其余的两户人家，曾在超级市场内看过这些邀请卡，知道有"亲邻行动"这件事，他们想：商店的宣传手法，实在层出不穷，没想到竟有人认了真！他们大概知道莫恩夫妇是谁，即使双方从来没作正式的交谈。印象中的莫恩夫妇，特别是莫恩，显得有点怪怪的。姓曾的一户人家，对莫恩更有不满，原因是某天黄昏，曾太太从理发店回来，她剪了一个"新式"的极短的发型（是她坚持要把头发剪成这个样子的，尽管理发师小心翼翼地向她提供另一款式），结果是她看看镜中的自己，有点像尼姑，她心一惊，脸转了颜色。她在搭乘电梯时碰到莫恩，莫恩竟看着她笑，神情暧昧。曾太太认定他是嘲笑自己的发型，羞愤得背了身，不愿接触莫恩的目光。莫恩的笑容，并非揶揄曾太太，只因他在去年种下的柠檬树（是的，他在露台上还种了一棵小小的柠檬树）竟然开了花。白色的、星形的花朵，发出清幽的香气。莫恩深深地呼吸着，快乐和感激得说不出话来。这一天，因为柠檬树开了花，莫恩从早到晚在脸上挂着笑容，他踏进电梯时根本没留意曾太太的发型，后者是误会了。人间，偏有许许多多的误会，简单如莫恩，是应付不来的。

另一户姓杜的人家，对莫恩没有特别的不满，看着邀请卡，决定不了是否去赴会，他们不外是畏羞。他们一向害怕和人打交道，如被迫在社交场合中露面，杜氏夫妇永远沉默无言。他们有两个小孩，性情和父母完全相反，整天不断发出声音，更爱推移家具，搅乱小陈设。杜先生和太太，怎敢把这两个孩子带往不熟识的人家中？他们相信莫恩的诚意，但不能赴会，自有他们不得已的苦衷。

6 月 9 日。

莫恩夫妇忙碌了大半天。

首先，要把厅空出来，让客人有走动的地方。他们合力把书桌沙发椅等全推近墙，腾出空间，摆放了折椅。当然，如果全体住客一同出现，不会有足够的椅子供他们坐下来，至少有一半人需要站着，"像游园会那样！"莫恩笑着说。在厅的一边，他们放下饭桌，铺了一张华丽的天虹色彩的台布，桌上放满各式饮品，有果汁、红酒，也有自制的鸡尾酒；碟子和碗里，盛着小吃：花生、饼干、蛋糕、

糖果……莫恩夫妇没有忘记在饮品和食品中放下一个大花瓶，瓶中插着开得灿烂的红玫瑰。他们的露台上，也有一株玫瑰花树呢，6月是花开的季节。今晨，妻子把一束玫瑰剪下来，心想："要是一个人也不出现……"

妻子的天性是悲观的，原因是她认为自己洞察世情，相信人性本恶。莫恩笑着问她："那么，我既是人，我的本性一定是恶，你嫁了一个恶人，不害怕吗？"妻子不知道怎样回答，胡乱地解释："后天的修养，可以把恶性减少或消除。"莫恩便很快乐了，他倒没想过原来自己是一个有修养的人。他搔搔头，问妻子："我真的是有修养？"妻子哭笑不得，便不和他研究下去了。

在6月9日这一天的黄昏，莫恩的妻子担心的是有没有邻居应约前来，她不愿意看到莫恩失望的脸色。她把玫瑰花插好了，再没有其他事情可做。夫妻相看一眼，像是互相鼓励和安慰，各自挑了一张椅子坐下来，各人打开一本书阅读，开始等待。

半个小时过去了。露台上，偶然飞来一两只灰鸽子，大概是累了，在栏杆上歇歇脚，但是不久又飞开。

一小时过去了，西方的天色，虽仍晴亮，但已隐隐地透着一点儿金黄。难道黄昏真的要抽身离开，让莫恩夫妇度过一个寂寞的难堪的晚上？

妻子不敢开口说什么。再等一会儿？等至晚上7点钟？她已不相信会有邻居出现，邀请卡上写的是下午5时。她再看一眼挂钟，怎么挂钟的嘀嗒声音比平时来得更响？6时30分。她想：再等上半小时，她便要把所有饮品、小吃等拿回厨房，把家具重新调动，使客厅恢复本来的样子，然后……她可有做晚饭的心情？还是向丈夫提议：两人外出，度过这一个晚上？丈夫能接受现实，不太伤心吗？

快7时了，妻子偷眼看莫恩，他平静地站在露台上，看着远山；西方的天际，挂上一片轻巧的红霞。

突然，门铃响了，妻子给吓了一跳，她来不及通知露台上的丈夫，赶去开门，像害怕走迟一步，门外的人便会消失。是哪一个邻居？真的有人赴约，不会是推销员吧？她把门打开，一个和气的中年男子站在门外，是她从没见过的一张脸孔。她想：我当然不认识住在这楼宇内的每一个人……但他真是应约前来吗？对方像猜中她的疑惑，微笑着先开口了："我是刚搬来的新邻居，谢谢你们的邀请。我可以进来，和你们喝一杯茶吗？"

女人几乎是感激涕零了："请进来啊，请进来啊！"

来客踏步进门，莫恩妻子把门带上，一转身，看到来客的背，她呆了。

来客的背上，发着光，她清楚地看到一双小小的、白色的翅膀。她失声说："你……"

对方"噢"了一声，"我忘了？"以手轻拍肩膀，翅膀消失了。

莫恩妻子掩着口。"你是……"

对方把右手的食指放到唇间，"嘘……"再轻声地说，"告诉莫恩，客人来了！"

# 单行道逆行

颜 开

我不知道当我17岁的时候,可以那么用力地去爱一个人。也许,当我们还年少,从来不知道自己小小的心脏里蕴藏着那么多想要释放的爱情。可是,当用尽全力爱过,生离死别地聚散过,再成为咫尺相隔却如同天涯陌路时,我忽然感觉爱情也不过是挂在悬崖的那朵雪莲。你渴望摘到,可是当你摘到的时候,双手已经伤痕累累。

1996年4月23日,我穿着牛仔裤白衬衣在校园里骑车徘徊,和当时刚刚兴起的色彩缤纷穿外贸服饰的女孩比起来,我显得那么不协调。

我在学校的单行道上撞见了苏扬,我们的的确确是撞见而不是浪漫地偶遇。我骑车的水平不高,而这个冒失鬼偏偏硬闯单行道。结果,他的自行车一路撞来,他眼睁睁地看着我,我也同样地盯着他,直到他的车把碰到我的手臂,我才"呀"的一声大叫起来。

擦破了皮,流了血。苏扬很紧张地望着我,他说:"同学,真是对不起,我陪你上医院吧。"后来,我们去了医院,没有骨折,只是皮外伤而已。苏扬显得轻松了很多,嘘地出了一口气。

那天晚上宿舍电话急促地响了起来。我随手拿起来说了声:"喂,你好。"电话线的那头是很清爽的男声,他说:"你好。我想找颜开。"一个很陌生又很熟悉的声音,陌生是因为我们刚刚认识,熟悉是因为刚刚认识就好像很熟悉他的声音。

我忽然紧张起来,我说:"请问你是哪位?"我故意把语调放得很平静,对于一个刚刚认识的莽撞的陌生人,这是一种原则上的礼貌。

十分钟以后,宿舍楼下。一脸大汗的苏扬气喘吁吁,左手提着草莓和大盒的雀巢香草冰淇淋,右手提着伊利大瓶酸奶和DOVE心语巧克力。我这么清楚地说出它们的牌子,只为了说明我记忆的真切。时至如今,我依然只吃这些牌子。是怀念苏扬,还是怀念我如初的纯真情怀,甚至,只是一种习惯?

他看着我,说:"拿去吃吧,反正你这么瘦,不怕高热量。"我当时呆了,不敢伸手去接。苏扬的眼神射过来,说话的语气温柔而霸道。他说:"同学,没事吧?我来给您负荆请罪呢,不过这古人的荆啊,太没意思了。我换成了两手的美食。"我乐了,说:"那你还穿着衬衫呢,古人可不是这样。"他的脸红了,我悄悄得意起来,原来他也会紧张。

当晚,在室友一窝蜂地尽享苏扬带来的美食的时候,我拿着一颗鲜嫩欲滴的草莓,放在手心,闭上眼睛,然后在心里默默地说:我的爱情就要来了,就要来了。

我们很自然地相爱。在校园里毫不忌讳地十指紧扣。我以为我们会这样地老天荒。

一年后，苏扬大四。家里想让他出国，他问我："你说我该怎么办呢？"他眼里有一种东西，我不敢认为那是一种暗示或者不舍。然而，我怎么敢挽留呢？只能微笑着鼓励他："出国是好事啊，多好的前途。"

过了两分钟，苏扬似乎很失望，他说："你愿意跟我一起去吗？我要去英国，那里的夏天很清凉很悠长。"

如果是现在，我一定会立刻答应他。而17岁的年纪，未来充满了那么多不确定。

大概，每一个想去缅怀的时间都会让人一直铭记。比如每年4月的23日，比如每年我都渴望夏天早点来到晚些离开。可惜，那年的夏天很快过去了，我没有足够理由和资本答应苏扬一起去英国。而苏扬，有着优越的出身背景和流利的口语，他去了。我说："我会每天为你祈祷。"

前些天，一个朋友给我看一段话，说：如果你爱他，让他走最好的路，找最好的女人，做最好的工作，叫他忘记你。那个时候，我并没有伟大到这种程度。我只是觉得苏扬应该去做更好的事情，但是，我不希望他忘记我，我渴望他在异国悠长的夏日里，能常常想起我。

每一个女人，在她还是女孩子的时候，为爱自私显得尤其可爱。只是若是知道此后一别五年的凄凉，我当初一定不会那么轻易说："你走吧。" 5年的时间，我上课自习泡网，闲下来就怀念苏扬，有时候，不敢闲下来，怕思念难忍。苏扬刚走的那段时间，给我打过一些电话，后来就断了联系。他大概忙于应付全新的生活吧，大概也没有怀念的时间。

学校的单行道早已拓宽了很久，这个校园再没了如初的气息，显得太拥挤太嘈杂。我默默地走着，却再也没有一个莽撞的人撞过来。我渴望再次受伤，可是，那个能让我受伤的人已经离去。

5年了，苏扬也许已经读完了大学，也许已经回国有了很好的工作，甚至已经有了如意的妻儿。只是，我这个傻傻痴望的人，他还会记得吗？我们昔日的情怀，他还能体会吗？

导师安排我去一家公司接订单。那是一家很体面的公司，在最繁华的地带有着一栋独立的写字楼。当时是下午，我仍旧是白衣牛仔裤。敲开部门经理的门的时候，里面空无一人。无奈，我决定乘电梯去顶楼找主任谈。

电梯开开合合，也许里面会出现你渴望见到的那个人呢。小说里这样说来着。我以为那是现代人的童话。可是，我没想到，在那一刻我见到一个苏扬。之所以说那是一个苏扬而不是说那就是苏扬，是因为他看到我的时候并没有当年的眼神。他不认识我。

我自我介绍："你好，先生。我姓颜。"他礼貌地伸过手来："颜小姐好，欢迎来到敝公司。在下是这里的总经理，有什么需要帮忙的吗？"我终于呆住了，世上竟有如此相似的人。在5年后，苏扬的轮廓早该有变化，然而那样的气质，那样一双眼睛，那样温柔而又霸道的语气，我无法忘怀啊。可是，他不是苏扬。服务台的小姐说："我们老板是留学归来，但不是英国，是法国。他叫ENY。"

那天下午，我什么工作都没有办好。我又重回那天已经拓宽的单行道，在撞见苏扬的那里待了一个下午。呵呵，有些事情过了5年。老天也许是仁慈，不忍见我整日里为思念伤痛，安排了一个酷似苏扬的人见我；然后，希望用他平静如水的声音扼杀我心里如火燃烧的热情。

我终于认命。

2002年的4月23日，我正在为寻找工作努力。马上就要研究生毕业了，拿着名牌大学的学历，可以找到一份不错的工作。我终于要离开这个单行道的校园了。几个人和导师一起去凯旋门庆祝，最后一次聚餐，大家拼了血本。

酷似苏扬的ENY再次出现。当我们刚刚举起酒杯把酒言欢的时候，ENY走过来，身边是一个窈窕的碧人。导师认得他，握手说："苏经理，和夫人一起晚餐啊。"苏经理？我忽然想起来自己还不知道他的中文名字。

我稳了稳精神，待ENY走开的时候，我轻轻问导师："刚刚那个人叫什么名字？"导师说："苏扬啊，当年我的学生，后来留学英国。不过后来他爸爸改到法国发展，他也就去法国。这一回来，已是一家大公司的总经理……"

我已经听不下去。苏扬……

我跑出来，把一脸惊愕的导师和学友抛诸脑后。苏扬在那里，我所思念了六载的人就在身边，可是他的身边早已有了佳人。他装作不认识我。难道，如初的那些片断，他都忘记了吗？

在学校最高楼层的顶台，我一个人看着茫茫黑夜，想起每一个思念苏扬的夜晚，那样的痛入心扉魂不守舍。原来，有些相遇可以轻易就发生，而上苍如果让你不遇，哪怕你遇上了也是惘然。

想起刚刚接到的一个面试通知，不正是苏扬的公司吗？原来，造物主竟然如此戏弄我，一直都不怜惜我。

有一段时间，我有一种冲动去找苏扬，告诉他我就是颜开，告诉他我曾经为爱等待至今，可是只是等来了苦苦不得的伤害。但是，我最终没有，爱一个人，让他走最好的路，找最好的女人，做最好的工作，叫他忘记你，永远不觉得你珍惜。

我去了遥远的海南，为了离苏扬远些再远些。工作是一种持久而磨人的事情，我再不提爱情，我想可能伤害还没有痊愈。既然我可以用6年的时间来思念，那大概需要60年的时间才可以放弃。

面朝大海，春暖花开。我已经开始渴望并且喜欢春天，只是，遥遥南国，夏日炽热而漫长。

2003年1月，总公司统一召开会议。我作为驻海南的代表赴京，顺便回了天津探望我的导师。导师又谈起苏扬，一脸的自豪，而我的心早已波澜不惊。笑着和他一起论道往日里这个让我不堪回首的人。末了，导师说："看来失忆并无大碍啊。"

"失忆？""对啊，苏扬去英国的时候在单行道逆行，发生了车祸，后来送进美国最好的脑科医院，却还是失忆了。不过，能活着就是幸福。"

我蓄了许久的泪终于掉下来，一样的单行道逆行，可是谁都回不去……

# 和你抢巧克力的人

郭宇宽

印象中爷爷和奶奶是一对老小孩,按古人的说法,举案齐眉相敬如宾方是恩爱夫妻。我就从没见过爷爷奶奶吃菜的时候像小说写的那样把最好吃的部分夹给对方,更没见过他们吃菜的时候彼此谦让过。小时候我曾固执地以为爷爷奶奶不恩爱……

爷爷是个懂礼貌但对饮食品位极为考究的人,如果一道菜不合他的口味,他绝不会表示一点不满意:非常礼貌地夹一点,作津津有味状。如果你劝他多吃一点,他会说饱了。奶奶教训他:"再吃一点,又剩那么多!"他甚至非常诚恳地拍拍肚子以示真的饱了。不过假如这时候有一道非常好吃的菜端上桌,爷爷立刻会伸出筷子。

当遇上特别好吃的东西他们甚至会当着我这个孙子的面抢着吃!并有理论支持:"抢着吃有味道!"

一次爷爷的老同学从美国寄来一盒巧克力,味道简直让人欲仙欲死。不过巧克力盒子里整整齐齐十四种口味,造型各异的巧克力,每一种只有两块。这可是一个大难题,三个人怎么分呢,试着把它们切开来?几乎每块里面都有果仁甚至液体的馅儿,想分成规则的三份是不可能的!我们达成共识——每天下午品尝两种口味。糖果是小孩的专利,我自然有优先权,爷爷奶奶总不好意思抢我那份儿吧?但接下来围绕如何分剩下的两块,爷爷奶奶展开了一番互不相让的谈判。最后决定用一种"公平"方式来解决:一人一块,第一天奶奶有优先挑选权,第二天就由爷爷优先挑选,以此类推。

奶奶精心挑了一块自己最满意的,爷爷小心翼翼地咬了一口剩下的那一块,作出非常陶醉和心满意足的样子,奶奶立刻有后悔的表情,最后只好两个人交换互咬一口,还不忘相互抱怨:"你咬了这么大一口!""我还没有咬到呢,宽宽,你爷爷是个小气鬼。"那个星期的每天下午,围绕巧克力,老头儿老太都会拌嘴半天……

后来我慢慢发现爷爷奶奶围绕食物的争执有时更像一种仪式,如同野蛮人如果面对丰盛的猎物一定要围着火堆跳舞来感谢上天的恩赐;或者像下象棋,嘴里喊着"将军!"好像势不两立,但其实彼此都很愉快。

上大学以后我回家很少了,在外书剑无成转眼已经八年。四年前,爷爷下雨天散步时不慎滑了一跤,摔断了股关节。因为年龄太大,装了人工关节,但有排异反应,只得卧床。由于缺乏活动,加上年龄不饶人,原本非常健康的身体每况愈下,这期间几次生病爷爷都挺了过来。爷爷躺在床上,奶奶每顿都把饭菜端到

床头，变着花样劝他多吃一点，还有各式各样的点心和零食。2002年春节前，爷爷中风了，虽然抢救过来，但身体状况更差了，有时候甚至不认识人。加上抵抗力弱，引发了肺部感染，不时发低烧。只好住进医院全封闭的无菌特护病房，每天下午家属只有一个小时的探望时间，而且要穿上白大褂戴上口罩。医生说，97岁的老人，这次估计出不来了。

寒假，我每天陪奶奶去看爷爷并送饭，他经常处在昏睡的状态，喉咙被切开了，全身插满各种管子，连接着好几种仪器。偶尔醒来和我们打打招呼，接着又睡了过去。所有食物都要在家里用搅拌机打成糊状送到医院，护士按规定分量，隔两个小时用一根管子从喉咙灌下去。医生说，病人现在卧床其实消耗量不大，有一些营养和维生素我们会给他输液的时候配进去，家属准备食物主要是一些基本的淀粉和蛋白质就可以了。这个道理其实谁都明白，像爷爷现在这样的状况，从喉咙里灌进去的是海参鱼翅，还是鸡蛋萝卜，对他而言，已经没有什么好吃和不好吃的区别了，而且单从营养上来说，常规意义上价值昂贵的饮食未见得就比便宜的高出多少。

可奶奶还是总把最好的东西做给爷爷吃，老鳖、乌鱼天天不断，恨不得把满汉全席打成糊给爷爷喂下去。护士小姐都问："就数你们家送的糊糊最香，里面都放了什么呀？"二姑从大连回来过年，带来了一些海鲜。我看见奶奶在里面拣来拣去，挑出最大的鲍鱼和对虾，要做粥给爷爷吃。奶奶说："这都是他最喜欢吃的。"

忽然间，我明白了一个道理：你和谁一辈子在一起吃饭，是一件比什么都重要的事情。

所谓爱，就是开心时，你从他嘴边抢一块巧克力；当他躺在病床上，却想把你觉得世界上最好吃的东西都塞到他嘴里。

## 一颗颗星星都是爱

卢瑶

一天,讲完圣诞老人的故事,我问学生们:"如果圣诞老人在年三十晚上从国外赶来给大家送礼物,你们希望得到什么?"

教室里的气氛一下子活跃起来,孩子们一个个争先恐后抢着回答。有说要金子的,有说要电视的,有说要洋楼的。

一个男孩子,静静地坐在座位上,丝毫不为这热闹的场面所感染。

这男孩家境不好,出生不久便没了母亲,父亲在他三岁时又不幸葬身深崖。他是奶奶一手拉扯大的。在他未正式成为我的学生之前,我已牢牢记住了他的名字——倒不是因为他最后入学并欠费。那天,我写好欠条后,这唯一一个敢自己赊费来上学的孩子,拿出两张百元钞票,说是他在路上捡到的。我心情激动地接过那二百元钱,也记下了"韦德"这个名字。

也许是穷人的孩子早当家吧,韦德很懂事,在班里不仅人缘儿好,成绩也总排前几名。可最近几个星期,他时不时在课堂上低头。我提醒了几次,他老不改。为此他吃了好几回"冰激凌"——学生上课走神儿,我就用冰冷的手摸摸他们暖暖的小脸蛋,孩子们将之笑称为"冰激凌"。

"韦德,你呢?最喜欢和希望得到什么礼物?"我走到他面前轻声问道。韦德慢慢站起来,依旧垂着眼睛。我拍拍他的肩膀,鼓励他。"老师,我家的泥屋没有烟囱,圣诞老人从哪儿进啊?"他低低的语调含着忧伤。

我一怔,是这个除了他以外,根本就没有人会想到的问题困住了他呀。想了想,我微笑着告诉他:"圣诞老人能穿墙钻地,无所不能,他自会有办法。"

韦德抬起眼睛,眼神是那样的晶亮,显得非常的高兴,他几乎是抑制不住兴奋的情绪喊道:"我想要一双棉手套和一双棉鞋!"

孩子们"哄"地一声笑开了,这个愿望太微不足道了。

韦德也笑了,笑得真挚、纯洁。

"为什么?"我突然觉得这个矮小又穷困的孩子,他这个朴素的愿望绝对不会像听起来那样低微。

"老师的手很冰,有了棉手套就暖和了;奶奶的脚生冻疮了,穿上棉鞋就会好了。"韦德稚嫩的

童音在教室上空盘旋着。学生们顿时安静了下来，一个个若有所思地抿紧嘴唇，似乎有什么东西敲中了他们的心灵。

我只觉得一股热流涌遍全身，鼻子酸酸的。

我想不到，韦德竟是要暖和我的手，才故意在课堂上开小差；也想不到家境如此贫寒的一个孩子，在他的任何梦想都可能实现的时候，许的却是这样简单而又充满爱心的愿望……

"老师，我的袜子是补过的，很旧，圣诞老人会往里面放礼物吗？"忽然，韦德想起什么似的沮丧地问道。

我还没有来得及回答，孩子们已经纷纷站起来，说过年时要把自己的新袜子送给韦德。平时最调皮的几个学生这时也认真起来。

看着这些可爱的、天真烂漫的孩子，我的泪水止不住地往下淌、往下淌……模糊的泪光中，我感到有一双温暖的小手正拿起我冰冷的手，贴在他暖暖的小脸上。

而此刻，我的脑海里恍恍惚惚掠过许多词语：善良、纯洁、真挚……最终盘踞不散、定格下来的只有一个字——爱。

# 用一个火锅煮幸福

烟 罗

在我大专毕业的同时，最疼爱我的外婆因为多年来的胆结石旧疾而住进了医院。

那是 2001 年的夏末，那时，我已经在省城长沙奔波了几个月，钱没有少花，但工作却毫无着落。

父母都是老实巴交的工人，为了供我上学，几年来日日节衣缩食。而这次外婆的手术费，对他们亦是不小的负担，同时，他们还要操心供养在省城奔波的我。

这一切我都无法回避，无法轻松。第二天，我打电话回家，对母亲说："我找到工作了，以后你们不用寄钱给我了，安心给外婆治病吧。"

挂了电话，我开始了真正意义上的一个人的生活。

其实那时是我最为艰难的时候。学校里的新生都陆续入住了，我必须从"赖"了一夏的宿舍搬出去，同时，我虽然在长沙最繁华的芙蓉路一家广告公司找到了一份文员的工作，但试用期只有 600 块钱，且长达三个月。

一个人生活，七七八八算起来，我要糊口都难。

只好走一步算一步。

我在离芙蓉路不远的南门口一条小巷子里租了一个单间，月租 300 元。那是一户人家自己建的小楼，一楼做小饭店，二楼是主人家自己住，三楼便隔成了四个小单间出租。

我租的是其中一个单间：一张床，一张桌子，两把椅子，十平方米的面积。

从房东嘴里，我了解到其他三间房里分别住着一个在附近读高中的孩子，一个来陪读的母亲，还有一个和我一样打工的年轻人。

那人叫李剑，也是刚刚大学毕业，一米八几的个子，却长了张娃娃脸。第一次看到他，他正噔噔噔地从楼下上来。主人家自制的木楼梯极窄，而且老摇晃，极不坚固，我看着他大踏步地踩在上面，很是担心楼梯会散架。

他走了几步抬头看到了我，便笑着向我打招呼："Hi！房东说你也参加了汉语言的自考，我们有空一起看书啊！"

他的开朗和热情像阳光一样在这个小楼梯间里进射出来，我对陌生人的防范之心，一下子烟消云散。

我和李剑很快就结成了"兄弟般的情谊"，两个刚刚开始打工的"穷人"，住的地方没有任何娱乐设施，因此常常是下班后，

---

*爱情是生命的火花，友谊的升华，心灵的吻合。如果说人类的感情能分等级，那么爱情该是属于最高的一级。*

——（英）莎士比亚

他到我房间来看书。有时是看自考的教材，两个人像小学生一样，你问问题我回答；有时候是一起到路口租武侠书看，他偏好金庸我独爱古龙，我们各取所需，挑灯夜战，总是过了凌晨才想起明天还要上班。

就这样过了大半个月，一天晚上，我正拿着热水瓶里半温的水泡一元钱一包的方便面，李剑闯进来了，一进来，他就大惊小怪地嚷嚷："哇！怪不得你长得一把骨头，原来每天吃这个啊！"

我气不打一处来，每天吃这个？难道我想？可除了这个，我能吃得起哪个呢？

一时间想起自己这一个月来中午吃米粉，晚上吃方便面，吃得都想吐了，可离试用期结束还那么远——小女儿心性顿发，眼泪就涌上来了。

李剑在我边上转了几圈，突然神秘地凑近我，说："哎，我说，你愿不愿意跟我搭伙，自己做晚饭啊？又省钱又好吃！"

我没好气地白他一眼："拿空气做啊！这么点大的房间，没有煤气灶没有锅碗瓢盆，就算有，房东也不会允许的……"

他胸有成竹地说："这么着吧，明天晚上我请你吃一顿好了，记着下班后快点回来啊！"我狐疑地望着他，不知道他卖的什么药。

第二天下班后，刚上三楼，就看到李剑从他的房间里探出头来招手叫我，我走过去，他马上把门关上了。

这是我第一次到他的房间里来，没想到，这么个大男人还挺细心的，屋里收拾得挺干净。除此之外，靠窗的桌上放了一只锅子，体积不大，正在呼呼地冒着白气，好像在煮什么。与普通锅不同的是，它连着一根粗粗的尾巴，看来是个电饭锅。

我指着问："煮面条的？"

李剑顿时露出一脸孺子不可教的表情，他摆出一个拍广告的姿势，夸张地念道："美的电火锅，煎炒煮样样行！原来生活可以更美的！"我被他逗得大笑起来，李剑说："你待着吧，今天我请你吃大餐。"

我看着他端了个盆，盆里放着一些已经洗好的金针菇，几片豆腐，一把白菜，过了一会儿，那电火锅的白气已经冒得满屋都是，整个小屋里云雾环绕。李剑伸脖子看了一下，利索地扯掉插头，拿出一个大的保温桶来，把电火锅的盖子一掀——哇，是满锅的白米饭！

我惊讶极了，想不到电火锅也可以煮饭啊。在这当口，李剑已经把饭全装到了保温桶里，盖好，然后拎着锅到水池边去洗净，再装了水端进来。

我看着他在锅里放上油盐醋辣椒和一些作料，然后继续插上插头把水烧开，水开后，他把盆里准备好的金针菇什么的一股脑儿放了进去，不一会儿，一股菜香便弥漫了整间屋子。李剑把窗子顺手推开，满屋的蒸气顿时向外飘去，不一会儿，就散光了。

现在，我的面前摆着香喷喷的米饭，还有一大锅素菜火锅，虽然都是极简单的东西，但对我来说，无异于山珍海味。

当时已是十月，天气微寒，我和李剑却吃得热火朝天，我连夸李剑"手艺好"，而李剑则得意地向我传授他的法宝：比如六点左右是房东家饭店生意最好的时候，这时候"推窗散气"，绝对不会有人注意；再比如在这样的小屋里做饭，只能用电火锅，而且只能是这种说明书上说明了"煎炒煮炸"都可以的电火锅……

从那天起，我正式和李剑"搭伙"，一个火锅两个碗，开始了我们的"火锅生活"。

李剑的火锅，味浓，下饭，加上天气越来越冷，吃完饭后喝一碗汤，那样的满足感，真是前所未有。

就这样每日下来，不到半个月，我的嗓子便肿到说不出话来。

我看着李剑活蹦乱跳的，不由得感叹自己身体不争气，好不容易吃上了几天热乎饭菜，还吃出了个火气过旺。

到了晚上，李剑竟然没有煮火锅，而是煮了一锅白米稀饭，加了糖递给我。稀饭绵软，入口即化，把我的不快一扫而光。

从那以后，李剑每次煮了火锅菜，一定要等到火锅的火气散掉，温度没有那么高，才开餐。这样虽然没有趁烫吃那么过瘾，却也让我的"火气"减了很多。

那个小火锅，几乎成了我们的宝贝，它还能够在早晨煮两个鸡蛋当早餐，晚上煮一碗甜酒当夜宵——我的脸色不仅红润了起来，而且笑容还越来越像一个幸福的傻瓜。

一直到后来我才知道，对于独漂异乡的女子来说，一锅热腾腾的可口饭菜，绝对比鲜花与情诗更能打动她的心。

我对李剑的爱情，就是在这样的日子里一点一点滋长了起来。

吃久了火锅，有时候就特别想吃一盘素炒的小菜，但是房间的隔音效果差，如果炒菜，不仅油烟太重难以散去，而且油爆锅的声音绝对会惊动房东，我们怎能因小失大？

一天下班，我左等右等不见李剑回来，一直心急火燎地等到快九点，楼梯上终于响起了熟悉的脚步声。

我几乎是以撞的姿势扑向门，与此同时，李剑也从门外"撞"了进来，他手上端的一个什么东西猛地洒了我一身。

我呆呆地低头看，原来是一个白色的盒饭盒子，里面那黄色的菜油全洒在了我衣服的前胸上。

一番手忙脚乱后，我才知道，今天晚上李剑他们老板请客，让李剑陪着，结果大家吃完后，李剑才发现有几个炒菜根本没人动过筷子，他赶快偷偷地叫服务员装好，给我带回来了。听完他的话，我一时间不知道是该悲还是该喜，几个小时的牵肠挂肚瞬间化成眼泪，哗哗地流了一脸……

2002年1月，房东终于发现了我们的秘密。晚上，李剑来到我的房间，对我说他准备搬家了。

我的眼泪一下子涌了出来，这几个月以来，我对这个长着娃娃脸的大男人已经充满了依赖，每一天顶着寒冷的风往小屋赶，心里都会想着有一个人有一锅热

腾腾的菜在等待，那样温暖而甜蜜的感觉，我敢肯定，那就是爱啊。

李剑看着我，第一次，他没有笑，他说："我把小火锅留给你吧。"

我脱口而出："我不要！"

他惊讶地反问："为啥？"

我勇敢地看着他，说："我想要的，是为我煮火锅的那个人……"李剑张大了嘴巴，然后，他的目光，就那样像火一样燃着了。

我们一起搬出了南门口那座小楼，在不远的地方一起租了个两室一厅。那里有着单独的厨卫，我们一起买了一个电饭煲煮饭，仍然用我们的电火锅煮菜。生活丰富起来。

后来，这个小火锅一直陪着我们度过了整个转折性的2002年，从最艰难的阶段一直到平稳再到幸福完全降临。

到了2003年1月，我和李剑正式走进了婚姻登记处，同时，我们用分期付款的方式在河西买了一个两室一厅，从此，我们终于有了自己的厨房，以及齐全的锅碗瓢盆。

蜜月期间，李剑领着我把小城所有的名火锅吃了个遍，什么小肥羊、谭鱼头……我们还专门去了湘西凤凰，把那里有名的鸭血火锅吃了个够。

每次我都问李剑："你说这比起你煮的火锅来，哪个味道更好？"他笑着捏我的脸。

其实，我们都心知肚明：有哪一味作料能够比"爱"更让人陶醉呢？那个已经掉漆的小火锅，现在仍不时地被我们搬出来，煮汤的时候，它会咕咕地冒着白气，仿佛是永不疲倦地在唱在笑……

# 那年春天的玉兰花

文轩

那年冬天，我的生活陷入了极度的绝望，我新婚的妻子——晓洁，患了急性粒细胞型白血病住进了医学院血液科病房。主治医生说，晓洁的情况还算不错，如果不出意外的话，来年春天晓洁将是我省第一例自体骨髓移植的患者。尽管我知道这种不出意外的概率很小，但是对我们而言所有希望仍然寄托在来年的春天，春天就是我和晓洁的最后希望。

又一次大剂量化疗之后，晓洁体内的白细胞数量几乎降到了零，为了不引起感染，主治医生把晓洁转进了血液无菌层流室——那个像玻璃仓一样的小房子。在那里即使是医生和护士也被隔在两道玻璃门之外。每天我把晓洁的三餐送到无菌层流室门口，由护士经过消毒以后再送给晓洁，而我只能在无菌层流室门口的电话里和晓洁说几句话，让她听到我的声音，感觉到我关爱她的心。当然那几句话一定是开心的、快乐的，我不让自己的情绪影响晓洁，每次我强装快乐的时候，眼泪就会忍不住流下来。

杨柳是血液无菌层流室的护士，一个刚刚从护校毕业不久的女孩子，她不够漂亮却特别爱笑，她笑起来的声音甜甜的、脆脆的，像一串悦耳的风铃。我经常在病房门口就可以听到她清脆的笑声。每每我将晓洁的三餐送到血液无菌层流室门口的时候，杨柳一边接过饭盒送入消毒柜中消毒，一边站在旁边看着我和晓洁说话，那一刻她没有笑，只是眼里有一些模糊的潮湿。

这天早晨，我又给晓洁送饭，她在电话里急切地问我："林，医院门口的玉兰花开了吗？我真想闻闻春天的味道。"一夜的无眠，让我显得很疲惫，我懒懒地回答："可能吧，我不知道。"晓洁说话的情绪立即变得低落："林，我的病让你厌倦了吗？你为什么不再像以前那样关心我呢？你知道，玉兰花开的时候就是春天了，刘医生说春天来的时候，我就有希望了。"我马上认真地说："是的，晓洁。"然而我仍然让晓洁伤心了，她没有再说一句话就挂断了，这一整天，都拒绝再接我的电话。

我是真的没有注意过医院门口的那棵玉兰树，不是不想关心，只是我真的没有那份精力了。晓洁近来的情绪特别不稳定，大剂量的化疗使她的头发已经快掉完了，每两天一次的肝肾功能化验更是揪着我的心，因为不管是哪一项检查出现问题，前面所有的努力都会前功尽弃，这是我不能忍受的结果啊！

第二天早晨，我刚到病房门口，就看到晓洁的主治医生在大声地训斥杨柳："你知不知道一枝玉兰花里有多少细菌？你知不知道这对于刚刚化疗完的病人是多么危险？你作为护士的工作责任心去哪里了？"杨柳低着头，一句话也不说地站在

那里，她温热的眼泪一滴滴地洒在洁白的玉兰花蕊中，我想她的心里一定揣着汹涌的痛，可是我却没有勇气为她辩驳一句话。尽管我知道，最终的生命要靠信念支持下来，而杨柳想要给晓洁的不只是生命还有信念。

　　第二天，我就再也没有见到杨柳，一个年龄大一些的护士替代了杨柳的工作，她告诉我杨柳因为缺乏护士应有的责任心，院部全院进行通报，现在已经被护理部除名了。我的心瞬间沉了下去，那么善良可爱的一个女孩子，却因为给我的妻子送花才不得不放弃自己心爱的工作，那一天若是我能站出来为她说一句话，也许就是另一种结果，但是……

　　一周之后，有人送来一束绢做的玉兰花，手工极为精致，插在花瓶里如果不用手摸，谁也不会知道这花是真还是假。同时还附有一封信给我，信中这样写道：林，这束花是我送给晓洁的，希望它可以使晓洁坚强地等到骨髓移植的那一天。天空灰暗的时候，没有人发现玉兰花的美丽，但是阳光一出来，满树的玉兰却是最美丽的春天。信是杨柳写来的。那一刻，我站在病房走廊的尽头，看着医院门口那一树美丽的玉兰花在静静地飘香，我终于忍不住清泪如雨。

　　那个初春的下午，阳光淡淡的，那束永不凋谢的玉兰是那个叫杨柳的女孩子送给我们永恒的春天。很多年后晓洁终于从我生命中消失，临终前她手里紧紧握着的仍然是那一束绢做的玉兰花，那不仅仅是她曾经的希望，也是那个叫杨柳的女孩子对她最美好的祝愿……

# 聆听爱心的涓涓流泻

伊人

## 一

乡野的路上，一位十四五岁的少女骑着自行车，像脱弦的箭一般疾驰。忽然，一阵风吹起她的宽沿帽，她本能地抬起手去抓它，没料到车一歪，使她连人带车跌进路边的沟里。她忍着疼痛，从沟底爬起来，浑身湿淋淋的，车子也摔歪了，她费了好大的劲，想把车子推上去，结果失败了。她绝望地哭了起来。

"姑娘，你怎么啦？"是男子的声音，她抬起头张望，一位英俊的小伙子。

"请您帮帮我。"她愁眉苦脸地请求。

小伙子回到自己的白色轿车旁，打开车后盖，取出绳子，然后再到路边，用绳索先拖起自行车，接着再把沟底的少女拉了上来。

瞧着少女瑟瑟发抖的样子，小伙子从车里取出几件男装，让她到树荫后面去换上。然后，他把摔歪的自行车搁在轿车后舱内。

"你的坐骑受伤了，让我来送你，好吗？"小伙子问。

"太感谢您了！"少女上了车。

"你上哪儿？"

"到我爷爷家去度假。"她说了个地名。

"有十几里路。"他说，"请问芳名——"

"安娜。"她回答，"您呢？"

"大卫。"

"天啊，我变成男子汉了！"瞧着反光镜中的自己，她笑了起来。

"急转弯！"他嚷着，"请坐稳！"

……从这一天起，她的内心深处有了一位"白马王子"。

## 二

四年以后，乡野路边的加油站，一辆白色轿车缓缓驶近，车停下以后从车内走出一位年轻人。他大步向前，向加油站旁的一位老人打招呼："您好，彼得大爷！"

"你是大卫吧？"老人仔细端详着他，"两三年没见到你啦。"

"您的孙女好吗？"大卫问。

"不好，很不好。"老人神色黯然。

"为什么？"大卫感到诧异。

"半年前，她的父母死于车祸，我的可怜的安娜，摔成重伤，瘫痪了……"老人忍不住潸然泪下。

大卫愀然色变，急忙问："她在哪儿？"

"就住在我这里。"老人指了指不远的那幢屋舍。

大卫疾步向屋舍跑去。当他魁伟的身姿出现在安娜面前的时候，她原先黯淡的眸子骤然发出光泽，但倏忽间又复归于黯淡；她缩起上身，把头埋在臂弯里，像孩子一样哭泣起来……

## 三

她试着结婚礼服，问："美吗？亲爱的。"

"美，很美。"他显得有点神不守舍。

她对着镜子左顾右盼，脸上荡漾着幸福的欢容。"明天，我就是你的妻子了，后天，飞越大西洋，进入地中海，登上亚平宁半岛，投入我故乡的怀抱，开始我们幸福的蜜月！"

没有听到他快乐的响应，她诧异地转过身子，走到他身边，问："大卫，你在想什么？"

"我在想——"他叹了一口气，让她挨在自己身旁坐下。"安娜，亲爱的，我想跟你谈谈另一个安娜，那个不幸的安娜，你愿意听吗？"

她点了点头。于是，他把另一个安娜的不幸遭遇告诉了她。听着，听着，她的眼眶里已经是泪光闪闪了。

"太可怜了！"她叹息着，"我们该为她做点什么。"

"当然，"他说，"可是，我们……"

"你是说，我们的新婚蜜月？"

大卫点点头。

"如果你不反对，"她说，"先把它存到我们的'银行'里。"

"定期吗？"

"不定期，到适当的时候就享用它，也许会更醇甜，更醉人的。"

"我怎么能反对呢！"他凝视着未婚妻的脸说，"你太美了！亲爱的，太美了！"

她笑了笑，笑得很美，然后她轻轻地吟出了诗：

无论是谁，

假如心无同情地走过咫尺的路程，

他就是穿着尸衣在走向自己的坟墓。

他知道这是惠特曼的诗句。于是，他也吟咏起这位诗人的诗来，感情奔放的声音在整个屋子里回荡：

辽阔无际的大地——

开满了苹果花的大地呀！

微笑吧，你的情人现在已经来临。
纵情者哟，你以爱情相赠——
我也将奉献我的爱情，
啊，这不可言传的热烈的爱情！
他们紧紧地拥抱在一起……

## 四

安娜请来了她的伯父，一位著名的神经外科医生，给另一个安娜诊治瘫痪症。仔细检查之后，医生告诉她们：希望是有的。

两个安娜，还有大卫，都像法庭上的被告人听到"无罪"宣判似的，脸上顿时显出了笑容。

然而，医生也不讳言：患者通向康复的道路将是艰难的、痛苦的，考验不仅在肉体上，而且也在情绪和精神方面。医生问患者："你有足够的勇气吗？"

安娜紧紧捏住患者安娜的一只手，后者笑了笑："加上你们的勇气，我可以吞下一头非洲大象！"

于是，艰难的历程开始了。安娜几乎每天都到医院去看望瘫痪者安娜，关心她的病情，为她分担痛苦，驱除她的寂寞，也帮她进行体能锻炼。安娜亲昵地称她为"我的小安娜"，后者则唤她为"安娜姐姐"。

有一天，安娜走进病房，小安娜手里捧着一本书，用俄语轻轻念着一首诗。安娜没有惊扰她，默默地站在她身后，听她念完，虽然她听不懂。

"是谁的诗集？"安娜轻轻地抚着小安娜的肩膀问。

"普希金，"小安娜回答，"我的祖国的诗人。"

"一定是一首很美的诗吧。"安娜说，"能告诉我它写什么吗？"

小安娜沉默了须臾，尔后用英语吟读，声音中蕴着感伤：

我爱过你，也许，这爱情的火焰
还没有完全在我心里熄灭；
可是，别让这爱情再使你忧烦——
我不愿有什么引起你的郁恼。
我默默地、无望地爱着你，
有时苦于羞怯，又为嫉妒暗伤，
我爱得那么温存，那么专一；
啊，但愿别人爱你也是这样。

静默了几秒钟，小安娜依偎在安娜胸前说："安娜姐姐，我不嫉妒，我也爱你，爱你。"

"我也是……"安娜抚摩着她的秀发，晶莹的泪珠夺眶而下。

## 五

终于，小安娜迈出了第一步，不用拄杖，也不用人搀扶；她步履艰难地向前走，一步，两步，三步……走到第九步，她差一点摔倒，幸好被安娜和大卫扶住。

他们的眼里都闪着喜悦的泪花。

又过了二十多天，小安娜在室内缓慢走动，已经不觉得怎么痛苦了。一天，大卫独自来看望她，他的神情有掩饰不住的忧郁哀伤。

"大卫，怎么啦？"她问，"安娜姐姐呢？"

"她病了，就住在三楼的病室。"

"病了？什么病？"

"白血病……"这个男子汉忍不住掩面痛哭。

"不！不！"小安娜忽然从床上跳起，跟跟跄跄地跑出病房，趔趔趄趄向三楼走去……

从这一天起，轮到小安娜每天来陪伴她的"安娜姐姐"了。眼看着她日渐消瘦、憔悴，小安娜的内心痛苦极了：可恶的白血病为什么要降临到我深爱的人的身上呢？如果能替换，那就让我来接受这病魔的挑战吧！……可是，不能，什么都不能！"安娜姐姐"帮助我重新站立起来，而我却无能为力……痛苦每天啃啮着她的心。

安娜依然关注小安娜的康复，看到她的腿部趋于正常有力，安娜欣慰地打趣说："我的小安娜，可以参加马拉松赛跑了。"小安娜脸在微笑着，心里却在流泪。

五个月后，安娜已经很衰弱了。有一次昏迷后醒来，她握住大卫的手，伤感地说："对不起，亲爱的，我不能和你一起度我们的蜜月了，真遗憾……"

## 六

朴素的墓茔，洁白的石碑，温煦的阳光拥抱着它们。

小安娜吻了吻手中的一束白蔷薇，然后弯下腰把花轻轻放置在石碑前面。

大卫用柔情的目光久久地凝视着墓茔，凝视着镌刻在碑石上也镌刻在他和小安娜心间的遗言："除了爱，我一无所有……"

# 两碗牛肉面

佚 名

我读大学的那几年,每逢双休日就在姨妈的小饭店里帮忙。那是一个春寒料峭的黄昏,店里来了一对特别的客人——父子俩。

说他们特别,是因为那父亲是盲人。他身边的男孩小心翼翼地搀扶着他。那男孩看上去才十八九岁,衣着朴素得有点寒酸,身上却带着沉静的书卷气,该是个正在求学的学生。

男孩来到我面前,"两碗牛肉面。"他大声地叫道。我正要开票,他忽然又朝我摇摇手。我诧异地看着他,他歉意地笑了笑,然后用手指指我身后墙上贴着的价目表,意思是只要一碗牛肉面,另一碗要清汤面。我先是怔了一怔,接着恍然大悟。原来他大声叫两碗牛肉面是给他父亲听的,实际上是囊中羞涩,又不愿让父亲知道。我会意地冲他笑了。厨房很快就端来了两碗热气腾腾的面。男孩把那碗牛肉面移到他父亲面前,细心地招呼:"爸,面来了,慢慢吃,小心烫着。"他自己则端过那碗清汤面。他父亲并不急着吃,只是摸摸索索地用筷子在碗里探来探去。好不容易夹住了一块牛肉就忙不迭地往儿子碗里夹:"吃,你多吃点儿,吃饱了好好念书,快高考了,能考上大学,将来做个对社会有用的人才。"老人慈祥地说,一双眼睛虽失明无神,满脸的皱纹却布满温和的笑意。让我感到奇怪的是,那个做儿子的男孩并不阻止父亲的行为,而是默不作声地接受了父亲夹来的牛肉片,然后再悄无声息地把牛肉片夹回父亲碗中。周而复始,那父亲碗中的牛肉片似乎永远也夹不完。

"这家饭店真厚道,面条里有这么多牛肉片。"老人感叹着。一旁的我不由得一阵汗颜,那只是几片屈指可数又薄如蝉翼的肉啊。做儿子的这时赶紧接话:"爸,您快吃吧,我的碗里都快装不下了。""好,好,你快吃,这牛肉面其实挺实惠的。"父子俩的行为和对话把我们都感动了。姨妈不知什么时候也站到了我的身边,静静地凝望着这对父子。这时厨房的小张端来一盘刚切好的牛肉,姨妈呶呶嘴示意他把盘子放在那对父子的桌上。男孩抬起头环视了一下,他这桌并无其他顾客,忙轻声提醒:"您放错了吧?我们没要牛肉。"姨妈微笑着走了过去:"没错,今天是我们开业年庆,这盘牛肉是赠送的。"男孩笑笑,不再提问。他又夹了几片牛肉放入父亲的碗中,然后,把剩下的装入了一个塑料袋中。我们就这样静静地看着他们父子吃完,然后再目送着他们出门。小张去收碗时,忽然轻声地叫了起来。原来那男孩的碗下,还压着几张纸币,一共是6块钱,正好是我们价目表上一盘干切牛肉的价钱。一时间,我、姨妈,还有小张谁都说不出话来,只有无声的叹息静静地回荡在每个人的心间。

# 踩在肩上的感动

(新西兰) 聂 茂

小资去自家菜园的时候，阳光很好。小资的心情也很好，她感觉阳光在她的眼里宁静得发蓝，蓝得就像头顶的天空一样。

在国内，小资一家住在48层的高楼，每天她都不敢开窗户，一则灰尘太多，40多层的高楼仍然布满灰尘，让爱干净的她老感到不舒服；二则她有恐高症，她不敢站到阳台上往下看。因此，在国内20多年，她的心情一直压抑。到新西兰后，看到蓝天碧海，到处鸟语花香，小资开心极了。

叫她开心的是这里的房子，绝大多数居民房是没有楼层的小洋房。小资住在小平房里，感觉自己的身子有一种落地的踏实感——在国内时，她常常做着同样的梦，梦见自己在半空中飞，飞着飞着，突然断了翅膀，掉下来给摔死了。因此，那时她从没很深沉地睡过觉。

小资的房子后面还有一块菜地，这也是她很开心的地方。她从没有种过菜，现在竟然有机会了！她买了几本书，又到菜市场买了一些菜苗，自己也下一些菜种，总之，看着自己翻耕起来的菜地一天天茂盛起来，她有一种从未有过的幸福。

特别是想吃什么，到菜地里摘回一把，甚至连洗都不用洗，随便炒炒，也是好吃得很。吃着这没有任何污染的自己种出来的蔬菜，那种宁静、安详常常令小资感慨万分：这才是真正的生活啊。

此刻，阳光善解人意地照着大地。小资在菜地四周一边捉蜗牛，一边哼着故乡小调。有风吹来，小资沉醉在自己的想象中。她隐隐地感觉空中有一丝风了，并慢慢有一点大了。突然，小资听到了一声较大的响声，从她的房门那里传来。"啊！不好，风将门给关上了！"小资一摸口袋，心里立即紧张起来：刚刚出门时，忘记带钥匙了。小资匆匆地赶回房门，果然，门被风给关上了！小资用手推门，房门死死的，这下糟了！

此时小资想，最简单的办法是到隔壁邻居家借电话，给警察打电话，让他们来帮忙。但不巧的是，左右邻居都上班去了。小资没办法，又跑回来，围着自己的房子东看西看，希望能发现什么地方可以让她进去。然而她很失望，房子上共有6扇窗户，但都关得紧紧的。

哦，不！有一扇窗户半开着！那是厨房抽油烟机旁边的一扇窗户。小资像是看到了希望。可是，窗口比她的人高许多，她张开双手抓不住窗沿，她的心又急了起来。

小资绕着房子周围捡石头和砖块，希望将它们垫在脚下，然后再踩着砖石爬

窗进去。可房子四周有的只是绿油油的草地，石头和砖块很难找到。

正当小资愁绪万千的时候，一个过路的毛利人走了过来。他长得五大三粗，一脸的络腮胡子，脸上的肌肉有些僵硬。小资一见他就想起恐怖小说或电影里的坏人形象，要是平时，她一定躲进房里，不会直接同这种人打交道的。但是眼下她无处可去，只好不看他，免得招惹他。

然而，这毛利人却主动走了过来，柔声说："小姐，有需要我帮忙的地方吗？"

小资看都不看他，就直截了当地说："NO！"眼光里闪动的却是警惕。

毛利人是新西兰的本土居民，白人都有些看不起他们。而他们自己也不大争气，犯罪率稳居全国最高位。小资刚来不久，就听朋友警告她：少跟毛利人接触。因此，眼下的这个毛利人从外表看就像个犯人，而且他说话还吐字不清，一听就知道没受过什么教育。对这种人就要更加小心了。

然而，这个毛利人对小资的冷面态度并不介意，他仍然柔声问道："小姐，你是不是进不了门？"

小资不吱声，心想，他一定全看到了，一定知道我想干什么。

"我可否……"毛利人本想说"我可否从这个窗口爬进去帮你打开门"，但看见小资一脸的不信任，于是改口说："我可否帮你从这个窗口爬进去？"

小资怔怔地望着毛利人的肩膀，她仍然不敢看人家的眼睛。

毛利人竟然笑了，蹲下来，指着自己的肩膀，对小资说："是的，我也是这个意思：你踩着我的肩膀，从窗口爬进去。"

小资心里一震：这毛利人竟然将她下意识看他的肩膀当成了某种暗示！他并没介意她对他的不信任！小资不由得看了毛利人一眼，突然发觉他的目光是那么柔和。只有目光跟目光相接，你才能看见人家的心灵。从眼睛这个心灵的窗口里，小资看到了一种值得信赖的感动。

毛利人还是一动不动地蹲在地上，怔怔地等待着小资踩上去。他似乎有些不明白，这位小姐为什么还在犹豫？"快上吧，我能行。我一定稳稳地托住你！"毛利人终于又开口了。他自豪地拍了拍胸脯，向小资保证道。他把小资的犹豫当成了对他力量的怀疑。

小资的心发热了。但她刚才从菜地上过来，加之四处找石块，脚上尽是泥土，因此，她想找一张报纸或什么别的东西垫住再上。

这一回，毛利人弄明白了，冲小资一笑，大声说："没什么，这里的泥土也干净！"

小资发现毛利人的笑竟然有些孩子似的天真。周围也真的没有报纸或别的什么东西，她只好踩着毛利人的肩膀。人家一下子将她稳稳地托了上来。

小资轻松地爬进了窗户。

小资爬进房间后，她听见毛利人大声说了一声："你做得真棒！"

等小资打开门来，想请毛利人进去喝一杯茶表示感谢时，人家已经走远了。

小资急忙将另一扇窗口打开，冲着毛利人大喊一声："请等一等！"

毛利人听到小资的叫声，以为她还需要他帮助，就立即停了下来。

小资拿着一包香烟，跑出去郑重其事地交到毛利人手中，说："谢谢你的帮助！"

毛利人接过香烟，眼里竟露出羞涩的神情来。他柔声地对小资说："谢谢你，小姐。"

小资转身就要离去。

突然，她听到毛利人用十分响亮的声音说："我要将这包烟发给我的每一个兄弟抽！"

望着连名字都不知道的毛利人，像个孩子意外地得到一块糖果似的兴奋地走远的背影，小资的脸上流下了滚烫的泪水……

# 滴水之恩

唐 敏

紫红色的天空渐渐变得暗黑，我握着桑木棍，孤单地走在村路上。

来时搭的是一辆热热闹闹的赶集的班车，到乡场便去寻找据说矗立在附近田野中的"字库"古塔。

第一次到这个金黄菜花亦开亦败的陌生乡间，绕过好些小桥流水人家，才找到了青麦田里残存的白色石塔。再弯弯绕绕寻回先前下车的小街时，墟场早已散尽了。

街角凉粉摊前头裹苗帕的老妇人的回答更叫我失望："班车一点过就没有了，要是你早些到，还可以搭摆摊的货车。"我知道那种货车，拖拉机的拖斗上堆满货包，人坐在高高的包垛上，一不小心便会被甩下车来。

现在，便是那样的车，我也情愿冒险搭乘了，然而，这会儿，什么车也没有了。

"在那里住一晚，明早再搭班车走嘛。"老妇人指指对面一家写着"迎宾旅馆"的木楼对我说。

但我无论如何也得赶回去，明早还得上班呢。

走三十多里路是没有问题的，只是我根本不认得返回的路径。老妇人指点我沿这条乡路一直朝东走，别走岔路就可以走回去了。

"小心哟，这个季节山里有蛇。"她顺手砍下一截桑木枝给我。

雷声从远处沉沉压过来，闪电在天边耀眼地勾勒……

我一边走一边看有没有经过的车可搭。

一辆卡车嘶吼着爬上山坡。我在路边挥手，司机不知是怕麻烦还是没看见，从我身边呼地开了过去。

山下沟坳里，几户人家的窗格透出昏黄的灯光来。雷声越滚越近，大雨说不准什么时候就会瓢泼而下。只得加紧步子，快快地走在窄路中央，担心蛇会蓦然从路边草丛间钻出。

终于又有一辆小拖车开来了，这次被我拦在了路中央。

车停下来，我跑到驾驶室窗下。

没想到，司机竟会是那个人。

去年夏天在山区小镇见习期间，有一天将散集，在街上闲逛时看见了他。

当时，他衣衫不整地斜靠在土墙根下，胡须很长、头发蓬乱，无神地半翕着眼。人们在他身边窃议着，却不愿多事，怕帮助这样一个来路不明的人会惹来意想不到的麻烦。

这个潦倒的人并没有在面前放一只乞讨钱币的碗，但我确信，他一定是又渴

又饿了。几步之外有个茶水摊，还卖着白糕，我去买了一杯水一块糕递给他。

他无神的眼并没有因我的热心而闪亮，他甚至不抬眼看一看，自顾自吞食起来。

"快散集了，要去哪里，你也该去了。"我规劝了那个流浪汉一句，便走开了。

已过了几个月，眼前这个人虽然整洁而精神，我还是认出了是他。

"去马山吗？"我焦灼地问。

"去马山？"他迟疑了一会儿，让我上车。

道着谢坐进驾驶室。小拖车颠簸着，他燃着的烟头，红红的亮点忽明忽灭。

"你是马山人？"他问。

"不是，我在那儿见习。"

他有点失望："我倒曾遇到过一个马山人呢，那真是个好人。"

"你去过马山？"

"去过。"

话题断了，黑暗中，他似乎笑了笑。

四周静静的，只有雨点叩窗的脆响。他忽然说："说起来那次去马山，怪难为情的。那时我赌输了，输得精光，被攮出来，流落到马山，有个人给我水喝，给我吃的，可惜我不认得她，要不，真得好好谢她。"

"就为了那个人送你一点水一点吃的吗？"

他不屑地看我一眼，深深吸口气："你不懂，我那时候心灰意懒，没脸回家，她劝我：'快散集了，要去哪里，你也该去了。'我听了她的劝告，回家了。唉，我真的说不出的感谢她，要不是她那一杯水一块糕一句话，我现在还不晓得会怎样呢。"

他没有认出我来。我心中有掩饰不住的喜悦，想不到那件小事会对他帮助那样大。

我决定不提看见他潦倒情形的就是我，每个人都有尊严，我要让他拥有一份完整的助人的快乐和自豪。

"我也很感谢你，要不是搭上你的车，这会我还在山路上挨雨淋呢！"

他听了果然高兴："其实你也不用谢我，要谢该谢那个给我水喝的人。那次之后，我才晓得，人有时候是多么需要旁人帮一把。"

"马山到了！"他刹住车。

我道着谢，请他下来喝杯热茶休息一会儿，他一边倒车一边说："我还得赶回去运货呢——本来，我的车是不到马山的。再见！"

没想到，爱心热心这枚风信子这样快就传来我身边。

夜色中，雨滴在地上，溅出了大朵大朵亮丽的水花……

## 小妖的浪漫动画

木文枚

小妖问我:"你是否会下棋?"我摇摇头,这时我看见他厚厚的镜片后的小眼睛扭动了几下。

小妖又问我:"你是否会打球?"我摇摇头,这时我看见他的眼睛弹出来与镜片碰撞了几下。

小妖舔了舔舌头,又问:"你怎么什么都不会?"我神情木然地说:"本来我什么都会,不过看见你之后都不会了。"他问为什么,我说:"古语云'近朱者赤,近墨者黑'。同理,与一个笨蛋挨得太近之后我就什么都不会了。这时,我看见他厚厚的镜片掉了下来,砸在了他的脚上。"

小妖是我的同事,坐在我的对面,我俩都在一家装饰公司工作。这小子,别看他平时贼眉鼠眼、油腔滑调没个正经的,可是他的电脑用得很不错。说实话,有好几次我都心动得想拜他为师,却又怕美坏了他,拉不下面子。

这天我刚在座位上坐下,就看见电脑顶部探出了一蓬乱草。不用说,准是小妖把他三个月没洗的头伸了过来。果然,他拍了拍我的肩膀,一副神秘的样子对我说:"美女,你瞧我送了什么东西给你。"我最讨厌他这副神情了,气急败坏地准备吼他一顿,结果,我看见我的桌上静静地摆了一枝玫瑰。

我顿时把正准备喷口而出的高音量硬生生地压了下来,并用我认为最温柔的声音对他说了声谢谢。他又一脸坏笑地说:"别客气,我今天给办公室里每个女孩子都送了一朵,只不过你这朵比较特别一点,是从垃圾堆里捡的,哈哈哈!"听完他的话我顿时恼羞成怒,随手拿起桌上的东西就朝他脸上扔去。

第二天,小妖头上缠着纱布来上班了。坐下之前,他脸上一副痛苦的表情,委屈地望着我。经理说:"小妖,你受伤了就回去休息吧,你的工作我会找别人替你完成的。"我看着小妖满怀感激地冲经理说了声谢谢之后,转身朝我做了一个鬼脸走了出去。

我敢对天发誓,我从来没有如此希望一个人快点从我的眼前消失过,那一刻,我真的是希望他永远在我面前消失,永远也不要回来。

哈哈哈,真是上天助我,没过几天,他竟然真的在我面前消失了。因为经理把他派到北京出差去了,大概是一个月的时间。

座位对面少了一个人,再也不用一抬头就看见一堆乱草,再也不用忍受他嚼口香糖时"吧喳吧喳"的声音,再也没有人在我工作正投入时突然打断我的思路,再也不用听他那有意无意的嘲弄,我心里那个美呀。

咦,等等!这家伙离开没几天,我怎么突然间觉得办公室里有一点安静得过

了头了，遇到问题没人问了，想吵嘴时找不到人抬杠了。唉，这家伙，真是找死，还不回来，等他回来后我一定把这些日子憋住的话双倍还给他。

这天，我打开电脑，意外地发现了一封来自小妖的邮件，是一个用3DMAX做的动画，画面上除了一片蓝蓝的天外什么也没有。这家伙，搞什么鬼，我啪的一声关掉了电脑，心里却暗暗有些高兴。

第二天，打开邮箱时又发现了小妖的信，仍然是一个3DMAX做的动画，画面上除了蓝蓝的天外，还有一条街道，街道两边是几排古色古香的建筑物。嘻，干吗呢，这小子，脑袋里不知打着什么主意，该不是又想捉弄本姑娘吧？

第三天，到办公室后我直奔电脑，打开邮箱，果然不出我所料，邮箱里又有一封小妖的邮件，这回画面上又多了一些匆匆忙忙的脚在街上走来走去，一切都那么匆忙，说实话，真是佩服这小子，动画做得很好，很逼真，不管他有什么阴谋，他的这些作品多欣赏欣赏也是好的。

第四天，邮件照样有。画面上蓝蓝的天开头，然后镜头下移，出现了一条古色古香的街道，街道上仍然是脚步行色匆匆，镜头一直跟踪这些脚步在大街上晃动。突然，一双静止的脚出现在眼前，摄像机慢慢地往上，从裤子到衣服到脖子，最后出现了一个完整的人的背影。我正看得津津有味时，却突然间没有了。哇，这该死的小妖，尽吊我的胃口。

这一夜我彻夜难眠，好奇心促使我数着秒钟等着天亮。

第二天刚进办公室，我同样直奔电脑，打开邮件，依旧是蓝蓝的天，古色古香的街道，直到出现了昨天那个完整的人的背影，这时那个背影慢慢地转了过来，现出了一个人的侧面，我屏住了呼吸，凝神细看，这时，那个人已经完全转过身来，正面对着我。

天啊，我一声惊叹！

第一，我惊叹于小妖建人物模型功力之深厚，简直到了可以以假乱真的地步；第二个让我惊叹的原因，也就是真正让我惊叹的原因就是，那个人，居然是，居然是，小妖。

画面上的小妖转过身来，先来了一个涎笑，俨然和生活中的他一模一样，我不禁哑然失笑。

小妖涎笑之后，眼珠朝下努了努，这时镜头随着他的眼光向下移动，最后定格在他的手上。他的手上有一捧鲜红欲滴的玫瑰花。这时，镜头又往上转，小妖的双眼咕噜咕噜地转了几圈，说："玫瑰花送给我最心爱的女孩！"

我忍不住笑出了声，这小子，到了北京还不忘耍我，我左右瞟了一下，发觉没有人注意我的失态，就又接着看屏幕，画面上的小妖说完后把花举了起来，眼珠又咕噜咕噜地转了几转，说："看什么呢看，别到处看了，我说的就是你。"

这时，画面上打出几行字，本动画还没有完。如果想看完，等我明天回来再说。

哦，小妖明天终于要回来了。不知为什么这一天我做事都特别卖力，搞得经理像见了外星人一样瞪圆了眼睛跟在我后面走来走去想看看我到底哪根筋出

了毛病。

第二天又去上班时，小妖早已来了，我装着没有看见他一样径直朝座位上走去。他红着脸走了过来（他居然也会脸红），说："美女，我送的东西收到了没有？"

我说："动画我还没看完呢。"

小妖说："这个动画有两个结尾，结尾如何要根据女主角的回答而定。"

我说："女主角不愿意做你心爱的女孩。"

这时小妖一脸苦相地打开电脑，说："你自己看吧。"

我朝电脑上看去，动画中的小妖没精打采，双手无力地垂了下来。一阵忧伤的乐曲慢慢响起，玫瑰花掉在了地上，被街上匆匆忙忙走来走去的人无情地践踏着，转眼就成了一堆烂泥。这时小妖转过身去，低着头勾着背慢慢地走去，渐行渐远，后来终于融入了万千人群中，再也不可见。

我笑了一下，说："这个结局太悲惨，我想看看第二个答案。"小妖苦笑的脸上顿时漾起笑容，问："你是说真的？"我点点头，他立刻打开了另一个动画。这时画面上的小妖得意地高举玫瑰花，同时响起了郑秀文的那首《眉飞色舞》，画面上小妖的身体随着音乐的节奏扭动起来。

看着他那蹩脚的舞姿，我忍不住哈哈大笑。这时，随着小妖的舞姿，街道上那些本来行色匆匆的人也都围拢过来，跟着小妖一起跳了起来，跳到最后，居然连街道两边那两排古色古香的房子也跟着动了起来。此时，镜头又一次上移，出现了蓝蓝的天，突然啪啪啪几声，天空中爆出了一大片的烟花，烟花散后，出现几个字：有谁比我幸福！

哈哈哈，我忍不住又一次哈哈大笑。小妖说："这个动画我足足做了半年哩。"我说："好啊，原来半年前你就开始有阴谋了。"小妖说："是啊，只是那时候女主角还没有定。"我听了立时停住笑，正要再一次对他使用本姑娘练了千万次的百发百中的"飞镖神手"，却见他从身后魔法似的拿出一捧玫瑰，说："送给你。"

我说："又是从垃圾堆里捡的吧，是否办公室里所有女孩子全有份？"

他说："不，这一回玫瑰花只送给了你一个人。"

我红着脸，接过了花，正要说谢谢，却听见小妖又说："不过，真的还是从垃圾堆里捡的。"哇，该死的小妖，这回可别怪我手下无情，我的"飞镖神手"终于有用武之地了……

# 喷泉里的两枚硬币

(英)乔伊斯·斯达克

我的堂妹安德里亚还是个小孩子的时候,她就一直怀有伟大的梦想!当我们谈论着长大后想成为老师或者秘书的时候,她就梦想着成为一名电影明星了;而当我们梦想着去地中海度假的时候,她梦想的则是距离苏格兰更为遥远的加勒比海!

长大后,她并不是我们之中最漂亮的一个,但她却有最多的男朋友。她的身材稍微有点儿胖,个子也不是很高,但她从体格到精神都充满着勃勃的生机,年轻的男孩们似乎觉得那更有吸引力。

有一次,我俩和我们的男朋友在一起约会,我看到她没有一点儿自我怀疑或者忸怩,这使我感到非常惊异。也正因如此,她才能够说出她心中的真实感觉。她使得一切都变得那么轻松自然,好像你正在与她分享她的某个秘密。

当她走进房间,宣布"我要去罗马当保姆了"的时候,我们一点儿都没有感到吃惊。我们知道安德里亚早就深爱罗马,总是说那里才是她想要生活的地方。她公然告诉我们:"我深信我将会遇到一位英俊的意大利王子,我们将会疯狂地相爱!"

虽然对她的话持嘲笑态度,但我们对她的离去仍感到悲伤。她是那种能够在她的周围洒满阳光的人,一旦她离去,一切都将变得沉闷乏味。

安德里亚到罗马后,在一户人家里当保姆。他们给她一个小房间,她已经学会说一些生活中必须用到的意大利语。安德里亚经常带她看护的那个孩子外出,他们去的最多的地方是特雷维喷泉。"任何一个从来没有看见过它的人,"她在寄给我们的信中写道,"都会认为它只不过是广场里的一个小小的喷泉。但实际上,它很大,就像是一个水造的巨型纪念碑,美丽惊人。"

她告诉我们,往喷泉里扔一枚硬币是为了重返罗马,而扔两枚硬币则是为了找到真爱。"我已在那里花去一大笔钱了。我每次经过那里的时候都会朝里面扔两枚硬币。我知道早晚有一天会起作用的!"我们嘲笑那封信:还是那个安德里亚,还在继续那些不切实际的梦想。

在一个美丽的、充满阳光的罗马的早晨,安德里亚很早就带着那个孩子出门了,他们来到特雷维喷泉,走下台阶,她把两枚硬币投进了喷泉。

她向上瞥了一眼,看见两个英俊的年轻人正在注视着她。两人之中身材稍高的那个人问她:"看来你非常希望回来,否则你干吗要扔进两枚硬币?"

安德里亚看了看那个漂亮的年轻人,他的头发虽然是浅褐色的,但脸却是典型的意大利人的脸。"一枚硬币是为了返回罗马,两枚硬币则是为了找到真爱!"

那两个年轻人都微笑着走到她的面前,刚刚跟她说话的那个年轻人做了自我

介绍，他叫马塞罗。他一边继续研究着她的微笑，一边问道："你想在这里，在你的度假期间找到真爱？"

"我住在罗马。我喜欢罗马，我一直梦想着与这里的某个人坠入爱河。我相信总有一天会实现的。"她对着他微笑，他也一直在对她微笑。后来，他们4个人一起喝了咖啡。

不管她在他们的第一次会面中说了什么，他似乎真的被她迷住了，他问她是否愿意与他一起出去。

第二天晚上，安德里亚与马塞罗约会，她问到他的职业。原来，他是罗马足球队的职业球员。他不仅踢足球，还是足球明星。安德里亚的马塞罗是一个非常出名的人，被意大利的许多年轻人疯狂崇拜。

当安德里亚写信告诉我们有关他的事情并且寄来照片时，我们全都承认他非常英俊非常潇洒。我的妹妹贝莎说她读过他的事情，并且说他通常和一些高高的、长腿的金发模特儿或类似模特儿的人在一起。这使我们想知道他是如何看待某个像我们一样平凡的人的。安德里亚从来没有过其他想法。她已经疯狂地迷恋上他，并且全身心地希望他也会同样地迷恋她！

令人惊异的是，他确实疯狂地迷恋着她。她写信告诉我们，她几乎每天都与他见面，并且已经见过他的家人了；他在环绕罗马的群山上有一幢美丽的别墅；他希望她辞去工作，与他一起住到他的别墅里去。终于，我们乘飞机去罗马拜访她。我们躺在他的那个大型游泳池的边上，四周青山环绕，远处罗马的建筑物的尖顶隐隐可见。

她冲着我们展露笑颜。我问她："马塞罗就是你一直梦想的意大利王子？""是的。而且，他向我求婚了！"

当我们见到他的时候，我们用了5分钟的时间才意识到他不仅仅只是爱着安德里亚，他还崇拜着她。每一次他的目光落到她身上的时候，他都会微笑。"没有一个人像她，"他告诉我们，"她是如此活泼，就像一瓶香槟酒，芳香四溢。她就像是在进行奇异的飞行，我正跟在她的身后奔跑。我试图找到一双翅膀，以便与她一起飞翔。我非常爱她。"

现在，他们已经结婚15年并且有了3个孩子。她已经看到了大半个世界，就像她一直坚信的那样。

一天，当我对她说到她的所有梦想正在变成现实的时候，她大笑着说："你必须坚定信心去实现梦想，就像你在每一次经过喷泉的时候往里扔进两枚硬币一样，要相信它总有一天会变成真的！"

# 爱的方式

段漠

这是一个人人羡慕的家庭。父亲母亲在南方一个大城市工作，两人都是高级知识分子。他们唯一的男孩顺利考上北京大学，并且学的是最好的专业。他们的生活几乎是完满的，而且洋溢着幸福感。

一转眼男孩上大二了。随着学识一同增进的，还有男孩完善的品格，健壮的体魄，风度翩翩的举止。叔叔阿姨们开始对男孩的父亲母亲提出男孩的终身大事，介绍各自的或亲戚的或美貌或权势或富贵的女孩给男孩父母。

经这么一提醒，父亲母亲觉得怎么这么大的事一直忽略了呢？他们不愿意儿子是只会读书的"书呆子"，错过了一辈子的幸福，一点儿也不愿意。

打电话给男孩时，父母一气说了自己美好的愿望。不料电话那端传来男孩笃定的决定："爸妈别操心了，我有女朋友了。"儿子恋爱了？女孩是什么样的？和儿子相配吗？这一连串的问号搅得父母寝食难安，于是坐了飞机赶到北京。

父母见到了女孩，见到女孩的第一眼他们交换了一下眼色：女孩果然很普通，很一般。可是在自己的父母面前，男孩毫不掩饰对女孩的疼爱，父母便不着痕迹地愉快地结束了这次会面。

回到家，父亲母亲简言少语。是的，他们觉得，至少看起来女孩配不上自己的儿子。

二十年来，对于儿子，他们第一次感觉到了困扰。不接纳女孩，阻挠儿子？可能男孩失去女孩的同时，父母也可能就此失去儿子。他们也就会从此远离了幸福安宁。

一天，两天，一个星期后，父亲慨然做出了决定。他对母亲说："儿子爱的，我们也得爱！他们俩是同学，一个是班长，一个是团支书，了解该是很深的，我们要相信儿子的选择，女孩看起来是很一般，但儿子爱她，就一定有值得他爱的理由。"果然，男孩郑重其事地写了信来，讲了关于女孩的两件小事。

女孩家在农村，自然没有富裕的金钱供给女孩，但是女孩坦然地面对贫穷，朴素而刻苦。对同学友好温和，对误解的目光不卑不亢。有一天，男孩请女孩吃饭，男孩既然已经明确地表示出他对她的好感，就特别渴望尽可能在物质上体贴女孩一点。但是，买单的时候，女孩仍然是像每次那样也掏出了钱，笑着说："AA制。"男孩刚要推回女孩的钱，女孩清澈的眼神制止了他。那眼神里，女孩克制、自尊、自爱的庄严情感令他肃然动容。

男孩女孩的学习都很努力。经常一大早到图书馆排队占位置。细心的女孩会一并把两人的午餐也准备好。两个饭盒：红的是女孩的，绿的是男孩的。饭菜简

> 人生的真正意义在于奉献，而不在于索取。
> ——张海迪

单却有足够的营养，男孩从来就是粗心地只管享受这份体贴，从没发现什么异样。

这一天早上，女孩忘了东西又回到寝室。男孩接过两个饭盒，站在图书馆门前等她。很偶然地，他好奇地打开了两个饭盒。

这一眼，他的心热热地跳动起来，就在这一瞬间，他认定了：这就是我要找的爱人。

饭盒里是两个相同的面包，不同的是绿盒里的面包中间夹着厚厚一块牛肉，红盒里的面包却什么也没有。对于家境贫寒的女孩来说，一块牛肉是她能默默奉献的全部的爱情。

儿子最后说："爸妈，真正深邃绵长共度风雨的爱情，能够超越美貌、金钱、权势的表象啊！"

读完信的父亲母亲完全消除了对儿子爱情的迷惑，心情恢复了宁静的幸福。只是母亲觉得：得做点什么，让儿子感觉到他们真心诚意的祝福以及对女孩隐隐的歉意。

# 给仇人一块面包

寒心血

"二战"时期，苏联人民在斯大林的领导下，团结一致，浴血奋战，在付出巨大的代价之后，终于取得了莫斯科保卫战的胜利。

战争胜利的当天，上万名疲惫不堪、无精打采的德国战俘排成长长的纵队，在荷枪实弹、威风凛凛的苏联士兵的押解下走进莫斯科城。

得知法西斯战俘进城的消息后，人们几乎倾城而出，纷纷拥上街头。在宽阔的莫斯科大街两旁，围观群众人山人海，挤得风雨不透。在围观的人群中大部分是老人、妇女和儿童。

苏军在战胜入侵的德国法西斯的同时，自己也付出了重大的伤亡。这些老人、妇女和儿童都是战争的受害者，他们当中许多人的亲人，在这场异常残酷的战争中被入侵的德国法西斯杀害了。

失去亲人的痛苦把原本温和、善良的人们激怒了，他们怀着满腔的仇恨，将牙齿咬得咯咯响，一双双充满血丝与复仇火焰的眼睛齐刷刷地向俘房走来的方向注视着。

为了防止出现意外，大批的军队和警察出动组成一堵墙，排在愤怒的人群前面。

战俘出现了，近了，更近了。围观的人群开始骚动，有人喊出打倒法西斯的口号，有人叫骂着让杀人的凶手偿命，接着人群潮水般地向前涌。负责维持秩序的警察企图阻止，马上被汹涌的人潮冲得七零八落，最后警察和士兵手拉手组成人墙，好不容易才将人潮挡住。

此时，战俘已经来到人群前面，他们个个衣衫褴褛、步履蹒跚，每向前迈一步都十分艰难。他们有的头上裹着绷带，有的身带重伤，有的失去手脚躺在担架上不断发出痛苦的呻吟。

面对激怒的人群，德国战俘呆滞、木讷的目光中充满了恐惧与惊慌。出于求生的本能，他们不住地后退，许多战俘本来就身负重伤、疲惫不堪，在遭如此惊吓后瘫软在地。担架上的重伤号，被扔在地上，无力逃脱，拼命地哭号呼救。

这时，一位中年妇女在混乱中拼力挤过人墙，冲到一个受伤的战俘跟前，举拳要打。

这是一个失去双腿的重伤号，他头上打着绷带，破烂的军装上沾满了血迹，脸上的稚气表明他绝对不会超过二十岁。

面对扑面打来的拳头，他无力躲闪，瞪着惊恐的眼睛，发出绝望的哭泣。

蓦地，中年妇女停住了，木雕泥塑般站在那里。她怔怔地看着年轻的战俘，心头一阵剧烈刺痛，在这个年轻伤号稚气的脸上，她看到自己刚刚战死的儿子

的影子!

　　妇女犹豫了一下，叹了口气，那只高举的拳头无力地垂了下来。妇女从怀里掏出一块用纸裹着的面包，轻轻地递到伤号的面前。年轻的伤号几乎不敢相信自己的眼睛，他用惊恐的眼睛盯着面包，不敢去接。直到妇女硬把面包塞到他的手中，他才如梦初醒，抓起面包连裹在外面的纸都顾不上撕，就狼吞虎咽大吃起来，看得出他一定几天没有吃饭，饿坏了。

　　看到伤号饿成这个样子，妇女缓缓蹲下身子，用颤抖的双手轻轻抚摩着伤号头上的弹伤，失声痛哭起来!

　　悲恸的哭声撕心裂肺，骚动的人群一下子安静下来。人们惊呆了，一个个用惊异的目光注视着眼前的一切。空气仿佛一下子凝固住了，整条大街一片死寂。

　　良久，人们才醒悟过来。这时，出人意料的一幕出现了：那些老人、妇女、孩子，纷纷拿出面包、火腿、香肠等各种食品，一齐向受伤的战俘拥去……

# 布拉格的故事写在树叶上

于筱筑

我在斯美塔那歌剧院的门口见到了小沃尔尼。他蹦跳着朝我跑过来,他扯我的衣角,可是我抑制住没有抱抱他。他美丽高贵的妈妈洛维塔在后面微笑着朝我走来,我骄傲地微笑,然后转身走进剧场。

我刚到捷克深造音乐的时候,住的学生公寓正好对着洛维塔的家,她的长笛演奏曾在蜚声国际的"布拉格之春"音乐节上获奖。我慕名而去找了她很多次,最后她答应让我跟着她学习三个月。

我是感激她的,她不要我一分钱的培训费。这对于当时第一年来捷克的我来说,无疑是最大的恩惠。我每天下午五点之后去洛维塔家学习一个半小时,她很矜持地给我讲解,举手投足间有贵族的优雅。来的第一天我就认识了小沃尔尼,他那时刚刚六岁,第一次见我,他就用小雪球丢我,然后躲在小花园里葱郁的长青树后面张望。我走过去抱起他,在他脸上啜一下。他的皮肤白而光滑,轮廓深深的,眼睛像海水一样透明。他圆睁着大眼睛望着我,"你真漂亮,你能和我一起玩吗?"我点点头,蹲下来把他放在地上。他就突然抱着我的头在我脸上亲一口,然后跑开。

我的脸就红起来。

后来我和沃尔尼慢慢熟起来,每天上完课都会陪他玩一会儿。他是个懂事的孩子,特别聪明。我很喜欢他,常常带着他出去玩。有时候我和妈妈打电话哭起来,他会轻轻走过来递给我一张纸,"姐姐别伤心,有我在呢。"那个样子,我发誓谁看了都会爱上这个漂亮的男孩子。这个时候我就对他笑一笑,然后对他做鬼脸。我很羡慕现在单身的洛维塔有这么个好儿子,她才会那么幸福。春天来的时候,上完课出来,沃尔尼跑过来拉我的手到小花园里。他坐在白色的栏杆上,摘一片叶子放在口里吹出好听的声音。我说:"沃尔尼,你教我啊。"我学的时候,一吹跑调他就哈哈大笑,我恶狠狠地凶他:"再笑我揍你。"他老是喜欢扭头就跑,像个可爱的熊宝宝。

可是,有次他跑的时候撞到了他妈妈身上。她抱住沃尔尼,用冷冷的声音问我:"你有没有见到我音乐节的纪念勋章?"我说:"没有啊。"她却似乎不相信我:"我一直放在书房里的,这些天只有你来过。"我突然蒙了,她怀疑我,我最崇拜和尊敬的人怀疑我。我紧紧咬住嘴唇,不知道说什么好。贴在妈妈身上的沃尔尼突然问我:"姐姐,你拿了吗?"我的眼泪就涌出来:"沃尔尼,你都不相信我吗?"

似乎春天里所有树木的青翠在我的眼里都淡下色来,我绝望极了。

后来我没有再去跟着洛维塔学习。她的纪念章在她的卧室里,她自己记错了

> 乐善不倦。
> ——孟子

地方。隔了几天亲自来跟我道歉，可是我心里不能原谅，她玷污了我的人格。在国外，我已经学会了坚强，可是在这件事情上，我不能忘记，我还是中国人。

我微笑着面对她，可是拒绝了沃尔尼的亲昵，我不再带他一起玩。

我从歌剧院出来的时候，洛维塔在门口等我。"Mercy，我还要去参加一个音乐聚会。现在天太晚了，我不放心沃尔尼一个人回家。你能不能帮我送他回去？"我看着她手上牵着的小沃尔尼，他仰着头看我，满脸期待。"你还不能原谅我吗？"洛维塔的声音很轻。"您放心好了。"我们交换了一个微笑。

我拉着小沃尔尼的手上了车，让他坐在最里面。车经过查理大桥的时候他突然问我："姐姐，你想沃尔尼吗？"我看着他，他的眼睛亮亮的。"你那么久不来看我。"我摸着他的金色鬈发，看着窗外，不说话。

可是我觉得有人在摸我的腿——是坐在我外面的男人。我转头，他色眯眯地望着我，我怒叱："你干什么？"他比我更凶："我干什么你管得着吗？你嚷什么？"车上很空，除了这个满身酒气的醉汉之外，只有几个妇女，我突然害怕起来。沃尔尼突然说："不准欺负姐姐。"然后他转向我："姐姐，你不用怕，我爸爸说就在下个站牌接我们的。"那个醉汉看了小沃尔尼一眼，没到站就悻悻地下了车。

夜风中，我紧紧地抱住小沃尔尼。在这异乡冷漠孤独的城市里，他是那么温暖。他在我耳边说："姐姐，原谅妈妈好不好。妈妈说，心胸广阔的人才能在自己的事业上有所成就。姐姐你会用叶子吹歌了吗？姐姐，我那么爱你。"他顿一顿，"你爱我吗？"

灯火闪烁的布拉格古堡，暮色中的查理大桥，我耳边响起《布拉格之恋》中女主人公的话：要是在波西米亚，我留着长长的黑发，在月桂树下守着你。一定有这么一棵树，从创世纪开始，就把我们的事，雕刻在每片叶子上。

我早已泪流满面。这个六岁的小孩，他对我那么好，我却一直不肯原谅他们，我是多么自私和小心眼儿。心胸广阔的人才能在自己的事业上有所成就，我会一生都记住六岁的沃尔尼告诉我的这句话。

由于时间及地域等原因，无法与权利人一一取得联系，为了尊重作者的著作权，编者特委托北京版权代理有限责任公司向权利人转付稿酬。请您与北京版权代理有限责任公司联系并领取稿酬。联系方式如下：
吴文波
北京版权代理有限责任公司
北京海淀区知春路 23 号量子银座 1401 室
邮编：100083
电话：(010)82357056/57/58-230　传真：(010)82357055